KB082545

실러 1-1

Schiller: Leben-Werk-Zeit

by Peter-André Alt

 학술명저번역 575

실러 1-1

생애 · 작품 · 시대

Schiller: Leben-Werk-Zeit

페터 안드레 알트 지음 | 김홍진 · 최두환 옮김

아카넷

1-1권
차례

1-2권
차례

2-2권 차례

| 일러두기 |

1. 이 책은 Peter-André Alt의 *Schiller: Leben-Werk-Zeit I · II*를 완역한 것이다. 독일어판은 두 권으로 되어 있으나, 한국어판에서는 각 권을 다시 두 권으로 나누어 총 네 권(1-1, 1-2, 2-1, 2-2)으로 분책하였다.

2. 한국어판의 두 옮긴이는 전체 원고의 번역과 편집에 공동으로 노력하였으나 1권(1-1, 1-2)은 김홍진, 2권(2-1, 2-2)은 최두환의 책임 아래 번역이 이루어졌으며, 해제 또한 따로 작성하여 각 권말(1-2, 2-2)에 실었다.

3. 독일어판의 주석은 전거를 밝히는 후주와 실러 작품의 인용을 밝히는 방주로 되어 있으며 한 국어판은 이러한 체제를 그대로 따랐다. 방주에 쓰인 약어를 풀이하면 다음과 같다.

> NA: 내셔널 판(Nationalausgabe)
>
> FA: 프랑크푸르트 판(Frankfurter Ausgabe)
>
> SA: 100주년 판(Säkularausgabe)
>
> P :「피콜로미니(Piccolomini)」
>
> T :「발렌슈타인의 죽음(Wallensteins Tod)」
>
> L :「발렌슈타인의 막사(Wallensteins Lager)」

4. 각주는 독자의 이해를 돕기 위해 옮긴이가 작성한 것이다.

5. 독일어판은 반복적으로 사용된 서명과 작품명을 약칭으로 쓰고 있으나 한국어판에서는 독자의 혼동을 피하기 위하여 서명과 작품명을 되도록 온전하게 적었다.

6. 서명과 작품명은 각각 겹낫표(『 』)와 낫표(「 」)로 묶어 구분하였으나 개별 작품이 간행 등의 이유로 서명의 의미를 띨 경우에는 겹낫표로 표시하였다. 한편 정기간행물은 겹꺾쇠(《 》)로 묶어 구분하였다.

서론

    독일의 고전 작가치고 실러처럼 평가가 엇갈리는 작가도 없을 것이다. 그처럼 열광적으로 환호를 받은 사람도 없고, 그처럼 단호하게 배척을 당한 사람 또한 없다. 그의 작품은 언제나 긍정적이든 부정적이든 새로운 의견을 열띠게 표명할 수 있는 계기를 마련했다. 19세기는 많은 사람들이 함께 환호성을 지르며 그에게 경의를 표한 세기였다. 온갖 축제와 축하 공연, 협회와 공식적으로 건립된 기념비들이 사람들로 하여금 실러의 전 작품을 잊지 않고 기억속에 간직하게 했고, 그의 유산을 관리하는 데 기여했다. 1813년 나폴레옹에게 항전하는 연합군의 보병 부대원으로 전장에 출정한 열렬한 애국자들에게 실러는 정신적 영웅이었다. 그들은 실러의 부인 샤를로테 폰 실러가 제공했다는 「빌헬름 텔(Wilhelm Tell)」의 미완성 원고를 주머니에 넣고 출정했다. 끝내 완성을 보지 못한 한 편의 조국 해방 드라마가 그들의 정신 무장을 도운 것이었다. 실러는 1848년에 일어난

3월 시민혁명의 투사들에게도 변함없이 빛나는 인물이었다. 그들은 「돈 카를로스(Don Karlos)」의 정치적 비전에서 혁명의 근거를 찾았다. 영향력에서 괴테를 단연코 뛰어넘는 문학적 권위를 그는 지니고 있었다. 이 권위는 19세기 중반에 독일 태생 미국 이민자들을 문화인으로 격상해주기도 했다.[1] 1859년 11월 10일 실러 탄생 100주년을 맞아 독일에서 열린 축제들은 그와 같은 절대적 실러 숭배의 절정을 이루었다. 100주년을 기념하는 그해에 전 독일어권에서 실러를 찬양하는 축하 연설이 봇물처럼 쏟아졌다. 가장 저명한 연사로는 야코프 부르크하르트(Jacob Burckhardt), 프란츠 그릴파르처(Franz Grillparzer), 야코프 그림(Jacob Grimm) 그리고 헤겔의 제자인 프리드리히 테오도어 피셔(Friedrich Theodor Vischer)가 꼽혔다.

1859년의 축제 기간에 나타난 열광적인 분위기는 결코 '교양 계층'에만 국한되지 않고, 모든 국민 계층의 마음을 사로잡은 것이 특이한 현상이었다. 수공업에 종사하는 젊은이들이나 소시민들은 아카데미커 그룹과 똑같은 마음으로 실러에게 극진한 경의를 표했다. 그의 작품을 인용한 문구들, 특히 「빌헬름 텔」과 유명하면서도 악명 높은 「종의 노래(Das Lied von der Glocke)」에서 인용한 문구들은 19세기에 직업적으로 교양물을 다루는 사람들의 전유물이 아닌 일반인의 정신적 소유물에 속했다. 실러는 여기에서 탁월한 고전적 국민 작가로 부각되고, 그의 전집은 상황을 막론하고 유익한 교훈, 즉 금언 또는 격언을 준비해놓고 있었다. 그의 텍스트들은 정치 세력으로부터 차단된 시민계급의 자기 영웅화를 유도하는 밑거름 역할을 하였고 19세기 중반의 사회 상황에도 변함없이 적용될 수 있었다. 지킹엔 토론에서 마르크스(Marx)와 엥겔스(Engels)에게 심하게 질타당한 페르디난트 라잘(Ferdinand Lasalle)까지도 이 극작가의 선 굵은 정열에 호감을 가지고 있었다. 사람들은 흔히 실러의 관념 세계가 지니고 있는 다의적 성격과 변증법을 간과하는 경향이 있다. 그러나 실러의 관념 세계는 예언적 잠재력을 충분히 지니고 있을 뿐 아니라, 정치적, 사회적 자결권을 위한 인간의 투쟁이 봉착했던 엄청난 역사적 저항들을 분명하게 설명하려는 시도도 보여주고 있다. 실러는 혁명 기간은 물론 시민계급이 체념에 빠진 기간에도 언제나 변함없이 인용 가능한 시인이었다. 특히 그 점이 그를 대중적 인기를 누리는 인사로 만들었다. 즉 각각의 삶의 형편에 맞는 지혜를 제공하는 것으로 보이는 그의 문장들은 또한 기억하기가 쉬워서, 정확한 문맥을 벗어나서도 이념적으로 인용할 수 있음을 확실히 증명해주었다.

그런가 하면 이미 19세기에도 실러를 경멸하는 사람들의 합창이 끊임없이 늘어났다. 예나 낭만주의자들의 논박의 결과였다. 비평가들은 그가 열정에 집착하는 것을 책잡았고, 사실성의 결여, "이상주의 시인"으로서 접지성(接地性)의 부족, 삶과 동떨어진 희곡 인물들의 프로필, 언어의 상투적 성향, 시구의 매끄럽지 못한 리듬, 진부하게 들리는 옳은 말만 하는 경향, 특히 모험적이면서도 환상적인 주제를 선호하는 경향 등에 대하여 불평을 늘어놓았다. 토마스 만(Thomas Mann)은 1955년에 발간한 『실러에 대한 시론(Versuch über Schiller)』에서 이와 같은 주제를 선호하는 것에 대해 전적으로 호의를 가지고 "비교적 수준 높은 인디언 놀음의 취향"이라고 지적한 적이 있다.[2] 프리드리히 슐레겔(Friedrich Schlegel)은 실러의 지나친 이상화 경향을 감히 비판하려 든 사람들 중에 첫 번째로 꼽히는 사람이었다. 루트비히 티크(Ludwig Tieck)와 클레멘소 브렌타노(Clemenso Brentano)는 실러의 언어가 문학적 역량이 있는지조차 의심하고 있다. 언어가 지능적으로 계산되었다는 것이 너무나 명백하고, 감상적인 어조는 부자연스러워 보인다는 것이다. 30년 후에 등장한 청년 독일파 시인들도 실러의 정치적 비전에 대해서는 한결같이 감탄하면서도 그의 예술적 역량에 대해서는 분명한 이의를 표명했다. 게오르크 뷔히너(Georg Büchner)는 1835년 7월 28일 가족에게 보내는 한 통의 편지에 이렇게 쓰고 있다. "그 밖에 소위 이상주의 시인들은 제가 보기에 거의 하늘색 푸른 코와 충동적 열정을 지닌 꼭두각시만을 〔보여〕주었을 뿐, 고통과 기쁨이 나를 공감하게 하고, 행위와 거동이 나에게 혐오와 감탄을 불어넣는 이른바 살과 피가 있는 인간은 〔보여〕주지 않았습니다. 한마디로 나는 괴테와 셰익스피어는 높이 평가하지만, 실러는 그리 높게 평가하지 않습니다."[3] 칭송하는 사람들의 합창과 마찬가지로, 그릴파르처를 비롯해서 헤벨과 니체에 이르기까지 비판하는 사람들의 목소리가 마치 돌림노래처럼 한결같이 들려왔다. 실러의 숭배자들이 그가 구상한 인물들의 도덕적 고결성과 정신적 용기, 탁월한 언어 구사, 격조 높은 반사 기법, 암시력을 지닌 상징적 묘사 방법 등을 공공연하게 입증하려고 했다면, 그의 반대자들은 그의 현실성이 떨어지는 문화 정책적 비전, 쉽게 간파할 수 있는 정치적 계산, 일차적으로 대중적 영향을 목표로 한 작품의 부족한 아우라, 풍기는 분위기와 피부에 와 닿는 현실주의의 결핍 등을 강도 높게 지적했다. 20세기에 와서도 그와 같이 경쟁하듯 엇갈리는 이미지들이 여전히 현대의 실러 수용사를 지배하고 있는 것을 볼 수 있다. 1955년 실러의 150주기(週忌)를 기해 양쪽 독일의 기념 연사[4]로 슈투트가르트와 바이마르에 온 토마스 만은 실러를 가리켜 "민족의 정신과 도덕과 교육에 대한 연구를 통해 우리들의 병든 시대"를 치료할 수 있는 "영혼의 치유사"라고 선언했다. 그러나 테오도어 W. 아도르노는 1951년에 출간된 『미니마 모랄리아(Minima Moralia)』에서 대표적으로 상반된 입장을 취하고 있다. 그는 실러를 가리켜 정신적인 폭력 행사자라고 했다. 실러의 추상적인 이상주의는 사회의 현실을 "하나의 원칙에서 추론"하려고 하기 때문에 독재성의 징표를 담고 있다면서 이렇게 말하고 있다. "그 자신의 영혼의 고향인 인문주의의 가장 은밀한 그릇 속에는 파시스트로서 세상을 감옥으로 만드는 폭군이 갇혀서 발광하고 있다."[5]

그와 같은 극단적인 평가에 맞서 우선 그가 살던 시대의 사회적, 정치적, 정신적 영향을 총망라한 복합 체계를 바탕으로 실러를 이해하려는 이른바 평가 문화의 새로운 지평이 마련되어야 할 것이다. 이와 같은 역사적 시각에서 실러를 고찰하기 위해서는 비록 논란이 분분하긴 했지만, 프리드리히 뒤렌마트(Friedrich Dürrenmatt)가 실러 탄생 200주년이 되는 1959년에 만하임에서 행한 기념 연설에서 선보인 고찰들은 방법적 출발점이 될 수 있을 것이다. 뒤렌마트의 고찰들은 현대의 극장 작가에 대한 관심에서 출발하고 있다. 그는 고전 작가인 실러를 작업 현장에서 관찰하려고 시도하는데, 그 과정에서 실러의 작품이 낯설게 느껴질 때가 종종 있지만 또한 존경심을 자아내는 기량의 수월성과도 만나게 된다. "〔실러는〕많이 알려졌지만, 극작가 중에서는 가장 어렵고, 접근이 불가능하며, 가장 이율배반적인 극작가이다. 그처럼 평가하기가 어렵고, 그처럼 분류하기가 어려운 사람도 없을 것이다. 그처럼 분명히 눈에 보이는 과오를 저지른 사람도 없거니와 그처럼 과오를 별로 저지르지 않은 사람 또한 없다. 그를 직접 다루어보면 그는 먼 곳으로부터 가까이 올수록 더욱 커진다."[6] 이와 같은 언급은 그야말로 정곡을 찌르는 표현으로 이 책을 위해서도 행복한 지적이 아닐 수 없다. 이 책은 미화를 통해서가 아니라, 새로 출간된 실러 문학 전집에 대한 조심스러운 호감을 통해 실러에게 접근해보려는 하나의 시도이다. 이 전집은 오늘날 우리에게서 여러모로 멀어진 것 같지만, 접근 시도를 통해서 새로운 (마지막에는 충분히 보상되는) 발견의 기쁨과 만나는 기회를 제공하게 될 것이다. 그와 동시에 이 탐사 여행은 실러의 정신적 프로필을 그리는 데 결정적인 역할을 하는 두 가지 중추적 요소를 해명해줄 것이다.

즉 심리학에 대한 지식과 정치적 관심이 그것이다. 이미 초기 작품에서부터 정신분석 수법이 담겨 있다. 이 수법은 고전주의 시대에 와서 훨씬 발전되어 문화 프로그램을 확대하는 데 이바지했다. 실러가 한평생, 비록 일상적인 사건과는 거리를 유지했지만, 국가철학적, 사회·역사적 문제 영역에 대한 섬세한 의식을 소유했다는 사실은 비교적 오래된 연구에서는 곧잘 무시되어왔다. 세상을 등진 이상주의자라는 신화로 새어버린 이미지에 대항해서 여기에 내놓고 있는 전기는 나폴레옹 이전 시기의 혁명적 변혁을 긴장감을 가지고 주의 깊게 파악할 줄 알았던 한 사람의 예술가, 그야말로 정치적 사유가 가능했던 한 예술가의 초상화를 그리게 될 것이다.

이 책은 실러의 작품과 생애를 서술한 책으로, 주인공을 그 시대의 광범위한 문화사적 연관 속에서 파악하는 것을 목표로 삼고 있다. 작가의 작품을 그의 전기의 성공적인 면으로 보는 고찰 방식에 대해서는 회의를 품을 수 있을지 몰라도 그의 전기는 단순히 그의 예술가적 정체성의 외적 요소일 뿐 아니라, 그 이상으로 많은 의미를 지니고 있다는 데 대해서는 논란의 여지가 없을 것이다. 실러는 일찍부터 그의 일상을 자유문필가의 생존에 맞춤으로써, 스스로 삶과 작업을 밀접하게 연관시켰다. 그는 독일에서 레싱 이후에 관행처럼 되다시피 한 후원자의 지원에 의존할 필요 없이 전적으로 문학작품을 써서 생계를 유지해야 했던 최초의 문필가들 중 한 사람으로 꼽힌다. 그렇기 때문에 집중적인 글쓰기 작업이 그의 삶의 중요한 부분을 차지했음은 말할 것도 없다. 하여 그의 편지를 읽는 사람은 무엇보다도 문학작품의 집필 계획, 작업 보고, 출판 의도 등을 스케치한 내용들과 마주친다. 글 쓰는 행위는 건강상 지장이 있는 기간에도 황제의 명령과 같은 위력을 지니고 실러의 일정을 지배하고 있다. 그렇다 보니 놀랍게도 그에게는 큰 물의를 일으킬 만한 경험이 부족했던 것이 눈에 띄고,

그의 삶에는 이국적인 여행을 통한 모험, 선풍적인 연애 사건, 정신적 파국, 새로운 각성의 체험과 전환점 등이 완전히 결여될 수밖에 없다. 다시 말해서 그의 삶은 그 자체가 위기에 처했을 때에도 무거운 과오로부터 자유롭기 때문에 아무런 불안감을 주지 않는다. 실러는 일기를 쓴 적이 없다. 그가 습관적으로 매일의 사건을 간단히 메모해놓는 달력에도 내밀하게 자신에 대해 언급하고 있는 내용은 없다. 그가 교환한 서신들에는 때때로 그의 사적인 어조가 부각되어 있는 것이 사실이다. 특히 그와 같은 사적인 언사는 그의 '절친한 친구'인 쾨르너(Körner)를 상대로 할 때와 훔볼트(Humboldt)와 교환한 서신에서 찾아볼 수 있다(반면에 괴테와의 관계에서는 그와 같은 언사들을 전혀 찾아볼 수 없다고 해도 과언이 아니다). 그러나 대부분의 경우 독자는 이 편지들 속에서 긴장감에 휩싸인 자아(Ich)가 그 모습을 보여주지도 않고, 그렇다고 의도적으로 숨기지도 않는다는 인상을 받는다. 오히려 심리적 에너지는 편지 발신자가 지칠 줄 모르고 보고하는 문학작품에만 집중되어 있다. 따라서 이 책에서 문학작품이 고찰의 핵심을 이루는 것은 문필가로서 스스로 경험하고 결정한 실러의 진면목에도 부합한다. 또한 여기서 작품의 내력은 특별 대접을 받아 별도로 분류되어 다루어지는데, 이는 실러 개인의 예술 창작상의 성향 때문이 아니라, 일찍 세상을 뜰 때까지 그의 삶에서 문학이 지녔던 영향력 때문이다.

실러의 작품들은 인용할 경우에는 노르베르트 욀러스(Norbert Oellers)의 모범적일 만큼 훌륭한 지도를 받아 간행된 "내셔널 판(National Ausgabe)"의 약자 "NA"와 각각의 권수 및 쪽수를 표시했다. 거의 완결된 이 간행본은 앞으로도 경쟁을 불허하는 독보적 업적으로 인정받게 될 것이 틀림없다. 더군다나 이 간행본은 다른 모든 간행본과 비교할 때 원고에 있는 원본 그대로의 텍스트를 제공한다는 장점을 지니고 있다. 마찬가지로 아직 미완성이긴 하지만 "절제된 현대화"라는 간단치만은 않은 방법으로 작업을 하고 있는 클라시커 출판사(Klassikerverlag)의 실러 간행본인 "프랑크푸르트 판(FA)"과 비교해도 이 점이 단연 돋보인다. 그렇기 때문에 이 책에서는 내셔널 판에 실린 텍스트를 인용하는 것보다 더 좋다고 생각될 경우에만 예외적으로 프랑크푸르트 판을 이용하였다. 예를 들면 「도적 떼(Die Räuber)」의 경우처럼 내셔널 판에 일일이 실리지 않은 초판 인쇄들을 고려해야 할 경우가 이에 해당한다. 다른 곳에 없는 실러의 글들은 비교적 오래된 "100주년 판(SA)"을 바탕으로 출처를 밝혔으나, 이는 아주 드문 경우이다. 그 밖의 모든 출전이나 연구서에 관련된 사항들은 주석란에 저자명과 쪽수를 표시해서 밝혔다. 이 책의 끝부분에는 개별 참고 문헌들이 다섯 개 장(章)으로 나뉘어 정리되어 있다. 후주의 저자 이름 앞에 적힌 로마 숫자(I-V)는 그 문헌이 어느 장의 참고문헌에 속해 있는지를 밝혀준다.* 참고 문헌에서 문학 텍스트(내지 출전)와 연구 문헌들은 각각 두 개의 그룹으로 나누어 별도로 소개되고 있다. 장별로 나뉘어 소개된 참고 문헌 목록들 가운데 동일한 저자가 쓴 여러 작품이 등장할 경우에는 후주에서 저자명만 밝히고, 작품은 제목의 머리 글자만 표시하여 소개되었다. 실러 연구 논문의 모음집일 경우 도서명은 단지 주제목만 제시되고, 각각의 개별 논문에 대한 안내는 주석란에서 이루어지고 있다. 이들 연구 논문을 해설하고 일일이 토론하는 작업은 지면 관계상 포기할 수밖에 없었다. 그러나 나의 소신에 따라 좀 더 상세하게 토론을 벌일 가치가 있는 논문들은 대부분

••

* 한국어판에서는 독일어판과 달리 후주에 서명을 밝혀주는 대신에 참고문헌의 장 구분에 해당하는 로마숫자를 생략했다.

언급하였다.

　정상적인 대학 생활의 조건하에서 이와 같이 방대한 저서를 집필한다
는 것은 저자가 여러 분야에서 지원을 받지 않고서는 불가능하다. 그와 같
은 지원은 우선 분위기에서부터 시작된다. 즉 보쿰대학 독문학과 소속 교
수들은 남녀를 불문하고 어느 때든지 활발하게 토론에 응하려는 마음의
자세를 지니고 내가 정신적으로 자유로운 분위기 속에서 활동할 수 있도
록 도와주었다. 이와 같은 분위기 조성은 생산적일 뿐 아니라 긴장 해소에
도 도움이 되었다. 특별히 나의 강좌의 연구원들, 베네딕트 예싱(Benedikt
Jessing) 박사, 크리스티아네 라이터리츠(Christiane Leiteritz) 박사가 나의 연
구와 교정 작업에 참여해준 것에 대하여 감사하고, 이네스 크노프실트(Ines
Knoppschild)에게는 기술적인 도움에 대해서, 비앙카 안스페르거(Bianka
Ansperger), 홀거 뵈스만(Holger Bösmann), 질비아 칼(Sylbia Kall), 앙케
노이하우스(Anke Neuhaus), 아냐 스트로치크(Anja Strozyk), 미르코 벤첼
(Mirko Wenzel) 등에게는 문헌 조달과 비평적 텍스트 검열에 참여해준 것
에 대해서 감사한다. 친절하게도 마르틴 샬호른(Martin Schalhorn, 본대학)
은 아직 간행되지 않은 채 문서 보관소에 있는 자료들을 열람할 수 있도록
해주었다. 이 자료들은 그가 편집한 실러 내셔널 판 41권의 일부로 간행될
것이다. 나의 동료 교수들, 디터 보르크마이어(Dieter Borckmeyer, 하이델베
르크), 헬무트 코프만(Helmut Koopmann, 아우크스부르크), 노르베르트 욀러
스(Norbert Oellers, 본), 볼프강 리델(Wolfgang Riedel, 뷔르츠부르크), 한스위
르겐 싱스(Hans-Jürgen Schings, 베를린)와 같은 분들께 나는 실러에 관한
의견 교환에 응해준 것에 감사한다. 그분들도 직접 실러 작품에 대한 무게
있는 연구서를 내놓은 분들이다. 에버하르트 넬만(Eberhard Nellmann, 보

쿰)은 처음부터 자신의 뷔르템베르크 동향인 실러에 대한 나의 노력을 적극적으로 전문적인 관심을 가지고 지켜봐주었고, 그와의 대화는 항상 나에게 의욕을 북돋워주는 작용을 했다. 마르바흐에 있는 독일 문학 문서 보관소의 직원들은 사서의 전문 지식을 가지고 친절하게 나의 연구 프로젝트에 도움을 주었고, 그곳 사진 담당 부서의 책임자인 미카엘 다비디스(Michael Davidis) 박사는 실러 초상화 선정에 대한 자문에 응해주었다. 특히 베크 출판사와 그곳 편집 담당자 라이문트 베촐트(Raimund Bezold) 박사에게 이 책의 편집을 맡아 열심히 수고해준 것에 대하여 각별한 감사의 뜻을 표한다.

1999년 6월
보쿰에서
페터 안드레 알트

제1장

발자취를 따라서:
젊은 시절의 교육과 정신적 모험
(1759~1780)

1. 계몽된 절대군주 치하의 뷔르템베르크

전통과 개혁 사이에서

18세기 독일의 정치 사회적 단면

실러(Schiller)는 연기만 피우며 내연(內燃)하는 사회적 위기 징후에 사람들이 더 이상 놀라지 않고 익숙해진 정치적 변혁기를 산 사람이었다. 그는 살아가면서 절대주의 왕권의 지배하에 있던 구세계가 동요하는 것을 체험했다. 구세계가 붕괴되고 나서 부상할 체제는 모름지기 나폴레옹 이후의 근대국가 체제였다. 그의 생의 이력에는 그 시대의 정치사가 반영되어 있다. 그가 태어난 해인 1759년은 프로이센과 오스트리아 사이에 전쟁이 아직 한창이었고, 그 전쟁으로 결국 프리드리히 2세의 권력이 강화되어 중부 유럽이 그의 영향권에 들어오게 되었다. 실러가 20세 되었을 때 빈에서는 황제 요제프 2세가 무소불위의 1인 절대 권력을 이양받았다. 그의 재임 기간은 계몽된 절대왕권의 영광과 불행으로 얼룩졌고, 그의 개혁 의지는 관료주의의 필연적 산물인 온갖 규제와 외교적 무능 속에 질식하고 말았다. 실러가 30세 생일을 맞이하기 직전 파리에서는 백성들이 바스티유 감옥으로 돌진하는 사건이 일어났고, 결국 이 사건을 신호로 과격한 혁명적 사건들이 연속해서 일어났다. 이와 같은 혁명적 사건들의 연이은 발생은 급기야 왕조의 붕괴를 초래했다. 실러의 40회 생일 전날, 그러니까 1799년 11월 9일 저녁에는 나폴레옹 보나파르트가 공화국 정부를 타도하고 당일 저녁에 집정관 직(職)에 선출되었다. 그 후 정확히 5년이 지난 1804년 12월 2일에 그는 교황 비오 7세의 축성을 받아 노트르담 대성당에서 프랑스의 황제로 등극했다. 1805년 5월 9일 실러가 바이마르에서 세상을 떴을 때 독일제국은 여전히 나폴레옹의 노리갯감에 불과했다. 정치적 종말에 이어 그다음 해인 1806년 8월 6일에는 법적으로 독일제국이 해체되고 말았다. 노쇠한 국가의 해체에 대한 일반 사람들의 관심이 얼마나 적었는지는 괴테의 유명한 일기장 메모에 잘 나타나 있다. 그는 제국의 멸망에 관한 당장의 뉴스보다는 자신의 하인과 마부의 다툼에 더 마음이 쓰였다고 적고 있는 것이다.[1]

표현 형식에서 약간씩 차이가 나지만 사람들은 18세기의 독일을 마치 지체들이 유기적으로 결합되지 않고 제각기 따로 노는 몸통으로 묘사해왔다. 이미 1667년에 법률 이론가인 자무엘 폰 푸펜도르프(Samuel von Pufendorf)는 신성로마제국 독일국을 단적으로 표현해서 "겉모양이 불규칙한 몸통을 지닌 괴물과 비슷하다"고 했다.[2] 18세기 중엽에 이 몸통에는 근 300개의 영방(領邦)국가들, 거의 500개의 독립적인 제국 기사단, 쉰한 개의 제국 도시들, 열일곱 개의 주교좌가 딸려 있었다. 그들 지체들의 통치자 일동은 비정기적으로 회합을 갖고 당면한 법률문제들을 상의했다. 1648년 중앙 유럽의 평화 질서를 확립할 목적으로 체결된 뮌스터와 오스나브뤼크 조약에 따르면 이 통치자들은 모두 자체 통치권을 아무런 제한도 받지 않고 행사할 수 있는 각각의 주권을 가지고 있었다. 1789년에는 모두 합해서 1800개에 가까운, 각기 독립된 주권을 가진 개별 국가가 제국이라는 법률적 형체에 속해 있었다. 그 숫자에는 예의 독립적인 ('제국 직속의') 작은 영지들도 포함된다. 그 영지들은 농장 하나보다도 작지만 그들만의 법률을 소유하고 있었고, 오직 황제에게만 예속되어 있었다. 이를테면 기사 영지, 장터, 대소 수도원들이다. 그 작은 영지들은 인구가 1000명 이하인 면적상으로는 가장 작은 국가 단위들이었다. 대상을 좀 더 넓혀보면, 자유 제국 도시들(예컨대 뤼베크, 함부르크, 프랑크푸르트, 쾰른, 뉘른베르크, 아우크스부르크)과 주교좌가 있는 도시들(거기에는 18세기 말에 인구가 12만 명을 헤아리는 오스나브뤼크와 파더보른, 슈파이어, 뷔르츠부르크가 속한다), 그 밖에 변방백(邊方伯) 영지와 방백 영지 등이 여기에 속했다. 세기말에 헤아려본 결과로는 인구가 1만 명이 못 되는 도시가 무려 300개나 되었다. 그럼에도 불구하고 18세기 전반기에 제국의 인구는 계속 증가하고 있었다. 1700년에 인구가 약 1500만 명이던 것이 1800년이 되자 근 2500만 명으로 늘어났다.[3]

   총천연색으로 그려진 정치지도에서 가장 강력한 단위의 영방은 대공(大公)이나 선제후가 통치하고 있는 영방들이었다. 18세기 중엽에 특별히 막강한 영향력을 지닌 지역은 영토가 넓은 바이에른, 뷔르템베르크, 헤센-다름슈타트, 메클렌부르크였다. 반면에 한때 강력하던 작센은 수 차례 영토 분할을 겪고 난 후에는 이전에 행사하던 막강한 영향력을 상실했다. 왕이 다스리는 뵈멘과 브란덴부르크-프로이센은 독일의 남부 및 동부의 핵심 세력들이었다. 1440년부터 발효된 세습제에 따라 합스부르크 가문에서 배출된 황제는 다시금 제국 의회에서 선출된 형식적인 국가원수로서, 프리드리히 2세가 이름 붙인 것처럼 일종의 '영방 제후 공화국' 위에 군림했다. 정치적 영향력이 남보다 더 강한 것도 아닌, 명목상의 통치자로서 황제에게 부여된 과제는 단지 작위 수여, 제국 농토의 저당, 제국 도시들의 자유권 보장(제국 도시들은 반대급부로 비싼 값을 치러 빈 궁정에 대한 충성을 표시했다) 등과 같은 별로 중요치 않은 기능들뿐이었다. 제국 도시들이 납부하는 세액으로 충당되는 황제의 공식적인 연간 수입은 1만 4000굴덴으로, 이는 사실상 실권이 없는 직책에 대한 보상금이나 다름없었다.[4]

이처럼 기괴한 국가형태를 비판하는 목소리는 1806년 8월 나폴레옹의 라인동맹 외교를 통해 이 국가가 몰락하는 운명을 겪을 때까지 잠잠할 날이 별로 없었다. 1648년 베스트팔렌 평화협정 이후로는 이 나라의 내부적 통일의 강화가 바람직하다는 목소리가 끊일 사이가 없었다. 결국 프로이센은 1670년대 말부터 프리드리히 2세의 비호 아래 그리고 괴테가 보좌하던 작센-바이마르의 카를 아우구스트(Carl August) 공(公)의 지원을 받아 영방들의 단합을 목적으로 공동 방위 조약을 바탕으로 하는 하나의 동맹을 결성하려고 노력했다. 그러나 18세기에 제국은 수많은 외교적 갈등에도 불구하고 대외적으로는 놀랍도록 안정된 구조를 지닌 조직체인 것처럼 보인 것이 사실이다. 프로이센과 오스트리아 사이에 일어난 7년전쟁을 제외하고는 중유럽 국가 축(軸)은 놀라운 위기 대처 능력을 보여주었다. 이 전쟁에서는 바이에른, 작센, 뷔르템베르크도 오스트리아의 마리아 테레지아 편에 가담했다. 1763년 2월 15일의 후베르투스부르크의 평화협정은 프리드리히 2세에게 슐레지엔의 영구 보호 통치를 보장해주었고, 그럼으로써 패권국으로서 프로이센의 위상을 높여주었다. 개별 국가들의 난립 구조는 무엇보다도 세력들 사이에 균형을 유지케 함으로써 제국 내의 군사적 갈등을 막는 데 도움을 주었다.

다른 한편으로는 제국의 국가권력이 영방으로 분산되어 있어서 사회와 경제의 근대화 과정을 상당히 저해한 것도 사실이다. 쉽게 간파할 수 없게 서로 얽히고설킨 왕가들의 상황과 개별 영방이 제각각 구축한 행정 체제들은 사회적 기동성을 저해했고, 봉건 체제의 안정화를 유리하게 했으며, 시민계급의 해방을 지연했다. 공무원 조직의 비능률적인 업무 처리 방식, 관세장벽, 통일되지 않은 화폐 때문에 야기된 경제개혁의 부진은 전체적인 내정 개혁의 노력에도 지속적으로 영향을 미쳤다. 15세기부터 지속되어온 신분대표(Landstände)들과 영주들 사이의 불편한 관계는 1689년 슈파이어로부터 베츨라어로 이전한 제국 대법원이나 비공식적으로 빈의 제국 추밀원이 황제 개인에 의해 임명된 판사들과 함께 처리한 수많은 법적 소송사건에 잘 표출되어 있다. 1772년 괴테가 그곳에서 법관 실습 과정을 마쳤을 때 베츨라어에는 6만 1233개 사건이 미결인 채로 계류되어 있었다 (그 자신은 후에 그 숫자를 2만 건으로 추산했다). 미결 건의 숫자가 그렇게 높은 것은 사건 해결에 필요한 판사와 배석 판사의 채용에 드는 생계 지원비를 각 영주들이 지불해야 하는데, 이 돈이 제때에 어김없이 들어오지 않고 간헐적으로만 흘러 들어왔기 때문이다. 1763년 부채 계정을 들여다보면 1654년부터 누적된 부족액이 52만 6457탈러나 되었다. 빈에서만도 매년 2000~3000의 소송건이 발생한 것을 감안하면, 법원의 순 재정 적자가 나중에 필연적으로 어떤 결과를 가져올지 누구나 짐작할 수 있는 일이었다. 무엇보다도 문제가 되는 것은 영방 제후의 독단적인 조세정책 때문에 발생하는 법률 소원이었다. 이 조세정책은 제국 헌법에 보장된 신분대표들과 성직자의 특권을 침해하는 경우가 종종 있었다.[5]

그런데도 현행 법질서는 신분대표들과 성직자들의 독립성을 보장하는 경우가 드물지 않았다. 따라서 제후들에게는 빈으로부터 여러 조처들이 시달되었고 그들의 독단을 통제하는 판결들이 나왔다. 실러가 모시는 카를 오이겐 공은 1770년에 자신에 대한 그와 같은 법원 판결을 공표하지 않을 수 없었다. 순전히 그가 재정 정책상 자신의 업무 권한을 지나치게 넘어서는 일을 했기 때문이다. 뷔르템베르크의 법률가이자 신분 회의의 대표자였던 요한 야코프 모저(Johann Jacob Moser)는 황제의 휘하에 있는 관리들의 독립성을 신뢰하는 가운데 이렇게 자신 있게 선언한 적이 있다. "그 같은 사람이 영주가 되었든, 백작이 되었든, 아니면 수도원장이 되었든 할테면 해보아라, 원하는 만큼 세금을 부과하든지, 마음 내키는 대로 병력을 보유하든지 마음대로 해보아라. 최고 법원에 소송을 제기하면 그의 영방 권력이 얼마나 제한을 받고 있는지 알게 될 것이다."[6] 18세기의 제국 의회(Reichstag)는 때로는 놀라우리만치 독자적 위상을 과시하던 법원과는 달리 기능을 제대로 발휘하지 못했다. 영방으로부터 파견된 공사들은 별로 권한이 없어서 자체 결정을 내릴 수가 없었다. 좀 더 큰 영향력을 행사할 수 있는 것은 제후와 선제후의 협의체였다. 이는 대표 기관으로 영락한 제국 의회를 행정적 효율성 면에서 훨씬 능가하는 위원회였다.

계몽주의 시대에 와서 국가행정은 꾸준히 전문화되었다. 하지만 그렇다고 역동성을 얻은 것은 아니었다. 세금, 재정, 건설 등의 정책 조정은 군사 제도와 마찬가지로 대부분 신분 대표자 회의의 권한에 속해 있었고, 이 신분 대표자 회의 체제의 개별 부서는 내각의 성격을 띠고 있었다. 이 행정 구조의 효율성은 제후들이 어떤 모범을 보이느냐에 크게 좌우되었다. 제후는 프리드리히 2세의 예에서 보는 것처럼 자신의 행정 원칙이 지켜지고 있는지만 주의 깊게 감독할 뿐, 기구 운용 자체는 내각에 일임했다. 이런 추세는 작센-바이마르의 카를 아우구스트의 할아버지인 에른스트 아우구스트(Ernst August)의 경우나 뷔르템베르크의 아직 젊은 카를 오이겐의 경우에도 해당했다. 18세기 중엽에 개별 영방국가들 대부분의 예산초과 문제는 해결될 가망이 없었다. 1760년대 말 큰 영방들의 부채는 50만 탈러에 달했다(구매력을 기준으로 환산하면 1탈러는 30유로에 가까운 액수이다). 구제책을 강구하고 공공의 재정을 견고히 하는 방안이라야 고작 끊임없는 세법 강화뿐이었다. 여러 형태의 상품을 판매할 때, 특히 곡물과 가축을 판매할 때 세금이 부과되었다. 가축을 소유할 때나 기본 식량을 소비할 때도 마찬가지로 세금을 납부했다. 그때에 지방에서 간접세를 징수한 귀족은 빠져나갈 구멍을 다 이용해서 자신의 납부 의무를 이행하지 않았다. 거기에 보태어서 관세 규정이 문제였다. 영방들은 관세 덕택으로 자금 능력을 확보하려고 시도했다. 다른 한편으로는 이로 인해 이웃 나라와의 상품 교환이 대폭 제한을 받을 수밖에 없었다. 그러므로 관세 규정은 효과 면에서 적어도 양날을 가진 칼이나 다름없었다. 예를 들어 밤베르크에서 마인츠까지 220킬로미터 거리를 마인 강을 이용하여 배로 상품을 운반하고자 하는 사람은 세관을 서른세 개나 통과해야 했고, 거기에 상응하는 관세를 지불해야 했다(라인 강에는 스트라스부르에서 네덜란드 국경까지 서른두 개, 엘베 강에는 함부르크에서 마그데부르크까지 열네 개).[7]

주화(鑄貨) 사정도 극도로 복잡했을 뿐 아니라, 그로 인해 발생하는 교환 비율도 일정치가 않았다. 수많은 영방이 자체의 화폐 제조 권한을 악용하기도 했다. 그 효과로 은연중 인플레이션 현상이 나타나기 시작했고, 인플레이션은 거의 모든 소규모 영방들의 재정 회계에 영향을 미쳐 안정된 화폐 유통을 불가능하게 했다. 제국 영토 내의 공식적인 지불수단은 탈러(Taler)화(貨)였다. 그러나 남독일에서는 굴덴(Gulden)화가 정착되었다. 18세기 말에 1굴덴은 1.65탈러에 해당했다. 1800년경에 와서야 비로소 환율이 탈러에게 유리하게 변동되어 유통됨으로써 1탈러는 1.50굴덴과 맞먹었다. 그렇기 때문에 이재에 밝았던 실러가 1800년 이후에 튀빙겐에 있는 코타 출판사로 하여금 인세를 모두 좀 더 안정된 제국 탈러로 지불토록 한 것은 의미가 있는 조치였다. 다른 때 같으면 출판사는 굴덴으로 사례금을 지불하는 것이 관례였기 때문이다.[8] 북독일과 프로이센에서는 '법정 주화(Kurantfuss)'가, 오스트리아와 작센에서는 '협정 주화(Konvenstionsfuss)'가 고유의 화폐로 통용되었다. 거기에 보태어져 좀 더 안정된 금화인 바이에른의 카롤린(Carolin, 1카롤린은 6탈러에 해당함)과, 레싱의 희곡 「미나 폰 바른헬름(Minna von Barnhelm)」에서 '피스톨(Pistole)'이라 일컬어지면서 중요한 역할을 하는 작센의 루이스도르(Louisdor, 1루이스도르는 5탈러에 해당함)와 두카텐(Dukaten, 1두카텐은 3탈러에 해당함)이 있다. 그 경우 화폐가치는 해당 주화의 금속 품질에 따라 결정되었으므로 객관적으로 측정이 가능했다. 그에 반해서 은행권으로 지불하는 거래는 아직 초보 단계를 면치 못하고 있었다. 은행 제도는 특히 프랑크푸르트, 라이프치히, 쾰른, 아우크스부르크, 베를린 같은 비교적 큰 상업 도시에서 발달했고, 함부르크에서는 1778년에 첫 저축은행이 설립되었다.[9] 은행가들이 사업을 시작한 것은 대부분 권력자들에게 아첨하기 위한 것이었고, 따라서 제후들에게 유리한 조건으로 대출을 해주었다. 뷔르템베르크와 쿠어팔츠에서는 아론 젤리히만(Aron Seligmann)이 1770년대부터 독점적 위치를 확보했고, 프랑크푸르트에서는 잘로몬 오펜하임(Salomon Oppenheim)이 비슷하게 확고한 위치를 쟁취했다. 1800년 이후에는 유대인 수용소에서 금전 대출자로 성공한 마이어 암셸 로트실트(Meyer Amschel Rothschild, 로스차일드)가 다섯 아들과 함께 프랑크푸르트에서 남독일 최대 규모의 은행 사업을 벌였다. 18세기에 유통되던 본래의 지폐는 특히 여행객들에게는 주화보다 운반하기가 수월했던 어음과 같은 구실을 했다. 지폐는 거래 상대가 현금과 교환할 수 있게 해주는 권리 증서의 성격을 띠고 있었다. 그러나 일상적인 지불 거래는 주화를 바탕으로 이루어졌다. 은행권이 비로소 위력을 얻은 것은 그 후의 일이었다. 18세기 말에 와서 은행권은 프로이센 은행들과 빈의 발권은행에서만 발행되었다.[10]

교역은 열악한 도로 사정 때문에 많은 어려움을 겪었다. 열악한 교통 사정으로 어려움을 겪은 것은 비단 상품 거래만이 아니었다. 투른(Thurn) 가문과 탁시스(Taxis) 가문이 거의 전국적으로 사업 망을 조직한 우편 업무도 마찬가지였다. 우천 시나 해동기에는 대부분의 도로에 우편 마차가 통행할 수 없었다. 1788년 크니게 남작(Freiherr von Knigge)은 우편 마차 마부들이 마차의 바퀴 걸이가 시골의 비포장도로에서 버텨낼 수 있을 만큼 견고한지를 시험하려고 시내에서는 과속으로 달리는 것이 습관이 되다시피 했다고 보고하고 있다.[11] 마차가 편칠 않았기 때문에 개인적으로 여행하는 것도 극도로 불편했다. 매 시간에 주요 역들을 통과하는 우편 마차들은 쿠션 장치가 되어 있지 않았고, 승객들은 등받이가 없는 나무 걸상에 앉는 경우가 흔했다. 열고 닫을 수 있는 창문과 지붕이 있는 마차는 남독일에서만 볼 수 있었다. 그래서 여행객들은 나쁜 날씨에 무방비 상태로 방치되는 경우가 많았다. 값이 비싼 특별 마차는 대부분 좀 더 좋은 말이 끌고, 공간도 좀 더 큰 4인용 마차로 꾸려져 있었으며 정거장에서 좀 더 신속하게 출발할 수 있어서, 하루에 적어도 20마일을 달리는 운행 실적을 올렸다.[12] 특히 북독일이 도로 시설 면에서 뒤떨어져 있었다. 그렇지만 쿠어작센, 바이에른, 프로이센 같은 영방에도 포장된 도로는 거의 없었다. 프랑스에서는 이미 루이 14세 치하에 도로 건설에 대대적으로 착수해서, 도로 교통이 재빨리 개선된 것과 달리 독일의 영방 제후들은 공공연하게 이와 같은 업무 분야는 자신의 직권에 속하지 않는다고 여겼다. 괴테가 바이마르의 장관으로서 1779년 도로 건설 담당 기관의 책임을 맡은 후로 대대적으로 도로 체계를 새로이 확립하도록 한 끝에 바이마르로부터 예나와 에르푸르트로 가는 도로가 포장되기에 이르렀다. 그와 같은 사태 발전은 18세기 말까지만 해도 흔치 않았다. 나폴레옹 시대에 와서야 비로소 주로 날씨에 구애받지 않는 군대 행군로를 만들려는 목적으로 교통계획을 수립하는 붐이 일었다.

18세기 중엽에는 인구 중 80퍼센트의 생업이 아직도 농업이었고, 다른 생산 업종이 차지하는 몫은 사회 총생산량의 7분의 2에 불과했다. 공정(工程)이 합리화된 수공업 분야에 기계공업 제조의 전 단계들이 모습을 드러냈다. 30년전쟁 이래 첫 번째로 수공업, 특히 섬유제품 생산 분야에서 작업의 분업 구조가 발달하게 되었다. 그보다 더 큰 규모로 조직된 제조 형태는, 이미 중세 후기부터 잘 알려져왔지만 근세 초에 비로소 확장된 중개업 제도였다. 중개업 제도의 기초가 된 것은 대부분 실잣기나 옷감 짜기 같은 개별적인 가내 상품생산이었다. 이 가내 생산은 그 나름대로 중앙의 판매업소와 연결되어 있었다. 그 판매업소의 수장은 독점기업가나 다름없는 중개업자였다. 그는 저임금 노동력으로부터 완제품을 구입해서 이윤을 남기고 되넘겼다. 전에는 생산업자들이 직접 원자재를 구입해야 했으나, 나중 단계에서는 중개업자가 생산자에게 원자재를 조달해주는 쪽으로 발전하였다. 그 결과 제조와 판매의 완전한 순환 구조가 이루어졌다. 후에 와서 수공업 생산까지 포함한 이와 같은 체제의 한 예가 바로 바이마르의 대기업가 겸 출판업자인 프리드리히 유스틴 베르투흐(Friedrich Justin Bertuch)의 '기업 직영 영업소(Industrie-Comptoir)'이다. 그는 1770년대 중반부터는 예술계까지 주무르는 수완을 발휘했다.

도시들이나 지방이나 모두 전체 인구 중에 가진 것 없는 하층민들의 비율이 가장 높았다. 하층민 중에는 부락에서 자기 땅을 소유하지 않은 머슴과 하녀들, 인구 1만 명 이상의 비교적 큰 공동체 단위에서는 주로 하인들, 일용근로자, 잡역부, 무직자들도 있었다. 귀족은 전체 인구의 1퍼센트에 지나지 않았다. 18세기 말 쾰른이나 마인츠같이 비교적 부유한 제국 도시와 영방의 도읍지에는 형편이 나은 시민 계층, 즉 상인들, 조합을 조직한 수공업자들, 자영업자들, 공무원들의 수가 30퍼센트에 육박했다. 도시 시민 계층의 인구 비율은 고정적인 반면에, 인구가 증가하는 과정에서 궁핍화 정도는 계속 심해졌다. 특히 작센에서는 18세기 초부터 일용근로자들의 수가 현저히 많아져, 1750년에는 그 수가 18만 4000명에 달했다. 반면에 가톨릭이 지배하는 지역에는 같은 시기에 구걸하며 살아가는 사람들의 수가 증가했다(이곳에서는 사람들의 인심이 비교적 후한 편이었다). 사회의 그늘진 곳에 살던 사람들은 자주 나환자 같은 취급을 받았다. 정신병자, 지체 부자유자, 알코올중독자, 잡범들이 창녀들과 부랑아와 마찬가지로 이 그룹에 속했다. 1785년에 출간된 실러의 대박 식당 주인 프리드리히 슈반(Friedrich Schwann) 이야기인 「파렴치범(Verbrecher aus Infamie)」은 자유로운 한 사회에서 범죄자가 어떻게 사회적으로 낙인이 찍히는가를 극명하게 보여주고 있다. 집단 빈곤은 18세기의 1/3분기부터 대부분의 영방이 가장 긴급히 해결해야 할 경제 및 사회문제였다. 1770년 가난한 형편에서 살고 있는 가장의 연간 총지출이 가까스로 140제국탈러였다는 자료를 근거로 하면 소규모 수공업자와 농부들의 연간 평균 수입액(이 시기의 뷔르템베르크에서는 133탈러로 조사됨)은 수많은 사람이 생계에 필요한 최소한의 비용에도 못 미치는 수입으로 살아야 했음을 보여준다.[13]

그와 같은 궁핍화 현상이 만연함에도 불구하고 궁정에서는 엄청난 지출 정책으로 파멸을 자초했다. 여러 도읍지들은 배부르고 사치스럽게 생활하는 제후들의 건축 열기를 보여주었다. 시골에도 화려한 궁성들이 생겨났으며, 사냥, 궁정 무도회 및 오페라, 진수성찬을 차린 향연, 결혼식과 세례식은 헤아릴 수 없이 막대한 돈을 삼켰다. 18세기 중엽에 작센 선제후의 재정 형편이 더 이상 견실해질 수 없었음은 우연이 아니었다. 바이에른과 뷔르템베르크도 사정은 마찬가지였다. 아이헨도르프(Eichendorff)가 1856/57년에 나이 들어 쓴 자신의 미완성 회고록 초록에서 돌이켜보듯, 제후의 궁정 생활을 본받은 귀족들의 취향과 생활양식 속에 퇴폐풍조들이 나타났다. 아이헨도르프는 이렇게 회고하고 있다. "아름다운 말들과 때깔 좋은 스위스 암소들이 거의 우상처럼 떠받들어지는 마구간은 화려한 사원으로 변모했고, 궁전 내부에는 온갖 잡기와 허풍으로 사람을 현혹하는 딜레탕티슴이 난무했다. 지체 높은 따님들은 악기를 연주하거나 그림을 그리며, 우아함을 연출하고 배드민턴 놀이를 했다. 여주인은 희귀종 암탉과 비둘기들에게 모이를 주거나, 금몰을 풀었다. 모두가 하는 일이라곤 아무것도 없었다."[14] 프랑스 절대주의의 본을 따라 독일의 영방 제후들과 심지어 비교적 작은 영방의 통치자들까지도 자신을 나라 살림의 결정적 권한을 지닌, 나라의 어버이로서 내세웠다. 그들은 세습적인 통치 체제의 틀 안에서 행정, 교육, 조세정책 등에 직접적으로 영향력을 행사했다. 최고의 재판관으로서 그리고 영주로서 그들의 막강한 권력은 교회로부터도 아무런 규제를 받지 않았다. 그들은 "세속적 의식"[15]의 틀 안에서 축제 의식과 충성 맹세의 의식을 거행했고, 거기에는 궁정 귀족이 '오락 프로그램 사회자(Maitre de plasir)'로 참여했다. 내부적으로 19세기의 시민 국가가 확장되기까지 귀족계급의 대표자들은 공무원 기구를 이끄는 세력들을 배출했다. 그러나 그들의 영향력은 큰 정치적 권한이 없는 행정 분야에만 국한되어 있었다. 귀족계급에겐 물론 업무의 엘리트로서 여러 가지 차별화된 사회적 지위를 누릴 수 있는 특권이 있었다. 그들에게는 세금 부담이 면제되는 경우가 허다했고, 법원 판결을 통해 과해진 형벌은 벌금으로 대형(代刑)할 수 있는 길이 열려 있었다. 자식들은 군 복무를 면제받을 수 있었다. 영방 귀족이 대부분 비교적 작은 분쟁에서 낮은 수위의 재판권을 행사하고, 세습적으로 종속된 농부들에게 막대한 세금을 강요하고, 부락 공동체에서 경찰과 행정 기구를 통제할 수 있었다는 점을 감안할 때, 이는 어디까지나 모순에 찬 광경이 아닐 수 없다. 제국 의회의 실권이 약화됨에 따라 귀족 계급이 고위 정치에 참여해서 통치 방향을 결정하는 권한을 행사할 가능성은 없었지만, 하위 지방 분권적 통치 영역에서 포괄적인 권력 행사를 보장하는 수많은 특권은 부여되어 있었다.

그에 반해서 도시 시민계급은 18세기 말 이전에는 이렇다 할 정치적 영향력이 없었다. 비교적 큰 제국 도시에서 상업에 종사하는 시민들은 경제적으로는 안정되었고, 전통적으로 특히 조합이나 영업상의 자체 조직 내에서는 나름대로 권한을 행사했다. 그러나 그들은 대부분 편협한 신분 의식에 사로잡혀 심한 정신적 무기력 상태에 빠져 있었다. 18세기 말엽까지 제후들이 다스리는 국가의 행정 기구에서 시민계급이 담당할 수 있는 역할은 단지 하급직에만 국한되어 있었다. 대학의 설립과 정치학이나 재정학 같은 분야의 새로운 학과 개설과 함께 비로소 시민들은 자신의 행정 역량을 발휘할 가능성을 얻게 되었다. 법률이나 경제적인 전문 분야에서 견실하게 지식을 쌓은 시민들이 제후들의 마음을 사로잡았다. 업무가 더욱 분화되고 다양해져가는 공무원 스태프에 시민들의 능력을 끌어들일 수 있었기 때문이었다. 물론 행정의 새로운 조직에서는 귀족의 파벌 형성을 통한 저항이 점점 심해졌다. 귀족들의 파벌 형성은 정실 인사를 조장했고, 관료 체제가 역동성을 얻는 것을 저해했다. 그뿐 아니라 전횡을 일삼는 통치자는 정치적으로 실권한 귀족에게 적어도 공공 분야에서 부분적인 권한을 보장하는 행정 직책을 맡겨 보상하는 방안을 생각하지 않을 수 없었다. 나폴레옹 시대의 문턱에 이르러 비로소 제3계급의 대표자들에게도, 높은 안목이 필요한 행정 업무를 담당할 수 있는 길이 열렸다. 이 같은 사태 발전은 19세기의 시민계급에 바탕을 둔 관료 국가의 토대를 마련했다.

실러가 탄생한 뷔르템베르크는 작센과 더불어 당시 제국 전역에서 가장 인구밀도가 조밀한 영방이었다. 1740년 이곳 인구는 47만 명이었는데 생업은 주로 농사였다. 농사에는 질 좋은 농토가 풍성한 수확을 보장해주는 법이다. 가장 큰 도시는 슈투트가르트로 1787년의 조사에 따르면 인구는 2만 2000명을 헤아렸다. 그다음이 튀빙겐(인구 6000명)과 루트비히스부르크(인구 5000명)였다.[16] 18세기 독일의 상황으로 보아 이와 같은 수치는 지극히 정상적이다. 1776년 괴테가 카를 아우구스트 공에 의해 추밀 고문관으로 임명되었을 때, 바이마르 인구도 똑같이 6000명밖에 되지 않았다(작센-바이마르 공작령의 인구를 모두 합쳐도 10만 명이 넘지 않았다). 같은 시기에 주민 수가 14만 명에 달하는 베를린 같은 도시는 예외에 속했다. 뷔르템베르크에서도 그동안 전쟁과 전염병 때문에 인구 증가가 현저히 정체되었다가 1700년을 전후해서 제국 전역에서처럼 인구가 꾸준히 증가했다. 1775년에 이미 51만 6000명, 1794년에 61만 4000명, 세기말에는 66만 명을 헤아렸다.[17] 이와 같은 인구 증가는 계몽주의 세기의 독일의 형편이 의약품 조달에 큰 어려움을 안고 있었고, 그 결과 어린이 사망률이 대단히 높아 빠른 인구 증가의 길이 막히긴 했지만, 그동안 의료 상황이 많이 개선된 결과로 볼 수 있다. 18세기 중엽에 영방의 한 가정에서는 평균 여섯 명의 아이들이 태어났다. 그러나 그중 33퍼센트는 이미 첫해에, 52퍼센트는 6세 이전에 사망했다. 실러의 부인 샤를로테가 1793년과 1804년 사이에 낳은 네 아이는 모두 성인 연령에 도달했으니, 이는 그와 같은 수치를 감안하면 예외적 현상이 아닐 수 없다. 높은 유아사망률은, 전염병의 만연으로 800만의 인명을 앗아간 30년전쟁이 끝난 지 100년이 지난 후에 비로소 제국의 인구가 다시금 1618만 명에 달하게 된 까닭을 분명히 밝혀주고 있다.

독일의 다른 지역과 마찬가지로 뷔르템베르크에서도 농사는 백성의 주된 생업에 속했다. 그중에서도 포도 재배가 핵심적 생업 분야에 속해서 그 지역 경제에 중요한 의미를 지니고 있었다. 그 지역의 농산물 수확률은 높았고 토양 상태도 유리했다. 경작한 작물들은 성장이 빨랐는데 이는 또한 온난하고 햇볕이 많은 기후 조건 때문이기도 했다. 1775년 말부터 실러의 아버지가 슈투트가르트 근처에 있는 솔리튀드(Solitude) 별궁(別宮)에서 국가에서 주도하는 감독과 전문적 지도의 책임을 맡고 있었던 과수 재배도 늘 수익성이 있었다. 축산업도 괄목할 만한 수익을 올렸지만. 국가가 이에 대한 세금을 높게 부과했다. 1782년 영방 내의 뿔 달린 가축의 수효는 25만 두(頭), 양의 수효는 40만 마리에 접근했다. 수출을 목표로 한 말 사육은 18세기 중엽에 상당한 붐이 일었으나, 지출 또한 똑같이 높아 소유자에게 이렇다 할 소득을 올려주지는 못했다.

농업과는 반대로 초기 공산품 생산은 필요한 지하자원의 부족으로 부진한 편이었다. 철강과 수정을 채굴하는 데에는 그야말로 난관이 많은 것으로 밝혀졌지만, 반면에 암염 채취는 비교적 효율적이었다.[18] 1750년대 중반부터 기계 생산 가능성이 개선됨에 따라 직조 공장과 견직물 제조 공장들의 설립이 강한 추세를 보였다. 오이겐 공이 설치한 상공위원회는 산업 경제계의 대표와 영방 귀족이 소속 위원이 되고 추밀 고문관을 위원장으로 하여 제품의 생산고를 조종하고, 비교적 큰 기업의 판매 수지를 검토하고, 조세 승낙 권한을 행사했다. 여기서 영방의 경제는 국가의 조종을 받아 발전하도록 되어 있었다. 그러나 실제로 국가가 제정한 저인망과 같은 각종 규제는 흔히 경제 발전에 제동을 거는 작용을 했다. 수익이 많은 대외무역을 촉진하기 위하여 18세기 중엽부터 영방 정부는 도로 확장을 지원했다. 특히 슈투트가르트의 도로 연결을 개선하는 작업이 추진되어 도성으로부터 튀빙겐, 아우크스부르크, 하일브론으로 가는 길이 새로 생겼다. 실러는 1793년 늦여름 처음으로 11년간의 망명 생활 끝에 예나로부터 뉘른베르크를 경유하여 뷔르템베르크에 있는 고향으로 여행했을 때 엄청 좋아진 도로 사정을 보고 감탄한 적이 있다.

　뷔르템베르크에는 1673년부터 상비군이 있었다. 이는 뮌스터-오스나브뤼크의 평화협정 이후 대부분의 독일 영방에서 30년전쟁 때 있었던 다양한 사람들로 편성된 용병 부대를 밀어내고 생긴 군대 조직이었다. 그러나 병사들의 수는 별로 많지 않았다. 프리드리히 2세의 즉위 당시인 1740년에 프로이센 군대의 병력은 4만 명이었다(이 숫자는 왕이 사망하던 해인 1786년에는 19만 4000명으로 증가했다). 반면에 1740년대에 뷔르템베르크의 병력은 겨우 2500명이었다. 그의 반수 이상은 궁정에 주둔하는 용기병(龍騎兵)이었다. 그들은 제후의 신변 보호와, 도성 안전을 위한 경계 업무를 담당하고 있었다. 다른 영방과 마찬가지로 군인들은 병영이 아니라 개인 숙소에서 숙박했다. 군대 막사는 병력이 급격히 증가한 후인 1880년대 초에 와서야 생겨났다. 뷔르템베르크는 1750년대에 오스트리아와 프랑스 편에 서서 적극적으로 대(對)프로이센 전쟁에 뛰어들었을 때 분담 병력을 늘릴 필요성을 느꼈다. 마구잡이 신병 모집 절차를 적용하여 단시일 내에 2700명의 신병들을 무장시켰다. 이는 프로이센의 모병(募兵) 원칙을 본받아 이루어진 것으로 강제적 성격이 없지 않았다. 뷔르템베르크의 군대는 전장에서 프리드리히 2세와 대치하여 기계적으로 움직이고 있는 대규모 군 병력의 아주 적은 일부에 지나지 않았다. 이 군대는 훈련 부족과 무질서한 지휘 체계 때문에 순식간에 프로이센 군대의 우월한 공격 전술의 희생물이 되고 말았다. 1763년 2월 15일 후베르투스부르크에서 슐레지엔에 대한 프리드리히의 단독 통치를 확정하는 평화협정이 맺어졌을 때는 뷔르템베르크의 군인들이 작전지역의 후방으로 물러난 지 이미 오래되었을 때였다. 중유럽 국가 세력의 재편은 카를 오이겐 공의 적극적인 개입 없이 이루어졌다. 카를 오이겐 공은 자신의 전쟁 참여가 파국적인 실패로 끝난 후에는 전적으로 내정에만 몰두했고, 대국이 되려는 환상을 포기하지 않으면 안 되었다. 이와 같은 새로운 방향 전환은 시간이 지나면서 대프로이센전에 참가했던 실러의 아버지와 아들인 실러 모두에게 영향을 미쳤다. 그 방법은 대단히 달랐지만 두 사람은 이율배반적 성격을 지닌 한 통치자의 개인적 영향권 안에 들게 된 것이다.

이율배반적 성격을 지닌 폭군
뷔르템베르크의 공작 카를 오이겐

카를 오이겐은 1744년부터 1793년까지 뷔르템베르크 영방을 지극히 독단적으로 통치한 영주였다. 이와 같은 독단적 통치는 실러가 크리스티안 쾨르너(Christian Körner)에게 보낸 편지에 타이틀을 붙인 것처럼(NA 26, 278), 절대군주인 '슈바벤 왕'에게서나 기대할 수 있을 법한 통치 스타일이었다. 역사가들의 공통된 견해에 따르면 공작은 성적 도착, 낭비벽, 방약무인한 태도, 그러면서도 계몽주의 색채를 띤 관용적 성격의 측면들이 뒤섞여 있는 인물이었다. 이 계몽주의적 관용의 측면들은 그의 후기 통치기간에 돌연히 나타나기 시작했다. 수많은 역사적 증거 자료를 살펴보면, 명예욕, 괴팍함, 거짓과 탐욕으로 가득 찬 고삐 풀린 전제군주인 그와 만나게 된다. 특별히 이 영주의 진면목을 엿볼 수 있는 깜짝 놀랄 만한 예는 그가 바닥난 국가재정을 충당할 목적으로 인두세(人頭稅)를 받고 그의 신민들을 영국 왕실의 용병으로 팔려가게 한 잔혹한 강제 조치들에서 찾을 수 있다. 실러는 이 사실을 「간계와 사랑(Kabale und Liebe)」(II, 2)의 시종 장면에서 고발한 적이 있다.[19] 공작의 자의적 통치 행태는 출판업자인 크리스티안 프리드리히 다니엘 슈바르트(Christian Friedrich Daniel Schubart)의 경우에도 분명하게 드러나고 있다. 그의 자의적 통치 스타일이 지니고 있는 폭력적 측면은 만년에도 반복해서 돌발적으로 나타나곤 했다. 슈바르트는 반항적 기질이 있는 작가로서 1773년까지 루트비히스부르크 궁전의 음악 지휘자 직을 맡고 있었다. 그러나 그는 과격한 계몽주의적 성향 때문에 직책을 잃고 국외로 추방되었다. 1774년에 자신이 창설해서 한때 판매 부수가 4000부까지 달한 적이 있는 《도이체 크로니크(Deutsche Chronik)》에서 그는 이 독일 제후국의 전제적 통치에 대해서 몇 번이고 반복해서 혹독하게 비판했다. 1777년 1월 말 슈바르트는 공작의 손이 미치지 못하는 제국 도시 울름에 피신해 있었다. 그러나 그는 모종의 구실하에 뷔르템베르크의 영토인 블라우보이렌으로 유인되어 체포되고, 카를 오이겐의 정치를 공공연하게 공격했다는 이유로 형식적인 고발도 없이 호엔아스페르크 요새에 감금되고 말았다. 그해 2월 6일에는 고아나 다름없는 그의 열두 살짜리 아들 루트비히가 카를스슐레(Karlsschule)*에 맡겨져 후에 실러의 친구

: .

* 카를 오이겐 공이 1770년에 자신의 이름을 따서 솔리튀드 별궁에 세운 학교로, 애당초에는 고아가 된 군인 자제들을 수용해서 숙식을 제공하며 정원이나 과수원을 가꾸는 원예술을 교육시키던 곳이다. 1773년에 사관학교인 '공작의 군사 아카데미(Herzögliche Militärakademie)'로 개편되었고, 1781년에는 오스트리아 황제 요제프 2세에 의해 '고등 카를스슐레(Hohe Karlsschule)'로 승격되어 오늘날의 대학교와 같은 구실을 했다.

그룹에 끼게 되었고, 실러와는 각별히 가까운 사이가 되었다. 슈바르트는 10년간의 감금 생활 끝에 심리적 장애를 일으켜 석방되었고, 나중에 슈투트가르트 궁정의 음악 감독으로 임명되었다. 그리고 그는 정해진 활동 범위 안에서, 그것도 엄격한 통제하에, 출판 활동을 계속할 수 있다는 허락을 받았다. 카를 오이겐은 귀족, 시장, 성직자로 구성된 신분 대표자 회의인 '란트샤프트(Landschaft)'의 의장인 요한 야코프 모저에게도 이와 비슷한 조치를 취했다. 모저는 1759년 7월 12일부터 1764년 9월 25일까지 아무런 법적 근거도 없이 호엔트빌 요새에 감금되어 있었다. 성격이 까다로운데다 경건주의 정신교육을 받은 법률가인 모저는 공작의 파멸을 자초하는 재정 정책을 지칠 줄 모르고 비판했던 것이다. 수많은 유럽의 통치자, 덴마크의 왕과 프리드리히 2세의 지원을 받은 란트샤프트가 압력을 행사함으로써 겨우 그는 석방될 수 있었다.

카를 오이겐의 방탕한 성생활, 무절제한 애첩 거느리기, 수 년 동안 외떨어진 별궁에서 그의 사적인 지시에 따라 행동한 이탈리아 여가수들이나 프랑스 여배우들과의 애정 행각은 악명이 높았다. 그의 돌발적인 격노와 극도로 민감한 성격은 언제나 두려움을 자아냈다. 만약 어떤 신하가 그에게 무엄하게 군다는 낌새가 있기만 하면, 그의 과민한 성격은 예외 없이 복수심으로 돌변했다. 헤르만 쿠르츠(Hermann Kurz)는 1843년 처음으로 「실러의 고향 시절(Schillers Heimatjahre)」이라는 소설을 (처음에는 다른 제목으로) 발표했는데, 이는 1880년대 초에 고등 카를스슐레 주변을 무대로 해 젊은 신학자 하인리히 롤러(Heinrich Roller)의 성장 과정을 다룬 소설이었다. 이 소설에서 공작은 성격이 다혈질인데다 괴팍하기까지 한 전제군주로 그려져 있다. 그는 백성들의 마음을 좀 더 잘 파악하고 그들의 심성을 포괄적으로 통찰하려고 호기심이 있는 것처럼 꾸며 그들을 대화에 끌어들이곤 했다. 쿠르츠의 소설은 분명 문학사에 길이 남을 만큼 위대한 작품은 못 되는 한낱 평범한 소설에 지나지 않지만, 절대주의의 무소불위한 통치를 문학적으로 비판한 소설로서 많은 것을 시사하는 전형적인 예가 아닐 수 없다. '3월 전기(Vormärz)'*에 있었던 민주적 소요의 시각에서 볼 때 이 비판이 겨냥하는 방향은 바로 현실 정치에 대한 공격이라는 데에는 이론의 여지가 없다.

물론 이 같은 초상화 말고 이 독재자를 좀 더 밝게 그린 제2의 초상화도 있다. 이 다른 초상화는 예술과 학문을 진흥한 계몽주의자, 지극히 양심적인 정치가, 의무감이 투철한 군주의 모습을 보여준다. 그는 매일 몇 시간씩 집무실에서 편지를 읽고(연간 읽은 편지는 1만 2000통에 달한다), 청원 사항은 지체 없이 답을 보내는 것이 상례이고, 공국의 학교 제도와 대학 교육의 문제를 다루며, 멀리 떨어진 지역까지 정기적으로 출장하여 백성들의 생활상을 직접 관찰하며, 어려움이 있는 곳에는 아낌없이 따뜻한 도움을 주려고 애쓰는 군주로 그려져 있다. 이와 같은 시나리오에는 정보에 밝고, 자신의 직무를 절도 있게 처리하는 계몽된 풍모를 지닌 제후의 이미지 때문에 변덕스러운 독재자의 이미지가 가려 있다. 실러의 주군이던 카를 오이겐 공의 인생사를 읽어본 사람이면 어쩔 수 없이 이 두 이미지가 치열하게 경쟁하는 것을 감지하지 않을 수 없다. 공작의 이미지가 집권 초기에는 독재자, 집권 후기에는 관대한 심성을 지닌 자애로운 통치자로 탈바꿈했다는 것을 충분히 고려하더라도 여전히 혼란스러운 점들이 많이 남는다. 상반된 두 성향이 일찍부터 공작 자신 속에 도사리고 있어 그를 이율배반

..

* 나폴레옹전쟁이 끝나고 빈 공회가 열린 1815년부터 1848년 3월 혁명이 일어나기까지 복고 체제가 독일을 지배하던 시기.

적인 성격의 인물로 만들고 있다. 윤곽이 모호한 이 이율배반적 성격은 특히 그의 가장 유명한 신하인 쉴러와의 관계에서도 그대로 드러나고 있다.

아버지 카를 알렉산더(Carl Alexander) 공작은 가톨릭 통치자 가통(家統)을 처음으로 세운 제후였다. 그는 오스트리아 편에 서서 터키인들에 대항해 싸웠고, 그 공로로 제국의 세르비아 총독 자리를 얻었다. 1727년 그는 투른과 탁시스의 여제후인 마리아 아우구스타(Maria Augusta)와 결혼하여 1728년 2월 11일에 맏아들 카를 오이겐을 낳았다. 뒤를 이어 1731년과 1732년에는 두 동생 루트비히 오이겐(Ludwig Eugen)과 프리드리히 오이겐(Friedrich Eugen)이 태어났다. 1733년에는 삼촌 에버하르트 루트비히(Eberhard Ludwig)로부터 뷔르템베르크 공작 작위를 물려받았다. 겨우 6년간인 그의 통치 기간은 어디까지나 상반된 동인에 좌우되었다. 일면 그는 어디까지나 계몽주의 사상에 우호적인 제후였다. 그는 명성이 높은 튀빙겐대학의 철학 교수로서 크리스티안 볼프(Christian Wolff)의 이론을 전달한 게오르크 베른하르트 빌핑거(Georg Bernhard Bilfinger)를 후원했고, 영향력이 큰 영방 신분 세력들을 상대하면서 종교적 관용과 중도적 자유주의 성향을 보여주었다. 그러나 다른 한편으로 그의 가톨릭 신앙은 영방의 개신교 신민들에게는 상당한 거리감을 느끼게 했다. 공작으로서는 도저히 이 거리감을 완전히 좁힐 수가 없었다. 이 거리감은 외부 접촉이 없이 내부적으로 가까운 사람들끼리 끈끈한 관계를 유지하기를 선호하는 그의 성향 때문에 더욱 조장되었다. 재정은 1733년부터 추밀 재정 고문관으로 재직한 유대인 대은행가 요제프 쥐스오펜하이머(Joseph Süß-Offenheimer)의 손에 있었다(1925년에 리온 포이히트방거(Lion Feuchtwanger)가 쓴 소설 「유대인 쥐스(Jud Süß)」는 그를 획일성이 없이 모순에 찬 인물로 그리고 있고, 그에 대해서 판에 박힌 반유대주의적 평가를 하지는 않는다). 오펜하이머는 조세정책에 대한 란트샤프트의 영향을 배제함으로써 공작의 절대적 지위를 확립하려고 노력했다. 수입품에 대한 세금을 높이는 것을 지원하는 이른바 보호무역주의의 노선을 펴서 영방 내부의 상품들, 주로 소금, 피혁, 포도주, 연초의 독점을 관철하려고 노력하기도 했다. 이와 같은 추밀 고문관의 정책은 개신교 신앙을 가진 영방 신분 세력들의 날카로운 반대에 부닥쳤다. 그들이 반대한 까닭은 그 정책이 무분별하게 편파적이었기 때문이다. 은행 제도, 국가의 감독을 받는 복권 판매, 도자기와 견직물 공장 등은 곧 그의 개인적 통제를 벗어나게 되었다. 그렇게 하여 사회적으로 양가성을 지닌 오펜하이머의 이중적 이미지가 형성되었다. 한편으로는 원대한 안목을 지닌 능력 있는 정치가, 다른 한편으로는 명예욕에 사로잡히고, 적잖이 무자비하기까지 한 간신의 이미지였다. 나중에 그의 부처에서 내린 결정과 관련하여 영방 신분 세력들이 쏟아낸 비난들은 물론 출처가 의심스러운 것들이었다. 공작이 세상을 뜬 후에 그를 상대로 대역죄의 재판이 벌어졌고, 사형선고로 이어졌다. 이 사형선고는 반유대적인 복수심에 사로잡힌 파렴치한 불공정 재판의 예로 역사에 남아 있다.

카를 알렉산더가 1737년 3월 12일에 사망했을 때, 아홉 살 난 세자는 아직 미성년이었다. 하여 과도정부의 구성이 필요했다. 우선 가족의 방계(傍系)인 70세의 뷔르템베르크-노이엔슈타트의 카를 루돌프(Karl Rudolf)가 임시로 공작 작위를 받았다. 그러나 1년 후에 그는 그에게 무시당한 느낌을 불식하지 못한 란트샤프트의 압력으로 뷔르템베르크-욀스 출신 카를 프리드리히(Karl Friedrich)에게 자신의 직분을 넘겨주었다.[20] 1741년 12월에 영방의 과도정부는 세자와 그의 두 동생을 프로이센 왕 프리드리히 2세의 보살핌 아래 교육을 더 받도록 베를린으로 보냈다. 계획된 수업량을 철저히 채울 것과 모후(母后)가 세운 교육 계획을 지원해줄 것을 약속한 젊은 프로이센 왕은 이제 마리아 테레지아가 다스리는 오스트리아와 동맹 관계를 맺은 뷔르템베르크의 가톨릭 통치자 혈족을 자신의 영향권 내에 둘 수 있는 기회가 왔다고 보았다. 왕자들은 짧은 기간 임시로 왕궁에 체류한 후 1742년 1월 초에 대성당에서 멀지 않은 프리드리히 시(市)의 빌헬름 슈트라세로 주거를 옮겼다. 그곳에서 그들은 시동(侍童), 마구간 감독, 요리사, 교사들로 구성된 소그룹의 신료들에게 둘러싸여 그다음 2년간을 보냈다. 왕자들은 훌륭한 교사들에게 수업을 받았다. 교사들 중에는 세계적으로 유명한 레온하르트 오일러(Leonhard Euler), 법률가 하인리히 뮐리우스(Heinrich Mylius)도 끼어 있었다. 게오르크 베른하르트 빌핑거가 마련한 교육 프로그램은 전통적인 요소와 현대적인 요소가 절충되어 있었다. 필수과목인 프랑스어와 라틴어 강독, 번역 과정, 편지 쓰기 연습, 수학, 기하학, 미술, 음악과 펜싱 외에 정치학과 법률학 주제가 프로그램에 끼어 있었다. 미래의 통치자는 그 시대의 정치 이념사를 다루어야만 했다. 특히 휘호 흐로티위스(Hugo Grotius), 자무엘 폰 푸펜도르프, 크리스티안 볼프 같은 사람의 자연법 이론들이 여기에 꼽혔다. 카를 오이겐은 교육 내용을 빨리 습득하는 능력을 보였으나 반면에 끈기가 없고, 주의가 산만하며 성급했다. 이는 후일 그가 통치 기간에 보여준 정신적 성향을 그대로 말해주고 있다. 빌핑거가 제안한 이상적인 수업 목표량이 그대로 실천에 옮겨지는 경우는 드물었다. 궁정을 대표해야 하는 임무, 외부 손님의 방문 또는 사냥 등이 하루에 정해진 일과를 방해했기 때문이다. 그처럼 미래의 영주에게는 그 시대의 다른 젊은 군주들과 마찬가지로 체계적 토대와 내적 연관이 없이 산만하고, 계몽주의 요소의 흔적들이 뒤섞인 교육이 전수되었다.

1744년 1월 11일 황제 카를 7세는 공작의 모후의 열망을 받아들여 이제 겨우 열여섯 살 난 카를 오이겐이 성년이 되었음을 선포했다. 격식을 갖추어 행사를 치르는 가운데 2월 5일에 빈에서 발행한 증서가 프리드리히 2세에 의해 샤를로텐부르크에서 수여되었다. 사흘 후에 세자가 동생들과 함께 베를린을 떠났을 때, 그의 짐 속에는 황제의 증서뿐 아니라 프리드리히가 작성한, 중국의 『자치통감(資治通鑑)』과 비교될 만한 군주의 지침서도 한 권 들어 있었다. 이 지침서는 그로 하여금 분별 있는 행동 규칙들과 신중한 통치 원칙들을 명심토록 하기 위한 것이었다. 여러 쪽에 달하는 텍스트의 핵심에는 재정 정책의 중요성에 대한 언급이 들어 있었다. 프리드리히 왕은 재정 정책을 현대 국가 경영의 중추로 보았다. 경험이 없는 공작이 후년에 바로 이 분야에서 가장 큰 실수를 저지르고, 심각한 후유증을 초래하게 될 갈등을 도발한 것은 운명의 아이러니가 아닐 수 없다. 카를 오이겐 일행은 슈투트가르트로 가는 길에 바이로이트를 경유했다. 이 보위 계승자는 바이로이트에서 프리드리히 2세의 조카딸인 이제 겨우 열한 살 반인 엘리자베테 프리데리케(Elisabethe Friederike) 공주와 약혼했다. 그녀와는 이미 1741년 12월 프로이센 궁정으로 가던 도중 잠시 그곳에 머물 때부터 알고 지내던 사이였다. 3월 10일에 그의 슈투트가르트 입성이 백성들의 환호를 받으며 이루어졌다. 백성들은 이 새로운 제후와 함께 앞으로 그들에게 무슨 일이 일어날지 아직은 아무것도 모른 채 젊은 통치자에게 감격에 찬 축하 인사를 보냈다.

근 50년간 지속된 공작의 통치 기간은 세 단계로 나누어진다. 1744년부터 1754년까지는 최초 국정 방향의 설정과 신중한 국정 운영 시기, 그다음 1752년부터 1770년까지는 무절제와 무소불위의 전제정치가 자행되던 시기, 마지막 1770년부터 1793년까지 20년간은 조심스럽게 계몽주의 사상을 추종한 기간으로 구분된다. 공작은 마지막 단계에서 공익사업과 학제, 대학 교육과 같은 문제에 특별한 관심을 보였다. 1748년 3월 26일에는 엘리자베테 프리데리케와 결혼했다. 새 공작 부인은 빠른 시간에 신하들의 호감을 샀다. 카사노바는 그녀에게 열광한 나머지 그녀를 "독일 전국에서 가장 아름답고 가장 완벽한 공주"라고 불렀다.[21] 그러나 그 결혼은 카를 오이겐이 호색한의 기질을 억제할 수 있는 동안만 유지되었다. 그가 여자들과 어울려 방탕한 생활에 빠지자 그 결합은 위기에 봉착하고 말았던 것이다. 그들 사이에는 딸 하나가 있었으나 일찍 세상을 떴다. 1756년 9월 말에 공작 부인은 뷔르템베르크 궁정을 떠나 바이로트로 가서 그곳에서 남편과 떨어져 혼자 살았다. 하지만 결코 이혼까지는 이르지 않았다. 행여나 이혼을 시도했다면 가톨릭교회는 물론 프리드리히 2세도 이것만은 저지하는 조치를 취했을 것이다. 만년에 와서 수 년간 미국에 체류한 적도 있으나, 공작 부인 프리데리케는 마인츠에서 1780년 4월 6일 세상을 떴다.

젊은 공작은 처음에는 프로이센에서 배운 대로 계몽된 이성의 원칙을 지키며 영방을 통치했다. 행정 분야 책임을 맡은 추밀 고문관들인 하르덴베르크(Hardenberg), 게오르기(Georgii), 체히(Zech) 등은 밝혀진 바로는 모두 유능하고 사려 깊은 공복(公僕)들이었다. 그들은 경험이 없는 영방 군주를 충성스럽게 보필했다. 카를 오이겐은 업무에서는 단호하다 싶을 만큼 절도 있는 자세를 보여주었다. 그는 첫 동이 틀 무렵이면 시종들로 하여금 자신을 잠에서 깨우도록 했고, 아침 접견이 끝나면 책상에 앉아서 각종 위원회의 의안들을 점검하고, 문서에 서명을 했다. 그런 후에 말을 타고 정원과 들에서 작업하는 일꾼들을 감독했다. 아침은 9시에 들고, 오전은 공문들을 읽으면서 보냈다. 점심 식사 후에는 다시 말을 타고 외출했다. 4시부터는 각종 서류를 읽고, 일찍 만찬을 들었다. 그런 후에는 오페라에서 기분을 풀고, 잠자리에 들어 짧은 시간 잠을 잤다. 정교하게 편성된 행정 시스템은 엄격한 감독을 받았다. 관리들의 근무시간은 매일같이 발췌된 일지에 기록되어야 했다. 연말이 되면 공작은 문서로 된 정확한 보고를 전부서에 요구했다. 영주는 위급 상황이 발생하면 몸소 뛰어들었고, 홍수나 화재 발생 시에는 융통성 있게 도왔으며, 농장 소유주들 사이의 분쟁을 조정했고, 지역 주민들과는 직접적인 접촉을 꾀했다.

통치 초기에는 공작이 자신에게 부여된 통치 의무를 충분히 이해하고 충실히 이행한 반면에, 1750년대 초가 되자 그의 무절제한 방탕 벽(癖)이 갑자기 모습을 드러냈다. 그의 방탕한 생활을 조장한 것은 바로 영방의 전반적인 재정 상태를 개선해준 1752년에 체결된 프랑스와의 보조금 협약이었다. 이 협약에서는 전쟁이 발발할 경우 프랑스가 이 영방에 대한 원조를 보장하는 대신, 위기 상황이 발생하면 구원병과 고문단의 파견을 반대급부로 요구했다. 이는 곧 뷔르템베르크가 병력을 증가해야 한다는 것을 의미했다. 2000명에서 6000명으로 병력을 증강하는 데 드는 비용은 프랑스 정부가 일부 부담했다. 모든 점을 고려해보면 이 보조금 협약은 본의 아니게 젊은 공작에게 막강한 자금 능력을 제공한 꼴이 되었다. 공작은 이 보조금을 그가 원하던 궁정의 호사(豪奢)를 위한 자금 조달에 썼다. 동시에 그는 프로이센-오스트리아 전쟁의 전방에서 전략적 판도를 바꾸어놓기도 했다. 이 협약을 통해 카를 오이겐은 프랑스와 마리아 테레지아 동맹에 가담했고, 이 동맹으로 인해 그는 프로이센 왕과는 위험한 갈등 관계에 빠질 수밖에 없었던 것이다.

이 젊은 영주에게는 일찍부터 자신의 위세를 과시하려는 경향이 있었다. 통치 초기에 무려 200명이나 되는 뷔르템베르크의 귀족들을 고용하여 사무장, 의전관, 시종장 등의 직무를 맡겼다. 무도회, 오페라와 무용, 불꽃놀이와 스케이트 타기는 그의 궁정이 누리는 호사에 속했다. 공작은 특히 사냥에 대한 열정이 있었다. 이는 어디까지나 영방 살림에 재앙을 초래하는 그릇된 열정이 아닐 수 없었다. 때로는 단 한 번의 사냥 출정에 5000마리나 되는 야생동물들이 귀족들의 총구 앞으로 몰렸다. 카를 오이겐과 함께 사냥에 나서는 일행을 위해서 동굴과 횃불로 밝힌 보호림이 있는 낭만적 수풀까지 인공적으로 만들어졌다. 그 동굴과 보호림에서 사티로스*로 변장한 무용수가 튀어나왔다. 종종 사람들은 자연 속에 인공적으로 세팅한 배경을 사냥에 이용하기도 했다. 이는 실제의 풍경 안에서 시각적으로 조감할 수 있는 상황을 만들어주었다. 인공 호수를 만들어 그 속으로 붉은 사슴을 몰아넣었다. 그러면 정자 안에 있던 손님들이 최단 거리에서 사슴을 명중시킬 수가 있었다. 잡은 짐승은 그냥 불태워버리는 경우가 비일비재했다. 그 수가 궁정의 주방에서 경제적으로 처리할 수 있는 능력을 넘어섰기 때문이다.[22] 그와는 대조적으로 평범한 백성들은 명절에도 닭 한 마리로 만족해야 했다. 농사에 미칠 영향을 전혀 고려하지 않은 채 몰이사냥을 했고, 그로 인해 경작지 피해가 막심했다. 그런데도 부수적으로 발생하는 복구 비용은 농부들이 부담해야 했다. 다른 한편으로 토지 소작인에게는 마구 돌아다니는 사슴과 멧돼지를 막기 위해 적절한 무기를 사용하는 것이 금지되어 있었다. 불가침의 사냥 특권은 귀족에게만 있었다. 괴팅겐 출신 실험물리학자이자 풍자가인 게오르크 크리스토프 리히텐베르크(Georg Christoph Lichtenberg)는 1770년 「잡기장(Sudelbücher)」에 이렇게 적었다. "멧돼지가 가난한 농부의 밭을 망쳐놓으면 사람들은 그것을 야생의 짐승으로 인한 피해라는 명목하에 이루어진 하느님의 섭리로 평가한다."[23] 18세기 말경에 같은 연배 중에서 가장 유명한 배우였던 젊은 아우구스트 빌헬름 이플란트(August Wilhelm Iffland)는 1779년 11월 26일에 자신의 아

* 반은 사람이고 반은 짐승의 모습을 한 숲의 신.

버지에게 뷔르템베르크의 도락(道樂)과 비슷한 규모로 팔츠에서 자행되고 있는 사냥 횡포에 대해서 다음과 같이 보고하고 있다. "장소 자체는 완전히 평지였습니다. 그 장소에 사람들은 아마포로 된 산들을 세팅해놓았습니다. 실제로 제가 보기에는 하나의 새로운 광경이었습니다. 산, 성, 다리, 테라스를 사람들이 자연에서 볼 수 있는 크기로 아무것도 없는 공중에 그려놓은 것을 볼 수 있었습니다. 멧돼지, 여우, 오소리, 토끼 들이 위쪽에 낸 작은 문과 그림으로 그려진 산에서 내몰렸고, 총에 맞은 짐승들이 널판으로 만든 길 위에 쌓이면 종종 50~60마리가 밑으로 떨어져 땅이 쾅 하고 울릴 정도였습니다. 대부분의 짐승들은 남자들과 여자들, 선제후와 그들의 부인들에 의해 사살되었고, 1시 이후에도 살아남아 있는 것은 산 채로 잡혔습니다."[24] 역시 같은 시기에 고트프리트 아우구스트 뷔르거(Gottfried August Bürger)와 크리스티안 프리드리히 다니엘 슈바르트도 사냥에 대한 영주들의 지나친 열정을 비난한 시를 쓴 적이 있다.

특히 뷔르템베르크 궁정이 베푸는 오페라 공연, 가면무도회, 국빈 접대, 연회에 낭비 풍조가 만연했다. 이탈리아 오페라와 프랑스 발레 공연은 정기적으로 프로그램에 올랐다. 당시 유럽의 가장 유명한 무용수 가에타노 베스트리스(Gaetano Bestris)는 석 달간의 사육제 기간에 1만 2000굴덴을 공연 사례금으로 받았다. 공작은 방탕한 사생활에도 막대한 돈을 탕진했다. 그는 수없이 많은 정부(情婦)들을 거느렸으며, 값비싼 보석으로 그들의 선심을 보상해주었다. 그러나 양심 없는 측근들이 소개한 여염집 규수가 그의 아이를 임신했을 때는 인색하게 굴었다. 이런 경우에 통상적으로 지불하는 보상금은 고작 50굴덴이었다. 그것에 비해 불꽃놀이를 한 번 하는 데는 5만 굴덴, 발레 공연은 근 10만 굴덴, 궁정 연회는 무려 40만 굴덴이 들 때도 있었다. 그는 여가수와 무희들의 틈에서도 성적 모험을 추구했다.

영주가 자신의 욕구 충족을 위해서 여기에 '세라이(Serail)'*를 마련해놓았다는 말이 공공연하게 떠돌았다. 그의 절제할 줄 모르는 성생활은 대체로 잘 알려져 있었고, 공론의 장소에서 매도의 대상이 되기도 했다. 카사노바는 1790년 이후에 출간한 회고록에서 카를 오이겐의 거리낌 없는 일탈 행위를 전문가다운 안목으로 보고한 적이 있다. 그는 공작의 일탈 행위 이면에는 향락 욕구뿐 아니라, 연약한 성격의 소유자가 가질 법한 명예욕이 도사리고 있다고 믿었다.[25]

또한 영주는 호화 건축을 위해서라면 재정 형편을 고려하지 않고 돈을 물 쓰듯 했다. 즉위한 지 얼마 되지 않아서 이미 공작은 북이탈리아인 건축가 레오폴도 레티(Leopoldo Retti)를 시켜 슈투트가르트의 궁성을 새로이 건립토록 했다. 1764년 비싼 돈을 들인 슈투트가르트 궁성의 내부 설비가 거의 끝났을 때, 공작은 자신의 궁정을 갑자기 루트비히스부르크로 옮겼다. 그곳에서 그는 독일에서 가장 방대한 부대시설을 갖춘 궁성을 이용할 수 있었다. 그는 여기에서 물의 요정인 나야데, 그리고 숲의 정령들의 알레고리 장식으로 정문을 꾸민 호상(湖上)의 정자를 특별히 소중히 여겼다. 거기에 더하여 1763년과 1767년 사이에 슈투트가르트와 레온베르크 중간에 위치한 쇤부흐 지맥(支脈)의 우거진 숲들과 주변 경관을 멀리 내다볼 수 있는 언덕 위에 초기 고전주의 양식의 별궁이 건립되었다. 사람들은 곧 이 별궁을 '솔리튀드(Solitude)'라고 불렀다. 공작은 이 장소의 매력을 재빨리 간파하고, 이곳에 여름 별장을 짓기로 결심한 것이었다. 시설 설비가 끝난 지 몇 년 안 되어, 후에 실러의 청년 시절과 밀접한 관계가 있어 우리의 관심을 불러일으키는 영방의 사관학교를 세울 수 있는 기반이 조성되

* 과거 오스만튀르크 황제의 궁전.

었다. 1775년에 카를 오이겐은 자신의 궁정을 또다시 슈투트가르트로 옮겼다. 그곳에서는 건축가 피셔(Fischer)의 지휘로 내부 공간의 대대적인 개보수가 이루어지지 않으면 안 되었다. 그러나 새롭게 꾸민 호화궁을 그가 이용하는 경우는 드물었다. 그는 1770년대 말부터는 휴양처로 호엔하임의 시설들을 선호했다. 많은 예산을 투입해서 피셔로 하여금 피렌체의 피티 광장을 본떠서 그곳 궁성을 확장하도록 했다. 1780년대 중반에 완성된 이 건물의 볼거리는 정원 쪽에 있었다. 흰색을 띠고 있는 정원 전면은 원경(遠景) 효과를 발휘하여 보는 이에게 각별히 깊은 인상을 주었다. 카를 오이겐의 취향의 특징을 보여주는 볼거리는 프랑스식 정원처럼 지나치게 엄격한 기하학적 선 그리기를 피해서 21만 제곱미터 넓이에 현대식으로 조성된 영국식 공원이었다. 자주 바뀌는 영주의 건축계획은 그의 마지막 재위 기간에도 막대한 금액을 삼켰다. 샤를로테 실러는 1810년 공작의 변덕스러운 건축 열기에 대하여 조심스럽게 이렇게 쓰고 있다. "외부적 상황의 요구를 만족시키기 위해서 내부 치장에서도 화려함을 추구하지 않을 수 없었던 화려한 궁성들은 지금도 우리에게 건축 당시의 흔적을 보여주고, 그 궁성들은 과도한 장식과 인위적인 도금으로 인하여 사람의 마음을 억누르는 것 같은 강압의 슬픈 이미지를 전달해준다."[26]

이처럼 자주 바뀌는 건축계획을 실현하기 위해 남은 돈이 얼마 없었기 때문에 측근들은 공식적인 재정 운영의 틀을 군주의 사치 욕구에 맞추려면 특별한 조치를 취할 수밖에 없었다. 그리하여 끊임없는 세금 인상과 공과금 인상은 공작의 측근들에 의하여 추진된 예산 정책의 통상적인 처리 방식이 되고 말았다. 「간계와 사랑」에서 페르디난트가 영주의 정부 밀퍼드(Milford)에게 "국가의 엄청난 재정 압박"(NA 5, 33)을 불평한 것은 실러가 그의 아버지에게서 들었던 카를 오이겐의 무분별한 국가재정 관리에 대한 일종의 암시일 수도 있다. 매관매직과 불로소득 행위가 고약하게 번성했다. 공작의 금고를 채우기 위해서는 심지어 판사 직까지도 돈을 가장 많이 거는 사람에게 매매했다. 세금은 수 년간 이중으로 징수되었다. 공작 쪽에서 직접 세금을 거두어들인 것도 부족해서, 공작의 대리인들이 공작의 공식 위임자로서 세금을 또 징수한 것이다. 소금이나 설탕과 같은 생필품에 대한 세금은 천문학적으로 높이 치솟았다. 말을 소유하고 있는 것에 대해서도 물품세를 부과했고, 소유주는 말을 공작에게 특가로 넘겨줌으로써 세금을 모면할 수가 있었다. 재고로 남은 곡물에는 높은 세금이 부과되었고, 체납 시에는 즉시 압수당했다. 1758년과 1764년 사이에 영주는 신하들에게 세금과 특별 조세를 할부금으로 이중으로 징수해서 총 9500만 굴덴을 거둬들였다고 한다.[27] 사려 깊은 추밀 고문관들도 동의하지 않은 이 같은 국가의 독단적 행위에서 수족 노릇을 자청한 사람들은 공작의 가신 몽마르탱(Montmartin) 백작, 교회 간부 회의 사무장 로렌츠 비틀레더(Lorenz Wittleder) 그리고 필리프 프리드리히 리거(Philipp Friedrich Rieger) 대령이었다. 그들은 고갈될 줄 모르는 풍부한 발상을 제시하며 영주에게 항상 새로운 재원(財源)을 개발해주었다. 빌란트는 자신의 풍자적인 소설 「어리석은 사람들(Abderiten)」(1774년 이후)에서 이 같은 인간들에 대해 "그들은 사실을 날조하거나, 법률을 왜곡하는 수법을 썼다"고 언급하고 있다.[28] 절대주의 행정 체제의 운명을 결정한 도덕적 붕괴를 바라보면서 4년 후에 헤르더는 사기꾼들이 이제는 길거리에 득시글거리지 않고, "나라에 봉직하면서 국록을 축내고 있다"[29]고 노골적으로 비난하고 있다. 뷔르템베르크에서는 부정부패, 공갈 협박, 헌법에 충성하는 공무원들을 위협하는 행위, 교회, 영방 신분 세력, 도시 시민들의 권한이 문서로 보장되어 있는데도 이를 무시하는 행위 등이 사실상 일상화되다시피 했다.

1755년부터 공작은 궁정의 지출에 대해 반드시 동의를 거쳐야 하는 의회를 조직적으로 무시함으로써 그동안 부담스러웠던 자신의 통치 업무에 대한 행정적 통제에서 벗어났다. 또한 신분 높은 사람들의 이익공동체인 란트샤프트의 청원도 더 이상 귀담아듣지 않았다. 란트샤프트는 귀족으로 구성된 기관으로서 주로 영방 의회(Landtag)의 회의 테두리 내에서 세금과 군(郡)과 면(面) 단위의 공과금을 관리했고, 소유 농장의 저당과 압류에 대해 장부를 기록하며, 특히 지방분권적인 경영을 통해 들어온 공적 수입을 내부적으로 분배하는 업무를 수행했다. 선출된 의장이나 장관을 수장으로 하고 있는 란트샤프트의 관심사는 통상적으로 경제문제였다. 이 기관은 영주가 주는 녹봉과 세금 수입을 공정하게 분배히는 데 신경을 씀으로써 귀족의 입장을 대변했다. 절대주의 통치를 하는 통치자의 압력으로 18세기 중엽부터 이 기관은 수많은 영방에서 원래 법으로 보장된 그들의 확고한 지위를 상실했다. 통치자의 예산정책에 대해 영방 의회가 행하는 통제를 뿌리치기 위해 통치자가 영방 의회의 영향을 대폭 축소하는 일이 빈번했기 때문이다. 지방분권적인 신분대표들의 자치적 관리는 이제 국가가 조종하는 관료정치에 자리를 내주었다. 이 관료정치는 영주들에 의해 직접적으로 또는 그들에게 충성하는 가신들에 의해 조종되었다. 뷔르템베르크 란트샤프트는 불만은 있었지만 우선 직접적으로 개입할 수 있는 방안이 없었기 때문에, 파멸을 자초하는 공작의 재정 정책을 추종하지 않을 수 없었다. 공작은 고을의 세금과 지방의 공과금을 자신의 개인 계좌로 이월해서 호사스러운 궁정 생활의 비용을 충당할 수 있었다. 공작의 스태프 중에서 근엄한 지도급 공무원으로 꼽히던 추밀 고문관 프리드리히 아우구스트 하르덴베르크도 개입해서 말렸지만, 처음에는 이와 같은 독단적 행위를 막을 길이 없었다.

란트샤프트는 견딜 수 없게 된 세금 포탈 때문에 이미 1756년에 카를 오이겐을 고발하는 문제를 생각했다. 때마침 프로이센과 오스트리아 간의 전쟁이 발발했고, 이 전쟁에 뷔르템베르크의 군대도 동원되었다. 프랑스와의 보조금 협약으로 약속된 마리아 테레지아와의 동맹에 근거하여 공작은 옛 은인인 프리드리히 2세에 대항해서 전장에 나가지 않을 수 없게 되었다. 실러의 아버지도 동참한 1757년과 1758년의 첫 전투들은 뷔르템베르크 군대에게는 파국으로 끝이 났다. 그 군대는 교육이나 훈련을 제대로 받지 못했고, 필요한 기강도 서 있지 않은 데다가, 다수가 개신교 신도인 보충병들은 마지못해 프로이센의 믿음의 형제들에 대항해서 무기를 든 것이다. 엄격하게 조련되고 호전적인 신병들을 모집해서 전력이 증강된 프리드리히 2세의 군대와 달리 뷔르템베르크의 군대는 전쟁 준비를 충분히 하지 못한 상태였다. 프로이센 군대는 전장에서 장교들이 감독하는 가운데 항시 전열이 정비되어 있던 반면에, 공작의 군대는 엄격한 규율도 없는 무능한 참모들의 지휘로 도망병의 수효가 대단히 많았다. 프로이센의 대대와는 달리 도망병들은 결판이 날 때까지 싸워야 할 명분을 찾지 못해 도망을 친 것이다. 1757년 12월에 나온 육군 보고서는 최소한 1832명의 실종자를 기록하고 있다. 그중 대부분을 도망병으로 분류해도 무방할 것이다. 1759/60년에 공작은 군 병력을 1만 2000명으로 증원하고 전장에서 자신이 직접 최고 명령권을 행사했다. 오스트리아와 프랑스의 협조가 부족했고, 주로 외국인 지휘관이 맡은 교육 훈련의 양도 부족했는데, 이는 뷔르템베르크가 이 전쟁에서 계속해서 불운한 역할을 할 수밖에 없는 주요 원인으로 작용했다. 1760년 10월 카를 오이겐의 용기병은 엘베 강에서 프로이센의 보병과 대적해서 참패를 당했다. 여기서 놀랄 만큼 큰 손실을 입은 공작은 겨울 베이스캠프로 후퇴를 결심했다. 전쟁 마지막 연간에 그는 끝까지 전선에서 멀리 떨어져 있었다. 그러나 뷔르템베르크 군대의 장비 부족과 기강 해이에 대한 보고들은 재빨리 퍼졌다. 결국 공작은 군사적 실패의 결과로 프랑스의 동맹 파트너를 잃고 말았다. 1763년 2월 후베르투스부르크 평화협정이 맺어진 뒤에 지원금 협약은 다시 연장되지 않았다.

같은 시기에 카를 오이겐은 새로운 여러 가지 내부적 어려움에 봉착하게 될 위험에 처해 있었다. 이 어려움은 그가 란트샤프트들을 다룰 때 현명치 못하게 처신한 것과, 파멸을 자초하는 그의 측근들의 재정 정책에서 비롯한 것들이었다. 그는 1764년 영방 의회가 승인하지 않은 높은 세금을 백성들에게서 징수하기를 거부한 슈투트가르트의 동장(洞長) 한 명을 부적절하게 체포토록 했다. 이 사건으로 란트샤프트는 헌법 침해를 걸어 공작을 빈에 있는 제국 법정에 고소했다. 카를 오이겐은 1763년 여름에 프로이센, 덴마크 그리고 대영제국의 왕들로부터 내부적 평화를 위해서 국가 간에 맺어진 기존의 협정들을 철저히 이행하라는 요청을 이미 받은 터였다. 이 사건이 빈에서 제국 부수상 프란츠 콜로레도(Franz Colloredo) 후작의 주도하에 최종 심의에 이르기까지 물론 여러 해가 걸렸다. 1766년에는 조정위원회가 도입되어 세부 사항에서 타협을 거부하는 공작을 처벌하려고 시도했다. 이 일을 배후에서 조종하고 있는 사람은 바로 프로이센 왕이었다. 프리드리히 2세는 후베르투스부르크 평화협정 후에는 카를 오이겐과 화해했지만, 자신에게서 제왕 수업을 받은 카를 오이겐에게 어쩔 수 없이 온건한 노선을 따르도록 정치적 가르침을 주고자 했다. 1770년 3월 2일에 프리드리히와 결탁한 제국 추밀원 회의의 압력으로 체결된 상속 계약은 신분대표들의 요구를 폭넓게 충족했다. 이는 사전에 미처 기대하지 못한 결과였다. 이 상속 계약은 오래된 영방 헌법을 분명히 확인해주었고, 특히 목재와 곡물의 물품세 분야에서 두드러진 감세 조치를 유발했다. 이로 인해 공작의 재정적 여유 공간은 현격히 좁아졌다. 불법적인 세금 인상은 철회되었고, 앞으로의 세금 인상은 전적으로 란트샤프트의 동의가 있어야 가능하게 되었다. 이와 같은 방법으로 란트샤프트는 과거 영주의 독단적 재정 정책에 빗장을 지를 수 있었다. 반대로 신분대표들은 에버하르트 루트비히의 집권 시부터 누적되어 이제는 매년 7만 굴덴에 이르는 빚을 상환하는 일에 선선히 참여할 것을 공작에게 약속했지만, 빈에서 격렬하게 힘겨루기를 하던 군대 예산의 결정적 삭감은 이루어내지 못했다. 공작은 이 점을 약간의 부분적 성과로 꼽을 수 있었다.

빈에서의 뜻밖의 실패는 카를 오이겐으로 하여금 좀 더 타협적인 통치 노선을 따를 수 있는 계기를 마련해주었다. 당시의 정치적 상황은 전쟁이 끝난 후면 필연적으로 따르게 마련인 개혁 과정에 접어들었음을 실감케 했다. 작센의 선제후 프리드리히 아우구스트(Friedrich August) 3세, 바덴의 변방백 카를 프리드리히(Karl Friedrich), 안할트-데사우의 레오폴트 프란츠(Leopold Franz) 공작 같은 통치자들은 프로이센의 프리드리히가 본보기로 추종한 계몽주의의 이념을 좀 더 작은 영방국가들에 전이해놓았다. 카를 오이겐도 상속 계약과 영방 헌법의 압력을 받아 지속적으로 온건한 노선을 추구했고, 궁정의 지출을 제한하였으며, 조언하는 스태프진을 구성하려고 노력했다. 이전의 측근들을 밀어내고 그 자리에 사려 깊은 전문가들을 앉혔다. 그는 이미 1766년 비틀레더를 퇴직시켰고, 끝까지 비공식적 기능만 수행하던 몽마르틴은 1773년에 정직 처분을 받고 말았다. 1762년 공작의 총애를 잃었을 뿐만 아니라, 대역죄의 혐의를 받고 4년간 호엔트빌 요새에 감금되어 있던 리거 대령은 1771년 명예를 회복하고 호엔아스페르크 감옥의 사령관으로 임명되었으나 직접적인 정치적 영향력은 되찾지 못했다. 실러는 나중에 리거 대령의 파란만장한 생애를 소설「운명의 장난

(Spiel des Schicksals)」에서 심리학적으로 의미 깊은 글로 엮어놓고 있다. 공작은 1770년대 초부터는 주로 추밀 고문관 알베르트 야코프 뷜러(Albert Jakob Bühler)에게 조언을 구하는 편이었다. 그는 계몽된 인도주의적 성향과 외교적 유연함을 적절히 겸비한 인물이었다. 이로써 이전의 불로소득 경제는 뒤로 물러갔다. 영주는 자신의 죄를 고백하는 문서를 교회의 모든 강단으로 하여금 큰 소리로 낭독토록 했다. 그는 그 고백서에서 자신이 다른 모든 인간과 마찬가지로 잘못도 저질렀음을 선언했다. 이 텍스트의 자아비판적 어조에는 자신의 부족함을 깨달은 사람의 회오와 겸손이 부각되어 있었다. 이 통치자는 자신의 부족함을 이제는 놀랄 만큼 솔직하게 인정하며 이렇게 선언했다. "우리들은 어디까지나 인간이고, 그 말대로 완전무결함과는 언제나 거리가 멀었고, 앞으로도 그럴 수밖에 없기 때문에 많은 사건들이 어쩔 수 없이 빚어졌다. 타고난 인간적 약점, 혹은 무지의 소치, 또는 그 밖의 사정 때문이다. 그 사건들이 빚어지지 않았다면 예전이나 지금, 또는 미래에 다른 국면을 맞을 수도 있을 것이다. 우리는 이것이 정직한 한 사람의 잘못이기 때문에 마음을 열어 이 점을 고백하고, 이로써 모든 올바른 생각을 가진 사람에게, 특히 이 지구상의 기름 부음을 받은 사람들에게 부여된 항상 거룩하고 변함없이 거룩해야 한다는 의무에서 벗어나고자 한다."[30]

1770년 이후에 공작은 집중적으로 교육 시스템과 직업교육 문제에 몰두했다. 이 기간에 '고등 카를스슐레'가 창립된 것은 우연이 아니었다. 여기에 긍정적인 영향을 미친 사람으로는 카를 오이겐의 정부였던 프란치스카 폰 로이트룸(Franziska von Leutrum)도 꼽힌다. 이전의 정부들과는 달리 그녀는 공작의 역할 이해와 업무 수행에 괄목할 만큼 많은 영향을 끼쳤다. 그가 그녀를 알게 된 것은 1869년 5월에 천연 온천장에서였다. 당시 21세이던 그녀는 프리드리히 빌헬름 라인하르트 폰 로이트룸(Friedrich Wilhelm Reinhard von Leutrum)과 정략혼인을 했으나 부부 생활은 행복하지 못했다. 그녀의 남편은 1769년 2월 공작에게 고용되기 직전까지는 바이로이트 궁정의 시종장 직을 수행하고 있었다. 1770년 여름이 끝날 무렵 프란치스카와 카를 오이겐의 애정 행각이 시작되었다. 공공연하게 알려진 두 사람의 애정 행각에 대해 로이트룸 측의 분노가 폭발하고 난 후인 1772년 1월에 영주는 그녀를 솔리튀드 별궁으로 납치했고, 얼마 후에 그들 부부는 이혼하고 말았다. 1774년 1월 21일에 황제는 공작의 청원을 받아들여 프란치스카를 호엔하임의 제국 백작 부인으로 신분을 상승시켰다. 공작의 정실부인이던 프리데리케가 사망한 후 카를 오이겐은 정부와 정식 혼인을 준비했다. 처음에는 교회뿐 아니라 빈 궁정도 도덕적 이유에서 단호히 이를 반대했다. 1785년 1월 11일, 그녀의 37회 생일 다음 날에 프란치스카는 공작의 두 번째 부인이 되었다. 신부가 유럽의 지체 높은 귀족 출신이 아니었기 때문에 혼례식에서 공작은 관습에 따라 왼손을 내놓았다. 카를 오이겐이 사망하기 3년 전인 1791년에 와서야 로마교회는 명실공히 굳어진 이 두 사람의 결합을 인정했다.

당대의 저작자들은 사교적인 처신과 독실한 경건주의 신앙이 적절히 결합된 프란치스카의 자유주의적 성향을 칭찬했다. 남달리 색정을 밝히는 공작은 그녀의 종교적 고집을 극복하려고 시도했으나 성과를 거두지 못했다. 바로 그 고집이 영주의 도덕적 의무감을 강화해주는 데 근본적으로 기여한 것으로 보인다. 프란치스카가 카를 오이겐에게 영향력을 행사하기 시작한 1770년대 초부터 뷔르템베르크가 좀 더 안정된 길을 갔고, 부실한 국가 경영도 종식되었다. 호화롭게 펼치는 행사는 가끔 있는 국빈 방문 시에나 볼 수 있었고, 영주의 자선 활동이 전면에 부상되었음을 누구나 알아차릴 수 있었다. 영주의 내면적 변화에 대하여 언론인 요한 카스파르 리스베크(Johann Kaspar Riesbek)는 1783년에 다음과 같이 보고했다. "이제 공작은 완전히 철학자가 되었다. 학교를 설립해놓고 열심히 방문하고 있다. 농사를 짓고 심지어 자주 젖소에서 우유를 짜기도 한다. 예술과 학문과 통상을 보호한다. 공장을 설립하고, 그가 한껏 망쳐놓은 것을 만회하기 위해서 진정으로 소박한 삶을 살고 있다."[31] 그와 반대로 슈바르트가 쓴 시는 폭군의 돌연한 회개를 조소하고 있다. "시라쿠사의 디오니소스가 폭군이기를 그만두자, 한낱 학교 선생 나부랭이가 되고 말았네."[32] 반항적 기질이 있는 이 시인을 프란치스카가 불경죄로 직접 체포토록 했다는 소문이 있었지만 확인된 바는 없다.

공작은 기초 교육 시스템과 함께 과학에도 관심을 쏟았다. 물론 튀빙겐대학과는 불편한 관계가 계속되었다. 이 점은 그가 카를스슐레에 고용하기 위해서 튀빙겐대학의 유능한 교수들을 종종 스카우트하려고 했다는 사실에서도 잘 드러나고 있다. 튀빙겐대학에 대해 그가 혐오감을 가지게 된 동기는 이 유명한 영방 대학이 영주의 개입을 반대하고 독자성을 유지하려고 노력했다는 것을 과시하려 한 데 있었다. 카를 오이겐은 1765년 자신의 진귀한 서적들을 보관할 안전하고도 누구나 열람할 수 있는 장소를 마련하기 위하여 루트비히스부르크 도서관을 건립했다. 이 도서관의 운영권은 교양 있고, 처세에 능한 프랑스인 조제프 우리오(Joseph Uriot)의 수중에 있었다. 그는 공작에게 예술 문제에 대해 조언했고, 궁정 연회를 준비했으며, 극장 상연 레퍼토리를 감독했다. 슈바르트는 한때 직접 배우로 활동한 적이 있는 이 영향력 있는 문화 정치인을 1774년 "독일 땅에서 독일 정신을 프랑스의 구정물에 빠뜨리고 싶어하는 소인(小人)"[33]이라고 폄하한 적이 있다. 이는 궁정에서 오락 책임자로서 자신의 역할을 다한 우리오의 업적을 오해한 데 근거한 것이었다. 루트비히스부르크 도서관은 공작이 지닌 수집벽의 덕을 보았다. 공작은 먼 곳에 있는 서적들을 입수하기 위해 다수의 공무원을 고용했다. 그 자신은 재고 서적을 주로 박물관 성격을 띤 아름다운 전시물로 보았다. 여러 번 확인된 것처럼 그에게는 지속적인 독서에 필요한 안정과 집중력이 부족했다. 이는 이미 그가 베를린에서 교육을 받던 연간에 나타난 근본적인 성격상 특징이기도 하다.

공작이 후년에 쌓아 올린 업적으로는 미래 지향적인 의미가 있는 교통 사정의 개선이 꼽힌다. 18세기 말에 300킬로미터에 달하는 포장도로를 가진 뷔르템베르크의 도로 시스템이 독일의 다른 어떤 지역보다도 견실하게 발전한 것은 어디까지나 그의 중요한 업적이다. 그는 이제 자신의 신민들을 몇 번이고 거듭 격려해서 자력으로 생활형편을 개선하고 상업과 농업의 조건과 가능성을 발전시키게 하였다. 학문과의 관계 발전에서도 카를 오이겐이 베를린 시절에 배우고 발전시킨 계몽된 실용주의가 결정적 역할을 했다. 상품 교역, 제조업과 기술은 가능한 최대의 효율성을 척도로 삼아 개선되어야 하고 그 점을 위해서는 여러 학문 분야도 나름대로 공헌하지 않으면 안 되었다. 공작은 프리드리히 2세와는 달리 대학교수 초빙 정책의 테두리 내에서 계몽된 학자들을 지원하기는 했으나, 18세기 대다수의 독일 제후들과는 달리 그들을 자신의 사적인 영역으로 끌어들이는 일은 드물었다. 작센-바이마르의 카를 아우구스트 공도 집권 초기에는 절대 군주였던 것으로 알려졌다. 그러나 그가 좀 더 관용적인 정신 자세를 이해하게 된 것은 후의 일이었다(나폴레옹 전쟁의 흔적이 가시지 않았을 때여서 그와 같은 성향은 발전해서 민족적 자유주의자들의 입장에 동조하는 양상을 띠기까지 했다. 다른 때 같으면 당시의 제후들에게서 그와 같은 변화를 기대하기란 어려웠을 것이다).

공작의 필생의 업적들 중 가장 두드러진 업적은 누가 무어라 해도 고등 카를스슐레의 설립이다. 이 학교에 대해서는 나중에 상세하게 설명하게 될 것이다. 전쟁에서 패배한 것이 분명 동기가 되어 군사교육 개혁의 필요성이 제기되었고, 또한 군사교육은 포괄적인 학문적 교육 프로그램과 연결되어야 한다는 발상이 여기서 대두하였다. 그러나 이와 같은 발상은 카를스슐레가 전통적인 대학도 아니고 그렇다고 전형적인 장교 양성소도 물론 아니지만, 어찌 보면 이 두 기관의 형식이 다 같이 부각된 야누스의 얼굴이 되게 하는 데 결정적 역할을 했다. 전체적으로 볼 때 짧은 기간이기는 하지만 교육철학 분야에서의 공작의 활동이 성공적이었다는 데에는 이론의 여지가 없다. 교육의 수준도 높았고, 무엇보다도 1770년대 말과 1780년대 초의 교수진의 학문적 명성도 높았다. 창설자가 사망한 지 얼마 안 된 1794년 초에 카를스슐레는 후계자인 그의 동생 루트비히 오이겐(Ludwig Eugen)의 지시로 문을 닫는데, 물론 이는 카를 오이겐의 모든 정치적 행위가 지닌 한계의 징후를 분명히 해주고 있었다. 고인의 생애는 그의 화려한 궁전이나 그가 명예욕에 불타서 밀어붙인 교육계획을 통해서가 아니라, 도리어 문학을 수단으로 하여 그의 전제정치에 항의하던 사람들의 글들을 통해서 후세의 기억 속에 온전히 살아 있다.

화려한 공식 행사
슈투트가르트 궁정의 연극 및 연회 문화

공작의 일상생활은 언제나 사치성 소비가 극심한 것이 특징이었다. 이 통치자에게 필요한 막대한 경비는 우선 인건비에서부터 시작되었다. 카를 오이겐은 자신의 대소 신료들에게 끝까지 베르사유 모델을 본받도록 가르쳤고, 즉위 직후부터 이미 대규모의 스태프진을 조직했다. 아침 접견을 위해 요란하게 거행되는 착복 의식을 위해서만도 50명의 고용원이 필요했다. 모든 궁정 내부 조직들이 하는 일을 지휘하는 사람은 수하에 수많은 인원을 거느린 시종장들이었다. 재단하는 일부터 부엌일, 비서 업무와 회계 업무에 이르기까지 모든 핵심적 업무는 그들의 주관하에 이루어졌다. 여기에서는 170명에 가까운 인원이 책임 있는 위치에서 활약했다. 궁정 소속 내국인 장인(匠人)들 외에도 이탈리아인 도목수, 석고 장식가, 천장화가, 프랑스인 정원사와 무용 교사들이 추가되었다. 1760년대 중반에 전체 스태프 수는 1745년의 열 배가 되는 1800명이나 되었다. 몸종, 경호병, 그리고 주로 궁정을 대표하는 역할을 담당하는 시동들이 대다수를 차지했다. 이와 같은 규모는 절대주의 시대라 하더라도 흔한 일이 아니었다. 이 점은 175명의 하인들로 만족해야 했던 카를 아우구스트 공작의 비교할 수 없으리만치 검소한 궁정을 살펴보면 알 수 있다.[34]

게다가 집권 첫 10년간 카를 오이겐은 자신의 궁정 대소 신료를 가능하면 유럽에서 화려한 연회 문화 전문가로 명성이 있는 인사들로 구성하려는 욕심에 사로잡혀 있었다. 공작의 생일인 2월 11일을 전후해서 열리는 사육제 기간에는 수 주일에 걸쳐 잔치가 벌어지는 일이 종종 있었다. 스케이팅, 사냥, 불꽃놀이, 축하 연회, 이탈리아 오페라, 무용과 가면 놀이 등이 프로그램에 포함되어 있어서 슈투트가르트나 이웃 도시 루트비히스부르크로 수많은 외국 손님들을 끌어들이기까지 했다. 인공적으로 꾸민 신화적 풍경들은 흥청대는 연회를 장식했고, 넓은 홀 안에 진수성찬으로 차려진 식탁 앞에 방문객들이 앉아 있는 동안에 횃불과 공중에 매달아놓은 등불들은 야간의 공원 주변 시설들을 조명했다. 여기에 서민들은 들어갈 수가 없었다. 귀족계급이 이 연회의 성격을 자신들만의 은밀한 모임으로 규정하기를 선호해서 입장 범위를 제한했기 때문이다. 그러나 무도회만은 사정이 달랐다. 여기에는 하급 공무원들도 부인과 딸들을 동반해서 초청되었다. 서민 계층의 여자 손님들은 카를 오이겐의 취향에 맞춰 옛날 프랑크의 의상을 입고 나타났다. 이런 기회를 이용해서 그가 습관적으로 여자들의 성적 환심을 산 것은 널리 알려진 사실이었다.

그의 집권 후기인 1775년부터는 생일 축제나 사육제 대신에 카를스슐레의 연례 축제가 열렸다. 이 축제는 창립일인 12월 4일에 개최되었고, 오전에 예배를 드리는 것으로 축제 행사가 시작되었다. 이 예배에 참석하기 위해서 공작은 두 마리 말이 끄는 마차를 타고 많은 호위병의 경호를 받으며 앞서 가고, 그의 대소 신료들이 뒤를 따르는 형태를 취했다. 그런 다음에 공작은 여러 화실에 진열된, 미술을 공부하는 학생들의 전시품들을 관람했다. 이어지는 점심 식사 때에 공작은 여러 학생들과 대화를 시도하고, 이 테이블 저 테이블로 옮겨가면서 사람들과 어울리는 것이 관례였다. 그런 후에는 시험에서 특별히 우수한 성적을 올린 학생들에게 상이 수여되었다. 이는 대개 교수 한 명의 상세한 심사 보고로 시작되는 축하 행사였다. 생도들은 상품으로 주화를 받은 후 공작 앞으로 와서 무릎을 꿇고, 그의 상의에 입을 맞추었다. 저녁에는 연극이나 오페라 공연이 있었다. 이 공연이 예술적으로 그날의 대미를 인상 깊게 장식하도록 되어 있었다.[35]

특히 공작이 영방 신분대표들과 알력이 있을 때면, 자리를 옮겨 통치하던 루트비히스부르크에서는 낭비벽이 극심했다. 공원과 그 주변 시설은 규모가 베르사유의 정원들과 맞먹었다. 카를 오이겐은 일찍이 나무와 꽃 가꾸기에 깊은 관심을 보였고, 높은 안목을 가지고 이를 감독했다. 특별히 주의를 끈 것은 1765년에 문을 열었고 1000명의 관객을 수용할 수 있는 오페라하우스였다. 견고하게 짓지 않은 까닭에 몇 년 못 가서 재빨리 붕괴되고 만 이 목재 건물은 1768년에 다시금 확장되어 더 많은 수의 단역배우에게도 공간을 제공할 수 있었다. 대리석 기둥들이 우뚝 솟은 실내는 장관(壯觀)을 연출했지만 어디까지나 눈속임에 불과했다. 이 실내장식은 값지다기보다는 눈을 부시게 함으로써 아름답다는 허상만 심어줄 뿐이었다. 1층 로비에 있는 관람석은 양쪽 벽들이 완전히 거울로 덮여 있었다. 공작이 11년 동안 통치한 이 도시는 병원, 점포, 병영 교회 등이 신축됨으로써 나름대로 매력을 얻었다. 유스티누스 케르너(Justinus Kerner)는 1849년에 출간된 젊은 시절 회고록에서 이 영주의 도읍지가 아무런 선입견이 없는 구경꾼에게 어떤 느낌을 주었는지 기술하고 있다. 여름날 저녁이 되면 "루트비히스부르크의 인적이 없던 넓은 골목, 보리수와 마로니에가 늘어선 가로들은 비단으로 만든 프로코트를 입고 가발 주머니와 검(劍)을 든 궁정 사람들과, 번쩍이는 유니폼에 근위 보병 모자를 쓴 공작의 군인들로 꽉 차지만, 반대로 보잘것없는 사복 차림의 백성들은 수적으로 열세를 면치 못했고, 나중에는 그나마 자취를 감추고 말았다."³⁶⁾ 케르너는 또한 축제 때에 루트비히스부르크 궁전의 공원에서 타올라와, 중앙로의 가장자리에 줄지어 선 과일나무들을 번쩍이는 불빛 속에 잠기게 하는 장엄한 불꽃놀이도 기억하고 있다. 그 밖에 공원 후면에 설치한 거대한 온실들이 10만 개의 유리등 조명을 받아 저녁이면 정원에 축제 분위기를 한껏 고조해주었을 뿐 아니라, 인공으로 만든 수많은 연못과 분수를 고대의 조각상들이 장식해주었고, 그 조각상들 곁에는 횃불이 높이 달려 타고 있었다고 보고하고 있다.

    예술 분야에서 공작이 의고주의를 선호한 것은 그가 속한 신분 계층의 취향과 일치하는 것이었다. 18세기에 전 독일의 왕실을 풍미하던 프랑스 모방 풍조는 뷔르템베르크 상황에서도 다를 것이 없었다. 카를 오이겐이 프랑스와 우호적 관계를 유지하는 데 큰 비중을 두었다는 것은 축제 행사와 시상식에서 프랑스의 공식 대표들에게 특별석을 마련해서 논란이 일기도 한 사실에서도 알아차릴 수 있다. 우수한 카를스슐레 졸업생에 대한 공식적인 시상은 프랑스 외교사절의 입회하에 이루어졌다.[37] 프랑스어는 사관학교에서 라틴어와 나란히 가장 중요한 과목이어서 프랑스인 조제프 우리오가 저학년부터 직접 가르쳤다. 뷔르템베르크에서 가장 이름 난 반체제 인사인 슈바르트는 영주에 대한 예리한 비판을 자신의 단호한 애국 충정과 결합시켜 표출한 《도이체 크로니크》에서 거듭 반복해서 여러 궁정들에서 볼 수 있는 프랑스 편애(偏愛) 현상을 질책했다. 그는 천재 시대 여명기에 활동한 다른 작가들, 이를테면 헤르더, 보이에(Boie), 횔티(Hölty), 뷔르거 등과 마찬가지로 영주가 징려한 프랑스 문화 숭상 풍조는 곧 독일 민족 전통의 멸시와 상통하는 것으로 보았다. 예술 감각이 있는 독일의 영주들이 독일 문화와 미술에 대하여 눈에 띌 만큼 거리를 둔 것도 사실이었다. 프로이센의 프리드리히 2세는 괴테의 희곡 「괴츠 폰 베를리힝겐(Götz von Berlichingen)」과 천재 시대의 반도(叛徒)들을 주인공으로 한 연극 상연에 대해서 못마땅해하는 태도를 숨기지 않았다. 뷔르템베르크의 공작 카를 오이겐까지도 당시에는 프랑스 의고주의의 열광적인 신봉자여서 엄밀히 따지면 괴테나 실러 같은 국내 작가들의 작품보다 코르네유의 비극을 더 좋아했다.

카를 오이겐 통치 시대의 문화 행사의 정점은 엄청난 의상과 무대 세트가 동원된 오페라 공연들이었음은 말할 것도 없다. 1764년까지 공연은 주로 1000명의 관객을 위한 좌석이 마련되어 있는 슈투트가르트에서 보여주었다. 도읍지를 루트비히스부르크로 옮긴 후에는 우선 그곳 공원에 설치된 무대 시설이 임시 공연 장소를 제공했다. 그러나 최단 시일 내에 유럽에서 가장 큰 극장 건물에 속하는 현대식 오페라하우스가 새로운 도읍지에 건립되었다. 이 공사는 총 6만 5000굴덴의 비용을 삼켰는데, 이 비용은 (불법적 이중 과세를 바탕으로 한) 특별 조세로 충당되었다. 1765년과 1775년 사이에는 궁정의 무대 공연 활동이 루트비히스부르크에 집중되었다. 그러나 1770년대 중반부터 공작은 더 견고하게 지은 슈투트가르트의 오페라하우스에 새로이 매력을 느꼈다. 그는 레퍼토리의 효율적인 공연을 위한 충분한 공간을 만들려고 이 오페라하우스를 다시 한번 수리하고 확장토록 했다. 극장의 입장료는 무료인 것이 원칙이었다. 영주가 옛 관례에 따라 지체가 높은 사람들을 자신의 비용으로 초대하는 것을 중요시했기 때문이다. 비싼 사례금을 받은 고정 멤버로 구성된 음악 앙상블도 항시 수 년 임기로 고용된 이탈리아 여가수 그룹과 똑같이 정규직에 속했다. 1753년부터 1768년까지는 나폴리 사람 니콜로 조멜리(Niccolo Jommelli)가 오페라를 이끌었다. 슈바르트는 1791년 이 오페라의 오케스트라를 회고하면서 "세계에서 가장 수준이 높은 오케스트라"라고 선언했다.[38] 조멜리는 음악을 구상했고, 공연 계획을 작성하며 공연이 진행되는 것을 엄격히 감시했다. 그는 공작의 공연 무대에서 끝까지 독점적인 지위를 지켰다. 1763년 여름 카를 오이겐이 사냥을 나간 동안에 레오폴트 모차르트(Leopold Mozart)가 7세 된 아들 볼프강 아마데우스(Wolfgang Amadeus)와 함께 루트비히스부르크에 손님으로 왔을 때 조멜리는 그와 경쟁하게 되지 않을까 두려워한 나머지 그를 박대하여 쫓아냈다. 이 오페라 지휘자가 사용한 가극 각본들은 대부분 그 시대의 가장 유명한 가극 시인이던 피에트로 메타스타시오(Pietro Metastasio)가 쓴 것들이었다. 소재는 로마 역사에 나오는 신화적 주제와 사건을 바탕으로 했다. 1764년에 초연한 「세미라미데(Semiramide)」와 2년 후의 「일 볼로게소(Il Vologeso)」 공연은 특별한 성공을 거두었다. 이 두 작품은 엄청난 수의 단역이 출연하여 출연료만도 거액을 삼켰음에도 불구하고(500명이 참가한 「볼로게소」 공연은 조제프 우리오가 꼼꼼히 기입한 장부에 따르면 1만 2750굴덴이 들었다),[39] 그다음 공연 시즌에도 레퍼토리에 끼어 있었다.

공작 자신은 가극 연습을 지켜보거나 연습 공연에도 참석해서 무대 기술, 의상, 무대장치 등을 관심 있게 챙겼다. 그는 한평생 연극보다는 음악예술에 관심이 더 많았고, 연극과는 가까이할 기회가 거의 없었다. 1758년 초부터 정기적인 발레 프로그램이 슈투트가르트 오페라 공연을 보완해주었다. 1727년생인 장조르주 노베르(Jean-Georges Noverre)가 이 분야에서는 중요한 역할을 하는 인물로 부상하였다. 공작은 그를 1760년부터 1767년 사이에 초대 안무가로 채용했다. 노베르는 신화를 내용으로 하는 무용극들을 집필해서 독자적으로 무대에 올리기도 하고, 오페라 공연 시 무대장치를 바꿀 때 생기는 공백을 메우기 위한 인테르메조로 공연하기도 했다. 발레단에 소속된 인원은 일곱 명의 솔로 무용수와 마흔네 명의 남녀 앙상블 회원들이었다. 이처럼 큰 발레단 규모가 당시로서는 이례적으로 노베르에게 다양한 연출 가능성을 열어주었다. 전 유럽에서 유명하고, 빈, 파리, 페테르부르크 궁정에서 공연된 수많은 무용 작품은 제일 먼저 슈투트가르트의 도성 극장을 위해 집필된 작품들이었다. 종종 고대의 소재에 맞춘 완결된 줄거리와 탁월한 기예를 바탕으로 할 뿐만 아니라 개성 있게 정열을 묘사하려는 다양한 몸놀림 등은 그가 안무가로서 새롭게 고안해낸 특징들에 속했다. 1759년에 출간되었고, 10년 뒤에 레싱과 보데(Bode)에 의해 독일어로 번역되었으며, 초판이 공작에게 헌정된 「무용예술에 관한 서신(Lettres sur la Danse)」에서 노베르는 춤이 "아름다운 자연에 대한 충실한 흉내"라는 것을 입증했다.[40] 무용 안무가가 모방의 모델로 삼은 것은 미술이었다. 무용은 정확한 표현 기술을 통하여 미술 작품이 지닌 구상성을 세세하게 표현하여야 한다는 것이다. 노베르는 공공연하게 기하학적 구도가 반드시 표현자의 기계화된 몸동작을 필요로 하는 바로크양식에 반대해서, 궁정의 사교술을 그대로 흉내 낸 것으로 볼 수 있는 기교상의 격식에 구애받지 말 것을 주장했다. 가발, 무거운 옷과 빳빳하게 풀을 먹인 치마(고래수염으로 만든 코르셋)로 규정된 전통적인 의상 대신에 이제는 무용수의 신체를 더욱 잘 드러내는 좁은 트리코가 등장했다. 노베르가 도입한 개혁은 전 유럽의 발레계에 활기를 불어넣는 작용을 했다. 그 개혁은 신체의 미학적 해방을 야기했다. 신체는 이제 의고주의적 궁정예술의 억압으로부터 벗어나서 새로운 육감적 표현력을 발전시킬 수 있게 된 것이다. 기교상의 새로운 요구와 함께 무용수가 자신의 형상화 능력을 펼칠 수 있는 여유 공간이 커진 것은 물론이었다. 슈투트가르트에는 누구보다도 파리에서 활약한 스타 무용수 가에타노 베스트리스가 있었다. 그는 카니발 기간 중에 공작의 궁정 극장에서 다양한 발레 작품을 공연하는 데 성공하였다.

  카를스슐레 생도들은 다른 때에는 문이 잠겨 있는 슈투트가르트 극장의 위층 관람석에서 정기적으로 오페라와 발레 공연들을 관람할 수 있었다. 이를 계기로 16세의 실러도 노베르의 작품들을 알게 되었다. 노베르는 1767년 1월에 강화되어가는 절약 조치의 압력을 받아 「이아손과 메데이아(Jason und Medea)」, 「휘페리메스트라(Hyperimestra)」 또는 「헤르쿨레스의 죽음(Der Tod des Herkules)」 같은 공연 작품의 원전들을 가지고 공작의 곁을 떠났지만, 레퍼토리상으로는 계속해서 공연 현장에 남아 있었다.[41] 실러의 누나 크리스토피네는 그와 같은 극장 관람이 예술 문제에는 전혀 경험이 없는 동생에게 얼마나 큰 영향을 끼쳤는지를 보고하고 있다. "당시 카를 공작의 통치하에서는 오페라, 연극, 발레 공연들이 얼마나 휘황찬란했는지는 잘 알려진 일이다. 왜냐하면 공연하는 사람들이 대부분 이탈리아 사람들이었기 때문이다. 이 공연들이 실러의 젊고 활기 있는 정신에 큰 인상을 주었음은 물론이었다. 그는 마치 단순한 시골 환경에서 요정의 세계로 옮겨 온 것 같은 느낌을 받았다."[42]

궁정 극장에서 프랑스의 희극은 비록 공작의 문화 수석 보좌관인 우리오에 의해 특별 공연 분야로 정해지기는 했지만, 오페라, 발레와 비교할 때, 의미는 그만 못했다. 연극은 단지 1757년부터 1767년까지만 확고하게 무대의 레퍼토리에 끼어 있었다. 주로 당대 파리의 작가들이 쓴 가벼운 작품들이 선호되었다. 라 쇼지(La Chaussée)의 감동적인 희극〔예컨대 「멜라니드(Melanide)」〕이나 디드로(Diderot)의 '진지한 장르(Genres serieux)'〔예컨대 「가장(Le Pere de famille)」〕 등이 이따금 프로그램에 끼어 있었다. 비극적 소재들은 공작이 그다지 좋아하지 않았다. 1763/64년에 있었던 코르네유의 작품 「시나(Cinna)」와 볼테르(Voltair)의 「차이르(Zaire)」를 상연한 것은 관례를 벗어나는 이례적인 경우였다. 궁정은 후에 와서 연극 사업을 다시 받아들여 독일 작품들도 공연 계획에 삽입하기는 했지만 오페라 수준에는 못 미쳤다. 1770년대 중반부터 이 도읍지에서 당시 유행에 민감한 유랑극단의 본을 떠서 레싱의 희곡들〔그중에는 초기 희극 「유대인들(Die Juden)」도 있었음〕이 상연되었고, 괴테의 「괴츠 폰 베를리힝겐」과 「에르빈과 엘미레(Erwin und Elmire)」, 라이제비츠(Leisewitz)의 「율리우스 폰 타렌트(Julius von Tarent)」, 셰익스피어(Shakespeare)의 「햄릿(Hamlet)」, 「맥베스(Macbeth)」와 「리처드 3세(Richard III)」가 〔빌란트와 에셴부르크(Eschenburg)의 번역 대본으로〕 상연되었다.[43] 사관학교 생도였던 실러는 추측건대 극장 관람을 하면서 독일 레퍼토리 중에서 핵심적인 작품들을 알게 되었을 것이다. 그러나 그는 물론 에마누엘 시카네더(Emanuel Schikaneder) 앙상블이 1778년 슈투트가르트의 연시(年市)에서 보여주어 관람객의 강력한 반응을 얻은 셰익스피어 공연들은 관람할 수가 없었다. 사관생도들에게는 궁정 무대 외에서 공연되는 연극을 관람하는 것이 금지되어 있었기 때문이다.[44]

극장 예산은 특히 카를 오이겐의 집권 초기 20년 동안에는 엄청난 액수에 달했다. 사례금, 장식비, 의상비, 무대 공간 설치 비용, 외부에서 초빙된 예술가의 여비 등으로 사용되는 루트비히스부르크 오페라 1년 예산액이 1765년에 30만 굴덴이었다.[45] 휴게실 조명을 위해서 공연 때마다 2000개의 촛불이 밝혀졌고, 소위 현등이라는 매다는 등에 채울 기름도 여러 통이 들었다. 여기에 목재나 옷감 같은 데에 드는 비싼 재료비, 특히 무대 건물을 유지하는 데 드는 비용이 정기적으로 추가되었다. 견고하게 짓지 못하고, 전적으로 도금 처리한 루트비히스부르크 오페라 궁전을 보존하는 데에도 특별한 관심이 필요했다. 1770년에 체결된 상속 계약의 전초전이 펼쳐질 때부터 이미 공작은 란트샤프트의 압력으로 무대를 위한 비용 지출을 제한하지 않을 수 없었다. 그러므로 그는 외국인 예술가에게 지불되는 비싼 사례금을 절약하기 위하여 오케스트라와 발레단에 영방 신민들을 끌어들이기로 결심했다. 후에 와서는 사관학교의 모형과 비슷하게 1769년부터 존립해온 음악과 무용 학교에서 오케스트라 단원들과 궁정 요원들의 자제들을 개별 분야별로 훈련했다. 4년 후에 그들은 낮은 임금을 받고 궁정 앙상블에 채용되었고, 부모들이 서명한 계약서를 바탕으로 이 앙상블을 위해 계속 봉사하지 않으면 안 되었다. 나중에 카를스슐레가 음악교육을 넘겨받았고, 루트비히스부르크의 무용 학원은 예술 요원에 대한 수요가 없어서 몇 년 뒤에 문을 닫을 수밖에 없었다.

비용이 많이 드는 슈투트가르트와 루트비히스부르크 극장의 공연을 본 관람객은 언제나 귀족과 공작의 측근들이 대부분이었다. 중산층과 농민들은 극장 관람과는 거리가 멀었다. 이 점 또한 주로 지위 높은 사람들을 입장하게 해서 신분이 같은 사람들끼리 좀 더 은밀한 분위기를 조성하려는 궁정의 염원과도 맞아떨어지는 것이었다. 극장 운용 비용을 감당하기 위하여 무거운 세금을 부담하여야 할 시민계급은 문화적 욕구가 허락하는 한 무언극, 인형극, 약장수, 요술쟁이, 때때로 유랑 극단의 공연 구경을 선호했다. 유랑 극단은 고대나 현대의 영국 희곡을 희극적인 막간극을 섞어 공연함으로써 관객을 유치했다. 1770년대 말에 와서야 비로소 슈투트가르트의 오페라는 시민계급의 관객에게도 문호를 개방했다. 운영 비용을 충당하기 위해 입장료를 확실하게 도입한 것은 1777년 5월 10일 자 포고령과 함께였다. 이후로 무료 관람은 특별한 축제일에만 국한되었다.[46] 그렇지만 이 극장들은 예술적인 수준이 높았음에도 불구하고 광범위한 대중 관객을 끌어들이지는 못했다. 공작의 지원을 받은 무대예술도 제3계급의 거부감에 부닥친 것이었다. 낭비 정신이 백성들의 종교적 자아의식과는 크게 배치되었기 때문이다. 이탈리아의 바로크와 프랑스의 의고주의에 정향한 이 낭비벽을 지닌 가톨릭 통치자와, 엄격한 프로테스탄트의 의무 윤리를 통해 절약, 금욕, 근면을 생활신조로 삼고 있는 뷔르템베르크 백성들과는 뜻이 별로 맞지 않았던 것이다.

종교와 교회
계몽주의 시대에 슈바벤에서 일어난 경건 운동

18세기에 교회 생활은 사회 활동과 문화적 활동의 핵심 부분에 속했다. 특히 프로테스탄티즘은 신도들로 하여금 전반적인 교양을 함양할 것을 장려했다. 근대 초기부터 목사 가정 출신의 뛰어난 지식인과 예술가가 쏟아져 나와 독일의 문화생활에 막대한 영향을 끼쳤다. 리스트(Rist),

플레밍(Fleming), 그리피우스(Gryphius), 고트셰트(Gottsched), 겔러르트
(Gellert), 레싱(Lessing), 빌란트(Wieland), 렌츠(Lenz), 슈바르트(Schubart),
클라우디우스(Claudius), 뷔르거(Bürger), 보이에 같은 저작자들과 푸
펜도르프(Pufendorf), 콘링(Conring), 슐뢰처(Schlözer), 슐라이어마허
(Schleiermacher), 셸링(Schelling) 같은 학자들이 그들이다. 지적 재능이 있
는 시민의 자제들에게 목사 직은 선망의 대상이었다. 신분 제한으로 다
른 출셋길이 차단되어 있는 것이 중요한 이유였다. 그러나 마을 목사가
받는 봉급은 적었다. 마을마다 차이가 나는 교회세 수입에 따라 연봉이
150~300탈러였다. 이를 보충해주는 것이 현물 지급과 기타 부조금이었
다. 이 기타 부조금에는 경작이 가능한 작은 면적의 토지 소유도 포함되어
있었다.[47] 직책이 높아질 경우에는 경제적으로 좀 더 안정된 생활을 할 수
있었다. 주교좌 교회의 참사회 회원일 경우 연 600탈러를 받았고, 헤르더처
럼 궁정 설교사일 경우에는 2000탈러나 되는 상당한 금액을 받기도 했다.

특별히 뷔르템베르크에서는 목사 가정이 사회적으로 외딴 섬이나 마찬
가지여서 외부로부터 일체 간섭을 받지 않았다. 신분상의 자긍심과 엘리
트 의식은 뷔르템베르크의 수도원학교와 신학대학의 높은 지적 수준이 설
명해주었다. 교회의 직책을 부여하는 데 결정적 역할을 한 것은 출신과 전
통뿐이 아니었다. 시험 성적, 추천서, 졸업한 교육기관의 질적 수준 같은
실력의 척도도 한몫을 했다. 그에 반해서 가톨릭교회는 교육정책을 펼치
는 것과는 거리가 멀었다. 가톨릭교회는 독신주의를 고집했기 때문에 필
연적으로 후계 성직자 양성에 지장을 받을 수밖에 없었다. 프로테스탄티
즘 목사들의 경우 후계 성직자 양성은 이미 어린이 교육부터 시작되었다.
예수회 회원들은 18세기가 시작되면서 남독일까지 뻗치는 100개의 신학교
조직망을 구축했으나 프로테스탄티즘과 교육 경쟁을 벌일 정도는 아니었

다. 왜냐하면 이와 같은 학교의 효과는 신학생 사회에만 국한될 뿐, 문화와 사회에 결정적 영향을 미치지 못했기 때문이다. 특히 18세기 말까지 낡은 행정 기구들과 귀족들의 불로소득 경제, 전근대적인 수업 제도 등으로 남독일의 후진성을 부추긴 것은 바로 가톨릭이 지배하는 궁정이었다. 이곳에서는 계몽사상이 조심스럽게 싹을 보이기는 했지만 거의 인정받지 못했기 때문에 가톨릭교회는 한동안 개혁 능력을 지닌 프로테스탄티즘에 눌려 있었다. 오스트리아의 요제프 개혁*은 1780년대 초에 남독일 교회의 수장들과 영방 제후들의 저항을 불러일으켰고, 그들의 반동적인 외각(外殼)은 이와 같이 이웃 나라에서 이루어진 자유화 때문에 더욱 굳어졌다.

18세기 중반부터 독일의 종교적 상황은 쉽게 개관할 수가 없다. 종교전쟁의 시대를 지배하던, 종교적 입장 간의 날카로운 대립은 현격하게 완화되었다. 계몽주의 사고방식이 보편화되면서 신학적 독단은 조심스럽게 완화되었지만, 대부분의 사람들에게 사회적 접촉의 기회를 마련해주던 교회 생활의 막강한 의미는 근본적으로 상실되지 않았다. 독일에서 정신적인 자유화에는 종교에 따라 교단 총회의 권한과 주교들의 권한을 통해 확고한 경계선이 그어졌다. 종교적 계몽주의가 기독교의 핵심적인 교리들, 이를테면 계시 사상, 인격신론적인 하느님 사상, 창조론의 진리 등을 공격하는 것은 금기시되었다. 기독교의 교리와 비판적인 논쟁을 시도하는 사람은 1770년대 말에 레싱이 함부르크의 주임 목사 괴체(Goeze)와의 다툼에서 당한 것처럼, 출판 금지와 공권력의 제재를 염두에 두어야 했다. 라 메트리(La Mettrie)와 엘베시우스(Helvétius)의 영향을 받은 프랑스의 유물

．．

* 오스트리아 황제 요제프 2세가 펼친 개혁 정책으로 계몽주의 사상과 국가 이익의 요구에 부응해서 국가의 통치권을 교회에까지 확대하려고 시도하여 교회의 반발을 불러일으킴.

론은 독일에서는 단연 거부당했다. 프로이센 교회 최고 회의의 지원을 받아 이성 사상과 신앙 교리를 체계적으로 중재해보려고 노력한 계몽된 개혁주의에 있어서까지도 유물론의 과격한 종교 비판은 극복할 수 없는 결정적 장애물 구실을 했다. 경건한 가톨릭 신자인 아이헨도르프는 다음과 같이 회고하고 있다. "언제나 남의 웃음거리가 되는 것을 가장 참을 수 없는 죽을 죄로 여기는 자칭 교양 있는 귀족 계급들이 분명 자유정신을 표방하는 프랑스 작가들과 남몰래 교제를 하는 가운데, 암암리에 새로운 계몽주의를 시대에 필요한 유행 사상이요 점잖은 이념으로 받아들였고, 동시에 자유정신을 더 이상 구시대의 촛불이 아니라, 자신들 살롱의 근대화를 조명하는 가스등불로 여긴 적이 한때 있었다. 그러나 이제 프랑스인들이 갑자기 하느님을 제거하고, 발가벗은 이성에 인간의 탈을 씌워 제단에 세움으로써 빚어진 아주 불경스러운 결과를 보고 그들은 대경실색했지만 때는 너무 늦었다."[48] 프리드리히 2세의 치하에서 계몽된 프로테스탄티즘이 장려되고, 국교로 승격되기까지 했지만, 이와 같은 관용의 정치는 독일의 절대주의에서 하나의 예외적 현상이었다. 1788년의 뷜너 종교 칙령(Wöllnersches Religionedikt)*을 통해 사람들은 결국 18세기 중반부터 프로이센에서도 그동안 증가 추세를 보이던 합리주의적인 개혁의 영향을 물리치려고 애를 썼다. 그러나 프리드리히 이후의 보수 정부는 이 칙령을 폐지하고, 규제 법률들을 제정하여 힘 안 들이고 교회 생활을 통제하고 교리 준행을 엄격히 감시하는 데 성공하게 되었다.

∴

* 1788년 7월 9일에 프로이센에서 공표된 종교 칙령. 이 칙령은 프로이센의 장관 요한 크리스토프 폰 뷜너(Johann Christoph von Wöllner)가 전에 쓴 논문 「프로이센 국가에서 종교 박해에 관한 칙령」에 근거한 것으로서, 소위 계몽주의의 해독으로부터 세 가지 주요 교회들(루터교회, 개혁 교회, 가톨릭교회)을 보호하려는 의도에서 공표됨.

그러나 프로테스탄티즘의 진보신학적 계몽주의는 국가의 통제 밖에서 다른 반응을 불러일으켰다. 18세기 초에 이미 관변 교회의 지위를 설정하는 데 새로운 경건주의 운동이 자리를 잡게 되었다. 거기에는 경건주의자들, 귀용주의자들(Guyonist),* 헤른후트(Herrnhut)파(派),** 그 밖의 다른 유사한 교파들이 속했다. 특히 뷔르템베르크, 니더라인, 작센에서 널리 파급된 경건주의는 독일의 문화생활에 막대한 영향을 미쳤다.[49] 또한 젊은 실러가 최초로 습득한 철학 사상에도 경건주의가 부각되어 있었다. 경건주의의 기초를 세운 공식적인 문건으로는 1675년에 나온 야코프 슈페너(Jacob Spener)의 강령서『경건한 염원들(Pia Desideria)』이 꼽힌다. 이 작품은 독일 바로크 신비주의의 가장 유명한 저술 중 하나인 요한 아른트(Johann Arndt)의『진정한 기독교에 관한 네 가지 책들(Vier Büchern vom wahren Christentum)』(1605)에 대한 서문을 확대한 것이나 마찬가지였다. 경건주의는 종교적 실천의 감각적이며 정서적인 차원을 강조함으로써 성경 말씀에만 의존하는 루터파 교회와 차별화를 시도했다. 지역과 교회의 서열을 바탕으로 한 관계가 아니라, 지역적 비밀 집회를 통해 이루어진 신자들의 연합이 사회적으로 경건주의 운동의 중심이 되어 있었다. 사람들은 고대 후기에 있던 원시 기독교를 유력한 증거로 내세워 평신도에 대한 고정관념을 깨뜨리고, 각 구성원이 스스로 예배 의식을 거행할 가능성을 열어놓았다. 이 경건주의적 결사 단체는 형식상 프로테스탄티즘의 관변 교회에 소속되어 있었지만 그와는 달리 자신을 '감정 공동체

∴

* 17세기 프랑스의 신비주의자 마담 귀용(Guyon)을 추종하던 가톨릭의 정관파 신비주의자들.
** 18세기 친첸도르프(Zinzendorf) 백작이 창립하고 헤른후트(Herrnhut)라는 독일의 지명을 따라 명칭이 붙은 독일의 경건주의 일파.

(Gefühlsgemeinschaft)'로 이해했다. 이 감정 공동체는 순전히 말씀에만 의존하는 신앙을 넘어서서 그들의 신앙적 확신을 감정적 뉘앙스가 좀 더 강한 의식을 통해 표현했다. 이와 같은 종교 사상의 가장 중요한 매체로서 새로운 성가(聖歌)를 작사 작곡하게 되었는데, 바로 이 새로운 성가가 18세기의 문학에 커다란 영향을 끼쳤다. 오늘날까지도 복음주의 교회 찬송가의 전범으로 꼽히는 니콜라우스 루트비히 폰 친첸도르프(Nikolaus Ludwig von Zinzendorf), 필리프 프리드리히 힐러(Philipp Friedrich Hiller), 크리스토프 카를 루트비히 폰 파일(Christoph Carl Ludwig von Pfeil), 게르하르트 테르스테겐(Gerhard Tersteegen) 같은 사람들이 지은 감동적인 성가들은 문학적인 가치가 있고, 클롭슈토크(Klopstock), 젊은 괴테, 횔덜린(Hölderlin)의 문학작품을 이해하는 길잡이가 되고 있다.

　말씀을 위주로 하는 프로테스탄티즘 신앙에 대한 비판은 인간은 기도와 찬송을 통해 하느님께 몰입할 수 있고, 따라서 이미 지상에서 영적으로 승화된 삶의 순간들을 통해 느끼는 행복에 참여할 수 있다는 확신에 편승한 것이었다. 이와 같은 신비주의 전통에서 유래한 사상은 깨우침의 신학을 통해 뒷받침되었다. 이 깨우침의 신학에 따르면 인간은 원죄로부터 시작하여 행동하고 항상 갱신하는 참회를 거쳐, 정신적인 계시의 체험을 통해 진정한 성취에 도달하는 길을 가야 하는 것이다. 개혁론자들의 합리적 사유에 대한 뜻깊은 반대가 이 점에 놓여 있었다. 즉 개혁론자들의 경전 위주 신앙에 반대해서 경건주의는 감정 속에 내포된 신앙의 이상적 면모를 그려보려고 했다. 승화된 내면세계의 직업윤리를 가진 참회신학의 금욕적 측면이 복고적 성격을 지닐 수 있다는 것은 괴테가 출간한 요한 하인리히 융슈틸링(Johann Heinrich Jung-Stilling)의 『청년 시절(*Jugend*)』(1777)과 카를 필리프 모리츠(Karl Philipp Moritz)의 『안톤 라이저(*Anton Reiser*)』(1785~1790)

가 크게 신빙성 있게 보여주고 있다. 물론 뷔르템베르크의 경건주의에서는 여기서 논의되고 있는 경건성과 종교적 운명주의의 밀접한 결합이 할레의 경건주의에서보다는 중요한 역할을 덜 하는 편이었다. 할레의 경건주의는 종파적인 특징을 가진 연합 운동의 핵심으로 독자적 형태의 기구들을 발전시켰다. 그 기구들에 속하는 것은 성직자 양성 교육만 시키는 것이 아니라 그야말로 종합 교육 센터를 건립하는 것이었다. 그 모태 역할을 한 것이 필리프 야코프 슈페너가 1670년 8월에 창립한 프랑크푸르트의 '경건한 자들의 모임(Collegia Pietattis)'이다. 이 모임은 다양한 사회적 출신의 신자들이 모여 성경에 대한 대화를 나누는 모임이었다. 1686년부터는 드레스덴의 최고 궁정 설교사로서, 1691년부터는 베를린의 총회 위원으로 활동하던 슈페너의 도움으로 1694년에 창립된 할레대학에 신학대학이 생겼다. 이 대학은 동양학과 책임자인 아우구스트 헤르만 프랑케(August Hermann Francke)의 영향하에 곧 경건주의 운동의 중심지로 발전했다. 프랑케는 재정 업무는 물론 조직 업무에도 노련한 솜씨를 발휘하여 몇 년 뒤 할레에 도서관, 강의실, 고아원을 한 지붕 아래 함께 운영하는 종합적인 교육 시설을 확충했다. 여기에 청소년들에게 고대 언어뿐 아니라, 자연 과목과 기술 과목의 기본 원리들을 전수하는 독일 최초의 실업학교인 레알슐레(Realschule)가 세워졌다. 프로테스탄티즘 관변 교회의 막강한 영향하에 있던 작센과는 반대로 쿠어브란덴부르크 영방에 속한 할레는 교육정책적인 뜻을 조직적으로 마음껏 펼칠 수 있는 비옥한 토양을 경건주의자에게 제공했다. 형제들의 공동체들은 프랑케가 추구한 것처럼 앞으로 교우의 수를 늘리는 것보다 교우들 간에 가능한 일체감을 확립하는 데 관심을 기울였다. 그와 같은 형제들의 공동체 중에서 가장 유명한 공동체는 1727년부터 니콜라우스 루트비히 폰 친첸도르프가 살고 있는 작센의 헤른후트에 있었다. 이 형제들의 공동체는 일종의 교파 비슷하게 조직된 공동체의 호젓함 속에서 단순하고 전적으로 신앙에만 몰두하는 삶을 실현하는 것을 목표로 삼고, 이를 추구했다. 자체 관리와 독자적인 농업이나 수공업적인 활동을 바탕으로 친첸도르프 서클은 자급자족하는 조직으로 발전하려고 한껏 노력했다. 그렇다고 관변 교회와 동맹을 파기한 것은 물론 아니었다.

세기말이 지난 지 얼마 안 되어서 뷔르템베르크 영방에 속한 슈투트가르트, 칼브, 덴켄도르프 등지에서는 요한 게오르크 로젠바흐(Johann Georg Rosenbach), 다비트 벤델린 슈핀들러(David Wendelin Spindler), 요한 알브레히트 벵겔(Johann Albrecht Bengel)의 지도하에 최초의 경건주의 비밀 집회가 결성되었다. 이 집회에서 하는 활동은 공동으로 성경 읽기, 찬송 그리고 오락 시간이 핵심이었다. 이와 같은 분리주의적 경향을 야기한 범인은 바로 교회 당국이 자행한 관료주의적 유착 관계와 백성들에게 오만방자함으로 비친 불로소득 경제였다. 수많은 신자들은 영방 신분대표들, 영방 의회, 그리고 복음주의 교회 고위직들의 공통적인 이해 정치에서 나타나는 것처럼 교회 세력이 세속적인 세력과 밀착되어 있는 것을 못마땅하게 여겼다. 그럼에도 불구하고 교단 총회는 뷔르템베르크의 형제들 공동체의 노력을 묵인했다. 왜냐하면 이 공동체가 교회 기구의 권위를 공식적으로 문제시하지는 않았기 때문이다. 1706년과 1707년에 공표된 두 가지 칙령은 분리주의자들이 공개 석상에 나타나는 것을 금지했지만, 사사로운 테두리 안에서 경건주의자들의 모임은 허락했다. 1733년 친첸도르프가 헤른후트파 사람들과 슈바벤의 경건주의자 사이에 협력 강화를 모색하고 있는 벵겔을 찾아간 적이 있으나, 결국 두 그룹 사이에 엄청난 신학적 간극만을 확인했을 뿐이다.[50] 그 후 1747년에 행한 「차이스터 연설(Zeyster Reden)」과 「간구(懇求, Litaney)」에서 탁월한 언어를 구사한 친첸도르프의 신비적으로 승화된, 이른바 피와 상처 숭배 사상이 결국 벵겔의 합리성을 토대로 하여 정신적인 인식을 추구하는 경건주의와 합의를 이루어내지 못한 것 같았다. 헤른후트파와 뷔르템베르크 서클 사이에 증폭되고 있는 불협화음을 밝힌 공식적인 문건은 벵겔이 책략적으로 쓴『속칭 형제들의 공동체의 정체(Abriß der sogenannten Brüdergemeinde)』(1751)이다. 이 책을 통해서 두 종파 간의 파탄은 영구히 굳어지고 말았다.

친첸도르프가 슈투트가르트의 교구장 자리를 차지하려는 시도가 좌절되던 것과 때를 같이하여 공식적인 복음주의 교회와 경건주의 비밀 집회 간에 접근이 이루어졌는데, 이는 후대를 위해서 중대한 의미가 있는 일이었다. 1733년 크리스토프 마트호이스 파프(Christoph Matthäus Pfaff)와 게오르크 베른하르트 빌핑거는 튀빙겐대학 신학대학과 총회를 대표해서 형제들의 공동체의 교리와 교회의 입장이 일치함을 밝혀냈다. 신앙에 대한 경건주의의 의견들이 계속 강하게 정통 기독교 사회로 파고들어온 것이었다. 그 의견들은 종종 벵겔의 추종 인물에 의해 전수되었다. 벵겔 자신은 슈핀들러의 금욕 이론에 물들어, 1713년부터 1741년 사이에 덴켄도르프 수도원학교에서 성직자가 되려고 하는 300명의 후보자들에게 준비교육을 시킨 적이 있는 사람이었다.[51] 그 가운데에서 적지 않은 사람들이 후에 학계나 교계에 진출해서 벵겔이 전수한 경건주의 신앙을 교회의 강단이나 대학 강단에서 대변할 수 있었다. 벵겔이 1742년에 출간한, 신약성경에 대한 해석을 곁들인 해설서에 가끔 표명되어 있는 그의 종교적 윤리는 모든 형식의 세속적인 지배 세력에 대한 강한 의구심을 담고 있었다. 인간이 목전에 임박한 그리스도의 재림을 향한 길을 가고 있다고 본 종말론적인 역사관을 배경으로 벵겔은 세상의 권세 있는 사람들을 하느님의 적으로 보았다. 언젠가는 큰 심판이 그들의 지상에서의 잘못을 포괄적으로 응징하게 될 것이 틀림없다는 것이다. 슈바르트의 유명한 시 「영주의 무덤(Die Fürstengruft)」(1780)은 후에 구원에 대한 기독교인의 기대를 바탕으로 폭군의 지배가 저세상에서 받게 될 보복의 계시적 시나리오가 떠오르게 한다. 그와 같은 문학적인 증언에서도 벵겔이 내세운 종말론적인 역사 사상과 그의 도덕적 비전이 강력한 영향력을 끼친 것이 밝혀지고 있다.[52]

야간에 성경을 읽으면서 보내는 개인적인 기도 시간, 목회, 찬송가 등은 1750년대부터 (루트비히스부르크 교외에 있는 코른베스트하임의) 필리프 마트호이스 한(Philipp Matthäus Hahn)과 (하이터바흐의) 크리스티안 고틀로프 프레기처(Christian Gottlob Pregizer), (알트도르프의) 요한 미하엘 한(Johann Michael Hahn)과 같은 사람들을 통해서 관행으로 정착되었다. 벵겔의 종말론 사상의 영향을 받은 하일브론의 농부의 아들 요한 게오르크 라프(Johann Georg Rapp)는 자신의 성령주의 서클의 활동 범위를 결혼식과 어린이 세례식을 독자적으로 집행함으로써 심지어 성사(聖事) 분야로까지 확대했다. 정부가 국외 추방도 불사하겠다며 그와 같은 행위를 금지했지만, 실상 아무런 효과도 거두지 못했다. 정부와 총회가 라프 일당의 일탈된 행동에 대처하면서 단호한 태도를 보여주지 못한 것은 18세기 마지막 1/3분기에 공직 생활의 여러 분야에 만연한 경건주의에 대한 호의적 입장 때문이라는 것이 입증되고 있다.[53] 작품 속에서 비의적인 자연철학과 경건주의적 구원론을 연결하려고 한 1702년생 프리드리히 크리스토프 외팅거(Friedrich Christoph Oetinger) 같은 학자는 형제들의 공동체의 종교적 열정이 그 시대의 철학 사상에 끼친 영향을 대변하고 있는 좋은 예에 속한다. 외팅거의 작품에서는 바로크 신비주의자 야코프 뵈메(Jacob Böhme)의 논란 많은 우주 속에 하느님의 유출설(流出說)에 바탕을 둔 자연 이론의 요소들이 벵겔의 이론에 자극을 받은 천년설(千年說)의 역사관과 나란히 등장한다. 이 역사관은 그리스도의 재림을 임박한 사건으로 보고 있다. 그와 같은 독특한 방안들은 공식적 채널을 통해 단순화되어 전파되기 때문에 시간이 흐르면 효과를 거두게 마련이다. 베벤하우젠의 수도원 부설 학교 졸업생으로서 외팅거와 밀접한 관계가 있던 카를 프리드리히 하르트만(Karl Friedrich Hartmann)은 1774년부터 카를 오이겐 공작의 사관학교에서 예정된 종교 수업 시간에 경건주의 원리들을 강의했다. 이와 같은 경건주의 교리가 젊은 실러에게도 흔적을 남겼다는 사실은 그리스도와 신자들의 감정 공동체 이념의 세속적 대안으로 볼 수 있는 그의 사랑철학을 통해 여실히 나타나고 있다.[54]

베스트팔렌 강화조약이 체결된 후, 뷔르템베르크 영방은 프로테스탄티즘 신앙을 지닌 영주들에 의해 통치되었다. 그 바람에 복음주의 영방 교회가 요지부동의 주도권을 확보했다. 이 주도권의 바탕이 되는 것은 물론 근본적으로 슈바벤 알프스 지역을 제외하면 가톨릭교회가 거의 없고 뷔르템베르크 전 지역이 복음주의 영방 교회의 영향하에 있다는 점이었다. 영방 교회의 영향은 행정 사항과 대학에 관한 사항은 물론이고, 특히 영방에 소속된 고을의 정책에까지 미쳤다. 영방 고을들의 공과금 요구는 재정적 독립을 위해 노력하는 교회 수뇌부의 생각과 어긋났다. 1733년 카를 알렉산더의 즉위와 함께 가톨릭 영주 시대가 시작되었다. 총회의 권력 행사는 틀림없이 가톨릭 영주의 행동 범위를 제한하는 것을 의미했지만, 실제로 그 이상의 심각한 갈등은 일어나지 않았다. 공작이 영방 교회의 권위를 인정했기 때문이다. 영방 교회가 상위의 위치를 확보하고 있다는 것은 예컨대 영방 교회가 목사의 채용이나 해임과 같은 그들의 권한에 국가가 개입하는 것을 저지하고, 튀빙겐신학대학에서 독자적인 교수 초빙 정책을 주도했으며, 교회 공동체 조세 행정을 독자적으로 통제했다는 사실을 통해 증명되었다. 신앙이 서로 다른데도 세속의 정치권력과 종교 세력 사이에 이해 조정이 이루어진 것 역시 어디까지나 1737년과 1750년 사이에 힘든 총회장 직을 수행한 요한 게오르크 빌핑거의 공로였다. 이미 1737년 12월에 가톨릭 신앙을 가진 공작은 공개적인 선언을 통해 자신은 자신의 영방에서 루터파의 복음주의 신앙을 용납할 뿐만 아니라, 적극적으로 보호할 것이라는 것을 확약하지 않을 수 없었다. 1743년 총회는 종교가 국가의 직접적인 개입에서 벗어나고, 그럼으로써 통치자의 영향력 행사 가능성을 제한한다는 것을 분명히 표현한 칙령을 작성했다. 빌핑거의 후계자인 체히 (Zech)(1755년까지)와 게오르기(Georgii)(1764년까지)는 변덕스러운 카를 오이겐을 다루는 데서 노련함을 별로 보여주지 못했다. 공작은 1750년대 중반부터 예배와 의식에 영향력을 행사하려고 여러 번 시도했다. 프로이센과 전쟁을 치르던 시기에 그는 정기적으로 강단에서 젊은 남자들에게 병역의무를 상기시키고, 탈영병에 대해서는 엄한 벌을 약속한다는 법령을 낭독하도록 했다. 가톨릭교회에 대한 비판적 발언을 했다고 의심이 가는 목사들은 처벌되거나, 퇴직 절차를 밟도록 압력을 받았다. 그리고 총회의 조세정책상의 자유재량권도 줄어들었다.[55] 그와 같은 침해는 장기적으로는 별 효과가 없었으나, 전쟁을 하던 기간에는 불신과 불충을 야기함으로써 국가와 성직자들의 관계에 부담을 주었다. 뷔르템베르크 백성들은 다시금 카를 오이겐이 오스트리아와 동맹을 맺은 것을 못마땅해했다. 그가 프로테스탄티즘의 프로이센에 대항해서 전선에 나가는 것이 그들에게는 그들 자신의 신앙적인 독립성에 대한 공격으로도 평가되었다. 정통주의 교회 세력과 경건주의 운동 세력을 놀랍게도 당연한 것처럼 한 지붕 밑에서 지내게 한 영방 교회의 단단한 결속만이 이 단계에서 복음주의 신민들에 대한 가톨릭 영주의 막강한 영향력 행사를 막을 수 있었다. 1760년대 중반부터 카를 오이겐은 프로테스탄티즘을 상대로 점점 더 신중한 자세를 취했고, 이미 1743년에 공포된 개인적인 신앙의 자유에 대한 칙령도 인정했다.

18세기의 뷔르템베르크에서 교회 생활이 지니는 의미는 누구나 다 잘 알고 있었다. 예배는 일요일과 축제일뿐 아니라 주중에도 모든 도시 시민 내지 지방의 서민 출신 신자들에게 거부할 수 없는 매력을 지녔다. 프리드리히 니콜라이(Friedrich Nicolai)가 보고한 바에 의하면 1783년 한 해 동안 슈투트가르트 시에 있는 세 교회에서 1105명의 설교사가 고용되었다.[56] 경건주의 서클이 엄청난 의미를 얻었다고 해서 공식적인 예배에 인파가 몰려드는 것에는 아무런 영향을 미치지 않았다. 공적인 분야든 사적인 분야든, 학교든 가정이든 종교는 어디까지나 절대적 권위를 지닌 중심 세력이었다. 기도서와 찬송가는 어느 가정에서나 볼 수 있었고, 뷔르템베르크의 출판 시장에서 가장 잘 나가는 상품에 속했다. 특별히 성공을 거둔 서적들은 자무엘 울스페르거(Samuel Urlsperger)의 경건 연습 교재(1723), 크리스티안 슈토르(Christian Storr)의 고해 및 성찬 텍스트(1755), 이마누엘 고틀리프 브라스트베르거(Immanuel Gottlieb Brastberger)의 설교서(1758) 등이었다. 뷔르템베르크 백성들의 일상생활에 종교적 전통이 얼마나 강하게 자리 잡고 있는지는 슈바벤 출신 저작자들이 지은 인기 있는 교회 찬송가가 잘 보여주고 있다. 카를 하인리히 폰 보가츠키(Carl Heinrich von Bogatzky)의 『하느님의 아이들의 황금 보석 상자(Güldenes Schatz-Kästlein)』(1746)는 필리프 프리드리히 힐러의 「작은 성가 상자(Geistliches Liederkästlein)」(1762)와 크리스토프 카를 루트비히 폰 파일의 『복음송(Evangelisches Herzensgesänge)』(1763)과 마찬가지로 괄목할 만큼 높은 발행 부수를 올렸다. 그러나 이 장르에서 가장 사랑을 받은 모형은 뷔르템베르크에서 1757년에 처음 출간된 라이프치히 사람 크리스티안 퓌르히테고트 겔러르트(Christian Fürchtegott

Gellert)의 송가들과 노래들이다. 그의 교화적인 텍스트들이 실러의 가정에도 비치되어 있었다는 것을 그의 누나인 크리스토피네의 보고를 통해 알 수 있다.[57](NA 42, 3) 이 텍스트들은 어린이들이 처음 받는 수업의 주제가 될 뿐만 아니라, 종교적인 내용에 대하여 담론할 수 있는 계기를 마련하기도 했다. 그러므로 실러가 경험한 초기의 지적 자극은 그와 같은 텍스트들을 통해 받은 것이었다. 그 역시 많은 중산층 시민의 자제들과 마찬가지로 성직자의 길을 가도록 그의 아버지가 내린 결정은 그가 성장한 환경의 불문율과도 어울리는 것이었다.

2. 초기 교육

시민 계층의 가정환경

생가의 전망

한 인간의 외적 삶은 내면이 빚은 결과와 우연이라는 두 가지 요소의 지배를 받는다. 이 두 요소는 서로 경쟁이라도 하듯 인간의 삶을 지배한다. 어떤 사람의 전기를 집필할 때 발생하는 위험부담은 그 한 요소가 다른 요소 속에서 지양(止揚)되는 데 있다. 즉 우연을 삶의 원칙으로 드높이려고 할 때, 전기 집필은 신화화의 성격을 띤다. 개인의 전기를 미화할 위험을 막을 수 있는 길은 그 개인의 인격 형성의 역사에서 지적 능력을 축적하는 과정에 눈을 돌리는 것이다. 개인의 인격 형성의 역사는 임의로 조작될 가능성이 다분히 있는 외적 데이터에 의해서가 아니라, 정확히 파악될 수 있는 스승과 독서, 그리고 거기에 연유된 취향, 모범, 이상형 등을 통해 받은 자극들에 좌우된다. 특별히 그의 삶이 결정적으로 정신적 경험의 지배를 받고, 일찍부터 문학의 영향을 받았으며, 문학을 통해 삶의 윤곽이 드러나는 실러와 같은 저자에게 이와 같은 통찰이 해당한다. 그에게 상상은 경험의 중요한 공간이다. 그는 글을 쓰면서 그 공간을 열어놓고 있다. 그의 생애에서는 장거리 여행, 자연에 대한 감동, 격렬한 열정의 체험은 찾아볼 수 없다. 회개, 저주, 새 출발의 상황들도 마찬가지다. 그의 생애에서 최대의 파국이나 다름없는 어린 시절에 앓았던 질병은 실러의 작업 방안을 조절하는 데 결정적인 역할을 했지만, 그의 작품에 미친 영향은 고전주의 작가인 그가 죽음에 임박해서 거듭 되뇌이던 말이 암시하는 것보다는 훨씬 미소하다. 바로 그의 외적인 전기에는 특별히 부각될 만한 사건이 적기 때문에, 평생 지속된 그의 인격 형성의 역사에 눈길을 돌릴 수밖에 없다. 바로 이 역사가 작가로서 그의 정체성과 그의 작품의 중추신경을 입증해주기 때문이다. 이와 같은 역사의 재구성을 위해서는 분명 사회적이고 역사적인 상황의 표현으로서 모든 개인적 예술 활동을 좌우하는 "집단적 정신 상태"[58)의 분석도 등장해야만 할 것이다. 이와 같은 배경에서 볼 때 한 사람이 살아온 이력에 대한 관심을 충족하기 위해서는 무엇보다도 그 사람이 정신적으로 거쳐온 정거장들을 사회적이고 문화적인 영역과 관련지어 설명하는 것이 적합할 것이다.

실러 가문의 역사는 16세기로 거슬러 올라간다. 그의 선조들의 직업은 뷔르템베르크의 농부, 통장이, 빵 장수, 숙박업자였다. 때로는 마을의 이장, 시장을 지내기도 했지만, 대부분 전문적으로 연마한 직업 분야에서만 활동한 편이다. 부친 쪽의 가족들은 당시의 잣대로 재어보아도 지나치게 아이들이 많았다. 특히 우리의 이목을 끄는 것은 남자들은 대단히 일찍, 흔히 45세 이전에 세상을 뜬 것이다. 실러는 그들로부터 허약한 체질을 물려받은 것 같다. 허약한 체질은 누대에 걸쳐 아직도 그의 후손들의 특징으로 남아 있다. 1649년에 탄생한 그의 증조부 요한 카스파르는 슈투트가르트와 마르바흐 사이에 위치한 비텐펠트에서 빵 장사를 했다. 그의 세 아들들은 예부터 전해오는 전통에 따라 아버지의 직업을 이어받았다. 둘째 아들 요하네스는 마을 이장에 임명되기도 했다. 슈바벤 그뮌트 근처 알프도르프에서 시집온 그의 아내 에바 마르가레테는 여덟 명의 아이를 출산했다. 1723년 10월 27일에 태어난 실러의 아버지 요한 카스파르는 세 아들 중 가운데였다. 그 가족의 생활 형편은 옹색한 편이었지만, 마을에서는 인망이 높았다. 1733년 아버지가 일찍 세상을 떠난 후 위의 아이들은 학교를 그만두고, 몸소 돈벌이를 해야 했다. 요한 카스파르도 그의 형제자매들처럼 밭에 나가 들일을 하며 생계를 도와야 했다. 그의 학교교육은 열 살에 끝이 났으니 배움에 공백이 생길 수밖에 없었다. 그는 일생 동안 학교교육의 공백을 메우려고 열심히 노력했다. 그가 아들에게 보낸 편지들은 수정하려고 애쓴 흔적이 역력히 나타나지만 나중에는 엄청나게 세련된 문체를 보여주고 있다. 이와 같은 세련된 문체가 때로는 진지한 형식을 대동하기도 했다. 이 서신 교환은 흔들리지 않는 종교적 신념을 지니고 있으면서 지식을 갈구하고, 다방면에 관심을 가진 한 독학자의 면모를 보여주고 있다. 그의 시민계급의 전형적인 경제관념도 어릴 때 가난하게 산 경험에서 생겨난 것일 것이다. 젊었을 때의 그의 기질이 보여주는 것처럼 그의 천성에는 실천력과 관철 능력이 두드러진 것으로 보인다.[59] 그는 꾸준한 활동 의지, 쉴 줄 모르는 생산 정신, 그뿐 아니라 물질적인 안정을 추구하는 정신을 아들에게 물려주었다. 그러나 아들은 몇 해 동안 무분별하게 재정 운영을 하다가 1790년부터 시작된 결혼 생활에서는 경제적으로 안정을 추구하는 데 혼신의 힘을 기울였다.

실러의 아버지 카스파르 실러는 1738년 열네 살의 나이로 덴켄도르프의 수도원 이발사 프뢰슐린(Fröschlin)에게서 외과 의사 수업을 받기 시작했다. 그를 통해서 또한 약초학과 약품학 분야의 전문 지식을 습득하게 되었다. 그는 1741년 바크낭, 보덴 호반에 있는 린다우, 뇌르틀링겐 등지를 돌면서 필수적인 실습 활동을 했고, 그 후에 치러진 조수 시험에 합격했다. 이 시기에 그는 프랑스어의 기초 지식을 습득했고, 검술을 배웠다. 그 배경에는 귀족적 교양의 요소들을 수용하려는 야심 찬 의도가 있었다. 카스파르 실러는 1745년 9월 그곳을 통과하는 바이에른 경기병 부대에 합류하게 되었는데, 이를 계기로 그는 군의관으로 승진하게 되었다. 이는 17세기 후반의 의사법에 의한 것으로서, 예컨대 1685년 프로이센에서처럼 이발사가 피부에 대한 간단한 외과적 시술을 행하고, 치과 치료와 (만병통치로 통하던) 사혈(瀉血)을 시행하는 것은 공식적으로 인정된 이발사의 권한에 속했다. 그러므로 카스파르 실러가 외과 군의관으로 승격하고 이와 같은 기능을 수행하면서 부대의 의료 문제를 담당한 것은 결코 이상한 일이 아니었다. 의사 교육은 1825년에 처음으로 프로이센의 개혁 입법을 통해 구체적으로 규정되었다. 이 개혁 입법은 대학 교육을 받은 의사와, 도시나 지방의 군 단위에서 단순한 상처를 치료하는 의사를 엄격히 구별했다. 카스파르 실러의 과제는 전염병을 퇴치하는 것과, 소위 '정중한 치료(Galanterie-Kuren)'의 범위 내에서 악명 높은 성병을 퇴치하는 것이었다. 정중한 치료의 효과는 이미 그리멜스하우젠의 소설 「짐플리치시무스(Simplicissimus)」(1669)에서 생생하게 묘사되었다. 카스파르 실러는 바이에른 경기병 부대 요원으로 오늘날 벨기에에서 벌어진 오스트리아의 승리로 끝난 전쟁에 참가했고, 네덜란드 부대와의 전투에서 여러 번 부상을 당하면서도 용맹으로 명성을 떨쳤다. 1748/49년 겨울 동안에 그는 암스테르담과 헤이그 등지로 표류했고, 그곳에서 그의 연대가 주둔하고 있던 영국으로 건너갔다. 그는 1789년에 집필한 회고록에 네덜란드에서 겪은 모험에 많은 지면을 할애했을 뿐 아니라, 그 모험을 그 밖에는 순탄했던 그의 이력의 절정으로 묘사하고 있다.

테레지아(Theresia) 여제가 통치하는 오스트리아로 하여금 네덜란드, 프랑스, 스페인과 화해하지 않을 수 없도록 한 아헨 평화협정이 맺어진 후에 군인으로서 카스파르 실러의 자질을 테스트하는 시험도 끝이 났다. 그는 1749년 3월에 고향으로 돌아왔다. 외과 의사로서 루트비히스부르크의 교수단 앞에서 치른 전문의 시험에 합격한 후에 마르바흐에 정착했고, 1749년 7월 22일에는 요식업자의 딸이자 열여섯 살 난 엘리자베트 도로테아 코트바이스(Elisabeth Dorothea Kodweiß)와 결혼했다. 그가 결혼에 지참한 현금은 330굴덴 24크로이처의 거금이었는데, 이는 누구의 도움도 없이 자신이 절약해서 모은 재산이었다. 그의 신부는 마르바흐에서 사회적으로 유복한 집안 출신이었다. 증조부와 조부인 코트바이스는 둘 다 제빵 기술을 교육받았고, 제각기 조그만 도시의 시장을 지냈다.[60] 아버지 게오르크 프리드리히 코트바이스는 1723년 음식점 '황금사자집(Zum goldenen Löwen)'을 매입했고, 영주의 뗏목 감독관으로 활동했다. 이는 이 지역에서 번창하는 목재 거래를 감시 감독하는 직분이었다. 기업가로서 그의 야심은 대단했지만, 상업적 수완은 보잘것없었던 듯싶다. 그는 금전 문제에서는 양보심과 융통성이 있었다. 어머니 아나 마리아는 가톨릭을 믿는 뢰라흐의 농부인 문츠(Munz) 가문 태생이었다. 그녀는 결혼 후에 남편을 따라 복음주의 신앙으로 개종할 준비가 되어 있었다.[61] 1732년 12월 13일에 태어난 엘리자베트 도로테아 코트바이스는 카스파르 실러와 유사하게 학력이 보잘것없었다. 아들에게 보낸 그녀의 편지는 철자법상 오류를 다수 보

뷔르템베르크의 장교복을 입고 있는 실러의 아버지 요한 카스파르 실러.
작자 미상. 1761년 대위 승진을 계기로 제작한 것으로 추정됨.

실러의 어머니 엘리자베트 도로테아 실러.
작자 미상. 제작 연대는 1770년.

여주고 있고, 문체상으로도 유려하지 못한 편이다. 그녀가 이야기를 구연하는 재능이 있다는 것은 실러의 누이의 회고록에 나타나고 있다. 그녀의 독서는 당시의 시민적 규범에 따라 종교 서적에 국한되어 있었다. 그녀는 거의 장편소설에는 손을 댈 수가 없었던 듯싶다. 그녀가 선호하는 텍스트가 무엇인지는 아들이 일찍이 알게 되었는데, 파울 게르하르트와 크리스티안 퓌르히테고트 겔러르트의 찬송가들이었다. 이 어머니가 나중에 아들이 신학의 길을 가기를 염원했다는 것은 이해할 만한 일이다. 경건주의적 색채를 띤 그녀의 신앙은 어린 실러의 최초의 교육 체험에서 밑바탕이 되었다.

장인 코트바이스가 대체로 풍족하게 사는 것으로 알려져 있었으나 실제로는 재정적 어려움에 빠져 있다는 것을 카스파르 실러는 곧 경험하지 않을 수 없었다. 그는 목재 판매에 종사했는데 농부들의 무담보 어음을 잘 못 보아서 자신의 사업에서 엄청난 빚을 지게 된 것이 분명했다. 1752년 말 장인의 경제적 파탄은 돌이킬 수 없는 것처럼 보였다. 이제 카스파르 실러는 몰려오는 채권자들에게 자신이 책임을 지게 되는 것은 아닐까 걱정하지 않을 수 없었다. 그는 서둘러 코트바이스 저택에 대한 자신의 몫을 포기하고, 이발소 점포를 처분한 후 1753년 1월 7일 뷔르템베르크 군대에 소속된 루이스 왕자의 루트비히스부르크 연대에 입대했다. 이 부대는 그에게 외과 의사의 자리를 제공할 수 없었으므로 그는 우선 군수참모부에서 근무하는 것으로 만족해야 했다. 1757년 9월 16일에는 진급해서 사관후보생과 부관이 되었고, 1758년 3월 21일에 최하급 위관이 되었다. 그사이 그의 장인은 채권자의 압력으로 마르바흐에 있는 음식점을 매각하고, 도성의 성문 경비라는 급료가 적은 자리를 받아들였다. 사업이 망함으로써 초래된 사회적 명성의 상실이 그에게 큰 충격을 주었다. 그는 경제적 파탄의 트라우마에서 다시는 회복될 수가 없었다. 경제적 곤경에서 벗어나지 못한 채 1771년 세상을 떴고, 그의 부인은 2년 후 그의 뒤를 따랐다.

프로이센과 오스트리아 간에 전쟁이 발발하자 카스파르 실러의 연대도 무기를 들었다. 1757년 8월 10일에 이 부대는 진군을 개시했다. 도나우 강 가에 위치한 린츠를 거쳐 뵈멘과 슐레지엔에 이르렀을 때 첫 전투가 벌어졌다. 카스파르 실러는 12월에 뷔르템베르크 군대에게 참담한 패배를 안겨준 로이텐 전투에서 말을 잃고 걸어서 도망쳐야 했다. 이때에 그는 늪에 빠져 죽을 위기를 가까스로 모면했다. 남편이 전선에 가 있는 동안 도로테아 실러는 1757년 9월 4일에 건강한 딸을 출산했다. 이 딸의 세례명은 엘리자베트 크리스토피네 프리데리케(Elisabeth Christophine Friederike)였다. 실러에게 이 누나는 한평생 아주 중요한 대화 상대였을 뿐 아니라 예나 시절과 바이마르 시절에는 친밀하게 서신을 교환하는 사이였다. 그 두 사람은 사이가 나빠질 위험한 고비가 없었고, 오히려 일체의 시기심이나 경쟁심이 없이 서로를 솔직하고 소박한 마음으로 대했다. 후에 와서 이들 남매가 교환한 서신에는 문학적인 문제를 토론하는 내용까지 포함되어 있다. 크리스토피네는 일찍부터 예술에 관심이 깊어 유능한 미술가로 성장했고, 집중적인 서신 왕래를 통하여 견고한 교양을 쌓았다. 1805년 이후에 그녀가 집필하고, 발표하지 못한 어린 시절의 회고록은 거침없는 어조와, 동생의 이상화 경향에 대한 분명한 관찰력을 보여주고 있는 것이 특징이다. 크리스토피네의 뛰어난 감수성은 나중에 훨씬 나이가 많은 남편이자 현학적인 도서관 사서 라인발트(Reinwald)의 통속적인 세계관 때문에 상처를 받지 않을 수 없었다. 실러는 그녀의 시민적으로 옹색한 일상의 어두운 순간들에 대해서도 솔직히 이해심을 보였고, 그녀 편에 서서 실질적인 충고를 해주었다. 1787년 8월에 그는 자신이 가족과 오랫동안 떨어져 있는 동안

실러의 누나 크리스토피네 라인발트.
초상화. 루도비케 시마노비치 작. 제작 연대는 1789년으로 추정.

에 대단히 아쉬워하지 않을 수 없었던 "어린 시절과 초기 소년기의 감정"들을 그녀가 일깨워준다고 쾨르너에게 고백하고 있다.(NA 24, 135) 크리스토피네는 동생보다도 40년을 더 살아서 1847년에 90세를 일기로 세상을 떴다.

카스파르 실러는 딸이 출생한 후 처음 몇 개월간은 아내와 딸을 볼 수 있는 기회가 없었다. 도로테아는 1759년 가을에 또다시 출산을 목전에 두고 루트비히스부르크 군영에 있는 남편을 방문하기로 결심했다. 그 부대는 그곳에 주둔해서 출전 준비를 하고 있었던 것이다. 10월 28일 연대는 마인 지역으로 출발해서 사령부의 전투 투입 명령을 수령해야 했다. 그렇게 되어 아버지는 둘째 아이의 출산 때에도 집에 없었다. 1759년 11월 10일 토요일에 요한 크리스토프 프리드리히(Johann Christoph Friedrich)는 마르바흐의 피혁업자 울리히 쇨코프(Ulrich Schölkopf) 집 작은 셋방에서 태어났다. 다음 날 세례가 이루어졌다. 대부들의 긴 명단에는 아홉 명의 이름이 올라 있었다. 그중에는 시종장 프리드리히 폰 데어 가벨렌츠(Friedrich von der Gabelentz), 시장 페르디난트 파울 하르트만(Ferdinand Paul Harttmann), 리거(Rieger) 대령, 당숙인 요한 프리드리히 실러(Johann Friedrich Schiller)의 이름이 끼어 있었다. 1731년생인 당숙은 원래 소박한 사람들이 많은 가문 내에서 성격이 가장 흥미로운 인물이었다. 그는 할레에서 철학 공부를 마친 후 뷔르템베르크 정부를 위해 임무가 애매한 자문 활동을 하던 끝에 고향을 떠나 네덜란드에 정착했고, 나중에는 영국으로 이사해서 그곳에서 비밀결사 그룹과 가까이 지냈다. 그는 번역 활동으로 밥벌이를 했는데, 저명한 출판사들이 그가 번역한 작품을 채택했다. 가장 많이 알려진 번역 작품으로는 1777년에 두 권으로 출간된 윌리엄 로버트슨(William Robertson)의 『미국 역사(History of America)』가 있다. 그는 22년간 외국에 체류하다가 부모님의 사망을 계기로 1783년 고향으로 돌아왔다. 요한 카스파르 실러는 1759년 무어 강변에 위치한 슈타인하임에서 그를 개인적으로 처음 알게 되었다. 그는 교육열에 불타고 호기심에 차서 여덟 살 연하인 사촌 동생의 철학 지식의 덕을 보려고 했고, 읽을 책을 추천받으려고 했다. 그러나 전반적으로 이 가족은 세상 물정에 밝은 이 친척과 원만한 관계를 발전시키지 못했다. 사람들은 누구나 그를 겸손하지 못한 허풍선이, 모사꾼, 떠버리로 취급했기 때문이다. 이와 같은 성품은 뷔르템베르크의 경건주의적 풍토에서는 도덕적으로 문제가 있는 것으로 통했다. 실러는 여행을 많이 한 이 대부를 만난 적이 없다. 1783년 7월에 그는 영국에서 귀국한 당숙을 슈바벤과 헤센의 국경으로 방문할 계획이었지만, 만남은 이루어지지 않았다. 만하임 극장과의 계약이 그의 계획의 방향을 바꾸어놓았기 때문이다.(NA 23, 97 이하)

프리드리히 실러는 집안의 외아들이었다. 1777년까지 큰 터울로 딸 넷이 태어났다. 1766년 1월 23일에 로르흐에서 루이제 도로테아 카타리나(Luise Dorothea Katharina)가 태어났다. 그녀는 크리스토피네와는 반대로 예술적 소질이 거의 없었고, 오히려 뚝심이 있고 실천력이 있었다. 1793년 늦여름에 실러가 한창 배가 부른 아내와 함께 11년 만에 뷔르템베르크의 고향을 방문했을 때, 루이제는 자진해서 하일브론에 있는 여관 경영을 떠맡고 있었다(실러는 친구인 쾨르너에게 보낸 편지에서 그녀가 "경영을 아주 잘 이해하고 있다"고 인정하고 있다(NA 26, 278)). 그녀는 1799년 10월에 수습 목사 요한 고틀리프 프랑크(Johann Gottlieb Franckh)와 결혼했고, 남편은 나중에 클레베르줄츠바흐에서 성직자 직을 수행했다. 목사 부인이라는 어려운 역할에 대해 실러는 별다른 환상을 품지 않고 10월 8일 모친에게 보내는 편지에서 누이동생이 "이 역할에 따르는 모든 것을 잘 해낼 수 있기를 희망한다"고 쓰고 있다.(NA 30, 100) 언니인 크리스토피네와는 달리 삶에 대한 소박한 생각 덕분에 루이제는 심리적인 여러 가지 부담 속에서도 아내의 역할을 불평 없이 받아들일 수 있었다.

당시의 시대적 특징에 속하던 빈번한 유아 사망 현상은 카스파르 실러와 도로테아 실러 부부에게도 나타났다. 1768년 11월 20일 셋째 딸로 태어난 마리아 샤를로테(Maria Charlotte)는 1774년 3월 다섯 살 나이에 폐렴으로 죽었고, 1773년 5월 4일에 태어난 그 밑에 젖먹이 동생 베아타 프리데리케(Beata Friederike)는 12월 22일 뇌막염으로 세상을 떴다. 1773년 1월에 카를스슐레에 입교한 실러는 그녀를 영영 보지 못하고 말았다. 1777년 9월 8일에 막내 카롤리네 크리스티아네(Karoline Christiane)가 태어났다. 이때 어머니의 나이는 44세였고, 아버지는 53세였다. 이 막내딸은 드라마와 극장에 대해 취미가 있었던 것 같다. 처형 카롤리네 폰 보일비츠(Caroline von Beulwitz)는 나중에 실러에게 그녀의 재능을 눈여겨보도록 했고 바이마르의 궁정 무대에서 수학할 수 있는지 탐색해볼 것을 부탁했다. 실러는 크리스티아네(나네테)와 10년간 헤어져 살던 끝에 1792년 9월 그녀가 어머니와 동행하여 예나를 방문했을 때 분명한 호감을 가지고 친구인 크리스티안 쾨르너에게 이렇게 쓰고 있다. "그녀는 무언가 될 수 있는 소질이 있는 것처럼 보이네. 그녀는 아직 타고난 그대로 자연적인 모습을 지닌 아이로 머물러 있지만, 아직 분별 있는 교육을 받을 수 없었기 때문에 고작 그럴 수밖에 없었을 것일세."(NA 26, 152) 이 막내 여동생은 18세 되던 1796년 3월, 아버지보다 몇 달 앞서 발진티푸스로 세상을 떴다. 오빠가 그녀의 예술가적 재능에 걸었던 기대가 실현될 수 있기도 전에.

네카어 강변의 낙원?

마르바흐에서 루트비히스부르크로 이사

실러가 태어난 후 처음 몇 년 동안 가정생활은 별로 편안할 틈이 없었다. 1760년 1월에 어머니는 누나와 갓 태어난 실러와 함께 뷔르츠부르크에 주둔하고 있는 아버지를 찾아갔다. 그녀는 5월 18일까지 남편이 있는 곳에 머물렀는데, 부대가 또다시 파이힝겐을 거쳐 집결지인 슈투트가르트로 행군하는 바람에 어머니는 아이들과 함께 마르바흐에 있는 친정으로 가 있어야 했다. 1760년 7월 20일에 연대는 작센과 튀링겐으로 이동하여 프로이센 연대와 합류했다. 카를 오이겐 군대가 마지막으로 직접 전투에 참가해야 했기 때문이었다. 다음 해 1월에 아버지가 고향의 동계 병영으로 귀환한 후에도 가정의 일상은 안정을 찾지 못했다. 그가 속한 부대는 심사숙고하지 않고 작성한 행군 계획에 따라 계속해서 주둔지를 변경했기 때문이다. 그 부대는 1761년에 우라흐에서 칸슈타트로 이동했고, 그곳에서 아버지는 대위로 승진했다. 1762년 부대는 루트비히스부르크로 주둔지를 옮겼다가 다시 슈투트가르트로 이동했다. 어머니는 어린 아이들을 데리고 매번 당황해하면서 부대 이동을 따랐고, 매번 부대 주둔지 근처에 집을 얻었다. 그러다 보니 가족의 삶은 정착되지 못하고, 떠돌이 삶이 되고 말았다. 삶의 의욕을 북돋워주지 못하는 것은 물론, 공간이 협소하고 위생 상태도 불량하며 외형상으로 극히 불안정한 삶이었다. 도로테아 실러는 일정한 간격을 두고 마르바흐의 친정 부모님 집에 신세를 져야 했다. 그러나 친정에서도 그녀는 별로 위안을 얻지 못한 것 같다. 그곳도 부친의 사업 실패로 집안 분위기가 우울했기 때문이다. 크리스토피네가 전하고 있는 것처럼 프리드리히 실러가 유년 시절 발작이나 정기적인 발열에 시달린 것은 평온함과 포근함을 못 느끼는 형편없는 생활환경 때문이었음이 분명하다.[62] 평화협정이 체결된 후인 12월 24일에 실러 대위는 루트비히스부르크로부터 병영 도시인 슈바벤 그뮌트로 전출되어 그곳에서 모병 장교 직책을 맡았다. 모병 장교의 업무는 부대원 명부를 작성하고, 보충병 징집을 감시하며, 정해진 훈련 과정을 검토하는 것이었다. 이제 비로소 정착할 기회가 온 것이다. 그 가족은 1764년 초에 참모장의 허가를 얻어 두 시간 거리에 있는 로르흐 마을에 입주했다. 가톨릭 지역인데다 주민들이 금세공(金細工)과 번창하는 교역으로 상당히 유족한 생활을 하던 그뮌트에 비해 그곳에서는 생활비가 적게 들었다.

실러는 네 살 때 처음으로 이사를 계속 할 필요가 없는 가정의 일상을 알게 되었다. 부모님은 18세기 시민계급의 관행대로 전통적인 역할을 수행했다. 즉 아버지는 다툼이 있을 때 엄격함을 보여주고, 엄한 벌을 내리고, 아이에게 기억력 테스트를 시키고 처음으로 글쓰기를 가르침으로써 사내아이의 야심을 키워준 것이다. 그는 누구나 아침이면 공동으로 하는 종교적 경건 의식을 주의 깊게 감시했다. 마찬가지로 나중에는 아들의 학교 공부도 관심 있게 살폈다. 장교로서 규율과 순종을 엄격히 요구했고, 절대적으로 군림하는 가장으로서 이와 같은 요구를 아내와 아이들에게 똑같이 적용했다. 질서 의식과 정확한 업무 처리가 그의 정신생활에 어떤 역할을 했는지는 그가 쓴 경제와 경작에 대한 글들이 밝혀주고 있다. 그와 같은 글에서 그는 계몽된 실용주의를 무조건적인 자연 지배 의지와 연결하고 있다. 그를 "카를 오이겐의 축소판"이라고 규정하는 것은 과장된 것일 수 있겠지만,[63] 카스파르 실러가 아버지 역할을 융통성 없이 권위적으로 수행했다는 것에는 의심의 여지가 없었다. 그가 뷔르템베르크로부터 만하임과 라이프치히로 도망한 아들에게 보낸 편지에는 심지어 비정함이 감지되기도 한다. 그와 같은 비정함은 그가 물질적 안정과 정돈된 생활환경을 이룩하려는 자신의 노력이 백안시될까 두려워할 때면 이따금씩 보여주는 모습이었다(장인인 코트바이스를 대할 때부터 이와 같은 기본 태도가 분명히 표출되었다). 그와 반대로 어머니는 다분히 관용의 정신과 충동적 정서가 있었다. 이와 같은 그녀의 성품은 깊은 신앙심과 연결되어 있었음은 물론이다. 그녀는 남편의 화를 돋우지 않기 위해서 아들의 사소한 규칙 위반을 덮어주는 경우가 비일비재했던 듯싶다.[64] 아이들을 상대로 부모들이 살갑게 구는 것은 최소한에 그치는 것이 당시 부모의 공통점이긴 했지만, 실러 누나의 회고에 따르면 실러가 어머니를 통해서 긴장을 해소하고, 과도하게 규율에 얽매이는 데서 해방되는 감정의 세계를 알게 되었던 것 같다. 그에게 어머니와의 정서적 유대가 당시에는 효과적이었다. 그와 같은 연결은 그가 소년 시절에 도로테아 피셔(Dorothea Vischer)나 헨리에테 폰 볼초겐(Henriette von Wolzogen) 같은 연상의 여인에 대해 성적 관심을 보인 데서도 간접적으로 나타나고 있다.

자연의 즐거움과 가정의 평화가 어린 시절의 삶을 각인해주는 기본 요소라는 것을 로르흐에서 보낸 어린 시절에 대한 실러의 기억이 밝혀주고 있다. 때때로 그 기억들은 문학적인 연관 속에서 정교하게 승화되기도 하고, 때로는 정열적으로 표출되어 나타나기도 한다. 그의 작품에 등장하는 인물들, 즉 카를 모어에서부터 돈 카를로스를 거쳐 막스 피콜로미니와 요하나까지 젊은 시절 무흠한 꿈의 환상들을 아쉬워하는 일련의 인물들이 여기에 해당한다. 1795년에 탄생된 「소박문학과 감상문학에 대하여(Ueber naive und sentimentalische Dichtung)」라는 논문이 "우리에게 영원히 가장 값진 것으로 남아 있는 잃어버린 어린 시절"(NA 20, 414)의 이상을 샅샅이 밝히고 있는 것은 수많은 다른 텍스트들을 대신해서 실러의 문화 개념이 그의 전기적 경험을 넘어서서 손상당하지 않은 자연의 모델에서 도출된 것이라는 점을 구체적으로 설명하고 있는 것이다. 결정적인 것은 로르흐에서 보낸 3년 동안에 가히 목가적이라고 할 수 있는 마을의 세계와 만난 것이다. 이 세계는 어린 실러에게 놀이의 공간과 환상 속에서 여행의 공간을 똑같이 제공해주었다. 때때로 이 소년은 아버지를 따라 그뮌트로 이어지는 두 시간 동안의 도보 여행을 하기도 했다. 카스파르 실러는 그와 같은 도보 여행을 이용해서 아들에게 경치를 설명해주거나 역사 이야기를 들려주었다. 렘스 강 위로 솟은 수도원 안에 있는 호엔슈타우펜 왕조의 무덤, 후기 로마네스크 양식의 교회들과 기념비들은 어린 실러의 상상력에 날개를 달아주었을 것이다. 실러는 가정의 엄격한 규칙에 얽매이지 않고, 포도밭 언덕과 침엽수림에 둘러싸인 렘 계곡을 마음껏 주유(周遊)했다. 오스트리아의 황제 요제프 2세는 1777년 뷔르템베르크 여행 때 경치가 매력적인 이 지역을 일컬어 "신의 정원"이라 했다고 한다.[65] 수학여행이나 마찬가지인 이곳 여행에 대해서는 수많은 일화가 남아 있기도 한데, 이 여행의 중요한 동행자는 누나였다. 크리스토피네가 회상하면서 암시하고 있는 것처럼 이들의 관계가 근친상간의 상상을 포함하고 있다는 것은 나이차이가 적고 밀접한 그들의 관계를 미루어볼 때 정상적이라고 할 수도 있을 것이다.(NA 42, 6) 그처럼 가까웠던 남매 관계 말고 개인적인 우정에 관해서는 들을 수 있는 것이 별로 없다. 실러 가족은 주로 수도원 서기 요한 필리프 콘츠(Johann Philipp Conz)의 가족과 왕래가 잦은 편이었다. 그 집의 아들 카를 필리프는 프리드리히 실러보다 세 살 어렸다. 라틴어 학교 입학 후에 가는 길은 갈렸지만 그와의 우정은 오래 지속되었다. 콘츠는 나중에 신학의 길로 접어들어 튀빙겐대학의 신학과를 성공적으로 마치고 교수로 진출했다. 뫼리케, 울란트, 슈바프 등이 그의 청강생에 속했다.

1765년부터는 목사 아들인 크리스토프 페르디난트 모저(Christoph Ferdinand Moser)가 누나와 나란히 가장 중요한 놀이 친구가 되었다. 실러가 특별히 관심을 보인 대상은 물론 그의 아버지 필리프 울리히 모저(Philipp Ulrich Moser) 목사였다. 모저 목사의 주일 설교는 수사학적 무게 때문에 그를 매료했다. 카를 필리프 모리츠는 자신의 자전적 소설『안톤 라이저』에서 교회 출석과 연관된, 그와 비슷한 비전 체험에 관해서 보고하고 있다. 1720년생인 모저는 벵겔의 경건주의 요소들에 대하여 열린 자세를 취하긴 하였지만, 관변 교회의 토대 위에 굳건히 서 있었다. 그러나 그는 많은 동료들과는 반대로 형제들의 교회 공동체의 남들보다 경건한 척하는 파벌 행위는 문제가 있다고 여겼다. 자신을 루터파 교인이라고 이해하고 있는 그에게 경건주의적 감성 종교는 결국 거부감을 불러일으킨 듯하다.[66] 전통에 따라 마을 어린이들에게 정기적으로 성경 수업을 해야 하는 계몽된 신학자로서 그는 교육학적인 문제들도 다루었다. 그는 1786년부터 매년 발행되는『독일 교사를 위한 포켓북(Taschenbuch für teutsche Schulmeister)』을 출간하고, 그의 다양한 실제 경험을 요약한 글을 거기에 실었다. 그는 편지 양식에 대한 논문들을 썼고, 교사 잡지를 편집해서 낱권으로 출간했다. 이 교사 잡지는 지금까지 거의 거들떠보지도 않던 기초 교육 분야를 체계적으로 조명해서 당시로서는 새로운 표준을 제시했다.[67] 젊은 실러는 동료 목사들의 무미건조한 설교와는 구별되는 모저의 교육 방법적으로 노련한 설교 스타일에 대해서도 물론 감탄했다. 주변에 있는 성직자들과의 만남이 어린 실러의 종교적 애착심을 현저히 북돋워주었던 것 같다. 크리스토피네는 동생이 가족끼리 있을 때 아버지가 드리는 기도를 정신을 바싹 차리고 경청했다고 보고하고 있다. 그녀는 프리드리히가 설교하던 기억을 거듭 밝히고 있는데, 이것이 사실이었는지는 확실치 않다. 프리드리히는 검정색의 앞치마를 두르고, 의자 위에 서서 감동적인 강연을 했고, 예배의 의식 행위를 수사학적으로 능숙하게 흉내 냈다고 한다.[68] 35세가 되었을 때에도 실러는 처형인 카롤리네 폰 볼초겐에게 이렇게 선언하고 있다. "우리들에게 극장과 설교 강단은 말의 위력이 지배하는 유일한 장소입니다."[69] 실러의 부모님은 아들의 역할 흉내를 구경하고 대견하게 여겼음은 물론이다. 가정 예배를 위하여 지금까지 자신만의 기도문을 작성하던 카스파르 실러는 아들에게 목사가 되기 위한 교육을 시킬 계획을 굳게 가지고 있었다. 부모님의 때이른 죽음으로 인해 자신이 가지 못한 길을 아들만큼은 반드시 걸어야 한다고 생각한 것이다.

1765년 3월에 어린 실러의 초등학교 정규교육이 시작되었다. 담임교사 요한 크리스토프 슈미트(Johann Christoph Schmid)는 아이들에게 별로 수업에 대한 흥미를 유발하지 못한 것으로 알려졌다. 이미 40년간 교사 직을 수행해온 이 고루한 교사는 그의 상사들에게는 골칫거리로 통했다. 그는 교사에게 필수적인 보충 시험들을 2차에 가서야 합격했던 것이다. 그의 수업을 들어보면 그가 수업 준비를 소홀히 했고 학생들을 만족스러울 만큼 잘 지도하지 못한다는 것이 드러났다. 이미 초등학교 1학년 여름에는 매일 다섯 시간, 겨울에는 여섯 시간씩 수업을 받았다. 슈미트의 통제하에 있는 지루한 일상에서 실러는 특별히 재능 있는 학생으로서, 1766년부터 모저 목사에게 받는 라틴어 수업에서만 즐거운 해방감을 얻었다. 교육제도는 단조로워서 기계적으로 공부만 열심히 하도록 했지, 긴장을 해소하는 경우는 아주 드물었다. 1649년부터 뷔르템베르크에서는 의무교육 제도가 전반적으로 시행되었으나 실러가 다닐 때만 해도 어린아이들의 50퍼센트만 공식적으로 학교 입학이 허가되었다. 초등학교 교사는 통상 교회 집사, 수공업자 또는 하인들이었다. 그들은 여기에서 받는 수업료로 얼마 안

되는 부수입을 올렸는데, 그것을 가지고 한 가족을 부양하는 경우는 지극히 드물었다. 18세기 말에 개화된 교육정책이 펼쳐진 작센 지방에서도 교사들의 연봉이 80탈러를 넘는 경우가 드물었다.[70] 교사들은 나름대로 최소한 8년간의 기본 교육을 받았지만, 그들의 교육학적인 식견은 보잘것없었다. 맹목적인 암기, 군대식의 반복 훈련과 구타가 정상적인 학교 일과에 속했다. 재능이 있는 아이들은 4년 후에 라틴어 학교로 진학했다. 이 라틴어 학교를 성공적으로 마치면 (대부분 신학) 공부를 할 수 있었다. 독일에서 엘리트 양성의 핵심적인 교육기관으로 김나지움이 처음 건립된 것은 1780년이었다.

1766년 12월 실러의 아버지는 도성으로 전출 신청을 했다. 그뮌트로 자리를 바꾼 이래 궁정은 기장(記帳) 실수로 그에게 봉급을 지불하지 않았다. 아주 충성스러운 부하인 카스파르 실러는 다른 장교들이 하는 것처럼 직접 부대 경리과에 가서 봉급을 지급받을 생각을 하지 못했다. 그 대신 그는 자신이 저축한 돈을 털어서 만 3년 동안 가족들과, 자신이 거느리고 있는 하사관 두 명을 부양했다. 이 하사관들의 봉급 지급을 자신이 책임지고 있었기 때문이다. 이와 같은 기막힌 폐해를 모면하기 위해서 그는 이제 궁정에 좀 더 가까운 지역에서 새로운 활동을 할 수 있고, 봉급 지급이 끊기는 일이 없게 해달라고 영주에게 청원했다. 궁정은 그의 전출 신청을 받아들여 그에게 루트비히스부르크 병영에 대위 자리를 배정했다. 1766년 12월에 해당 관청이 선언한 바에 의하면, 지급하지 않고 밀린 그뮌트 봉급은 마땅히 전액 지급하기로 되어 있었다. 그러나 카스파르 실러가 공식적으로 승인된 봉급의 전액을 수령하기까지는 9년이 걸렸다.[71] 1766년 말에 가족은 루트비히스부르크로 이사해서 힌터른 슐로스가세 26번지에 있는, 영주의 주치의 라이헨바흐(Reichenbach)의 집에 세들어 살았다. 1년 뒤에는 슈투트가르트 슈트라세의 궁정 인쇄업자 크리스토프 프리드리히 코타(Christoph Friedrich Cotta)의 집으로 거처를 옮겼다. 실러가 도시의 환경을 접하게 된 것은 이번이 처음이었다. 병영에는 1만 5000명의 병사들이 생활하고 있었는데, 정기적인 훈련과 점호가 그들의 일상을 지배했다. 1673년에 아들과 함께 이곳에 머문 레오폴드 모차르트는 늘 열병을 하고 있는 군대에 대해서 당혹해하며 이렇게 기록하고 있다. "그들은 침을 뱉기를, 장교의 주머니나 사병의 탄약 주머니에 뱉는다. 그들은 그칠 줄 모르고 골목에서 '정지!' '출발!' '뒤로 돌아!' 소리 외에는 아무 소리도 못 듣는다. 그들은 무기와 북 치는 것, 전쟁 도구 외에는 아무것도 보지 못한다."[72] "슈바벤의 포츠담"이라고 불리는 루트비히스부르크에는 물론 화려한 구경거리들이 많아서 삭막한 군대 세계로부터 관심을 돌리게 하기에 충분했다. 이탈리아 양식으로 꾸며진 궁성, 일직선으로 뻗은 가로, 밤이면 밝게 조명된 공원과 정원들은 외부에서 온 방문객들로 하여금 재빨리 그 매력에 빨려들게 했다. 궁정 잔치 때에 설치한 값비싼 시설들은 특별한 매력을 발산했다. 그때에 이 병영 도시는 제2의 베르사유 궁으로 변신하는 것이었다.

실러의 아버지는 루트비히스부르크에서 드디어 직업상 행운을 잡게 되었다. 1770년 9월에 이미 그가 지휘하게 될 중대가 배정되었다. 1775년 12월 5일에는 영주가 그를 솔리튀드의 궁정 수목원 감독으로 임명하였다. 그는 그곳에서 계속 과수 재배에 전념했다. 정원 가꾸기에서 얻은 경험을 바탕으로 그는 11년 동안 애당초 불모지나 다름없던 척박한 토양에도 불구하고 2만 2400그루의 과일나무를 성장시키는 데 성공하였다. 이는 그 나라를 위해 특히 수출용으로 수익성이 매우 높은 목재와 과일을 생산하는 것을 의미하는 것이었다.[73] 그는 적은 수의 직원들로 구성된 엄격한 관리 체제를 수목원 내에 구축했다. 그의 과제는 정원사, 일용 노동자, 기술자들에 대한 끊임없는 감시, 거름 주기, 물 주기, 나무 전지 등에 대한 감독, 오렌지 온실에 대한 감사, 구입한 물자와 연장들에 대한 검사, 소비한 물품의 정확한 목록 작성, 판매된 상품의 기장, 마지막으로 영주나 담당 관리에게 정기적인 보고서 상신 등이었다.[74] 실러의 아버지는 1796년 9월 7일 세상을 뜰 때까지 자신이 책임진 부서를 엄격한 규율로 다스렸다. 이처럼 사회적 성공에 힘입어 자신감이 높아진 것은 그가 책을 쓰려고 시도한 데에 잘 나타나 있다. 1767년 궁정 인쇄업자인 코타에게서 3부로 된 그의 책 『농사에 대한 고찰(*Betrachtungen über Landwirtliche Dinge*)』이 발간되었다. 1777년 11월 초에는 1년 전 아들의 문학적 데뷔의 장(場)이었던 《슈바벤 학술 잡지(*Das Schwäbische Magazin von gelebrten Sachen*)》에 개략적으로 밭농사, 포도 재배와 축산업을 다룬 경제학 논문을 발표했다. 1793년에는 나무 재배 기술에 대한 짤막한 회고문 한 편을 발표했는데, 아들 실러는 이 글을 예나에서 자비로 인쇄하여 그의 출판업자 괴셴을 통해 위탁 판매했다. 2년 후에는 체계적으로 구성된 논문 『20년간의 경험을 토대로 한 나무 가꾸기(*Die Baumzucht im Großen aus zwanzigjährigen Erfahrungen im Kleinen*)』를 집필하여 또다시 아들의 주선으로 노이스트렐리츠의 잘로모 미하엘리스(Salomo Michaelis)에게서 출간하였다. 실러는 이 젊은 서적 출판업자에게 자신의 제1차 연도 《문예연감》의 판매를 위탁한 적이 있었다. 이 논문에는 카스파르 실러가 하는 업무와, 가정생활에서 습관적으로 나타나는 현학적 특징이 반영되어 있다. 그는 굉장히 꼼꼼하게 자신의 나무 가꾸기의 여러 단계를 기술하고 있다. 그가 키운 사과, 배, 자두, 복숭아와 체리의 종류들, 연도별로 판매를 통해 거두어들인 재정적 수익, 거름 주기와 물 주기, 접목, 월동 준비, 해충 퇴치의 절차 등. 그리하여 그의 논문은 교과서인 동시에 결과 보고서의 성격을 띠고 있다. 이 논문은 자연을 상대할 때 경제적인 척도에 방향을 맞추는 일종의 폭넓은 체계를 요구함으로써 지적 경제학의 성격을 띠고 있다.

실러는 이사한 지 얼마 후인 1767년 초에 이미 루트비히스부르크에서 친구들과 두터운 우정을 맺었다. 코타의 집에 거주하는 이웃으로는 의사인 폰 호벤(von Hoven) 가정이 있었는데, 그 집 아들들인 프리드리히 빌헬름(Friedrich Wilhelm)과 크리스토프 아우구스트(Christoph August)와는 금세 친숙한 사이가 되었다. 그들도 후에 카를스슐레의 생도가 되었다. 특히 형인 프리드리히와 실러는 오랫동안 우정을 유지했고, 1793년 뷔르템베르크 여행을 계기로 그들의 관계는 더욱 돈독해졌다. 루트비히스부르크의 친구들 중에는 의사 아들인 이마누엘 고틀리프 엘베르트(Immanuel Gottlieb Elwert)도 있는데, 그는 1772년까지 실러와 함께 라틴어 학교에 다녔고, 1775년 1월부터는 카를스슐레의 동기생이었다. 후에 와서 그는 카를스슐레에서 실러와 똑같이 의학을 공부했다. 그의 가족들도 실러 가족과는 긴밀한 관계를 가진 듯싶다. 1773년 5월에 엘베르트의 누나 베아타 프리데리케(Beata Friederike)는 일찍 세상을 뜬 실러 집안 넷째 딸의 대모가 되었다. 대략 나이가 같은 아이들끼리의 관계는 별로 대등하게 주고받는 사이는 아니었던 것 같다. 엘베르트의 회상은 프리드리히 실러가 다양한 아이디어를 제공했을 뿐 아니라, 계획하고 주도하는 역할을 했음을 암시하고 있다. 당시 실러는 많은 사람들과 우정을 맺을 수 있어서 자신에게 자극을 줄 만한 사람들과는 밀접한 관계를 맺으려고 노력했고, 맺은 관계를 잘 유지하는 데 능숙한 솜씨를 발휘했다(그의 아버지는 1785년 8월에 라이프치히로 보낸 편지에서도 "명사(名士)"와만 교제해야 한다고 그에게 충고하고 있다(NA 33/I, 66)). 그와 동시에 이목을 끄는 것은 젊은 실러에게는 사적인 인간관계에서도 자신 있게 주도적인 역할을 하려는 경향이 있었다는 점이다. 그 역할은 그로 하여금 지적으로 생산적 에너지를 발휘할 수 있도록 했다. 개인적으로 친한 친구들은 이렇게 해서 그 자신의 정신적 세계와 계획을 관람할 수 있는 관객이 되기도 했다. 동급생들은 한결같이 실러의 성격상의 특징은 그가 지닌 우성(優性) 의지라고 기억하고 있다.

실러는 1773년 초까지 루트비히스부르크에서 부모님과 함께 살았다. 여기서 1767년 1월부터 라틴어 학교에 다녔고, 이 학교를 성공적으로 졸업함으로써 후에 목회자 세미나에 입학하여 신학을 전공할 수 있는 자격을 얻었다. 수업은 여름에는 7시에 겨울에는 8시에 시작되어 매일 일곱 시간씩 지속되었고, 비교적 긴 점심시간이 하루 일정에 들어 있었다. 거기에 일요일마다 교회 출석과 이어서 개최되는 종교 훈련(교리 설명)이 의무로 추가되었다. 종교 훈련은 성경 구절, 사도신경, 유익한 구절, 찬송가 가사 등을 무조건 암기하는 것이 주종을 이루었다. 학교 수업에서 라틴어는 중요한 위치를 차지했다. 이 수업은 번역 작업과 강독 외에 문체 연습을 포함했고, 거기에는 적극적으로 말재주를 개선하기 위한 문답 쓰기가 속했다. 문법과 시학, 수사학은 인문학적인 모형에 따라 광범위한 영역과 관련된 필수과목인 고전어 공부를 통해서 전수되었다. 그와 반대로 그리스어 수업은 어휘 연습과 문장론에 국한되었다. 수업 목표는 학생들로 하여금 독자적으로 신약성경을 번역할 수 있도록 지도하는 것이었다. 종교적 테마는 이와 같은 방법으로 고전 어문 과목들의 테두리 내에서 다루어졌다. 교사들은 통상 신학 교육을 받은 신학자들이었기 때문에 그와 같은 연계가 바람직했다. 그러나 히브리어는 초보만 가르쳤다. 미래의 성직자들은 목회자 세미나를 통해서 비로소 히브리어를 집중적으로 배웠다. 근대어 연습은 교과과정에 들어 있지 않았다. 독일어 문체, 음악, 수학은 각기 일주일에 한 시간씩 배정되어 있었다. 실제 수업은 권위적이고 구태의연하게 이루어졌다. 성적이 부진하고, 의무를 망각했을 때에는 강력한 처벌이 예정되어 있었다. 체벌과 망신 주기, 위협, 구타, 수감은 일상적인 처벌 방식에 속했는데, 이런 사정은 비단 루트비히스부르크에만 국한된 것이 아니었다.

실러의 라틴어 교사는 처음에는 아브라함 엘재서(Abraham Elsässer)였다. 2학년 때에는 그를 이어 필리프 크리스티안 호놀트(Philipp Christian Honold)였다. 그는 엄격한 경건주의 신앙의 소유자였는데, 학생들을 거칠게 다루기 때문에 아이들이 그를 무서워했다. 그는 종교 수업도 담당했다. 루트비히스부르크의 학창 시절 뛰어난 인물로는 신학자 요한 프리드리히 얀(Johann Friedrich Jahn)이 있었다. 실러는 그에게 1769년 가을부터 라틴어 수업을 들었다.[75] 주임 교사로 예정되어 있던 얀은 지적인 시야가 넓은 사람이었다. 그는 학교 교과서를 벗어나서 수업을 진행할 줄 알았다. 그는 실러가 당시에 높이 평가하던 베르길리우스의 『아이네이스(Aeneis)』에 대한 지식을 최초로 전수했고, 생도들과 함께 단편적으로 호라티우스의 송가도 읽었다. 그 경우 오비디우스 읽기에서 보듯, 텍스트 선정을 엄격히 해서 학생들이 불경스러운 부분과 마주치지 않도록 배려했다. 얀의 수업은 특히 딱딱한 언어 연습에만 국한하지 않고, 고대 역사, 신화, 예술사의 주제들도 끌어들였기 때문에 학생들의 커다란 관심을 자극했다. 그와 같은 수업 방법은 물론 정통적인 그리스도교의 가치를 수용하고 있는 커리큘럼에는 부합하지 않는 것이었다. 생도들은 이와 같은 방법으로 딱딱한 교재 밖에서 지금까지의 수업이 다루지 않던 문화 세계의 윤곽을 처음으로 들여다볼 수 있었다. 재능을 타고난 교육자 얀은 일부러 문법 공부는 소홀히 했다. 그의 학생들이 고전어의 역사적 지평을 알게 될 때에만 고전어를 이해할 수 있다는 소신이 있었기 때문이었다. 실러가 나중까지도 베르길리우스에 대해 감동을 느낀 것은 바로 그와 같은 교육 방법의 영향을 크게 받았기 때문일 것이다. 그러나 그와 같은 자극의 시간에는 한계가 있었다. 이미 1771년 6월 중순에 얀은 영주의 희망으로 새로이 창설된 카를스슐레로 자리를 옮긴 것이다. (그는 이미 1774년 말에 영주와의 마찰로 다시 그 학교를 떠났다.) 그의 후임은 필리프 하인리히 빈터(Philipp Heinrich Winter)가 되었으나 학생들과의 관계는 얀과 비교할 만큼 허물없이 지내는 사이로 발전하지는 못했다. 빈터는 전통적인 주입식 수업 방식으로 되돌아가서, 엘베르트가 기억하고 있는 것처럼 "시인을 읽는 것"은 오로지 "상투어 사냥"에 불과한 것으로 받아들였다.[76]

실러는 매년 말이 되면 슈투트가르트 시립 김나지움의 교장인 크나우스(Knaus) 교구장에게서 국가시험을 치러야 했다. 이 두려운 시험의 범위는 상당히 넓었다. 무엇보다 라틴어 번역의 분량과 문체 시험 과제가 최고의 수준에 달했다. 이 시험에 합격하는 자만이 나중에 목회자 세미나와 후에 튀빙겐신학교에 입학해서 신학 공부를 마칠 권리를 얻었다. 사람들이 뷔르템베르크에서 얼마나 오랫동안 국가시험에 매달렸는지는 헤르만 헤세가 1906년에 발표한 소설 『수레바퀴 밑에서(Unterm Rad)』가 잘 보여주고 있다. 이 소설은 저자의 학창 시절의 진솔한 경험을 문학적으로 훌륭하게 형상화하고 있다. 실러는 1769년과 1772년 사이에 네 번에 걸쳐 합격하였는데, 맨 나중에는 물론 턱걸이로 겨우 합격했다.[77] 그가 1773년 1월 중순에 루트비히스부르크 학원을 떠나 사관학교에 입학하였을 때 얀이 서명한 입학 허가서에는 그가 라틴어 저자들과 그리스어로 된 신약성서는 "상당히 능숙하게" 번역했고, 자작시는 유창하게 지었으나 때때로 답안지 작성에서는 세심한 주의가 결여되어 있어 그의 필체는 "지극히 보통"이라고 기록되어 있다.[78] 실러의 부족한 질서 의식에 대해서는 후에 사관학교 교수들도 불평했다. 형식적인 규칙에 얽매이는 것은 그의 기질에 맞지 않았다. 관습이기 때문에 정당하다고 인정되는 규칙들을 그는 한평생 경멸했다.

연습 시간
학창 시절의 독서 경험과 글쓰기 시도

빌헬름 폰 훔볼트는 비교적 긴 에세이에서 실러의 정신생활의 특징은 긴장된 성찰 에너지와 지칠 줄 모르는 형상화 의지라고 지적하고 있다.[79] 괴테도 1825년 1월 18일에 에커만과의 대화에서 비슷하게 "실러는 종종 몇 주일 간격으로 놀라울 정도로 변했고, 정신적으로 탈바꿈했다"며 자신이 받은 인상을 설명했다. 카롤리네 폰 볼초겐도 1830년에 발표한 실러 전기에서 실러의 기본 성격에 들어 있는 생산적 불안의 요소를 강조하고 있다. 이와 같은 요소는 바로 실러의 성격에 포함된 역동성의 표지라 할 수 있다.[80] 이미 초기 학창 시절에 그는 자신의 호기심, 감수성, 향학열을 증명해 보여주었다. 엘베르트와 호벤이 기억을 더듬어 강조하는 것처럼 루트비히스부르크의 총아였던 실러는 융통성이 없는 모범생은 결코 아니었던 듯싶지만, 자신에게 제공된 지적 자극들은 감사한 마음으로 자제심을 가지고 받아들였다. 그는 억압적으로 복종하는 것을 미워했지만, 좋은 성적을 내려는 의지는 항상 남보다 두드러졌다. 그가 강한 명예욕을 가지게 된 데에는 아버지의 영향이 결정적이었다고 볼 수 있다. 그의 아버지는 사회적 신분 상승을 목적으로 아들의 학교교육에 전심전력했다.

이 학생의 독서 범위는 처음에는 부모님 집에 소장된 적은 양의 도서에 국한되었다. 요한 카스파르 실러의 얼마 안 되는 장서 중에는 당시에 인기를 누리던 이마누엘 고틀로프 브라스트베르거의 복음 설교집(1758)이 있었는데, 일요일과 공휴일을 위한 종교적 텍스트들을 담고 있었다. 이 책에서 그는 어머니가 실제 생활에서 보여준 신앙을 알게 되었다. 이 신앙을 비록 그가 사춘기가 끝난 후로는 의심스러운 자세로 대했지만, 그의 초기 문학작품에는 이 신앙이 뚜렷이 부각되어 있다. 게다가 이미 모저의 수업을 통해서 그에게 전수된 벵겔의 사상적 이론도 흔적을 남기고 있다. 참회의 갈등과 징벌은 청춘 드라마와, 1782년에 발표된 『앤솔러지(Anthologie)』에 수록된 서정시의 중요한 모티브들에 속했다. 양심의 도덕적 힘에 대한 믿음은 벵겔의 종말론적 질서에 대한 구상과 연결되어 있었다. 그에게서 그 믿음이 오랫동안 사그라지지 않았다. 현 세상에 마련된 하느님의 기구에 대한 의심의 소리가 처음으로 들리는 곳에서도 마찬가지였다. 심지어 기독교적 형이상학의 표상들에 반론을 펴고 있는 1784년에 지은 시 「체념(Resignation)」 같은 도발적인 텍스트까지도 그 종교의 약속이 실현되지 않은 것에 대해 실망한 나머지 거부하는 자세를 보이며 자신이 그 표상들의 내용과 심정적으로 연결되어 있음을 폭로해주고 있다. 그와 같은 연결은 마지막 시행에 표현된 신앙에 대한 의심을 불식하는 낌새로 나타나기도 한다. 이미 로르흐의 학생 시절부터 실러는 열심히 교회에 출석해서 주일 설교를 주의 깊게 들었다. 루트비히스부르크에 살 때만 해도 아버지가 아침저녁으로 주관하던 경건 행사에 그가 빠지는 경우는 드물었다고 누나 크리스토피네는 전하고 있다. 함께 성경 읽기는 실러 가정의 일상에서 습관적인 일과였다. 성경 읽기의 핵심적 주제, 즉 설교의 주제 역할을 하는 성경 구절은 성탄절, 수난절, 부활절, 성령강림절, 사자 위령일이 담긴 교회 달력의 주기에 따라 정했다. 거기에다 어머니는 아들로 하여금 그녀가 열여섯 살 때부터 특별한 것으로 여기고 있던 루터, 게르하르트, 겔러르트의 찬송가 텍스트와 친숙하게 했다. 로코코 서정시인 요한 페터 우츠(Johann Peter Uz)의 종교적 색채를 띤 시들도 실러 집안의 정신적 자산에 속했다. 물론 1768년에 두 권으로 발간된 그의 『문학작품(*Die Poetischen Werke*)』에는 1750년 초부터 안스바흐의 법률 서기가 작사한 기독교 송가 뿐만 아니라, 부모님들이 별로 좋아하지 않는 외설스러운 표현이 담긴 불경스러운 아나크레온풍 노래들도 들어 있다. 집중적으로 읽고, 때로는 함께 교독을 하기도 했으며, 나중에는 묵독을 대신해서 입으로 암송을 했다. 그 가족이 평소 읽을 수 있는 책들로 채워진 작은 도서실을 가지고 있다는 것은 당시로서는 특색 있는 일이었다. 18세기의 마지막 3/4분기에 처음으로 독서 문화가 광범위하게 전파되기에 이르렀고, 이와 같은 독서 문화의 태동은 서적 시장의 확대를 통해 힘을 얻었다. 이제는 반복적으로 정독하는 대신에 텍스트를 좀 더 빠르게, 좀 더 많이 피상적으로 수용하는 현상이 나타났다.

라틴어 학교 학생이 고전 작품들을 집중적으로 읽은 것은 수업 교재 때문에 빚어진 자명한 결과였다. 실러는 얀을 통해 베르길리우스의 『아이네이스』, 호라티우스의 송가 외에도 오비디우스의 『비가(*Tristia*)』를 알게 되었다. 이 책은 유배 생활을 하면서 슬픈 마음으로 쓴 작품으로 『사랑의 기술(*Ars amatoria*)』과는 대척점을 이룬다. 부모님 집에는 독일 작가가 쓴 책들이 없었으므로 이 젊은이는 독서열을 고전 읽기로 대신 만족시켰다. 적어도 『아이네이스』만은 수업 시간을 벗어나서 혼자서 읽고 이해했다. 그러나 오비디우스의 비가들은 그에게 그만 못한 감동을 남겨준 듯하다. 실러가 추후에 이 장르를 쓰려고 시도한 것은 이 로마 고전 작가의 『비가』와는 뚜렷한 관련이 없었다. 라틴어 학교 학생인 실러는 근대 작가들과는 거의 접촉이 없었다. 얀의 수업은 그에게 여행문학에 대한 흥미를 일깨워주었다. 그러나 여행문학에 대한 흥미는 계속되지 못하고 한때의 취미에 그치고 만 것 같다. 실러는 이 기간에 페늘롱(Fenelon)의 『텔레마크의 모험(*Les* aventures de Telemaque)』(1695)의 독일어 번역본을 읽었던 것 같다. 현대화한 호메로스의 오디세우스 속편으로서, 그리스의 영웅 오디세우스의 아들 텔레마크의 모험을 다룬 이야기는 18세기에 가장 사랑받는 청소년 도서에 속했다. 괴테처럼 실러가 대니얼 디포(Daniel Defoe)의 『로빈슨 크루소(Robinson Crusoe)』와 슈나벨(Schnabel)의 『바위섬(Insel Felsenburg)』에 이어서 페늘롱의 책을 읽었는지는 후에 그가 한 언급을 통해서 분명히 파악할 수는 없다. 부모님이 계신 가정의 소시민적 분위기는 문학작품에 몰입하기에는 별로 어울리지 않았다. 장편소설은 아직도 독자들의 머리를 비기독교적 사상으로 채워주고, 믿는 이로 하여금 신앙의 길에서 벗어나게 하는 점잖지 못한 오락물로 통했다.

실러는 매일 빠지지 않고 들어 있는 수업 과목으로 꼽히던 어려운 문체 연습을 대단히 능숙한 솜씨로 이수했다. 그의 재능을 가장 먼저 증명해준 것은 1769년 1월 1일에 지은 부모님께 바치는 신년 시이다. 이 시에는 라틴어 산문 번역문이 첨부되어 있다. 교사들의 의견으로는 그와 같은 훈련이 학생들의 언어 숙달을 북돋워주었기 때문에 교사들은 정기적으로 그와 같은 작업을 하도록 종용했다. 그러나 학생들은 물론 그와 같은 헌정시를 수업 시간에 논의한 글들에서 베끼거나 변용하는 것이 고작이었다. 이 열 살짜리 소년은 독일어 시 외에도 확고한 문체를 보여주는 최초의 라틴어 시도 지었다. 1771년 6월 15일에 필리프 하인리히 빈터가 퇴임하는 주임 교사 얀의 지위를 이어받았을 때 실러는 새로 부임하는 교사를 찬양하는 2행짜리 라틴어 환영시 한 편을 지었다. 1771년 9월 28일에는 직책상 학교장이나 다름없는 루트비히스부르크 교구 총감독 게오르크 제바스티안 칠링(Georg Sebastian Zilling)을 위한 시를 짓기도 했다. 그 학교에서 라틴어를 가장 잘하는 학생인 실러가 전체 학생을 대표해서 작성한 텍스트 덕분에 반드시 필요하지도 않은 가을 방학이 그에게 허락되었다. 이 학생의 글 쓰는 솜씨는 언어 재능과, 고전 독서를 통해 키워진 빠른 이해 능력을 증언해주었다. 문체 모형을 빠르게 응용하는 능력과 탁월한 형상화 지능은 이미 여기서 정신적 독립성을 확보한 실러의 특성으로 나타나고 있다.

아버지는 1790년 3월에 아들이 열세 살 때 「기독교인들(Die Christen)」이라는 제목의 비극을 썼다는 것을 기억하고 있다.(NA 34/I, 2) 그에 이어서 「압살론(Absalon)」이라는 작품도 구상했다(1773년에 탄생한 산문시 「모세(Moses)」도 동일한 주제 범위에 속한다). 이 원고들은 대부분의 라틴어 텍스트와 마찬가지로 분실된 것으로 알려졌다. 종교적 주제에 방향을 맞춘 것은 클롭슈토크의 영향을 말해준다. 실러는 사관학교에서 클롭슈토크의 작품을 철저하게 연구했다. 그는 이 경탄할 만한 저자의 성서 드라마들(「아담의 죽음(Der Tod Adams)」(1757), 「솔로몬(Salomo)」(1764), 「다윗(David)」(1772))을 이미 루트비히스부르크 시절부터 알고 있었던 것으로 밝혀졌다. 그가 최초로 극장 구경을 한 것이 시기상 이때와 맞물린다는 것을 그의 누나의 보고에서 확인할 수 있다. 이 가족이 사는 곳은 바로 궁전 근처였다. 여기에서 공작의 오페라하우스로 가는 길은 멀지 않았다. 실러는 당시의 정평 있는 공연 프로그램을 익히 알고 있었을 것으로 추측된다. 조멜리(Jommelli)의 「세미라미데(Semiramide)」와 「페톤테(Fetonte)」뿐 아니라 노베르의 「헤르쿨레스의 죽음」이 공연 프로그램에 속했다. 그가 독일어 연극 공연까지도 체험할 수 있었던 것은 나중에 슈투트가르트에서 사관학교 공부를 할 때의 일이었다. 루트비히스부르크에서는 독일어 연극이 아직 궁정 무대의 프로그램에 끼지 못했다. 극장에서 받은 감동은 재빨리 이 라틴어 학교 학생의 모방 의욕을 발동시켰다. 이제 설교자 흉내의 자리에 즉흥적인 무대 공연이 들어서게 되었고, 이 공연을 부엌이나 정원에서 자매들과 친구들로 하여금 관람케 하였다. 크리스토피네는 실러가 때로는 역을 맡아서 함께 공연했으나, 심지어 과장하는 경향이 없지 않아서 자신의 등장 효과를 현저히 방해했다고 이야기하고 있다.[81]

1772년 4월 26일에 실러는 루트비히스부르크의 병영 교회에서 하인리히 프리드리히 올른하우젠(Heinrich Friedrich Olnhausen) 목사의 집례로 입교식을 치렀다. 축제를 계기로 그는 겔러르트를 본보기삼아 감상적인 시를 짓게 되었지만, 그의 아버지는 겔러르트의 감상적 어조의 시를 '바보 같은 짓'이라고 평했다고 알려져 있다.[82] 9월에 그는 네 번째 국가시험에 합격했지만, 앞서 치른 시험들처럼 확신을 줄 만한 성적은 얻지 못했다. 향학열이 떨어진 것은 이사한 후로 거듭해서 그에게 나타난 질병의 결과였던 것 같다. 또한 저조한 향학열은 특히 13세가 되면서 닥친 것으로 보이는 그의 사춘기를 암시하고 있다. 물론 그의 성적이 떨어진 것이 그의 쟁쟁한 명성을 손상하지는 않았다. 라틴어 학교로부터 최우수 졸업생 명단을 넘겨받은 공작은 오래전부터 그에게 관심을 보였다. 직전 해에 이미 두 번에 걸쳐 자신의 휘하에 있는 대위의 아들을 솔리튀드에 새로 건립한 차세대 사관학교의 생도로 확보하려고 노력한 바 있다. 그러나 아버지는 아들의 계획된 신학자 코스를 핑계로 영주의 제안을 거절했다. 미래의 성직자의 길은 수도원학교들 중 하나로 가는 것이지 사관학교로 가는 것이 필수가 아니었던 것이다. 1772년 늦가을 국가시험이 끝난 후에 카를 오이겐 공이 자신의 제안을 반복했을 때, 카스파르 실러는 뜻을 굽히지 않을 수 없었다. 불복종의 혐의를 유발하는 모험을 감행하고 싶지 않았던 것이다. 1772년 12월에 그는 신년 초에 아들을 라틴어 학교에서 사관학교로 전학시키기로 약속했다. 그리하여 1773년 1월 16일에 13세의 소년은 아버지를 따라 솔리튀드의 구내에 발을 들여놓게 되었고, 거기서 새로운 옷을 입고 견습 생도의 일과에 익숙해졌다. 이제 그의 어린 시절은 끝이 났고, 어쩔 수 없이 양친의 집과는 멀어진 채, 자체의 규율이 지배하는 군 훈련소에서의 삶이 시작되었다.

3. 힘들었던 사관학교 시절

개혁이 필요한 노예 장원(莊園)

카를스슐레의 건립

　실러는 1784년 말 자신의 생도 시절을 돌이켜보면서 씁쓸한 기분으로 자신이 발행하는 잡지 《라이니셰 탈리아(*Rheinische Thalia*)》의 알림 난에서 이렇게 선언하고 있다. "고향에서 내가 시인이 된 것은 정상적인 상황에서는 이해하기 어려운 불가사의한 것이었다. 시에 대한 호감은 내가 받은 교육기관의 규칙을 모독했고, 설립자의 계획에 배치되었다. 나의 열광주의는 8년간 군대의 규율과 싸웠다. 그러나 문학에 대한 열정은 첫사랑처럼 뜨겁고 강렬했다. 열정을 억눌러야만 한 것이 오히려 열정을 부채질한 것이다."(NA 22, 93) 이 잡지 발행자의 비판 대상은 대공이 설립한 카를스슐레였다. 그는 1773년 1월부터 1780년 12월까지 그 학교에서 엄격한 규율의 지배를 받으며 생활했다. 말투로 보아 실러가 시간이 많이 지난 후에도 자신의 성장 과정에 대하여 내면적으로 소원감이 있음을 깨달을 수 있다. 사관학교와의 양가적 관계를 극복할 수 있었던 것은 그 후에 와서야 가능했다. 1793년 11월 카를 오이겐이 세상을 떠난 지 몇 주 후에 그가 처음으로 카를스슐레를 다시 방문하였을 때, 생도들과 장교들은 그를 열렬히 환영했다. 적어도 그 순간에는 슈바르트가 "노예 장원"이라고 부른 그 학교의 혹독한 훈련과 무조건 복종에 대한 기억들이 사라졌을 법하다.[83] 그가 지녔던 풍부한 철학 지식과 탁월한 어학 지식은 사관학교의 교육 덕분이라는 것을 그는 부인한 적이 없다. 다른 한편으로 이곳에서 자행되고 있는 개인 자유에 대한 억압이 적어도 그의 만하임과 드레스덴 시절에만큼은 고통스럽게 의식에 남아 있었다.

카를스슐레의 경험이 핵심을 이루는 실러의 초기 교육의 역사는 그의 문학 창작에 결정적으로 영향을 미쳤다. 그의 작업 방법을 이해하고자 하는 사람은 반드시 우선 어린 생도가 슈투트가르트에서 받은 특성 있는 지적 훈련을 추적해야만 할 것이다. 그가 사관학교 시절에 습득한 지식은 예술적 창의성의 강력한 원동력으로 작용했다. 종종 후기 실러에게까지도 문학이라는 매체는 이념 전달의 장(場)이라는 것이 증명되고 있다. 그 이념들의 토양은 과거 카를스슐레 생도의 철학적, 의학적, 문학적 지식이다. 실러는 정확히 가늠할 수 있는 교육 문화의 공간에서 교육을 받았다. 그것을 우리들은 지적 정체성이라고 부른다. 이 지적 정체성의 독특한 유기적 조직을 이해하는 사람은 풍부한 정신적 이력서의 선명한 윤곽에서 그의 예술 작품에 들어 있는 통일된 성격을 해명할 수 있을 것이다. 정신적 이력서는 외적인 이력서에는 나타나지 않고, 우연과 필연, 취미와 의무를 상호작용하게 하는 매개체로서 그 자신의 권리를 확보하고 있다.

카를스슐레 설립의 역사는 카를 오이겐 공작이 자신의 계획과 과제를 강철 같은 의지와 에너지로 실천에 옮기는 능력을 지니고 있었다는 것을 극명하게 보여주는 대표적인 예이다. 그는 1769년 슈투트가르트와 레온베르크 중간에 위치한 솔리튀드 부지에 고아가 된 군인의 자제들로 하여금 원예 기술을 배울 수 있게 하는 학교를 세울 계획을 가지고 있었다.[84] 이 학교의 중심은 궁성의 본관 가까이 건립된 여러 채의 건물이었다. 이 건물들은 원래 온실과 작업실용으로 예정되어 있었으나 1770년 2월부터는 이 학교 설립 이후에 입학한 학생 열네 명을 위한 숙소로 이용되었다. 식당과 침실의 가구들은 보잘것없는 것들이어서 이 학교가 지닌 병영 성격을 그대로 말해주었다. 훈련생들은 다섯 살과 열 살 사이의 여러 연령 그룹으로 구성되어 있었다. 교육의 전면에는 우선 기술 연마가 자리를 차지했다. 그러나 학교가 설립된 지 24개월 후에는 부모가 없는 군인 자제들을 위한 고아원이 있는 일반 라틴어 학교로 확장되었다. 부모가 없는 이 군인 자제들은 장차 뷔르템베르크 군대에서 맡게 될 과제를 준비할 예정이었다. 1771년부터 기초 과목들을 총체적으로 가르쳤다. 글쓰기, 산수, 읽기, 라틴어 그리고 통상적인 커리큘럼에서 벗어난 프랑스어 등이 교과과정에 올라 있었다. 거기에 춤, 승마, 검술 수업과 같은, 장교 경력을 위해서는 반드시 갖추어야 할 기예들이 추가되었다. 1771년 초에 이미 이 학교의 재학생은 100명을 헤아렸다. 1770년 3월에 공작은 예술 공부반(班)을 특별히 창설해서 궁정 건축 기술자들이 될 미술가, 조각가, 석고 장식가를 교육했다. 그들의 일과, 식사 및 취침 의식, 장교나 교사들을 대하는 태도를 정확히 규정하고 있는 군대식의 조직 구조로 보아 이 '원예학교(Pflanzschule)'는 16세기 말 귀족 출신 학생들을 위한 엘리트 대학으로 도입된 옛 기사(騎士) 아카데미와 유사했다. 본보기로 삼은 학교로 꼽힐 수 있는 것은 1589년에 개교된 튀빙겐의 '미술학교(Collegium illustre)', 카셀(1599), 뤼네부르크(1656), 할레(1680), 베를린(1705)과 빈(1746) 등지의 아카데미들이었다. 카를스슐레는 시민 계층의 자녀들에게도 입학이 허락된다는 점에서 먼저 설립된 이들 교육기관과 차이가 있었다. 이 사관학교가 존속한 24년 동안 성공적으로 학업을 마친 1495명의 훈련생 중에 471명만이 귀족 출신이었다.[85] 카를 오이겐이 통치하는 뷔르템베르크에서 근본적으로 중간 계층이 사회적 신분 상승의 기회를 가지기란 프로이센에서보다 더 수월했다. 똑같은 시기에 프로이센에서는 대부분 귀족만 고급장교나 공무원 경력을 쌓을 수 있었다.

1772년 한 해 동안 다수의 신임 교수가 초빙되었다. 그중에는 후에 실러의 선생이던 야코프 프리드리히 아벨(Jakob Friedrich Abel)도 있었다. 그는 초빙 당시 나이가 겨우 스물두 살이었다. 이 교육기관은 이제 라틴어 학교 졸업을 목전에 두고 있던 비교적 나이 든 생도들도 받아들였다. 신입생 선발에 출신상의 특권은 중요한 역할을 전혀 하지 못했다. 학습 능력만이 문제여서 재산이 없는 부모를 둔 재능 있는 자녀들도 선발의 대상이 되었다. 생도들은 국비로 숙소, 식사, 옷과 그 밖의 필요한 물자를 공급받았다. 그들은 14세가 되면 대학 교육과 유사한 특별 교육을 받을 능력이 있는지를 심사받았다. 그런 후에는 과목별로 분류된, 학급 규모의 네 개 학과 중 한 학과에 배정되었다. 1774년 초에 도입된 채무 증서를 통해 학부모들은 자식들이 학업을 마치면 공작을 위해서 공직에 종사케 할 의무를 졌다. 카를 오이겐은 원칙적으로 자신이 세운 학교를 장교를 보충하기 위한 교육기관으로만 생각지 않고 장차 국가의 엘리트 공무원을 양성하는 교육장으로도 생각했다. 교육과정과 시험제도는 그가 세부 사항에 대해서도 철저한 관심을 가지고 감시했다. 그뿐 아니라 그는 사관학교가 자신에게 부과하는 엄청난 재정적 부담을 기꺼이 감당했다. 1774/75년에 이 학교 운영비로 4만 6785굴덴이 들었고, 3년 뒤에는 어느새 7만 굴덴으로 늘어났다.[86] 1773년 5월에 보완 조치로 '여학교(École des Demoiselles)'가 설립되었다. 이 학교 도 똑같이 솔리튀드의 부지에 자리를 잡았다. 여기에서는 무용수와 여가수들을 양성했는데, 그들은 나중에 오페라단에 배속될 예정이었다. 그러나 미래의 여류 예술가의 풍부한 교양 지식에도 가치를 두었기 때문에 교과과정에는 라틴어, 프랑스어, 종교와 같은 교양과목들도 들어 있었다. 여자 생도의 수가 한 번도 스물다섯 명을 넘어본 적이 없는 이 여학교의 운영 책임은 우선 프란치스카 폰 호엔하임이 떠맡았다.

새로운 교육 이념에 따라 카를스슐레의 과목 설강도 1773년과 1776년 사이에 꾸준히 늘어났다. 1773년 3월 11일에 공작은 카를스슐레의 위상을 사관학교로 높였다. 이 시기에 생도의 수는 이미 400명이 넘었다.[87] 기본적인 수업 프로그램은 시립 라틴어 학교와 거의 차이가 나지 않았는데, 이 시기에 상급생들을 위한 대학의 교과 과목들이 보강되었다. 고급 수준의 재정학, 법률학, 임업 및 농업 경제, 나중에는 의학도 가르쳤다. 이 상급 과정에서는 개별 과목의 특별 훈련을 위해서 각 생도들에게 필수과목으로 철학이 추가되었고, 그리스어와 이탈리아어는 이미 1773년 1월부터 프로그램에 들어 있었다.[88] 최선을 다하려는 학생들의 의지, 즉 향학열은 정기적인 포상과 시험 과제를 통해 북돋아졌다. 이와 같은 조치의 상세한 내용은 사관학교의 정신에 대해 많은 것을 알려주고 있다. 이 사관학교의 교육 수준은 높았지만, 교육 프로그램은 군대와 같은 엄격한 성격을 띠고 있었다. 지도교사에 의한 생도들의 분위기 파악과 끊임없는 감시, 사적인 자유 공간이 없는 스파르타식의 일과표와 엄격히 규정되어 있는 학급의 조직 등이 이 사관학교 교육의 실상이었다. 위계질서는 엄격했고, 소관 업무는 정확하게 분담되어 있었다. 붙임성 때문에 학생들이 그런대로 높이 평가한 크리스토프 폰 제거(Christoph von Seeger) 대주교가 '학교장(Intendant)'의 구실을 했다. 1778년에 대령으로 임명된 제거는 질서 정연한 군인 자세에 열광하는 야비한 타입은 전혀 아니어서 분쟁이 생겼을 때에는 이해심과 관용적인 면을 보여주었다. 그는 후에 실러를 상대로도 어디까지나 품위 있게 영주가 허락한 가능성의 테두리 안에서 관용적인 태도를 보였다. 제거는 궁정의 뒤쪽 곁채에 있는 '남자들만을 위한 공간(Kavaliersräume)'에 숙소를 두고 있었다. 그곳은 예전에 공작도 사실(私室)을 두고 있던 곳이다. 학교장을 보좌하는 장교들이 여러 명이었는데, 그들은 생도들을 감독하는 임무를 수행했다. 생도들은 총 4개 소대로 편성되어 있었는데, 각 소대는 대위 한 명이 감독했고, 귀족 학생단은 소령이 감독했다. 그들에게는 각기 중위 한 명과 하사관 여러 명이 배속되어 있었고, 그들 중 네 명은 경계가 삼엄한 궁정 정문의 보초 근무도 맡고 있었다.[89] 거기에 단순한 하인들과 보조 교사들이 추가된다. 그들도 똑같이 규율 엄수에 신경을 써야 했다. 이들 각 소대는 이와 같은 방법으로 군대식 조직의 성격을 띠고 있었다. 여기에서 공작이 모델로 삼고 있는 것은 파리의 '에콜 밀리테르(Ecole militaire)', 프로이센의 군관학교, 1766년부터 콜로레도 후작이 책임을 맡고 있던 빈의 사관학교였다.[90]

생도들의 통일된 복장은 이곳이 엄격한 훈련이 시행되는 곳이라는 인상을 강화해주었다. 실러의 동급생이자 후에 뷔르템베르크에서 장군으로 근무한 게오르크 프리드리히 샤르펜슈타인(Georg Friedrich Scharffenstein)은 이렇게 회고한 적이 있다. "생도들은 줄무늬가 있는 삼베 재킷과 똑같은 바지, 털로 짠 모자, 분을 바르지 않은 가발 차림을 하고 있었다. 모두가 쓰고 있는 가발은 길이가 대단히 길고 일정했다."[91] 연말에 거행되는 시상식 같은 비교적 성대한 축제일 하루 전이면 공작은 열네 명에 이르는 군대 이발사를 사관학교로 오도록 명령했다. 그들은 새벽 3시에 이미 학생들의 두발을 공작이 희망하는 모양으로 조발해서 아침 의식의 질서 정연한 진행을 준비토록 했다.[92] 학교장은 훈련생들이 어떤 복장을 해야 하는지를 확정해서 인쇄된 명세서를 작성했다. 요구되는 장비에는 청회색 천으로 된 정장 한 벌과 근무복 한 벌, 아마포 또는 가죽 바지 여덟 벌, 셔츠 열두 벌, 잠옷 세 벌, 면양말 여덟 켤레, 겨울용 양말 두 켤레, 제복 혁대 버클 두 개, 벙거지 네 개, 모자 두 개 등이 속했다.[93] 귀족 출신 학생들은 거기에 추가해서 은색의 줄을 어깨에 달아서 시민계급 출신 생도들과 구별되었다. 그들은 비싼 값을 들여 화려하게 꾸민 생도 식당에서 식사를 했다(그 식당은 저명한 학자 열두 명의 초상으로 장식되어 있었다). 또한 그들은 별도의 침실을 사용했으며 특별 욕실을 이용할 수 있었다.[94]

생도들에게 개인적 행동의 기회는 거의 없었다. 그들은 집단적으로 보조를 맞추어 식당으로 가야 했고, 식사 때에도 유니폼을 착용하여야 했다. 아침 기상 시간(여름에는 5시, 겨울에는 6시)부터 네 시간의 오전 수업 시간, 점심시간(이때에는 누구나 침묵해야 함), 청소 시간, 군대의 특색을 띤 신체 단련 시간을 거쳐 18시에야 겨우 끝이 나는 오후 수업과 21시로 정해진 귀영 시간까지 하루의 일과가 정확히 정해져 있었다.[95] 작은 방 네 개로 구성된 교실에서의 수업은 (13세부터 시작되는) 상급반에서는 주당 마흔일곱 시간이 필수였다. 거기에 숙제, 예습과 독서가 추가되었다. 그와 같은 상황하에서 생도들에게 개인 생활이란 있을 수 없었다. 그들이 집으로 보내는 편지는 감독관이 읽고 종종 평점을 매겼다. 그들은 개인 소유물을 보잘것없는 옷장에 보관하였다. 학생들의 나이와 신체 크기에 따라 배정된 침실 여섯 개에는 밤에도 기름 램프가 켜져 있었다. 침대끼리는 간단한 칸막이로 나뉘어 있었고, 문은 감시할 목적으로 늘 열려 있었다. 낮에는 학생들이 이 공간에 발을 들여놓는 것이 엄격히 금지되어 있었다. 그들은 감히 여행과 소풍을 해서는 안 되었고, 부모님이 중병일 경우에만 예외 규정이 허락되었다. 그때에도 물론 학교의 장교나 감독관이 귀향길에 동행했다. 일요일에는 가족 면회가 허락되었지만, 젊은 아가씨들이 사관학교를 출입하는 것은 처음 몇 해 동안 엄격히 금지되어 있었다.

한 생도가 규칙을 위반하면 그는 교사나 감독관에게 벌을 받는 것이 아니고, 자신의 죄목을 적은 쪽지를 가슴에 달고 다녀야 했다. 공동으로 점심식사를 하는 동안 공작은 식탁마다 돌며 그 쪽지를 읽고, 생도에게 책망을 하거나 뺨을 때렸다. 더욱 무거운 잘못을 저질렀을 때에는 식사가 금지되거나 감금이 이루어졌고, 어린 생도들에게는 채찍의 벌이 내려졌다.[96] 형량은 한 생도가 실수를 하거나 교칙을 위반하는 횟수에 좌우되었다. 체벌뿐 아니라, 공개적인 조소로 인해 심리적으로 압박을 받는 것도 여기서 실현되는 교육 요소에 해당했다.[97] 미셸 푸코(Michel Foucault)가 18세기의 사관학교를 염두에 두고 기술한 것처럼, 규범에서 벗어나는 행동은 처벌하고, 생도로 하여금 유효한 규칙을 무조건적으로 인정하도록 하며, 항시 같은 훈련 동작을 반복해야 했는데, 일체의 개인적인 자기주장의 의지를 빼앗는 것이 그 목적이었다.[98] 이와 같은 프로그램의 시행 끝에 마침내 잘 연마된 생도는 권력 기계의 한 요소로서 신체적으로나 정신적으로 제한 없이 사관학교의 법칙에 복종했다.

카를스슐레의 군대와 같은 조직 체제에서 받은 인상을, 후에 실러의 부인이 된 샤를로테 폰 렝게펠트의 일기장이 전해주고 있다. 그녀는 1783년 4월 16세의 나이에 스위스로 여행하다가 이 사관학교를 견학할 수 있었다. 이미 이 시기에는 젊은 여자들의 출입 금지 규정이 완화되었기 때문에 가능한 일이었다. "이 사관학교의 시설은 대단히 아름다웠다. 그러나 젊은이들이 모두 식사하는 모습을 보고 자유로운 인간으로서 마음에 특별한 인상을 받았다. 그들이 취하는 모든 동작은 감독관의 지시를 따랐다. 인간이 꼭두각시 취급을 받는 것을 보는 것은 누구에게나 유쾌하지는 않을 것이다."[99] 1781년 7월 카를스슐레를 방문한 프리드리히 니콜라이는 이곳에서 제공되는 훈련의 높은 수준을 찬양하면서도 엄격한 규제 속에서 행해지는 군인의 단련에 대해서는 비난하고 있다. 결코 프로이센의 군국주의의 친구로 꼽히지 않던, 이 베를린 출신 계몽주의자는 그와 같이 엄격한 교칙하에서는 교사의 훌륭한 자질이 효력을 발휘하지 못한다고 비판적으로 언급하고 있다.[100]

사관학교의 계속적인 확장은 조직상의 조속한 변화를 요구했다. 1775년 11월 18일에 이 학교는 전체가 슈투트가르트로 이전했다. 궁정의 대소 신료도 동시에 그곳으로 이전해야 했다. 이 학교는 '고등 카를스슐레'로서 대학으로 승격했음이 선포되었다. 훈련생들은 솔리튀드에서 수도까지 두 시간 거리를 단체로 행진했다. 학생들과 교사들은 680명의 목수들이 단기간에 합동 작업으로 개축한, 공간이 넓은 궁성 곁채에 수용되었다. 그 궁성에는 수업하는 공간과 잠자는 공간 외에 화려하게 도배하고 천정화들로 장식된 연회실이 있었다. 이 연회실은 매년 열리는 시상식과 연주회, 연극 공연에 적절한 공간을 제공했다. 이렇게 공간적으로 인접하게 됨으로써 공작은 정기적으로 수업과 시험을 직접 감시할 수 있었다. 그는 자신의 사실에서 몇 발짝만 걸으면 사관학교 구내에 들어설 수 있었다. 이전하고 처음 몇 해 동안 그는 생도들이 식사할 때에 좀 더 빈번하게 자리를 같이 했고, 매일같이 침실을 검열했으며, 수업을 참관하고, 교사들을 감독하고, 정기적으로 수업 중에 개입해서 이의를 제기하거나 질문을 하곤 했다. 실러의 아버지는 사관학교가 이전한 지 2주 만에 솔리튀드로 전속되었다. 그는 그곳에 가족과 함께 살 수 있는 작은 관사를 배정받았다. 아들이 이미 솔리튀드를 떠난 시점에 공작이 카스파르 실러를 새로운 직책에 임명한 것은 전적으로 계산에 의한 것이었다. 생도들이 부모들과 너무나 긴밀하게 접촉하거나, 그 밖에 사적으로 접촉하는 것은 바람직하지 않았을 뿐 아니라, 영주와의 상징적 입양 관계를 방해했기 때문이다.

슈투트가르트에서 훈련생들은 공작의 직접적인 간섭에도 불구하고 비교적 많은 자유를 누렸다. 오페라와 연극을 관람할 수 있었고, 무도회에 손님으로 참석하는 것도 묵인되었다. 여학교 '에콜 데 더무아젤'의 여자 생도들과 공동으로 춤 교습도 마쳤다. 그와 더불어 설강 과목도 증가했지만 주로 증원된 젊은 강사들이 담당했다. 1775년 말에 의학부가 설치되기 시작했다. 그 과정에서 최후로 세부 과목인 화학, 약학, 해부학, 생리학, 병리학, 외과학, 의학사, 징후학(徵候學), 일반 치료학이 설강되었다. 1779년에는 법의학과 독립 과목으로서 상학(商學)이 추가되었다. 같은 시기에 카를 오이겐은 법학부를 증설해서, 특별히 많은 수의 졸업생을 배출했다.[101] 슈투트가르트에서는 공작이 보는 앞에서 공개적으로 시행되는 구두시험과 토론의 비중이 더욱 높아졌다. 이와 같은 공개 시험과 토론은 이제 사관학교가 그 지적 수준을 과시하는 효과가 있는 의식으로 발전했다. 전 훈련생들의 필수 수강 과목인 철학에서 교사들은 인쇄된 시험 주제들을 생도들에게 제시했다. 생도들은 이 주제를 비교적 많은 청중 앞에서 갑론을박하며 토론해야 했다. 그에 앞서 강사들은 누가 주제의 비판자가 되고 누가 옹호자가 될 것인지를 미리 정했다. 그러면 학생들은 공개적인 토론에 임하기 전에 며칠간 각기 자신들의 과제를 준비할 수 있었다. 이는 일종의 담론 형태로서 계몽된 토론 문화가 요구하는 논쟁 성격에 놀라울 만큼 근접한 것이었다. 구두시험 시간에는 외부에서 참석한 관람자도 질문하고 이의를 제기할 수 있었다. 이 사관학교를 누구보다도 비판적으로 평가한 슈바르트는 1774년 12월에 자신이 발행하는 《도이체 크로니크》에 기고한 글에서 방청객들은 생도들의 높은 학구열을 접하고 스스로 부끄럽게 여기는 경우가 적지 않았다고 긍정적으로 평가하고 있다.[102]

실러도 항상 이 사관학교가 시행하고 있는 교육의 수준이 높다는 것을 인정했다. 이 학교가 1794년 부활절에 새로 등극한 공작 루트비히 오이겐의 지시에 따라 폐교되었을 때 그는 심각하게 걱정하면서 쾨르너에게 이렇게 썼다. "슈투트가르트가 거기에서 얻게 될 상당한 소득 말고도 이 학교는 이곳 주민들 사이에 엄청 많은 지식과 예술적이고 학술적인 흥미를 일깨워주었네. 이곳에 거주하는 주민들 중 상당수가 사관학교의 교수들일 뿐 아니라, 대부분의 하급직과 중간 직들도 사관학교 생도들이 차지하고 있기 때문일세."(NA 26, 349) 실러가 이 글을 쓴 시기는 그의 사관학교 시절이 지나고 한참 뒤였다. 20년의 시간적 거리를 두고 1784년까지와는 달리, 학생들의 일상생활을 지배하던 감금과 감시를 의식하기보다도 수업의 높은 질이 눈앞에 떠오른 것이다.

"소재의 양보다 질에 관해서"
복잡한 전조를 안고 시작한 학업

실러는 1773년 1월 16일 개교 이래 447번째 생도로 카를스슐레에 입학했다. 작성된 조서에 일일이 기록되어 있기로는 그의 짐 속에는 바지 한 벌, 청색 저고리 한 벌, 셔츠 한 벌, 속내의 한 벌, 구두 및 장화 각각 한 켤레, 모자 한 개, 상세한 목록을 알 수 없는 라틴어 책 열다섯 권 등이 들어 있었다. [103] 궁의(宮醫) 스토르(Storr)가 전반적인 신체검사 후에 작성한 그의 "신체 상태"에 대한 소견서에 이 학생은 (자주 씻지 않아서 생긴 것으로 보이는) 얼굴 버짐과 "약간 동상에 걸린 발"을 제외하면 "건강이 양호한" 것으로 아주 간단히 언급되어 있다. [104] 실러는 카를스슐레 입학을 큰 충격으로 받아들였다. 그것은 가족을 잃는 것과, 친숙했던 일상과의 관계를 끊는 것을 의미했기 때문이다. 그가 받은 정신적 충격은 학교 수업이 가져다주는 새로운 지적 모험을 통해서도 불식될 수가 없었다. 잃어버린 유년 시절 모티브는 실러의 뇌리에서 계속 맴돌았다. 이 모티브는 그의 문학작품에도 줄곧 나타났고, 그의 미학 구상이나 역사 이론 구상에서도 나름대로 의미를 얻고 있다. 그의 예나 문화철학 모델 속에 그 모습이 나타나고 있는 것처럼, 실러는 사관학교 입학을 통해 경험한 상실감을 체계적으로 성찰하면서 그 개인 신상에 나타난 정신적 충격을 지적으로 변질시켰지만, 완전히 극복하지는 못했다.

가족들과의 작별로 인한 상실감은 옛 친지와의 만남을 통해서 상쇄되었다. 초기 루트비히스부르크 시절에 사귄 친구들인 호벤 형제들이 1771년 6월부터 사관학교 생도가 된 것이다. 옛 우정이 조속히 새로워진 것은 물론이었다. 고전어, 철학, 역사 수업을 담당하던 요한 프리드리히 얀이 다시 실러의 선생이 되었다. 생도들은 여기서 옛날과 똑같이 행동할 수 있었다. 사관학교 1학년 수업은 일반 교양과목에만 국한되었고, 철학이 곁들여졌다. 라틴어 수업이 중심이었고, 그와 병행해서 그리스어 세 시간, 프랑스어 다섯 시간, 역사와 지리 각각 네 시간, 수학 여섯 시간을 이수해야 했다. 거기에 여섯 시간짜리 형이상학 강의, 그 밖에 실러가 높이 평가하던 문체 연습을 포함하고 있는 여섯 시간짜리 수사학과 시학이 추가되었다. 주당 수업량은 마흔 시간이 빠듯했다. 거기에 복습 강의, 신앙 지도와 검술, 승마, 춤 수업 등이 추가되었다. 예습과 숙제를 위해서 매일 두 시간이 소요되었다는 것을 생각하면, 이제 열네 살밖에 되지 않은 생도에게 부과된 일과가 얼마나 과중했는지는 누구나 쉽게 가늠할 수 있다.

첫해에 실러는 라틴어 학교에서 올린 뛰어난 성적을 그대로 반복해서 올릴 수 있었다. 그는 그리스어 수업에서 1등을 했고, 다른 과목에서도 성적이 우수한 그룹에 속했다. 그러나 그다음 해에 그의 성적은 급격히 떨어졌다. 이와 같은 상황 변화는 역시 미래에 대한 밝지 못한 전망이 부추겼을 가능성이 있었다. 1774년 9월 23일에 실러의 아버지는 시험이 끝난 후에 아들을 공작의 군대에 묶어놓는 증서에 서명한 것이다. 1775년 말 실러는 반에서 가장 성적이 나쁜 학생이었다. 전에 그처럼 좋아하는 과목이던 라틴어 과목에서도 성적이 평균 이하였다. 좀 더 잦아진 병치레, 우울증, 기면증과 총체적인 흥미 상실이 위기를 맞았다는 점을 분명히 증명하고 있으나, 이는 사춘기 때문이기도 했다. 기록상에 정확히 나타나고 있는 제반 규율 위반은 실러의 심리적 불안정이 근본적으로 이 학교의 엄격한 교칙 때문이라는 것을 폭로해주고 있다. 그는 1773년 10월과 1774년 2월 사이에 여섯 번에 걸쳐 처벌 통지서를 받았는데, 대부분 대수롭지 않은 규칙 위반 때문이었다. 게다가 그가 그런 조치를 당한 것은 공작이 생도들에게 허락하지 않은 개인석인 자유 공간을 그가 확보하려 들었기 때문이었다. 예를 들어 빈약한 식단을 보충하기 위해서 설탕이 든 작은 빵과 커피를 사 먹는다든가 하는 것들이었다. 그와 같은 위반은 이 학교의 규칙이 가하는 압력에 그가 저항한 것을 의미한다. 그는 규범화된 일과 속에서 최소한 개인의 기본적인 독립성만이라도 확보될 수 있는 작은 틈새를 찾고 있었던 것이다.

처음 몇 해 동안 실러는 밖으로 나타나지 않는 내면적인 저항감만 가지고 통상적인 정리 정돈의 의식에 순응했다. 검열관이 지적하고 있는 것처럼 그의 몸의 청결 상태는 이 학교의 엄격한 규정에 걸맞지 않았다. 그는 강제적인 제복 착용도, 프로이센의 구식 유행을 따라 분 화장을 해야 하는 두발 규정과 마찬가지로 혐오했다. 그의 동급생 샤르펜슈타인은 실러가 이 학교의 복장 규정과 청결 규정을 엄격하게 준수하지 않은 것을 기억하고 있다. "예를 들어 비교적 낮은 등급의 사열식 때에는 평상 복장을 하지만, 머리 양쪽에는 2층으로 여러 개의 컬 페이퍼를 달고 분을 바른 차림을 해야 했다. 그때에 나의 친구 실러는 우스꽝스러운 모습을 하고 있었다. 그는 나이에 비해서는 길고, 족히 허벅지만 한 굵기의 정강이와 대단히 긴 목과 붉게 충혈된 작은 눈을 한 창백한 모습을 하고 있었다. 그는 청결치 못한 젊은이 축에 끼었고, 검열 책임자 니스(Nies)가 투덜대듯 그야말로 돼지 같은 몰골이었다. 게다가 엄청 큰 댕기 머리에 손질하지 않은 채 컬 페이퍼를 단 머리라니!"[105] 후에 나온 보고서들도 실러의 뻣뻣한 걸음걸이, 각이 지는 동작과 함께 그의 날씬하고 큰 체형을 특별히 부각하고 있다. 매월 작성하던 신장 등급 목록에서는 생도들을 신장에 따라 세 그룹으로 구분했는데, 그는 처음에는 중간 그룹에 속했다. 그러나 15세가 되면서 사춘기를 맞아 급성장하고 난 후에 그의 키는 다른 동급생들보다 머리 하나는 더 컸다. 후에 와서도 그는 외모에 대해서는 별로 신경을 쓰지 않았다. 친구들이 기억하기로 그는 집에서는 모닝 가운을 즐겨 입었고, 머리를 빗거나 면도를 하는 일이 없었다. 그는 자신의 복장을 특별히 취향에 맞추어 선택한 적이 없었다. 만하임의 극작가로 있을 때에도 제복을 연상케 하는 거칠게 짠 회색 재킷을 즐겨 입었다. 그가 1785년에 방문한 라이프치히의 친지들은 그의 깔끔하지 못한 행색을 한목소리로 지적하고 있다. 1800년 이후 바이마르 궁정 시절에 와서야 비로소 그의 옷차림이 단정해진 것 같다.

실러는 1774년 벽두부터 법률학 모임에 참석했다. 그의 아버지는 그로 하여금 성직자의 길을 가게 하겠다고 보고한 후인 1772년 말에 이미 카를 오이겐은 그에게 법률 분야를 공부시키겠다고 확정한 것으로 기억하고 있었다. "그것은 안 되네. 내 사관학교에서는 누구도 신학 공부는 할 수 없네. 자네 아들은 법률학을 선택할 수 있네"라고 대답했다는 것이다.(NA 42, 8) 그는 1774년 1월에 변호사 요한 프리드리히 하이트(Johann Friedrich Heyd)가 가르치는 전공 수업을 들었다. 그 수업은 우선 법학사, 자연법, 로마법을 망라한 내용이었다. 그러나 법률학 강의는 교양과정 기초 과목들과 병행해서 단지 준비 과정의 성격을 띠고 있었다. 법률 지식을 심화하는 법률학 공부는 처음에는 상급 학년 생도들에게만 한정되어 있었다. 실러는 24개월 동안을 참고 하이트의 강의를 들었지만, 그 과목에 대하여 전혀 흥미를 느끼지 못했다. 라틴어로 된 문구, 용어, 법조문을 암기하는 것이 수업의 중심이었다. 법률학의 방법론 입문은 규칙의 주입에 국한되었고, 체계적이고 논리적인 사고 훈련은 이루어지지 않았다. 프리드리히 폰 호벤은 무미건조한 강의 시간에 실러와 자신이 몰래 문학 습작을 하면서 지루한 법 조항의 세계에서 벗어났다고 보고하고 있다.(NA 42, 9)

1775년 11월 학교가 슈투트가르트로 이전했을 때 공작은 각 학과의 직업적 전망을 면밀히 조사했다. 그 과정에서 잠재적으로 법률학 학업을 마친 학생 수가 임용 가능한 행정직의 숫자를 훨씬 웃돈다는 것을 확인하지 않을 수 없었다. 그리하여 그는 독단적으로 대다수의 생도들로 하여금 법률학과에서 새로 설립한 의과로 전과하도록 했다. 실러의 아버지는 오직 이렇게 해야만 규정에 명기된 대로 취업을 보장받을 수 있다는 간결한 안내문을 받았다. 그렇게 되어 생도 실러는 좋아하지 않는 법률학 공부에서 완전히 생소한 의학 공부로 전공을 바꾸는 수밖에 없었다. 그는 여섯 명의 다른 학우들과 함께 새로운 학과인 의과로 전과했다. 그중에는 실러의 친구인 프리드리히 폰 호벤과 이마누엘 엘베르트도 끼어 있었다. 호벤은 후에 자신의 회고록에서 전공을 바꾸는 것은 자유의지를 바탕으로 이루어졌다고 보고하고 있다. 그러나 그것은 어느 것도 우연에 맡기려 하지 않고 매사에 관여하는 습관이 있는 공작의 통제 교육과는 어울리지 않는 보고인 것이다.(NA 42, 9) 실러는 높은 기대감이나 고통스러운 마음을 가지고 의학 공부를 시작한 것은 아닌 것으로 보인다. 그처럼 싫어하던 법률학 공부를 그만두게 되어 마음이 가벼웠겠지만, 새로운 전공과목 공부에 많은 시간이 필요하고 암기해야 하는 고역이 몇 배 늘어나리라는 것을 의식했을 것이다.

사관학교가 이전한 후 첫해에는 의학 공부보다 언어와 철학 수업이 실러에게는 더 감명 깊었던 것 같다. 이 수업은 문학에 대한 흥미도 일깨워주었다. 융통성이 별로 없는 얀은 1774년 말 공작과 다투어 사관학교에서 물러나고, 업무 권한이 좀 더 확대된 루트비히스부르크의 새로운 직책을 맡았다. 그의 후임자로는 23세의 요한 야코프 하인리히 나스트(Johann Jakob Heinrich Nast)가 초빙되었다. 그는 얀이 가꾸어놓은 문화사관 수업을 고대문헌학 수업의 테두리에서 지속할 수 있었다. 실러는 학교 졸업 후에도 나스트와는 가끔 연락했다. 그가 1789년 초에 발표한 에우리피데스 번역은 옛 스승의 극찬을 들었다. 1775년 부활절에는 나스트와 동갑인 아벨이 실러의 철학 수업을 맡았다. 이 수업은 향후 사관학교의 교과과정에서 모든 학생이 들어야 하는 일반 교양과목의 위상을 차지하게 되었다. 그렇게 됨으로써 얀이 끝까지 옹호하던 고전어문학 분야의 주도적 역할이 종지부를 찍었다. 아벨의 철학 수업은 생도들에게 조직 능력, 논리적 사고, 교육 심리적 효율성 그리고 일반 역사 지식을 전수하도록 되어 있었다. 여기서 확인된 실러의 지적 능력은 그에게 자신감을 높여준 것이 틀림없다. 전에는 수줍어하고 내성적이던 생도가 논리학과 형이상학의 학문적 방법론과 처음 만난 후에는 잠복기에서 깨어나서 지적인 명예욕에 사로잡혔다고 아벨은 회고하고 있다.[106] 1776년부터 그의 학업성적은 눈에 띄게 향상되었다. 그는 이제 의학 공부에도 온 관심을 집중하게 되었다. 이제 새로운 과목들이 전면으로 부상했다. 1777년과 1779년 사이에 역사, 고전어, 프랑스어 과목이 시간표에서 사라진 대신에 화학, 식물학(각각 세 시간), 병리학과 치료학(아홉 시간), 해부학과 의학적 도형 그리기(각각 여섯 시간) 등이 이 생도의 더욱 강도 높은 집중력을 요구했다.

대학생 실러의 지적 에너지 발동은 분명 편차를 보이지만, 그의 개인적 발전사의 궤도는 분명하게 조감할 수 있었다. 그의 발전사에서 주도적 역할을 한 것은 사관학교 초기 시절부터 고전 작품을 대치한 근대문학 강독이었다. 향후 그리스·로마의 시문학은 수업을 통해 공동으로 접할 뿐, 개인적인 기호의 대상이 되지는 못한 것 같다. 가장 선호하던 텍스트에는 클롭슈토크의 서사시 「메시아(Messias)」와 찬가가 속해 있었다. 이 작품들은 이 생도의 호감 대상에서 지금까지 사랑받던 겔러르트를 밀쳐냈다. 실러의 서정시는 1780년대 중반까지 이 본보기 언어문화에서 엄청난 영향을 받았다. 그와 병행해서 할러의 교훈시, 또한 클라이스트와 우츠의 송가에도 심취해 있었다. 우츠의 종교적 작품집은 이미 집안에서 어머니의 강독을 통해 익히 알고 있었다. 그는 괴테의 『괴츠 폰 베를리힝겐』, 『스텔라(Stella)』와 『클라비고(Clavigo)』, 나중에는 『젊은 베르테르의 슬픔』과 그 책의 유명한 모작인 요한 마르틴 밀러의 『지크바르트(Siegwart)』(1776)도 읽었다. 1779년 3월 4일에 쓴 학우 엘베르트를 위한 기념 노트에 그는 1771년

5월 22일 자 베르테르의 편지에 들어 있는 사회적 제약에 대한 어록들을 임의로 인용하고 있다. 인간은 자기 자신에게로 되돌아올 때에만 사회적 제약을 극복할 수 있다는 것이다.(NA 1, 26) 레싱의 비극, 특히 『에밀리아 갈로티(Emilia Galotti)』(1772)와 게르스텐베르크의 『우골리노(Ugolino)』(1769)는 그가 일찍부터 다룬 텍스트들 중에서 확고하게 경전과 같은 위치를 차지했다. 그는 아벨에게 자극을 받아 셰익스피어에 심취되어서 그의 드라마를 당시에 출간된 빌란트와 에셴부르크의 번역본으로 읽었다. 존 밀턴의 『실낙원(Paradise lost)』(1667)을 요한 야코프 보드머의 독일어 번역본으로 읽은 것은 1770년대 말이었을 것으로 추측된다. 그가 1803년 9월에 와서 기억하기로는 "강력하게" 그의 "정신"에 영향을 끼친(NA 32, 66) 1776년에 인쇄된 클링거의 극본 『쌍둥이(Die Zwillinge)』를 읽은 것도 그 무렵이었다. 같은 시기에 탄생한 『도적 떼(Räuber)』의 말투에 영향을 끼친 프리드리히 뮐러(Friedrich Müller)의 「파우스트의 생애(Fausts Leben)」와의 만남도 이때였다. 19세기에 와서 비로소 편집자 제임스 맥퍼슨의 개작 내지 날조인 것이 밝혀졌지만, 당시에는 아일랜드의 고대 시로 잘못 알려진 오시안에 대한 연구는 당시의 민요 연구를 선호하던 유행을 따른 것이었다. 「오시안(Ossian)」, 에드워드 영(Edward Young)의 「야상(Night Thoughts)」(1742~1745)과 루소의 소설 「신(新) 엘로이즈(Julie, ou La Nouvelle Héloise)」(1761)도 실러는 그의 사관학교 시절 제2기(1776년 말부터)에 알게 되었다. 이 시기의 그의 애독서에는 요한 안톤 라이제비츠의 비극 『율리우스 폰 타렌트(Julius von Tarent)』(1776)가 속한다. 그는 산보할 때 이 책의 일부분을 학우들에게 낭독하기를 좋아했다. 1795년 10월 26일에 빌헬름 폰 훔볼트에게 쓴 편지에서 실러는 자신이 "아마도 전 생애의 심성과 기질이 결정되는 14세부터 24세까지의 결정적인 나이에 오로지 근대문학의 물만 마시며 살았고, 그리스 문학은 (신약성서의 범위를 넘어서는 한) 완전히 소홀히 다루었으며, 심지어 라틴어 문학의 물을 마시는 경우도 아주 드물었다"고 밝혔다.(NA 28, 84) 실제로 카를스슐레의 강독은 오로지 근대적인 작품들에만 방향을 맞추고 있었다. 셰익스피어와 밀턴을 제외하면 레싱 이전의 저자들은 그의 관심 밖에 있었다.[107]

실러는 처음 몇 년간은 학우들과의 교제에서 소극적인 자세를 취했다. 우정을 나눌 때에는 심사숙고했고, 친한 친구들에게만 개인적인 견해를 밝힐 뿐, 그 밖의 경우에는 구경꾼의 자세를 취했다. 루트비히스부르크의 라틴어 학교에서 그를 사로잡은, 모든 것을 마음대로 휘두르려는 의지는 사라진 것 같았다. 그 대신 이 생도는 신중하게, 거의 외교적으로 처신했다. 마지막 시기에 와서야 비로소 자기주장을 내세우려는 의지가 새롭게 솟아났다. 그래서 알게 된 것이 그의 금지된 밤 외출, 못마땅한 교사를 조롱하는 시구, 패러디풍의 막간극, 야심에 찬 문학과 학술 프로젝트들이다. 동급생들은 실러를 지배하고 있는 성격을, 내성적인 면과 특별히 타오르는 대화 열정이 혼합된 것으로 기억하고 있다. 샤르펜슈타인은 친구로서 실러의 초상을 비물질적 아우라와 팽팽한 정신력을 가진 영묘(靈妙)한 지식인으로 그리고 있다. "그의 이마는 넓고, 코는 좁고 연골 모양에 흰색인데다 두드러지게 높고, 궁형으로 몹시 굽었으며, 앵무새 부리처럼 뾰족했다. 붉은색 눈썹은 진회색의 깊은 눈 주위를 바짝 에워싸고, 양쪽이 비근에 가까이 기울어져 있었다. 이 부분이 많은 것을 표현해주고, 열정적인 면을 나타내주고 있었다. 입도 마찬가지로 표현력이 풍부했다. 입술은 얇았고, 아랫입술은 날 때부터 앞으로 튀어나왔다. 그러나 실러가 감정을 섞어 말을 할 때면, 마치 감동이 아랫입술로 몰리는 것만 같았고, 대단한 에너지를 발산했다."[108]

이 연간에 집필을 시도해서 완성한 문학작품에 관해서는 알려진 정보가 별로 없다. 샤르펜슈타인이 기억하기로는 가까운 친구들끼리 장르별로 나누어서 큰 프로젝트를 실현해보려고 했는데, 그중에서 실러는 비극을 구상했고, 다른 친구들은 장편소설, 기사 드라마와 멜로드라마의 분야에서 작품 구상을 하도록 되어 있었다고 한다.[109] 호벤의 회고록도 막연하기는 마찬가지여서 비교적 재능이 있던 생도들의 테두리에서 일상적 습작이 지녔던 원칙적 의미만 확인해주고 있다.(NA 42, 13) 이와 같은 식의 문학적 실험은 결코 드문 경우가 아니었으나 여하튼 시문학은 당대의 청년 문화에서 대단히 중요한 위치를 차지하고 있었다. 문학적 재능이 있는 것으로 밝혀진 저자는 수도원학교, 김나지움, 대학 등의 학생들 특히 감상적인 성격을 지닌 친구들 사이에서는 최고의 명성을 누렸다. 한 재능 있는 젊은이의 작품 발간은 공식적으로 인정받는 작가의 높은 반열에 오르는, 이른바 기사 서임식(敍任式)이나 마찬가지였다. 사람들은 문학작품을 암기하고 남의 문체를 연습했고, 클롭슈토크나 뷔르거, 레싱, 괴테, 라이제비츠의 유행적 어투를 흉내 냈다. 실러가 탁월한 언어 구사 능력을 바탕으로 친구들 사이에서 특별한 명성을 얻은 것은 당연했다. 그는 사관학교 마지막 2년간 이 명성을 이용해서 지도적 역할을 담당하려고 더욱더 애를 썼다. 그 역할 덕분에 그는 생도들의 위계질서에서 특별한 지위를 확보할 수 있었다.

실러의 펜 끝에서 나온 최초로 전해지는 글은 1774년 가을 공작을 위해 작성한 동급생들과 자기 자신에 관한 보고서이다. 카를 오이겐은 생도들의 심성, 그들 그룹 내부의 위상뿐 아니라, 사람을 볼 줄 아는 능력과 자아비판 능력을 파악하기 위해서 그와 같은 보고들을 정기적으로 제출할 것을 요구하는 습관이 있었다. 1774년 8월 12일에 있었던 스위스의 신학자 요한 카스파르 라바터(Johann Caspar Lavater)의 카를스슐레 방문이 그와 같이 규격화된 에세이를 도입하는 계기가 되었을 것으로 추측된다. 라바터와의 대화에서 공작은 심리적 학문으로서 관상학의 의미를 깨닫고, 막상 그 학문의 인식 성과를 생도들에게 가르치고자 한 것이다. 그때에 주제 선정에서는 교육적으로 특별히 섬세한 감각을 늘 보여준 것은 아니었다. 이미 1774년 초에 상급반 생도들은 그들 중에 도덕적으로 품위가 가장 없는 생도가 누구인가라는 질문에 답하는 글을 써야 했고, 그와 비슷한 과제들은 그 후의 연간에도 정기적으로 제시되었기 때문이다. 철학 수업의 지침에 따라 생도들은 관찰 능력과 판단 능력, 자신의 논리를 체득하기 위해서 자신의 심리적 상태를 정확히 입증하고 여러 제원(諸元)에 비추어, 체계적으로 검토하지 않으면 안 되었다. 그와 같은 교육적 의도가 경험과학적 방법에 대한 관심이 높아진 증거임은 거의 논란의 여지가 없다. 그러나 그 보고서들은 동시에 생도들 간에 염탐, 감시, 밀고, 감독과 미행의 행태를 조장했다. 그와 같은 행태 속에서 생도들은 희생자일 뿐 아니라 가해자일 수도 있었다. 여기서 고려해야 할 것은 보고서를 통해 과오들이 밝혀지면 그 결과로 엄격한 규정에 따른 처벌과 감금, 구타를 유발할 수 있다는 점이다. 의심, 공포, 위장 그리고 숨은 경쟁심이 학교 분위기를 일상적으로 지배한 나머지 학교 내에서 학생들끼리 재판을 벌이는 사태까지 일어났다. 전체적으로 그와 같은 처리 방법이 지니고 있는 양가성은 어디까지나 야누스의 얼굴과 같은 사관학교의 성격상의 특징이었다. 교회와 기강 확립, 사고의 자유와 군대식의 규제가 이곳에서는 나란히 인접해서 병존하고 있었다.[110]

동급생들에 대한 실러의 보고서도 공작의 위험하고 광신적인 감시 체제를 증언해주고 있다. 그 보고서를 단지 실러의 지능에 대한 증언으로만 볼 때, 놀라운 점은 예리한 통찰력, 정확한 판단, 그리고 열다섯 살의 소년에게는 기대하기 어려운 감수성이 강한 언어 감각이다. 유창하게 작성한 평가의 공식은 어디까지나 스테레오타입을 못 벗어나고 있었다. 도덕적 규범, 영주에 대한 태도, 규율, 청결, 학구열 등이 공작이 제시한 평가 항목들이었다. 이 항목들에 따라 실러는 마흔다섯 명의 동급생을 점검하고, 평가하고, 서로 비교해서 등수를 매겼다. 그에게 확정되어 있는 평가의 틀에서 벗어날 가능성은 희박했다. 수업 시간에 배운 도덕적 평가 모형을 투명하고 명확하게 생도들에게 적용해야 했기 때문이다. 그러나 동급생들을 소그룹이나 대그룹으로 나누어서 그들의 능력과 소질을 대비하는 방법은 독창적이었다. 다방면으로 인물들의 성격을 대비하여 묘사하는 플루타르코스의 『대비열전(對比列傳, *Vitae parallelae*)』의 성격묘사 기법이 여기에서 배경이 되었을 수도 있다. 실러가 이 기법을 알게 된 것은 얀의 수업을 통해서였지만, 이를 심도 있게 익힌 것은 물론 후에 와서 역사 교수 드뤼크(Drück)와 함께였다. 그의 보고서는 플루타르코스 영웅전과 똑같이 한 인물의 일관성과 독창성을 비교하는 수법을 써서 설명하려고 했다. 그는 핵심적인 견해와 행동 방식에서 구별되는 생도들을 그룹으로 묶기를 선호했고, 이 방법은 그들의 개인적 특징을 요점 위주로 기술할 수 있도록 했다.

이 보고서는 냉혹한 평가를 서슴지 않았다. 동급생들의 평범한 지능, 이기주의, 시기심, 저열함 그리고 그릇된 겸손에 대해서 상세하게 담론을 펼쳤다.(NA 22, 5 이하 계속) 실러는 음모를 꾸미고 아부하는 사람을 확인하면 항상 그 사람의 이름을 밝히기 주저하지 않았다. 1753년생인 동급생 카를 켐프(Karl Kempff)에 대한 보고서는 이와 같은 결연한 고집을 단적으로 보여주는 특별한 예에 속한다. 그는 이미 몇 달 전 공작의 첫 번째 여론조사에서 생도들에게 분명히 '꼴찌'라고 지적당한 생도였다. 실제로 그의 지적인 능력은 한계가 있는 것 같았다. 그는 힘겹게 시험에 합격한 후에 슈투트가르트 궁정 마구간의 하급직을 맡았다. 막상 실러는 의무를 망각하고, 거짓말을 하며, 솔직하지 못한 태도를 켐프의 성격상 특징으로 지적했다. 놀라운 점은 바로 여섯 살이나 연상인 동급생을 평가하면서 그가 자신의 의견을 굽히지 않은 점이다. 여기서 그들이 엄격한 표현을 선택한 것은 그러지 않을 경우 평가한 사람에게 부담을 주었기 때문이다. 이는 형식상 강요된 결과나 다름없었다. 왜냐하면 보고서와 관련해서 공작은 평가에서 무조건 비타협적인 태도를 기대했고, 모호하게 평가해서 의무를 모면하려는 생도는 질책했기 때문이었다. 이와 같은 배경에서 실러가 동급생들이 보여주는 종교적 성향을 철저하게 평가한 것이 특히 눈에 띄었다. 출중한 리포트의 서론에서부터 필자는 그와 같은 과제는 오직 하느님의 "절대 권력"에게만 용납될 수 있기 때문에 이 영역을 독자적으로 평가하는 것이 불가능하다고 선언하고 있다.(NA 22, 3)

실러가 보고서의 결론 부분에서 제시하는 자화상은 질병에 면역력이 약한 것이 자신의 약한 추진력의 원인이라고 밝혔다. 불만을 토로하는 습관과 부족한 에너지에 대해서 여러 번 언급하고 있다. 높은 기대감에 내맡겨져 시달림을 당하고 있는 필자의 내면적 긴장감을 여기서 분명히 느낄 수 있다. 자신의 상태에 대한 분석에서 기억할 만한 것은 실러가 솔직하게 자신의 불만의 원인을 밝히고 있는 점이다. 그는 일체의 외교적 신중성을 저버리고 선언하기를, 법률 공부를 하라는 공작의 지시에 따르기는 하지만, 앞으로 "신학자"의 길을 가려는 꿈을 품고 있음에는 변함이 없다고 했다.(NA 22, 15) 이와 같은 언급이 영주를 감동시키지는 못했지만, 그로 하여금 생도 실러를 군대나 궁정 관리의 확고한 지위에 예정해놓게끔 했다. 사관학교의 테두리 안에 신학 과정을 설치하는 것은 형식적인 이유만으로도 거의 생각할 수 없었기 때문에 사람들은 성직자 경력에 대한 언급을 현행 수업 체제에 대한 질타, 심지어 탈영하고 싶은 마음이 숨어 있다가 드러난 것으로 해석했다. 절차상의 규정에 따라 그 보고서가 제공해야 할 의식화된 자아비판은 여기서 공작의 강요에 대한 솔직한 반발의 몸짓으로 변했다. 마지막에는 물론 반역의 자세가 영주에 대한 칭송으로 상쇄되었다. "전하, 저로 하여금 살아 계신 당신 앞에 향연(香煙)을 피우게 해주십시오. 저의 부모님으로 하여금 당신 앞에 무릎을 꿇게 하시고, 저의 행복에 대하여 당신에게 감사하게 해주십시오."(NA 22, 16) 카를 오이겐이 생도 실러를 사관학교에 붙잡아두기 위해서 사용하지 않으면 안 되었던 강제 수단을 생각하면 이런 형식적인 미사여구는 낯설게 느껴진다. 공작에 대한 열광적인 칭송은 불과 6년 후에 부친 살해 모티브로 바뀌어 문학작품에 반영된다. 실러의 최초의 희곡 「도적 떼」는 부친 살해를 대단히 교묘하게 연출했기 때문에, 정치적 탄핵이 벌어지는 충격적인 사태가 즉시 일어나지는 않았다.

실러가 쓴 보고서의 다양한 수사학이 미치는 형식적 영향을 추적해보면 놀랍게도 17세기 프랑스의 설교자들과 만나게 된다. 카를스슐레의 도서관에는 자크베니뉴 보쉬에(Jacques-Benigne Bossuet), 에스프리 플레시에(Esprit Flechier), 루이 부르달루(Louis Bourdalou), 장바티스트 마시용(Jean-Baptiste Massillon), 쥘 드 마스카롱(Jules de Mascaron)과 샤를 드 라 뤼(Charles de La Rue)의 저서들이 소장되어 있었다. 이 저서들은 우리오의 프랑스어 수업에서 중요한 역할을 했다. 후에 형식논리학 과목을 담당한 요한 크리스토프 슈바프(Johann Christoph Schwab)도 그 저서들을 인용해서 정확한 담론의 구조와 논리 전개의 규칙을 시범으로 보여주었다.〔슈바프 자신은 1777년 콩디야크(Condillac)의 연구서 『문체학(De l'art d'ecrire)』의 번역자로서 이름이 알려졌다.(NA 15/II, 398)〕여기에서 인용한 예문들은 실러로 하여금 수사학의 영역뿐 아니라, 그의 사관학교 마지막 시절의 기념사에서 번뜩이는 것처럼 역사에 관한 지식을 얻는 관문까지도 열 수 있게 해주었다. 그는 특별한 관심을 가지고 보쉬에의 『세계사 담론(*Discours sur l'histoire universelle*)』(1681)과 마담 드 세비뉴(de Sévigné)의 편지들을 연구했다. 이 책들은 주간에만 개관하던 공작의 도서관 도서 대출 목록을 통해 특히 많은 생도들이 읽기를 선호한 작품이었음이 증명되고 있다. 이 책들을 읽으면 화려했던 사교계와 고전주의 시대의 학술 문화를 일별할 수 있었다. 또한 그 안에 상세하게 기술된 궁정 생활의 법도는 물론, 마담 드 세비뉴가 풍성하게 묘사한 인물 초상화, 일화, 보고들이 전달해주는 것처럼 심리적 통찰을 할 수 있는 길도 열어주었다.(NA 15/II, 404 이하) 이 '위대한 세기(grand siècle)'의 프랑스 저자들이 어린 실러에게 끼친 영향은 결코 사소한 것이 아니었다. 그 영향은 그의 초기 텍스트의 모범적인 수사학적 구조 속에 드러나고 있음은 물론이고, 그 텍스트가 보여주는, 이른바 관찰하면서 분석하는 기술을 통해서도 나타나고 있다.[111]

실러의 보고서에는 그 자신의 독특한 취향에 대한 정보가 하나도 들어 있지 않다. 이 보고서들의 기본 어조는 회의에 차 있어서 사적인 호감과 우정을 유추하기는 거의 불가능하다. 그러나 거기에서 실러가 외톨이였고, 내성적 관찰자의 스타일을 지니고 동급생들과는 어울리지 않았다는 정도는 유추할 수 있다. 의식(儀式)처럼 되어버린 비판의 제스처는 그가 수많은 생도들과 가진 개인적인 관계를 엿볼 수 있는 시선을 가로막는다. 프리드리히 폰 호벤과 나란히 한 살 아래인 장교 후보생 샤르펜슈타인이 가까운 친구로 꼽혔다. 샤르펜슈타인은 가까운 사이인 게오르크 프리드리히 보이게올(Georg Friedrich Boigeol)과 마찬가지로 당시에는 뷔르템베르크의 영토에 속하던 부르고뉴 지방의 몽벨리아르(묌펠가르트) 출신이었다(실러의 탁월한 프랑스어 실력은 두 사람의 개인적인 영향력을 통해 향상된 것일 수도 있다). 실러는 샤르펜슈타인과 더불어 자신의 문학적 관심사를 추구했다. 서정시를 낭송하기도 했고, 사적인 글쓰기 대회를 개최하기도 했으며, 야심찬 출판 계획에 대해 토론하기도 했다. 얼마 안 가서 이 문학적 모임에는 요한 크리스토프 프리드리히 하우크(Johann Christoph Friedrich Haug)도 합류하게 되었다. 그는 1776년부터 사관학교에서 문체학과 고전학을 가르친 발타사르 하우크(Balthasar Haug)의 아들이었다. 1758년생인 빌헬름 페터센(Wilhelm Petersen)도 이 모임에 합류하게 되었다. 후에 샤르펜슈타인은 이 모임의 성격을 구성원들이 일체의 현실감각이 없이 공중누각과 같은 문학적 계획들과 씨름하는 "일종의 미학협회와 같은 것"으로 규정한 적이 있다.[112] 그들의 우상은 괴테였고, 그의 「괴츠 폰 베를리힝겐」을 열광해서 낭송했다. 반대로 실러는 클롭슈토크에 대한 감동을 이 모임의 회원들과 함께 나누지는 못한 것 같다. 여기서 그들은 괴테가 최근에 쓴 천재적 작품에 대한 주관적 감동을 「메시아」의 저자 클롭슈토크의 종교적 영감이 깃든 예술보다 높이 평가한 것 같다.

샤르펜슈타인과 실러의 우정에 균열이 생긴 것은 추측건대 1776년 중인 듯싶다.[113] 사관생도인 페터 콘라트 마손(Peter Konrad Masson)의 개입이 원인이었다. 그는 문학에 대한 동급생들의 열광을 비아냥조의 시를 지어서 우스꽝스럽게 만들었다. 회의론자인 마손의 영향을 받아 샤르펜슈타인은 실러가 자신의 우정을 실천하지는 않고 오로지 문학예술이란 매체를 통해서만 표현한다고 비난했다. 이로써 그는 이 모임의 회원들 간의 개인적인 관계를 특별히 암호화해서 규정한 것에 의문을 제기한 것이다. 문학이 그들의 우정을 연출하는 장이라는 것은 의례적인 규정에 속했다. 그 규정의 효능을 지금까지 회원들이 받아들였던 것이다. 회원들이 이 모임의 정체성을 감상주의로 느낀 것은 「젊은 베르테르의 슬픔」과 「지크바르트」 같은 문학적 본보기를 따른 것이었다. 샤르펜슈타인이 열광주의의 예술적 표현을 통해 표현되지 않은 순수한 감정들을 실러에게 촉구했다면, 그는 바로 '미학협회'라는 허상의 세계를 규범화한 규정을 위반한 것이다. 게다가 그 학우가 1753년에 클라이스트가 쓴 간단한 시 「아민트(Amint)」를 실러의 논문들보다 상위에 놓고 모방할 만한 표본으로 칭송했다는 것이 실러의 자존심을 상하게 했지만, 그들의 우정에 균열이 생긴 것은 전적으로 그것에만 책임이 있는 것은 아니었을 것이다. 1776년 말에 쓴 것으로 추측되는 한 통의 편지에 실러는 샤르펜슈타인의 비난에 대하여 상세한 답을 써서 보냈다.(NA 23, 240) 그의 생각의 핵심은 친구의 출발점인 문학과 감정이 상치되는 것에 대한 성찰이다. 실러는 친구의 소신과는 반대로 문학을 전달하는 감정도 순수한 성격을 가질 수 있다는 점을 강조했다. 클롭슈토크의 파토스가 지니고 있는 열정을 그 자신도 열성적인 독자로서 체득했고, 그의 개인적인 정서 생활에 받아들였다는 것이다. 실러는 문학 텍스트에서 감정은 오로지 수사학적 광란이 없이 표현되는 데서만 효력을 발휘한다는 샤르펜슈타인의 견해를 완전히 믿을 수 없는 것으로 보고 있다. 이와 같은 평가는 클롭슈토크의 「메시아」에 대한 열광에서 나타나고 있는 것처럼 그의 개인적인 취향, 특히 정열적인 문체에 대한 선호와 일치하는 것이다.

개인적인 인간관계에서 심각한 절교를 초래케 한 샤르펜슈타인과의 불화는 후유증까지 있었다. 실러는 편지에서 샤르펜슈타인의 변심은 그의 친구인 보이게올의 음모 때문이었다고 주장하고 있다. 보이게올이 분노해서 자신의 개입에 대한 비난을 방어하고 그 나름대로 계약 위반을 거론하자 실러는 그에게도 똑같이 대단히 장황한 답변을 했다. 그가 첫 번째 편지에서 그 명증성을 의심했던 논거를 지금 이용하고 있는 것은 주목할 만하다. 그는 보이게올이 편승했던 불순한 열정을 비판하고 "그의 광신적인 편지"는 과대망상의 증거물이라고 매도했다. 그가 수사학적으로 구사한 "비유"와 "은유" 뒤에는 순수한 감정이 숨어 있지 않고 오히려 "순전히 병적인 상상"만 도사리고 있다는 것이다.(NA 23, 7) 의심을 통해서 실러가 우정을 송두리째 흔들어놓았다는 보이게올의 비난에 대해 그는 냉정하게 그들의 이전 관계가 지닌 형식적인 성격을 지적함으로써 역공을 펼친 것이다. 편지를 끝맺음하면서 자신은 다른 많은 친구들보다 성격이 예민해서 정상적인 척도로는 평가할 수 없는 놈이고, 이와 같은 민감성을 감당할 수 있는 사람만이 그의 신임을 얻을 수 있다고 썼다.(NA 23, 9) 샤르펜슈타인과의 갈등은 1778년 말 그 친구의 사관학교 퇴교 후에 풀린 데 반해서 보이게올과의 사이는 더 이상 회복되지 않았다. 1795년 10월에 보이게올은 파리 교육부에서 근무하였다. 당시 그가 파리에서 비교적 장문의 편지를 실러에게 써서, 집정 내각의 통치하에 있는 정치적 상황을 묘사했을 때, 실러는 답장조차 하지 않았다.(NA 35, 364 이하 계속)

실러는 개인적인 실망감을 느끼긴 했지만 샤르펜슈타인과의 절교를 잘 극복했다. 자신의 입장을 주장한 것이 새로운 자신감을 얻게 했다는 인상을 풍겼다. 그는 자신의 문학적 신념을 효율적으로 고백했고, 회의론자의 논리에 대항해서 자신의 열광주의를 방어했을 뿐 아니라, 논리적으로 우위를 과시해서 자신을 조롱하는 사람의 입을 막은 것이다. 호벤과 페터센과는 계속해서 관계가 깊어졌다. 그들과 실러는 카를스슐레를 마치고도 계속 왕래가 있었다. 그들보다 좀 더 후인 1778년 4월 3일에 사관학교에 입학한 세 살 반이나 어린 알브레히트 프리드리히 렘프(Albrecht Friedrich Lempp)가 아주 가까운 친구 대열에 끼게 되었다. 그는 철학에 관심이 많고 분석적 능력이 뛰어나며 성격이 불같은 생도였다. 실러는 자신의 문학적 상상력에 대해서는 그와 함께 논의하지는 않았지만, 그 대신에 아벨의 수업을 통해서 전달된 이론적인 자극에 대해서는 함께 의견을 교환했다. 특히 이 친구의 예리한 판단 능력을 존중했다. 그의 판단 능력은 그가 보통을 뛰어넘는 지능과 비상하게 훈련된 사고력을 소유하고 있음을 여실히 증언해주는 것이었다. 자연법, 영국의 현대 도덕철학, 인류학, 경험심리학에 관해서 벌인 격론에서 그는 탁월한 논리를 전개할 줄 아는 학생인 것이 증명되었다. 그가 각별히 선호하는 결의법(Kasuistik)*은 그의 대화 상대자를 코너로 몰 수 있었다고 실러는 감탄해서 언급하고 있다. 그렇기 때문에 그는 항시 렘프에 대해서 논할 때는 "일종의 존경하는 감정 같은 것"을 가졌다고 샤르펜슈타인은 기억하고 있다.[114] 그 친구가 후에 진보적인 계명 결사(Illuminatenbund)**에 합류해서 사해동포주의 환상을 추구하던 것은 추후에 실러와의 관계에서도 나타났다. 그와 같은 사해동포주의 환상의 토대는 억압하는 체제에 공동으로 반기를 드는 것이었다. 적어도 정신적인 세계에서 억압적인 체제의 한계를 지양하려고 하는 것이었다. 그 우정은 1786년에 발표된 『철학 서신(*Philosophische Briefe*)』에 문학적으로 반영되었다. 이 편지들은 냉철한 회의론자인 라파엘이라는 인물 속에 감추어진 실존 인물 렘프의 초상화를 제공해주고 있다.

⁝

* 꼬치꼬치 캐묻는 어법을 말함.
** 1776년 아담 바이스하웁트(Adam Weishaupt)가 잉골슈타트에서 결성한 프리메이슨에 근거를 둔 비밀결사. 이는 계몽주의 원칙을 따라서 사해동포주의 정신을 고취했고, 왕권 국가 원칙에 대항해서 투쟁했음.

법령으로 정해진 충성 맹세
생도의 기념식 연설

사관학교 시절 마지막 3년 동안 실러의 평판은 전반적으로 좋아졌다. 그의 학교 성적은 1777년부터 꾸준히 향상되었다. 1778년 12월에 있었던 졸업 시험에서 그는 의학의 두 과목에서 높은 성적을 올렸고, 1779년에는 외과학, 실용의학, 약학 등을 포함한 총 다섯 과목에서 탁월한 성적을 올려 큰 상(賞)으로 여겨지는 네 개의 메달을 수상했다. 또한 하우크의 수업을 통해서 향상시킬 수 있었던 그의 언어능력도 인정을 받았다. 이제 그에게 주어진 재능을 공개 석상에서 여러모로 발휘할 수 있었다. 1778년 10월 4일 프란치스카 폰 호엔하임 백작 부인의 생일을 기해 그는 2부로 된 칭송시를 지었다. 그 시는 미덕을 우아함과 자매 관계라고 찬양했다. 사람의 마음을 사로잡는 이 텍스트의 어조는 거의 1785년 늦여름 라이프치히 근교에 있는 골리스에서 쓰게 될 유명한 송가 「환희에 부쳐(An die Freude)」를 연상케 한다("그처럼 장미 핀 오솔길을 그녀는 걸어서 간다"(NA I, 12, v. 37)). 공작은 1779년 1월 10일 반려자의 31회 생일을 기해서 스물아홉 명의 상급반 생도들에게 미덕의 본질을 칭송하는 글을 쓰도록 주문했다. 테마를 설정하는 문제는 일체 개인에게 맡겨졌다. 그러나 항상 전면에 부상하는 것은 도덕적 성향의 근원과 성격의 문제였다. 실러가 제출한 원고는 「지나친 온정과 붙임성, 그리고 가장 협의의 관대함은 미덕에 속하는가(Gehört allzuviel Güte, Leutseligkeit und grosse Freigebigkeit im engsten Verstande zur Tugend?)」라는 문제를 다루었다. 카를 오이겐은 그 원고 초안을 보고 단연 찬성의 뜻을 표명했다. 프란치스카의 공식적인 생일 축하 행사에서 실러는 그 원고를 공개적으로 낭독했으리라고 추측되지만, 물론 분명한 증거는 존재하지 않는다. 그러나 정문 장식, 벽지 도배, 돌기둥 등 축하연을 장식할 알레고리들에 대한 제안을 내용으로 하는 실러의 글이 보존되어 있다. 사람들은 그와 같은 알레고리들을 이용하여 궁성의 홀 하나를 '미덕의 사원'으로 지정된 연설장으로 개조하려고 했다.(NA I, 10) 전체 생도가 육필 원고 형태로 쓴 축사들은 225쪽 분량의 큰 양장으로 제본되어 백작 부인에게 정중히 전달되었다. 이 헌정본 증정과 병행해서 매년처럼 생도들의 예술 공연이 펼쳐졌다. 1779년 1월 10일에는 음악이 깔린 풍유적 축제극 「미덕의 대가(代價)(Der Preiß der Tugend)」가 공연되었는데, 거기에서 실러는 농부 괴르게의 역을 담당했다. 각본은 짐작컨대 지난 몇 개월 동안 학생들이 공동으로 집필한 것이다.[115] 사관학교에서 가장 큰 연회장을 이용한 이 공연의 규모는 대단히 크고, 장면도 많았다. 모두 합해 200여 명의 출연자가 작품공연에 참가해야 했다.

한 해 뒤 공작은 또다시 생도들에게 연설 집필을 위탁했다. 이번에는 겨우 열두 명만 선정되었는데, 그들은 통일된 주제인 '미덕의 결과(Die Tugend, in ihren Folgen betrachtet)'를 다루어야 했다. 다시금 카를 오이겐은 제출된 텍스트 중에서 실러의 연설문을 최상의 논문으로 선정했다. 이번 경우에는 수많은 목격자가 1780년 1월 10일에 실러가 축제 행사의 일환으로 많은 청중 앞에서 자신의 원고를 큰 소리로 낭독하는 것을 확인했다. 이 연설을 보완해서 『고독의 장점들(Vorzüge der Einsamkeit)』이라는 제목의 연극이 상연되었다. 이 연극 각본은 귀족들의 표면적인 삶과, 허영에 가득 찬 축제로 점철된 그들의 삶에 대한 조소를 담고 있는 궁정 비판적인 관점 때문에 예전의 연극들과는 차이가 났다. 이와 같이 노력과 시간이 많이 필요한 제작 과정에 실러가 얼마만큼 기여했는지는 알려진 것이 없다. 실러는 1779년 초 가을에 시간을 많이 빼앗는 첫 번째 학위논문 집필을 고려해서 공동으로 연극을 제작하는 작업에는 참여하지 않은 것으로 추측된다. 그와 같은 결정은 연극 연습이 백작부인의 생일을 앞두고 이미 여러 달 전에 시작되어야 했다는 점을 고려하면 대단히 납득할 만한 결정으로 보인다.

실러의 연설문은 엄격한 구성 원칙을 따랐다.[116] 이 원칙들은 쿠인틸리아누스(Quintilianus)의 『수사학 원리(Institutio oratorio)』의 모형을 따라, 하우크의 수업에서 전수된 고대 수사학의 규칙들을 통해 확정된 것이었다. 하우크 자신은 그와 같은 원칙들을 누구나 이해할 수 있도록 설명한 「독일 언어, 문체와 취향에 대한 원칙들」을 1779년 《슈바벤 마가친》에 발표했다. 무엇보다도 실러가 1779년 1월에 쓴 첫 번째 논문은 엄격하게 공식화(公式化)된 논문 구상을 따르고 있다. 이 논문은 '서두(Exordium)'로 시작되는데, 여기서 필자는 문제의 의미 지평을 측정하고, 거론된 문제점, 즉 도덕적 행위의 기원과 결과의 첫 답을 찾으려고 한다. '미덕의 동기는 행복의 추구'라는 정의(定義)를 바탕으로 하여, 이 정의와 함께 중간 부분의 '논증(probatio)'이 시작된다. 이와 같은 규정에 이어 긍정적인 예로서, 그는 소크라테스의 운명을 지적하고 있다. 강요된 자살의 순간에도 초지일관되게 도덕적 자세를 잃지 않은 데서 온 내면적 만족을 소크라테스의 운명을 통해 세상에 보여주었다고 그는 밝히고 있다. 추측건대 아벨이 생도들과 함께 토론한 『파이돈(Phädon)』에 대한 멘델스존의 글(1767)이 자살 모티브에 대하여 언급하도록 자극을 주었을 것이다.(NA 20, 3 이하) 어디까지나 자신의 의지에 따라 결정하는 이 현인(賢人)의 본보기와, 연설자 실러가 위장술의 법칙이 판을 치는 곳에서나 볼 수 있다고 믿는 미덕의 잘못된 형태는 판이하게 구별되는 것이다. 이와 같은 확신은 율리우스 카이사르와 옥타비아누스(아우구스투스) 같은 고대의 군주들에 대한 언급을 통해서 뒷받침되고 있다. 그들이 강조하여 제시한 포퓰리즘은 백성들의 욕구를 위한다는 의미에서가 아니라, 정치적 계산에 의해서 발생한 것이라는 것이다. 카이사르에 대한 실러의 회의적 평가는 당대의 역사 기술의 기념비적인 영웅 숭배와는 결정적으로 배치되는 것으로서 목적 달성의 도구를 뛰어넘어 자연적인 도덕성에 대한 찬성과 연결되어 있다.

역사적인 사례의 인용은 결과적으로 미덕의 개념을 이중적으로 제한하게 만든다. 즉 도덕적 행위는 어디까지나 목적이 없을 때만 모범적 성격이 있음이 증명된다. 덧붙여 도덕적 행위가 역량을 지니기 위해서는 외부적인 저항과의 투쟁을 통해서 성취되어야 하고, 객관적으로 주어진 강요에 대항해서 효력을 발휘할 수 있어야 한다는 것이다. 실러가 보기에 진정한 미덕은 이기적 의도가 개입되지 말아야 할 뿐 아니라, 가까이 있는 개인적 이해에 반해서 욕구나 안전에 구애됨이 없이 영향력을 행사하는 것이다. "투쟁이 없이 성취된 행동은 가장 아름답더라도 큰 투쟁을 거쳐 이룩한 행동에 비하면 그 가치가 보잘것없다"는 것이다.(NA 20, 6) 중간 부분의 열광적인 대미(大尾)는 미덕의 칭송을 정신적인 차원으로 옮김으로써 논리 전개상의 격정의 압박감을 높여주고 있다. 이 연설문은 클롭슈토크의 「메시아」의 일곱 번째 노래(419 이하 계속)에서 끌어온 인용문과 그의 송가 「왕을 위하여(Für den König)」(1753)에서 자유롭게 전용한 표현의 도움으로 '수사학적 고조의 원칙(amplificatio)'에 맞게 미덕을 지닌 인간과 신 사이의 이념적 공동체를 되살리고 있다. 얻어진 통찰을 구체적인 사례에 맞춰 확인해보는 '결론(peroratio)'이라는 희곡적 구성 원칙도 똑같이 고대의 웅변술의 규칙을 따르고 있는 것이다. 연설자는 '가식이 없는' "진실"을 들먹이면서 "인간의 여자 친구"인 프란치스카를 미덕의 "어머니"로 인정해야 한다는 것을 깨닫는다. 그와 동시에 "아첨"(NA 20, 9)이라고 비난받을 가능성에 강하게 항의

하는 몸짓은 텍스트를 관통하는 연설자의 비판적 자세를 표출하는 낌새로 볼 수 있다. 즉 실러는 자신의 연설이 학교의 수사학 연습의 산물일 뿐 아니라, 확고한 역할을 지닌 공허한 숭배 의식을 문서화하는 것임을 의식하고 있었다.[117] 위선의 혐의가 있는 행동을 배척하는 그의 격정적 어조는 연설자가 마지못해 공개 석상에 모습을 나타냈다는 심중을 반영하고 있는 것이다. 그는 연단 위에 서 있었지만, 마치 등을 굽히고 일부러 낮은 자세로 연설을 하는 것 같았기 때문이다.

실러의 연설이 각별히 공작의 인정을 받은 것은 그 연설을 지배하고 있는 수사학적 분노감 때문이었다. 이는 쉽게 알 수 있는 일이다. 삽입, 배열, 비교하기, 도치법, 문장 끊기, 두드러진 이미지 연속 등이 텍스트를 지배하고 있다. 초조한 필치는 때때로 구문론상의 순서를 따르지 않고 더듬거림을 통해 고조된다. 격정의 발산과 감동, 호소 형식과 생각의 비약 등이 한결같이 이와 같은 어법에 속한다고 볼 수 있다. 여기에는 당대의 취향에 맞는 문체가 부각되어 있다. 그 취향은 같은 때에 탄생한 친구 호벤의 연설이 보여주는 특징과 부분적으로 일치한다.[118] 마치 시위를 하듯 모습을 드러내고 있는 문장 결합의 인위적 파괴는 클롭슈토크가 남긴 유산이다. 클롭슈토크는 생도 실러의 문학 서클에서 절대적 권위를 지니고 있지는 않았지만, 커다란 영향력을 지닌 본보기로 통했다. 실러는 자신의 연설문을 제출하기 조금 전에 격정적인 경향을 수정하여 약간 완화시킨 것이 분명하다. 페터센이 필사한 수정하기 전의 텍스트가 전해지고 있는데, 이 필사본은 마지막에 필자에게 부담감을 줄 수 있는, 이른바 호소조의 상투적 비유를 좀 더 많이 사용했음이 드러나고 있기 때문이다. 그뿐 아니라 수정 원고에서 그는 공작의 인물 평에 긍정적인 면을 보완했고, 그에 대한 칭송을 좀 더 강화하는 데 중점을 두었다.(NA 21, 106)

특히 실러의 연설문에서 발상의 근원이 무엇인지에 관심이 쏠리지 않을 수 없다. 논증의 핵심점은 영국풍의 도덕철학을 바탕으로 하고 있다. 그와 같은 도덕철학을 생도 실러는 아벨의 수업을 통해서 알게 되었다. 아벨의 수업 시간에 그는 프랜시스 허치슨(Francis Hutchesson)의 『도덕철학의 체계(System of Moral Philosophy)』(1755)를 만났다. 이 책은 1756년부터 레싱의 번역으로 독일어 번역본이 출간되어 있었다. 그리고 애덤 퍼거슨(Adam Ferguson)의 『도덕철학 원론(Institutes of Moral Philosophy)』(1769)도 접했는데, 이 책은 1772년 크리스티안 가르베(Christian Garve)가 보충 설명을 곁들여 독일어로 번역하였다. 허치슨과 퍼거슨이 발전시킨 도덕철학의 핵심 사상은 인간은 도덕에 대한 성향, 말하자면 자연적인 성향을 지니고 있다는 견해이다. 그러나 이 성향은 반드시 합리적 바탕을 지니고 있는 것은 아니다. 허치슨은 개인은 도덕적 존재로서 결코 이성의 조종만을 받는 것이 아니라, 도덕적 행위를 할 수 있는 자연적 체질을 소유하고 있다고 강조한다. 이와 같은 자연적 체질은 본질적으로 인간의 감각 능력과 관련된 것처럼 보인다. 오성의 정언명령이 아니라, 욕구가 윤리적 행위의 전제가 된다고 퍼거슨은 보고 있다. "자신 속에서는 물론 타인과 비교해서도 탁월한 것, 그것이 인간적 욕구의 최고 목표이다."[119] 감각적 인지능력은 나름대로 타인의 운명에 감정이입을 하며 참여할 마음의 준비와 동시에 일종의 도덕적 기능을 입증해준다. 독일 어느 곳에서나 영향력이 막강한 라이프니츠 볼프 학파의 철학 사상에 따르면, 이 도덕적 기능은 오로지 이성의 산물로 형성되는 것으로 되어 있다. 그러나 새로운 이론에 의하면 이 기능은 종합적인 능력, 즉 감각적인 힘과 지능적 힘의 혼합으로서 파악된다. 그 경우에 결정적인 역할을 하는 사상은 탄생과 더불어 인간에게 부여된 행복해질 권리는 오로지 자기 사랑과 의무 이행을 합일시킬 줄 알 때에만 실지로 되찾을 수 있다는 것이다. 이와 같은 배경 앞에서 미덕을 보이는 태도는 한 개인의 완전성은 말할 것도 없고, 개인적으로나 사회적으로 서로 조화를 이룰 수 있는 사회적인 완전성을 이행하는 수단으로 나타난다.

허치슨과 퍼거슨에게 중요한 자극을 준 것은 섀프츠베리(Shaftesbury)의 대화록『도덕주의자들(The Moralists, a philosophical Rhapsody)』(1705)이었다. 이 책 역시 아벨의 수업에서 교재로 다루었다. 섀프츠베리는 이 책에서 도덕적 완전성의 이론을 간결한 필치로 입안하고 있다. 그 이론의 기본 요소는 추상적인 이성 원리에서가 아니라 인간 미덕의 구체적 모형으로서 자연의 아름다움의 이념에서 파생된다. 독일에서는 특히 겔러르트가 그의 인기 강좌인 라이프치히 강의에서 자연적 도덕성의 사유 모티브를 수용하고 있었다. 1760년대 말 그 강의에 열광한 학생들 중에는 젊은 괴테도 끼어 있었다. 이 구상은 역시 레싱의 비극미학적인 '동정(Mitleid)' 개념에도 흔적을 남겼다. 특히 이 개념의 심정심리학적인 토대는 1756년에 멘델스존과 니콜라이 앞으로 쓴 편지에 들어 있다. 실러의 연설문은 많은 점에서 영국의 도덕철학에서 제기된, 이른바 인간은 모름지기 심장을 가지고 사고해야 한다는 교훈을 변주하고 있다. 이 연설은 모두(冒頭)에서부터 미덕은 오로지 "행복에 대한 애정"(NA 20, 3)에서 생긴다고 역설하고, 몇 번이고 반복해서 개인적 선행이 지닌 자연적 성격을 강조하고 있다. 선행은 어디까지나 인위성과 오만불손으로부터 자유로울 때 실질적 효과를 얻을 수 있다는 것이다. 냉정한 테크노크라시 신봉자로서 율리우스 카이사르와 아우구스투스가 정략적 관심 때문에 습관적으로 내세웠던 것처럼 정치적으로 도구화된 인간 사랑의 거짓된 성격은 왜곡되지 않은 도덕성과 뚜렷하게 대조를 이룬다.

실러는 미덕이 자연적 성향이라는 사상을, 레싱의 주선으로 1755년에 출간된 멘델스존의 『감정에 대한 편지(*Briefe über die Empfindungen*)』에 표현된 입장들과 연관짓고 있다. 멘델스존은 라이프니츠가 말하는, 하느님의 전능하심을 통해 이루어진 완전한 창조의 표지로서 완전성의 표상이 하나의 구체적이고, 감각적으로 느낄 수 있는 즐거움을 생산한다는 주장을 펼치고 있다. 젊은 실러가 보기에는 멘델스존이 퍼거슨과는 달리 직접 인간의 지각 문화라는 문제와 연결하고 있는 완전성의 카테고리는 도덕적으로 일관된 행위의 가능성과 필연적으로 관계가 있는 핵심 개념이었다. 게다가 그는 도덕적 합리주의와 도덕적 능력의 감각적 입증 사이에 하나의 연관이 가능해야 한다는 사상을 잘 소화하고 있었다. 미덕은 "사랑과 지혜의 조화로운 결합"(NA 20, 4)이라는 것을 그가 여러 번 강조한 것은 멘델스존의 포괄적 종합명제와 정확히 부합하는 것이다. 이상적인 경우에는 감정과 오성은 상반되는 것이 아니라, 서로 보완하여 인간적인 완전성의 모델을 형성한다.

이 연설의 지평선상에는 스코틀랜드의 도덕철학이나 멘델스존의 완전성 이론과 나란히 제3의 사상적 요소로서 스토아학파의 윤리학이 등장하고 있다. 고대 후기의 스토아학파를 이끄는 대표자 중 하나였던 로마 황제 마르쿠스 아우렐리우스를 명시적으로 관련시키고 있는 것이다. 이 연설문은 그를 "모범적 통치자"(NA 20, 8)라고 지목하고, 다른 로마 지배자들의 낭비벽과는 뚜렷하게 구분되는 그의 신중한 중용(中庸)의 정치를 찬양했다. 미덕은 오로지 저항을 통해서만 그 윤곽이 드러날 수 있다는 실러의 원칙적 정의는 스토아학파의 특징을 함의하고 있었다. 실로 도덕적 완벽성은 교육을 통해서 연마할 수 있는 자연의 선물이기는 하지만, 삶의 여러 장애물들과 긴장감 넘치는 논쟁을 통해서 시험당하고 굳건해지지 않으면 안 되는 것이다. 이와 같은 스토아학파적인 관점은 연설의 밑바닥을 끊임없이 관통하고 있는 미덕의 자연적 차원에 대한 언급과 어느 정도 모순이 되는 것이 확실하다. "자신의 내면적 숭고의 감정"(NA 20, 6)이 인간의 도덕적 자결권에 대해 지니는 의미를 지적하는데, 물론 이는 실러가 12년 후에 비극 이론을 광범위하게 작성함으로써 체계화한 사상의 모티브를 미리 알려주고 있다. 이는 곧 의지의 자유 모티브인데, 이 이념은 욕망의 세계에 대항해서 삶의 법칙이나 다름없는 육체적 욕구들을 고려하지 않고 강력하게 자신을 관철하는 것을 말한다. 이 카를스슐레의 학생이 미덕의 "내면적 숭고함"에 대한 견해를 그의 선생인 아벨의 사상에서 발견했으리라는 것은 누구나 쉽게 짐작할 수 있다. 아벨은 1777년 12월에 열린 시험 축제를 기해서 강한 정신력에 대한 공개 연설을 행한 적이 있다. 이 연설에서 그는 "극기(克己)"를 도덕적 자립의 중요한 기본 원칙으로 지적했다.[120] 그와 같은 생각이 여기에서 실러의 미덕 개념에 영향을 끼친 것이 분명해 보인다. 아벨의 연설은 문체상으로도 영향을 미쳤다. 그 연설이 고대 세계에서 찾아볼 수 있는 예를 비교해서 강한 정신력의 원칙을 조명하고 있기 때문이다. 소크라테스, 카토, 세네카는 신념을 가지고 흔들림 없이 행동하는 인간의 스토아주의적 고결함이 부각되어 있는 이른바 역할 모델이었다.

실러의 연설은 원칙적으로 수업시간에 배운 도덕철학을 지정된 대상을 가지고 검증해보는 것이었지만, 구체적 내용에서는 육체적 감정에서 생겨난 공작의 애인에 대한 열광주의가 한몫을 하고 있었다. 카를 오이겐의 "사랑스러운 정부(情婦)"는 "고마움에 겨워 우레와 같은 박수를 치라는 신호가 떨어지기만을 기다리는" 생도들의 "어머니"로 칭송되었다.(NA 20, 9) 그와 같은 흥분된 감정의 밀물과 썰물의 은유는 일종의 색정적 효과를 드러내고 있지만, 이는 어디까지나 수사학적 흥분에 불과하다. 그렇게 함으로써 사람들은 프란치스카 폰 호엔하임이 생일 축제와 학년 말 시험을 계기로 사관학교에 모습을 드러냈을 뿐 아니라, 일상생활에서도 정식으로 자리를 차지하고 있다는 것을 마음속에 그려내야만 하는 것이다. 이 교육 기관은 실러가 후에 와서 표현한 바에 따르면(NA 22, 94), 다른 때에는 '주의를 끄는' 연령에 있는 '여성들'에게는 철저하게 출입을 통제했기 때문에 공작의 젊은 애인의 방문은 사춘기에 있는 생도들에게는 커다란 관능의 자극을 의미했다. 따라서 실러의 텍스트가 백작 부인이 발산하는 성적 자극을 과도한 열광의 상투어로도 완전히 승화시킬 수 없었다는 것은 별로 놀라운 일이 아닌 것 같다.

'미덕의 결과'에 대한 실러의 두 번째 생일 연설문은 1780년 초에 작성되었다. 발타사르 하우크는 공식적인 축제 행사에 대해 주의를 환기하는 짤막한 기사를 자신이 발행하는 《슈바벤 마가친》에 게재하였다. "사관학교의 유능한 모범 생도인 실러 군은 1월 10일에 평소에 시험장으로 사용되는 홀에서 공작 전하와 궁정 대소 신료들 앞에 나와 공개적으로 '미덕의 결과'에 관한 독일어 연설을 했다."(NA 21, 121) 우리가 아벨의 필사본으로 소장하고 있는 연설문은 또다시 도덕철학의 감각적인 관용 문구들을 사용하고 있다. 미덕은 내성적 인간을 자신의 완전성을 통하여 "행복하게" 만들고, 반대로 사회적 상황을 긴장으로부터 자유롭게 만드는(NA 20, 31) 자연적인 상황이라고 표현되었다. 미덕의 외적 결과와 내적 결과는 제 나름대로 조화의 형식을 만들어내려고 하는 곳에서는 서로 같은데, 이 조화의 형식은 사회의 공공장소에서나 개인의 마음속에서 똑같이 형성될 수 있다. 보편적 질서는 개별 주체들의 도덕적 요구에 좌우된다. 다른 한편으로 이 개별 주체들은 자아 수련의 과정에서 미덕을 발휘할 수 있는 타고난 능력을 갈고 닦아야 할 의무를 지니고 있다. 말하자면 자연적인 '도덕감각'에 대한 설명이 아니라, 막상 이타적·박애주의적 행동으로서 사랑의 설명이 등장하는 것이다. 실러의 첫 번째 연설이 이성과 감정의 균형을 도덕적 의식의 중요한 조건으로 선언한 것이라면, 지금부터의 시선은 감정의 차원에 집중되는 반면, 합리적 요소들이 더 이상 중요한 역할을 하지 못하는 것이다. 미덕은 완전성에 대한 사랑을 통해 키워지고, 이 사랑은 피조물인 인간에 대한 하느님의 사랑을 모방한다는 것이다. 이처럼 사랑은 우주의 보편적 힘으로 발전하고, 그 힘의 결과는 포괄적인 조화를 추구하는 도덕성을 형성한다. "물질세계에서 작용하는 만유인력이 지구를 자전시키거나 지구를 영원히 태양 주위를 공전케 하는 것에 못지않게, 정신세계에는 보편적인 사랑의 끈이 있다는 말씀을 드립니다. 사랑은 영혼과 영혼을 묶는 끈입니다. 사랑은 무한의 창조주로 하여금 유한한 피조물을 굽어보게 하고, 유한한 피조물을 무한한 창조주로 끌어올립니다."(NA 20, 32) 이와 같은 질서에 대한 비전의 가장 유명한 은유가 "존재의 사슬(Wesenskette)"인 것이다. 이미 호메로스의 「일리아드」(VIII, v. 18 이하)에 나타나고 있는 '황금 사슬(catena aurea)' 모티브가 바로 그것이다. 이 모티브는 고대로부터 중세의 스콜라철학을 거쳐 계몽된 18세기에 이르기까지 놀라운 이념의 역사를 두루 겪었다. 호메로스에게 피조물의 황금 사슬이 어디까지나 제우스 신의 보좌와 관련이 있는 제우스 신의 권력의 표지라면, 이성의 시대에 이 표상은 목적론적으로 정렬된 우주의 구조에 대한 기호로서 탁월한 의미를 얻고 있다. 영국 계몽주의 시인 알렉산더 포프(Alexander Pope)의 위대한 교훈시 「인간에 대한 에세이(Essay on Man)」는 존재의 사슬을 우주의 내면적 결속과, 가장 밑의 단계에 있는 개미로부터 천사에 이르기까지 우주 내 존재의 완전성으로의 진화를 밝혀주는 하나의 은유로 묘사하고 있다.(I, v. 267 이하 계속) 거기에서 인간은 결코 존재의 사슬의 정상이 아니라, 가장 낮은 피조물과 하늘의 피조물 사이에 아주 불안정한 자리를 차지하고 있다. 할러의 교훈시 「악의 근원에 대하여(Über den Ursprung des Übels)」(1734)에 표현되어 있는 것처럼 그 자리는 인간을 "반은 영원으로, 반은 사멸로 향하도록" 규정하고 있다.[121] 무엇보다도 그것은 계몽주의의 인간학에서 항상 강조하는 감각적 존재와 이성적 존재로서의 인간의 이중 성향이다. 계몽주의 인간학은 인간은 순전한 본능에 예속되어 있는 것도 아니고 단순히 정신에 복종하는 것도 아니며, 욕구와 지능의 지배를 똑같이 받고 있는 위치에 있다는 것을 그에게 가르쳐준다.

실러의 연설은 '존재의 사슬' 비유에 다시 관심을 가지고, 이미 포프에게서 암시되던 뉘앙스를 더욱 다채롭게 했다. 「인간에 대한 에세이」는 사슬로 연결된 지체들의 내적 통일을 중력의 영향 때문이라고 보고 있다. 중력은 창조된 존재들을 기계적 인력의 법칙으로 연결한다. 그렇게 함으로써 포프는 뉴턴의 『자연철학의 수학적 원리(Philosophiae naturalis principia mathematica)』(1687)가 포괄적으로 규정하고 있는 만유인력을 유기적 우주 현상으로 승격하고 있는 것이다. 바로 이 유기적 우주 현상이 창조를 내적 완결성의 목적론적 질서라고 생각하도록 한다. 포프에 따르면 인간 세상의 사회라는 소우주에서는 사랑의 위력이 만유인력의 효과에 해당하고, 사랑의 위력을 통해 개인들은 서로 연결되어 있다. "우리의 세상을 돌아보면, 사랑의 사슬이 상하의 만물들을 결합해 붙잡아준다."(III, 7 이하) 포프 이전에 허치슨이 이미 유럽의 도덕철학 역사의 길잡이인 『아름다움과 미덕 이념의 기원(Inquiry into the Original of our Ideas of Beauty and Virtue)』(1725)에서 성좌(星座)들 사이에 작용하는 인력을 호감(好感)의 법칙 때문인 것으로 파악했다. 1762년에 발간된 독일어 번역은 이렇다. "모든 인간에 대한 보편적 호감을 우리는 중력의 기본 성향과 비교할 수 있다. 중력의 이 기본 성향은 아마도 세상이라는 건물 속에 있는 모든 물체에 깃들어 있을 것이며, 저절로 성장하고, 항상 성장한다. 물체들이 서로 접촉할 때 떨어진 거리는 가까워지고, 그 힘이 가장 강하게 작용하는 것과 마찬가지이다."[122] 퍼거슨도 자신의 『도덕철학 원론(*Grundsätzen der Moralphilosophie*)』에서 "중력의 법칙"을 "어울림의 법칙"과 관련지었지만, 물론 포프와 허치슨과는 달리 이와 같은 연관에서 논란 많은 사랑의 개념을 도출하지는 않고 있다.[123] 자연과 사회 속에서 똑같이 작용하는 만유인력이 그에게는 한낱 육체 내지 존재의 공존의 의미를 위한 약간 센세이셔널한 방증일 뿐이다. 중력의 법칙이 보편적 복리나 피해를 조장하는지에 대한 답은 이 원칙 자체에서는 얻을 수 없다. 개인의 실제 행동만이 사회적 공생의 질을 결정하기 때문이다.

퍼거슨의 『도덕철학 원론』이 핵심적인 시험 대상에 속하고 있는 사이에 실러는 허치슨의 저서를 1779년에 처음으로 에둘러 알게 된 것으로 추측된다. 이 책은 그해에 아벨이 작성한 '존중과 사랑의 원천(Quellen der Achtung und der Liebe)'이라는 시험 주제의 바탕이었다. 생도들은 이 주제를 공개적으로 옹호해야만 했다. 실러는 졸업을 목전에 두고 있었기 때문에 응답자에 끼지는 않았지만, 나름대로 아벨의 시험 주제들을 깊이 연구했을 것이다. 이 시험 주제들은 1780년 초에 《슈바벤 마가친》에 실려 있었고, 실러는 정기적으로 이 잡지를 눈여겨보는 습관이 있었기 때문이다. 이와 달리 포프의 「인간에 대한 에세이」는 아벨의 하급 학년 수업의 토대가 되는 교재였다. 이 에세이는 이해하기 쉬운 시행 형식과 명확한 어투로 인해 계몽된 자연철학 소개용으로 천거할 만한 것이었다. 포프와 퍼거슨의 저서들과 비슷하게 실러의 연설도 애정의 감정을 우주의 존재 사슬의 완결성을 보장하는 에너지로 보고 있었다. "사랑은 창조에서 제2의 생명의 숨결입니다. 사랑은 생각하는 모든 자연을 연결하는 위대한 끈입니다." "경계 없는 정신의 세계에서 유일하게 한 가족을" 이루는 호감의 법칙은 만유인력의 원칙에서 유사성을 발견한다. 이 만유인력의 원리는 기계적 자연의 질서를 입증해주고 있다.(NA 20, 32) 이와 같은 배경 앞에서 인간의 미덕은 포괄적 요구를 지닌 철학적 구상의 요소로 나타난다. 이 미덕은 실제적 적용을 통하여 도덕적 행위의 장(場)에서 인력의 원칙을 효과적으로 행사해서 사회와 자연, 개인과 집단, 정신과 육체의 세계를 결합한다. 『앤솔러지』에 실려 있는 서정시와, 같은 시기에 저작된 「율리우스의 신지학(Theosophie des Julius)」에서 실러는 이 사상의 모티브를 새롭게 다루었다. 「우정(Die Freundschaft)」이라는 시에는 "풍요로운 정신과 육체의 혼란 속에서 하나의 바퀴는 약동해서 목표를 향해 굴러간다"(NA I, 110, v. 4 이하)고 표현되어 있다.

실러는 아벨의 사상을 한 해 전보다 더욱 뚜렷하게 여러 점에 적용하고 있다. 특별히 미덕이 인간의 심리적 역량에 미친 영향을 다루고 있는 연설의 두 번째 단락에서 이 점이 두드러지게 나타난다. 여기에서 한 개인이 준수해야 할 도덕적 정률은 그것이 심적 안정의 원천이나 다름없는 내면적 평온을 마련해줌으로써 필연적으로 삶의 외적 어려움에 맞서 싸울 수 있도록 무장시켜준다고 한 것은 또다시 스토아학파의 모티브를 연상케 한다. 이와 같은 지적은 물을 것도 없이 실러가 나중에 그의 고전주의 비극론의 틀 안에서 명백히 조명하게 될 극기(克己)의 이상을 언급하고 있는 것이다. 즉 인간에게 어디까지나 자신의 정열을 절제하도록 가르치는 것이다. 왜냐하면 진정한 진리는 오로지 도덕에 바탕을 두고 욕망의 세계에 저항하는 것에만 있기 때문이다. 그 배경에는 특히 마르쿠스 아우렐리우스와 세네카가 강조하고 있는 스토아학파의 계명인 '마음의 안정(tranquillitas animi)'이 있다. 실러는 아벨이 1777년에 처음으로 찬양 연설의 테두리 안에서 강의한 강한 정신력에 관한 이론을 통해서 이들의 흔적을 접하게 되었다. 1778년 그의 시험 주제에 실려 있는 것도 비슷한 사상이다. 그의 시험 주제는 "최상의 선에 대한 철학적 명제들(Philosophische Sätze über das höchste Gut)"이라는 제목하에 인간 의지의 심리학과 욕망의 해부학에 대한 순례를 꾀한 것이었다. 아벨은 여기서 정신적 자제가 필요한, 욕망으로서의 육체적 감성과 도덕적 감성을 구분하고 있다. 도덕적 감성의 발동은 멘델스존의 견해와 마찬가지로 완전성을 추구하고 싶은 마음을 통하여 즐거움을 안겨준다.[124] 시험 주제에 등장하는 스토아학파의 의지의 철학과 감각주의의 도덕론 사이의 방법적 이원론은 실러의 연설에도 명백하게 부각되어 있다. 공작의 정부(情婦)와 관련된 마지막 장식 구절의 긴장감 넘치는 상투어들은 두 요소가 동등한 가치를 지니고 있다는 것을 역설하고 있다. "지상에서의 보상은 시간이 가면 없어지고, 사멸되는 왕관들은 바람처럼 날아가 버리고, 가장 숭고한 기쁨의 노랫소리들도 관 위에서 잦아들지만, 프란치스카, 이 영혼의 평안, 이 천국의 기쁨이 이제 그대의 얼굴 위로 흘러 나와서, 소리 높여 나에게 끝없는 미덕의 내면적 보상을 알려주고 있습니다."(NA 20, 36) 실러가 아벨에게서 이 두 요소들이 퍼거슨의 시각에서 설명되고 있음을 발견했듯이, 도덕적 감정의 행복이 스토아적 고결함과 나란히 등장하고 있는 것이다. 이 학창 시절 연설은 실러가 수사학적 도구를 확실하게 정복했다는 방증일 뿐 아니라, 철학적 지식의 시위로도 해석될 수 있다. 그러나 그의 철학적 지식에 내재하는 내면적 긴장들은 아직은 균형을 거의 찾지 못하고 있는 것이 사실이다.

사관학교의 마지막 두 해 동안에는 연극 공연이 실러의 역할을 시험할 수 있는 시험장 구실을 한다. 강한 명예욕에도 불구하고 실러가 여기서 거둔 성공은 대단한 것이 못 되었다. 그가 수사학자로서는 정열을 통해서 감명을 준 반면에, 연기자로서는 지나친 기대를 걸었던 것 같고, 이상한 매너리즘을 통해 관객들을 혼란스럽게 한 것 같다. 공작의 사관학교는 생도들의 무대 공연을 지원할 때에 근대 초의 예수회 학교와 김나지움을 본보기로 삼았다. 인문학적인 아마추어 극장의 전통은 중세 후기까지 거슬러 올라가는데, 이 극장의 근본적 과제는 가급적 이해하기 쉽고 재미있게 고대의 신화, 고전 작가, 역사와 종교에 대한 지식을 전달하는 데 있었다. 그와 병행해서 예수회 회원들에게는 반동 종교개혁의 신앙에 대한 선전이 연극 사업의 본질적인 목표였다. 이 신앙의 선전은 성자의 생애와 이단자의 이력의 공연을 통해서 실현되었다. 그러나 지배적인 교육 목적은 어디까지나 늘 언어자신감(Sprachsicherheit)의 개선에 있었다. 언어자신감의 개선책에는 키케로와 쿠빈틸리아누스의 전범(典範)에 따라서 기억력(memoria) 내지 연기력(actio, pronuntiatio)을 연습하는 것도 들어 있었다.

공작의 사관학교는 이 전범에 따라서 생도들의 연극 공연을 지원했다. 왜냐하면 연극 공연은 수사학 수업의 일환이었기 때문이다. 대부분 알레고리의 성격을 지닌 공동으로 집필한 작품들이 공연되었다. 공연 작품에는 뮤지컬의 막간극도 끼어 있었다. 자유로운 상상력에 의해 대본들이 고안되지 않는 한, 그 소재들은 주로 고대의 신화와 역사에서 취해진 것들이었다. 간혹 목가나 전원극이 집필되기도 했다. 이들의 줄거리는 분명하게 조명된 역사적 배경이 없는 상상적인 이상향에서 펼쳐졌다. 가장 애호된 모델에는 세상 악습의 유혹에 대항한 투쟁에서 보여준 도덕적 연출들, 미덕의 의인화 등이 속했다. 그와 같은 바탕 위에서 축제극들이 완성되었는데, 사람들은 이 축제극을 공작이나 프란치스카의 생일에 미술학교 학생들이 장식한 무대에서 공연하였다.[125] 생도들의 글쓰기 능력을 북돋우는 것이 목적이었기 때문에 통상 다른 저자들의 희곡은 고려의 대상이 되지 않았다. 그렇기 때문에 카를 오이겐을 기리기 위하여 실러의 주선으로 1780년 2월 11일에 괴테의 「클라비고」가 공연될 수 있었던 것은 극히 이례적인 일이었다. 이 희곡 작품은 불과 몇 년 전에 슈투트가르트에서 직업 극단이 공연한 적이 있었다. 사관학교의 엄격한 기준에 따라 이 작품의 주제인 사랑은 자라나는 생도들 앞에 연출할 만한 것이 아니었다. 더욱 이례적이었던 것은 공작이 자신의 생일을 기해 이 작품의 공연을 허락했다는 것이다. 실러는 특유의 에너지를 가지고 주인공 역을 확보했다. 비록 그의 연기 재능에는 한계가 있었는데도 말이다. 동급생인 페터센의 보고는 다양하고 복잡한 특징을 서슴지 않고 지적하고 있는데, 이는 무대에서 낭패스러운 일들이 발생했음을 암시하고 있다. "감동적이고 축제 분위기가 나게 해야 할 것을 날카로운 소리를 외치거나, 감정을 지나치게 부풀리거나, 발을 굴러서 망쳐놓았다. 그는 마음속 깊은 감정과 정열을 외침과 헐떡임과 발 구름을 통해 표현했다. 요컨대 그의 연기는 전반적으로 가장 불완전한 우악스러움이었다. 때로는 움츠리게 했고, 때로는 웃음을 자아내게 했다."[126] 그의 언어가 "날카로운 소리를 내거나, 불편했다"는 것은 샤르펜슈타인도 강조하고 있다. "그는 언어를 자신의 표정의 격정과 똑같이 완벽하게 구사하지 못했다. 실러가 쓸 만한 배우가 되지 못한 것은 바로 이 점 때문이었을 것이다."[127] 수많은 학우들의 평가도 결론이 비슷했다. 미술학교 학생인 빅토르 페터 하이델로프(Victor Peter Heideloff)는 추측건대 1780년 초에 있었던 「도적 떼」 원고 낭독에서 실러가 "그의 격정을 분출시킴"으로써 청중들을 "당황하게" 만들었다고 보고하고 있다.[128] 친구들은 후에 와서야 그의 낭독 스타일이 정열적이고 과장된 경향이 있는 것을 알아차렸다. 이런 경향은 모든 수단을 다 동원해 표현하려는 의지를 보여주는 것이지만, 문자화된 언어 밖에서 이와 같은 표현 의지를 실현할 수 있는 합당한 방법을 찾을 수 없음은 물론이다.

교육의 지평
카를스슐레의 철학 수업

생도 실러의 프란치스카 생일 축하 연설들은 확정된 수사학적 방안의 틀 안에서이긴 하지만, 철학적 야망을 반영하고 있다. 이 같은 야망은 사관학교의 강의를 통해서 키워진 것이다. 실러가 입학한 1773년만 하더라도 이와 관련된 사관학교의 전공과목 수업에서는 고전문헌학이 우세한 편이었다. 공명심이 강했던 얀은 고전어 수업과 병행해서 이론적인 '세상 지혜' 분야도 수업에서 다루었다. 이 교육은 매주 여덟 시간 수업으로 이루어졌는데, 이 수업 시간에는 크리스티안 볼프의 라틴어로 된 개요를 바탕으로 해서 논리학, 존재론, 형이상학의 대상들에 대한 정의(定義)를 다루었다. 그리스·로마 고전의 대사상가들과의 씨름은 아리스토텔레스, 플라톤, 키케로, 세네카 또는 마르쿠스 아우렐리우스를 읽는 언어 수업에만 국한되어 있었기 때문에, 얀의 철학 교과과정은 사유 방법과 보편적 지적 능력을 연습하는 데 집중되었다. 이는 독자적으로 오성의 문화를 발전시킬 수 있는 도구를 학생들에게 전수해주어야겠다는 얀의 의지의 발로였다. 학생들에게는 모름지기 자신의 평가를 입증할 수 있는 도구가 필요했던 것이다.[129] 철학 전공과목 수업은 이와 같은 관점하에서 다른 학문에 대한 예비교육 구실도 했고, 학술 논문 형식의 기초를 이해할 수 있게 해주었다.

1774년 12월에는 사관학교의 교수 직을 떠난 얀 대신에 이제 겨우 23세이던 강사 야코프 프리드리히 아벨이 주로 철학 수업의 내용을 다시 짜는 역할을 맡았다. 아벨은 이미 1772년 11월에 카를스슐레에 네 번째로 초빙된 교수였다. 그는 불과 얼마 전에 튀빙겐에서 석사 학위를 취득했다. 공작은 사관학교에 젊은 강사를 채용한다는 원칙을 일관되게 지켰다. 왜냐하면 그는 자신의 학교를 새로운 사상가의 도움을 받아 발전시키고, 그렇게 함으로써 유명하기는 하지만 보수적으로 구태의연한 튀빙겐의 영방 대학과 차별화하기를 원했기 때문이다. 1752년생인 역사가 요한 고틀리프 쇼트(Johann Gottfried Schott), 거의 비슷한 연령의 고대 그리스 어문학자 나스트, 그리고 두 살 아래인 문헌학자 프리드리히 페르디난트 드뤼크 같은 교수들은 정신적 활기를 잃은 동료 교수들과는 달리 생기발랄한 젊은 이다운 열정을 가지고 가르침으로써, 그들 과목에 수강생들을 끌어올 수 있었다. 재능이 뛰어난 아벨은 제일 먼저 덴켄도르프에 있는 수도원학교를 다녔고, 1766년부터는 마울브론에 있는 학위 준비생을 위한 세미나를 다녔다. 1768년 그는 튀빙겐신학교로 전학해서 거기서 석사 학위 시험을 치르고, 신학 연구를 위해 부설된 대학으로 학적을 옮겼다. 이 대학에서는 철학 과목이 중요한 몫을 차지했는데, 1716년생인 고트프리트 플루크베트(Gottfried Ploucquet)와 그보다 23년 연하인 아우구스트 프리드리히 뵈크(August Friedrich Böck)가 이 과목을 맡고 있었다. 시험관이던 빌핑거로부터 전문성을 인정받은 이 두 사람은 크리스티안 볼프가 발전시킨 학교철학을 일관되게 계승했다. 1703년부터 라이프치히, 할레, 마르부르크대학의 수업에서 학술적으로 검토된 볼프의 학문 체계는 독일 초기 계몽주의를 독자적으로 체계 있게 이해하기 위해서는 없어서 안 될 바탕으로 통했다. 이 학문 체계의 핵심적 요소들은 데카르트의 합리주의와, 창조의 완전성에 대한 신뢰를 바탕으로 신정론(Theodizee)*의 메시지를 담은 라이프니

••

* 세상에 존재하는 제반 악과 관련하여 신의 정당성을 주장하는 이론.

츠의 낙관적 형이상학이었다. 배경에는 데카르트가 『방법서설(*Discours de la méthode*)』(1641)을 통해 새로운 논리적 토대를 제공한 근대의 수학적·자연과학적 사고가 전통적 그리스도교의 계시 이론과는 아직 훼손되지 않은 형이상학적 세계 구조의 지붕 아래에서 서로 연관이 있으리라는 추측이 깔려 있었다. 볼프는 가히 백과사전적이라 할 만큼 수없이 많은 학문 영역에서 50년 넘게 계속해서 출판 활동을 했다. 정치, 윤리학, 법철학, 도덕철학, 심리학, 형이상학, 논리학, 수학, 자연과학 등이 그 학문영역에 속했다. 그는 1712년에 빛을 본 『독일 논리학(*Deutsche Logik*)』에서 자신의 연역적 사고방식의 기틀을 마련하여 그 본보기를 선보였다. 그의 사고방식의 원리는 자연적, 정신적, 사회적 삶이 연관된 전체적 현상들이 정연한 논리의 과정 속에서 모순 없이 파악되고 이성의 법칙에 따라 서로 의미 있는 연관을 가질 수 있다고 보는 데 있었다. 경험에 의존하지 않는, 이와 같은 '도전적인 이성의 추론' 방법은 볼프의 전체 이론 체계의 바탕을 이루고 있었다. 그리고 오성의 지원을 받은 그 체계의 질서 속에는 신에 의해 더할 수 없이 잘 편성된 세상의 완전성이 좀 더 이상적으로 반영되어 있다는 것이다.

볼프의 수업 체계는 좀 더 근대적인 개혁에 문을 열어놓고 있는 괴팅겐을 제외하고는 대부분의 독일 대학에서 세기의 중반을 넘어서까지 권위를 지니고 있었다. 이 점에는 비교적 논란의 여지가 없다. 그리하여 튀빙겐의 플루크베트와 뵈크에게도 합리주의는 달리 선택의 여지가 없는 체계적인 학문 체제로 통했다. 물론 젊은 대학생인 아벨에게는 이 학문 체제가 본격적 연구의 바탕이 되는 예비지식일 뿐 그 이상은 아니어서 그는 곧 거기서 탈피하려고 했다. 그는 일찌감치 개념 정의와 증명 형식의 암기에 국한된 통상적인 학업을 넘어서서 현실적인 도덕철학, 경험주의, 경험적 심리학의 경향에 관심을 가지기 시작했다. 덴켄도르프 수도원학교에서 이미 심리학의 문제와 마주친 이래 그는 계속해서 이 문제에 심취해 있었다. 여기서 중개자 역할을 한 사람은 철학 교수로서 경험심리학에 대한 강의도 하고 있던 발타사르 슈프렝거(Balthasar Sprenger)였다.[130] 아벨은 27년이나 연상인 아버지의 친구를 통해 샤를 보네(Charles Bonnet)의 저서들(특히 라바터가 번역한 『철학적 재생(*Philosophische Palingenesie*)』(1769/70))과 요한 게오르게 줄처의 심리학 논문들을 알게 되었다. 그에게는 줄처가 1750년대 초부터 에세이 시리즈로 발표한 '정신의 실험물리학(Experimentalphysik der Seele)' 프로젝트가 무엇보다도 중요했다. 이 프로젝트는 볼프의 심리학이 요구하는 증명의 강제성에서 풀려나서 인간 의식 생산의 비정기적 과정에 깊은 관심을 보이는 새로운 경험과학의 방법적 가능성을 본보기로 보여주었다.

이 야심 찬 튀빙겐대학 신학생의 연구 프로그램에는 라이프니츠의 작품도 속해 있었다는 것을 아벨 자신이 그의 광범위한 미발표 자서전에서 강조하고 있다.[131] 거기에다 멘델스존의 논문(특히 「파이돈」)과 토마스 아프트(Thomas Abbt)[「업적에 관하여(*Vom Verdienste*)』(1765)] 읽기가 추가된다. 이는 그가 합리주의의 영향권을 벗어났지만, 형이상학적인 약속들에 묶여 있는 도덕철학에 몰두할 수 있는 길을 미리 가르쳐주었다(이 두 작가들은 실러도 관심을 가지고 다루게 된다). 아벨은 개인적인 독서 행위를 통해 신학대학의 철학 과목에서 다루지 않던 미학 문제를 추구했다. 그는 요한 아돌프 슐레겔(Johann Adolf Schlegel)이 1751년에 독일어로 번역한 샤를 바퇴(Charles Batteux)의 『미학 원리(*Les Beaux Arts, réduits à un même principe*)』(1746)와 에드먼드 버크(Edmund Burke)의 『숭고와 아름다움의 이념의 기원에 대한 철학적 탐구(*Philosophical Enquiry into the Origin of our Ideas of* the Sublime and Beautiful)』(1757), 헨리 홈(Henry Home)의 『비평의 요소들 (Elements of Criticism)』(1762, 독일어 번역본 1763~1766), 프리드리히 유스트 리델(Friedrich Just Riedel)의 『예술과 학문의 이론(Theorie der schönen Künste und Wissenschaften)』(1767), 그 밖에 1771년부터 1774년 사이에 네 권으로 출간된 줄처의 『문학 개론(Allgemeine Theorie der schönen Künste)』에 실린 짧은 논문들을 읽었다. 아벨이 자신의 자서전에 열거한 이 목록들을 훑어보면서 새삼 깨닫게 되는 것은 이들이 대부분 후에 실러가 미학의 문제에서 부닥친 텍스트들이라는 점이다.[132] 이와 같은 지식은 아벨의 수업을 통해서 전수되었음을 알 수 있다. 이 수업은 통상적인 대학의 철학 분야 강의들과는 달리 근대 예술 이론의 제 문제들과 집중적으로 논쟁을 펼치고 있다. 실러가 담당 교수가 추천한 필독 도서를 얼마나 열심히 배워 익혔는지는 1782년 12월 9일의 편지가 밝혀주고 있다. 그 편지에서 그는 마이닝겐의 도서관 사서 라인발트에게 〔라믈러(Ramler)가 번역한〕 바퇴의 미학 논문들, 홈과 줄처의 논문들을 보내줄 것을 부탁하고 있는 것이다.(NA 23, 56)

1772년 11월에 아벨은 동갑내기 쇼트와 1년 연상인 고전문학자 크리스티안 프리드리히 킬만(Christian Friedrich Kielmann)과 공동으로 솔리튀드에서 가르치는 업무를 개시했다. 그는 학창 시절을 수도원의 단조로운 생활 환경에서 보낸 후에, 교수용으로 지정된 파비용의 새로 수리된 방에 입주했다. 이는 지금까지 그가 알지 못하던 새로운 세계로 뛰어든 것을 의미했다. 독신자에게는 상당한 액수에 해당하는 연 450굴덴의 초봉이 지급되었고, 게다가 주거와 식사비는 공작이 부담하기까지 했다. 그러나 그 금액으로 한 가족을 부양하기는 힘들어서, 결과적으로 사관학교는 결혼 계획이 있는 비교적 나이 든 강사들은 붙잡아둘 수가 없었다.[133] 아벨은 처음에 하급반의 기초 과목에서 의무적으로 해야 할 수업과 병행해서 과목 구성을 위한 건의문 작성에 착수했다. 1773년 12월 13일에 그는 '취향, 심성, 이성의 함양을 위한 건강한 오성의 철학(Philosophie des gesunden Verstandes zur Bildung des Geschmacks, des Herzens und der Vernunft)'을 개괄한 '총체적 학문 구상(Entwurf zu einer Generalwissenschaft)'을 카를 오이겐에게 제시했다.[134] 이 프로그램의 특징은 합리주의의 큰 체계와는 거리를 두고 있다는 점일 것이다. 귀납적 방법, 즉 "정선된 이야기들"을 "역사"의 대상에서 본보기로 삼는 방법에 중점을 두고 있는 것이 눈에 띄었다.[135] 아벨의 의견에 따르면 철학 과목은 경험의 자료로부터 출발해서 구체적인 대상의 도움으로 학문적 인식을 전수할 때, 비로소 그 과목에게 총체적 학문의 지위를 보장해줄 예비교육의 기능을 얻게 된다. 그 학문적 인식들은 동시에 논리학, 형이상학, 자연과학의 영역에서 핵심적인 내용의 학식을 습득할 수 있게 한다. 이와 같은 방법 절차는 17세기 말에 독일에서 크리스티안 토마지우스(Christian Thomasius)가 시작한 경험적 전통을 따르는 것이다. 볼프주의가 선호한 연역적 증명의 기술이 아니라, 생동감 있는 경험학문에 방향을 맞추고, 관찰 행위의 지원을 받은 귀납법이 철학 수업의 핵심이 되는 학문 방법론으로 선언된 것이다. 이로써 아벨은 그의 튀빙겐대학의 은사였던 플루크베트에게도 등을 돌렸다. 플루크베트의 합리주의적 논리는 그 자신의 수업에서 점차 경험주의적 요소에 밀려났다.

아벨은 가르치는 업무에 짧은 기간 종사한 후에 1773/74학년도 초에 기초교육 영역에서 다른 업무가 없이 전공 책임 시간만 전담하는 철학 교수로 승진했다. 그러나 공작은 1774년 12월에 튀빙겐에서 아벨 자신을 가르친 적이 있는 아우구스트 프리드리히 뵈크를 얀의 공식적인 후임자로서 임명하였다. 뵈크의 중요한 업적은 주제 발표자와 반대 토론자를 확정한 토론 모델을 도입한 것이었다. 토론자들은 교사들이 제시한 주제들을 각각 배정된 역할에 따라 공개적으로 변호하거나 비판해야 했다. 아벨의 구상에 따라 이루어진 철학 과목의 확대는 이제 매주 열다섯 시간으로 그 수업량이 증가하기에 이르렀다. 뵈크는 여전히 논란이 되고 있는 자신의 과목이 우선 볼프주의의 논리적·연역적 방법론으로 엄격하게 방향을 맞추어야 올바른 위상을 찾을 수 있다고 보았다. 반면에 심리학과 미학 문제들은 별로 그의 마음을 움직이지 못했다. 1775/76학년도에 실러는 뵈크의 수업을 들었으나 별다른 감동 없이 그의 가르침을 따른 것 같다. 얀에 의해서 단지 부차적으로 취급되던 방법론 전수에서는 플루크베트가 저술한 논리학 교과서가 바탕이 되었는데, 이 교과서는 생도들로 하여금 합리주의적 체계의 조임 틀 밑으로 들어가도록 강요했다. 학생들이 여기서 얻은 경험은 괴테의 『파우스트』에서 메피스토가 지적한 "논리학 강의"의 영향과 일치할 것이다. "그러면 자네의 정신은 잘 길들여지지 / 바짝 조여 맨 스페인 장화를 신은 듯 / 정신은 그때부터 더욱 신중하고 조심스럽게 / 사유의 길을 걸을 걸세 / 도깨비불처럼 제멋대로 / 이리저리 헤매지 않고."(v. 1912 이하 계속)

1776년 봄에 뵈크는 이전의 튀빙겐대학 교수 직으로 복귀했다. 두 사람이 방법적인 원칙에서 입장이 다른데도 그는 아벨과는 사이좋게 지낸 것 같다. 그들이 공동으로 교육 방법상의 복안을 마련하기 위하여 노력한 것이 그 증거이다. 또한 가능한 한 포괄적인 과목 설강에 관심을 가지고 작업 분담을 통해 경쟁하지 않은 점도 그렇다. 이후 12개월 동안 아벨은 전 학년의 수업을 혼자서 감당했다. 이제 논리학과 형이상학은 실용적인 도덕철학과 이념의 역사에 자리를 물려주고 뒷전으로 물러났다. 그 과목이 지닌 큰 비중을 바탕으로 학내에서 아벨의 영향력은 막강했다. 학생들의 진급, 전체의 석차 결정, 졸업 시험 후의 성적 평가는 그의 의견에 크게 좌우되었다. 그렇지만 아벨의 지위에 대해서 전혀 논란이 없었던 것은 아니다. 1775년부터 학년도 시험에 배석자와 시험관으로 참석한 플루크베트는 1777년 12월 공작에게 보내는 문건에서 생도들의 형이상학 지식 부족을 비판했고, 이를 현행 교과과정의 구조에 대한 비난과 연관지었다. 카를 오이겐도 아벨의 비교조적인 경험주의가 못마땅했기 때문에 1778학년도 시작과 함께 플루크베트를 튀빙겐대학으로부터 사관학교로 초빙했다. 그러나 플루크베트의 수업 방법이 학생들의 강력한 저항에 봉착했기 때문에 새로운 강사와 함께한 실험은 물론 실패로 돌아갔다. 그는 자신이 쓴 교과서 『철학 이론 입문(Institutiones philosophiae theoreticae)』을 가지고 강의를 했다. 그 스타일이 강의에 대한 생도들의 흥미를 일깨우는 데 별로 기여하지 못한 것 같다. 좀 더 젊은 강사들과 비교할 때 60세 된 플루크베트는 정신적으로 완전히 탈진했고, 현학적이며 영감이 없다는 인상을 주었다. 아벨의 영향력을 약화하려는 공작의 시도는 특히 그에게 호의를 가진 교사진의 분노를 샀다. 게다가 이론적인 문제에 관심이 있는 요한 프리드리히 콘스브루흐(Johann Friedrich Consbruch)를 필두로 한 의과 교수들이 아벨을 경험론적인 심리학과 근대 인간학 문제에 관심을 두고 함께 활발하게 토론할 수 있는 유용한 대화 상대로 여기고 있던 터였다.[136] 그와는 달리 정중하지가 못하고 자아도취에 빠진 플루크베트는 젊은 교수들 사이에서는 별다른 호응을 얻지 못했다. 그가 교조적으로 옹호하던 볼프주의는 이미 오래전에 한물간 것이었다. 그는 여러 번 공작의 심기까지도 어지럽힌 끝에 공작의 노여움을 사고 말았다. 플루크베트는 쌍방의 합의하에 1778년 말에 튀빙겐대학의 자신의 강좌를 다시 맡아 자리를 옮겼다.

1779년 1월부터 플루크베트의 제자인 요한 크리스토프 슈바프가 논리학과 형이상학 과목을 가르치게 되었다. 1743년생인 슈바프는 1796년 베를린 학술원이 칸트의 선험철학에 대항할 만한 형이상학 분야 발전에 대한 그의 논문에 상을 수여한 후로 뒤늦게 유명해졌다. 새로 초빙된 이 동료 교수가 별다른 야심이 없었기 때문에 아벨은 아무런 방해 없이 계속해서 자신의 전공에 관심을 쏟을 수 있었다. 그의 회고록은 이와 같은 업무 분담이 순기능을 발휘했음을 밝히고 있다. 이 회고록에서 그는 아주 담담하게 이렇게 말하고 있다. "실러는 칸트와 라인홀트의 반대자로 이름이 나 있고, 수상작을 많이 쓴 슈바프에게 논리학, 형이상학, 철학사를, 내게는 심리학, 미학, 인류 역사, 도덕 수업을 들었다."(NA 42, 10) 1776년 부활절부터 의과대학생들을 위해서 철학 강독이 실시되었다. 실러는 1777학년도 말까지 아벨의 수업 시간에 참석했다. 1778년에는 실러의 시간표에 이 과목이 들어 있지 않았다. 이 학업 단계에서는 의학 분야의 세부 과목들이 특별한 관심을 요구했던 만큼 다른 과목에 눈을 돌릴 여유가 없었기 때문이다(따라서 그는 플루크베트를 교수로서 개인적으로 접할 수가 없었다). 그는 1779년 슈바프의 수업에 참여했고, 1780년에는 다시 한번 아벨의 심리학 강의에 청강생으로 참석했다. 그가 이 강의를 청강한 것은 같은 때에 완성해야 할 학위논문을 쓰는 데 필요한 자극을 기대했기 때문이었다.

커리큘럼상 철학 과목에 할당된 매주 열다섯 시간은 당시 대학 교육제도의 기준에 비추어보아도 훌륭한 직업교육의 바탕을 마련해주었다. 실러는 칸트 연구의 시기인 1790년대 초까지도 본인이 감사한 마음을 지니고 고백하고 있는 것처럼, 아벨이 그에게 마련해준 정신적 자산으로 버티었다. 철학적 지식을 함양하는 데 본인 자신의 독서보다 강의 소재에 대한 기억이 더 큰 구실을 했다는 것을 그는 1788년 4월에 쾨르너에게 보낸 편지에서 강조하고 있다.(NA 25, 40) 1776년과 1777년 2년 동안 이수한 과목 내용을 조금만 더 자세히 관찰해보면 결론적으로 방법적인 중점을 감각주의적 도덕철학, 경험주의, 유물론, 심리학, 이 네 가지로 정리할 수 있다. 거기에 부가되는 것이 미학과 종교철학에서 선택된 문제의 해설이다. 특이한 점은 근대의 저자들이 전면에 등장하고 있는 반면, 고대 사상과의 토론은 어문학 과목들에만 한정되어 있다는 것이다. 물론 이 어문학 과목들이 이론적인 문제에 열린 자세를 취하는 한에만 그러했다. 아벨은 키케로의 철학에만은 큰 의미를 부여해서 키케로 철학의 의무론『올바른 행위에 관해서(De officiis)』에 대해서 한 번 강의를 한 적이 있다. 키케로의 실천윤리가 아벨 자신의 도덕 구상에 얼마나 큰 영향력을 행사했는지는 무엇보다도 1778년 12월 학년 말 연설에서 요약한 정신력 이론이 보여준다. 열정을 억누르고, 자기 규율이 엄격한 현인의 이상은 정확히 인간에게 어디까지나 자신의 욕구를 억제할 것을 권고하고 있는 키케로의 후마니타스 사상과 어울린다.

아벨의 수업에서는 영국의 도덕철학 분야가 높은 비중을 차지했다. 실러가 퍼거슨의 1769년 출간 저서『도덕철학 원론』을 가르베가 내놓은 독일어 번역본으로 읽은 것은 틀림없는 사실이다. 도덕적 행위의 기초 이론으로서 인간의 만족을 논하는 이 책의 행복론이 그에게 얼마나 깊은 의미가 있는지는 프란치스카 폰 호엔하임을 위한 두 번째 생일 연설과 병행해서 1780년에 나온 의학 학위논문들 중 마지막 논문에서도 밝혀지고 있다. 이 마지막 의학 논문은 육체와 정신세계의 협력의 예로서 퍼거슨의 어울림(Geselligkeit)에 대한 견해를 참조하고 있다. 실러가 퍼거슨의 이론에 강한 '매력'을 느꼈다는 것은 아벨의 회고록이 증언해주고 있다.[137] 이와 연관해서『도덕철학 원론』의 독일어 번역본에 대한 가르베의 광범위한 해설도 비교적 큰 관심을 끌었다. 가르베의 해설은 단순한 해설에만 국한된 것이 아니라, 인류학, 도덕론, 발전사에 대한 독자적 논문의 성격을 띠고 있었다. 라이프치히대학에서 짧은 기간 교수로 활동한 것을 제외하고는 1772년부터 초야에 묻힌 학자로서 브레슬라우에 살았던 가르베는 펠릭스 크리스티안 바이스(Felix Christian Weiß)의 『문학과 미학 신 총서(*Die Neue Bibliothek der schönen Wissenschaften und der freyen Künste*)』에 발표한 실천철학, 심리학, 문학사에 대한 논문들을 통해 교양 있는 독자들 사이에서는 빠른 속도로 유명해졌다. 그는 후에 퍼거슨의 『도덕철학 원론』 말고도 키케로의 『올바른 행위에 관해서』, 에드먼드 버크의 『철학 입문』(1757), 애덤 스미스(Adam Smith)의 『국부론(*Enquiry into the Nature and Causes of the Wealth of Nations*)』(1776)과 같은 수많은 작품을 독일어로 번역했다. 실러의 세 번째 학위논문은 또다시 퍼거슨의 도덕론에 대한 가르베의 발전철학적 고찰들을 담은 해설을 명시적으로 다루고 있다. 이 고찰들은 근본적으로 하나의 모델을 설명하고 있는데, 15년 후에 쓴 『인간의 미적 교육에 대한 편지(*Über die ästhetische Erziehung des Menschen*)』도 이 모델에서 출발했다(그러나 부분적으로는 이 모델을 약간 변경했다). 여기서 인간 문명은 그 논리가 어린이의 단계로부터 성인의 단계로의 개인의 성장 단계 속에 반영된 순화(純化) 역사의 산물로 이해되고 있다. 도덕적 문화는 인간의 욕망이 농사, 상업, 교통, 과학, 기술의 완성을 통하여 이루어지는 이른바 발전적 순화의 결과로 형성된다. 가르베가 언급하고 있는 것처럼 개인은 종족 유지를 위하여 점점 더 좋은 수단을 소유하기 때문에 자신의 정신적 관심과 도덕적 완성을 궁리해내는 것이다.[138] 실러는 후년에 와서도 가르베의 섬세한 판단 능력과 문화사 문제에 대한 감각을 높이 평가했다. 1794년 여름 방금 창간된 잡지 《호렌》에 실릴 적절한 기고문을 물색했을 때, 이 브레슬라우의 학자는 재빨리 선택받은 몇 안 되는 저자에 낄 수 있었다.

프랜시스 허치슨의 『도덕철학의 체계』(1755)도 수업에 등장했지만 퍼거슨의 『도덕철학 원론』만큼 큰 비중을 차지하지는 못했다. 실러가 허치슨의 『아름다움과 미덕 이념의 기원』(1725)을 정독했는지를 밝혀내기란 불가능하다. 이 책은 개별적으로 두 번째 카를스슐레 연설에 담긴 사랑의 철학에 영향을 끼쳤다. 추측건대 그는 자신의 축제 연설을 위해서 다만 피상적으로 중요한 구절들에만 주의해 읽은 것 같다. 그리고 이 구절들에 주의하도록 동기를 부여한 것은 1779년 아벨의 시험 주제였을 것이다. 시험 주제를 통한 그와 같은 동기부여는 교사가 시험문제를 항상 특별한 출전(出典)과 관련지어 출제하기 때문에 근본적인 참고 사항이 될 수 있었다. 시험을 철저히 준비하려면 원전 텍스트를 앞에 놓고 해당 부분을 정확하게 찾아보는 것이 필요했다. 생도들은 이와 같은 방법으로 수업에서 핵심적 역할을 하지 못한 작품들까지도 이해하게 되었다. 실러는 섀프츠베리의 『도덕주의자들』(1705)도 개략적으로 다루었다. 그는 1788년에 와서 헤르더의 권고로 이 책을 다시 한번 심도 있게 연구하게 된다. 아벨이 수업 시간에 감성적 도덕철학의 원조가 되는 이 책을 다루었으리라는 것은 충분히 추측할 수 있다. 이 책은 짜임새가 느슨한 대화 구조로 되어 있기 때문에 이론적인 훈련을 받지 못한 독자들도 쉽게 접근할 수 있다. 1782년에 발간된 실러의 『앤솔러지』에도 몇 가지 점에서는 섀프츠베리의 영향을 받은 흔적이 나타나고 있다(특히 「페스트(Pest)」라는 시에서 시도하고 있는 것처럼 신정론의 문제를 다루고 있는 실험적 형식이 여기에 해당한다). 그러나 실러가 계몽주의 신학자 요한 요아힘 슈팔딩(Johann Joachim Spalding)이 1747년에 독일어로 번역한 『도덕주의자들』을 처음으로 정독한 것은 1788년 여름이었다는 것이 밝혀졌다. 그때 실러는 자신의 드라마 「속죄한 인간 혐오자(Der versöhnte Menschenfeind)」를 집필하면서 회의주의의 심리학적 배경들을 밝히는 데 몰두하고 있었다.

아벨이 과목 설강을 하는 데서 영국의 경험주의가 어떠한 의미를 얻을 것인지는 총체적 학문 구상에 대한 체계적 신조를 통해서 이미 예측할 수 있다. 그에게 경험의 데이터들은 철학적 성찰의 근원지가 된다. 철학적 성찰의 길은 정신을 가다듬고 편견이 없는 관찰자의 구체적인 관찰에서 출발해서 귀납적으로 진행되어야만 한다. 인식론의 경험적 토대를 세우는 척도가 될 수 있는 모형은 존 로크(John Locke)가 데카르트적인 개념 및 판단의 합리주의에 이의를 제기하는 『인간 오성에 관한 에세이(*Essay Concerning Human Understanding*)』(1690년, 독일어 번역본은 1757년)를 통해 제공하고 있다. 그 책의 핵심적 내용은 인간의 "지각(sensation)"과 "성찰(reflection)"은 똑같이 경험의 세계에 돌려야 한다는 통찰이다. 데카르트가 "타고난 이념(ideae innatae)"에서 출발한 데 반해서, 로크는 인간이 느끼는 감각과 판단의 체계는 오로지 외적인 인상들을 가지고도 작업할 수 있다고 생각한다. 인식론이 우리들로 하여금 경험적인 현실과 의식 사이의 간격을 메우도록 허락하는 보조 기구를 가지고 작업을 하는 것에 의존하고 있지만(후에 와서 칸트에게는 "물자체(Ding an sich)") 로크에게는 인간의 성찰 행위조차도 결국 경험의 데이터에서 추론되어야 한다는 것에는 아무런 이의가 없다. 로크가 1690년에 쓴 『인간 오성에 관한 에세이』의 개요를 실러가 처음으로 파악한 것은 아벨의 강의를 통해서였다. 그는 1787년 8월 18일에 바이마르에서 그의 친구 쾨르너에게 통보하기를 자신은 분류가 잘 된 궁정 도서관에서 이 책의 프랑스어 판을 대출받았는데, 이제 이 책을 좀 더 철저하게 읽게 될 것이라고 했다.(NA 24, 134, 370) 추측건대 1700년에 발간된 피에르 코스테(Pierre Coste)의 번역본인 듯싶다.

영향을 따지자면, 실러가 카를스슐레 시절에 몰두하던 로크에 대한 연구보다는 데이비드 흄(David Hume)에 대한 연구가 더 큰 기여를 했다.

1748년에 발표된 『인간 오성에 관한 연구(*Enquiry Concerning Human Understanding*)』에서 볼 수 있는 것처럼 형이상학에 대한 흄의 비판은 실러가 후에 와서 회의주의에 몰입하는 데 결정적인 영향을 끼쳤다. 흄의 작품 강독이 17세의 학생에게 어떻게 작용했는지는 칸트의 경우와 유사했다. 칸트는 『순수이성비판(*Kritik der reinen Vernunft*)』(1781)의 머리말에서 이 영국인의 저서들은 그로 하여금 교조적인 몽롱한 상태에서 깨어나서 인식의 진정한 문제에 대해서 예민하게 지각하도록 해주었다고 선언했다. 오성으로 즉각 설명할 수 없는 것을 초자연적인 카테고리로 돌리려는 시도에 결연히 반대하는 흄의 의견은 생도 실러에게 종교적인 문제에 대한 비판적 태도를 정당화해주었다. 라틴어 학교 학생의 사고를 북돋우던 경건주의 신앙은, 1770년대 말에 기독교 교리가 지닌 도덕적 내용에 대해 의문이 증가함에 따라 그의 마음속에서 밀려났다. 실러의 청년 시절의 철학은 형이상학적 선택에 치우쳐 있었지만, 그와 같은 선택의 근거는 더 이상 신앙적인 원칙이 아니었다. 냉정하게 불만을 털어놓은 흄의 글 『종교의 자연사(*The Natural History of Religion*)』(1757)와의 만남을 통해서 그는 의구심을 가슴에 담게 된 것이다. 심리학을 바탕으로 해 믿음의 원인을 다룬 흄의 논문은 이후에 교조적으로 경직된 기독교에 대한 실러의 비판에도 결정적인 영향을 미쳤다. 종교적 성향은 공포, 동경 또는 희망과 같은 여러 뉘앙스의 정서적 동인에 돌릴 수 있다는 흄의 신념을 그는 특히 1784년 말 만하임에서 탄생한 그의 시 「체념」에서 관심 있게 다루었다.

아벨의 수업이 경험주의에 특별한 의미를 부여한 것은 경험주의가 학제 간의 경계선을 뛰어넘는 과학적 방법이라는 사실에 부합하는 조치였다. 그의 방법론은 1680년부터 1780년까지의 시대를 통틀어 여러 학문 사상을 지배했다. 예를 들자면 뉴턴부터 리히텐베르크와 쿨롱(Coulomb)까지의 실험물리학, 근대 화학에 대한 라부아지에(Lavoisier)의 논문들, 부르하버(Boerhaave)와 시드넘(Sydenham)의 경험의학, 핼리(Halley)·허셜(Herschel)·라플라스(Laplace)의 천문학 연구, 할러·브렌델(Brendel)·운처(Unzer)가 대표하는 근대 신경생리학, 줄처·마이너스(Meiners)·모리츠 같은 사람들의 경험심리학 등이 이와 같은 방법론의 지배를 받은 학문들의 대표적인 예이다. 아벨이 자신의 철학 교재와 관련해서 항상 순수한 전공 분야를 초월한 경계 영역에 관심을 기울인 것은 시대적 도전들에 대한 적절한 감각을 지녔음을 밝혀주는 것이다. 그는 플루크베트를 중심으로 학교철학에 방향을 맞춘 튀빙겐 집단의 엄격한 규범에서 벗어나서 특히 유물론의 영역으로 진입을 시도한 것이다. 독일에서 별로 영향력을 발휘하지 못한 유물론은 아벨의 불편부당하고, 부분적으로 호감이 가는 논쟁을 통해 그 명맥을 유지한 것 같다.[139] 쥘리앵 오프루아 들 라 메트리(Julien Offray de La Mettrie)의 『인간 기계론(L'homme machine)』(1748)과 클로드아드리앵 엘베시우스(Claude-Adrien Helvétius)의 『정신에 관하여(De l'esprit)』(1758)와 『인간론(De l'homme)』(1773)으로 대표되는 유물론적 자연관은 인간 정신의 독립성, 그와 함께 형이상학적 원칙에서 유추된 도덕 이론에 근본적으로 의문을 제기한다. 감성주의 내지 경험주의의 인식에서 출발하여 인간은 욕망, 무의식적 충동, 정열, 명예욕의 조종을 받는 존재로 설명된다. 이와 같은 존재의 정신적 독립성은 오로지 그의 정신이 그 존재를 지배하는 육체적 충동을 통제할 능력이 있느냐 없느냐에 좌우된다. 다른 한편으로 그와 같은 통제는 올바른 사회적 공동체의 형성을 가능케 한다. 이 공동체는 도덕의 원칙을 실제로 적용하는 것에 힘입어 생겨나는 것이 아니고, 도리어 사회적으로 행동하는 개인들이 이기적 의도들을 가지고 자유롭게 협력함으로써 생겨난다. 이 모델의 합리적 체계는 이 모델이 말하자면 고립된 개인의 관심사의 총합을 우선적으로 나타내는 데 있다. 그러나 개인의 관심사는 결국 상부구조에 연결되어 있는 것이다. 유물론의 확신에 따르면 도덕적 의무감의 개입은 개인의 이해관계가 충족될 수 있을 때에만 가능한 것으로 나타난다. 인간의 실천적 도덕성은 그 근원이 욕구 충족을 원하는 인간의 이기적 욕망에 있다고 보는 라 메트리와 엘베시우스의 냉철하고 객관적인 사고방식은 독일 철학자들의 광범위한 저항에 부딪혔다. 특히 유물론을 비도덕주의로 의심한 것은 회의적인 인간학과 반교회적인 경향을 띤 기독교적 형이상학이 내세운 반대 입장이었다.

실러는 아벨에게 자극을 받아 특히 엘베시우스가 남긴 저서 『인간론』에 몰두했다. 이 책은 발간된 지 1년 후인 1774년에 이미 독일어로 번역되어 있었다. 계몽주의 도덕철학에 대한 엘베시우스의 날카로운 비판, 자기 보존 욕망과 권력욕의 지배를 받는 인간에 대한 복잡한 구상, 그리고 거기에서 얻은 균형 잡힌 이해(利害)의 기능적 토대 위에 이기심을 극복한 국가 기구를 세운다는 이념은 젊은 실러의 반감을 불러일으켰다.[140] 1780년 1월에 행한 두 번째 생일 축하 연설에서 실러는 "라 메트리 같은 사람의 불완전한 정신"은 그의 작품이 공중도덕의 굳건한 바탕을 송두리째 흔들어놓는 고약한 작용을 함으로써 "하나의 형틀을 설치했다"고 선언했다.(NA 20, 33) 이와 같이 유물론에 대한 비판적 독법은 「도적 떼」에 가장 분명하게 그 자취를 남겼다. 「도적 떼」는 유물론적인 철학을 과격한 악의 원칙으로 전의(轉義)함으로써, 엘베시우스에 대한 독특한 모럴리스트적 해설을 제시하고 있는 것이나 다름없다. 후에 와서 실러가 유물론이 발전시킨 인간학의 개별적 전제들과 의견을 같이할 수 있었다는 것은 1796년 1월에 탄생한 2행시 「인간의 품위(Würde des Menschen)」와 같은 텍스트가 증명해주고 있다. "그대들에게 원하노니, 그 이야기는 그만하게. 그에게 먹을 것과 살 집을 주게나. 그대들이 벌거벗은 몸에 가릴 것을 주면, 품위는 저절로 생기게 마련일세."(NA I, 278) 『인간의 미적 교육에 대한 편지』(1795)의 일곱 번째 글에 실려 있는 발전사적인 부분은 (물론 목적론적인 관점을 지닌) "기본적인 힘들의 투쟁이 좀 더 하부 조직에서 진정되었을 때"(NA 20, 329) 비로소 인간의 도덕적 가능성이 진정으로 함양된다는 소견을 피력하고 있다. 원칙은 거부했음에도 불구하고 젊은 실러는 개별적 소견에서는 분명 엘베시우스의 저서와 일치점을 보여준다. 그렇게 엘베시우스의 저서에 담긴 가톨릭 교리와 교회 정책에 대한 날카로운 비판은 「도적 떼」에 그대로 옮겨졌다. 「도적 떼」의 반교회적 경향은 교회 기관의 권력에 대한 유물론의 공격에 결코 뒤지지 않는다. 게다가 젊은 시절에 쓴 시들 중 다수에서 신정론의 내적 모순을 풍자적으로 날카롭게 들추어내는 솜씨도 똑같이 엘베시우스에게 배운 것임을 말해주고 있다.

실러가 아벨의 강의를 통하여 또한 폴 앙리 티리 돌바크(Paul Henri Thiry d'Holbach)의 『자연의 시스템(Système de la Nature)』을 알게 되었을 것이라는 것은 어디까지나 추측에 불과하다. 1770년에 발표된 이 스위스 사람의 저서에 관해서 말할 수 있는 것은 이 책이 1783년에 처음으로 독일어로 번역되어 출간되었다는 것과, 실러는 우리오의 내실 있는 프랑스어 수입 덕분에 1770년대 말에는 이 텍스트를 아무 문제 없이 원본으로 읽을 수 있는 상황이었다는 것이다. 달랑베르(d'Alembert)와 디드로의 『백과사전(Encyclopédie)』(1751~1780) 작업에도 집필자로서 참여한 돌바크는 라 메트리의 영향을 받아 인간의 모습을 영혼이 없는 기계와 같은 존재로 묘사하고 있다. 인간 유기체는 온갖 심리적 작용을 포함해서 자연의 법칙에 따라 기능을 발휘한다고 보는 것이다. 그 경우에 관성, 인력, 반발과 같은 물리학적 원칙들은 개인의 기본 감정인 이기심, 이타심, 증오심에 상응한다. 돌바크가 보기에 도덕적 자유는 인간이 일종의 형이상학적 섭리 신앙의 강요로부터 해방되고, 인간이 자신을 방해하는 어떤 신앙적 표상과는 상관없이 자신의 욕구를 충족하는 가운데 개인적인 독립성을 경험하도록 하는 일종의 과격한 무신론에 다다랐을 때에만 생각할 수 있다. 그 경우에 정부와 행정기관의 과제는 공공의 복지와 개인의 이해를 조화롭게 조율하는 것이다. 그 배경에는 개별 인간이 자신의 자유 추구를 비교적 제한받지 않고 만끽할 수 있는 특허를 소유하고, 개인의 책임감이 강화되어 시민과 국가의 일체감이 심화된다는 이념이 도사리고 있다. 실러는 돌바크의 노골적인 무신론에 질색하기는 했지만, 일종의 개인적인 독립에 바탕을 둔 공동체의 비전에는 틀림없이 매혹되었을 것이다. 후에 와서 미적 교육에 대한 그의 글은 억압으로부터 자유로운 국가의 구상을 아름다움의 형성력과 예술의 경험과 연관짓게 된다. 특히 돌바크의『자연의 시스템』이 평소의 무미건조한 어법과는 분명히 구분되는 어법으로 표출하고 있는 유기적인 세계의 아름다움에 대한 열광이 젊은 실러의 공감을 얻는다. 사람들은 그 저작권이 루소에게 있는 것으로 잘못 알고 있지만, 실은 돌바크가 "이 배은망덕한 녀석아, 제발 돌아가거라. 자연으로 돌아가거라!"[141]라고 한 그 유명한 선언도 그와 같은 유기적 세계의 아름다움에 대한 열광과 관련하여 작성된 것이다.

그 밖에 카를스슐레의 철학 수업에서 중요한 역할을 한 다른 학문 분야는 심리학과 인간학이었다. 라이프치히의 의사 에른스트 플라트너(Ernst Platner)는 1772년에『의사와 철학자를 위한 인간학(Anthropologie für Aerzte und Weltweise)』을 써서 빠르게 확대되는 연구 방향에서 기초가 되는 책을 내놓았다. 인간에 관해서 학제(學際)로 연구하는 학문인 '인간학'은 한창 잘나가던 심리학과 미학에 막대한 영향력을 미치는 유행 학문으로 빠르게 승격했다. '철학하는 의사들'은 생리학, 심리학, 의학의 학문적 인식을 바탕으로, 인간 정신의 역사에서 플라톤 이래로 거듭 제기되어온 육체와 영혼의 관계를 새로이 규명하기를 자청하고 나섰다. 이와 같은 단서는 특히 국제적으로 명성이 높은 스위스 학자 알브레히트 폰 할러의 연구『기초 심리학(*Primae linae physiologiae*)』(1747)』 덕택에 크게 발전한 신경생리학 분야를 통해 더욱 힘을 받았다. 그뿐 아니라 인간학은 감각적인 지각 과정과 인간의 영적인 상태의 근원들을 임상적인 관찰의 테두리 안에서 개별적인 사례를 근거로 해 조명하고자 하는 이른바 경험적 심리학에서 자극을 받았다. 그럴 경우 우선적으로 중요한 연구 분야는 재능과 교육의 관계, 소질과 경험의 긴장된 관계, 정신생활에 대한 육체의 영향, 욕망의 구조, 그리고 그 기원을 이미 볼프 학파의 '이성적 심리학(Psychologia rationalis)'에서 파악하려고 시도한 '드러나지 않는', 이른바 무의식적인 상상 내용의 본질 등이었다. 인간학적인 연구 방향을 대표하는 인물에는 의사들뿐 아니라 철학자들도 끼어 있었다. 앞서 언급한 플라트너 외에도 특히 요한 게오르크 하인리히 페더(Johann Georg Heinrich Feder), 시몬앙드레 티소(Simon-André Tissot), 요한 아우구스트 운처, 멜키오르 아담 바이카르트(Melchior Adam Weikard), 로버트 휘트(Robert Whytt), 요한 게오르크 치머만(Johann Georg Zimmermann), 요한 프리드리히 취케르트(Johann Friedrich Zückert) 등이 여기에 꼽힌다.[142] 사관학교에서 그들의 학설을 전수한 사람으로는 비단 아벨뿐 아니라 의사인 요한 프리드리히 콘스브루흐도 있었다. 그는 학생들에게 근대 생리학의 문제들과, 심리학적인 이원론에 대한 최신 이론을 가르쳤다.

플라트너가 인간학에 대해 쓴 저서가 아벨의 강의에서 핵심적인 교과서 구실을 했다. 시험 주제를 통해 파악할 수 있는 것처럼, 심리학 과목이 철학의 연구 계획에 들어 있던 1776년에 처음으로 실러는 그 저서를 집중적으로 접할 수 있었던 것 같다. 1780년에 와서 그는 인간학에 대한 지식을 다시 한번 심화할 수 있었다. 1744년생인 플라트너는 당시 독일 학계에서 탁월한 인물로 꼽혔다. 그는 1770년부터 라이프치히대학의 의과 교수로 재직했다. 1780년에는 같은 대학 내에서 생리학 교수직에 초빙되었다. 여기에서 그가 발휘한 영향력은 대학의 테두리를 훨씬 뛰어넘는 것이었다. 이 영향력은 그가 1783년부터 1789년까지 총장직을 맡았을 때 다시 한번 강화되었다. 그의 강의를 들은 사람들 중에는 장 파울(Jean Paul), 요한 고트프리트 조이메(Johann Gottfried Seume), 안드레아스 게오르크 프리드리히 레프만(Andreas Georg Friedrich Rebmann), 카를 레온하르트 라인홀트(Karl Leonhard Reinhold), 요한 아르놀트 에베르트(Johann Arnold Ebert), 러시아 시인 니콜라이 미하일로비치 카람진(Nikolaj Michailowitsch Káramzin), 그리고 1791년 후에 중병을 앓던 실러를 처음 몇 년 동안 지원해준 슐레스비히-홀슈타인-아우구스텐부르크(Schleswig-Holstein-Augustenburg) 왕자 등이 있었다.[143] 플라트너는 자신의 저서 『인간학(*Anthropologie*)』에서 서로 지극히 생소한 학문 분야인 의학과 철학을 만나게 해서, 상호 보완함으로써 인간의 육체와 영혼의 이중 성격을 정확히 규정할 수 있는 방법을 파악하고자 했다. 이 저서는 체계적으로 정리된 일곱 개 장에 걸쳐, 심리학적 도구들의 구체적인 위치 확인에서 빚어진 인간학의 일반적인 문제를 우선 설명해준다. 플라트너는 영혼이 깃든 자리를 뇌수(腦髓)라 칭한다. 이 뇌수에서 지각, 기억, 그리고 외적인 인상들의 연결 등과 같은 기계적이고 정신적인 과정 사이의 복잡한 만남이 성공적으로 이루어진다.[144] 감관생리학이 핵심적인 분야를 형성하는데, 이 분야의 도움을 받아 이 저서는 육체와 영혼이 협력하는 것을 보여준다. 이 저서에서 연구에 대한 본직절인 관심은 경험가능한 감각적 데이터를 어떻게 비물질적인 연상, 기억, 상상 등으로 변화시킬 수 있는지에 집중되어 있다. 중간 부분의 장들은 논리에 맞게 아이디어의 생산(II장), 기억의 정리(III장), 상상력(IV장), 그리고 분별 능력(V장)에 할애되어 있다. 마지막에는 지능 구조의 지극히 까다로운 형식에 관심을 쏟고 있다. 뇌 질환들(VI장)과 생식기 질환(VII장)은 정상적인 정신적 질서 체계에서 벗어나는 현상으로서 고찰되는데, 이 부분에서 플라트너는 인간의 심리적 구조는 부분적으로는 타고난 능력에, 부분적으로는 외적인 경험을 통해 얻은 가치들이 주는 인상에 좌우된다는 것을 보여주고자 했다. 길잡이 구실을 하는 이 연구서는 방법적인 세부 사항에서는 전통적인 길을 철저하게 따르고 있다. 체액 상태와 운동에 관한 고대의 학문인 체액 병리학이 지능적 결함을 설명하는 데 이용되었다. 다른 한편으로는 영적 기구를 감관을 통해 얻은 인상들을 비물질적인 복합체로 변화시키는 중추 신경들의 조직이라고 규정하는 것은 알브레히트 폰 할러로부터 전해오는 생리학적 연구 결과들과 일치한다. 인간의 아이디어 생성과 기억 내지 회상 능력의 활동에 대한 고찰들은 괴팅겐 출신 요한 게오르크 하인리히 페더가 1770년에 쓴 교과서에서 전수한 것처럼 실천적 철학의 인식들에 의지하고 있다. 반대로 '모호한 지각(perceptiones obscurae)', 이른바 심리적 연상 작용, 꿈, 그리고 이런저런 상상의 '확실치 않은 표상 형식'에 대한 명제들은 예컨대 요한 줄처의 경험적 심리학의 견해들과 연결될 수 있다.[145] 경험적 심리학은 1760년대부터 인식력에 대한 신체 상태의 영향을 고찰하는 것을 강화했고, 볼프 학파의 '이성심리학(Psychologia rationalis)'을 통해 승인된 데카르트의 정신과 육체의 구분은 두 영역 사이의 자연적 교호 관계(influxus physicus)를 인정하는 방향으로 대치되었다. 플라트너의 저서는 그와 같이 다른 사람의 주장을 인용하는 것에 그치지 않고, 의학적이고 철학적인 문제들을 체계적으로 서로 연관짓고 인간학적인 관심에 예속시키려고 시도함으로써 나름대로 독창성을 확보하고 있다. 아벨은 그 책이 지닌 이와 같은 기능을 파악해서 사관학교 생도들에게 가르쳤다. 그의 영향은 실러가 응답자로서 옹호해야만 했던 1776년의 시험 주제에서 특히 분명하게 나타났다.[146] 플라트너의 책에서 핵심적으로 논의된 내용들은 공리 형식으로 짧게 아이디어 생산과 지각의 논리, 판타지와 상상력의 해부, 기억과 회상의 구조, 이성의 인식력의 근원 등으로 요약할 수 있다. 그러므로 실러가 자신의 의학 논문에서 되풀이해서 플라트너의 공리들에 의지한 것은 우연이 아니다. 특히 1780년에 쓴 세 번째 학위논문은 유기적인 생명의 단계와 인간의 신체와 정신 구조의 관계를 서술하는 데서 플라트너의 교과서의 체계를 따르고 있다.[147](NA 20, 43 이하 계속)

플라트너의 인간학 외에도, 아벨의 심리학 수업에서는 스위스의 대중철학자 요한 게오르게 줄처의 작품도 큰 역할을 했다. 부당하게도 슈바르트가 "독일의 플라톤"[148]으로 지칭한 줄처는 합리주의와 경험주의의 조정자로서 라이프니츠 볼프 학파 전통의 틀에서 벗어나는 절충주의를 대표한다. 이 절충주의는 아벨에게도 막대한 영향을 미쳤다. 아벨이 줄처를 특별히 높이 평가했다는 것은 1776년에 줄처가 19년 전에 쓴 논문 주제에 의존해서 행한 그의 천재에 관한 연설을 통해 알아차릴 수 있다. '천재의 개념'에 대한 이 논문은 1773년 아벨의 강독의 바탕이 되는 줄처의 『철학 논문집(Vermischte philosophische Schriften)』제1부에 다시 한번 실려 있다. 줄처가 제일 먼저 프랑스어로 집필한 심리학 에세이들은 1750년대 초부터 정기 연재 시리즈로 베를린 학술원의 연감에 발표되었고, 이 텍스트의 독일어 번역판은 1773년에 앞서 언급한 논문집 제1권에 수록되었다. 줄처의 연구 분야는 모호한 표상의 문제를 다룬 경험적 심리학이었다. 라이프니츠가 이름 붙인 '모호한 지각(perceptiones obscurae)'은 볼프의 심리학에서는 핵심 주제가 아니었다. 알렉산더 고틀리프 바움가르텐(Alexander Gottlieb Baumgarten)이 1739년에 발표한 『형이상학(*Metaphysica*)』에서 처음으로 이 분야에 비교적 큰 관심을 보였다. 그는 감관에 의존한 이 인식 가능성의 사상을 볼프에게서 전수받았지만, 이와 같은 인식 가능성을 더욱 높고, 오성과 관련이 있는 판단력과 근본적으로는 뜻이 같은 대응 현상이라고 할 수 있는 '유비추리(analogon rationis)'로 고찰하였다. 잠재적 인식능력인 '하급 인식력(gnoseologia inferior)'은 완전히 의지나 의식의 지배를 받지 않고, 합리적 논리학의 원칙들에 상응하는 원칙에 머무르고 있다.

베를린 연감에 실린 줄처의 논문들이 '모호한 상상의 내용'을 구체적으로 기술할 가능성을 출발점으로 삼은 것은 바움가르텐의 입장을 받아들이고 있는 것이다. 이 논문들의 바탕을 이루는 것은 어디까지나 어떻게 하급 인식력이 꿈, 상상력, 자기기만, 본능적 욕망, 두려움, 과오 등의 영역에서 발동하는지, 즉 하급 인식력에 끼치는 의지의 영향에 대한 물음이다. 줄처는 "영혼물리학"[149]의 틀 안에서 통제되지 않은 본의 아닌 행동의 여러 형태를 해명하려고 시도하고 있다. 그와 같은 행동들에 속하는 것은 참담한 상황에서 나타나는 본능적인 반응 형식, 분명한 언어 표현의 장애 또는 감관을 통한 지각 동작의 즉흥적 자극 등이다. 모호한 상상은 어디까지나 의지와는 상관이 없는 반면에, 지식과 판단의 대상들인 분명한 인식 내용들은 합리적으로 조종될 수 있다. 줄처가 보기에 의식되지 않은 것이 심리에 막대한 영향을 끼친다는 데에는 의심할 나위가 없다. 왜냐하면 무의식된 것은 거의 불완전하고, 비논리적인 체계를 바탕으로 신경계에 의식된 사고 내용보다 좀 더 큰 긴장을 유발하기 때문이다. 줄처는 1760년대 초부터 출간한 논문에서 결국 쪼개질 수 없는 정신의 힘을 인정한다는 것을 바탕으로 하는 확신 대신에 인간은 인식 능력과 감지 능력의 지배를 똑같이 받는다고 보는 이원론적인 인간학을 내세우고 있다. 그와 같은 단서는 또한 라이프니츠와 바움가르텐으로서는 포기할 수 없는 표상 개념이 포기되고, 두 가지 분리된 카테고리로 대체된다는 것을 의미한다. 줄처가 언급한 것처럼 느낌들은 막상 의지의 지배를 받지 않는 "정신의 본의 아닌 행동"에 영향을 미친다. 그와 반대로 인간은 그의 의식을 통해 인식의 영역을 통제할 능력을 지니고 있다.[150] 이 두 영역은 정신의 부분 영역을 형성하고, 그렇게 함으로써 정신의 이 부분 영역은 감각적·육체적 힘과 지적인 힘을 위한 시험장으로 규정될 수 있다. 아벨의 수업에 줄처의 심리학 연구가 어떤 역할을 수행했는지는 시험 주제에 남은 흔적을 통해 알 수 있다. 실러가 열일곱 명의 학우들과 공동으로 그중 쉰두 개 조항들을 옹호해야 했던 1776년 12월의 철학 시험 주제들은 무의식적으로 감각기관의 조종을 받는다는 줄처의 행동 이론과 여러 점에서 관련 있는 것들이었다.[151] 실러가 순전히 이 과목에 대한 관심 때문에 청강한 1780년의 심리학 수업에서도 줄처의 저서들에 대하여 토론이 벌어졌다는 것은 그 수업을 마무리하는 시험의 철학 논제들(Theses philosophicae)이 다시금 증언하고 있다. 이 철학 논제들은 육체와 정신의 상관관계를 다루는데, 거기에서는 무의식의 기능에 각별한 의미가 부여되었다. 아벨이 줄처의 「영혼의 물리학」의 이론과 관련하여 모호한 상상 내용이 전개되는 공간으로 파악한 꿈의 구조에 대한 지적은 가히 현대적이라는 느낌이 든다.[152] 여기로부터 하나의 직접적인 흔적이 「도적 떼」의 심리학적 소견, 즉 프란츠 모어가 자신의 죄상들과 대면하게 되는 악몽의 참혹한 시나리오로 연결된다. 그와 같은 전용(轉用)은 실러가 철학 저서들을 대할 때 어디까지나 문학적 관점을 지니고 대한다는 특징을 표현해주고 있다. 그는 1788년 쾨르너를 상대로 자신에게는 철학적 텍스트들에서 항시 "문학적으로 느끼고 다룰 수 있는" 것만을 취하는 습관이 있다고 밝힌 적이 있다.(NA 25, 40) 1791년부터 칸트에 몰두해서 얻은 지식까지도 물론 좀 더 먼 우회로를 통하여 문학적으로 옮겨놓았고, 특히 고전주의 서정시에서 철학을 생산적으로 문학으로 가공해놓고 있다.

실러는 만년에 플라트너와 줄처의 저서들에 힘입어 자신의 심리학적 관심사에 매달렸다. 1783년 이래로 출간된 카를 필리프 모리츠의《경험심리학 잡지(Magazin zur Erfahrungsseelenkunde)》에 대해 그는 정기적으로 의견을 밝혔다. 그러나 그는 이 잡지의 바탕에 깔린 염세적인 어조가 마음에 들지 않았다. 그는 1788년 12월 12일에 샤를로테 폰 렝게펠트와 언니 카롤리네에게 모리츠의 '잡지'에서 받은 인상을 이렇게 적고 있다. "내가 보기에 사람들은 항상 이 잡지를 슬프고 때로는 불쾌한 감정을 가지고 제쳐놓는데, 이는 이 잡지가 우리를 온갖 종류의 인간적인 불행에만 묶어놓기 때문입니다." 그리하여 그는 발행인에게 권마다 실려 있는 질병 이야기, 심리적 착란, 일탈된 행동, 범죄, 광증 등에 "좀 더 밝은 시선을 열어주고", 사례연구를 통해 유발되던 "불협화음을 협화음으로 바꾸는" 한 편의 철학 논문을 통해 보완할 것을 권고하고 있다.(NA 25, 160) 이와 같은 권고 내용은 후에 실러와 경험심리학의 관계의 성격을 앞당겨 말해준 것이나 다름없다. 실러는 성험심리학의 소견을 구체적인 치료의 관점과 결부될 때만 높이 평가했다. 1788년 12월에 바이마르에서 모리츠와 개인적으로 왕래할 때 이미 그는 병든 사람의 진정한 치료는 오직 미학적 경험의 길을 통해서만 가능하다는 자신의 후기 신념에 접근해 있었다. 왜냐하면 오직 그 길만이 영혼의 질병이 유발하던 경직을 풀어주고 균형 잡힌 삶의 형식으로 가는 방법을 가르쳐주기 때문이다.

아벨은 자신의 관심사에 따라 학생들을 근대 예술철학의 문제들과도 대면시켰다. 이미 1776년의 학위논문 시험은 이 분야가 그에게는 심리학적인 문제 제기와 밀접하게 연관되어 있음을 증명해준다. 이 학위논문은 정신력과 판단 능력에 끼치는 정열의 영향에 대한 학술 명제들을 「맥베스」, 「베니스의 상인」, 「오셀로」, 「존 왕의 삶과 죽음」을 예로 들어 증명하고 있다.[153] 이 시기에 실러는 아벨이 회상하고 있는 것처럼 사관학교에서 들은 강의들의 영향하에, 빌란트의 번역을 바탕으로 아직은 미완성으로 나와 있는 셰익스피어의 연극 작품 대부분을 감동을 더해가며 읽고 있었다. 위에서 거명한 텍스트들 외에 「리처드 3세」, 「햄릿」이 그의 독서 프로그램에 끼어 있었다. 아벨은 1777년 미학 문제에 대한 강좌를 개설하고, 다시 한번 심리학적 경계 문제를 천재 사상과 상상력의 이론과의 연관 속에서 다루었다. 과제에는 정확히 아리스토텔레스식 모방 이론인 바퇴의 『미학 원리』(1746)에 대한 토론이 속해 있었다. 아벨은 이 이론의 규범적 요구에 회의적인 입장을 지니고 있었다. 헨리 홈의 『비평의 요소들』(1762)은 요한 니콜라우스 마인하르트(Johann Nikolaus Meinhard)가 1763년부터 1766년 사이에 상세히 해설한 독일어 번역본이 발행되어 감성주의적 예술론에 대한 시각을 열어주었다. 이 예술론은 독일에서 바움가르텐과 그의 제자들(마이어(Meier), 브래머(Brämer), 쿠르티우스(Curtius))이 전해준 자극들을 계승했다. 이 예술론은 지각, 판단, 판타지의 새로운 심리학 이론을 예술철학적인 주제 토론에 끌어들임으로써, 규칙미학의 경직된 체제로부터 벗어날 수 있는 길을 마련해주었다. 인간 심성의 자극제나 마찬가지인 아름다움의 영향에 대한 근본적 통찰을 추론하기 위해서 하급 인식력의 이론이 광범위하게 전개되었다. 그리하여 이 저서는 우선 감각의 해부학을 제공하고 그것을 배경으로 취향의 문제들, 예술적 생산 법칙과 장르의 분류 문제들을 설명할 수 있도록 배려하고 있다. 아벨의 심리학적 관심은 홈의 심리학적 미학을 통해 충분히 충족되었음을 쉽게 짐작할 수 있다. 실러는 1793년 초여름에 논문 「우아함과 품위 대하여(Ueber Anmuth und Würde)」의 원고를 작성할 당시 다시금 홈의 『비평의 요소들』을 참조했다. 이 논문의 핵심적인 용어들은 어디까지나 홈의 범주인 "우아함(grace)"과 "고상함(dignity)"을 본보기로 삼고 있는 것이다.

　아벨의 강의는 독일어로 된 교과서들도 가외로 동원했다. 예컨대 프리드리히 유스트 리델의 『예술과 학문의 이론』과 줄처의 2권으로 된 사전(1771~1774)이 동원된 책들이다. 그와 같은 모음집들은 학생들에게 예비교육의 테두리 안에서 중요한 예술 이론적 개념들을 알려주고 그와 동시에 그 개념들을 모방, 상상력, 천재, 취향처럼 논란이 많은 카테고리에 대한 토론의 최근 상황으로 안내할 수 있는 기회를 제공했다. 어려운 미학의 특수 주제들을 아벨이 얼마나 열린 자세로 다루었는지는 그가 수업 시간에 레싱의 『라오콘(Laokoon)』을 논의한 정황이 증명해준다. 문학과 회화의 체계적 구별을 통하여 예술적 환상의 근대적 이론에 대한 기초를 확립한 이 책은 실러에게서는 괴테에게서처럼 감동적인 효력을 발휘하지 못했다. 괴테는 이 책을 『시와 진실(Dichtung und Wahrheit)』(1812)의 2부에서 학문의 계몽적 성격을 모범적으로 보여주는 진정한 사례로 칭송했다. 그러나 레싱의 논문과의 만남이 의미가 있는 이유는 이 논문이 그로 하여금 미학적인 판타지의 범주적 문제와 최초로 담론하지 않을 수 없게 했기 때문이다. 그는 이 문제를 나중에 마티손(Matthisson)의 시들(1794)에 대한 평가에서 문학적 상상력 이론의 테두리 내에서 다시 다루게 된다. 아벨은 자신의 청강생들로 하여금 요한 요아힘 빙켈만(Johann Joachim Winkelmann)의 『고대 작품들의 모방에 관한 사상(Gedanken über die Nachahmung der antiken Werke)』(1755)과도 친숙하게 했다. 실러는 신고전주의의 탄생 프로

토콜이나 마찬가지인 이 짧은 텍스트를 1777년 가을에 읽었을 것으로 추측된다. 그는 1년 후에 또한 빙켈만의 『고대 미술사(Geschichte der Kunst des Alterthums)』(1764)의 제1부도 접하게 되었는데, 이 논문을 그는 초록(抄錄)으로 읽었다. 조형예술에 깊은 관심을 가지고 접근하는 길이 그에게는 한평생 허용되지 않았지만, 그는 빙켈만의 전 작품을 높이 평가했다. 도덕 철학의 경우와는 달리 미학 문제를 다루는 아벨의 수업은 개별 작품들에 깊은 관심을 보이는 법이 없이 개괄적인 묘사에 국한되었다. 이 강의의 특히 인상 깊은 부분은 1777년의 시험 주제에 반영되어 있다. 이 시험 주제들은 고대에 깃든 근대성의 수용, 판타지의 개념, 수용미학의 문제, 레싱의 『라오콘』, 천재와 취향의 관계, 전통과 독창성의 차이점을 다루었을 뿐 아니라, 당대에 유행하는 문학의 문제들도 다루고 있다(여기서 아벨의 텍스트는 과장해서 표현하는 경향이 있는 감성주의의 유행에 대해 비판적인 어조를 보이고 있다).[154]

아벨이 학생들에게 소개하는 종교철학 서적들의 레퍼토리도 가장 근대적인 수준에 도달해 있었다. 여기에서 가장 첨단에 서 있는 사람들은 개혁론자들인데 그들은 자신의 논문을 통해 합리적으로 뒷받침되는 신학과, 그 신학의 결과로 역사 비평적 성서 읽기의 형식을 최초로 창안했다. 슈팔딩의 『인간 규정에 대한 고찰(Betrachtung über die Bestimmung des Menschen)』(1748)과 앞서 언급한 적이 있는 흄의 『종교의 자연사』, 예루살렘(Jerusalem)의 『종교의 가장 숭고한 진리에 대한 고찰들(Betrachtungen über die vornehmsten Wahrheiten der Religion)』(1768/69), 그리고 레싱이 1774년부터 부정기적 시리즈로 발행한 함부르크의 동양학자인 헤르만 자무엘 라이마루스(Hermann Samuel Reimarus)의 단편 『분별 있는 신의 숭배자들을 옹호하는 글(Apologie oder Schutzschrift für die vernünftigen

Verehrer Gottes)』등이 아벨의 강의 소재에 속했다. 실러는 이와 같은 방법으로 당시 유행하는 종교철학적인 논쟁에 끼어들었다. 그는 영감 이론의 토대에 대해서 의문을 제기해보지 않은 채, 성서의 보고를 확률의 법칙들과 일치시켜보려고 하는 역사적 성서 학문의 최초의 단서들과 계시의 교리에 대한 상반된 토론을 알게 되었다. 영성에 관한 서술은 마땅히 기적의 이야기로 통해서는 안 되고, 오히려 이성의 원칙과 일치해야 했다. 이성의 원칙들이 역사적 사실들 속에서 가시화되는 것과 같았다. 개혁론적·자연신론적 성경 비판의 영향하에서도 마지막 사관학교 시절의 실러와 그리스도교 교리와의 관계는 더욱더 회의적이고 소원한 양상을 띠게 되었다.

젊은 실러는 수업과는 상관없이 자신만의 독서의 대상을 정해놓고 책을 읽었다. 그가 수업 시간 외에 주로 읽은 저자에는 루소와 헤르더가 끼어 있었다. 이 두 저자는 후년에 와서도 그의 관심을 빼앗지만, 절대적으로 권위 있는 위치를 차지하지는 못한 것이 사실이다. 추측건대 실러는 이미 16세에 읽은 소설 「신 엘로이즈」에 대한 토론을 거쳐 제일 먼저 루소의 문화철학적인 작품에 탐닉하게 된 것 같다. 그가 학창 시절에 1750년과 1755년 루소의 아카데미 현상 공모 당선 논문들을 얼마나 정확하게 이해했는지는 거의 밝혀지지 않고 있다. 추측건대 그는 그 담론의 논지를 제3지를 통하여, 즉 1778년 9월 초에 빌란트의 《도이체 메르쿠어》에 실린 요한 게오르크 야코프(Johann Georg Jacob)의 열광적인 추도사와 헬프리히 페터 슈투르츠(Helfrich Peter Sturz)의 회고서 『장 자크 루소에 관한 회고록 *(Denkwürdigkeiten von Johann Jacob Rousseau)*』(1779)을 읽음으로써 제일 먼저 알게 된 것 같다.[155] 1780년 늦여름에 탄생한 세 번째 학위논문은 루소의 『인간 불평등 기원론*(Discours sur l'inégqlité)*』(1755)에서 밝히고 있는 입장, 즉 인간 문명을 머리만을 중시하는 계몽주의의 일방적 산물이라고 부정적으로 평가하는 것과는 결정적인 점에서 의견을 달리하고 있다. 실러는 여기서 야코프의 추도사가 간단히 언급하고 있는 『인간 불평등 기원론』의 문화비판적인 입장에 맞서, 인류가 아직 자기 회의로 타락하기 전의 건전한 발전에 대한 낙관주의적 입장을 내세운다. 그는 15년이 지난 후에 「소박문학과 감상문학에 대하여」라는 논문의 테두리 내에서 루소의 자연 개념과 그 바탕에 깔린 역사관과 회의적 색채를 띠고 있지만 탁월한 전문 지식을 토대로 해 토론을 펼치게 된다.

젊은 실러는 헤르더에 관련된 것으로는 주로 그의 『인류 역사에 대한 또 하나의 철학(Auch eine Philosophie zur Geschichte der Menschheit)』(1774) 구상을 읽었을 것이다. 역사 수업을 담당한 인류학자 드뤼크가 생도들로 하여금 이 텍스트에 관심을 가지도록 부추겼을 가능성을 배제할 수 없다. 가부장적 질서가 지배하고 동시에 온전한 가정생활이 이루어지던 원시시대와 고대라는 인류 발전의 초기 단계와는 상반되는 계몽주의의 "종이 문화(Papierkultur)"[156]에 대한 헤르더의 공격에 대하여 젊은 실러는 대단히 유보적인 입장을 보이고 있다. 그 자신의 생각에 아직도 보편사적 발전 이념의 일관된 논리가 강하게 부각되어 있다는 것은 그가 카를스슐레 시절에 쓴 것으로 알려진 글들 모두가 웅변해주고 있다. 게다가 목적론적인 진화의 견해를 추구하지 않고, 도리어 문명의 길을 순환의 과정으로 파악하는 헤르더 연구서의 유기체론적·자연철학적 역사 개념이 그에게는 생소하기만 했다. 실러는 헤르더의 학술서 『인간 영혼의 인식과 감지에 관하여(Vom Erkennen und Empfinden der menschlichen Seele)』(1778)를 그냥 대수롭지 않게 받아들인 것 같다. 그 텍스트가 뇌와 신경생리학에 대한 근대의 철학적 관점을 독자가 어떻게 받아들이는지 전달하고 있음에도 불구하고, 아벨은 수업 시간에 이에 대해서 상세하게 설명하지 않았다. "모호한 상상들"을 극단적으로 높이 평가하고 심리 작용을 감지 활동으로 규정하는 것, 그리고 거기에서 다시금 사유 과정을 직관, 기분, 감정에 의존하는 것으로 추론하는 헤르더의 의도가 그의 마음에는 들지 않았을 가능성이 있다.[157] 플라트너에게 수학한 아벨은 『인간학』에서 드러나고 있는 것처럼 이와 같은 단서를 감정과 지능의 자연스러운 균형을 주장하는 질서 모델에 대한 공격으로 받아들였을 것임이 틀림없다. 그와 반대로 강의에서는 문학에 대한 논문들이 더욱 깊은 흔적을 남겼다. 즉 헤르더에 대한 논박의 성격을 지닌 1772년의 아벨의 바퇴 서평과 1년 뒤에 발표한 셰익스피어 에세이가 1776년의 『철학적 논제(Theses philosophicae)』의 문학사 단락에서 바탕에 깔려 있기 때문이다.[158] 이 셰익스피어 에세이는 헤르더가 유럽의 희곡 문학의 견해를 고대와 근대의 긴장된 영역에서 새로운 역사철학적 기초 위에 세우려고 시도한 것이다. 적어도 이와 같은 주위 환경에서 실러가 셰익스피어 논문을 좀 더 정확하게 알고 있었다는 것 정도는 추측할 수 있다. 특히 단호하게 문학적 권위를 고대 그리스 비극의 영향권에만 국한한 아리스토텔레스를 가지고 헤르더가 조심스럽게 논의한 것은 1780년대 말까지 실러 자신의 희곡론적 입장을 규정해주었다. 그가 「도적 떼」의 서론에서 아리스토텔레스와 바퇴를 학교 선생으로 격하할 때(NA 3, 5) 보여준 격한 감정은 헤르더의 직접적인 영향으로 돌릴 수 있다(실러 자신이 아리스토텔레스의 시학을 읽은 것은 1797년이었다). 그러나 헤르더의 작품을 개인적으로 심도 있게 다루어보지는 않은 것 같다. 15년 연상인 헤르더를 1787년 여름에 바이마르에서 알게 되었을 때, 그는 헤르더의 논문들에 대해서 특별히 잘 알고 있는 것 같지 않았다. 민감한 헤르더와의 대화에서 웃음거리가 되지 않도록, 드레스덴에 사는 친구인 쾨르너가 헤르더 논문 읽기에 도움 될 말을 전하고 텍스트 해설을 편지로 그에게 공급해주어야 했으니 말이다.

그가 이 시기에 역사철학적인 스케치와 셰익스피어 에세이 외에 1785년의 첫 선집 『잡문들(*Zerstreute Blätter*)』에 들어 있는 '사랑과 자아(Liebe und Selbstheit)'에 대한 논문만은 더욱 상세히 연구했다는 것은 주지의 사실이다.

카를스슐레 시절에 실러는 《슈바벤 마가친》의 정기 구독자였다. 이 잡지는 철학 문제에서도 그에게 많은 자극을 주었다. 발행인 하우크를 통해 사관학교와도 밀접한 관계가 있는 이 잡지는 정기적으로 카를스슐레 교수들의 논문들, 시험 주제들, 문체론과 미학 문제에 대한 에세이, 그뿐 아니라 문학 텍스트들(주로 서정시들)까지 등재했다. 서간문체론, 신화, 미술 과목을 담당하고 있는 하우크는 편집 솜씨가 뛰어난 사람이었다. 그는 재능 있는 젊은이들을 키웠고, 유행하는 문학과 철학의 조류에 대한 감각이 탁월했으며, 뷔르템베르크 영방의 역사에 관한 대중적인 글들과 이해하기 어려운 이론적 연구 논문을 교묘히 배합했다. 학계와 사관학교의 졸업 시험에 대한 간단한 보고, 서평, 여행기, 짧은 시사 촌평과 번역문, 자연과학과 농업경제에 관한 논문, 신학적으로 논란이 있는 문제들과 성경해석학의 문제에 대한 토론 등이 이 다채로운 잡지의 지면을 채웠다. 하우크의 이 저널이 발휘하는 자극제로서의 영향력은 결코 적은 것이 아니었다. 실러는 이 '마가친'의 기고문들을 늦게 잡아 1770년대 중반부터 관심 있게 읽었다. 1776년 10월에는 그의 첫 시가 여기에 실렸다. 경제학에 대한 부친의 연구 논문들이 1년 뒤에 똑같은 곳에서 출간된 것이 이 잡지에 대한 의리를 다시 한번 강화해주었을 것이다. 이 '마가친'은 생도 실러에게 시대적 현안인 자연법 토론의 요점과 친숙하도록 해주었고, 슈바벤의 신비주의자 야코프 헤르만 오베라이트(Jacob Hermann Obereit), 프리드리히 크리스토프 외팅거(Friedrich Christoph Oetinger)로 대표되는 일종의 비의적 보편철학의 변종들을 소개해주었으며, 특히 의학, 인간학, 심리학과 직접적으로 인접한 분야로 안내하는 학제 간 토론을 위한 광장을 마련해주었다. 여기에서 사람들은 1776년 말에 카를스슐레 교수들 사이에 논란이 많았던, 영혼은 육체적 실체와 정신적 실체, 질료와 매개물(medium) 사이에서 태어난, 이른바 '혼성체(Mittelding)'라는 가설에 대하여 토론하였다. 의과 학생인 실러도 후에 자신의 첫 번째 학위논문에서 이 복잡한 테마를 상세하게 설명하게 된다.

4. 잊을 수 없는 사람들:
슈투트가르트(1774~1780)

막강한 영향력을 지닌 대부(代父)

실러와 카를 오이겐 공작

실러가 사관학교에 입학함에 따라 부모님들은 아들의 성장에 내적으로
나 외적으로나 아무런 영향력도 발휘하지 못했다. 처음에는 루트비히스부
르크, 나중에는 솔리튀드에 거주하던 가족은 그로부터 불과 몇 킬로미터
밖에 떨어져 살았지만, 카를스슐레 시절에는 개별적인 만남은 거의 이루어
지지 않았다. 부모님이 면회를 하려면 신청 서류를 제출해야 하고, 정확한
사유를 적시하도록 규정되어 있어 정기적 방문은 어쩔 수 없이 배제되었
다. 당시 실러는 누나인 크리스토피네와는 거의 접촉이 없었다. 젊은 여인
으로 성장해가는 그녀에게는 사관학교 출입이 금지되어 있었기 때문이다.
누이동생들인 베아타 프리데리케(1773년 12월 22일 사망)와 마리아 샤를로

뷔르템베르크의 대공 카를 오이겐.
파스텔화. 작자 미상.

테(1774년 3월 사망)의 사망 소식은 서신으로 통보되었지만 장례식에는 참석할 수 없었다. 누이동생 나네테는 1780년 12월 중순 그가 사관학교를 졸업하고 나서야 처음 대면하였다. 가족과의 유대를 끊는 것이 공작의 교육 프로그램에 속했다. 영주는 명목상으로만이 아니라, 일상생활에서도 실제로 생도들의 아버지 역할을 담당하려고 했다. 1773년 12월 사관학교의 기념 축제에서 카를 오이겐은 튀빙겐대학에서 형법을 가르치던 추밀 고문관 고트프리트 다니엘 호프만(Gottfried Daniel Hoffmann)으로 하여금 자신이 장려하는 효율적 교육의 법률적 배경에 대하여 "한 국가의 청년과 특히 그들에게 베풀어지는 최대의 필수 불가결한 혜택인 교육에 대한 영주의 권한 (Von denen Ober-Landesherrlichen Befugnissen über die Jugend eines Staats, sonderlich in Rücksicht auf die Erziehung derselben, als derselben größte und nöthigste Wohltat)"이라는 제목으로 기념사를 하도록 했다.[159] 호프만은 어린 신하들의 교육과정을 마음대로 조종할 자유가 군주에게 있기 때문에 있을 법한 부모들의 요구를 무시하지 않을 수 없음을 어느 정도 강조해서 주장했다. 국민들의 사교육에 반대해서 공작이 특권이라고 옹호한 공교육이 들어선 것이다. 그와 같은 공교육의 법적 근거는 가정의 역할을 대폭 축소하고, 신하들 전체를 통치자의 무제한적인 의지에 예속시키는 이른바 국가는 백성의 후견인이라는 사상에서 찾을 수 있었다. 어디까지나 백성들을 배려하는 데 동기가 있다고 항변하는 공작의 교육이 전공 수업, 신체 단련, 도덕론, 실제 품행 문제들을 포함하고 있을 뿐 아니라, 심성 파악과 심리적 훈련에까지 확대되어 있다는 것은 카를 오이겐이 생도들에게 제출토록 요구한 학우들에 대한 보고서가 분명하게 증명하고 있다.

국가의 가장 뛰어난 인재들을 일찌감치 확보하기 위해서 이 영주는 라틴어 학교 교장들로 하여금 학년도 최우수 학생들의 명단을 정기적으로 제출토록 하였다. 처음 세 번에 걸친 국가시험을 평균 점수 이상의 성적으로 합격한 실러를 공작에게 추천한 것은 얀이었다. 그의 평가가 각별히 긍정적이었다는 것은 영주가 카스파르 실러에게 1772년 초부터 여러 번 아들을 사관학교의 후견에 맡길 것을 촉구했다는 정황으로 보아 충분히 짐작할 수 있다. 1773년 1월 입학 직후부터 공작이 생도 실러에게 보인 호감은 그가 아버지 카스파르 실러에게 보이고 있는 신임과도 무관치 않을 것이다. 카스파르 실러의 무조건적인 충성심과 변치 않는 강한 의무감을 공작은 높이 평가한 것이다. 최대한 늦게 잡아서 솔리튀드로 이사한 1775년 12월부터 아버지는 카를 오이겐의 총신(寵臣)에 속했고, 수목 재배에서 그가 거둔 성공은 분명 적자투성이인 국가 예산을 메우는 데 도움이 될 만한 업적으로 평가되었다. 비록 실러가 사관학교 생활의 처음 3년간에는 우수한 성적을 올리지 못했지만, 공작의 긍정적 평가는 흔들림이 없었다. 카롤리네 폰 볼초겐의 보고에 따르면, 실러가 법률학 시험에 낮은 성적으로 겨우 합격하자 교사가 그를 비난했을 때 "그를 그냥 놔두게, 틀림없이 무언가가 될 거야"라면서 그를 옹호했다는 것이다.[160]

놀라울 만큼 정확한 판단 능력을 바탕으로 한 공작의 신임을 실러는 실망시켜서는 안 되었다. 공작은 전부터 수없이 찬사를 받던 생도 실러가 의학으로 전과한 후에 빠졌던 기면 상태에서 깨어나 지적 능력을 발휘했다는 것을 알아차리고 틀림없이 흐뭇해했을 것이다. 특히 사관학교 시절 마지막 2년 동안 그는 공작의 후광을 많이 입었다. 그는 공개적인 토론에서 날카로움을 보이고, 탁월한 수사법을 구사해 사람들의 이목을 끌었다. 그가 1778년부터 받은 졸업 성적은 평균을 훨씬 상회하였다. 영주가 자신의 생도에게 건 신임은 1779년과 1780년 두 해에 걸쳐 프란체스카 폰 호엔하임의 생일에 그를 공식적인 축하 연설자로 선정한 사실에도 잘 나타난다.

자신과 가족이 칭송받기를 좋아하는 허영심이 있는 공작은 축제 행사의 일환으로 찬양하는 연설을 시켰고, 그 연설 때문에 실러에게 더없이 호감이 가게 되었다.

이 기간에 실러는 처음 몇 년과는 반대로 눈에 띌 만큼 규율을 잘 지켰다. 그는 공격 성향을 누그러뜨리고, 특수한 경우에 규정을 무시하더라도 말썽이 생기지 않을 정도로 자제하고, 사관학교의 엄격한 질서의 테두리 안에서 자기 계발을 위한 좁은 자유 공간을 확보하는 것을 배운 것으로 추측된다. 그가 감기와 발열로 인해 어쩔 수 없이 자주 병원에 입원하는 것을 공작은 알아차리지 못했을 것이지만, 이는 단지 치료를 목적으로 하는 것만이 아니라 문필 작업에도 도움을 주었다. 그가 얼마만큼 자신감을 가지고 영주를 대했는지를 밝혀주는 여러 가지 일화가 후세에 전해오고 있지만, 항시 사실 이상으로 미화하는 경향이 없지 않다. 그 일화들은 대화에서 신속하고 정확하게 대응하는 실러의 태도, 기지, 아이러니, 위트와 관련된 것들이다. 미술을 공부하는 학생이요 후에는 동판화가가 된 크리스티안 빌헬름 케털리누스(Christian Wilhelm Ketterlinus)의 그림은 실러가 카를 오이겐으로 변장하고 프란치스카 역을 맡은 한 학우와 팔짱을 낀 채 재미있어하는 생도들 앞을 사열하는 장면을 묘사하고 있다. 공작 부부가 막 홀로 들어와서, 무례하기 짝이 없는 풍자극의 목격자가 된 것을 알아차리지 못한 것이다. 영주는 그와 같은 막간극을 놀라울 정도로 너그럽게 받아들인 것 같다. 이 경우 반항적인 학생들을 어떻게 처벌했는지에 관해서는 아무것도 알려진 것이 없기 때문이다.

실러에 대한 영주의 호감은 1782년까지는 변함이 없었다. 비록 그 호감이 종종 영주의 독단적 간섭의 그늘 아래 가려져 있긴 했지만, 1779년 가을 시험관들이 그의 첫 번째 학위논문을 통과시키지 않자, 공작은 메모를 써서 그들의 결정에 찬성하는 의사를 표시했다. 메모에 생도 실러는 1년 더 사관학교에 남아 있으면서 혈기를 억제하고 정신적 소양을 좀 더 갈고 닦아야만 한다고 적혀 있었다.(NA 3, 262) 이와 같은 평가는 실러가 출중한 재능을 지녔다는 것도 인정하고 있다. 물론 객관적인 조사 결과에 입각한 것은 아니고, 외적 사정이 어쩔 수 없었기 때문에 내려진 것이다. 즉 1779년에 시험을 치른 의과 학생들은 사관학교 의학과에서 학업을 마친 제1회 졸업생들로서 그다음에 있을 실습 과정을 슈투트가르트에 있는 병원에서 밟도록 되어 있었으나 아직 그와 같은 조치가 충분하리만큼 취해져 있지 않았던 것이다. 특히 대학 졸업생들과 동등한 자격을 부여하는 데 필요한 형식상 조치가 취해져 있지 않았다. 그 결과 개별적인 시험 성적과는 상관없이 후보생 전원이 필수적인 직업훈련을 쌓을 수 있기 전에 1년 더 사관학교에 남아 있지 않으면 안 되었다. 이와 같은 상황에서 실러의 졸업에 대한 공작의 소견은 자신의 행정상의 실수를 교육적인 사유를 들어 은폐하려는 것에 불과했다.

실러는 공작이 이와 같은 방법으로 자신을 철창으로 막힌 사관학교의 우리 속에 또다시 12개월 동안이나 붙잡아두려는 것에 화가 났다. 그는 카를 오이겐의 전횡에 공개적으로 항의하는 대신 슬기롭게 내면적 망명의 길을 택했다. 환자가 적은 날 병실 근무를 해서 몰래 문학 서적을 읽거나, 때로는 자신의 문학 창작 프로그램을 실현했다. 그는 시간 낭비나 다름없는 사관학교에 덤으로 남아 있어야 하는 괴로움을 일체 말로나 행동으로 불평하거나 항거함이 없이 잘 견뎠다. 실러와 공작 사이의 심각한 갈등은 막상 시험을 통해 정식으로 의사가 된 실러가 부대 군의관이라는 달갑지 않은 자리로 옮긴 후인 1782년 슈투트가르트에서 처음으로 나타났다. 이에 대해서는 나중에 보고하게 될 것이다. 그러나 근본적으로 공작 자신은 이

전의 모범생과의 심각한 갈등이 표면화되었을 때 신중하게 대응하지 않을 수 없었는데, 이는 자신의 형편 때문이었다는 것이 확인되었다. 실러가 1782년 말 뷔르템베르크에서 만하임으로 도망했을 때, 영주는 위세가 당당한 자신의 참모진을 동원하여 끝까지 그를 추격하는 것을 포기했다. 다른 때 같으면 탈영병을 체포하기 위하여 첩자와 비밀 정보원을 투입했을 터이지만, 이번 경우에 그는 탐색적인 전략으로 만족한 것이다. 그는 부대장인 오제(Augé)로 하여금 도망병에게 귀대할 경우에는 일반 사면을 확약하는 편지 네 통을 며칠 사이에 쓰도록 했다. 이는 자아도취에 빠져 있는 독재자에게는 거의 기대하기 어려운 제스처가 아닐 수 없다. 그는 실러의 가족을 상대로 압력이나 처벌 같은 일체의 보복 행위를 포기했다. 아들이 1782년 10월 오제의 제안을 거절했을 때에도 아버지 카스파르 실러에 대한 공작의 신임에는 변함이 없었다. 전체적인 징후로 보아 카를 오이겐은 실러의 탈영으로 인한 실망감에도 불구하고 개인적인 보복에는 관심이 없고, 자신의 모범생에게는 이전과 같은 호의를 계속 품고 있었던 것 같다.

　이후로 실러와 공작의 개인적인 만남은 끝내 이루어지지 않았다. 실러는 1793년에야 비로소 뷔르템베르크로 돌아왔다. 그해 9월에 제국 자유도시 하일브론을 출발해서 인접한 루트비히스부르크로 마차를 타고 오면서 그는 우선 영주의 심경에 대해서 묻고 그의 체류가 묵인될 수 있는지 물었다. 그에게 대답하는 사람은 단 한 사람도 없었지만, 공작은 같은 때에 라인 지방 여행을 계획하고 있고, 그를 무시할 생각이라는 소식을 궁정 주변으로부터 전해 들었다. 이는 본래 사안 자체가 민감하다는 표시이기도 하지만, 분명 소원감의 표시이기도 하다. 여기에 복수심은 더 이상 아무런 역할을 하지 못했다. 9월 중순에 공작은 이미 쇠약해진 몸으로 여행에서 돌아왔고, 10월 24일에 심장마비로 호엔하임 성에서 세상을 떴다. 누나 크리스토피네는 나중에 실러가 공작의 죽음에 몹시 당황해했다고 보고하고 있다. 그는 눈에 눈물을 머금고 창가에서 야간 장례 행렬을 지켜보았고, 진정으로 고인에 대한 고마운 마음을 나타냈다. 프리드리히 폰 호벤은 장례를 치른 지 며칠 후에 영주들의 묘지로 산보를 갔는데, 그곳에서 실러는 수호신(Genius loci)에 압도되어, 즉흥적으로 카를 오이겐의 정치적 업적과 도덕적 약점을 비교하면서, 결국 그의 통치 기간의 업적을 긍정적으로 역설한 것으로 기억하고 있다.(NA 42, 176 이하)

그와 같은 막간극을 받아들이는 데에는 물론 극도의 신중성이 요구된다. 그 같은 언급은 주로 신화 형성을 조장하는 데 이바지할 뿐이기 때문이다. 그보다는 실러가 카를 오이겐의 죽음에 대하여 언급한 문건들이 더 설득력 있는 진술을 담고 있다. 1793년 10월 24일 게오르크 요아힘 괴셴에게 보낸 편지에는 우선 다음과 같은 간단한 언급이 들어 있다. "방금 비르템베르크 공작께서 지난밤 12시에 세상을 떴다는 확실한 소식이 도착했습니다. 이미 사흘 동안이나 소생할 가망 없이 누워 계셨습니다."(NA 26, 291) 실러는 1783년 12월 10일에 쾨르너에게 보낸 편지에서, 후계자인 카를 오이겐의 동생 루트비히 오이겐(Ludwig Eugen)과 연고를 맺을 가능성을 관망하면서 분명하게 이렇게 쓰고 있다. "늙은 헤롯의 죽음은 나에게나 나의 집안에 아무런 영향을 미치지 않고 있네. 우리 아버지처럼 직접적으로 군주와 관련이 있던 모든 사람들에게 이제는 군주가 아니라, 한 인간을 상대하게 되어서 대단히 마음 편하다는 것 외에는."(NA 26, 336) 실러가 여기에서 역사적으로 비교해서 언급한 것을 가볍게 여기지 말아야 할 것이다.[161] '헤롯'에 비유된 공작은 영방의 백성들을 영적으로나 육적으로 살해한 살인자인 것이다. 이와 같은 은유가 지니고 있는 고발적 파토스는 이전의 생도가 자신의 예전 영주에게 품고 있던 비판적 생각에는 별로 변화의 여지가 없다는 것을 확인해주고 있다. 친구들이나 친척들의 대화나 메모와는 달리 그와 같은 표현은 나름대로 진술한 내용을 담고 있다. 실러가 공작의 사관학교 교육 시스템에 얼마나 많은 덕을 입었는지를 알고 있지만, 그는 공작이 자신의 젊음에서 많은 것을 빼앗아간 것을 용서할 수가 없었던 것이다.

많은 분야에서 자극을 준 사람
야코프 프리드리히 아벨을 통한 정신 계발

카를스슐레의 교수들 중에서는 누구보다도 아벨이 실러의 사상에 깊은 영향을 주었다. 실러가 1780년대와 1790년대에 와서 쓴 작품들에서도 아벨의 수업을 통해 부여된 지적인 동기들이 중요한 역할을 하고 있다. 극단적인 열정심리학에 대한 관심, 숭고미 발상으로 변경된 정신력 이론, 인간의 도덕적 감각주의와 윤리적 기본 무장의 이론, (최근에 칸트와 벌인 논쟁 전체에 바탕을 두고 있는) 경험과 상관없이 얻어진 인식론에 대한 회의, 인간의 교육은 오로지 개인의 육체적·정신적 바탕을 고려할 때에만 생각할 수 있다고 여기는 인간학적인 관점들, 심리학 지식의 보고(寶庫)로서 역사에 대한 친화감 등이 바로 그것들이다. 실러는 아벨의 수업을 통해 자신이 살던 시대의 가장 현대적인 철학 이론을 알게 되었을 뿐 아니라, 여기에서 그는 일종의 사고 훈련 과정도 마쳤는데, 그 흔적들은 그가 후에 쓴 에세이 형식의 논술들에 남아 있다. 실러가 열광적인 칸트 독자이면서도 학문적 인식 과정에서 경험과 관찰의 우선권을 고집하는 것은 그만큼 아벨의 영향이 컸기 때문이다. 선험철학과 논쟁할 때면 그는 비록 거기서 나타나는 결론이 그 자신이 보기에는 엄청난 방법적 모순을 안고 있더라도 항상 스승의 경험적 선택 사항을 끌어들이려고 했다. 그가 신봉하는 절충주의는 근본적으로 피히테와 셸링 같은 사상가와는 구별되는 것으로, 아벨의 강의에서 얻은 수확의 핵심인 것이다. 청강생들은 아벨의 강의를 통해서 철학적 시대정신을 알게 되었을 뿐 아니라, 상반되는 사상적 단서들을 서로 연결하는 기량도 익혔다. 사람들이 계몽주의 시대 말기에 합리주의의 잔재로 본 엄격한 조직논리학에 대항해서 아벨은 경험주의자의 열린 사고 스타일을 보여주었다. 그 스타일은 자신의 지식을 보편적으로 이해할 수 있도록 전달하려고 애쓰면서도, 철저하게 단독적인 유효성만 주장하는 학파를 따르지 않는 것이다. 이와 같은 경험주의적 방법은 1790년 후에 관념주의 철학의 물결에 밀려 급기야 정신적으로 따돌림당하고 만다.

생도들에게 아벨이 미치는 영향력은 대단한 것이었다. 그는 형식주의에 치우친 학자의 성향이 없는 현대적이고, 개방적인 교사로 통했기 때문이다. 그에게서는 교육적 카리스마와 정신적 열정이 생산적으로 조화를 이루었다. 그의 융통성 있는 논쟁술은 엄숙한 의식적 분위기와 학자의 과시적 허영과는 한결같이 거리가 먼 일종의 소박한 자기 연출을 통해 보완되었다. 그는 준비된 교안에 따라 강의하는 습관이 있기는 했지만, 종종 문서로 작성된 강의 원고를 멀리했다. 그리고 강단 옆으로 나와서 끊임없이 강의실을 발로 재듯 걸으면서 자유롭게 즉흥적으로 자신의 사상을 전개했다.[162] 그는 학생들을 논쟁의 쟁점에 끌어들여 문제 해결에 참여시킴으로써 계몽주의의 이상인 "스스로 생각하는 행위(Selbstdenken)"를 직접 실천케 하려고 시도했다. 종래의 강단 독백식 수업 방식 대신에 토론 형식의 수업이 들어선 것이다. 실러의 학우이던 프리드리히 폰 호벤은 아직 30세가 채 되지도 않은 강사의 젊은 모습이 생도들에게 대단히 강력한 인상을 주었다고 회상하고 있다.[163] 아벨 자신은 그가 가르치는 학생들의 비교적 작은 무리가 종종 강의 시작 전에 사관학교 정문에서 자신을 기다렸다는 것을 보고한 적이 있다. 왜냐하면 학생들은 강의실로 가는 도중에 그와 함께 학문적이거나 "정치적인 대상들"을 토론하고자 했기 때문이다.[164] 그 선생의 말로는 실러가 그와 같은 대화들을 이용해서 셰익스피어 작품에 대한 의견을 교환하거나 자신의 문학 지식을 넓혔다고 한다.

실러는 1776년과 1777년에 개최된 강의를 통해서뿐 아니라, 시험에 출제된 문제들을 통해서도 아벨의 사고 스타일을 상세히 알게 되었다. 그는 1776년 12월에 개최된 공개 토론에서 아벨이 작성한 「철학 명제」의 응답자 구실을 했다. 이 명제는 이 과목의 여러 부분 영역에 대해 간단한 윤곽을 제공해주었다. 아벨의 방법적 입장은 심리학, 신경생리학, 미학의 문제들을 관련지음으로써 전통적인 형이상학과 논리학의 문제들을 뒷전으로 밀어놓는 것이 특징이었다. 이미 두 번째 명제는 수업의 명시적 목표를 "철학 정신의 양성(formatio ingenii philosophici)"에 두고 있다. 철학 정신의 양성은 현학적인 특별 지식을 쌓는 것보다 뜻이 깊다는 것이다.[165] 마찬가지로 실러는 1776년 12월에 아벨의 학위논문 「마음의 본질에 관하여(Dissertatio de origine characteris animi)」의 52개 조항들을 변호해야만 했다. 그 조항들은 앞서 있었던, 경험심리학과 인간학의 문제에 대한 세미나의 결과를 모아놓은 것이다. 주로 사고의 해부학, 연상심리학, 표상의 논리학, 신경생리학, 언어철학의 제 문제를 다룬 것이었다. 아벨은 로크로부터 선험적 이념들에 대한 비판을 받아들여, 그 이념들을 경험적인 지각 이론으로 대치했다. 이로써 이 학위논문의 핵심에는 추상적인 사고 내용의 생산도 감각적 인식의 결과라는 주장이 들어 있었다. 감각적 인식의 결과들은 신경계통을 통해서 두뇌에 전달되고 그곳에서 비감각적인 표상으로 전환되는 것이다.[166] 실러는 1777년 11월 27일과 28일에 아벨의 예술론의 총결산이라

야코프 프리드리히 아벨.
유화. J. F. 베크헤를린 작.

고 할 수 있는 『미학 명제들(Aesthetische Sätze)』의 응답자로 등장했다. 여기에서 다루어진 것은 문학과 회화의 차이점에 관한 문제들(레싱의 『라오콘』의 관점에서), 취향 이론의 문제(여기에서는 엄격히 흄에게 방향을 맞춘 경험론적 관점이 규범미학에 대한 비판을 떠받쳐주고 있다), 문체론과 고전 수용의 문제들이었다. 실러는 공개적인 토론을 준비할 목적으로 여러 날 동안 집중적으로 시험 주제들과 씨름해야 하는 응답자의 역할을 맡으면서, 강의를 통해 얻은 예술론의 기본 지식을 다시 한번 되새길 수 있었다.

늦어도 플루크베트가 강사로서 실패해서 떠난 후에는 카를스슐레의 강사들의 서열에서 아벨의 위치는 확고부동했다. 처음에는 회의적이던 공작에게까지 그가 곧 인정을 받았다는 것은 개교기념일 축제를 계기로 연말에 여러 번 그를 공개적인 연설의 주요 연사로 세운 사실이 증명해주고 있다. 그는 1776년에는 '정신적으로 위대한 인물의 탄생과 특징(Entstehung und Kennzeichen grosser Geister)'에 대하여 연설했고, 1777년에는 '강한 정신력(Seelenstärke)'이라는 현상에 대하여 연설했다. 이 두 편의 연설 텍스트는 생도들의 시험 논문, 답안지들과 마찬가지로 슈투트가르트에 있는 크리스토프 프리드리히 코타 출판사에서 별도로 출간되었다. 이 두 텍스트가 실러의 사상에 영향을 끼쳤다는 것은 잘 알려진 사실이다. 이는 1776년에 행한 그의 천재관에 대한 연설도 마찬가지다. 그의 천재관은 실러의 초기 희곡 작품에 등장하는 주인공의 심리적 프로필의 바탕을 이룬다. 그뿐 아니라 '강한 정신력'을 통한 충동 억제의 사상도 같은 역할을 했다. 이 사상은 1790년대의 비극 이론에 관한 논문에서는 독자적으로 자신의 고통을 극복하는 개인에 대한 구상을 통해 보완 수정되었다. 1776년 12월 14일의 기념 강연은 천재의 심리학적 정의를 내용으로 하고 있다. 천재의 지적 수월성은 특별한 정신적 성향에 근거를 두고 있다. 아벨은 설명하기를 감각,

상상력, 기억력, 분별력은 정상적인 경우에는 독립적인 체계들로서 작업을 하는데, 오로지 이 체계들이 마찰 없이 협력할 때에만 천재적 사유 활동을 유발한다는 것이다. 정신적·심리적 능력들의 조화로운 협력과 병행해서 정열의 추진 에너지가 등장한다. 이 에너지는 최상의 지적 성과의 전제로서, 한 대상에 대한 정신 집중을 가능케 한다. 천재의 특성은 빠른 판단, 지속성, 그의 정신적 표상의 생명감과 선명함이다. 이와 같은 진단은 이상적인 내면 조화에 바탕을 두고 있다. "모든 힘이 거기에 기여하지 않고는 어떠한 개념, 어떠한 사소한 판단도 형성될 수 없고, 감각들은 애당초 자료를 제공하고, 상상력과 기억력은 유사한 개념들을 불러오며, 분별력은 상황들을 통찰한다. 그 외에 관심을 좌우하는 것은 직접·간접으로 그와 연결된 애착심인 것이다."[167] 강한 정신적·영적 능력뿐 아니라, 그 능력들의 뛰어난 균형도 예외적 인간임을 입증할 수 있는 근거가 된다. 이와 같은 균형 감각이 결여될 때 나타나는 것이 기행(奇行), 광신(狂信), 또는 병리학적 단계인 광기(狂氣)인 것이다. 천재는 내면적 균형 감각이 형성됨이 없이 자신의 능력이 일방적으로 키워질 때에 경계선을 넘어 질병 현상으로 나타난다. 희곡작가인 실러는 거듭해서 천재적인 개인이 자신의 불안한 심리를 안고 당면하게 되는 심연에 매혹되었다. 피에스코와 포자 후작 같은 인물들은 자신의 정치적 야심을 막대한 정력을 가지고 인상적으로 펼치고 있지만, 바로 그 야심 때문에 그들의 탁월한 지성이 의심을 받는다. 후에 와서 엄청난 전문 지식을 가지고 천재의 부정적인 면들을 그리게 될 미래의 저자 실러의 회의적 시선은 아벨의 분석을 모범으로 하여 연마될 수 있었다.

아벨이 1777년에 제시한『강한 정신력 시론(Versuch über die Seelenstärke)』도 실러의 사상에 영향력을 미쳤다. 이 연설은 그 자신을 통제하고 있는 성격의 해부도를 요약해서 전달해주고 있다. 성격은 감각적인 인상들과 생리적 요구들에 대항해서 그리고 본능의 힘과 지각의 자극들에 대항해서 일종의 보호막을 설치할 능력을 가지게 되고, 그 보호막 뒤에서 자신의 도덕적 독립성을 확보할 수 있다. "현자의 고상한 가슴속에는 그의 이성이 법에 저촉된다고 판단하는 정열은 결코 싹트지 않는다. 이는 정열이 바탕으로 삼고 있는 모든 표상과 느낌들을 근절하거나 아니면 더욱 높은 느낌들을 통해 질식시킴으로써 가능하다."[168] 여기서 요약해서 기술하고 있는 이른바 인간을 움직이는 감정의 힘들을 고양함으로써 도달할 수 있는 극기 프로그램은 후에 와서 실러의 비극 모델의 인간학적 출발점을 이룬다. 그가 밝히고 있는 고통 억제의 수법은 이 사관학교 교수가 연설에서 설명한 강한 정신력에 대한 논리 정연한 이론 없이는 생각할 수 없다. 그러나 아벨의 구상에도 모순율이 분명히 나타난다. 이는 그의 사상의 실마리가 (허치슨과 퍼거슨이 확신하고 있는 것과 같이) 인간은 도덕적으로 홀로 설 수 있음을 입증해주는 이른바 도덕적 소질을 타고났다는 데서 출발하지만, 동시에 개인이 자신을 지배하고 있는 과도한 본능 에너지를 통제하기 위해서는 지적인 노력을 엄청 많이 기울여야만 한다고 주장하는 데에서도 드러나고 있다. 바로 감각적 요구들이 인간 심리에 끼치는 막강한 영향력에 대한 통찰이 아벨로 하여금 의지 이론을 입안토록 하는데, 이 의지 이론이 개인의 자유를 이성에 기댄 감정 조절의 산물로 생각할 수 있게 한다. 1776년에 행한 천재에 관한 연설은 "인간의 강한 정신력은 과도하게 육체에 의존하고 있어서 상상력, 분별력, 의지는 직간접으로 신체에 좌우된다"고 선언하였다.[169] 아이디어의 연결, 기억의 작용, 상상과 판타지 행위 등은 모두 인간의 신체적 상태, 욕망의 발동, 그리고 무의식적인 에너지에 예속되어 있다. 이와 같은 시나리오와 날카롭게 대립하고 있는 것이 강한 정신력의 이론이다. 이 이론은 플라트너의 근대 인간학이 보여주고 있는 것처럼 개인은 의지에 힘입어 다양한 신체적 예속들로부터 자유로울 수 있다는 확신에 바탕을 두고 있다. 1777년 12월에 행한 연설이 자유의지의 이상을 정열 통제에 성공한 결과로 본다면, 이 연설의 윤리적 체계는 아벨의 천재 이론과 1776년의 학위논문 「마음의 본질」이 망라하고 있는 욕구심리학과는 엄청나게 배치된다. 이 두 입장은 모순점이 체계적으로 극복되지 않은 채 그의 이론에 들어 있다. 이 두 입장은 줄처와 플라트너의 논문들을 통해 대변되고 있는 경험적 심리학과 슈팔딩과 멘델스존이 발전시킨 후기 계몽주의적인 도덕 이론에 그의 관심이 균등하게 배분되고 있음을 반영한다. 아벨은 1777년에 자신이 행한 연설의 테제를 후에 와서 포괄적으로 학위논문 「정신력에 관하여(Dissertatio de fortitudine animi)」(1800~1801)와 『강한 정신력 시론』에 삽입했지만, 여기서 거명된 모순을 극복하지는 못한 상태였다.

감각적 인지와 도덕적 자유의 관계를 설명하는 실마리는 1786년 출간작으로서 아벨의 카를스슐레 강의를 바탕으로 하고 있는 『심리학(Einleitung in die Seelenlehre)』이 처음으로 제공했다. 이 책에서는 독립적인 두 작업 영역을 구분하고 있다. 즉 이론심리학은 일반적인 인간학적 문제의 윤곽을 설명하고 있고, 반면에 실천심리학은 사람을 볼 줄 아는 안목의 문제에 대해 논평하고 있다. 두 학문 영역의 방법적 바탕은 어디까지나 세부적인 것에 대한 관찰을 통해 경험적 지식을 수집하는, 이른바 경험적 처리 방법에 있다. 그렇게 하는 데서 핵심적인 연구 영역들은 '경험심리학(Psychologia empirica)'에 대한 비교적 오래된 정통 철학적 정의에 따르면, 인간의 인식과 감지 능력에 대한 연구이다. 정신분석 작업의 주 조건은 아벨이 라이프니츠의 이론에서 빌려 온 하나의 공리라는 성격을 띠고 있었다. 즉 심리는 여러 힘들이 합성되고, 육체와는 달리 분리될 수 없는 통일체를 나타낸다는 가정이 바로 그것이다. 이 저서는 체계적으로 연관을 맺고 있는 규정에서 출발하여 감지 과정과 성찰 과정 사이를 중계하는 데 중추적 역할을 하는 인간 영혼의 생산 능력과 수용 능력을 고찰하고 있다. 느낌의 발생, 정열의 원천, 신체의 표현형식에 대한 감정과 오성의 영향, 감각적 지각의 변화, 언어와 사고의 관계, 그뿐 아니라 개별적 이념들, 상상력, 그리고 도덕적 상상들의 정신적 원인들이 플라트너의 방법에 따라 인간의 생리학적 기관과 관련지어 설명되고 있다. 아벨이 보기에 뇌세포와 신경 체계가 정신의 도구 구실을 하고, 그 도구들이 지닌 능력과 의도는 직접적인 신체적 반응이나 자극의 전달을 통해 직접적 또는 간접적으로 정신을 변화시킬 수 있다.[170] 이로써 본능심리학과 인식론은 의학적으로 입증할 수 있는 관계에 돌입하게 되고 이와 같이 입증할 수 있는 관계는 아벨의 사상을 라메트리가 대표하고 있는 유물론에 근접하게 한다. 그와 같은 점에서 수험생 실러는 무엇보다도 첫 번째 학위논문에 나타나고 있는 것처럼, 놀라울 만큼 근대적으로 논리를 전개하는 스승 아벨과 구별된다. 실러는 판단과 감지의 생리적인 작용 영역을 벗어나 있는 자유에 대한 확신을 좀 더 사변적인 성격이 강한 요소들에 의지해서 방법론적으로 입증하려고 시도하고 있다.

아벨에게서도 물론 초보적으로 감각적 지각의 이론을 바탕으로 해서 구축한 심리학의 숙명론과는 엄격히 선을 그으려는 노력을 엿볼 수 있다. 『심리학』에서는 인간은 자신에 와 닿은 인상들을 정리하고, 등급을 정하고, 그렇게 함으로써 그 인상들의 영향을 적극적으로 조종할 능력이 있다고 여러 번 언급되고 있다. 정신은 "주의를 하는 능력"에 힘입어 지각 과정에 개입할 수 있고, 밀려오는 인상들을 엄격하게 선별하여 "자체의 힘"

을 획득할 수 있다.[171] 정신의 선별 능력과 "자의(恣意)"는 다시금 자유의지
의 전제가 되고, 의지의 자유는 감각적 경험 세계의 억압으로부터 가능한
한 벗어나서 당당히 독립하는 데 있다.[172] 심리적 도구는 감각적 인상들을
선별함으로써 지능에게 독자적인 판단과 결정을 내리는 데 필요한 공간을
제공한다. 이와 같은 이론을 배경으로 할 때 강한 정신력이란 어디까지나
심리적 선별 능력과 그 능력의 도움을 받은 감각적 인상에 정신의 독자성
이 합해진 이른바 혼합된 능력에 지나지 않는다. 아벨의 정신적 집중력 이
론은 심리적 메커니즘이 베푸는 지각의 자유를 통해 도덕적 독자성이 가
능하다는 것을 입증하고 있다. 그는 그 이론의 토대를 요한 프리드리히 취
케르트의 저서 『정열에 관해서(Von den Leidenschaften)』(1764), 샤를 보네
의 『정신력에 대한 분석 시론(Analytischem Versuch über die Seelenkräfte)』
(1770~1771), 헤르더의 논문 「인간 정신의 인식 행위와 감지 행위에 관해서
(Vom Erkennen und Empfinden der menschlichen Seele)」에서 발견했다.[173]
감관을 통해 얻는 인상들이 곧 자율적 조종의 결과라는 생각이 후기 계몽
주의의 대중철학과 심리학에 대하여 어떠한 의미를 지니는지는 특히 가르
베가 퍼거슨의 『도덕철학 원론』에 큰 관심을 쏟았다는 사실이 잘 말해주고
있다.[174] 여기에서도 아벨은 자유의지의 사상과 인간의 감각적 결정론 사
이에 (물론 좁기는 하지만) 가교(架橋)를 놓게 될 자신의 집중력 이론이 인정
을 받고 있음을 발견할 수 있었다. 어린 실러가 그 이론의 선행 규정에 동
조했다는 것은 그의 첫 번째 의학 논문 습작이 증명해주고 있다. 이 습작
은 열 번째 항목에서 집중력을 "사고 기관에 들어 있는 물질적 이념들"에
"영향을 끼치는" 정신의 행위(감각생리학에 바탕을 두고 있는 지각의 산물)로
규정하려고 시도하고 있는 것이다.(NA 20, 27)
　아벨은 경험이 풍부한 교육자로서 실러의 재능을 일찍 발견하고 북돋

워주었다. 리하르트 벨트리히(Richard Weltrich)는 1899년 처음으로 비교적 많은 독자들이 접하기는 했지만, 인쇄되지는 않은 자신의 회고록에서 다음 사실을 강조하고 있다. 아벨은 특히 교육적 이유에서 강의에 섞어 넣은 문학작품에 대한 지적들에 실러가 각별한 호기심을 가졌다는 것이다. 그는 미학의 문제와 병행해서 논리학, 형이상학, 철학사와 윤리학, 그뿐 아니라 역사적 테마까지 총망라한 실러의 포괄적인 관심을 특별히 지적하고 있다. "이 모든 학문이 그의 관심을 끌었다. 그 이유는 그는 관심 있게 경청하고, 그가 구할 수 있는 이 모든 학문 분야의 최고의 저서들을 읽었을 뿐 아니라, 가능한 자주 이 저서들에 대하여 논의도 했다."(NA 42, 10) 자신이 발행하는 《슈바벤 마가친》을 통해서 중요한 자극을 제공한 하우크를 제외하면, 아벨은 실러가 1780년 12월에 사관학교를 나온 후에도 정기적으로 접촉한 유일한 사관학교 교수였다. 실러가 1782년 슈투트가르트에서 《비르템베르크 문집(Wirtembergisches Repertorium der Literatur)》을 발행하게 된 것도 아벨의 자문에 힘입은 것이었다. 아벨은 편집위원회에만 가입한 것이 아니라, 3호를 발간하고 중단된 단명(短命)의 저널 《잔인한 미덕, 종교에 대한 대화(Die grausame Tugend, Gespräche über die Religion)》 발간에도 참여하여 세 편의 기고문을 썼다. 또한 그는 실러의 『앤솔러지』에도 일련의 서정시들 (「질투하는 남자의 저주(Fluch eines Eifersüchtigen)」, 「파니에게(An Fanny)」, 「나의 작은 비둘기에게(An Meine Täubchen)」, 「하느님께(An Gott)」)을 익명으로 싣는 등 흔쾌히 실러의 출판 활동을 지원하기도 했다. 실러는 자신의 옛 스승에게 감사의 표시로 1783년 4월 말에 크리스티안 프리드리히 슈반 출판사에서 간행된 두 번째 희곡 『피에스코』를 헌정했다. 아벨은 1783년 11월 중순에 만하임에 있는 실러를 하루 동안 방문했는데, 예전에 군의관이던 실러가 1782년 10월 31일부터 슈투트가르트에서는 공식적으로 탈영병 취급을 받고 있었다는 것을 고려하면 이 방문은 논란의 소지가 없지 않았을 것이다. 대화는 문학의 문제와 집필 계획, 특히 정치를 맴돌 았다. 아벨은 1781년 말 사관학교 동료 교수인 이탈리아어 강사 프리드리히 아우구스트 클레멘스 베르테스(Friedrich August Clemens Werthes)와 하이델베르크 교회 장로 요한 프리드리히 미크(Johann Friedrich Mieg)의 영향을 받아 과격한 계몽주의 색채를 띤 '계명 결사(Illuminatenordnen)'에 가입했다. 이 결사는 1776년 아담 바이스하웁트(Adam Weishaupt)가 창설한 프리메이슨 연맹의 지부로서 진보적 성격을 띠고 있었다.[175] 결코 위험부담이 없지 않았던 그의 만하임 방문 목적은 무엇보다도 실러로 하여금 모종의 미스터리에 싸인 전복 계획을 추진하고 있는 비밀결사의 일원이 되게 하려는 데 있었다. 그러나 아벨이 자신의 방문 목적을 달성하지 못했음은 물론이거니와 그 이후에 이 비밀결사 홍보 담당자들도 실러를 설득하는 데에는 실패했다. 이 사안에 대해서는 나중에 다시 논의하게 될 것이다.

1783년 가을 이후 두 사람은 당분간 서로 접촉이 없었다. 아벨은 1790년까지 카를스슐레에서 가르쳤다. 1786년부터는 부학장의 직책을 맡게 되고, 그리하여 그는 공작의 대행자가 된 것이다. 1785년과 1788년에는 괴팅겐대학 문과대학 교수직을 제안받았다. 그 대학은 페더와 마이너스 같은 근대 경험적 방법의 대표자들을 교수로 확보하고 있었다. 경험적 방법에 대해서는 그 자신도 동의했다. 그러나 공작은 이미 중병이 든 플루크베트가 맡고 있는 튀빙겐대학 교수 직을 그에게 약속함으로써 생도들에게 인기 있는 강사가 떠나는 것을 막았다. 1790년 플루크베트가 세상을 뜬 후에 아벨은 영방 대학의 실천철학 교수로 자리를 옮겼다. 그러나 그가 그곳에서 교수로서 영향력을 발휘하는 데에는 한계가 있을 수밖에 없었다. 그가 대표하는 경험과학에 대해 칸트의 학문 체계가 도전해왔지만, 그는 더 이상 생산적인 대답을 내놓을 줄 몰랐다. 그의 지적 창의력은 눈에 띄게 고갈되었다. 그 사실은 그의 출판 활동 수준에서도 분명히 알아차릴 수 있었다. 한평생 빛나는 저술가라기보다는 명강의를 하는 교수였던 아벨은 후년에 와서는 특히 방법적으로 이미 유행이 지난 사관학교 강의록을 출판했다. 감소된 정신적 독창성을 웅변적으로 나타내주는 것은 그가 1804년에도『강한 정신력 시론』을 인쇄토록 한 정황이다. 이는 당시 이미 27년이나 지난 1777년 12월의 카를스슐레 연설의 주제를 체계적으로 완성한 것에 불과한 것이었다.

실러는 옛 스승을 1794년 3월에 10년 만에 튀빙겐에서 다시 만났다. 그 사이 유명해진 저자에게 경의를 표하는 학생들이 모여 만찬을 드는 자리에서였다. 그 뒤 몇 주 후에 아벨은 대학 지도부에 실러의 초빙 가능성을 타진했다. 새로운 공작 밑에서 좀 더 큰 재량권을 쥔 총장실은 예전 망명자의 귀국을 환영할 것이라는 신호를 보냈다. 그러나 1795년 봄까지 복잡한 협상이 오가다가 결국 실패로 끝나고 말았다. 뷔르템부르크 측이 제안한 조건은 훌륭했지만, 실러는 예나와 맺은 6년간의 인연을 끊고 싶지 않았기 때문이다. 이 시기에 칸트주의의 아성이 제공하는 지적인 매력에 비하면 슈바벤 시골로의 귀환은 그 전망이 별로 매력적이지 못했다. 이렇게 해서 사제 간의 재회는 1794년 이후로는 다시 이루어지지 못했다. 1800년 이후로 새로운 대학생 세대들에 대한 아벨의 영향은 급격히 감소되었다. 그가 피히테, 헤겔, 셸링의 이론들과 터놓고 논쟁을 벌이기를 거부했기 때문이다. 이로써 아벨은 근대 관념주의 사상 체계의 도전에 더 이상 건설적으로 대응할 수 없었던, 인기 있는 수많은 계몽주의 철학자들과 운명을 공유하게 되었다. 1811년 아벨은 튀빙겐대학 감사 방겐하임(Wangenheim)의 압력으로 튀빙겐대학을 떠나서 신설된 쇤탈 수도원의 신학 세미나를 책임지게 되었고, 1811년에는 슈투트가르트 소재 우라흐 국립극장의 총감독에 임명되었다. 그는 1829년에 세상을 떴다. 자신의 가장 유명한 제자보다 24년을 더 산 셈이다.

해부학·심리학적 탐색
세 명의 의학 교수: 콘스브루흐, 클라인, 로이스

사관학교는 1775년 말부터 꾸준하게 의과 설립을 추진했다. 우선 수학 기간을 3년으로 잡았다. 이는 외과 의사 양성을 위해 실제로 필요한 기간이었다. 그러나 이 기간은 5년으로 연장되는 것이 보통이었다. 실러도 시험을 마치기 위해서는 5년이 필요했다. 1776년 1월에는 본과 학생 아홉 명이 참가한 소규모의 수업이 시작되었다. 1736년 슈투트가르트 태생으로 임상 경험이 풍부한 요한 프리드리히 콘스브루흐가 의학사, 생리학, 병리학, 치료법을 가르쳤다. 그보다 5년 연하요, 1774년부터 이미 카를스슐레에서 외과 의사로 재직하던 크리스티안 클라인(Christian Klein)은 해부학과 외과학의 수련을 담당했다. 그와 동갑내기인 크리스티안 고틀리프 로이스는 자연사, 화학, 약리학 강의를 맡았다.[176] 비록 실습 가능성은 제한되어 있었지만 전공 수업의 수준은 대학의 수준과 맞먹었다. 가장 중요한 실물 학습 자료를 이용한 수업은 사관학교 병원이 직접 담당했다. 이 병원은 물론 중환자를 수용해야 하는 경우는 드물었다. 생도들은 인체 해부 기술을 카를스슐레의 해부실에서 습득했다. 그 경우에 시체는 슈투트가르트의 군 병원에서 구했다. 외과 전공은 주로 이론적 교육으로 만족해야 했다. 수술에 참관하거나 직접 집도하는 것은 전적으로 불가능하다시피 했다. 하지만 마취 가능성이 없는 것을 이유로 수술하는 경우가 도통 드물었다는 것을 생각할 때, 그 점은 오로지 당시 의술의 수준을 반영하고 있을 뿐이다. 카를스슐레의 의과 졸업생들이 전문 지식이 풍부한데도 불구하고 보수적인 튀빙겐대학은 수 년 동안 그들을 동등하게 취급하기를 거부하고 자신들이 실시하는 여러 가지 시험을 치르게 했다. 학교장 제거가 끈질기게 협상을 한 후에야, 비상시에만 사관학교에서 작성한 학위논문이 튀빙겐대학 학부에서도 박사 학위 사용을 합법화하는 학위논문으로 인정되었다. 그 전형적인 예가 프리드리히 폰 호벤의 경우이다. 그는 1782년 사관학교 수업을 성공리에 마친 후에 영방 대학에서 보충 시험을 치르고 나서야 루트비히스부르크에서 독립된 의사로서 병원을 개업할 수 있었다. 실러도 공작의 군대를 떠나서 의료 활동을 계속하려고 노력했다면 의무적으로 그와 같은 별도의 시험을 거쳐야 했을 것이다.

사관학교 의학 교수 세 사람 중에서 학문적으로 가장 탁월한 이는 물을 것도 없이 콘스브루흐였다. 그는 튀빙겐, 괴팅겐, 스트라스부르에서 대학 공부를 했고, 1759년에 시험을 마쳤으며, 같은 해에 파이힝겐에서 지방 보건소 의사가 되었다. 몇 년간의 실습 활동을 마친 후에 1772년에 튀빙겐대학에서 박사 학위를 취득했다. 그는 교수 활동과 병행해서 정기적으로 논문들을 발표했는데, 주로 의학 역사, 심신상관 의학, 그리고 섭생법의 문제를 다룬 것들이다. 의과 졸업 토론회를 위해 콘스브루흐가 택한 명제는 주로 육체와 영혼의 상관관계에 관한 것이어서 그가 심리학에 애착심을 가지고 있었던 것도 알 수 있다. 그러므로 서로 대조할 만한 관심사가 생기면 아벨과는 아무 마찰 없이 긴밀하게 함께 일했다는 것은 결코 우연이 아니다. 심신상관에 대한 의학적 문제 제기는 콘스브루흐가 1776년부터 학년 말에 공작에게 제안한 연설 개요의 주된 내용이기도 했다. 학년 말 연설은 「신체 건강이 정신력에 미치는 영향에 관하여」, 「왕성한 기억력은 신체 건강 상태에 좌우된다」, 「두뇌 조직이 천재에게 미치는 영향에 관하여」
와 같은 주제들을 다루었다.[177] 하지만 콘스브루흐가 사관학교의 축제 연
설문을 작성해서 공식 석상에서 발표할 수 있는 매력적인 과제를 맡은 것
은 1779년이 처음이었다. 『물리학 교육이 정신력 형성에 미치는 영향에
관하여(*Von dem Einfluß der physikalischen Erziehung auf die Bildung der
Seelenstärke*)』라는 제목 아래 코타 출판사에서 인쇄된 텍스트에서는 아리
스토텔레스가 세우고, 플라트너, 티소, 치머만에 의해 갱신된, 이른바 신체
와 심리 사이에는 상호 관계가 있다는 가설을 저자가 옹호한다는 것을 밝
혀주고 있다. 그 가설의 바탕에는 인간의 육체는 흥분, 기쁨, 피로, 낙심,
열광, 슬픔과 같은 정신 상태에 의해 조종되고, 반대로 심리적 조건도 탈
진, 고통, 허기, 갈증과 같은 신체 상태의 지배를 받는다는 견해가 깔려 있
다. 1776년부터 정기적으로 콘스브루흐가 작성한 시험 주제를 답변자로서
옹호해야 했던 실러는 스승의 수업을 통해서 인간적으로 다시 활기를 얻
게 된 '심신 상호 작용설(Influxionismus)'의 단서와 만나게 되었다. 그는 자
신의 학위논문에 이 상호 작용설을 일관되게 적용했다. 하지만 동시에 사
변적인 성찰과 결부시켰기 때문에 시험관의 반대를 불러일으키지 않을 수
없었다.

육체와 정신의 관계에 대한 오래된 논쟁에서 의학계는 18세기 중반에
대립된 두 의견을 대표하는 양 진영으로 갈렸다. 하지만 대립된 두 입장을
중재하려는 노력에서 가장 성공적인 해답이 나왔다. 한쪽 편에서는 데카
르트적 전통을 독자적으로 새로이 해석해서 인간의 육체를 오로지 물리적
이고 생리적인 과정에만 순종하는 순전한 기계로 파악하려는 시도가 있었
다. 학교교육에 영향을 미칠 수 있는 힘을 가지고 이 입장을 대표하는 사
람은 네덜란드의 의사 헤르만 부르하버(1668~1738)였다. 데카르트는 실체

분리의 바탕 위에서 통상 임의로 분리될 수 있는 요소들을 지니고 있는 육체 세계와, 결코 분리될 수 없는 정신의 영역을 대비했다. 그리고 육체와 정신의 협력은 오직 신의 섭리 행위 속에서만, 다시 말해 형이상학적으로만 가능하다고 보는 극단적 이원론을 창출했다. 반면에 17세기 후반의 기계론적인 의학에서는 정신은 그 자체가 육체의 한 요소이고 육체의 지배를 받는다는 소신을 따랐다. 부르하버는 이와 같은 견해를 고대 체액병리학의 새로운 형태와 관련짓고 있다. 이 체액병리학에서는 상태, 체온, 색깔, 혈류 속도에 따라 상이한 체액의 상호작용을 인간 신체 구조의 바탕으로 보고 있다. 레이던 출신의 이 의사가 관심을 가지는 것은 오로지 인간의 정신적 활동을 도외시한 호모사피엔스의 육체적 생존뿐이었다. 프랑스인 의사요 부르하버의 제자인 라 메트리의 사상 속에 들어 있는 이와 같은 단서는 정신의 독립성을 전면 부정하는 쪽으로 이어졌다. 라 메트리는 『기계적 인간』(1748)에서 정신이 독립적 실체라는 상상과는 인연을 끊고 있다. 실러는 아벨의 강의를 통해서 그와 같은 유물론적 인간학의 가설을 알게 되었다. 할레 출신 의사인 게오르크 에른스트 슈탈(Georg Ernst Stahl)(1659~1734)에게서 연원을 찾을 수 있는 '애니미즘(Animismus)'*은 전혀 다른 곳에 역점을 두고 있다. 이 애니미즘은 모든 질병을 정신적 살림살이에 생긴 고장이라는 단 한 가지 원인으로 설명하려고 한다. 이 이론을 가지고 뷔르템베르크의 경건주의 환경에서 막대한 영향력을 행사할 수 있었던 슈탈에게서 정신은 육체를 건축하는 장인 역할을 하는 것으로 나타난다. 각 신체의 상태는 정신 상태에 의존하고 있다. 인간의 신체적 구조는 슈탈이

⋮

* 자연계의 모든 사물에는 영적·생명적인 것이 있으며, 자연계의 여러 현상도 영적·생명적인 것의 작용으로 보는 세계관.

가르치고 있는 것처럼 역동적 생명의 원리인 '아니마(anima)'의 조종을 받는다. 정신은 육체의 내부에서 일어나고 있는 생리적 사건들을 체계적으로 조직해서 인간을 생물학적으로 유지하고, 엄격히 기능적인 분업을 바탕으로 자신의 에너지를 꾸준히 재생하여 능률을 발휘할 수 있도록 함으로써 육체를 지배한다.

콘스브루흐는 부르하버가 퍼뜨린, 이른바 육체를 기계로 보는 과격한 유물론 사상은 물론, 슈탈의 임상의학 시각에서 나온 논란 분분한 애니미즘도 지지하지 않았다. 이 애니미즘에 대해서는 카를스슐레의 의사들도 대부분 유보적 태도가 현격하였다.[178] 콘스브루흐는 괴팅겐대학의 스승이던 요한 고트프리트 브렌델을 통하여 좀 더 새로운 신경병리학과 대면하게 되었다. 이 신경병리학의 생리학적 바탕은 17세기 말 할레대학 교수 프리드리히 호프만(Friedrich Hoffmann)의 논문들, 특히 『의학의 기초(*Fundamentae medicae*)』(1695)가 마련해놓은 것이었다.[179] 콘스브루흐가 브렌델의 강의를 바탕으로 학생들에게 가르치던 신경병리학의 단서는 병의 증상을 만들어내는 데 있어서 신경계통들이 (부르하버 이론의 핵심인) 체액이나 (슈탈이 인정하고 있는) 정신의 영향보다 좀 더 중요한 역할을 한다는 데에서 출발하고 있다. 실러의 친구인 폰 호벤은 자신의 회고록에서 콘스브루흐가 가르친 신경병리학이 커다란 영향력을 끼쳤음을 강조하고 있다. 그 자신도 의사로서 후에 와서 이 이론을 추종했다.[180] 신경병리학은 권위 있는 저명인사들의 학설에 바탕을 두고 있었다. 근대 신경병리학의 기초를 놓은 사람은 원래 부르하버 학파의 대표자이던 알브레히트 폰 할러였다. 1757년과 1766년 사이에 장장 일곱 권으로 출간된 『인체의 생리적 요소(*Elementa physiologiae corporis humani*)』를 통해서였다. 이 근대 신경병리학은 자극의 전이와 발생, 신경삭(神經索)의 세포 구조 문제들과 지각의 도구, 두뇌, 그리고 신경 자극의 관계를 다루었다. 스위스 출신의 이 세계적 학자는 190회에 걸친 실험에 힘입어 육체의 개별 부위 속에서 신경의 민감성을 측정하고 이와 같은 방법으로 신체적 시스템 속에서 자극감수성의 상이한 단계들을 증명하는 데 성공하였다. 스코틀랜드의 의사 윌리엄 컬런(William Cullen)은 1760년대부터 일종의 진단학 이론을 개발하였다. 할레의 인식에서 출발하고 있는 이 이론은 고대의 체액병리학이 체액에 그 원인을 돌린 것처럼 질병 발생의 원인을 신경에 돌리고 있다. 1775년에 출간된 그의 주요 저서 『질병분류학 방법(Apparates ad nosologiam methodicam)』에 대한 서평이 1778년 《슈바벤 마가친》에 실렸다는 것은 틀림없이 그의 이론이 카를스슐레 주변에서 관심을 유발했다는 것을 증명하고 있다.[181] 컬런의 고집스러운 제자 존 브라운(John Brown)은 실험을 바탕으로 『질병분류학 방법』에 나타난 학문적 단서를 발전시켜서 그의 흥분 이론의 틀 안에서 신경생리학과 질병의 원인 간의 상관관계를 밝혀내려고 했다. 카를스슐레 도서관에 비치되어 있던 월간지 《의사(Der Arzt)》(1759~1764)의 발행인이던 요한 아우구스트 운처도 그의 『생리학의 기초(Ersten Gründen einer Physiologie)』(1771)에서 신경액의 이론을 추종했고, 그 이론에 힘입어 슈탈의 애니미즘과 맞서 싸웠다.[182] 콘스브루흐의 수업이 호프만, 브렌델, 컬런의 신경병리학에 주된 관심을 두었다는 사실은 그의 수업이 근대과학의 수준에 이른 것을 의미하는 것이었다. 실러의 첫 번째 학위논문은 바로 이 분야에 해당하는 할러의 저서들을 읽고 얻은 인식들을 당연하다는 듯 여기고, 전문적 권위에 대해 적의를 보이면서 공격하는, 이른바 비판 정신을 가지고 할러 이론을 재구성하려는 시도나 다름없다.

콘스브루흐는 끝까지 의학 수업의 핵심 인물로 남아 있었다. 그는 자신의 저서들을 통해 카를스슐레의 테두리 밖에까지 영향력을 미쳤다. 상트페

테르부르크 학술원이 그를 정회원에 임명한 사실이 단적으로 그가 외부에서 거둔 성공을 증명해주고 있다. 이론적으로 열린 자세 덕분에 그는 철학을 전공하는 동료 교수들과도 흥미 있는 대화 상대가 되었다. 비근한 예로는 그가 고전적 전문 영역 사이의 경계 학문으로서 플라트너의 인간학 문제에 대하여 아벨과 더불어 의견을 나눈 것을 들 수 있다. 그는 사관학교의 인기 있는 교수 역할을 통해 막강한 영향력을 발휘했다. 그의 강의들은 철저한 준비를 거쳐 엄격하게 진행되었고, 정보 가치가 높았다. 콘스브루흐는 수사학적 재능이 있어서 다른 의학 교수 대부분의 흥미 없는 강의 스타일과는 차이가 났다. 공작은 1780년 그의 진단 능력을 높이 사서 주치의로 임명했다. 이 지위 덕택에 카를스슐레가 1794년 폐교된 뒤에도 그는 의사로서 쉽게 슈투트가르트에 정착해서 개인병원을 성공적으로 운영할 수 있었다. 이 기간에 그는 아주 가끔 그의 학문적 관심사를 추구하기도 했다.

외과 의사 클라인은 전혀 다른 유형의 학자였다. 스트라스부르, 파리, 루앙, 아브르 드 그라스 등지에서 5년간 학업을 마친 후, 1764년부터 우선 개업의로서 경험을 쌓았고, 1774년에 학력이 별로 없는 필리프 안톤 크레펠(Philipp Anton Kreppel)의 후임자가 되었다. 크레펠은 1770년부터 사관학교의 '외과 참모장교'의 직책을 맡아 솔리튀드에서 근무했다. 공작은 지나치리만큼 세심하게 생도들의 건강 상태를 살폈고 위생적인 환경을 조성하는 데 큰 비중을 두었다. 그런 까닭에 전염병에 걸린 예후가 있는 환자들은 엄격하게 격리해 돌보고, 괴질 예방에 힘쓰며, 봄이 되면 생도들로 하여금 병영이라면 어디에나 항상 도사리고 있는 전염병에 걸릴 위험성을 줄여줄 광범위한 소독 요양 치료를 받도록 하는 것이 이 외과 의사의 임무에 속했다. 1772년 3월부터 슈투트가르트의 약사 발츠(Walz)가 솔리튀드에서 자신의 점포를 운영할 수 있어서 약품의 재고량은 항상 넉넉했다. 훌륭한 의사가 보살핀 결과, 중병에 걸린 환자의 수치는 현저히 낮은 수준을 유지했다. 의과 개설과 함께 클라인은 자신의 병원 운영과 병행해서 해부학과 외과학의 강의도 맡았다. 그의 직무에는 생도들로 하여금 해부 실습을 받게 하고 해부학 도형을 그리도록 하는 것도 포함되었다. 이 실습에서는 시체를 직접 다루었는데, 생도들은 이 시체 해부에 관해서 정기적으로 보고서를 써야 했다. 실러도 그와 같은 보고서를 작성했다. 1778년 10월 10일 17세의 나이에 폐결핵과 심낭염으로 죽은 미술학도 요한 크리스티안 힐러(Johann Christian Hiller)의 시체 해부에 관한 그의 보고서가 아직도 전해오고 있다. 이 조서는 매우 꼼꼼하게 위, 장, 간, 비장, 신장, 폐, 심장을 병리학적으로 분석하고, 조직의 상태를 기록하고, 질병 소견을 담담한 어조로 기록하고 있다. 객관적인 문체를 사용하여 기록자의 감정이나 가치판단이 전혀 개입되지 않은 기록이다. 별로 가깝게 지내지 않은 학우의 죽음이 조서 작성자인 그에게 큰 슬픔을 주었는지는 텍스트의 어조에서 알아차릴 수 없다.(NA 22, 17 이하)

클라인의 주 활동은 사관학교 수업이었다. 그는 전혀 떠들썩하지 않고 무미건조하게 수업을 진행했다. 그는 저술 활동에는 흥미가 없었다.[183] 당대 의학의 이론적 논쟁에는 별로 관심이 없었던 것 같다. 그가 남긴 학위논문이나 별도의 출판물은 존재하지 않는다. 개업의로서 다른 분야로 외도할 마음을 먹지 않고, 일상적인 직무 수행에 국한해서 열성을 다 바쳤다. 공작은 클라인의 현실감각과 괄목할 만한 조직 능력을 높이 평가했던 것 같다. 그는 클라인으로 하여금 정기적으로 여행에 동행토록 했고, 그때에 그는 의학적인 감시뿐 아니라 참모부 보급 장교직도 맡아야 했다.[184] 클라인과 실러의 관계는 변함없이 늘 소원했던 것 같다. 무엇보다도 이 강사는 생도 실러가 추구한 예의 이론적 자극을 거의 제공하지 못했다. 실러의 첫 번째 학위논문 통과를 거부한 클라인의 간결한 평가 소견은 교사와 학생 간에 지적 교류를 가로막을 정도로 의사소통이 매우 어려웠음을 증언해주고 있다.

이론에 관심을 가진 개업의는 크리스티안 고틀리프 로이스였다. 그는 튀빙겐과 스트라스부르에서 의학을 공부했고, 일찍부터 그곳에서 생물학과 화학 분야를 전공했다. 1766년 그는 궁의(宮醫)로서 공무원 신분이 되었고, 개업의 활동과 병행해서 슈투트가르트 김나지움의 상급반에서 자연과학 수업을 계속 담당했다. 공작은 1774년에 그를 솔리튀드로 초빙했다. 그곳에서 그의 직무는 우선 공작의 시동들, 에콜 데 더무아젤의 여학생들, 그리고 근위대 장교들의 건강을 보살피는 것이었다. 그가 1776년 초에 맡은 수업은 자연사, 약제학, 화학에 관한 것이었다.[185] 호벤이 회고한 바로는 그의 강의 스타일은 "무미건조"했지만, 내용은 풍부했다.[186] 로이스는 학술 문제들을 추구하는 데에는 매우 소극적이어서 학제 간의 대화에 끼지를 않았다. 내성적인 사람으로 평가되던 그는 절친한 동료들의 압력을 받고서야 화학 연구 논문과 야금학 연구 논문을 발표했다. 그가 인간학의 문제들에 대해서 깊이 생각했다는 것은 1777년 학년 말 강연에 내놓은 주제 목록을 통해서 알 수 있다. 섭생법의 문제와 인간의 심성에 미치는 섭생법의 영향에 대한 연구 보고서 외에 연령과 열정의 관계에 대한 텍스트를 제안한 것이다.[187] 실러도 옹호하는 답변을 해야 했던 로이스의 1779년 12월의 시험 주제들은 전공과목과 연관이 깊은 것이었다. 《슈바벤 마가친》 12월호에 발표된 「훌륭한 의약품에 대한 명제(Theses ad materiam medicam spectantes)」는 전 학년의 수업을 바탕으로 한 것이었다. 여기에서는 약리학과 자연요법의 문제가 핵심을 이루고 있다. 실러는 이 논쟁에서 빛나는 성과를 올렸고 로이스의 과목에서나 클라인의 과목에서 똑같이 탁월한 성적을 내서 포상 메달을 받았다. 그러나 그해 연말에 시험에 합격하면 이 학교의 속박으로부터 벗어날 수 있다는 희망은 속임수인 것이 밝혀졌다. 12월 중순에 이미 그는 앞으로 12개월을 더 사관학교에서 참고 견뎌야 한다는 것을 알았다. 시험관들이 그가 제출한 학위논문의 통과를 거부했기 때문이다.

5. 의학 학위논문

사변적 인간학

「**생리학의 철학**」(1779)

1779년 가을에 실러는 의과 시험관 세 명에게 「생리학의 철학(Philosophie der Physiologie)」이라는 학위논문을 제출했다. 연초부터 그는 전적으로 이 논문 집필에 매달린 것으로 추측된다. 심사 위원을 위해 한 편은 라틴어로 쓰고, 한 편은 독일어로 써서 제출된 논문의 분량은 많았는데, 원본은 보존되어 있지 않다. 1790년 2월 실러가 부친에게 '나의 정신 발달의 역사'를 연구하고 싶다면서 자신이 젊었을 때 쓴 논문들을 예나로 보내주길 청했을 때, 1779년에 쓴 논문 원고는 분실된 것이 확실한 것으로 판명되었다.(NA 25, 408) 그러나 1827년 옛 학우이던 카를 필리프 콘츠의 유품 속에서 열한 개 항목으로 구성된 제1장의 독일어 필사본이 발견되었다. 1779년

11월 6일 자 콘스브루흐의 감정 평가서가 암시하기로는 원래 이 논문은 5장으로 나뉘어 있고, 항목은 적어도 마흔한 개나 되는 분량을 담고 있었다. 추측건대 콘츠가 보관하고 있던 원고는 이 논문이 탄생하던 해에 우선 인쇄를 하기 위해 작성되었던 것인 듯하다. 이 원고의 도움으로 적어도 실러의 논리 전개에서 몇 가지 원칙을 파악할 수 있다.

이 분석의 핵심은 인간 유기체 내의 신체와 정신의 관계에 대한 문제였다. 기억하기로 여기서 문제 삼고 있는 것은 당시 이론의학, 인간학, 심리학에서 크게 관심을 가지던 주제였다. 실러가 심리적 사례와 신체적 사례의 합작인 이른바 '심신 상관관계(commercium mentis et corporis)'를 천착했다면, 그는 당시의 주요 학자들이 초미의 관심을 보였던 분야의 문제를 다룬 것이었다. 다른 생도들의 졸업논문도 의학과 철학의 긴장의 장에 나타나는 인간학의 문제를 다루기는 마찬가지였다. 아벨의 수업 덕분이었다. 예컨대 같은 해에 이마누엘 고틀리프 엘베르트는 심신상관 의학의 문제를 다룬 논문 「의학과 특이체질에 관하여(Dissertatio medico-diaetetica)」를 제출했고(이 논문의 독일어 요약은 《슈바벤 마가친》에 발표됨), 12개월 후에 프리드리히 폰 호벤의 『감지 이론에서 모호한 상상의 중요성에 관한 연구(*Versuch über die wichtigkeit der dunkeln Vorstellungen in der Theorie der Empfindungen*)』가 뒤를 따랐다. 이 두 경우에 저자들은 의학적 특수 문제를 뛰어넘어 아벨의 강의와 관계를 맺을 수 있었다. 아벨의 강의는 플라트너의 인간학과 줄처의 '모호한 지각(perceptiones obscurae)' 이론에서 심신상관의 입증 문제를 상세히 다룬 적이 있다. 여기에서 특별히 인상 깊은 것은 카를스슐레 강사들이 근대적 방법 의식을 지니고 있었음을 증명해주는 학제 간의 협조이다.

실러의 논문은 인간의 보편적 조건을 출발점으로 삼고 있어 분명 계몽주의적 형이상학의 영향을 받은 것임을 알 수 있다. 창조의 절정은 호모사피엔스의 창조인데, 이 창조 작업은 창조 현상의 내면적 질서와 단계화를 보장하는 철저하게 합목적적으로 구성된 계획의 법칙 아래 이루어졌다. 인간은 하느님과 같은 형상을 지니고 있고, 그럼으로써 하느님이 창조한 작품 중에 최상의 걸작인 것이다. 인간은 다른 생명체보다 뛰어나게 행복을 느끼는 능력으로 인해 최상의 지위를 얻고 있다. 행복을 느끼는 능력은 (이타적) 사랑의 능력과 연결되어 있다. 이는 1780년 1월 백작 부인의 두 번째 생일 축하 연설에서도 다룬 것으로 퍼거슨의 도덕철학을 통해 익힌 명제이다.(NA 20, 10 이하) 그와 같은 배경하에서 인간은 영혼 불멸로 인해 하느님을 닮은 동시에 육체적 생존을 바탕으로 죽음에 내맡겨진 이중적 존재라는 윤곽이 상세하게 드러났다. 기록된 바와 같이, 개인이 자신의 부족함을 의식하는 가운데 창조주의 능력을 본받으려고 애쓰는 연유는 바로 이와 같은 이중적 성격 때문인 것이다. 하느님의 완전성에 도달하고픈 열망은 나름대로 자연의 더할 수 없는 아름다움과 대결함으로써 개인 속에서 불꽃처럼 솟아나는 도덕적 자유에 대한 동경으로 나타난다. 주변 세계에 대한 감각적 경험은 결과적으로 도덕적 의지의 전제가 된다. 한 영역이 다른 영역과 반목할 필요가 없다. 실러의 소견은 어떻게 하면 제한된 신체적 체력의 톱니바퀴 장치인 지각 활동과, 타인과 뚜렷이 구별되는 개인의 완전성의 모터인 정신 활동이 아무런 마찰 없이 밀접한 관계를 맺을 수 있는가 하는 문제로 매우 급격하게 옮겨 간다. 실러의 이 논문은 인간의 신경삭을 통해 작용하면서 정신적 활동과 육체의 활동을 연결할 수 있는 '합력(Mittelkraft)'이 존재한다는 주장에서 답을 찾고 있다. 그는 정신의 소재지가 두뇌라고 선언하는 플라트너에 합류해서 정신과 심리를 더 이상 세밀하게 구별하는 것을 포기한다. 그가 후에 쓴 의학 연구 논문에서도 이 두 영역은 인간의 사고와 감지의 비물질적 영역으로 파악되고, 다 같이 육체의 영역과는 구별되고 있다.

두 번째 항목에서 실러는 우선 육체와 정신의 상관관계를 여러 관점에서 파악하려는 네 이론들에 대해서 토론을 벌인다. 첫 번째 가설은 분명 그의 스승인 아벨에게서 연유한 것이지만 이 논문에서 그의 이름은 밝히지 않고 있다. 이 가설은 1786년에 처음으로 『심리학』의 일환으로 출간되지만, 상세히 설명된 것은 이미 1776년에 행한 심리학 강의에서였을 것이다.[188] 이 가설은 인간의 정신은 물질과 마찬가지로 '간파될 수 없는 것'이고 이와 같이 유사한 성질을 바탕으로 기계적 세계의 법칙으로부터 지배를 받는다는 것을 내용으로 하고 있다.(NA 20, 12) 실러는 그와 같은 정의에서는 정신과 육체가 동일시되고 있어 문제가 있다고 보았다. 이는 틀림없이 영혼 불멸을 의문시하고, 결과적으로 그의 인간학의 형이상학적 전제에 어긋나는 것이었기 때문이다. 그는 좀 더 결연한 논거를 가지고 제2의 명제를 일축하고 있다. 이 명제는 인간의 정신적 체험에서 발생하는 모든 것은 육체적 과정의 산물이라는 데에서 출발하고 있다. 이미 부르하버와 라메트리의 글에 표현되어 있던 이와 같은 기본 가정은 또다시 실러가 보기에 추호도 의심할 여지가 없는 정신 불변의 사상을 손상하고 있는 것이다. "그렇지 않으면 정신은 그 자체가 물질이어야 하고, 따라서 사상은 운동이어야 한다. 그렇다면 불멸은 망상일 뿐이고, 정신은 시간이 가면 사라져야 한다. 이는 정신의 고매함을 바닥에 떨어뜨리기 위해서, 그리고 앞으로 오고 있는 영원의 공포를 잠재우기 위해서 억지로 생각해낸 의견에 불과하다. 이 의견은 오로지 바보와 악인들만 매혹할 수 있을 뿐, 현명한 사람이라면 이 의견에 조소를 보낼 것이다."(NA 20, 12)

실러는 반대로 육체와 정신의 상관관계를 물질세계의 우위를 통해서가 아니라 형이상학적인 개입을 통하여 보장되는 것으로 인식하려는 이론들도 문제점이 있다고 여겼다. 여기서는 별도의 언급이 없지만, 내용 속에는 뚜렷이 라이프니츠 내지 데카르트 철학의 해결 모형이 요약되어 있다. 라이프니츠의『형이상학 담론(Discours de métaphysique)』(1686)에 따르면 자연의 통일성은 어디까지나 신이 미리 구상한 자연의 요소들 간 조화를 통하여 유지되고, 이와 같은 균형은 창조주가 정기적인 교체의 법칙의 지배를 받도록 한 인간의 신체와 영혼 사이의 관계도 좌우한다. 실러는 이와 같은 사상에 대하여 비판을 가하는데, 특히 이 사상은 개인의 자유의 가능성을 오로지 신학적 약속으로 돌림으로써 개인의 자유의지를 깊이 의심하도록 한다는 것이다. 만일 완벽한 인간의 조건이 되는 육체와 정신의 협력이 "영원으로부터 확정된 화음(和音)"의 결과일 뿐이라면, 개인의 "행복"에 대한 요구도 한낱 "꿈"에 지나지 않으며, 도덕적 독립성은 하나의 '환상'에 지나지 않을 것이다.(NA 20, 13) 똑같이 데카르트의 이론도 비난을 받는다. 데카르트의 이론은 육체의 세계와 정신은『철학의 근본원리에 대한 고찰(Meditationes de prima philosophia)』(1641)에 상세히 설명된 실체 분리를 바탕으로 원칙적으로 분리되어 있지만, 경우에 따라서는 합칠 수 있다는 데에서 출발한다. 또한 실러는 네덜란드의 철학자 아르놀트 횔링크스(Arnold Geulincx)와 계몽주의 신학자 니콜라 말브랑슈(Nicolas Malebranche) 학파까지도 신봉하던 이와 같은 데카르트의 우인론(偶因論, Okkasionalismus)이 육체와 정신의 합동 작용을 우연한 과정인 동시에 인간의 힘이 어쩔 수 없는 과정으로 돌리고 있다고 보고 있다. 철학하는 의사의 자격으로 판단하는 저자는 이 모델을 개인의 자유를 형이상학의 섭리에 예속시키는 이론적 설명 모델로서 무리가 있다고 보는 것이다.[189]

실러는 단호히 배격된 옛 이론들의 내적 모순을 극복하는 데 적절한 것처럼 보이는 다섯 번째 해답을 추구하고 있다. 기록되기로는 육체와 정신의 인터페이스는 곧 '합력'에 있는데, 이 합력은 육체적 성질의 것만도 아니고 그렇다고 순수하게 정신적인 것만도 아니다. 실러는 자신의 견해를 확고히 하기 위해서 제4항목에서 제일 먼저 '구조', '기관', '정신'이라는 개념들을 엄격히 구별하려고 한다. '구조'는 기계적인 힘들이 함께 작용하는 영역, 그러니까 주로 근육과 뼈의 영역을 이룬다. '기관'은 감관적 자극을 수용하는 심급, 즉 눈, 코, 귀와 같은 지각의 도구들에 해당한다. 마지막으로 '정신'은 감관을 통해 얻은 인상들에서 떠오르는 이념의 완성과 성찰의 매개물인 것이다. 실러의 인간학 체계 속에서 이와 같은 차원의 연결은 하나의 합력을 생산한다. 이 합력은 감각기관이 받아들인 외적 자극을 물질적(그러므로 구체적) 이념으로 옮겨놓고, 이 물질적 이념은 또다시 정신에 의해서 추상적 정보로 변환될 수 있다. 이 합력이 위치하는 곳이 신경삭인데, 바로 그 속에서 생리적 자극이 표상의 내용으로 완성되는 것이다.(NA 20, 14 이하)

이 합력 가설은 실러가 최초로 창안한 것이 결코 아니고 당시 의학의 사유 모델로서, 이에 대해서는 실러의 학위논문이 나오기 전에 이미 격렬한 토론이 있었다. 1776년 6월과 11월 사이에 발타사르 하우크가 발행하는 《슈바벤 마가친》에서는 '중간물질(Mittelding)' 문제를 둘러싸고 지상 토론이 벌어진 적이 있어, 틀림없이 실러도 알고 있었을 것이다. 배경에는 데카르트의 실체 분리의 모델이 있었는데, 그를 배경으로 해서 합력 문제가 더 상세히 규명되어야 했다. 합력은 물질이나 정신이 아니라, 인간학적 이원론을 벗어나는 이 두 요소의 연관을 의미하기 때문에, 그 특별한 성격을 상세히 설명할 필요성이 제기된 것이다. 《슈바벤 마가친》의 기고문들은 물론 어떻게 이 합력 이론이 실험을 통해 굳어지고 체계적으로 입증될 수 있을까에 대하여 의견 일치를 볼 수는 없었다. 하나의 물질이 육체인 동시에 정신일 수 없고, 가분(可分)인 동시에 불가분일 수는 없기 때문에 데카르트 학파의 비판자들은 이 이론을 일컬어 전대미문의 논리적 스캔들이라고 했는가 하면, 그 반대파는 물질적이고 비물질적인 성질이 하나의 매체로 결합한다는 것은 전적으로 생각 가능한 것이라며 이 의견을 옹호했다.[190] 사람들은 합력의 구조와 기능의 문제에 대해서만 의견이 갈린 것이 아니라, 그 합력이 인간의 유기체 속에 정확히 어디에 위치하는지에 대해서도 격론을 벌였다. 프리드리히 카를 카시미르 폰 크로이츠(Friedrich Carl Casimir von Creuz)는 분명 라 메트리를 겨냥한 『영혼에 대한 고찰(Versuch über die Seele)』에서 인간의 심리를 합력의 소재지로 보아야 한다는 견해를 피력했는가 하면, 프랑스의 의사 클로드니콜라 르 카(Claude-Nicolas Le Cat)는 1753년 프로이센 학술원이 모집한 현상 논문에서 근육운동의 원리에 대하여 근육운동을 조종하는 장소로는 오로지 신경삭의 체계만을 상정(想定)할 수 있다고 주장했다. 실러는 두 번째 가정에 찬성해서 학위논문의 여섯 번째 항목 모두(冒頭)에 간단히 이렇게 설명하고 있다. "합력은 신경 속에 자리하고 있다."(NA 20, 16) 그러므로 그가 할러가 생리학 강의에서 사용한 전문용어를 이어받아 이 합력을 '신경정신(Nervengeist)'이라고 명명하고 있는 것은 너무나 당연한 논리적 귀결이다. 어디까지나 이상한 것은 실러가 육체와 정신의 협력을 위한 인터페이스를 근대 인간학처럼 직접 두뇌에 위치시키지 않고, 신경조직 속에 위치시키고 있다는 점이다. 플라트너는 물론 아벨도 『심리학』에서 자극을 추상적인 이념으로 변화시키는 조절 기관이 뇌수(腦髓)라고 파악하고 있다.[191] 그와는 반대로 실러는 그보다 해묵은 할러의 견해를 따르고 있는 것이다. 할러는 저서 『생리학 개론(Grundriß der Physiologie für Vorlesungen)』〔처음에는 『생리학 입문(Primae *linea physiologiae)*」(1747)이라는 제목으로 발간됨)에서 신경액(神經液)을 육체와 정신의 상호작용을 불러일으킬 수 있는 '도구'로 취급했다.[192]

신경 정신의 활동 장소는 신체의 오관(五官)이다. 실러의 표현을 빌리면, 신경 정신은 오관에서 기계적 자극을 '물질적' 이념으로 변형하는 작업을 수행하고, 이 물질적 이념들은 사고하는 기관에게 넘어간다. 이와 같은 극적인 변화 과정의 생리학적 이론은 각기 동일한 법칙의 지배를 받는다. 눈, 귀, 입, 코는 기계적 자극을 수용해서 각기 그들에게 딸린 신경삭에 넘겨주면 거기서 신경 정신은 이것들을 예의 물질적 이념으로 형성하는 것이다. 이 물질적 이념은 나름대로 반성의 매체인 오성에 도달해서 거기서 순수한 이념으로 옮겨지는 것이다. 이로써 육체와 정신의 상관관계는 지각의 산물을 사고의 대상으로 변화시키는 행위를 통해서 확실해진다는 것이다. 그 과정에서 정신의 성격이 비물질적이라는 가정은 의문시되지 않는다. 제8항목은 이렇게 시작된다. "이 오관의 중재로 자연이라는 물질적인 것은 모두 힘이라는 정신적인 것에 자유롭게 접근할 수 있다. 외형적 변화는 오관을 통해서 내면적 변화가 된다. 외부 세계는 오관을 통해서 정신 속에 자신의 모습을 반사하기 때문이다."(NA 20, 19)

실러는 특별히 감관이 수용하는 기계적 자극이 어떻게 신경삭 내에서 작용하는 합력의 도움으로 앞서 말한 물질적 이념으로 변하고, 이 물질적 이념은 어떻게 나중에 뇌에 도달하게 되는지를 철저하게 밝히고 있다. 이 문제는 당시의 신경생리학에서 해결하지 못한, 자극, 정보 입력, 신경 상호 간의 변이 문제를 건드리고 있다. 여기에서도 나름대로 최종적 해답을 내놓기 전에 여러 가지 경쟁적인 이론 모델들이 비판적으로 검토되고, 그 결과가 세 가지 가설들로 범위를 좁혀 선정되었다. 할러는『생리학 개론』에서 기계적 자극은 생리적 법칙에 따라 신경 정신에 각인된다는 견해를 밝했다. 그러나 실러는 이 견해에 이론의 여지가 있다고 보고 있다. 왜냐하면 이 견해는 합력을 변형할 수 있는 요소이자 근본적으로는 물질적인 요소로 만들고 있을 뿐, 이 합력의 과제인 육체의 세계와 정신의 세계 간 연결 고리는 충분히 고려하고 있지 않기 때문이다. 두 번째 설명은 르 카가 1753년 학술원 현상 공모 논문에서 제시한 물질 변형의 매체로서 신경액의 이론으로 거슬러 올라간다. 이 이론은 신경 정신 속에서 일어나는 운동들은 전체적으로 기계적 운동과 일치하지 않고, 단순히 기계적 운동과 유사한 형식을 취한다는 것을 내용으로 하고 있다. 외적 자극의 수용은 액상 물질 매체를 통해 이루어진다. 이 액상 물질은 외적 자극을 전기 자극의 형태로 뇌에 전달한다. 그렇게 함으로써 이 자극은 뇌에서 정보로 개발될 수 있는 것이다. 여기에서 신경 정신은, 할러의 모델과는 달리, 자체 활동을 하는 데 전혀 방해를 받지 않는다. 하지만 실러는 또다시 신경 정신의 활동을 오로지 물질적인 것으로 해석할 위험이 있는 것으로 보고 있다. 이 해석은 궁극적으로는 전통적인 체액 이론에 바탕을 두고 있기 때문이다. 자극을 지적인 정보로 옮기는 작업을 하는 합력의 과제는 이로써 설득력 있게 설명되지 못한 것 같다. (실러가 독자적으로 생각해낸) 제3의 가설은 신경 정신을 물질세계의 운동을 수용해서 새로운 합금 상태로 옮겨놓는 현(弦) 모양의 섬유로 여기고 있다. 이 논문에 따르면 여기에서도 문제가 되는 것은 이 신경 정신은 비물질적인 힘으로서 기계적인 탄력성을 지녀서는 안 되기 때문에 운동의 전달 행위를 위해서는 쓸모가 없다는 점이다. 게다가 어떠한 방법으로 신경 상호 간의 자극을 가공(加工)해서 원래 감각적인 자극을 사상의 내용으로 변화시킬 수 있는지도 설명되지 않고 있다. 신경 정신의 변용 에너지는 운동 모델을 통해서도 충분히 파악되지 않는다.(NA 20, 19 이하)

전해오는 실러 자신의 해답은 완벽하지가 않다. 현재 전해지는 이 문제에 대한 단편적인 글은 단지 본래의 논증 가닥들에 대한 대체적인 윤곽만을 제공할 뿐이다. 그렇지만 육체와 영혼 간 상관관계의 신경학적·기계적 설명의 부당함을 극복하려는 야심 찬 요구를 이론의 단서로 볼 수 있다. 실러는 물질적 자극을 관념으로 변형시키는 것은 신경 정신의 내부에서 일어나는 연상 작용을 바탕으로 이루어진다고 보고 있다. 신경삭을 통하여 지능에게 전해진 데이터는 감각적인 흥분과 비물질적인 표상의 내용이 연쇄적으로 생산해낸 결과물이다. 그 경우 여기에서 작용하는 합력은 연속되는 공동 작업 과정에서 감각적 지각의 요소들을 관념이라는 합성 상태로 옮긴다. 이와 같은 작업은 일종의 연쇄반응의 형태를 띠게 되고, 종국에 가서 원래의 기계적 자극을 두뇌의 정보처리로 변형함으로써 끝이 난다. 즉 "물질적 연상 작용은 사고의 바탕이자 창조하는 오성의 길잡이이다. 창조하는 오성은 오로지 연상 작용을 통해서 관념을 합성할 수 있고, 구별하고, 비교하고, 추론할 수 있고, 의지를 원하는 쪽으로나 포기하는 쪽으로 이끌 수 있다"(NA 20, 26)는 것이다. 여기서 실러는 아벨이 『심리학』에서 주의 집중의 이론으로 요약하고 있는 것과 같은 심리적 메커니즘을 설명하고 있다. 이 점에서 제자가 스승의 입장을 관련시키고 있는 것은 분명하다. 신경 정신에 의해 이행되는 연상 작용은 자극을 사고의 내용으로 변하게 하고, 이 사고의 내용은 그 나름대로 정신의 영향을 받는다. "정신은 물질적 관념들을 좀 더 강하게 할 수 있고, 하고 싶은 대로 거기에 매달릴 수 있다. 그렇게 함으로써 정신적 이념도 좀 더 강하게 되는 것이다. 이것이 바로 주의 집중의 성과이다."(NA 20, 26) 실러의 소견은 아벨의 선정 과정, 즉 정신이 감각기관을 통해서 그에게 전달된 인상들을 정리하고 통제하기 위해서 수행하는 과정의 분석과 일치한다. 이 두 경우에 정신의 작

업은 판단과 행위에서 스스로 결정할 수 있게 하는 자유로운 인간 의지의 전제가 된다.[193]

실러의 합력 이론은 의학적 문제의 해답을 제공하는 글로서 시험관들이 받아들일 수 없는 사변적인 경향을 띠고 있었다. 이 이론은 시험관들의 전문적 판단에 영향을 미칠 만한 특정한 철학적 예단(豫斷)을 내리는 곳에서 방법적으로 의심이 가는 수로(水路)에 빠진다. 이 이론은 바로 엄청난 공포심에 젖어 근대의 신경생리학의 유물론과의 연계를 배제하려고 하기 때문에 신경학적 연구를 통해 특히 신경이 자극을 전달하는 기계적·물리적 과정을 설명하는 데 심혈을 기울이고 있는 할러와 같은 권위자를 공격할 수밖에 없다. 그렇다고 실러가 데카르트, 말브랑슈, 라이프니츠와 같은 사람들의 해묵은 형이상학적 해석 모형을 따를 수도 없다. 그가 찾고 있는 길은 육체–정신 문제에 대한 의학적 해답이기 때문이다. 결국 그에게는 정신적 사건들을 슈탈의 경우처럼 순전히 생리 외적인 영향으로 돌리거나, 샤를 보네의 『정신력에 대한 분석 시론(Analytischem Versuch über die Seelenkräfte)』의 핵심 내용처럼 기계적이고 정신적인 설명을 시도한 것들 사이에서 균형을 맞추려는 학설들이 어디까지나 불만족스러웠다.(NA 20, 22) 신경 정신을 신경삭의 성격에서 추론하는 것이나 말하자면 신이 야기하는 신체와 정신의 상호작용이나 해답으로서는 모두 실러를 만족시킬 수 없었다. 그의 철학적이고 의학적인 작업 원칙에 똑같이 부응하게 하기 위해서 그는 합력을 실체로 규정하는 동시에 매체로 규정하지 않을 수 없었다. 한편으로 연상 작용을 불러일으켜서 원래의 감각적 자극을 지적으로 접근하게 하는 구체적인 에너지가 신경 정신 내에 자리를 잡고, 다른 한편으로 단지 지각의 산물을 추상적인 사상의 내용으로 변화시키는 연쇄 과정에서 이 에너지가 역량을 발휘할 때, 매체의 과제를 충족하는 것이다. 실러 이론의 방법론적인 약점은 합력으로서의 신경 정신이 순수한 물질도 아니고, 그렇다고 매체도 아니며, 도리어 두 가지가 갈등의 소지를 안고 통일체를 이루어야 한다는 데에 있다.[194] 이와 같은 규정은 의학적인 관점에서 불만족스러운 작용을 하지 않을 수 없다. 왜냐하면 이 규정은 신경삭 속에서 진행되는 생리학적 과정에 대한 막연한 설명만을 허용하기 때문이다. 이 논문에서는 활성화하는 자극을 두뇌의 정보로 변화시키는 행위를 "물질적 연상 작용"이라 부르고 있는데, 이 작용은 배경에 신경 정신의 상반되는 이중 과제가 놓여 있을 때에는 의학적으로 납득할 수 있는 설명을 발견하지 못한다(납득할 수 있는 설명은 오로지 신경학의 기계적 인식과 담판을 벌일 때에만 가능할지도 모르는데, 이 논문은 의식적으로 이를 피하고 있다). 그러므로 실러가 제시한 해답의 철학적 판단 능력에도 한계가 있을 수밖에 없다. 이 논문이 "사유 기관"에 대한 정신의 영향에서 근거를 찾고 있는 인간의 자유의 가능성은 합력의 복잡한 중개 작업에 얽매여서 결국엔 그다지 정확하게 입증되지 않기 때문이다. 전체적인 합력 방안이 생리학과 일치점을 찾지 못하고 있는 것이 또한 이 방안의 철학적 설명의 능력까지도 제한하고 있는 것이다.

3명의 담당 시험관들은 1779년 11월 초에 이 논문의 통과를 거부하자는 데 의견의 일치를 보았다. 특히 클라인과 로이스가 이 논문의 사변적 스타일과 위험한 철학적 성찰의 경향을 약점으로 꼽았는데, 바로 이와 같은 경향 때문에 이 논문이 의학적 문제 영역에서 벗어나고 있다는 것이다. 할러의 신경생리학에 대한 날카로운 비판을 시험관들이 못마땅하게 생각한 것이 분명했다. 할러에 대한 비판은 권위 있는 학자를 대하는 태도에 용납할 수 없을 만큼 문제가 있는 것으로 평가되었다. 내용 면에서 이 논문을 비판하는 것보다 논쟁 문화에 대해 이의를 제기하는 데 더 무게가 실린 것이다. 고지식한 개업의인 클라인은 비의적인 어법을 쓰고 있는 논문 저자의 공명심에서 비롯된 무리한 지적 요구를 꾸짖었다. "나는 이 광범위하고 읽기에 피곤한 논문을 두 번이나 읽었으나 저자의 의도를 밝혀낼 수가 없었다. 그의 정신에는 새로운 이론에 대한 편견과 남다른 지식을 과시하려는 위험한 경향이 너무나 많이 깔려 있다. 필자의 지나치게 자부심 강한 정신이 그처럼 학문적으로 어두운 황무지를 배회하고 있어 나는 그를 따라 그곳으로 들어가고 싶은 생각이 조금도 없다."[195] 콘스브루흐도 비유적인 언어와 명민한 위트는 비학술적 문체 요소들이라고 비판하고 있지만, 그의 동료들과는 달리 조목조목 따져서 실러가 내세운 명제들과 토론을 벌이고 있다. 그는 논문 저자가 바탕으로 지니고 있는 심리학의 지식들을 펼쳤다는 점은 인정하지만, 그의 합력 가설의 실체에 대해서는 의구심을 나타내고 있다. 그는 실러의 합력 가설 뒤에는 사람들이 발을 붙이기 어려운 자유로운 사변적 모험 정신이 버티고 있다는 것을 간파했다. 콘스브루흐는 브렌델의 제자로서 이 논문에는 경험적 바탕이 없음을 약점으로 지적하고 있다. 경험적 바탕이 없는 신경생리학적 진술은 거의 입증될 수가 없다는 것이다. 경험과학적으로는 합력이 증명될 수 없기 때문에 육체와 정신의 상호작용을 이해하려면 다른 길을 가야 한다고 그는 선언하고 있다. 결국 여기서 이 논문의 방법론에 대하여 부정적 평가를 하는 입장은 부르하버와 할러에게서 연원하는 경험의학의 입장인 것이다.[196]

카를 오이겐 공작은 시험관들의 평가를 바탕으로 11월 13일에 생도 실러에게 "1년 더 사관학교"에 머물러야 한다는 교지를 내렸다. 그렇게 해서 그를 지배하고 있는 "격정"을 약간 진정하고 열심히 정진한다면 "틀림없이 훌륭한 인재가 될 수 있는 날이 오리라는 것이었다."(NA 3, 262) 실러의 친구 호벤의 경우도 비슷했다. 그는 졸업논문 「질병의 원인에 관해서(De causis morborum)」에서 부르하버의 체액 이론을 비판했고, 슈탈의 이론에 바탕을 두고 질병 형성에서 주로 정신적 도구가 영향을 미친다는 견해를 받아들였다. 시험관들은 실러가 할러를 공격한 경우와 마찬가지로 그 논문에서 전문 의학적인 권위를 소홀히 다루고 있음을 보았고 논문을 근본적으로 개작하라며 되돌려주었다(호벤은 이듬해에 심리학적 색채가 좀 더 강한 주제, 즉 줄처의 모호한 상상에 관한 이론을 다루었다).[197] 이와 같은 가혹한 평가에는 이미 언급한 것처럼 객관적인 사유들만 있는 것이 아니었다. 그해 말에 도성에 있는 병원들에는 실습 활동을 할 수 있는 자리가 없어서 카를 스슐레의 의과 수험생들이 확고하게 고용될 가능성이 당분간 불투명한 것으로 알려진 것이다. 공작이 졸업생들을 위해 부대 내에나 뷔르템베르크의 영방 내에 적절한 자리를 물색해야 했기 때문에, 전 학년생이 시험 합격 여부와는 상관없이 앞으로 12개월 동안 사관학교에 남아 있어야 했다.

그럼에도 1779년 말에 실러에게는 즐거운 일이 많았다. 의학 실습과 약물학에서 거둔 특별한 성적을 바탕으로 그는 은메달 세 개를 탔고, 그에게 사관학교 최우수생('기사(Chevalier)')의 지위를 부여할 수도 있었던 어문학사 과목의 상은 추첨을 통해 친구 엘베르트에게 돌아갔다. 졸업식은 12월 14일에 귀빈들이 참석한 가운데 전에 없이 성대하게 거행되었다. 바이마르의 젊은 공작 카를 아우구스트와 새로 임명된 그의 추밀 고문관 요한 볼프강 괴테가 정체를 밝히지 않은 채 이 졸업식에 참석했다. 그들은 스위스 여행을 끝마치고 튀링겐으로 귀환하는 길이었다. 저명한 손님들 중에는 쿠어팔츠 출신인 볼프강 헤리베르트 폰 달베르크 남작도 끼어 있었다. 불과 2년 후에 그가 가는 길은 완전히 다른 정황 아래서 실러와 또다시 교차하게 된다. 불필요한 물의를 피하기 위하여 가명으로 소개된 손님들을 생도 실러는 관심 있게 눈여겨보지 않았을 것이다. 괴테는 오전 11시에 사관학교에서 설교를 들었고, 이어서 궁전과 부속 시설들을 시찰하였는데, 부속 시설의 확장에 깊은 감명을 받았다. 그와 반대로 저녁에 개최된 장시간에 걸친 상장 수여식에는 의무적으로 참석하는 것이 공식화되어 있어서 카를 아우구스트의 수행원으로 참석은 했으나 커다란 감동을 받지는 못했다. 그는 1779년 12월 20일에 카를스루에에서 여자 친구인 샤를로테 폰 슈타인에게 슈투트가르트 궁전에 체류한 일은 전체적으로 그와 공작에게는 "대단히 기억할 만하고 유익한" 성과를 거두었다는 편지를 썼다. 카를 오이겐은 그들을 "지극히 정중하게" 대했다고 한다.[198] 하지만 그의 편지는 좀 더 자세한 인상은 전해주지 않아서 이 방문의 정확한 성과에 대하여는 의견이 분분할 뿐이다. 관찰하는 괴테와, 여러 생도들 중 한 생도에 지나지 않던 실러의 개인적 만남은 자연 이루어지지 않았다. 그러므로 지극히 다른 상황에서 출발한 이 두 저자의 삶의 궤도가 서로 만나기까지는 아직도 15년이나 더 기다려야 했다.

병든 영혼의 해부
그라몽 보고서(1780)

사관학교 최종 학년도에는 제도상으로 이론교육이 모두 끝났기 때문에 실러는 의과 수업에는 참가하지 않았다. 이제 그는 통과 여부에 따라 직업 활동으로 전환이 결정될 새로운 학위논문 작업에 관심을 쏟아야 했다. 청강생으로 다시 한번 아벨의 심리학 강의, 나스트와 드뤼크의 고전문학 강의, 그 밖에 공작의 지시에 따라 이탈리아어 코스를 수강했다. 여름이 되어야 비로소 주제 선택과 시험 논문에 필요한 사전 연구가 시작되기 때문에 그해 전반기에는 자유롭게 독서와 집필 작업을 할 수 있는 시간이 충분했다. 간병인으로서 정기적으로 병실에 투입되어 진단학과 치료학 분야의 실습 경험을 쌓아야 했다. 병원이 완전히 조용해지고 할 일이 없는 저녁 시간을 이용해서 그는 희곡 「도적 떼」를 완성했다.

사관학교 최종 학년도의 생활을 알려주는 가장 유익한 증언들 가운데에는 심한 우울증에 시달리던 학우 요제프 프리드리히 그라몽(Joseph Friedrich Grammont)의 병상 보고가 있다. 1759년생인 그라몽은 샤르펜슈타인이나 보이게올과 마찬가지로 알자스 지방 묌펠가르트 출신이었다. 그곳에서 그의 아버지는 고위 행정관리 직을 맡고 있었다. 그는 1771년 8월 말에 카를스슐레에 입학해서 처음에는 법률학을, 그다음에는 의학을 공부했다. 사관학교에 체류하던 첫해에 그는 동급생 중에서 우수한 학생들 축에 끼었다. 그러나 1779년 11월 아버지가 세상을 뜨자 그는 심각한 정신적 위기에 빠지고 말았다. 아울러 두통, 식욕부진, 소화 장애 같은 신체적 증상들도 나타났다. 1780년 6월 11일에 그는 자신을 감시하고 있던 실러에게 눈에 띄게 침울한 감정 상태로 수면제를 부탁했다. 은밀한 대화에서 그는 자살할 생각을 품고 있다고 고백했다. 실러는 밤사이에 지극히 교묘하게 설득 기술을 발휘하여 학우가 우선 자살 계획을 포기케 하는 데 성공했다. 그를 병실로 입원시키도록 하고 당직을 서는 중위를 통하여 폰 제거 감독에게 긴급히 알렸다. 병원 간부들은 다음 날 아벨과의 대화를 통해 온통 혼란스러워진 그의 감정 상태를 깊이 파악한 후 끊임없이 환자를 관찰해서 자살 시도를 막도록 하자고 결정했다. 감시하는 임무는 의과 상급생들에게 맡겨졌다. 실러 외에 프리드리히 폰 호벤, 플리닝거(Plieninger), 야코비(Jacobi), 리슁(Liesching)이 그 임무를 맡았다. 그들은 일정한 간격을 두고 그라몽에 대한 보고서를 작성해서 그 병적 심리의 진행 과정을 기록하고, 처치하는 의사에게 필요한 실제적 조치에 대한 참고 자료를 제공해

야 했다.[199]

관찰 기간은 6월 26일부터 7월 31일까지였다. 이 다섯 주 동안에 실러는 보고서 일곱 편과, 병원 감독에게 보내는 상세한 편지를 썼다. 그라몽을 대상으로 해, 대화를 통한 자신의 치료 방안을 입증하려고 한 것이다. 그 밖의 학우 네 명도 환자의 질병 상태에 대한 상세한 설명을 제공해주었다. 그중에서도 특별히 플리닝거의 보고서가 심신상관 관계의 정확한 지식을 과시하는 뛰어남을 보여주었다. 6월 말에 아벨과 사관학교 의학 강사 세 명이 공작의 명령을 받아 구체적인 진단 결과가 담긴 상세한 소견서를 내놓았다. 6월 27일에 저명한 궁정 의사 요한 게오르크 호펜개르트너(Johann Georg Hopfengärtner)의 임석하에 그라몽에 대한 광범위한 진찰이 이루어졌다. 카를 오이겐은 매일 이 생도를 방문해서 그의 상황을 상세하게 알아보았다. 의약품 취급을 감시하기 위해서 장교들이 교대로 파견되었고, 환자는 밤낮으로 학우들의 감시를 받았다. 8월 1일에 그는 요양차 바트 타이나흐로 보내어졌고, 요양하는 데 드는 비용 65굴덴은 공작이 부담하였다. 하지만 그라몽의 건강을 회복하기 위해 엄청난 비용을 들인 것은 헛수고인 것처럼 보였다. 병세가 계속 도지고 심각한 위기가 왔기 때문이다. 그의 건강 상태는 1780년 12월 중순에 사관학교를 퇴학하고 나서야 비로소 차츰 호전되었다. 그는 3년간 묌펠가르트에 있는 가족들 틈에 끼어서 생활한 후에 건강을 회복했다. 후에 그는 러시아에 고용되어 먼 페테르부르크에서 가정교사로 일했다. 1807년에 그는 슈투트가르트로 돌아와 시립 김나지움에서 프랑스어 강사 자리를 맡았다. 그라몽의 우울증을 극복해보려던 사관학교 간부 전원의 정성 어린 시도가 실패한 것은 그 우울증의 원인이 이 교육기관의 생활환경에 있었기 때문이기도 하다. 이와 같은 환경 때문에 민감한 환자가 겪어야 하는 고통이 점점 더 커진 것이다. 그의 우울증은 카를 오이겐의 단조롭고 기계적인 교육 방법에 대한 항의의 숨겨진 표현이었다. 이 같은 교육 여건에서는 어떠한 의사의 처방도 그를 우울증으로부터 해방할 수는 없었던 것이다.

실러가 쓴 보고서들의 논거는 일관되게 그가 특히 콘스브루흐의 수업에서 배운 의학적 이론에 입각한 것이다. 1780년 6월 26일에 쓴 첫 보고서에는 그라몽의 병이 정신에서 비롯된 것이지만, 이제는 진척되어 육체로 전이했다고 기록되어 있다. 식욕 상실, 수면 부족, 집중력 저하, 불쾌감, 두통, 신경통 등은 생도의 건강치 못한 정신 상태의 결과로 지적되었다. 신체와 정신의 상관관계는 이 두 영역의 자연스러운 상호 영향에 바탕을 두고 있다는 저명한 가설이 의미하는 대로 실러는 자신의 분명한 소견을 이렇게 표현했다. "본인의 생각으로 이 전체의 질병은 진정한 과대망상, 즉 한 인간의 불행한 상태 외에 아무것도 아니다. 그와 같은 상태에서 그는 유감스럽게도 하복부와 정신 간의 정확한 교감의 희생자가 되고 말았다. 이 병은 깊이 생각하고, 깊이 느끼는 정신의 병이요, 위대한 학자들 대부분이 앓고 있는 병인 것이다. 신체와 정신의 정확한 연결은 병을 제일 먼저 육체에서 찾아야 하는지 아니면 정신에서 찾아야 하는지 병의 첫 번째 원인을 찾는 것을 어렵게 한다."(NA 22, 19) 실러의 보고서는 질병의 원인을 신체와 정신의 복합적인 합작에서 유추할 줄 아는 근대의 의학적 진단 수단에 의존한 것이었다. 그가 이 위기 진행의 정확한 메커니즘에 대해서 탁월한 판단을 내놓기를 주저하고 있지만, 그의 생각은 아벨이 6월 22일의 소견서에서 내놓는 추측과 일치하는 특정한 설명 방향 쪽으로 기울고 있는 것이다. 우울증의 근원에는 경건주의 색채를 띤 열광하는 성향이 자리 잡고 있다는 것이다. 이 열광하는 성향이 그라몽의 종교적 관념들을 혼란케 하고, 양심의 압박을 가중하며, 형이상학적 사변을 불러일으키고, "회의적으로 심사숙고하는 버릇"을 키워서 끝내는 그로 하여금 전통 신앙의 "버팀목"을 의심하지 않을 수 없게 했다는 것이다.(NA 22, 19) 경건주의 교리가 병자로 하여금 차츰 현실감각을 상실케 하고 마침내 병이 들게 했다고 한 실러의 진술은 그와 경건주의 간의 거리감이 커지고 있는 것을 의미한다. 사관학교 초창기 시절과는 반대로 실러는 이제 뷔르템베르크에 널리 퍼져 있던 근본주의적 종교 형식에 대해 현저하게 유보적인 자세를 취하고 있다. 그의 확신에 따르면 형이상학적 세상 도피라는 그라몽의 정신 자세는 경련, 하체의 고통, 불면증을 포함하는 육체적 "파괴"의 전제를 이루고 있었다.(NA 22, 20) 심리적 긴장을 수반하는 신체의 질병 증세는 다시금 정신적 불안정을 강화하고, 이 정신적 불안정은 육체적 상태가 전체적으로 안정될 때에만 극복될 수 있다고 진단서에는 기록되어 있었다. 그 후에 쓴 실러의 보고서들은 이와 같은 '심신상관 의학'적 핵심 소견에서 출발해서, 계속해서 진전되는 그라몽의 건강 상태를 육체적·정신적 위기의 모범 사례로 간주했다.

실러는 그라몽의 우울증은 환자의 종교적 열광주의와 타고난 과대망상 경향에 그 원인이 있다는 아벨의 소견서를 따라서 판단을 내리고 있다. 아벨 또한 이와 같은 정신적 요소들을 환자의 특징적인 신체적 증상들(두통, 소화 장애, 빛에 대한 민감성)에서 유추함으로써 심신상관 의학의 소견을 수용하고 있다. 이와 같이 환자의 정신적 요소들이 그의 신체적 발병을 야기하고, 환자의 신체적 질병은 다시금 그의 정신적 면역 결핍증을 심화하기 때문에 하나의 순환 현상이 나타난다. 이 순환 현상은 육체와 정신이 서로 발병의 원인을 연쇄적으로 제공하고 있어 그 고리를 끊기가 쉽지 않다.[200] 그라몽에게서 볼 수 있는 고정관념에 대한 집착을 아벨이 그의 신체 쇠약의 원인으로 해석하려고 하는 것은 플라트너의 인간학에서 제기된 견해를 따르고 있는 것이다. 플라트너는 특히 우울 증세가 있는 학자, 열광주의자, 몽상가에게 나타나는 일방적인 정신의 노력은 또한 육체적 균형 감각을 방해하고 신경 고통, 불면증, 지각 능력의 감소, 지적 활동 능력의 쇠퇴 등과 같은 증상에 이르게 한다고 설명한 적이 있다. 아벨과 실러의 소견을 좌우하고 있는 것은 다시금 근대 인간학의 설명 모델인 것이다.[201]

　6월 24일에 그라몽의 경우를 감정한 카를스슐레의 의사들도 똑같이 심신상관론적 단서를 가지고 연구하고 있으나 우울한 기분의 육체적 원인을 강조하고 있다. 실러와는 달리 그들은 우울증을 유발하는 심리적 질병 원인에서 출발하고 있다. 전통적인 체액 이론의 모델을 다시 받아들여 환자의 정신적 위기의 책임을 소화 과정이 정체하거나 문정맥(門靜脈) 체계가 막히는 것에 돌리고 있다.[202] 6월 27일 호펜개르트너와 함께 시행한 종합 검진 후에 카를스슐레의 의사들은 식이요법과 정신 치료법으로 짜인 치료를 처방했는데, 이는 이 병이 지닌 두 얼굴을 고려한 것이었다. 환자는 규칙적으로 잠을 자도록 노력해야 했고, 식사 시간은 정확히 지켜야 했다. 그 밖에 산보나 승마를 통한 운동과 목욕치료가 처방되었다. 용기를 북돋우는 대화, 사람들과 어울림, 때때로 주거 변경과 적당한 독서를 통해 정신적으로 관심사를 전환하도록 해야 했다. 이 치료법에 정확하게 확정된 식이요법 프로그램은 유명한 스위스 의사 시몬앙드레 티소의 제안을 따른 것이었다. 티소는 저서 『학자들의 질병에 관하여(*Von der Krankheit der Gelehrten*)』(1768)에서 육체적 운동, 조절된 식사와 목욕을 우울증의 신체적 증상을 치료하는 방법으로 추천하고 있다.[203] 아벨은 티소의 책을 심리학 수업에서 다룬 적이 있고, 프리드리히 폰 호벤이 기억하기로는 티소가 1770년대 말에 카를스슐레를 잠시 방문했을 때 사관학교 의사들에게 자신의 치료 방법에 대하여 직접 토론할 수 있는 기회를 제공한 적도 있었다.

공작은 그에 대하여 관심을 가지고 있었는데, 그 까닭은 생도들 사이에도 퍼져 있고, 당시의 평가로는 건강을 해치는 것으로 알려진 자위행위를 퇴치하기 위한 실질적 처방을 그가 완성했기 때문이었다.[204]

그라몽의 병례(病例)는 의사와 생도들이 자신들의 진단 능력을 시험해 볼 수 있는 의학적 교훈극에 그치는 것이 아니었다. 이 병력(病歷)의 본래의 비밀(그리고 스캔들)은 7월 16일에 실러가 쓴 보고서에 분명히 나타나 있어 학교 간부들의 심기를 몹시 불편하게 했다. 환자는 결코 자기 자신을 아벨이 우울증의 원인으로 꼽은 예의 경건주의적 광신의 희생자로 보지 않았다. 실러의 보고서에는 그라몽은 "자신이 결국 사관학교에서는 쾌유될 수 없고, 여기에서는 모든 것이 거부감을 불러일으키며, 그의 마음을 위로하기에는 모든 것이 너무나 단조롭고, 모든 것이 그의 우울증을 더욱 격렬하게 일깨울 뿐이라고 선언했다"고 분명히 기록되어 있다.(NA 22, 23) 이와 같은 인식에 비추어 볼 때 그라몽의 우울증은 항의의 병리학적 표시, 강압 체제에 대한 간접적 반항의 징후를 담고 있는 것이다. 이 우울증 환자는 카를스슐레를 지배하는 군대 조직의 엄격한 규율 때문에 고통당하는 것으로 스스로 판단하고 있다. 7월 21일 환자는 학우에게 "만약 자신의 신체의 상태와 자신의 정신이 필요로 하는 자유만 주어진다면 자신은 기꺼운 마음으로 사관학교에 머무르고 싶다"고 자신의 속마음을 털어놓고 있다.(NA 22, 25) 그와 같은 언급은 감옥과 같은 사관학교 운영 방식에 대한 숨김없는 비판을 의미한다. 그라몽의 처지에 대한 분명한 동정을 담고 있는 실러의 솔직한 보고서는 물론 학교장의 불신에 부닥쳤다. 7월 중순부터 사람들은 그로 하여금 중환자와 가까이하지 못하도록 막았다. 행여나 그가 환자와 공모해서 탈출할 계획을 세우지나 않을까 두려워했기 때문이다. 실러는 7월 23일 다시 한번 그라몽의 병례 전반을 상세하게 적은 편지 한 통을 학교장 제거에게 써서 자신의 행위를 정당화했다. 그는 오로지 전략적인 이유로 그라몽의 환심을 사려고 했다는 것을 강조했는데, 여기에는 작전상 노회함이 없지 않았다. "환자의 신임은 누구나 환자 자신의 언어를 사용할 때만 얻을 수 있다. 그리고 이와 같은 보편적인 규칙도 우리의 처리 지침이었다."(NA 22, 29) 이는 분명 진실의 반 토막일 뿐이다. 자유를 향유하고 싶은 그라몽의 꿈에 실러가 감동을 받지 않고 배길 수가 없었을 것이다. 사관학교에 머물던 마지막 해에 그 자신도 사관학교의 편협성을 견디는 것이 오로지 커다란 질곡을 참고 견디는 것이나 다름이 없었다. 게다가 1780년 6월 19일 누나인 크리스토피네에게 쓴 편지에서 밝히고 있는 것처럼 그 자신도 우울증의 초기 단계에 빠져 있었다. 6월 13일 프리드리히 폰 호벤의 동생인 크리스토프 아우구스트 폰 호벤(Christoph August von Hoven)이 열아홉 살의 나이에 세상을 떴다. 이 사망 사건은 실러의 기분을 몇 주 동안이나 어둡게 했고, 그 기분에서 벗어나기 위해서 그는 "무척 애를 써야 했다." "내겐 예나 지금이나 산다는 것이 짐스럽다."(NA 23, 13) 이 같은 배경에서 볼 때 그가 그라몽이 사관학교 노이로제로 고생하는 것을 보고 동정을 느낀 것은 임상 의사가 환자에게서 신임을 얻기 위해 가장한 것만은 아닌 것으로 보인다. 그 동정 속에는 일종의 정신적 위험을 겪고 있고 학우의 마음의 병에서 자신의 감정 상태를 확인하고 있는 사람이 함께 겪는 아픔도 표현되어 있는 것이다.

불행한 그라몽은 1780년 12월 14일 불치의 우울증을 이유로 사관학교에서 퇴교당하고 말았다. 엄격한 기율을 적용해 이 교육기관을 운용하는 것에 대한 그의 숨김없는 반대 의사 표시를 공작은 받아들일 수가 없었다. 다른 학우들이 모방할 위험이 도사리고 있었기 때문이다. 이로써 실러의 환자 보고서는 이중적 관점에서 대증적(對症的) 성격을 지닌 문건이다. 이 문건으로 생도 실러는 진단 능력을 과시했다. 이와 같은 능력은 그의 다른 의학 스승들뿐 아니라, 분명 아벨의 가르침 덕분이었다. 그러나 이 문건은 또한 학과 수업의 높은 자극 효과는 공작의 감시체계 때문에 생도들이 받을 심리적 압박을 보상할 수 없다는 것을 보여주고 있다. 이 점을 통해 계몽과 예속, 관용과 테러가 하나의 모순을 지닌 전체 모습으로 합성된 카를스슐레의 야누스적 성격이 다시금 잘 드러나고 있는 것이다.

전공의 황무지
체열(體熱) 논문(1780)

1780년 후반에 실러는 심혈을 기울여 졸업논문을 진척했다. 그는 몇 주일 만에 우선 라틴어 논문 「염증을 일으키는 체열과 비정상적인 체열의 차이(De discrimine febrium inflammatoriarum et putridarum)」를 썼다.[205] 거의 같은 시기에 육체와 정신의 상관관계에 대해 주로 철학적 논리로 일관하는 논문도 준비했다. 그는 이 논문을 사관학교의 관행을 무시하고 독일어로 작성했다. 이처럼 분리하여 두 가지 언어로 논문을 작성한 것은 주로 작전상의 이유에서였다. 즉 체열 현상에 대한 연구서는 졸업 준비생이 지닌 의사로서의 자질을 증명해야 하는 것이었고, 반대로 보완하는 논문은 첫 번째 학위논문에서 제기한 인간학적 문제를 경험을 토대로 하여 다시 한번 설명할 수 있다는 것을 보여주기 위함이었다. 사관학교 졸업을 위해서 통과되어야 할 논문은 단 한 편인 것이 관행이었던 점을 생각하면 실러의 소행은 자신의 전문 지식에 대한 불안감을 어느 정도 누설하는 것이나 다름없다. 그럼에도 불구하고 그와 같은 방식을 의사들이 수긍했다면 그것은 그들의 지적인 관용을 여실히 보여주고 있는 것이다. 그들은 순전히 의학적인 과제를 인간학적 테마로 보충한 것을 받아들임으로써 전공 분야의 문호를 플라트너가 완성한 새로운 방법적 분야에 개방한 것이다. 실러는 후에 공작에게 "히포크라테스의 학문"이 사관학교의 수업에서 "철학적인 학문으로 승격한 것"에 대해 진정으로 감사의 뜻을 표명했다.(NA 20, 38)

라틴어로 된 체열 논문은 서른여덟 개 항목으로 나누어져 있는데, 항목마다 분량이 다르다. 질병 진행의 근본적인 문제와 신체의 자가 치유력이 감당해야 할 위험을 다룬 일반적인 서론에 이어 실러는 3항목부터 18항목까지는 염증을 일으키는 체열의 증상을, 19항목부터 30항목까지는 비정상적 체열 현상을 설명하고 있다. 나머지 여덟 개의 마지막 항목들은 이것도 저것도 아닌 중간 형태를 파악하려고 시도하고 있다. 거기에 속하는 것은 염증과 불쾌감을 일으키는 체열인데, 이 체열은 종종 "심낭 부위 질병"과 함께 그와 유사한 비정상적 "탈저(脫疽) 염증"을 대동한다(NA 22, 58, 61)고 기록되어 있다. 이 논문은 여러 형태의 질병들을 설명하면서 각 질병을 치료할 수 있는 방법을 간단하게 덧붙여 소개하고 있다. 실러는 1779년 1월부터 정기적으로 예정된 병원 근무를 하는 동안에 이 분야에 필요한 실제의 경험을 쌓았다. 그러나 그가 제시하는 예들은 한 가지를 빼고는 자신의 견해에서 비롯된 것이 아니고, 해당 출판 문헌에서 나온 것이다. 그 문헌들 가운데는 스승 콘스브루흐가 1770년 시골 의사로서 출판한 연구서 『비르템베르크 영방 도시 파이힝겐과 그 인근 지역에 만연한 유사 발진티푸스 증상에 대한 설명(Beschreibung des in der Wirtembergischen Amtsstadt Vayhingen und dasiger Gegend grassirenden faulen Fleckfiebers)』이 있다. 치료 방법에 관한 설명의 또 다른 출처는 토머스 시드넘(Thomas Sydenham)의 작품이다. 추후 출간된 그의 『의학 오페라(Opera medica)』(1757)를 이 논문이 참고하고 있는 것이 분명하다. 이 분야에서 "영국의 히포크라테스"라는 영광스러운 칭호를 얻은 런던의 의사인 시드넘은 논문 「전염병에 대하여(On Epidemics)」(1680)에서 개업의로서의 풍부한 경험을 바탕으로 유행병 퇴치의 여러 형태를 설명한 적이 있는데, 거기에는 열병 예방법도 들어 있다. 그 밖에 콘스브루흐의 괴팅겐 스승 브렌델도 신경병리학의 논문들과 함께 언급되었다. 그중에서도 실러는 특히 「열병과 신경염과의 상관관계(Dissertatio de abcessibus per materiam et ad nervos)」(1755)에 주목하고 있다. 이 텍스트는 권위 있는 고대의 히포크라테스(기원전 5~4세기)를 되풀이해서 인용하는 가운데, 특히 그의 기본적 경구들을 특별 연구 논문 「질병에 대하여(Über Krankheiten)」와 「전염병에 대하여」와 마찬가지로 적극 활용하였다. 실러가 인용한 염증성 체열의 병례는 이들 연구서에서 나온 것이었다. 바로 전염병 퇴치의 분야에서 히포크라테스의 이론들은 근대 초 시드넘과 나란히 특히 반 스비텐(Van Swieten), 드 핸(De Haen), 스톨(Stoll) 같은 영국과 네덜란드의 의사들에게서 괄목할 만한 새로운 전성기를 겪었기 때문에 그와 같은 인용은 결코 놀라울 것이 없었다.[206] 게다가 카파도키아* 출신 그리스인 의사 아레타에우스(Aretaeus)(기원전 2세기)도 언급되었다. 의술에 대한 그의 논문은 1735년에 부르하버를 통해 새로이 편찬되었다. 여기에서 설명하고 있는 체액 이론과 그 이론에서 유추된 질병 이론(체액병리학)은 18세기 의학에서도 질병을 진단하는 데에 큰 의미가 있었다. 실러의 연구서도 체액의 상태가 질병 발생에 결정적 영향을 미치는 것으로 여기고 있었다. 그 논문은 일반적으로 경험적·임상적 단서에 방향을 맞추는 경향이 있어서 당연히 슈탈의 이론이 아니라, 부르하버 학파의 이론이

∷

* 할리스 강이 흐르는 소아시아 중동부 지역의 옛 이름.

방법적 토대를 이루었다.

　실러 논문의 근본 사상은 신체 내부의 면역 체계는 병원균과 싸울 수 있지만, 그로 인해 스스로 새로운 병원(病源)을 불러들일 수 있다는 것이다. 시드넘과는 반대로 이 논문은 모든 신체적 위기는 유기체적인 면역 과정의 표현이면서도 병인성(病因性)의 면역 과정의 표현이라고 풀이하고 있다. 이 면역 과정의 진행 형태는 치료하는 의사가 조종해 체력의 내적 구조들이 균형을 이루도록 해야 한다는 것이다.(NA 22, 32 이하) 이 논문은 열병의 두 형태를 기술함에 있어서 각기 타고난 병인과 우연한 병인, 그러니까 개인적인 체질에 의해 조장되거나 각기 섭생에 의해 조장된 병인을 구분하고 있다. 염증성 열병은 인간을 "다혈증(Plethora)"에 걸리게 하고, 이 다혈증은 나름대로 혈관 벽에 압력을 가중해 오래되면 동맥경화에 이르게 한다.[207](NA 22, 35) 이 병세는 선천적으로 지나치게 좁은 혈관과 과다한 영양 내지 과도한 음주에 기인한다. 이 연구서는 비교적 뒷부분에, 즉 열세 번째 항목에서 혈액 형성에 대하여 상세하게 설명하고 있는데, 이는 영국인 해부학자 윌리엄 휴슨(William Hewson)의 연구서『혈액의 특성에 대한 실험적 연구(*Experimental Inquiries into the Propeties of the Blood*)』(1771년, 독일어 번역본은 1780년)와 밀라노의 의사 피에트로 콘테 모스카티(Pietro Conte Moscati)의 연구서『혈액에 대한 관찰과 실험(*Osservazioni e esperienze sul sangue*)』(1775년, 독일어 번역본은 1780년)에 바탕을 두고 있다. 여기서 실러는 염증성 열병은 고지혈증을 유발하는 반면에, 그 밖의 다른 인자들, 휴슨에 따르면 "섬유질"과 "미립자" 같은 인자들은 변하지 않고 그대로 있다고 설명한다. 고지혈증은 용해 작용을 하는 소금의 사용과 채식 처방을 요구하는 까닭에 이와 같은 가설에서 추론하여 후에 와서 치료법이 개발되기에 이른다.[208]

열병이 야기하는 요인들은 강화된 '온실 효과', 상처 그리고 농양의 형성이다. 괄목할 만한 것은 실러가 신체적인 질병의 진행(과열, 부정맥, 체액 체계의 막힘, 소화 장애)만을 기술하는 것이 아니고 정신적인 증상도 인용한다는 점이다. 그 증상에 꼽히는 것은 불면증과 악몽들인데, 이들은 모두 신체적 시스템의 균형 상실로 인해 발생한다. 실러가 제안하는 치료법은 콘스브루흐가 강의 시간에 습관처럼 설명한 것처럼 당시의 의학에서 입증된 방법들이다. 사혈(瀉血)과 혈액 농도의 희석, 몸을 차게 하기, 몸을 풀어놓기 등이 그것이다. 이와 같은 목표를 달성하는 데 필요한 확증된 치료법으로는 혈액순환을 지배하는 과도한 혈압을 낮추는 이른바 사혈(NA 22, 40 이하 계속)이 있고, 그 밖의 다른 방법으로는 혈관으로부터 불필요한 액체를 빨아내는 거머리를 이용하는 것이나 흡수성 발포 고약을 사용하는 것이 있다.[209] 여기에 보완적 작용을 하는 것이 염증성 열병으로 진하게 된 피를 묽게 하는 식이요법이다.

훨씬 복잡한 것은 오한증의 진행 형태이다. 여기서 거론되는 것은 다름 아닌 신체 순환의 화농성 중독에 관한 것이다. 18세기만 해도 이 중독 현상은 대도시, 병영, 야영지의 위생 상태가 불량해서 자주 나타나는 전염병 감염으로 인해 발생했다. 실러는 시드넘이 밝히고, 또한 콘스브루흐도 논문 「악성 열병(De febribus malignis)」(1759)에서 설명하고 있는 질병 환경의 배경들(규정에서 벗어나는 혼탁한 공기, 생활 습관, 접촉)에는 별로 관심을 가지지 않았다.[210] 그는 오한증을 체액병리학에서 보고 있는 것처럼 우선적으로 부패한 담즙, 종양의 고름 또는 소화기 계통의 고장(혈액순환 속으로 배설물이 침투하는 것과 함께)으로 발생하는 것 같은 "체액의 변질 현상(humorum degenerationes)"(NA 22, 48)의 결과로 보고 있다.[211] 그처럼 오한증은 앞서 있었던 내적인 발병의 증상인 것으로 밝혀지고 있다. 이와 같은 병은 다시금 신체의 기관들(특히 간, 비장, 담낭)의 병리학적 변질 현상으로 인해 체액이 변화해서 생긴 것이거나, 정상적인 경우에는 분리되어 일어나던 체액 순환이 뒤죽박죽됨으로써 생긴 것이다. 실러가 새삼스럽게 신체의 상태에 미치는 정신적 영향에 각별한 관심을 가지고 고찰하는 것은 우연이 아니다. 몽상, 공수병(恐水病), 우울증, 발작적 웃음, 무도병(舞蹈病) 등은 정신적 장애의 가장 두드러진 증상에 꼽히고, 열병을 대동하는 것이 보통이다. 실러의 논문은 이와 같은 반응 모형을 상세하게 밝히기 위하여, 아우구스트 폰 호벤이 죽기 전 마지막 단계에 처했던 의식의 혼미를 기술하고 있다. 실러가 실명을 밝히고 있지는 않지만, 이 증상의 비교적 상세한 묘사를 통해 이는 폰 호벤의 사례인 것이 밝혀지고 있다.[212]

18세기에는 대부분 죽음으로 끝나는 열병의 진행을 멈추게 할 치료의 가능성에는 한계가 있을 수밖에 없었다. 고름을 빨아낼 수 있는 수술 방법은 당시의 수준에서 보면 전적으로 시행 불가능한 방법이었다. 시드넘과 브렌델은 오한증의 경우에는 구토제(嘔吐劑)와 하제(下劑) 사용을 권했다. 이와 같은 약들의 도움으로 위험한 담즙을 체내에서 배설해내기 위함이었다. 콘스브루흐도 자신의 논문에서 위장을 비우는 것이 중독된 체액을 정화하는 데 전제가 된다고 보고 있다.(NA 22, 54 이하 계속) 실러는 이 논문에서 오한증에 대한 상세한 보고를 인용한다. 그의 학위논문은 이 권고를 받아들여 병이 한창 진행된 단계에서도 구토제를 사용할 것을 추천하고 있다. 그와 같은 격렬한 치료를 통하여 환자들을 고통스럽게 하는 것이 당시 의학의 치료 레퍼토리에 속했다. 달리 위장을 수술할 가능성이 없었기 때문이다. 실러도 군의관 시절에 주석(酒石)으로 된 구토제와 물을 만병통치약처럼 사용했다. 그 논문에 의하면 부패하여 화농을 일으킨 노폐물을 체내에서 몰아내기 위해서 소화기관을 비우는 때에는 염화암모니아와 유칼립투스 껍질을 고아서 약으로 만든 것을 촉진제로 사용했다.[213] 실러 자신도 14년 후에 만하임에서 말라리아에 걸렸을 때 키니네를 과도하게 복용하여 치료하려고 시도한 적이 있다. 이와 같은 무분별한 치료법의 후유증은 물론 만성위염을 초래하고 말았다.

마지막 항목들은 치료하기가 어려운 담즙열(膽汁熱)과 화농성 열병의 혼합형을 다루고 있다. 실러의 견해에 따르면 이 병의 근원은 담즙의 유출로 인해 생기는 일종의 늑막염인데, 이 늑막염은 혈액의 농축과 체온의 상승을 유발한다. 이와 같은 방법으로 생성 발전된 질병은 두 가지 특징을 보인다. 즉 체온 상승을 바탕으로 한 화농성 열병의 증후군과, 신체 내부에서 독성이 있는 액체가 퍼져서 생기는 오한증의 증후들이 그것이다. 여기에 상응해서 이중의 치료법이 개발되어야만 하는데 이 치료법은 혈압 강하를 목적으로 한 사혈과, 위장의 해독을 위해서 필요한 구토제와 하제의 복용을 병행해야만 한다. 그러나 이와 같은 처치 방법은 잘못하면 환자의 건강 악화를 초래하기 때문에 문제점이 있다. 그리고 구토는 고혈압일 경우에는 혈관의 파열과 심장의 손상을 유발할 수 있고, 사혈은 독성이 있는 담즙소(膽汁素)의 순환을 촉진한다. 실러의 학위논문은 치료 방법 면에서 거의 극복할 수 없는 부작용 증상의 모습을 띠고 나타나는 의외의 난관에 봉착해서 다음과 같이 체념 어린 어조로 그 난관을 확인하고 있다. 그래서 실질적으로 사고하는 의학자들의 마음에는 거의 들지 않았을 수도 있다. "내가 묻노니, 의술은 아무것도 하지 않으면 치료를 놓치고, 무엇이든 대처를 하면 망가뜨리는 판에, 질병에 대해서 의술이 할 수 있는 것은 무엇이 있을까?"[214]

졸업 준비생 실러는 1780년 11월 1일에 열병에 관한 이 논문을 카를스슐레 의사들에게 제출했다. 두 주 후에 콘스브루흐, 클라인, 로이스가 공동으로 작성한 심사 보고서가 나왔다. 또다시 비판은 엄중했다. 비판은 문체가 아니라, 오직 전문적인 내용에 관련된 것이었다. 의사들은 실러가 열병의 발생 과정을 너무나 피상적으로 다룬 것을 두드러진 약점으로 지적했다. 특히 시드넘이 일찍이 오한열의 원인들이 전염성을 지닌 것으로 파악했던 점에 대한 평가가 빠졌다는 것이다. 그러나 임상 의사라면 원인을 정확히 파악하고 거기에 맞게 처방을 내려야 한다는 것이다. 이 논문이 전문적 문헌들에 대한 기본적 지식을 보여주었다는 점은 증명되지만, 저자의 부족한 임상 경험이 때때로 오진에 이르게 한다는 점을 암시하고 있었다.[215] 심사관들은 이 학위논문의 통과에 대한 최종 결정은 그들이 실러의 보완된 (세 번째) 시험 논문을 읽고 난 후에 내리겠다고 했다. 수험생 실러 앞에 놓인 운명은 막상 이 세 번째 논문의 질이 좌우하게 되었다.

다시 한번 육체와 정신에 대하여
세 번째 학위논문(1780)

실러의 세 번째 학위논문 「인간의 동물적 천성과 영적 천성의 상관관계에 대한 연구(Versuch über den Zusammenhang der thierischen Natur des Menschen mit seiner geistigen)」는 1780년 가을에 완성되어 열병 논문보다 일주일 후인 11월 초에 의학 심사관들에게 제출되었다. 졸업 준비생 실러는 심사관들에게 이 논문 외에 제2의 가능한 과제로서 '인간의 자유와 도덕성에 대하여(Über die Freiheit und Moralität des Menschen)'라는 제목하에 토론을 제안했다. 그러면서 책략적인 이유에서 이 주제는 "대단히 생리학적으로 논의될" 수 있는 다른 주제들과는 달리 좀 더 강한 철학적 악센트를 담고 있다는 점을 암시했다.[216] 의학 학위논문의 테두리 안에서는 자연과학에 비중을 두는 것이 더 바람직했기 때문에 심사관들은 첫 번째 테마로 결정했다. 실러의 토론 제안은 물론 일종의 페인트 모션의 성격을 띠고 있었다. 그는 그와 같은 페인트 모션의 도움을 받아 좀 더 편안한 과제를 가지고 카를스슐레 의과 교수들을 설득하려는 의도를 지니고 있었다. 「인간의 동물적 천성과 영적 천성의 상관관계에 대한 연구」를 자세히 살펴보면 하필이면 이전에 통보받은 생리학 측면의 묘사가 빠져서 안타깝다. 1779년의 학위논문에서는 생리학 측면의 묘사가 훨씬 더 강하게 모습을 드러내고 있었던 것이다.

이 논문은 첫 번째 학위논문이 보여준 사변적 경향을 피하고 관심의 대상을 인간의 유기체 속에서 일어나는 심신의 과정에 대한 경험적 관찰로 옮겨놓고 있다. 실러는 콘스브루흐의 비판에 영향을 받아 더 이상 합력 사상을 체계적으로 추구하지는 않았다. 그 대신에 역시 방법론적으로 편견에 사로잡혀 있지 않은 의학에도 영향을 미치고 있는, 이른바 경험에 바탕을 두고 있는 인간학의 문제에 매달렸다. 이는 플라트너에게 배운 것이다. 이 학위논문은 두 부분으로 나뉘는데, 각 부분의 분량이 크게 차이가 났다. 첫 번째 단락은 육체 생활의 유기적 기본 형태를 설명하고 있고, 두 번째 단락은 인간의 정신 물리적 기관을 조명하고 있는데 첫 번째 단락보다 분량이 세 배나 많다. 이 기관의 분별 있는 사용에 관해서 문화사, 문학, 골상학의 예들을 바탕으로 좀 더 상세히 설명되었다. 육체와 정신 사이에는 여러 형식으로 나타나는 극히 중요한 상관관계가 있다는 명제가 어디까지나 길잡이 노릇을 한다. 정신을 통해 육체를 완벽하게 통제할 수 있다고 여기는 스토아철학은 물론, 육체적 경험이 정신의 영역보다 우위를 점한다는 것을 강조하는 에피쿠로스학파도 인간의 정신 물리적인 이중 성격을 정확하게 파악하지 못했다는 것이다. 실러는 육체와 정신을 분리하려는 시도에 반대해서, 플라트너, 티소, 치머만의 논문들을 통해서 알고 있는 '심신상관 의학'의 사유 모델을 따르고 있다.(NA 20, 40 이하) 이렇게 해서 첫 번째 학위논문과는 반대로 '인간의 조건'은 사변적인 형이상학적 명제들에서 추론되지 않고, 인간의 심신 상태에 대한 경험적 관찰을 통해서 입증되고 있다. 이와 같은 새로운 처리 방법의 특이점은 어디까지나 이 논문이 개인의 육체적 조직에 대한 설명으로 시작해서, 정신적 기관이 지배를 받고 있는 전제들을 기술하고 있다는 점이다. 이 점은 플라트너가 취한 방법과 일치한다. 그는 지각 행위의 지적인 조정의 문제들과 사고 과정의 조건들을 다루기 전에 우선 인간 삶의 기계적 형태 내지 생리학적 형태를 설명하고 있다. 실러는 여기서 신체 활동의 핵심 영역 세 가지를 거명하고 있다. 즉 신경의 작업에 바탕을 두고 느낌과 반사작용을 신체적 상태로 전환하는 "정신 작용"의 유기적 체계, 신체 유지와 똑같이 정신 유지에 이바지하는 "영양"의 체계, 마지막으로 인종의 번식을 담당하는 "생산"의 메커니즘이 바로 그것이다.(NA 20, 42 이하) 그러나 이 세 가지 기본 형식을 통해 육체적 생존의 메커니즘이 충분히 설명되었다고 보지 않기 때문에 실러는 이제 심신상관의 체계를 공략하여 설명하게 된 것이다.

이 논문은 '동물적 본능'이 정신적 살림에 끼치는 영향을 기술하는 것으로 시작된다. 이 단락에 이어서 반대로 육체적 상태를 좌우하는 정신의 임무의 제 형식들에 대해 토론하는 단락이 등장한다. 실러는 육체와 정신이 상호 영향을 미친다는 소견에서 두 가지 기본 법칙을 추론하고 있다. 이 법칙들은 인간의 의욕이 있고 없음에 대한 느낌을 정신 물리적 기관 속에 있는 힘들의 상호작용에 돌리고 있다. 이 두 영역의 상호작용에 대한 명제는 관상학에 대한 조망을 통해 뒷받침되고 있다. 이 관상학적 관찰은 육체는 정신적 영향의 흔적을 드러내고 있다는 가정에 힘을 실어주기 위해 동

군사 아카데미 학생 신분의 프리드리히 실러.
동판화 프레임에 먹 실루엣. 군사행정관 크리스토프 디오니시우스 폰 제거의 실루엣 수집품.

원되고 있는 것이다. 즉 인간 각 개인을 현실적으로 좌우하는 정신적 긴장도는 얼굴 표정에 반영되어 있다는 것이다. 마지막 단락은 육체와 정신을 하나의 안정된 균형 상태로 유지하기 위해서 개인이 어떠한 가능성들을 지니고 있는가 하는 문제를 다루고 있다. 이 논문의 마지막 부분에는 육체와 정신의 분리가 초래할 결과로 볼 수 있는 유기체 생명의 소멸에 대한 간단한 언급이 들어 있다. 즉 이 두 영역의 상관관계를 지양하는 것은 오직 죽음 속에서만 생각할 수 있다고 결론짓고 있는 것이다.

실러는 전기 계몽주의 인간학의 학설과는 반대로 개인의 정신 물리적 이중 성격에서 작용하는 유전적 부담을 인식하지 못한 듯싶다. 할러는 교훈시 「이성, 미신, 불신에 대한 상념(Gedanken über Vernunft, Aberglauben und Unglauben)」에서 인간을 "불행하게도 천사와 짐승의 중간 존재"라고 기술한 적이 있다.[217] 실러는 논문 제5항목에 이 표현을 받아들이고 있으나, 이 표현의 회의적 성격을 지지하지는 않았다. 자신의 정신적 독립성을 확신한 이 학자도 육체 상태의 지배를 벗어날 수 없다는 상황은 체질이 막강한 영향력을 지닌다는 것을 밝혀주지만, 그의 지적인 상상에 지장을 주지는 않는다. 실러가 보기에 개인의 정신과 육체의 이중 성격은 정신적 창조성과 영적 조화의 전제이기 때문에 "불행한" 것이 아니다. 스토아학파와 에피쿠로스학파가 추구하듯 이 두 영역을 서로 갈라놓는 대신에 인간은 그들 사이의 안정된 균형을 생산하는 작업을 해야 한다. 오로지 그들의 상호작용만이 여러 힘들이 내적으로 조절되는 것을 가능케 하기 때문이다. "동물적인 감지와 동작의 체계는 동물적 성격의 개념을 충분히 설명하고 있다. 이 동물적 성격은 정신적 도구의 성격을 좌우하는 바탕이다. 그리고 이 정신적 도구의 성격은 정신 활동 자체의 수월성과 지속성을 좌우한다." (NA 20, 47 이하)

실러는 논문의 본론 부분에서 어떤 점에서 개인의 신체 조직이 정신적 활동의 조건이 되는지를 상세히 다루고 있다. 그가 출발점으로 삼고 있는 것은 인간의 지능에 미치는 체질의 영향은 이성의 창조적 발전도 가능케 한다는 추측이다. 이성의 원천은 볼프가 부각한, 이른바 형이상학의 지배를 받고 있는 합리적 심리학의 설명 모델로는 파악될 수 없다. 이와 같은 연관관계를 좀 더 상세히 해명하기 위해서 실러는 일종의 이분법적 발전 이론의 설명 모델을 이용하고 있다. 어린아이 때부터 어른이 되기까지 개인의 성숙 과정〔개체발생사(Ontogenese)〕은 물론, 야만으로부터 문명으로의 전 인류의 문화사적 발전 과정〔계통발생사(Phylogenese)〕도 '동물적인 성격'의 깊은 의미를 과시하고 있다. 인류는 동물적인 성격의 지휘 감독이 없다면 좀 더 높은 지적 능력을 배양하지 못했을 것이다.(NA 20, 50 이하 계속) 실러는 도덕적 행동 방법이 마련해주는 즐거움에 대한 감각적 만족과, 지적 노력의 결실을 바탕으로 한 행복감은 아이로 하여금 자신의 판단 능력을 전향적으로 발전시키도록 부추긴다고 주장하고 있다. 따라서 어디까지나 즐거움의 감정을 불러일으키는 것과 마찬가지로 지적인 공명심의 발원지는 신체의 상태인 것이다. 레싱의 문학적 영향심리학의 바탕이 되는 허치슨의 도덕철학도 똑같이 도덕적 행위의 근원을 감각적 기쁨의 감정에서 추론하고 있다. 실러에 따르면 전 인류의 문화 발전의 법칙은 개인 형성의 역사법칙과 비교될 수 있다. 문명이 발달하기 전에 개인은 원시적 상태에 있는 자연 존재로서 신체적으로 장애가 되는 여러 요소를 지니고 있었다. 이와 같은 요소들 때문에 개인은 부득이 자기 보존을 목적으로 자신에게 주어진 정신적 가능성을 이용해서, 추위, 허기, 고통과 같은 불편함에 적절한 조치를 취하지 않을 수 없었다. 따라서 인간의 문명화 과정 초기에 개인은 살아남을 수 있는 좀 더 좋은 바탕을 만들기 위해서, 어쩔 수 없는 자연의 제약에 가능한 한 효과적으로 대응하려는 자극을 느끼게 되었다. 실러는 개인의 도구적 이성이 외부의 난관에 봉착하여 항상 영리하게 예방책을 생각해내서 자신을 보호할 때 개인은 기술의 발전 속도를 높였고, 그 발전 속도에 맞추어 정신적 발전의 역사가 뚜렷이 나타난다고 설명하고 있다. 인간의 정신적 발전사의 출발점을 이루는 것은 불완전한 존재의 위치에서 필요한 발명 정신이 없으면 자연의 강요에 아무런 방비책도 없이 내맡겨져 있을 인간의 신체적 결함이었다. 이 논문은 이와 같은 주장의 출처로서, 아벨이 1776학년도 수업에서 자세하게 취급한 적이 있는 퍼거슨의 『도덕철학 원론』에 대한 가르베의 주석들을 인용하고 있다.(NA 20, 51) 가르베는 그 법칙들이 개인의 발달 속에서 모범 사례로 인식될 수 있는 인간의 정신 혁명의 신체적 조건에 대하여 각별히 주의를 환기하고 있다. 아이가 어른이 되는 것은 인류 문화사 차원에도 똑같이 나타나는, 이른바 욕망을 순치하는 과정을 반영하고 있다. 문명화의 본질적인 조건들에는 신체적 욕구를 더 좋게 충족할 수 있는 기술적, 경제적 전제를 마련하는 것도 꼽힌다. 가르베는 개인이 "완전히 배부르고, 따뜻하게 옷을 입고, 있어야 할 모든 도구를 갖춘 집 안에서 살 수 있게 되었을 때, 인간은 아직 무엇인가 해야 할 것이 남아 있다는 것을" 알아차리게 되었다고 적고 있다.[218]

여기에 제시된 논점은 루소의 『인간 불평등 기원론』(1755)이 근대 문명에 대한 비판의 테두리 안에서 완성해놓는 사상과는 분명히 반대되는 입장을 취하고 있다.[219] 실러는 루소처럼 인류 문화사를, 끊임없이 연마되어가는 이성의 사용을 바탕으로 한 전진적인 자연 지배의 과정으로 평가하고 있다. 하지만 루소는 팽배하는 이기주의와 증가하는 사회적 냉담으로 인하여 개인의 문명화 단계에서 기본적 도덕 성향이 철저히 상실되었다고 보는 반면, 실러의 글은 정신적 창조성의 획득을 정화된 문화의 특징으로 강조하고 있다. 개인의 발명 능력은 자연 지배 방법의 개선을 통해 향상되었기 때문에 개인은 앞서 말한 일정한 간격을 두고 발전 과정을 중단시키는 퇴폐적인 문명의 붕괴 형식에 저항할 수는 있었지만, 그 발전 과정을 완전히 저지할 수는 없었던 것이다. "이제 틀림없이 사치가 우유부단함과 탐닉으로 변질되어 인간의 골수 속에서 요동치기 시작하고, 전염병을 퍼뜨리고, 대기를 오염시키는 것같이 궁지에 몰린 인간은 이를 진정시킬 수 있는 처방약을 찾아 이 자연의 나라로부터 저 자연의 나라로 급히 뛰어다닐 것이다."(NA 20, 55) 루소와는 달리 실러는 역사의 위기를 인간의 창조적 지능이 각각 강하게 부각될 수 있는 시험 상황으로 여겼다. 과학적 인식과 기술상의 발명은 간단없는 발전 논리의 지배를 받는 것은 아니지만, 바로 정체 기간에는 정신적 독창성을 시험할 수 있는 시험장이라는 것을 보여주고 있다. 루소가 쓴 두 번째 논문 『인간 불평등 기원론』은 문명의 프로젝트를 사회적 균형에 부담을 주는 결과를 초래할지도 모르는 위험성 있는 프로젝트로 보고 있다. 그와는 반대로 실러의 논문은 지능이 개혁 능력이 있는 창조적 소질을 가지고 있다고 믿고 있다. 이 소질이 목적을 가지고 발전하는 역사 속에서 펼쳐진다는 것은 당연한 논리의 귀결이 아닐 수 없다. 이 입장은 실러가 담당 교사 쇼트의 추천으로 읽었을 가능성이 있는 아우구스트 루트비히 슐뢰처의 『세계사 사관(Vorstellung seiner Universalhistorie)』(1772)을 통해 강화된 것이다. 실러는 슐뢰처에게서 확고한 발전낙관론을 발견하게 되었고, 분명 이 낙관론은 그가 인간 발전의 원동력을 스케치하는 데 영향을 미쳤다. 그는 자신에게 커다란 영향력을 지녔던 괴팅겐대학의 역사학자 슐뢰처의 글만은 철저하게 검토한 반면에, 1780년대 말만 해도 루소의 이론서들과는 아직 친숙하지 못했던 듯싶다. 그는 1755년에 발표된 루소가 쓴 두 번째 논문 『인간 불평등 기원론』

의 주제들을 요한 게오르크 야코비가 1778년에 《도이체 메르쿠어》에 실린 루소 추도사에서 피상적으로 요약한 글을 읽고 알았다. 실러는 1776년에 루소의 소설 「신 엘로이즈」를 이미 읽었지만 그의 철학서를 집중적으로 다루기를 주저했던 것이 분명하다. 이 학술서 두 권과 『사회계약론(Contrat social)』(1762)을 정독한 것은 비로소 「돈 카를로스」를 집필하던 1780년대 중반 드레스덴에서였다.

실러의 학위논문의 마지막 3분의 1에 해당하는 것은 신체의 건강 상태가 정신 에너지에 미치는 막강한 영향력을 증명해야 할 발전사적 부설(附設)이다. 시작 부분에서 실러는 또다시 인간학 논쟁의 물결에 휩쓸려서, 신체와 정신이 협력하는 기본 원칙 두 가지를 설명하고 있다. 이 기본 원칙들은 나름대로 인체의 정신 물리적 살림살이를 떠받치는 기본 힘에 대해 최종적인 질문을 던지고 있다. 첫 번째 기본 원칙은 지적 의욕 내지 정신적 의욕이나 의욕 부재의 상태는 각각 신체 상태에 영향을 미친다는 것을 강조하고 있다. "신체의 활동은 정신 활동에 상응한다. 이는 일체의 과도한 정신 활동은 어느 때든지 일정한 신체적 행동의 과로라는 결과를 낳고, 마찬가지로 정신적 활동의 균형은 거기에 따르는 육체적 활동의 균형과 가장 완벽하게 일치한다."(NA 20, 57) 실러는 그와 비슷한 소견을 치머만에게서 발견할 수 있었다. 치머만은 논문 「의술 경험(Von der Erfahrung in der Arzneikunst)」(1763~1764)에서 정신병 내지 정신적 균형의 외적 징후에 대한 예를 다수 제시하고 있다. 이미 멘델스존은 『느낌에 대해서(Über die Empfindungen)』라는 편지들에서 유사한 상관관계를 기술한 적이 있지만, 물론 정신 구조에 대해 신체가 역으로 끼치는 영향은 고려하지 않았다. "정신적 완전성에 대한 표상"은 사유 기관 속에 입력되어, 거기로부터 "그 밖의 사지에 뻗어 있는 신경조직"에 전달되고, 그 결과 신체는 "편안한 상태"에 빠지게 된다고 그의 편지에는 기록되어 있다.[220] 또한 멘델스존은 정신적인 부조화나 지적인 부조화를 일으키는 신체의 증상이 무엇인지도 파악하고 있었는데, 그와 같은 증상들로 신경의 긴장, 통증, 식욕부진을 꼽고 있다. 실러가 작성한 기본 원칙의 이와 같은 측면을 분명히 밝히고 있는 실례들은 우선적으로 문학작품들에 나타난다. 정신적 곤궁의 신체적 표현으로 불면증을 앓고 있는 셰익스피어의 맥베스 부인 말고도 그 논문은 방금 마무리한 희곡 「도적 떼」의 해당 부분을 여기에 인용하고 있어 자못 흥미롭다. 실러는 제5막 제1장에서 양심의 불안이 신체에 끼치는 영향을 증명하려던 다니엘이 프란츠 모어와 나누는 대화의 한 구절을 인용하고 있는데, 프란츠의 뒤숭숭한 꿈과 갑자기 그를 사로잡고 있는 무기력이 예의 도덕적 회의를 반영해주는 거울 노릇을 하고 있는 것이다. 그의 연설은 이 도덕적 회의를 과시하려고 애쓰지만 헛수고였다. 실러는 신중하게 처신하여, 이와 같은 자신의 글을 인용하고 있음을 밝히지는 않았다. 그와 같은 주석의 근거를 제공하고 있는 문헌은 제목이 날조된 「크레이크 작(作) 비극, 모어의 생애(Life of Moor, Tragedy by Krake)」이다.(NA 20, 60) 이 논문이 그의 진단 결과에 대한 문학적 실례를 여러 번 인용하고 있는 것은 문학의 심리적·의학적 관할 능력에 대한 감각을 북돋워준 적이 있는 아벨의 전례를 그대로 따른 것이다. 문학의 시대적 조류들이 다시금 최근 인간학의 자극을 수용하고 있는 것은 무엇보다도 당대의 소설이 실증해주고 있다. 즉 빌란트의 『아가톤의 이야기』(1767), 요한 카를 베첼(Johann Carl Wezel)의 『벨페고어(Belphegor)』(1776), 프리드리히 하인리히 야코비의 『볼데마르(Woldemar)』(1777), 카를 필리프 모리츠의 『안톤 라이저』(1785~1790), 그뿐 아니라 실러 자신이 쓴 미완성 작품 『강신술사(Geisterseher)』(1789)는 인간이 지닌 영과 육의 이중 성격을 다룬 대표적인 교훈서로 읽힐 수 있다.

이 학위논문의 저자인 실러는 슈탈의 견해를 마치 도그마처럼 인용하는 것에는 뚜렷이 반대하는 입장을 취해서, 슈탈과는 달리 신체에 대한 정신의 일방적 지배를 주장하지 않고 있다.(NA 20, 70) 심신상관 의학 체계는 오히려 두 영역의 조화로운 관계에서 출발한다. 그 밖의 다른 기본 원칙은 첫 번째 원칙을 보완하는 것으로, 시종일관 정신에 대한 신체 기관의 영향을 해명하고 있다. "그러므로 느낌과 관념의 자유로운 흐름도 신체 기관들의 자유로운 활동과 연결되어야 하고, 사고와 느낌의 착란도 신체 기관들의 파괴와 연결되어야 한다는 것이 혼성된 체질의 두 번째 원칙이다." (NA 20, 63) 이 논문에서 들고 있는 예들은 제일 먼저 임상의학과 관련된 것으로, 질병으로 약해진 육체는 정신 상태의 결함, 절도의 부족, 비도덕적 생각을 조장할 수 있다는 것을 증명하고 있다. 얼마 후에 실러의 문학 작품에서 의미를 얻게 될 하나의 역사적 실례가 이와 같은 상관관계를 뒷받침해준다. 1522년부터 제노바에서 전제 권력을 행사하던 안드레아 도리아는 그의 정적 피에스코가 관행에서 벗어나고, 도덕적으로 수상한 행동을 할 인물이라는 것을 틀림없이 알았을 것임에도 불구하고, 그로 인해 야기될 위험을 과소평가한다. 그 이유는 바로 그를 자제할 줄 모르는 육체의 향락주의자로 여겼기 때문이다. 육체적 바탕과 정신적 바탕의 상호작용은 어디까지나 개인의 행동에서 동인을 판단하는 데 결정적 역할을 한다.(NA 20, 65) 실러가 2년 후에 음험한 음모자인 피에스코를 주인공으로 등장시켜 그의 몰락을 문학적으로 형상화하고 있는 공화국의 비극은 이와 같은 통찰을 바탕으로 하고 있다. 여기에서 피에스코의 사악한 정치적 술수들은 그의 향락주의와 자기기만이 서로 반목하는 긴장 국면에서 이중의 모호한 의미를 지닌 하나의 삶의 구상과 일치하는 것이다.

이 논문은 열여덟 번째 항목 마지막에 육체와 정신, 이 두 영역 사이에 작용하는 인력의 법칙을 언급함으로써, 육체와 정신을 연결시켜주는 비장의 힘이 무엇인지에 대해서 답하고 있다. "이는 다름 아닌 경이롭고도 진기한 호감(好感)이다. 말하자면 이 호감이 인간의 다양한 원리들을 하나의 본질로 만들어주고 있는 것이다. 인간은 정신과 육체가 아니다. 인간은 이 두 실체의 가장 심오한 혼합이다."(NA 20, 64) 이 호감의 카테고리는 프란치스카 폰 호엔하임의 두 번째 생일 축하 연설에서 언급된 사랑의 개념을 상기시켜준다. 정신적 매력은 뉴턴의 인력 모델에 호응하는 짝으로서 '사유하는 자연'을 묶어주는 끈의 역할을 한다고 기록되어 있다.(NA 20, 32) 이제 이 정신적 매력에 해당하는 것이 호감의 에너지인데, 이는 신체와 정신을 주로 안정되게 한다. 오직 병이 났을 경우에만 신체와 정신으로 하여금 장애를 받는 일종의 상호 관계를 맺게 한다. 실러가 호감에 대한 발상의 가닥을 잡은 것은 1779년 아벨이 작성한 시험 논문 덕분이다. 비교적 짧은 토론의 주제로서 바탕에 깔려 있던 「존경과 사랑의 원천에 관한 도덕적 명제들(Moralischen Sätze von den Quellen der Achtung und der Liebe)」은 헤르더의 논문 「인식행위와 감지행위에 관해서」(1778)와 비슷하게 호감을 타인의 고통에 참여하는 감정과 동일시함으로써 그 테마를 여전히 관행적으로 다루고 있다.[221] 아벨은 1779년 12월에 라틴어로 쓴 학위논문에서 의학적인 시각에서 대상을 반대로 설명했는데, 이 논문을 생도 열일곱 명(그중에는 그라몽, 아우구스트 폰 호벤이 끼어 있었음)이 변호해야만 했다. 철학적 토론에서 제외된 실러는 12월에 하우크의 《슈바벤 마가친》에 실린 그 텍스트의 인쇄본 「신체와 정신의 교감 현상에 대하여(De phaenomeniis sympathiae in corpore animali conspicuis)」를 접했을 것이다. 여기서 그는 호감은 신경에 의해 발생하고, 두뇌에 의해 전달된, 이른바 정신적 또는 신체적 인력의 바탕이 되는 힘을 의미한다고 설명되어 있는 것을 발견했다. 호감의 감정은 신경의 자극에 바탕을 두고 있다는 아벨의 생리학적 규정은 어디까지나 저명한 영국인 의사 로버트 휘트가 앞서 거둔 연구 성과에 힘입은 것이다. 휘트는 1765년에 신경성 질병, 우울증, 신경과민과 같은 증세를 나타내는 병에 대해 논문을 발표했는데, 이 논문은 재빨리 이 분야의 필독서가 되었다. 1766년에 처음으로 발행된 이 논문의 독일어 번역본을 접한 아벨은 특히 호감을 신경 자극과 뇌를 연결하는 에너지로 규정한 위트의 견해를 받아들이고 있다.[222] 이와 같은 규정은 다시금 육체와 정신의 합력은 호감의 중개 작업의 결과라는 실러의 견해와의 접합점이 되고 있다. 이로써 호감의 신경생리학적 의미는 전체의 심신상관적 복합체로 그 의미가 전이된다. 느낌과 사유를 접속하는 것을 과제로 삼고 있는 휘트와 아벨의 이론을 실러는 시험 논문에서 지금까지 없었던 정신과 육체의 연결 고리라고 부르고 있다. 실러가 호감 개념을 확대해서 사용하였다는 것은 물론 1780년 3월에 《슈바벤 마가친》에 익명으로 발표된 아벨의 학위 논문에 대한 반론을 통하여 직접적으로 시인하고 있다. 이 반론의 저자는 아벨의 분명한 논점을 찬양하지만, 그 논문이 정신적 활동과 지적 활동을 만족할 만큼 구별하지 않았다는 것을 약점으로 지적하고 있다. 저자는 생리학적인 세부 문제를 설명하지 않은 채, 결국 인간에게 있어서 신경계통을 거쳐 서로 연결되어 있는 신체 부분과 사유의 핵심 사이에는 호감의 작용에 바탕을 둔 상관관계가 성립한다는 이 텍스트의 핵심 주장에 동의한다고 선언하고 있다.[223]

실러의 사유의 단서를 증명해주는 마지막 영역은 관상학이다. 스위스인 신학자 요한 카스파르 라바터가 1775년부터 1778년 사이에 발표한『인간에 대한 지식과 사랑을 북돋워주기 위한 단편(*Fragmenten zur Beförderung der Menschenkenntniß und der Menschenliebe*)』에서 르네상스 학자 잠바티

스타 델라 포르타(Giambattista della Porta)의 연구와 관련지어서 관상학을 체계적으로 입증하려고 계획한 적이 있다. 라바터가 1774년 8월 12일에 카를스슐레를 방문했을 때 실러가 그에게서 받은 인상은 그 나름대로 우호적인 성격을 띤 것이었다. 라바터의 학설은 적어도 수업 시간에 언급되었을 것이다. 그뿐 아니라 《슈바벤 마가친》도 때때로 관상학의 문제를 다룬 논문들을 게재했기 때문에 틀림없이 생도들은 이런 논문들에 대해 알고 있었을 것이다. 실러는 즉흥적인 감정이나 익숙한 심정 상태들이 불러일으키는 얼굴 표정을 통하여 신체가 정신의 상태를 반영하는 거울이라고 보았다. 그러나 그는 '열광주의자'인 라바터와 분명하게 선을 긋고, 논란이 분분한 그의 『인체 기관의 관상학(Physiognomik organischer Theile)』을 비과학적이라고 선언했다.(NA 20, 70) 그가 작성한 시험 논문에 따르면 코, 귀, 입의 외형은 전체의 신체 구조와 마찬가지로 타고난 것이다. 단지 매 순간에 특별한 상황으로 인해 밖으로 나타나는 그와 같은 인체 기관들의 겉모습이 정신적 상태를 볼 수 있도록 반영하는 것이다. 후년에 와서도 실러는 인상을 통해 사람의 운명의 자취를 엿볼 수 있다고 믿었던 라바터의 학문 체계와는 거리를 두었다.

육체와 정신의 내적인 관계가 끝나는 것은 오로지 죽음 속에서 신체의 활동이 끝남으로써만 가능하다. 육체의 죽음은 누구나 피할 수 없는 것이지만, 실러에 따르면 개인은 자신의 삶을 연장할 수 있는 효율적 방안을 가지고 있다. 그것은 바로 정신과 육체의 힘들 간에 안정된 균형을 유지하고, 일방적인 과용을 통하여 그 힘들에게 지나친 부담을 주지 않는 것이다. 수면이 육체적 "이완"과 정신적 "조화"의 과정을 통해서 "부자연스러운 사념들과 느낌들, 우리의 하루를 괴롭게 하던 온갖 힘든 활동들"을 잊게 할 수 있는 것처럼 개인은 육체적 활동을 정신적 활동에 맞추어서, 그들의 관계가 균형을 유지하도록 해야만 하는 것이다.(NA 20, 74) 개인이 자신이 타고난 운명에 가장 이상적으로 어울리는 균형의 법칙을 따르려고 한다면, 모름지기 감각과 지능, 지각과 활동, 오락과 노동 사이에 올바른 중용의 도를 발견해야 한다. 여기서 시야에 들어오는 것은 다름 아닌 '전인 (全人)'의 모델, 즉 "머리와 가슴"의 제휴를 통해 상징적으로 표현된 "제각기 분산되어 있는 정신적 힘들"의 통합의 이데아이다.(NA 22, 245) 실러는 1790년에 이 모델을 뷔르거의 시들에 대한 논평에서 고전주의 미학이 추구하는 이상상(理想像)으로 구상하고 있다. 실러의 의학 시험 논문이 내용으로 하고 있는, 심신을 상호 관련시키는 힘들의 균형에 대한 인간학적 구상은 이미 실러의 고전주의 예술 이론의 전조를 보이고 있다.

이 세 번째 학위논문은 마침내 엄격한 시험관들의 마음에 들었다. 로이스, 콘스브루흐, 클라인은 11월 16일에 공동으로 집필한 의견서를 내놓아 부분적으로 몇 가지 이견이 있었지만 이 논문의 통과를 추천했다. 논증의 독자성과 그와 같은 어려운 테마를 진지한 방법으로 다룰 수 있었던 필자의 광범위한 전문 지식이 칭찬을 받았다. 이의를 불러일으킨 것은 또다시 서술 방법과 관련된 것들인데, 이 논문은 때때로 시적인 어법 사용에 기울고 분명한 내용적 프로필이 없는 비유들을 지나치게 사용하는 경향이 있다는 것이다.(NA 21, 124 이하) 심사 위원들은 이 텍스트에 사용된 부적절한 문체의 예를 여럿 들어 이의를 분명히 밝히고 있다. 전체적으로 이 논문은 인쇄될 만하다고 추천되었지만, 여기에서 이의가 제기된 부분들은 인쇄되기 전에 삭제되거나 수정되는 것이 바람직하다는 것이다. 공작의 희망에 따라 의사들은 11월 17일의 공식적 문서를 통해서 실러의 열병 논문에 대한 의견을 다시 한번 표명했다. 그들은 이 논문의 수정 보완에는 반대표를 던졌다. 학문적인 이유에서의 출판은 이 논문의 미숙한 성격으로 미루어 볼 때 적절하다고 볼 수 없기 때문이라는 것이다. 이와 같은 불친절한 평가는 이 논문의 전문적인 수준을 감안하면 가혹한 감이 없지 않다.[224] 이 평가는 세 번째 학위논문의 통과 후에 시험 과정의 성공적인 진행에 대한 발표는 상황상 더 이상 필요치 않고, 그러므로 논란이 되고 있는 구체적인 문제들을 다루는 것도 불필요하다는 내용을 간단하게 설명하고 있었다. 같은 날 아벨은 테마가 그의 전공 분야에 속하는 것이 분명한 실러의 학위 논문 「인간의 동물적 천성과 영적 천성의 상관관계에 대한 연구」에 대하여 별도의 평가서를 내놓았다. 그는 이 논문의 논증 구조가 때로는 논란의 여지가 있음을 인정하고 출판하는 데에는 신중하게 반대했지만, 제자를 매정하게 물리치지 않기 위해서 후에 반대 의사를 철회했다. 그리하여 이 논문은 이미 1780년 12월 초에 슈투트가르트 소재 크리스토프 프리드리히 코타에서 간행되어 공작에게 헌정되었다. 시험 논문의 경우 이와 같이 헌정하는 것은 필수적이었다. 실러는 12월 9일과 12일에 해부학, 약학사, 생리학 과목의 마지막 시험을 치렀다. 매년 열리는 창립 기념일 축제와 수상식이 열린 하루 뒤, 12월 15일에 그는 7년 11개월 동안 생도 생활을 했던 사관학교를 졸업하였다. 새로운 도전을 받아들여 새로운 과제를 수행해야 할 길이 마련된 것처럼 보였다. 그러나 성공으로 가는 길은 처음에는 어디까지나 장애물이 많고 거칠고 불편한 길이었다.

제2장

연습 공연들:
초기 서정시와 젊은 시절의 철학
(1776~1785)

1. 틈새를 이용한 집필 작업의 출발

거래되는 상품

18세기 말의 서정시와 문학 시장

1750년부터 1800년까지 독일 내에서 생산된 문학작품의 수는 계속 증가하여 18세기 전 기간에 인쇄된 서적은 근 45만 권에 이르렀다. 그중에 1750년부터 40년 동안 출간된 책은 연간 3만 권에서 3만 5000권에 이르면서 그 수가 꾸준히 증가하는 추세였다. 그뿐 아니라 신간 시장도 확대되었다. 1740년 부활절 박람회에 출품된 서적은 1144권인 데 비해 1800년에는 2569권에 이르고 있다. (시학과 미학을 포함한) 문학작품의 출간이 놀라울 만큼 활기를 띠어 점유율이 1740년 5.8퍼센트에서 1770년에는 16.4퍼센트로 늘어났다.[1] 이와 같은 증가 현상에는 글을 읽을 줄 아는 백성의 수가 증가한 것도 한몫했다. 글을 읽을 수 있는 백성의 비율은 한결같이 상승해서 1770년에는 15퍼센트, 1800년에는 이미 25퍼센트에 이르렀다. 물론 18세기 말만 해도 실제로 책을 읽는 독자의 수는 10만 명이 넘지 못했다는 점을 고려해야 할 것이다. 이 수치는 1800년의 총인구 2000만 내지 2200만의 0.5퍼센트에 불과하다(물론 이 수치는 확실한 통계에 바탕을 둔 것이 아니라 추정치임을 밝혀둔다). 글을 읽을 줄 아는 사람의 수효가 증가함에도 불구하고 책을 읽는 것은 여전히 부르주아계급과 사회 상류층에 속하는 귀족들의 특권이었다. 그에 반해서 농촌 주민들과 수공업자들은 노동 일상 때문에 문학적 테마들과 가까이할 수 있는 시간적 여유가 허락되지 않았다.[2]

새로운 독서 문화를 배경으로 점점 더 전문화된 서적 시장을 위해 책을 쓰는 작가군도 늘어났다. 1760년 독일 내에서 다양한 분야의 글을 쓰는 작가의 수는 2000명을 헤아렸으나 1788년에는 그 수가 이미 6200명으로 늘었다. 이처럼 작가의 수는 계속 증가해서 1800년에는 1만 650명에 달했다. 1785년에 라이프치히 시의 전체 인구 2만 9000명 중에서 작가 활동을 본업으로 삼은 주민은 170명이었다.[3] 이와 같은 발전을 배경으로 서적 생산의 인플레 현상에 대한 불평은 후기 계몽주의적 문화 비판의 핵심 모티브가 되었다. 1802년부터 독일 작가 사전을 간행한 요한 게오르크 모이젤(Johann Georg Meusel)은 문학 업계가 확장되고 있음에 주목했다. 1790년 프로이센 정부의 입법위원회를 위하여 서적 시장 사정에 대한 평가서를 작성한 프리드리히 니콜라이도 마찬가지였다. 1789/90년 《독일 저널(Journal von und für Deutschland)》에서 격론을 불러일으킨 「오늘날 독일에 나타나고 있는 글을 많이 쓰는 현상의 원인들(Ursachen der jetzigen Vielschreiberey in Deutschland)」에 대한 한 기고문은 엄청난 수의 "작가군(作家群)"의 등장은 출판 업계가 확장되고 있다는 증거로 염려스러운 현상이 아닐 수 없다고 지적했다.[4] 학자 세계에서는 당대인들의 글쓰기 열풍의 원인으로 라틴어 사용의 퇴조를 꼽고 있다. 이는 곧 문외한에게도 전문적 토론에 참여할 수 있도록 했고, 학문하는 사람들의 좁은 일자리 시장은 교육을 잘 받은 작가들이 제도권을 벗어나서 자유로운 직업 활동을 하도록 강요하는 결과를 낳았다. 그뿐 아니라 공직 사회의 낮은 봉급은 수많은 공무원들로 하여금 부업을 할 필요가 있게 했고, 마지막으로 학문적 인식의 일반적 확산과 평민들 중에 글 읽을 줄 아는 사람 수의 증가는 독자층의 확대를 불러왔다고 기록되어 있다. 그와 동시에 문학 시장의 확장은 대부분 계몽주의가 광범위한 영향을 끼치는 결과와, 지적 · 예술적 수준이 저하되는 결과를 낳는 이율배반적 현상으로 인지되었다. 게오르크 프리드리히 레프만 같은 진보적 출판인까지도 서적 발행이 늘어나는 것을 염려스럽게 지켜보며, 1793년에 "사람들은 모든 것을 상업성 투기로 이용하는 것을 배웠고, 심지어 천재가 거둔 결실들도 우리에게는 단지 유행 상품, 상업성을 지닌 상품에 불과할 뿐이다"라고 쓰고 있다.[5]

같은 때에 사람들, 특히 젊은 사람들의 독서 태도가 빠른 정보 수용을 목표로 하는 방향으로 변화하였는데, 이를 똑같이 비판적인 어조로 평가하고 있다. 정독 대신에 다독하는 경향이 나타난 것이다. 보수적인 관찰자가 보기에는 그와 같은 독서 태도가 하나의 매체에 대한 소비 관계를 누설하고 있는 것 같았다. 그 매체의 이용이 비약적으로 증가한 것은 '자극의 문지방(Reizschwelle)*'을 낮추어 피상적인 지식을 생산하고, 전통적인 가치를 파괴하는 결과를 초래하는 것이다. 폰 크니게 남작은 1788년 회의적인 어조로 이렇게 선언하고 있다. "우리의 젊은이들은 전보다 일찍 성숙해지고 영리해지며 박식해진다. 독서를 부지런히 하고, 특히 내용이 풍부한 저

∙∙

* 생체반응에 필요한 자극의 최저 강도.

널들을 읽어서 자신에게 부족한 경험과 노력을 보충한다. 이와 같은 사실이 그들로 하여금 여러 사안에 대하여 쉽게 결정을 내릴 수 있다고 믿게끔 호도하고 있다. 전 같으면 그 사안들에 대하여 어느 정도만이라도 분명하게 알 수 있기 위해서 수 년간 열심히 공부할 필요가 있었을 터인데 말이다."[6] 문학 서적 시장이 형성되는 데에는 여성 독자들의 역할이 결정적이었다. 겔러르트, 클롭슈토크, 루소, 리처드슨 같은 저자들은 책 읽는 여자들에게서 특별한 반응을 불러일으켰다. 다 아는 바와 같이 장편소설의 성공 역사와 서정적 장르의 민감한 부상(浮上)은 여자들의 관심이 없었으면 생각할 수도 없었을 것이다. 18세기 후반에 여자들은 여성 독자의 역할 속에서 근대적인 문화 의식을 증언했고, 그 의식은 특별한 프로필이 포함된 요구 사항을 문학 시장에 제시했다.

18세기에는 검열 때문에 서적 보급이 방해받는 사례가 크게 늘어났다. 검열 기관은 공격적으로 국가와 교회의 이익을 대변하려 하였고, 교회 권력이나 국가권력의 요구나 가치에 저촉되면 지체 없이 개입했다. 1715년 황제 카를 6세는 "제국에서 고통을 당하는 종교들 간에 일체의 험담을 금지하는 것"을 내용으로 하는 칙령을 발표했다. 이 칙령은 1746년 새로운 규정을 통하여 강화되었고, 1790년과 1791년 황제 레오폴트 2세의 조치로 다시 한번 더욱 엄격하게 표현되었다. 1780년대 요제프 2세의 치하에서 잠정적으로 검열 규정이 완화된 적이 있지만, 이는 지속적인 성격을 띠지 못했다. 프로이센의 왕 프리드리히 빌헬름 2세는 1788년 9월 10일에 반포한 칙령을 통하여 "출판의 자유는 급기야 불손함으로 변질했고, 서적 검열은 완전히 잠자고 있다"고 불평했다.[7] 나폴레옹 시대의 문턱에서 국가의 금지 조치는 더욱 강화되었고, 그로 인해 실러도 (바로 연극 활동 분야에서) 고통을 당해야 했다.

독일 내의 개별 영방에서는 교회와 국가의 대표자들로 구성된 검열진이 규정의 준수를 감시했다. 검열진의 구성원들은 각기 전문 분야별로 나뉘어서 활동했다. 비교적 작은 제후국에서도 대부분 여러 사람이 신학, 법률학, 자연과학 저작물들에 대한 검열을 담당했다. 인쇄가 예정된 원고들은 우선 유포되기 전에 예비 검열을 거쳤다. 출간 후에도 검열진이 개입해서 텍스트의 배포를 막을 수 있었다. 특히 정기간행물들은 백성들의 개인적 영역을 침범해가면서까지 압류하는 경우가 적지 않았고, 서점들, 출판사 공간들, 가택들을 수색해서 발견한 금서들은 회수한 뒤 폐기하였다. 더욱 높은 차원에서는 제국 추밀원 회의가 활동했는데, 빈에 소재지를 둔 이 기구는 최고 행정 및 사법기관으로서 영방의 검열 관청들을 통제하고, 분쟁이 있을 때에는 조정 판결을 하거나 예방 조치를 취하도록 지시하기도 하고 정기적으로 금지 규준을 검토하여 예하 기관들에게 적절한 지시를 하달하기도 했다.[8] 이와 같은 방법으로 감시와 통제의 망이 물샐틈없이 조밀하게 짜여 있다 보니 사람들은 좀처럼 그 망을 빠져나갈 수가 없었다. 18세기에 주도적 역할을 한 작가들 거의 모두가 생애의 아주 다양한 발전 단계에서 교회 및 국가권력과 갈등을 겪어야 했다.

1770년대에 개별 책의 발행 부수가 3000권 이상에 달하는 경우는 드물었지만, 종교 서적과 달력은 예외였다. 괴테의 『젊은 베르테르의 슬픔』은 1774년과 1775년, 두 해에는 각각 4500권이, 클롭슈토크의 『학자 공화국 (Gelehrtenrepublik)』은 같은 시기에 6000권이 판매되었다(그중에 3600권은 기부금을 통해서 유명 저자의 계획에 힘을 실어주려던 예약자들 몫이었다). 그와 같은 수치는 문학 분야에서는 최고치에 해당하는 것으로 오직 실러의 고전주의 희곡들만이 재차 달성할 수 있었다. 특히 자유 문필가의 골치를 아프게 한 것은 불법 복제자들이었다. 그들의 불법 복제 활동에 대한 규제는

18세기 말에 와서야 비로소 효과를 거둘 수 있었다. 출판사가 어떤 원고를 구입했다고 해서 그 출판사에게 독점 발간을 보장해주지 않았기 때문에 무질서한 경쟁이 발생했다. 대중문학 작품의 저자들은 자신이 쓴 작품이 불법적으로 간행되면 그 인세는 한 푼도 받을 수 없었기 때문에 수입에 엄청난 손실을 감수해야 했다. 법적으로 규명되지 않은 소유관계는 공식적으로 알려진 출판사와 불법 복제자 사이에 심한 경쟁을 불러일으키는 결과를 초래했다. 불충분한 법적 보호가 끼친 직접적인 영향 중 하나는 출판사들은 출간한 책들이 해적판으로 유통되기 전에 비교적 짧은 기간에 높은 수익을 올려야만 했기 때문에 1750년대부터 책값이 끊임없이 오른 것이다. 진지 스물세 장(190쪽이 빠듯한) 분량의 책 가격이 1750년에 4~6그로셴이었는가 하면, 1802년에는 같은 분량의 책 가격이 물경 1.5탈러(36그로셴)나 되었다. 라이프치히에서 이루어진 것과 같은 출판업자 연합의 결성도 난전(亂廛)에 대항해서는 속수무책이었다. 1794년 프로이센의 '일반법'을 통해서 처음으로 저자들의 저작권이 법적으로 보호되었다(이미 영국에서는 1700년부터 보호되었음). 이는 적어도 얼마 동안은 그들의 경제적 형편을 호전시켰고 불법 복제자의 활동을 막는 데 도움을 주었다.[9] 결국 인가받지 않은 복제는 1845년에 처음으로 연방의회가 장기간의 토론 끝에 통과시킨 제국 법률에 의해 성공적으로 규제되었다.

발행 부수에 대한 분석에서 고려해야 할 것은 또한 개인적으로 친분이 있는 사람들끼리 책들을 빌려서 보는 것이 통례이기 때문에 책 한 권은 판매량의 수치에 나타난 것보다 더 많은 독자들에게 읽혔다는 것이다. 1768년부터는 공공 대여 도서관이 있어서 최근에 간행된 서적들을 돌려가며 읽는 것을 부채질했다. 그와 병행해서 사적으로 조직된 독서 모임도 등장했다. 이 독서 모임은 회원들끼리 책을 교환함으로써 재정적 부담을 덜

어보자는 취지에서 결성된 것이었다. 1770년과 1780년 사이에 독일 영토 내에서는 비교적 큰 도시들을 중심으로 그와 같은 독서 모임이 쉰 개나 존재했고, 1790년에는 그 수가 어느덧 170개에 달했다. 그들 모임의 회원 수는 대부분 50~200명에 달했다.[10] 연간 약 10탈러나 되는 높은 액수의 회비(이 액수는 1790년 수공업자의 한 달 급료에 해당함)는 경제적으로 안정된 시민계급이 독서 모임에서 수적으로 우위를 점하도록 했다. 도서 열람실을 통해서 발생한 분배 효과도 과소평가해서는 안 되었다. 무엇보다도 회원들이 빌린 책들이 또다시 그 친구들이나 친지들 사이에서 돌려가며 읽힌다는 점을 고려하지 않으면 안 될 것이다. 이런 이유 때문에 18세기에 발행 부수는 어떤 책의 실제적인 보급률과 관련된 정보를 정확히 전달해주지는 못했다. 괴테의 『빌헬름 마이스터의 방랑 시대』(1829)의 경우만 하더라도 어느 이민자의 독서협회에 대하여 "우리나라에서는 브랜디 술집과 독서실은 용납되지 않는다"[11]고 기록하고 있는데, 여기에는 저자가 자신의 개인적 명성을 높이는 데에는 보탬이 되지만, 수입의 가능성을 감소시키는 독서실에 대한 불신감이 반영되어 있다. 스위스의 의사이자 대중 철학자인 요한 게오르크 치머만은 1791년 황제 레오폴트 2세에게 보내는 반계몽주의 정신이 깃든 각서에서 심지어 "머슴들"까지도 그동안 자신들의 독서회를 조직했다고 불평하고 있다.[12]

대략 1770년부터 비교적 큰 도시에서는 책을 공동으로 읽고 나서 서로 토론하는 문학 클럽이 결성되었다. 종종 참석자들끼리는 저녁 모임의 일환으로 토론이 이루어졌기 때문에 개별 작품의 지식 정보는 구두 방식으로 전달되었다. 초기 인문주의 이래 시민들 사이에 보편화된 은밀한 독서를 통해서 전달되던 것과는 달랐다. 계몽주의 문화의 핵심적 요소로 꼽히는 문학적 사교 모임은 이로써 일종의 시대착오적 요소를 내포하고 있었다. 자연 속에서나, 공원에서 또는 영국식 공원에서의 독서가 다시금 유행하게 된 것이다. 노천의 벤치 위에 앉아서 독서삼매에 빠져 있는 젊은 여인의 그림은 당대 회화에서 가장 사랑받는 모티브에 속했다. 하지만 18세기 말부터 기술 시대의 전조 속에서 독자의 사회적 고립이 확고해진 상황하에서는 은밀한 독서만이 지배적 수용 형식이 되었다.[13]

18세기 말에도 서적 생산에서 가장 큰 몫을 차지하고 있는 것은 신학 서적이었다. 그러나 점유율은 1740년에 38.5퍼센트이던 것이 1780년에는 18.2퍼센트로 감소했다. 문학 장르에서 선두 주자는 1780년 41퍼센트를 차지한 서정시였고, 희곡이 22퍼센트, 장편소설이 16.8퍼센트였지만, 장편소설의 점유율은 세기말에 와서 꾸준히 증가했다.[14] 서정적 텍스트가 높은 시장점유율을 차지한 원인으로는 서정시의 발간 형식이 실제적 요구를 충족할 수 있었다는 점을 꼽는다. 서정시는 단행본으로 간행될 뿐 아니라, 1800년에 처음으로 유행하던 연감의 전 단계인 달력 형태로도 발표되었다. 연감과 달력은 문학 텍스트의 인쇄와 병행해서 한 해의 월별로 배열된 일정표도 제공했다. 여기에 생활 계획이나 정보의 입력과 병행해서 독서의 관심이 똑같이 고려되어 나타난 것이다. 즉 정신의 수양과 실생활에 필요한 일정표 작성이 결합된 것이다. 이후의 연감들도 여전히 달력을 포함하는데, 달력이 실생활의 유익을 보장해주고 서정시의 인쇄를 일종의 소비 가치와 연결해주고 있는 것이다.

부담 없이 지불할 수 있는 판매 가격은 달력들이 많이 유포될 수 있는 길을 보장해주었다. 1780년대에 달력 값은 12그로셴부터 15그로셴 사이였다. 1776년에 괴팅겐에서 발행된 서정시집 『꽃 채집(Blumenlese)』과 같은 해에 라이프치히에서 출간된 프리드리히 트라우고트 하제(Friedrich Traugott Hase)의 문예연감의 가격도 그 정도였다. 그러나 세기말에는 그

가격이 인상되었다. 실러의 《문예연감》을 사려면 1800년에 벌써 1제국탈러 18그로셴을 지불해야 했다.[15] 장정은 대부분 마음에 들었고, 대다수의 서적 생산에 비해서 두드러져 보였다. 독자들마다 재정 형편이 다른 것을 감안해서 많은 출판인들은 서정시 달력을 두 형태로 제작했다. 보급판은 표지가 종이로 되어 있었고, 좀 더 가격이 높은 호화 장정본은 표지가 가죽으로 되어 있었다. 달력의 높은 판매액 덕분에 발행인은 직원들에게 높은 사례금을 지급할 수 있었다. 그리하여 서정시를 쓰는 것은 부업 작가들에게도 제법 수입이 좋은 일거리로 발전하게 된 것이다.

특히 시민계급이 등장해서 바로 달력의 일상적인 사용가치를 평가할 줄 아는 독자층이 생기기에 이르렀다. 독자의 83.4퍼센트가 교양 시민 계층에 속했고, 7.2퍼센트는 귀족과 장교 계층, 9.4퍼센트는 기타 계층에 속했다. 신학자들과 대학교수들은 시민 계층 소비자의 15퍼센트로, 이와 같은 그룹 내에서 신뢰할 수 있는 몸통 구실을 하기는 했으나 지배적인 독자 계층에 속하지는 않았다. 그들 그룹 내에서도 종교적이거나 교훈적인 목적과 연결되지 않고, 순전히 오락적 성격을 띤 서정적 텍스트에 대해서 유보적 태도를 보이는 현상은 아직도 광범위하게 만연하였다.[16] 문예연감과 달력이 누린 높은 인기에 대한 방증으로 꼽을 수 있는 정황은 바로 그것들이 독서 모임의 복록 속에 특별히 빈번하게 등장했다는 것이다. 게다가 연감과 달력이 연말에는 이상적인 선물로 통했다. 이와 같은 사실은 다시금 출판사의 판매 전략에 영향을 미쳤다. 즉 달력들은 때늦게 출간하면 판매에 불리하게 작용했기 때문에 가을 박람회에 맞추어 출간해야 했던 것이다.

서정적 작품의 시장은 18세기 후반에는 기업 간의 경쟁을 충분히 소화할 만큼 규모가 컸다. 1760년부터 이 장르의 개념상에 일종의 변화가 나타났다. 18세기 전반에 바르톨트 하인리히 브로케스, 알브레히트 폰 할러,

프리드리히 폰 하게도른(Friedrich von Hagedorn), 이마누엘 피라(Immanuel Pyra), 자무엘 고트홀트 랑게(Samuel Gotthold Lange) 등이 전해주던 교훈시 대신에 서정적이고 감상적인 문체 모형이 등장한 것이다. 마르틴 오피츠(Martin Opitz)의 『독일 시학서(*Buch von der Deutschen Poeterey*)』(1624) 이래로 오로지 리트(Lied)의 성격을 띠고, 노래 가사로 사용할 수 있는 텍스트의 명칭이던 서정시 개념은 점차로 좁은 장르 개념의 테두리에서 벗어났다. 줄처는 1775년 자신의 『문학 개론』 초판에서 아직도 서정적 작품의 음악적 차원을 상기시키고 있지만, 서정적 작품의 성격을 "감상이 넘치는 독백"의 형식이라고 규정함으로써 서정시의 표현 문화가 지닌 주관적 성격을 특별히 강조하고 있다.[17] 1760년대 중반 이래 헤르더도 이 개념의 의미를 좀 더 광범위한 카테고리에서 사용했다. 감정에 바탕을 둔 즉흥적 작품을 의미하게 되었는데, 그 영향으로 서정시는 엄격한 규칙의 지배를 넘어서 예술적으로 생산된 정열의 매체가 되었다.

1740년대 이후로는 클롭슈토크의 찬가가 그때까지 독일의 서정시에서는 알려지지 않은 새로운 영역을 개발해놓았다. 고대 서정시인 핀다로스(기원전 5세기)의 송가를 본보기 삼아 클롭슈토크는 독창성 있는 새로운 문학예술로 향하는 길을 갔다. 그는 구약성서에 나오는 다윗의 시편을 통해 조형력(造形力)을 익혔고, 밀턴의 『실낙원(*Paradise lost*)』(1667)의 종교적 열정에서 영감을 받았으며, 알브레히트 할러와 야코프 이마누엘 피라의 자연시 전통을 이어받았다. 형식상 「전원생활(Das Landleben)」, 「온 세상(Die Welten)」 또는 「무한자에게(Dem Unendlichen)」 같은 찬가들은 문장구조가 병렬적이고, 대부분 자유 리듬으로 구성되어 있으며, 반복과 두어중첩(頭語重疊), 수사학적 긴장 고조와 과장을 특징으로 하고 있다. 찬가가 표출하는 정열에 어울리는 테마들을 열거하자면, 끝없이 넓은 수평선과 별들이 가득

한 창공에 대한 묘사, 근대 자연과학적 인식을 통해서 처음으로 의문이 제기되는 신에 대한 믿음의 반성, 개인적인 불안감에서 억지로 획득한 종교적 지식의 표출 등을 들 수 있는데, 이 종교 지식을 문학적으로 떠받치는 받침대 구실은 바로 기교 있게 연출된 열광 속에서 찾았다.

송가와 찬가는 클롭슈토크의 영향을 받아 일반적으로 선호하는 형식으로 발전했지만, 반대로 기하학적 텍스트 구성의 귀감인 소네트의 매력은 여전히 보잘것없었다. 젊은 헤르더는 1764년 송가에서 "정열의 실(Faden der Leidenschaft)"을 자아낸 것을 보았다. 그의 확신에 따르면 이 정열의 실은 이 장르의 성격을 엄격한 이론적 규칙과 관련짓지 않고, "느낌"을 통해서 규정할 수 있게 하는 것이다. "모방이 아닌 자연의 송가는 살아 있는 생명체이지 조각품이나 공허한 회화가 아니다."[18] 감각에 영향을 미치는 형식의 실질적 가능성들은 수많은 분야에서 시험될 수 있었다. 이와 같은 형식은 이미 18세기 중반에 시민 계층의 독자들이 높이 평가한 것으로, 하게도른과 나란히 레싱, 괴츠, 우츠 등이 장려한 이른바 경박한 요소들을 가지고 장난하는 아나크레온 문학의 영역에서 그 단서가 보이고, 똑같이 헤르더와 뷔르거가 1770년대 이래로 키워온 (종종 기교가 뛰어나게 형식미가 넘치는) 민요의 전통 속에서도 시험 삼아 이 형식을 이용한 단서가 발견된다. 그 밖에 글라임(Gleim)이 '독일의 사포'라고 지칭한 아나 루이자 카르슈(Anna Louisa Karsch)의 대중적 시들, 보이에, 포스(Voß), 횔티, 밀러(Miller), 슈톨베르크(Stolberg) 형제들이 중심이 된 괴팅겐 작가들의 송가, 젊은 괴테와 마티아스 클라우디우스(Matthias Claudius)의 작품들, 때로는 슈바르트와 고틀리프 콘라트 페퍼(Gottlieb Conrad Pfeffer)의 정치적 색채가 있는 서정시들도 비슷하게 조형적인 성격을 지니었다. 전체적으로 리트 장르는 18세기 중엽부터 엄청난 비약을 겪는데, 이는 문학 시장에서 서정적 텍스트의 양적인 증가를 통해 여실히 증명되고 있다. 진보적인 교육자 요아힘 하인리히 캄페(Joachim Heinrich Campe)는 1788년 《브라운슈바이크 저널(Braunschweigischer Journal)》에서 시 쓰기가 널리 유행하는 현상을 가리켜, 과장된 충동 문화의 병리학적 성격을 드러내고 있는 이른바 "딜레탕티슴의 유행성 감기"라고 했다.[19]

잊지 말아야 할 것은 18세기 후반에 와서도 경조사를 계기로 시를 쓰는 것이 끊임없이 큰 역할을 했다는 것이다. 사람들은 특히 대학생들과 시민 계층 중 아카데믹한 환경에 있는 사람들이 시를 짓는 것을 취향과 문체를 배울 수 있는 언어 연습으로 보았다. 실러도 초기에는 "경조시(慶弔詩)"를 쓴 것으로 전해오고 있는데, 예컨대 1781년 1월 학우 요한 크리스티안 베케를린(Johann Christian Weckerlin)의 죽음을 당해 쓴 시가 그것이다. 상류 계층에서는 시험 합격, 생일, 결혼, 세례, 장례 등을 계기로 무조건 그와 같은 경조의 뜻이 담긴 텍스트들을 생산해야 했다. 이와 같은 경조문학은 통상 그 시대의 미학적 지형에 깊은 흔적을 남기지는 않았지만, 분명히 거기에 모습을 나타낸 현상에 속했다. 레싱부터 괴테에 이르기까지 명성을 얻은 작가들뿐 아니라, 알려지지 않은 수많은 필자가 경조문학의 영역에서 시 쓰기 활동을 했다. 18세기 막판에 균열이 생긴 정치적 지형의 경계선 너머까지 뻗어나간 문학 공화국은 특히 서정시 분야에 재능이 있는 사람을 많이 배출했다. 여기에서 자신의 노력으로 성공을 거두고 싶은 사람은 자신감이 필요했고, 또한 영향력이 있는 후원자가 필요했다. 1780년 12월에 슈투트가르트에서 하숙하던 젊은 군의관 실러는 이 두 요소를 모두 갖추고 있었다.

클롭슈토크와 그에 대한 끝없는 열광

읽기에서 쓰기로

당시 서정시의 대표적 주제들은 우정, 애정, 울적한 기분, 감상적인 자연 도취에 대한 표현, 낭만주의 이전의 교회 묘지와 무덤에 대한 예찬, 과민한 주관성의 광적인 표출, 경이로운 풍경 묘사, 우울하고 비참한 영혼의 이면(裏面), 고대 게르만에 대한 열광, 폭군에 대한 증오심과 애국심 등이었다. 이와 같이 유행하는 주제들에 힘을 실어준 문인 단체는 1772년 9월 12일에 탄생된 '괴팅거 하인분트(Göttinger Hainbund)'였다. 이 단체는 느슨한 형태의 결사나 다름없었고, 핵심 매체는 1769년 말 하인리히 크리스티안 보이에가 처음으로 발간한 문예연감이었다. 이 문예연감의 기고자들은 그 모임의 찬탄 대상이자 지도적 인물인 클롭슈토크를 비롯해서 뷔르거, 헤르더 등이었다. 또한 보이에, 밀러, 휠티에게 송가를 가르쳐준 스승은 주로 토머스 그레이(Thomas Gray)와 올리버 골드스미스(Oliver Goldsmith) 같은 당대의 영국 작가들이었다. 그들의 서정시는 근대 자연시의 후기 의고주의적 귀감으로 통했다. 나름대로 영의 『야상(Night Thoughts)』(1742~1745)에서 영감을 얻은 그레이의 『시골 교회 뜰에서 쓴 애가(Elegy, Written in a Country Church-Yard)』는 1750년에 처음 출간된 이래 일련의 모방 작품들이 속출하는 결과를 낳았고, 침울한 어조로 교회 묘지를 읊는 시 장르를 창출했다. 괴팅거 하인분트 시인들도 시 쓰기에 이 장르를 이용했다. 골드스미스의 사회 비판적 애가 『황폐한 마을(The Deserted Village)』(1770)은 특히 1772년에 출간된 독일어 번역본을 통해서 때로는 감상적인 성격을 띤 서정적 회상 문화의 귀감 역할을 했다. 토머스 퍼시(Thomas Percy)의 『고대 시 모음(Reliques of Ancient Poetry)』(1765)이 다시금 독자들에게 중세와 엘리자베스 시대의 담시(譚詩)에 접근할 기회를 제공했고, 특히 독일에서는 뷔르거와 횔티가 이에 방향을 맞추었다. 헤르더의 자극으로 이루어진 민요의 생산적 에너지에 대한 토론(그 주제에 대한 『서신 교환(Briefwechsel)』은 1771년에 빛을 보았음)은 제임스 맥퍼슨(James MacPherson)이 편집한 고대 아일랜드의 서사시(1765)를 바탕으로 해서 이루어졌다. 발행인이 선언한 바로는 이 서사시의 인쇄본은 그보다 일찍 전해오던, 중세의 원고 형태로 된 텍스트에 바탕을 두고 있다고 한다. 여기에 실린 텍스트들이 3세기의 켈트족 음유시인이던 오시안(Ossian)에게 연유된 것만이 아니라, 부분적으로는 맥퍼슨이 후에 와서 날조한 것들이었다는 사실은 1895년에 처음으로 증명되었다(원본이라고 잘못 알려진 서사시 「핑길(Fingal)」은 맥퍼슨 자신이 쓴 것이다). 이 선집의 진품성보다도 더 중요한 것은 이 선집에서 영감을 얻어 수많은 모작(模作)이 감행되었다는 점이다. 전래된 신화와 민요에 대한 감동은 비단 영국에서만 만연했던 것이 아니라, 헤르더의 민요 프로그램의 바탕이 되기도 했다. 헤르더의 프로그램을 따라서 서정적 노래 가사들도 탄생했는데, 이 노래 가사들은 예술적으로 정교하게 다듬은 옛 모형의 단순한 어조를 나타내려고 나름대로 애를 썼다. 즉 단순성이 예술적 모방의 목표가 된 것이다.

괴팅거 하인분트가 정책적으로 추구한 취향은 게르만 신화에 대한 숭배였다. 특히 게르만 신화 숭배는 슈톨베르크와 횔티에게서 애국적 열정을 서정적으로 토로하는 행위로 이어졌다. 리히텐베르크(Lichtenberg) 같은 당대의 계몽주의자들은 이따금 자신들의 취향이 진부한 것임을 알아차리고 불만스러워했다. 이 점에서 그들의 선배 역할을 한 사람들 중에는 1741년 희곡 「헤르만(Hermann)」을 통해 국민적 역사 영웅주의를 선동한 적이 있는 요한 엘리아스 슐레겔(Johann Elias Schlegel)이 있고, 1760년대에 클롭슈토크와 게르스텐베르크는 그와 같은 경향을 북방의 고대 음유시인들의 예술을 찬양하는 찬가에서 다루었다. 그리스·로마 고전에서 배운 의고주의와 견주어서 게르만 신화의 문학적 특성을 이와 같은 찬가를 통해 증명하려는 것이 그들의 주된 의도였다. 그렇게 함으로써 시민 계층의 독자들로 하여금 그들의 사회적 위상을 정립하는 과정에서 국민적 정체성을 형성하도록 자극하려는 것이었다. 물론 그와 같은 문화 정책적 요소들은 항상 취향에 맞게 실천에 옮겨지는 것은 아니었다. 그 밖에도 괴팅겐 하인분트의 서정시에는 철저하게 통속적인 소도구들이 등장했다. 아나크레온풍(風), 전원시, 핀다로스의 송가 형식, 로마 고전의 애가 사상 등이 그들의 서정시에 용해되어 있었다. 그렇지만 로코코의 고루한 텍스트들과 비교해볼 때 많은 차이점은 발견되지 않았다. 이 전통적인 모델은 실러에게 당시 유행하던 민족 신화를 기억에 되살려내는 것보다 더 강하게 영향을 끼쳤다. 그는 민족 신화의 리바이벌 현상에 대해서는 1781년 슈토이들린(Stäudlin)의 『아이네이스(Aeneis)』 독일어 번역본에 대한 서평에서 "게르만의 영웅을 칭송하는 애국 시인이 되고픈 공명심"이라고 비꼰 적이 있다.(NA 22, 185)

비교적 최신 작가들 중에 클롭슈토크는 1760년대 중반부터 최고의 권위를 누리게 되어 사람들은 그에게 격식을 갖추어 경의를 표했다. 실러가 카를스슐레 재학 시절 항상 반복해서 그의 작품과 씨름한 것도 문화적으로 출세한 그룹들이 선호하는 취향과 일치하는 것이다. 늦어도 1748년부터 1773년까지 25년 동안의 노력 끝에 클롭슈토크는 노래 스무 편을 담고 있는 서사시 「메시아」를 완성한 후 독일 문학계의 스타가 되었다. 실러는 클롭슈토크의 예술적 귀감의 성격을 1767년 당시에 풍미하던 어휘를 사용하여 이렇게 규정하고 있다. "그의 모든 송가는 주로 마음의 독백이다. 즉 그의 시편은 느낌들을 하나씩 차례로 계속 표출해나가는 것이다. 우리들은 파도 위에 파도가 연속해서 치는 소리를 듣다 보면, 하나의 파도가 최고조에 달했다가 이어서 고요가 뒤따르는 것을 확인할 수 있다. 우리는 생각에 잠겨 있는데, 급기야 새로운 이념들이 연속적으로 우리들을 도취시켜 마음을 온통 달콤한 생각으로 들뜨게 만든다."[20] 함부르크의 법률가 다니엘 시벨러(Daniel Schiebeler)는 1766년 추앙받는 이 작가의 송가가 그의 내면에 끼친 감정적 효과를 이렇게 강조하고 있다. "클롭슈토크, 그대가 얼마나 나의 마음을 천상의 느낌으로 채우고, 머리를 아름다운 월계관으로 장식해주는지."[21] 실러가 감명을 받은 것은 무엇보다도 클롭슈토크 초기 시들의 어조와 「메시아」의 넘치는 열정이었다. 실러는 1760년대 말 이후에 클롭슈토크의 「헤르만」 희곡들과 게르만의 영웅을 칭송하는 노래를 통해 두드러지게 반고전주의적 신화를 기억에 불러올리던, 이른바 클롭슈토크 만년의 게르만 애호 기간에 대해서는 거의 관심을 기울이지 않았다. 클롭슈토크의 우주론적 자연관은 젊은 시절에 실러가 쓴 작품들에 부각되어 있다. 찬가들의 양식도 그의 작품들에서 볼 수 있는 긴 악절, 과장법, 힘을 나타내는 형용사 사용에 영향을 미친 것 같다. 실러는 이 감탄스러운 작가에게 다가가기 위해서 그냥 읽기만 한 것이 아니라, 본받기까지 했다. 이와 같은 독서 프로그램을 헤르더는 1769년에 쓴 여행기에서 공개하면서 독서를 자기 자신과의 감동적인 "대화"로 규정한 적이 있다.[22] 페터센의 보고에 따르면, 실러는 이미 열네 살 때에 종교적으로 심취해서 「메시아」를 탐독했다고 한다.(NA 42, 7) 같은 시기에 그는 클롭슈토크의 1771년 출간작 「취리히 호수(Der Zürichersee)」(1750), 「장미꽃 다발(Das Rosenband)」(1753) 또는 「전원생활」(1759) 같은 유명 텍스트들의 수정된 버전을 싣고 있는 송가 선집을 꼼꼼히 읽으며 연구하기도 했다. 1781년 늦여름에도 그는 고대 그리스 문학의 6보격 시행과 뚜렷이 구별되는 "음악적 흐름"을 지닌 어법으로

옮겨놓고 있는 클롭슈토크의 기법을 찬양했다.(NA 22, 181) 그러나 1780
년대 초에 와서는 모범으로 삼던 클롭슈토크와의 거리감이 커진다. 자신
의 서정시 습작이 막상 아류에 지나지 않는다는 것을 깨달은 것이었다. 그
는 1781년 슈투트가르트에서 콘츠에게 "나는 클롭슈토크의 노예에 지나지
않았다"고 선언했다. 옛날 학우였던 콘츠는 실러를 한 번 방문했을 때, 실
러가 자신이 지니고 있던 클롭슈토크의 송가 책(1776년에 출간된 카를스루에
판)에 실린 개별 시들에 "거친 잉크 필적"으로 사정없이 밑줄을 그어 볼품
없게 만들어놓은 것을 목격하고 놀란 적이 있다.(NA 42, 19) 한 시인이 개
성 있는 문체를 실험하는 데에는 상징적으로 문학적 스승을 살해하는 행
위가 선행하는 법이다. 다시 말해 타인의 입김을 자기 자신의 필치로 막은
후에야 비로소 젊은 작가에게 문학적 독창성을 얻을 수 있는 전망이 생기는
것이다. 실러가 1781년에 클롭슈토크가 지은 송가의 유명한 판본에 '거친
잉크 필적'을 남겼다면, 이는 높이 평가받던 재능 있는 시인의 권위의 그늘
에서 벗어나서 홀로서기를 하고 싶은 염원이 반영된 것으로 볼 수 있다.

　이 카를스슐레 생도는 클롭슈토크 외에도 할러, 클라이스트, 우츠, 글
라임, 게스너, 게르스텐베르크, 뷔르거, 슈바르트 등의 서정시들을 틀림없
이 읽었을 것이다. 그는 하게도른을 중심으로 모인 동우회가 추구한 아나
크레온 문학을 클라이스트의 송가와 마찬가지로 높이 평가했다. 비록 미
학적 수준에서 클롭슈토크의 텍스트보다는 한 수 아래로 보았지만. 슈바
르트와 뷔르거를 모방한 대담한 어조는 찬가다운 열정과 나란히 그의 초
기 작품의 중요한 특색을 이루고 있다. 사회 비판적인 경향, 영주에 대한
공격적인 풍자, 외설, 고루한 남자구실 들먹이기 등은 실러가 그들의 레퍼
토리에서 물려받은 요소들에 속한다. 괴테가 청소년기에 쓴 서정시들 중에
가장 유명한 작품들은 주로 괴팅겐 하인분트의 문예연감과 빌란트의《도

이체 메르쿠어》에 발표되었는데, 실러가 그 시들도 읽었을 것으로 추측되지만, 정확한 정황을 증명하기는 불가능하고, 그의 초기 작품에 흔적을 남기지도 않았다.[23) 실러는 괴팅겐 하인분트 작가들의 작품들과 주로 씨름했지만, 끝내 친밀감을 느끼지는 못했던 것 같다. 종종 눈에 띄는 그들의 감상적 자연 서정시의 멜로드라마 같은 몸짓이 거부감을 불러일으켰을 가능성이 있다. 1782년 초에 집필한 고트홀트 프리드리히 슈토이들린의 「아이네이스」 독일어 번역본에 대한 서평에서 실러는 "감상적인 눈물"은 끝내 "유행에서 한물갔을 것"으로 추측하고 있다.(NA 22, 186) 그가 시문학과 감정의 관계를 어떻게 설정하는지는 1776/77년 해가 바뀔 때에 샤르펜슈타인과 벌인 토론에 잘 나타나 있다. 그는 샤르펜슈타인이 문체 매너리즘에 대해 비난하자, 문학적 경험과 진정성 사이에는 밀접한 관계가 있음을 지적함으로써 이에 대응하고 있다. "물론 나는 클롭슈토크에게 감사해야 할 것이 많네. 그러나 무엇이 진실이고 무엇이 죽음에서 나를 위로할 수 있는가 하는 것은 나의 정신 속에 깊이 자리 잡고 있고, 나의 친숙한 감정이 되었고, 소유가 되었네."(NA 23, 5) 이로써 이 카를스슐레 생도는 분명 예술과 정열이 조심스럽게 균형을 유지해야 한다는 주장을 펼치고 있는 것이다. 책 읽기나 글쓰기가 격정의 지배를 받아서도 안 되고, 또한 감정이 허위와 미혹의 산물이어서도 안 되는 것이다. 샤르펜슈타인에게 쓴 편지에 언급되어 있는 '충만한 마음(das volle Herz)'은 어디까지나 판타지의 소산으로만 채워져서는 안 되는 영역인 것이다. 반대로 이와 같은 주장은 즉흥적인 감정의 조종을 받은 미학적 실천에 대한 회의감을 담고 있다. 실러가 1782년 부활절 박람회 때에 《비르템베르크 문집》에 발표한 서평들은 서정시를 쓰는 데서 "진정한 마음의 느낌"(NA 22, 190)의 의미를 일관되게 강조하고 있지만, 거기에서 오로지 정열에 바탕을 둔 창조성에만 정당성을 부여한다고 보는 것은 잘못일 것이다. 격정의 언어가 진정한 예술의 도구라는 언급은 진정한 천재와 숙달된 범재(凡才)를 구분하는 데 도움을 주는 상투적 표현에 지나지 않는다.[24] 서평자 헤르더가 1773년 니콜라이가 발행하는 《독일 문학 총서(Die allgemeine deutsche Bibliothek)》에서 클롭슈토크의 송가를 찬양한 것은 분명히 서정적 어조에 필요한 감성적 성격을 부여한 "충만한 마음"에 이 송가들의 예술적 수준이 있다고 본 것이다. 뷔르거는 1776년 보이에가 발행하는 《도이체스 무제움》에 실린 대중가요 관련 논문을 일컬어 "민중문학에 대한 천착"이라고 했다. 이와 같은 어휘의 사용은 규칙 시학에 대한 비판을 통해서 뒷받침되고 있다. 그 비판에는 1770년대 이래 계몽주의 문학 이론이 표방하는 합리주의에 대한 강한 의구심이 반영되어 있다. 옛 규범을 대신해서 마음(das Herz)이 예술적 독창성의 척도로 등장한 것이다. 그러나 실러가 시가 탄생하는 데 기교에 대한 숙련도도 모종의 역할을 한다는 것을 의식했다는 것은 요한 크리스토프 슈바프의 작품들에 대한 그의 비평에 나타나고 있다. 여기서 실러는 "올바른 글 읽기와 운율을 들을 수 있는 귀"는 "느낌"과 나란히 서정적 창조성의 근본적인 전제 조건으로 꼽힌다고 주장하고 있는 것이다.(NA 22, 193)

실러는 그럴싸해 보이는 정열의 표출을 생명으로 하는 경조문학 장르에 대해 결연하게 경멸감을 표현했다. 그는 1782년 루트비히스부르크 라틴어 학교에서 교사로 있던 목사 요한 울리히 슈빈트라츠하임(Johann Ulrich Schwindrazheim)의 서정시에 대한 서평에서 경조문학 작품을 "뮤즈의 사생아들"이라고 선언했다. 실러가 개인적으로 알고 있었던 듯싶은 슈빈트라츠하임의 시에 대한 평가는 그래도 온건한 편이다. 작가의 "활발한 판타지"는 결혼식과 장례식이라는 비생산적인 소재를 다루면서도 전적으로

"관심"을 끌게 할 능력이 있다는 것을 수긍하고 있다.(NA 22, 191) 이 시를 쓴 슈빈트라츠하임 목사의 완성된 원고들이 그 자신의 『앤솔러지』가 출간되었던 것과 같은 때인 1782년 2월 중순에 메츨러 출판사(Metzler-Verlag)에서 출간되었기 때문에 실러는 자신의 평가 소견을 짐짓 조심스럽게 표현했던 듯싶다. 그럼에도 불구하고 은연중 경조문학 장르에 대한 의구심을 엿보이고 있다. 문학 작업에 대한 그의 이상은 이미 1780년대 초부터 계속 예술가의 독자성이라는 계명을 바탕으로 하고 있었다. 그 점은 주문을 받아 생산한 작품에 대한 의구심과, 억제되지 않은 주관성을 숭배하는 유행에 대한 비판도 포함하고 있다. 느낌과 정열은 오로지 예술적 연출의 초석으로서 문학 텍스트에 등장할 수는 있지만, 어쨌든 언어로 전달된 경험의 자료로 등장해서는 안 된다. 시들이 즉흥적인 충동으로 인해 탄생하면 진정성을 인정받기가 어려운 법이다. 1776년에 샤르펜슈타인에게 쓴 편지에 언급된 것처럼 "감정이 오로지 펜 속에만 들어 있다면"(NA 23, 4), 이는 인간적인 감정이 부족함을 보여줄 뿐 아니라, 예술에 대하여 잘못 이해하고 있음을 알려주는 것이다. 성찰과 감성의 균형, 기교와 마음의 균형이 비로소 서정시의 독창성을 가능케 한다. 그러나 이와 같은 독창성은 도취된 머리는 물론, 계산하는 경조시인들의 작품을 가지고는 도달할 수 없다.

높아진 비유의 위상
초기 서정시의 형식상의 기법

실러가 청년기에 쓴 서정시는 정신의 모험을 물질적으로 구체화해서 생생하게 표현하라는 요구를 그대로 실천에 옮기고 있다. 출발점이 되는 것은 감각적 경험 대상들에 대한 관찰이나 지각이 아니고, 추상적 개념, 가설, 이론들이다. 이로써 계몽주의의 경향을 계승하고 있고, 주지적인 시 문화에 토양을 제공하고 있다. 그러나 그와 같은 시 문화의 산물들은 독일에서는 20세기까지 줄곧 확신을 얻지 못했다. 장 파울은 『미학 예비 학교 (Vorschule der Aesthetik)』(1804)에서 실러의 "성찰시(Reflexionspoesie)"에 대해 회의적인 어조로 "우리 앞의 세상과 우리 뒤의 세상", 즉 역사적으로 몽롱한 지역과 무질서한 미래를 똑같이 비추지만, 현 순간에는 따뜻함을 주지 못하는 "햇빛"이라고 평가하고 있다.[25] '실러의 서정시에서는 오성의 소리는 들리지만, 감정의 소리는 들리지 않는다'는 것이 오늘날까지도 상투적으로 들리는 비판적 문구가 되고 있다.

친구인 요한 빌헬름 페터센은 이와 같은 특징을 초기 텍스트 탄생에 돌리고 있다. "자연의 운행을 세심하고 주의 깊게 경청하고, 그 속에 나타나는 현상들을 시험하면서 비교하고, 거기에서 예리하게 결론을 얻어내는 대신에 시인의 상상력이 법칙들을 창조와 피조물 속으로 끌어들였다."[26] 학우들과 교사 아벨이 공동으로 발행한 『앤솔러지』(1782)는 실러가 청년기에 쓴 서정시의 전모를 보여주고 있다. 놀랍게도 이 시들은 수많은 장르와 형식 모형에 정통하고 노련한 작가에게서나 찾아볼 수 있는 문체를 보여준다. 여기에서는 송가와 찬가들이 정치적 경향시들이나 에피그램과 함께 등장하고, 풍사가 페트라르카풍의 애정시와 겹쳐 있고, 알브레히트 폰 할러를 모델로 한 교훈시와, 후기 계몽주의의 특색을 띤 자연시가 함께 어우러져 있다. 실러는 클롭슈토크의 형이상학적인 테마뿐 아니라 적절한 모형들까지 이어받았다. 예컨대 기교가 넘치는 정열적 표현 수단, 성경문학의 비유적 언어, 순차적으로 일어나는 지각 행위에 대한 간결한 문장의 결구(結構), 전통적 운율 체계의 섭렵 등이 그것이다. 후고 폰 호프만슈탈(Hugo von Hoffmannstahl)이 1905년 기념일에 실러의 문체에 관해서 언급한 것은 특히 초기 시에 해당한다. "그의 형용사는 성급히 달리면서 축약된 것 같고, 그의 명사는 날면서 위에서 본 사물의 가장 예리한 윤곽을 나타내지만, 그의 영혼의 모든 힘은 동사에 있다. 그의 리듬은 세차게 밀려와서, 모든 것을 휩쓸고, 계속 달려나간다. 그의 구상은 그의 리듬처럼 대담하고 웅장하다. 이와 같은 구상을 바탕으로 구조는 평탄한 땅 위에 지은 집처럼 조화롭다."[27)]

일찍이 실러는 비유를 추상적인 맥락에 대한 재인식의 기호로 이용하는 기술을 개발했다. 연쇄적인 은유, 알레고리, 의인화는 이미 카를스슐레 생도 시절에 쓴 서정시에 넘쳐난다. 고대 신화의 예들이 반복해서 등장하는데, 이 신화들은 종종 그리스도교적인 모티브와 결합해서 학술적 지평을 요약하는 역할을 한다(여기에서 학자 시인(poeta doctus)의 전통적 이상이 부각되어 있음이 분명히 나타난다). 시대적 취향에 귀를 기울인 문체 모형이 비유들의 홍수 상태를 이루지만, 특별히 실러가 완화하여 사용한 형식상의 문체 모델이 등장한다. 즉 삽입(Parenthesen), 단절(Hyperbata), 클롭슈토크의 기법이기도 한 비교급의 누적, 구문상의 도치, 비상용적인 합성어 등이 고정적인 언어의 레퍼토리로 꼽힌다. 시의 기조를 이끌어가는 것은 파토스이고, 여기서 발언하는 서정적 자아는 끊임없이 관점을 바꾸면서 엄청난 긴장과 과민에 휩싸인다. 현실과 이념의 간극에 대한 성찰이 이 상상적 자아의 주도적 테마가 되고 있다. 그가 선호하는 것은 대상적인 것이 아니라, 추상적 개념이다. 외부 자연의 대상을 취급할 때에는 극단적인 경향을 띠는데, 즉 시선을 먼 하늘과 소멸하는 수평선의 경계에 향하기를 선호한다. 외부 세계의 지각은 클롭슈토크의 『봄의 축제(Fruehlingsfeyer)』가 보여주고 있는 것처럼, 주로 상상력의 영역을 통과하는 여행으로 돌입한다.[28)] 젊은 실러의 파토스는 시적 상상력으로 연명하고 있는데, 이는 다시금 불만족스러운 시적 자아의 불안에 바탕을 두고 있다. 즉 조감할 수 있는 현실에 대한 불편한 감정이 그의 신경질적인 답사(踏査)의 양식이 되고 있는 것이다. 미리 투자된 감정들을 서정적으로 표출하기 위해 이와 같은 수법을 쓰는 것보다 치명적인 것은 없을 것이다.[29] 특히 주체와 먼 이상의 목표 사이의 거리를 가리키는 파토스의 문체 형상들은 좀 더 정확히 말하자면 문학적 구조가 낳은 결과들인 것이다. 실러가 청년기에 쓴 서정시에는 비록 정열의 몸짓 뒤에 숨어 있기는 하지만 이미 성찰의 경향이 부각되어 있다.[30] 실러는 1791년에 출간된 뷔르거의 시에 대한 논평에서 고전적 인간학적 균형 프로그램을 토대로 위와 같은 기교적 요구를 하게 된다. 바로 이 프로그램이 깊이 생각한 감정에 대한 숭배를 대치하고 있는 것이다.

초기 시의 파토스 속에서 시적 자아는 고조된 지각 의도가 있는 도취된 주체의 역할을 한다. 과도하게 흥분한 비유적 언어는 진솔함의 계명을 코드화하는 데 이용되고 있다. 이 계명은 1770년대 말에 민요, 감상적 도취, 노골적 표현 사이의 넓은 스펙트럼에 걸쳐 서정시의 전체 형식을 한결같이 지배했다. 실러의 정열적 어조는 18세기 중반부터 잘 알려진 천재문학의 자극을 받은 것이다. 이 천재문학은 우선 운문예술의 영역에서 실증된다. 이마누엘 야코프 피라와 자무엘 고트홀트 랑게는 이미 1740년대 초에 고대의 시인 열광주의 사상을 복원한 바 있다. 이 사상은 같은 시기에 영의 『야상』에 영향을 미쳤다. 그들은 1745년의 『우정의 노래들(*Freundschaftliche Liedern*)』에서 세련된 예술적 감관을 키울 목적으로, 한계를 모르는 격정적 주관성의 프로그램을 시험적으로 제공하려고 했다. 피라, 랑게뿐 아니라, 클롭슈토크와 뷔르거도 젊은 실러에게 그와 같은 자기 묘사의 열광적 형식의 본보기를 제공하고 있다. 그와 같은 형식들은 18세기 초의 경건주의적 고백문학과 교화문학의 영역에서 그 근원을 찾을 수 있지만, 일차적으로 예술이 아닌 종교의 성격을 지닐 때가 있었다. 피라와 랑게가 경건주의 정신적 중심지인 할레에서 교육을 받은 것은 우연이 아니다. 할레에서는 아우구스트 헤르만 프랑케가 설립한 교육대학이 교육의 스타일을 좌우했다. 고트프리트 아르놀트(Gottfried Arnold), 게르하르트 테르스테겐, 열광주의자 친첸도르프가 기고문과 노래를 통해 언어문화를 가르쳤는데, 이 언어문화가 18세기 중반부터 서정시의 감상적 어조에 영향을 끼쳤다. 1756년 「메시아」 첫 권보다 앞서 간행된 클롭슈토크의 에세이 『성스러운 문학에 관하여(Von der heiligen Poesie)』는 이와 같은 변화를 종교적 담론과 문학적 담론이 서로 자극을 주는 과정으로 대단히 상세하게 설명하고 있다.

서정시 장르가 새로운 마음의 표현 도구로 확대되는 것은 교화문학 집필 활동을 수용하는 것과 더불어 실현되지만, 중요도를 판정하는 데서 변화가 따랐다. 이제 개인적인 표현은 느낌의 반영으로 나타난 것이다. 그 느낌 속에 개인은 (그리스도교의 고백 텍스트에서 보듯) 더욱 높은 진실을 담고 있는 그릇일 뿐 아니라, 완전히 자기 자신과 관련을 맺어야 한다는 것이다. 1777년에 보이에의 《도이체스 무제움》에 발표된 프리드리히 폰 슈톨베르크의 에세이 「마음의 풍요에 대하여(Ueber die Fuelle des Herzens)」는 당대 문학에 대하여 종교적 색채를 띤 감상주의가 가지는 의미를 강조하고 있다. 그에게서 마음은 곧 인식의 매개체로 나타난다. 마음의 도움 없이는 학문적 활동도 불가능하다. 슈톨베르크의 묘사에서는 냉철한 판단 기관인 눈과 지능의 자리에 감정의 따뜻한 환경이 들어선다. 감정은 문학적 창조성뿐 아니라, 보편적으로 인간의 성찰 활동도 활발하게 해준다는 것이다.[31] 가극 각본 작가 카를 테오도어 베크(Carl Theodor Beck)는 「근엄, 감상, 기분(Ernst, Gefuehl und Laune)」(1784)이라는 논문에서 서정시인은 "자신의 대상에 완전히 도취되었을"[32] 경우에만 자신이 거두고자 하는 효과를 거둘 수 있다고 강조하고 있다. 다니엘 시벨러(Daniel Schiebeler)도 1766년에 쓴 교훈시에서 서정적 느낌의 흰 불꽃이 "마음 전체"를 사로잡지 않으면 안 된다고 선언하고 있다. 이 교훈시는 당시 유행하던 감상 문화를 계몽주의의 현학적 어조로 설교하고 있다.[33]

새로운 것을 진솔하게 표현해야 한다는 불문율은 문자 매체가 지닌 가능성을 과대평가할 우려가 있다. 이와 같은 문제점들을 조명해주고 있는 것이 바로 1767년에 나온 헤르더의 문학 서신들이다. 세 번째 선집에서는 새로운 집필 프로그램에서 생겨나는 어려움들에 대하여 이렇게 말하고 있다. "불쌍한 시인아! 그대는 느낌을 갈아서 종이에 올려놓고, 검은 액체의 운하를 통해 흘려보내야 한다. 사람들이 느끼도록 써야 하고, 느낌을 진실하게 표현하는 것은 단념해야 한다. 그대는 종이를 눈물로 적셔서 잉크가 번지게 해서는 안 되고, 그대의 살아 있는 전체 영혼을 갈아서 죽은 문자로 들여보내야 하고, 표현하는 대신 수다를 떨어야 한다."[34] 주지하다시피 새로운 것을 진솔하게 써야 한다는 새로운 계명은 지나친 요구가 될 위험이 있다. 문자 매체가 눈물이 아니라 잉크만으로 작업한다는 것은 헤르더에게는 감정과 문학의 경계선을 극복하는 것이 불가능함을 보여주는 증기이다. 그러나 감상적인 집필 방법은 이 경계선에 대해서 반복해서 질문을 던짐으로써 이에 대응하고자 한다. 헤르더가 계몽주의 문학의 특징이라고 여기는 생각과 표현의 연결이 "끊어짐"은 이와 같은 방법으로 극복되거나,[35] 하다못해 그 영향이 완화되기라도 해야 한다. 언어 매체는 감정의 기관으로 전락하고, 이 프로그램에서 자연의 모방은 가능하면 간접적으로 작용하는 감각의 형상화를 의미한다. 이미 젊은 괴테의 서정시에서 중요한 역할을 한 인위적 감탄사, 파격적 문장, 줄표와 삽입구를 가지고 부리는 갖가지 요술이 전통의 확고한 형식을 진솔한 문체 모형으로 대치하는 과제를 수행하고 있다. 실러도 이와 같은 방법을 사용해서 은연중에 텍스트에 즉흥적 성격을 불어넣고 있지만, 물론 그 즉흥성이라는 것은 어디까지나 계획적으로 계산된 결과인 것이다. 간과할 수 없는 것은 감상주의의 마음의 언어와 파토스의 분출은 언제나 기교적으로 세련된 수사학의 마력에 사로잡혀 있다는 것이다. 그 수사학의 매체는 바로 문자이고, 이 문자를 가지고 담론적 사건인 언어와 감정, 잉크와 눈물의 경계선을 유희적으로 넘음으로써 감정의 직접성이 연출될 수 있는 것이다.

2. 문학적 꿈을 지닌 군의관:
슈투트가르트(1781~1782)

친구들과 옛 인연

페터센과 폰 호벤

카를스슐레 졸업 날인 1780년 12월 15일에 실러는 대공의 훈령에 의해
군의관으로 신분이 바뀌었다. 그는 오제가 지휘하는, 악명 높은 슈투트가
르드 보빙 연대에 근무하기로 예정되었다. 이 연대에는 420명의 병사들(주
로 하급 하사관과 나이 먹은 부상병들)이 속해 있었다. 그는 부대원들과 하급
장교들이 거주하는 빌헬름스바우에 있는 병영을 숙소로 이용했다. 1781년
2월 초에는 동갑내기요, 이전의 학우이던 프란츠 요제프 카프(Franz Joseph
Kapf) 중위와 공동으로, 피셔 대위의 미망인 루이제 도로테아가 사는 집
1층의 침실 공간이 딸린 방 하나에 입주하게 되었다. 구 시가지에서 멀지
않은 랑겐 그라벤에 있는 집이었다. 집주인은 카를스슐레의 교수 발타사

르 하우크였는데, 그는 위층의 공간들을 개인 교습에 이용하고 있었다. 실러가 봉급으로 받은 월 23굴덴[36)]은 살기에 넉넉지 못했고, 하는 일은 단조로웠다. 82세의 오제는 연대를 명확한 비전이 없이 지휘했기 때문에 전반적으로 무관심한 분위기가 부대를 지배했다. 군의관이 해야 할 일에는 병원 감시, 위생 점검, 진단과 처방 쓰기 등이 속했다. 실러의 하루 일과는 이른 아침에 병영에 출근하는 것으로 시작되었다. 병영에서 환자 신고를 받고, 이를 나중에 사열 중인 당직 장교에게 신고해야 했다. 정오에 병원 방문이 이루어지고, 정기적인 살균 소독 점검을 한다. 대공의 훈령으로 근무 중에는 제복을 착용해야 했고, 이렇게 함으로써 군의관이 군인의 신분임을 명심하도록 되어 있었다. 샤르펜슈타인은 1837년에 출간한 회고록에서 사열식에서 가발과 프로이센의 삼각 모자, 꼭 끼는 바지, 흰색의 각반으로 구성된 정복을 입고 등장하는 친구가 그에게 남긴 우스꽝스러운 인상을 기록하고 있다. "실러의 이념과는 지극히 대조되는 이 모든 차림새는 나중에 우리들의 작은 모임에서는 종종 미칠 듯한 웃음거리가 되었다."[37)]

실러에게 현재의 삶이 일시적이라는 느낌이 든 것은 합격한 시험의 가치가 대수롭지 않은 것이라는 의식 때문이었다. 실러가 의학박사 학위를 받기 위해서는 튀빙겐대학에서 치러야 할 구두시험이 아직 남아 있었다. 의학박사 학위를 취득해야만 그가 뷔르템베르크에서 의사 개업을 할 수 있는 것이다. 카를스슐레는 1782년 봄이 되어서야 황제의 결정으로 대학으로 승격되어 그와 같은 보충 시험이 생략되었다. 실러는 규정된 시험을 끝내 치르지 못했다. 그러나 슈투트가르트 시절에 쓴 편지들에서는 당시의 관례대로 박사 학위의 약자 "D"를 이름 앞에 써서 서명했다. 그의 아버지는 이미 1780년 12월 17일에 카를 오이겐에게 편지를 써서, 아들이 엄격한 제복 착용을 모면하고 개인 병원을 개업할 수 있게 허락해달라고 청원했다. 그러나 공작은 자신의 원칙을 고수해서 그 청원을 즉각 거부했다.

일상 업무의 단조로움은 실러가 애초부터 품고 있던 의학 분야의 계획들을 계속해서 실천에 옮기는 것을 어렵게 했다. 1780년 12월까지만 해도 그는 페터센에게 분명히 "생리학 교수"가 되기 위해서 이 분야에 집중해 연구하겠다고 선언했다.(NA 23, 16) 저명한 두 저널인《괴팅겐 학계 소식(Goettingische Anzeigen von gelehrten Sachen)》과《고타 학자 신문 (Gothaische gelehrten Zeitungen)》이 1781년 2월에 자신의 학위논문을 호의적으로 논평한 것을 두고 그는 자기 계획의 타당성이 확인된 것으로 여겼을 수도 있다.[38] 그러나 군 병원과 병실의 억압적인 분위기를 보면서 젊은 의학도의 열광주의는 재빨리 증발해버렸다. 그는 슈투트가르트에서는 본래 의도하던 것과는 달리 학문적인 것에 더 이상 마음을 쓰지 않았다. 그가 1년 반 동안 군의관으로 있으며 구입한 책이라고는 약사 연감이 유일했다. 이 책은 그의 부족한 약학 지식을 보충하는 데 도움을 얻으려고 구입한 것이었다. 그의 손으로 쓴 처방 하나가 전해오고 있는데, 이는 포도 씨와 물을 혼합해서 만든 구토제의 복용을 처방한 것이다. 그와 같은 구토제를 그는 대부분 높은 함량으로 자주 처방했다고 한다. 그의 상관인 시의(侍醫) 요한 프리드리히 엘베르트(Johann Friedrich Elwert, 옛 학우의 부친)는 지금까지 실러가 처방한 위험한 혼합액을 말없이 수정했다. 사고를 방지하기 위해서 그는 의과 조수로 근무하는 구급 의사들에게 부탁해서 군의관 실러가 처방한 것에 대하여 정기적으로 보고서를 작성토록 했다.[39]

슈투트가르트에서 실러는 시민계급의 관행을 무시하고 천재적인 대장부 노릇을 하며 안하무인격으로 살았다. 당시부터 전해오는 수많은 증언 가운데에는 슈투트가르트에서 이웃에 살던 한 여인이 한 말이 있다. 그는 "마치 대공이 그의 신하 중에서 가장 보잘것없는 신하인 것처럼" 행동했

연대 군의관 시절의 프리드리히 실러.
초상화. 필리프 프리드리히 헤치 작(1781/82).

다는 것이다.[40] 그는 몇 년간의 중단 없는 병영 생활 끝에 자신에게 허락된 활동 공간을 마음껏 즐겼다. 이제 근무시간만 아니면 그는 상관의 통제를 받지 않고 사생활을 누릴 수 있었다. 군대에 속한 몸이라서 뷔르템베르크 밖으로 여행할 때에는 매번 허가를 얻어야 했기 때문에 활동의 자유가 다소 제한되었지만, 새로운 지위는 7년간 줄곧 감시를 받으며 생활하던 생도의 신분에 비교하면 크나큰 변화를 가져다주었다. 실러의 생활 태도는 각별히 무질서했다. 가구도 별로 없는 거처에서 예전의 집시처럼 살았다. 근무가 없는 날에는 정오까지 늦잠을 자고, 밤이 되면 술집을 찾아 날이 새도록 전전했다. 그가 1781년 2월에 장교 회식 후에 술에 취해 가마를 타고 귀가했을 때 삶에 충실한 슈투트가르트 시민들은 그의 방탕한 생활에 분노하며 열을 올렸다. 계속해서 그는 모든 면에서 무절제한 성향이 있다는 의심을 받았다. 후에 페터센의 회고담은 실러가 집주인 여자와 연인 관계를 유지했다는 인상을 일깨워주고 있는데 별로 신빙성은 없다. 그가 10년이나 연상인 여자에게 애정을 느꼈을 가능성을 배제할 수는 없지만, 젊은 시절 친구들 대부분이 추측하기로 그 애정은 실천적으로 시험대에 오르지는 못한 것으로 보인다. 집주인의 조카딸인 빌헬르미네 안드레아(Wilhelmine Andreae)와의 관계도 어디까지나 플라토닉러브였던 듯싶다. 신중한 관찰자들은 실러가 여자들을 대할 때면 부자연스럽게 수줍은 태도를 보였음을 한결같이 지적하고 있다. 사관학교의 온실 분위기에서는 이성과 거침없이 사회적 관계를 맺을 수 있는 기회가 없었다는 점을 감안하면 그와 같은 수줍음은 충분히 이해할 수 있다. 그와 반대로 페터센과 샤르펜슈타인이 암시하고 있는 것처럼 정기적으로 유곽에서 성적 모험을 하는 것은 장교 사회의 관행에 속했고, 실러도 그 관행을 따랐을 것으로 짐작된다.

군의관 실러가 공개적으로 천재인 척하는 태도가 카를스슐레의 군대 의식(儀式)에 대한 거부감의 표출이었다는 것은 말할 것도 없다. 카를스슐레의 군대 의식의 잔재는 실러와 친구들의 처신에도 계속해서 영향을 끼쳐 그런 태도는 습관이 되다시피 했다. 오페라 관람이나 1779년부터 별도로 운영된 극장 관람 같은 문화생활은 예산 부족으로 더 이상 기대할 수가 없게 되었다. 그 대신 사람들은 중심가 30번지에 위치한 주점 '황소집(Zum goldenen Ochsen)'에서 만나서 구주희 경기를 하든가 카드놀이(주로 옴브르)를 했다. 실러는 여기서 파는 값싼 부르고뉴산 포도주 마시기를 삼가는 대신에 정열적으로 여송연을 피웠다. 그는 나중에 병을 앓고 있을 때에도 담배는 좋아했다. 거기에다 담배를 자주 콧속으로 흡입하기까지 했다고 많은 사람들이 증언하고 있다. 당시 그는 특히 책상에서 바닐라 향을 첨가한 커피와 함께, 니코틴을 통한 자극이 필요했다. 바이마르에서도 그의 집 무실을 가득 채운 매연은 수많은 방문객에게 불쾌한 느낌을 주었다.

친구들은 종종 실러의 거처에서도 모임을 갖고 함께 식사를 했는데, 그때의 메뉴로는 소시지, 샐러드, 감자 등이 식탁에 올랐다. 포도주가 빠지는 경우는 드물었지만, 이 포도주는 손님들이 마련해야 했다. 후에 와서 페터센은 대부분 가장 값싼 종류를 마셨다고 회고하고 있다. 대화의 어조는 거칠고, 군인들의 말투가 지배적이었다. 그 말투에는 남자들의 위압적인 행동과 반시민계급적인 몸짓이 때때로 불쾌한 방법으로 혼합되어 있었다. 부분적으로 전해오는 슈투트가르트 시절에 쓴 편지들에 이와 같은 대화 스타일이 그대로 반영되어 있다. 그러므로 실러가 술집에서 친구들을 기다리던 끝에 남겨놓은 쪽지에는 이렇게 적혀 있다. "너희들은 내게는 좋은 놈들이지. 내가 왔더니, 페터센, 라이헨바흐, 한 놈도 보이질 않는구나! 이 천하의 괘씸한 놈들 같으니! 오늘 하기로 한 마닐레 게임은 어떻게 된

것이냐? 귀신이 물어 갈 놈들! 나를 보려거든 집으로 오너라."(NA 23, 29)
이 같은 말투는 『앤솔러지』에 실린 시들에도 나타나고 있다. 그 시들에 담
긴 때로는 외설에 가까운 농담은 실러가 드나드는 술집 모임의 상스러운
말투를 상기시키고 있다. 후년에도 그는 절친한 남자들만의 모임을 높이
평가했다. 1787년 10월 6일에 그는 자신과 샤를로테 폰 칼프와의 관계를
염두에 두고 루트비히 페르디난트 후버(Ludwig Ferdinand Huber)에게 "여
자 친구는 친구가 아닐세"라고 쓰고 있다.(NA 24, 160)

보잘것없는 실러의 주거 환경과 난장판 같은 그의 방에 관해서는 샤르
펜슈타인이 생생하게 보고하고 있다. 그 방에 들어가면 "담배와 그 밖에
다른 냄새가 나는 굴속에 들어와 있는 것 같았다. 거기에는 커다란 식탁
외에 걸상 두 개가 놓여 있고, 벽에는 몇 가지 옷과 칠이 묻은 바지들이 걸
려 있고, 구석에는 빈 접시와 함께 감자 한 무더기, 병과 그 비슷한 것들이
뒤섞여 있는 것이 전부였다. 대화에 앞서 수줍은 듯 말없이 이와 같은 물
건들을 사열하듯 훑어보는 것이 습관이 되었다."[41] 빈약한 가구는 가진 것
없는 천재의 마음가짐을 반영해주지만, 경제적으로 옹색한 살림살이를 반
영해주기도 했다. 경제 사정이 얼마나 옹색했는지는 실러가 슈투트가르트
에서 지니고 있던 얼마 안 되는 장서를 보아도 알 수 있다. 그의 장서는 에
셴부르크가 번역한 셰익스피어 희곡 몇 권, 플루타르코스 영웅전, 할러·
클롭슈토크·슈토이들린의 시 선집 정도였다. 장편소설이나 논문들은 없
었다. 그런 책들이라면 여기서 얼마든지 친구들 사이에서 빌려 읽을 수 있
었기 때문이다.[42] 실러는 생애 후기에 장서 수를 서서히 늘려갔다. 그러나
괴테나 빌란트처럼 풍부한 양의 장서는 갖추지 못했다. 정기적으로 구입
하기는 했지만, 중복된 책이나 불필요한 책들은 정기적으로 경매에 부쳐
팔았던 까닭에 1800년 이후에 장서량은 800권 수준에 머물러 있었다. 역

사 문헌 문제에 어려움이 있을 때에는 훌륭하게 정리되어 있고, 공작의 모후 아나 아말리아 치하에서 획기적으로 확장된 바이마르 궁정 도서관에 조언을 구해야만 했다. 실러는 이 궁정 도서관을 1787년부터 정기적으로 이용했다.

군의관 실러가 생활을 꾸려가야 할 얼마 안 되는 봉급은 대부분 방세로 나갔다. 어울려 보내는 즐거운 저녁 시간과 술집에 드는 비용은 삽시간에 예산을 초과했다. 그러므로 실러는 1781년 5월부터 《맨틀러 차이퉁(Maentlerische Zeitung)》에서 편집 업무를 맡아봄으로써 자신의 월 소득을 높이려고 했다. 1775년부터 화요일과 금요일마다 발행된 이 주간지는 크리스토프 고트프리트 맨틀러(Christoph Gottfried Maentler)가 발행인이었다. 이 주간지는 통상 《프랑크푸르트 제국 우체국 신문(Frankfurter Kaiserliche Reichs-Oberpostamtszeitung)》이나 프랑크푸르트의 《저널(Journal)》, 또는 《에어랑겐 레알차이퉁(Erlanger Realzeitung)》, 후에 와서는 《슈투트가르트 특권층 신문(Stuttgardische Privilegierte Zeitung)》 등과 같은 영향력 큰 기관으로부터 새로운 소식을 넘겨받았다. 실러가 할 일은 '유익하고 즐거운 소식' 난을 위해 이와 같은 취재원에 실린 기고문들을 합성하고 가능하면 빨리 개작하는 것이었다. 테마 선정의 기준은 이 신문이 추구하는 바와 같이 흥미 위주였다. 궁정 소식, 선풍적 기사, 공포 이야기, 화젯거리 기사들을 약간의 계몽적 교훈과 연결해서 게재하는 것이 핵심이었다. 대부분의 경우 실러가 하는 일은 자신의 독창성을 발휘하지 않고, 원래 글의 문체를 수정하는 것에 국한되었다. 그는 일화와 비교적 짧은 대화문은 물론, 마술사 카글리오스트로(Cagliostro), 피렌체 여인들 사이에서 유행하는 모자, 전기치료법 등에 대한 기고문을 편집했다. 그해 12월 28일에 《맨틀러 차이퉁》의 간행이 중단되자 실러는 새로운 수입원을 구하려고 애쓰지 않으면 안

되었다. 그 후의 연간에도 비교적 높은 차원에서 그의 출판 활동은 지속되었다. 발행인으로서 그리고 자신의 재량권을 가진 저널 필자로서.

실러는 슈투트가르트에서 옛 학우들인 페터센, 폰 호벤과는 긴밀한 관계를 유지했다. 한 살 위인 페터센은 이미 1779년 12월에 카를스슐레를 졸업하고 슈투트가르트에서 도서관 사서직을 맡아 활동하고 있었다. 그는 그 시대 전형이라 할 수 있는 독창적 천재답게 거칠고, 반항적이고, 술로 인해 늘 상기된 모습을 보여주었다. 1782년 튀빙겐에서 맥퍼슨의 오시안 시집을 산문으로 옮긴 오시안 번역본과 『독일 국민의 알코올중독 성향의 역사(Geschichte der teutschen National-Neigung zur Trunksucht)』라는 제목의 작은 책자를 출간했다. 실러와의 관계는 정기적으로 위기에 봉착했다. 이미 카를스슐레 시절 페터센이 실러에게 자아도취적인 이기주의에 빠지는 경향이 있다고 여러 번 비난했을 때는 관계에 위기를 맞은 적 있었다. 그러나 슈투트가르트에서는 그와 비슷한 갈등은 없었던 듯싶다. 두 친구는 어울려 술집 배회를 즐겼고, 함께 오시안이나 셰익스피어를 낭송하기도 했으며, 문학작품 집필 계획을 세우거나, 당대의 문단에 안정된 지위를 차지하기를 꿈꾸었다. 1782년 초에는 아벨과 공동으로 창간한 잡지 《비르템베르크 문집》에 페터센은 언어사와 문화사의 주제들에 대한 기고문을 정기적으로 보냈다. 그는 후년에 와서는 시민계급의 상도(常道)를 걸었다. 즉 그는 카를스슐레에 고문서학과 통화제도 교수로 초빙되었고, 1794년 8월 사관학교가 해체되었을 때에는 자유주의적 성향 때문에 공국의 공직에서 물러났으나 15개월이 지난 후에는 프리드리히 오이겐 밑에서 다시금 궁정 도서관 사서 직에 임명되기도 했다. 페터센은 계획했던, 실러의 청년 시절에 대한 전기 집필 작업에 더 이상 집중하지 못했다. 미완성 원고가 1807년 《교양 계층을 위한 조간지(Morgenblatt fuer gebildete Staende)》에 실

렸다. 이 시기에 그는 이미 알코올에 빠졌고 1815년에 세상을 떴다. 1803
년 3월 29일에 출판인 코타는 음주로 인해 전혀 사람 구실을 못하는 페터
센은 더 이상 판단력이 없다며 실러에게 불평을 늘어놓은 적이 있다.(NA
40/I, 43)

그와 반대로 프리드리히 폰 호벤은 사교적 능력을 갖춘 신중한 성격의
소유자였던 듯싶다. 이 루트비히스부르크 장교의 아들은 실러와 동갑이었
다. 이미 부모님 대에서부터 가정적으로 긴밀한 이웃의 정을 키워왔고, 그
이웃 간의 정이 아들들 사이에서는 안정적인 우정의 초석이 되었다. 호벤
은 1771년에 대공의 성화로 군 원예학교에 입학을 했다. 그는 1776년 초
에 시작한 의학 공부를, 1780년 지각심리학 문제에 대한 논문 「감지 이론
에서 모호한 상상의 중요성에 관한 연구(Versuch ueber die Wichtigkeit der
dunkeln Vorstellungen in der Theorie der Empfindungen)」를 쓴 뒤로는 더 이
상 하지 않았다. 우선 그는 루트비히스부르크에 있는 군 고아원에서 남들
보다 많은 봉급을 받는 보조 의사로 일하면서 대학의 보충 시험을 준비했
고, 1782년 튀빙겐에서 마침내 그 시험에 합격했다.[43] 실러는 그와 함께 사
관학교에서 치르는 시험들을 준비했고 정기적으로 심리학의 주제에 관해
의견을 교환했다. 특히 그들이 함께 읽은 글들에는 가르베와 줄처의 책들
이 있었다. 문학적인 소질이 없었던 호벤은 친구로서의 의무 때문에 『앤솔
러지』와 《비르템베르크 문집》에 자기 몫의 원고를 기고했다. 그는 슈투트
가르트에서는 매일 만나는 실러의 친구들 패에 끼지 않았지만, 근무가 없
는 주말에는 자주 그 패들과 어울렸다. 그의 원만한 성격은 불같은 성격
의 페터센과 대조를 이루었다. 평가에서 공정했고, 학문적 문제에 마음이
열려 있었으며, 문학적인 문제에서는 호기심을 가졌으면서도 별다른 야심
은 없었던 신중한 대화 상대자였던 듯싶다. 열심히 프로젝트를 기획하는

데 능한 실러는 후년에 와서도, 절박한 예술적 야심 없이 중재하는 성격을 가진 사람들과 밀접한 관계를 맺으려고 애썼다. 정확한 판단력을 지녔으면서도, 남의 의견을 경청하는 자세를 지닌 이 사교적인 친구 호벤과 같은 유형의 친구는 쾨르너, 볼초겐, 훔볼트였다.

호벤은 튀빙겐에서 박사 학위를 취득한 후에 학술 전문 서적들을 출간함으로써 학문적으로 인정을 받았다. 1789/90년에는 두 권짜리인 『말라리아와 치료 방법에 대한 연구(*Versuch ueber das Wechselfieber und seine Heilart*)』가, 1795년에는 『유행성 열병의 역사(*Geschichte eines epidemischen Fiebers*)』가 출간되었다. 실러가 희망하던 예나대학으로의 초빙이 무산된 후 호벤은 1803년 뷔르츠부르크대학 의과대학 정교수로 자리를 옮겼다. 후에 와서 그는 사관학교에서 몰두하던 지각심리학에 대한 이론적 연구를 포기하고, 대신 실습 위주의 연구에 전념했다. 1793년 실러가 루트비히스부르크와 슈투트가르트로 그를 찾았을 때 그들의 개인적인 우정은 되살아나기 시작했다. 1793년 10월 4일 쾨르너에게 보낸 편지에서는 죽마고우에 대하여 거리감을 감추지 않은 채 이렇게 쓰고 있다. "나는 13세부터 21세까지 그와 공동으로 모든 시대의 정신적 사조를 섭렵했네. 우리는 함께 시를 썼고, 의학과 철학을 공부했지. 대개의 경우 그의 취향을 결정해 준 것은 나였네. 이제 우리는 각각 다른 길로 접어들어서, 의학에 대한 추억이 내게 아직까지 남아 있지 않았다면 더 이상 서로 찾는 일도 없었을 것일세."(NA 26, 288)

고락을 함께 나눈 동반자
음악가 안드레아스 슈트라이허

1800년 11월 23일 41세의 실러는 샤를로테 폰 시멜만(Charlotte von Schimmelmann)에게 이런 편지를 썼다. "내가 가진 장점이 있다면 그것은 몇 안 되는 탁월한 사람들이 내 속에 심어준 것입니다. 나는 삶의 중요한 시기에 운 좋게 그와 같은 사람들을 만났습니다. 나의 인간관계는 또한 내 생의 역사이기도 합니다."(NA 30, 213) 사실상 실러가 위기 상황을 당할 때면 언제나 사건에 연루되지 않고 갈등에서 헤어날 길을 알려주는 친구들이나 후원자를 만나는데, 이는 실러 전기의 특징에 속한다. 슈투트가르트와 만하임에서 그와 같은 역할을 한 사람은 안드레아스 슈트라이허(Andreas Streicher)였다. 나중에는 이 역할이 크리스티안 쾨르너와 폰 아우구스텐부르크(von Augustenburg)의 몫이었다. 손재주와 예술적 감각을 겸비한, 슈투트가르트의 석공인 아버지를 꼭 닮은 음악가 슈트라이허는 두 살 많은 실러를 1780년 12월 어느 공개적인 의학 토론에서 처음 만났다. 그는 호기심에서 이 토론회에 참석했다. 사관학교 생도 실러의 외모와, 자신과 다정하게 대화를 나누는 대공의 총애를 그가 즐기는 정황을 그 역시 잊을 수 없었다. "붉은색이 도는 그의 머리카락, 마주 향해 굽어 있는 두 무릎, 활기차게 반론을 펼칠 때 재빨리 깜박이는 두 눈, 말하는 가운데 자주 머금는 웃음, 그러나 특별히 잘생긴 코와 둥글고 넓게 궁형을 이루고 있는 이마 아래서 빛을 발하는 깊고 대담한 독수리의 눈초리" 등이 이 젊은 음악가에게 "지울 수 없는 인상"을 남겨주었다.[44]

사람들이 붐비는 졸업식과 이어서 개최된 식사 시간에 그와 면담할 기회는 없었을 뿐 아니라, 경탄의 대상이 된 생도의 이름조차 슈트라이허는 알지 못했다. 반년 뒤에 그는 실러 자신이 대표로 있던 출판사에서 간행한 처녀작 희곡 『도적 떼』를 감명 깊게 읽었다. 음악가요, 이전의 카를스슐레의 생도이자, 이 연극의 노래 가사에 곡을 붙인 요한 루돌프 춤슈테크(Johann Rudolf Zumsteeg)의 주선으로 1781년 6월에 이 책의 저자인 실러와 접촉하게 되었다. 슈트라이허는 그 저자가 전에 있었던 토론회에서 깊은 인상을 남긴 바로 그 토론자인 것을 확인하자 적잖이 놀랐다. 그들의 관계는 빠르게 깊은 사이로 발전했고, 늦여름부터는 매주 몇 번씩 랑겐 그라벤에 있는 집에서 만났다. 함부르크에 있는 필리프 에마누엘 바흐(Philipp Emanuel Bach)에게서 계속해서 음악 교습을 받을 계획을 품고 있던 슈트라이허는 『도적 떼』의 저자에게 완전히 사로잡히게 되었고, 실러에게는 여기서 처음으로 우정 관계가 발전했다. 두 사람의 관계에서 주도적 역할을 담당한 쪽은 실러였다는 것은 논란의 여지가 없다. 그는 슈트라이허에게서 끝없이 경탄의 소리를 들어야 했는데, 그 경탄은 예술적인 재능에만 국한된 것이 아니라, 그의 열광주의에도 해당되었다. 이른바 샤르펜슈타인과 부아게올이 아직도 인위적인 산물로 여기던 그 열광주의였다. 실러에게는 매일 슈트라이허와 대화를 나누는 것이 곧 즐거운 일상의 습관이 되었다. 그 대화는 처음부터 문학적 복안과는 상관이 없는 개인적인 화제도 포함하고 있었다. 그 다음 2년 동안 슈트라이허는 실러가 가장 신뢰하는 측근이 되어 실러의 내면생활에 대해서 가장 심도 있는 통찰을 얻을 수 있었다. 이 새로 사귄 친구는 1782년 9월에 실러가 자신의 도피 계획들을 귀띔했을 때 비밀을 지켜주었을 뿐 아니라, 여행 동반자로서 추위를 무릅쓰고 어려운 행군의 고난을 불평 없이 견뎌 냈고, 실러의 상황이 어려울 때는 대범하게 돕는 등 여러 가지 어려운 역할을 훌륭히 해냈다.

그는 가진 돈이 없는 망명객을 그가 할 수 있는 범위 안에서 재정적으로 지원해주고, 함부르크에서의 음악 교습비로 납부할 어음을 아무런 이의 없이 그에게 나누어주기도 했다. 특히 실러가 일상적 걱정이나 소원을 가리지 않고 마음을 터놓고 이야기할 수 있었던, 감수성 풍부한 의논 상대자 역할도 했다. 마음의 벗이 되는 데에는 재빨리 가까이에서 함께 살게 된 것도 한몫했다. 즉 슈투트가르트에서 그들은 1781년 여름부터 거의 매일 만나다시피 했고, 1782년 가을에는 장소를 바꾸어가며 일정한 거처가 없는 나그네 생활을 했으며, 1783년 10월부터 1785년 4월 사이에는 만하임에서 한 지붕 밑에 숙소를 정해 가까이 지냈다. 식사를 함께하는 것도 한방에서 작업을 하는 것과 마찬가지로 서로 어울리는 일상에 속했다(시간이 가면서 슈트라이허의 피아노 연주는 글 쓰는 사람에게 의욕을 북돋워주는 작용을 했다). 실러는 그 후로 다른 어떤 친구들과도 그처럼 강도 높게 자신의 삶을 나누지 못했고, 어느 누구와도 그처럼 마음을 터놓고 사귀질 못했다.

그렇기 때문에 그들이 1785년 4월 중순에 헤어진 뒤로 더 이상 접촉이 없었다는 것은 놀라운 일이 아닐 수 없다. 실러의 라이프치히행을 계기로 두 사람은 가는 길이 갈렸다. 슈트라이허는 처음에는 남부 독일에 머물면서, 아우크스부르크의 명망 있는 악기 제작자의 딸 나네테 슈타인(Nanette Stein)과 결혼했다. 그러고는 피아노 제작업에 손을 대려고 했다. 실러의 명성이 연극을 통해 높아져가는 것을 그는 관심 있게 추적했지만, 옛 친구에게 자기 자신이 가는 길에 대해서는 정확한 소식을 전하지 않았다. 슈트라이허가 1795년 8월에 짧은 소식을 전하기 전까지는 향후 10년간 서신 교환도 없었다. 이 시기에 그는 자신의 피아노 및 오르간 제작 공장을 빈으로 옮겨서, 그곳에서 인정받는 사교 모임을 운영했는데, 그 모임에는 후에 베토벤도 참석했다. 실러는 친절하게 답장을 했으나 어디까지나 형식적이었다. 여러 해 동안 존속하던 우정을 감안하면 그의 냉담한 반응은 보는 사람의 마음을 헷갈리게 하는 면이 없지 않다. 단순히 밝혀진 사실보다, 말 못할 어떤 은밀한 사연과 더 깊은 관련이 있을 것이란 추측을 가능하게 한다. 개인적인 만남은 나중에도 이루어지지 않았다. 노년에 와서 슈트라이허는 실러에 대한 자신의 회상을 글로 쓰기로 결심하였다. 이 회고록은 슈트라이허가 죽고 3년 후인 1836년에 출간되었다. 실러와 절친하던 청년 시절 친구는 실러의 전기 저자로서도 어디까지나 소박하고 겸손했다. 경탄의 대상이던 이 예술가를 주관적으로 잘못된 시각에서 바라보지 않기 위해서 그는 자기 자신을 서술자로서 객관적인 "3인칭의" 형식 속에 숨기고 있다. 슈트라이허의 전기를 알고 있던 헤르만 쿠르츠는 자신의 소설 『실러의 고향 시절(*Schillers Heimatjahre*)』(1843)에서 하인리히 롤러(Heinrich Roller)라는 작중인물을 통해 그를 후세 사람들의 기억에 비더마이어적인 인물로 남아 있게 형상화하였다.

출판인들끼리의 경쟁
슈토이들린과의 다툼

실러보다 1년 연상인 고트홀트 프리드리히 슈토이들린은 당대의 재능 있는 저명 서정시인들 중 한 사람이라는 평판을 듣고 있었다. 슈바르트에게 높이 칭송을 받았고, "뷔르템베르크 최고의 천재 시인"으로 불리기도 했다.[45) 1781년부터 1786년 사이에 슈토이들린의 《슈바벤 문예연감(*Schwäbischer Musenalmanach*)》이 간행되었다. 야심 찬 문예지로서 젊은 작가들에게는 작품을 발표할 수 있는 광장 구실도 했다. 1781년 8월 말 슈토이들린은 1782년 호에 실러의 송가 「라우라에 대한 감동(Die Entzueckung an Laura)」을 게재했다. 그는 이 작가의 재능에 대해서는 특별히 확신이 없었는지, 원고에서 2연을 자기 멋대로 줄이고, 그 이상의 텍스트들은 발표하기를 거절한 사실이 있다. 이 사실이 1782년 말에 가서야 끝이 난, 적의에 찬 논쟁의 원인이 되었다. 실러는 이미 1781년 6월에 하우크가 발행하는 저널 《슈바벤의 과학과 예술의 상황(Zustand der Wissenschaften und Kuenste in Schwaben)》에 기고한 서평에서 슈토이들린이 내놓은 베르길리우스의 『아이네이스』의 부분 번역을 비평한 적이 있다. 이 비평에 자양분을 공급한 것은 긴요한 이해관계였다. 실러는 카를스슐레 마지막 학년도에 이 서사시의 제1권을 몸소 번역하여 1780년 11월 초 「타이레네 바다에 부는 폭풍(Der Sturm auf dem Tyrrhener Meer)」이라는 제목으로 하우크의 《슈바벤 마가친》에 발표한 적이 있었던 것이다. 슈토이들린은 자신의 번역에 대한 서평에 대해서, 특히 칭찬과 비난을 한 서평자의 거만한 말투에 화가 났다. 여기서 실러는 자신의 탁월한 라틴어 실력을 맘껏 발휘하여, 종종 확신감을 주지 못하는 번역의 문헌학적 기초를 정확히 규명해낼 수 있었다.

몇 달 후에도 실러는 공세의 고삐를 늦추지 않았다. 『앤솔러지』서문에서 슈토이들린을 여전히 교묘한 방법으로 공격했다. 이 시집의 간행 장소를 시베리아의 도시 토볼스크라고 위장한 문학적 마스크 뒤에는 책략이 숨어 있는 것이 분명했다.(NA 22, 85) 이처럼 간행 장소를 위장한 것은 제일 먼저 겔러르트의 소설 『스웨덴의 백작 부인 폰 G○○○의 생애(Leben der schwedischen Gräfin von G○○○)』(1747)를 연상케 한다. 이 소설의 남자 주인공은 서부 시베리아의 토볼스크에서 포로로 수 년을 보내야만 했다.[46] 그뿐 아니라 그 간행 장소는 슈바벤에 떠오르는 태양을 보여주는 슈토이들린의 연감의 제목 동판화와는 반대되는 모티브를 연상케 한다. 실러가 사용한 '추위의 은유'가 암시하는 것은 뜨뜻미지근한 서정적 감상성의 모조(模造) 문화는 그의 시집에서는 별 볼일 없다는 것이다. 즉 모조 문화는 감상적 자기만족에게 공간을 할애하지 않는 직접적인 표현예술에 열광하는 추세에 밀려나고 있는 것이다. 풍자시 「뮤즈의 복수(Die Rache der Musen)」는 젊은 "삼류 시인" 한 무리가 여신 멜포메네를 습격하고 힘을 합쳐 유혹한다는 것을 기술함으로써 시집의 테두리 안에서 이와 같은 공세를 계속 펼치고 있다. 저속하기 그지없는 마지막 시행들은 끝에 가서 의심할 여지 없이 자연에 반하는 동침에 이른다는 결론을 얻게 한다. "이후에 여신은 낙태를 한다. 거기에서 새로운 연감이 하나 생겼다."(NA 1, 83 이하) 슈토이들린은 자신의 문학 기획에 대한 조롱을 몇 주일 뒤에 《시문학 잡지 (Vermischten poetischen Stuecken)》에 실린 시 「독창적 천재(Das Kraftgenie)」를 통해 답한다. 이 시는 실러를 고루하고 편협한 포즈를 취하는 자아도취에 빠진 작가로 등장시키고 있다. "거세된 군대가 나를 어떻게 하겠는가 / 그리고 나의 주변에 있는 난쟁이들은 모두 오너라! 나는 거인들로만 부대를 편성해서 / 셰익스피어의 도장을 찍는다."[47]

실러는 1782년 3월 말에 이미 《비르템베르크 문집》에 슈토이들린이 발행하는 《슈바벤 문예연감》과 《시문학 잡지》에 대한 비판적 서평 두 편을 발표함으로써 나름대로 반응을 보였다.(NA 22, 187 이하 계속) 이제 적의에 찬 그의 공격에는 경제적이고 예술적인 이유가 있음이 가시화되었다. 그에게는 출판 시장 지분을 에워싼 싸움에서 슈토이들린이 경쟁자로 나타났다. 그리고 슈토이들린은 특히 괴팅겐 하인분트의 시 작품에 방향을 맞춤으로써 실러가 애국적이고 감상적인 특성 때문에 똑같이 불쾌하게 생각한 취향을 대표하고 있었다. 그의 서평의 미심쩍은 점은 자신도 이 영역에 종사하고 있음을 언급하지 않은 채, 연감의 유행을 질책하는 것에서도 나타나고 있다. 비록 그가 "곳곳에 진정한 비극의 여신 멜포메네의 현금 소리가" 들린다며 이 선집의 항목별 수준을 시인했지만, 자신의 시 「라우라에

고트홀트 프리드리히 슈토이들린.
초상화. 필리프 프리드리히 헤치 작.

대한 감동」에 대한 찬양과 연결하고 있기 때문에 그의 평가는 공정하지 못했다.(NA 22, 188) 실러가 자신의 비판을 당시의 관행에 따라 익명으로 발표했고, 따라서 자신의 것을 선전하는 행위는 오로지 내막을 잘 아는 사람만이 알아차릴 수 있게 한 것과 비교할 때 이와 같은 평가 방법에 진지성이 결여되어 있다는 심증은 더욱 증가했다. 두 번째 서평의 어조는 다시 한번 첨예화된 논쟁의 성격을 띠고 있는 것으로 보인다. 의식적으로 착각할 수 있도록 실러의 어릴 적 친구 카를 필리프 콘츠를 연상케 하는 약자 "C-z"의 필명으로 발표되었다. 이 서평은 슈토이들린의 작품들에 대해 "온갖 기억하고 있는 자료들을 듣기는 좋지만 그러나 독창적이지는 않은 평범한 수준의 상상력으로 빚어낸 조형예술 작품들"이라고 폄하하였다.(NA 22, 189) 이와 같은 방식으로 실러는 자신의 경쟁자의 작품들을 브로크와 할러가 세운 계몽주의의 교훈시 전통의 잔재로 치부하고 있다. 계몽주의 교훈시는 독서를 통해 얻은 지식으로 상상력의 창고를 채우지만, 활력이 넘치는 직관으로는 이를 채우지 못하는 경향이 있다. 물론 실러 자신의 시들도 서정시가 요구하는 경험에서 우러난 진국의 맛이 없다는 것은 그의 『앤솔러지』에 실린 시들의 내용이 잘 말해주고 있다. 그 내용은 기억 속에 축적되어 있는 자료들을 거듭 반복해서 들추어낸 것에 지나지 않았다.

1782년 말 슈토이들린이 새로 발간한 문예연감은 실러의 험담에 맞서 몇 가지 날카로운 풍자시행로 답했다. 그 시행들은 「에어랑겐의 S- 교수님께(An Herrn Professor S- in Erlang(en))」라는 제목으로 발표되었다. 일차적으로 공격은 남부 독일 출판 시장의 또 다른 경쟁자이자 매우 활동적인 프랑켄의 출판업자 쇼트(Schott)를 겨냥한 것이었다. 그러나 핵심 시는 실러와도 관계가 있는 것으로서, 그의 『앤솔러지』의 어조를 조롱하는 것이었다. "송가의 폭풍—나를 향해 몰아치네! / 어디를 가나 헛소리뿐이구나? 그리고 엄청나게 유창한 말솜씨하곤— / 하! 이 무슨 비약이란 말인가!—내가 듣기로는 지나치게 서정적이로군! 마치 시베리아어를 읽는 것 같아!"(NA 2/II A, 46) 서문에서 슈토이들린은 실러가 가명을 이용해서 장난친 것을 언짢은 기분으로 질책하고 있다. 그와 같은 장난은 결국 판단 능력이 없다는 것을 말해주고 있다는 것이다. "그뿐 아니라 그가 어떤 비평에서는 시인의 불타는 천재성과 서사적 창조력이 내게 있다고 말하고, 다른 비평에서는 나를 바닥이 보이는 운율 시인으로 격하하고 있는데, 내가 친구로서 그에게 충고하고 싶은 것은 그가 앞으로는 풍자를 하려거든 좀더 현명하게 대상을 선택해서, 그 자신이 자가당착에 빠지는 일이 없도록 하라는 것이다."(NA 22, 399) 이 공격에 대해서 실러는 더 이상 응답하지 않았다. 그래서 이 소모성 짙은 논쟁은 1782년 말에 끝이 났다. 이 논쟁은 사업상 타산적인 실러가 비평자로서는 확신이 가지 않는 역할을 담당했음을 보여주고 있다. 그의 진지한 판단력은 당대의 문학 시장에 대한 개인적 관심 때문에 현저하게 감소되었다. 후에 와서 그 같은 야심은 없어졌지만, 비교적 나이가 들어서도 실러의 공개적인 비판은 어디까지나 실용적인 계산으로부터 자유롭지 못했다는 비난을 면치 못했다.

슈토이들린은 그사이 변호사로서 슈투트가르트에 정착했고 이제는 출판업자로서 간간히 활동할 수밖에 없었기 때문에 1786년에 그의 문예연감은 폐간되었다. 그는 1792년 초에 뷔르템베르크 정부의 반대를 무릅쓰고 《도이체 크로니크》를 인수했다. 이는 1774년에 슈바르트가 창간해서 1791년 세상을 뜰 때까지 성공을 거듭하며 편집을 담당했던, (최후의 발행 부수가 4000부에 이른) 참여적인 정치색을 띤 정기간행물이었다. 그러나 그 진보적 저널을 구하려는 시도는 혁명전쟁으로 강화된 검열제도의 강압을 이겨내지 못하고 몇 개월 뒤에 좌절하고 말았다. 슈토이들린은 1792년과 1793년 다시 한번 문예연감을 발행했지만 물론 지속적인 속간에는 관심이 없었다. 그의 『명시선(*Poetische Blumenlese*)』과 하나의 시집이 각기 1793년에 발표되었는데, 이들은 이전에 거둔 성공을 이어가지 못했다. 슈토이들린은 1791년 그의 비가 「실러에게: 그의 죽음에 관한 잘못된 소식이 퍼졌을 때(An Schiller. Als eine falsche Nachricht von seinem Tode erschollen war)」를 통해, 젊은 시절 말다툼을 했던 예전의 경쟁자를 용서하고 그의 예술가적 지위를 인정한다는 것을 공공연하게 보여주었다. 그는 1793년 9월에 이전의 경쟁자에게 공손하게 편지를 써서, 문학적 재능이 있는 젊은이 한 명을 지원해줄 것을 부탁했다. 그 자신도 그 젊은이의 서정시 작품들은 힘껏 후원하려고 노력하고 있다고 했다. 그 사람이 바로 23세의 프리드리히 횔덜린이었다. 실러는 그 추천을 받아들여서 이 젊은이를 폰 칼프 가문의 가정교사로 소개했다. 물론 슈토이들린은 그가 보살피던 횔덜린의 지적 성장 과정을 지켜보지 못했다. 1796년 9월 17일에 겨우 38세의 나이로 그는 스트라스부르를 관류하는 일(Ill) 강에 뛰어들어 죽고 말았다. 경제적인 어려움과, 경력이 처음에는 운 좋게 시작되었으나 예술가로서의 현실적 계획이 좌절된 것에 대한 실망감이 그의 자살 이유였다.

3. 초기 시(1776~1782)

"위대한 것을 노래하게 될 입"
재능을 과시하는 습작과 경조시(慶弔詩)

실러는 열일곱 살이 채 되기도 전에 문단에 데뷔했다. 1776년 10월에 발
타사르 하우크가 실러의 송가 「저녁(Der Abend)」을 《슈바벤 마가친》에 실
어준 것이다. 하우크는 짧은 주석을 통해 이 텍스트의 작자는 주어진 재
능을 더할 나위 없이 훌륭하게 발전시켜나가고 있다는 점을 참작해달라
고 부탁했다. 또 호라티우스의 『대화(Sermones)』(1, 4, v. 43 이하)의 한 구
절과 관련지어 "이미 훌륭한 시인들을 읽었고, 시간이 가면 감명 깊은 소
리를 기대해도 될 입을 얻게 될 것"이라는 것을 장담했다.[48] 그러나 실러
를 문학사에 등록시킨 이 첫 시들은 하우크의 장담을 무조건 확인해주지
는 못했다. 그 시들의 각운이 슈바벤 사투리에 지배받고 있는 것이 너무나

눈에 띄었기 때문이었다. 이 시는 이렇게 시작한다. "태양은 영웅처럼 완벽하게 / 깊은 골짜기에 저녁 얼굴을 보이고, / (다른 세상, 아! 좀 더 행복한 세상에게는 그것이 아침 얼굴일 터인데)."(NA 1, 3, v. 1 이하 계속) 이 젊은 시인이 공부한 "시인들" 중에는 특히 클롭슈토크가 속한다는 것을 주제 선정이나, 서술 시점, 찬가다운 송가 형식을 통해 어렵지 않게 알아차릴 수 있다. 이 시의 자연묘사는 곧 천지창조를 찬양하는 것으로 시작하고 있고, 저녁 해가 지는 광경을 묘사하는 데는 한 작품의 아름다움이 반영되어 있는데, 그 작품을 시적으로 칭송하는 행위는 마땅히 신의 칭찬을 들을 수밖에 없다. 이 두 차원의 연결은 18세기 초에 영국의 본을 따라 독일에서 특히 함부르크 사람 바르톨트 하인리히 브로케스가 대표자로 나선 계몽주의 서정시의 물리신학적 전통을 상기시켜준다. 새들과 곤충들, 꽃들의 광경을 담고 있는 소우주에 대한 시적 묘사를 시종일관 창조주를 찬양하는 찬가에 합류시킴으로써, 시인은 물리신학의 모형을 따르고 있는 것이다. 이 물리신학적 관점에서 볼 때 자연의 아름다움은 자연이 곧 하늘에 있는 절대자가 탄생시킨 작품임을 나타내는 표지인 것이다. 자연 도취와 서정적 열광을 결합해 표현하고 있는 이 텍스트의 시적인 자아 성찰은 다시금 클롭슈토크와 그의 스승 피라를 상기시키고 있다. "이제 시인의 정신은 부풀려져 신의 노래가 되고 / 오 주님, 그 노래를 드높은 감정에서 흘러나게 하소서." (v. 9 이하) 저녁 풍경에서 얻는 감각적인 기쁨과 시적인 노래의 드높은 소리는 정확히 구현된 질서의 틀 속에서 똑같은 정신적 힘의 산물인 것이 밝혀진다. 여기서 실러는 클롭슈토크의 찬가가 지닌 파토스를 완전히 따르고 있다. 그 파토스는 종교적 열광과 서정시의 열광을 근원이 같은 현상이라고 선언하고 있는 것이다.

1777년 3월에 실러의 「정복자(Der Eroberer)」가 같은 저널에 실렸는데,

그 서문에도 하우크에 대한 간단한 언급이 담겨 있다. 이 언급은 클롭슈토크의 영향과 관련된 것으로, 이 시를 쓴 시인은 자신이 클롭슈토크를 "읽고, 느끼고, 거의 이해했다"(NA 2/II A, 21)고 평가하고 있는 것이다. 여기에서는 분명 유보적 감정이 어느 정도 함께 표현되어 있다. 이 감정은 물론 성찰을 요하는 문학적 모방과 관련이 있다. 실러는 말투에서는 모형의 영향에서 벗어났지만, 테마상으로는 「메시아」와 그 밖에 「왕을 위하여(Fuer den Koenig)」나 「프리드리히 5세(Friedrich der Fuenfte)」 같은 송가와 닮은 점이 아직 남아 있다.(NA 2/II A, 221) 이 시는 인간의 세력 팽창 노력과, 군대를 이용한 정복자의 오만을 비난하고 있다. 형이상학적 색채를 띤 결론이 다짐하고 있는 것처럼, 정복자의 오만에 깃든 비인도적 성격은 최후의 심판 앞에서는 합당한 벌을 받게 될 것이다. "그리고 그대는 조물주 앞에, 올림포스 앞에 서 있다 / 울지도 못하고, 긍휼을 구하지도 못하고 / 속죄도 못하고, 영원히 / 그대, 정복자는 조물주의 마음에 들 수가 없다(……)." (NA 1, 9, v. 93 이하 계속) 이 시가 클롭슈토크의 「메시아」와 연관이 있음이 여기서 분명히 나타난다. 「메시아」의 제16곡도 같은 테마를 다루고 있다. "정복자의 쇠사슬 소리가 울린다 / 천천히, 꿈틀대며, 그리고 더욱 무섭게 지옥의 비웃는 웃음이."(v. 318 이하) 클롭슈토크는 자신의 후견인인 덴마크의 왕 프리드리히 5세를 칭송하는 시에서도 정복자 유형에 대한 불만을 토로하고 있다. 정복자의 집단적 이기주의가 사람에게 친절한 통치자의 고상한 성격과 뚜렷이 대조된다. 실러의 독재자 비판은 불멸을 희구하는 독재자의 과대망상에 대해 경탄의 말투를 보이는데, 여기서 그는 스승과는 거리를 두고 있다. 여기서 낌새를 보이는 '고상한 범죄자'의 모티브에 대해서 그는 후년에 와서도 거듭 관심을 보인다. 그의 고전주의 희곡 작품에서도 이에 대해 애착심을 보인 흔적들을 만날 수 있다.

실러가 최초로 발표한 작품들 속에는 베르길리우스의 『아이네이스』 1권 번역본도 끼어 있다. 그 번역본은 1780년 11월 초에 「타이레네 바다에 부는 폭풍」(NA 15/I, 107 이하 계속)이라는 제목으로 하우크의 《슈바벤 마가친》에 게재되었다. 원본의 34시행부터 156시행까지를 독일어로 옮긴 것인데, 생도답게 부지런히 작업하긴 했지만, 감수성 있는 언어 표현은 찾아볼 수 없다. 실러가 생도로서 연습 삼아 이 작업을 한 것이 분명하고, 하우크가 그의 수사학적, 문헌학적 재능을 정열적으로 북돋워주려고 애쓴 것이 틀림없다. 실러는 작가로서 기반을 잡은 후에도 거듭 번역 작업에 손을 댔다. 그리스어 실력이 보잘것없었기 때문에 그의 번역 작업에서는 라틴어 고전 작가들이 항상 우선권을 차지할 수밖에 없었다. 베르길리우스에 대한 경탄은 1790년대 초에 와서 『아이네이스』를 모형으로 해서 쓴 서사시 프로젝트에도 나타나고 있다.

1781년 늦가을에 슈투트가르트의 메츨러 출판사는 저자 이름을 밝히지 않은 채 260행으로 된 시 「비너스가 타는 마차(Der Venuswagen)」를 단행본으로 출간했다. 그 텍스트는 이미 1778/79년 겨울, 그러니까 첫 번째 학위 논문을 준비하던 때 집필한 것으로 추측된다. 메츨러는 젊은 저자의 촉망되는 미래를 염두에 두고 투자한 것이기 때문에 출판계약이 체결될 수 있었을 것이다. 불과 몇 달 후에 같은 출판사에서 실러의 『앤솔러지』가 간행되었을 때, 「비너스가 타는 마차」가 부록으로 함께 묶인 단행본들도 시장에 나왔다.[49] 이 시는 인문주의의 바보 풍자를 본받아 노골적인 성애(性愛)의 파노라마를 보여주고 있다. 성애의 저속한 방법들은 노골적인 조소와 함께 당시에 횡행하던 이중 모럴의 표지로 평가된다. 만연하는 축첩 제도가 국가사업을 좌우해서 국가의 운명은 한낱 창녀의 기분에 좌우된다. "정부(政府)의 시계 속에는 / 종종 비너스의 손가락들이 번갈아 둥지를 튼다."

(NA 1, 17 v. 87 이하) 실러는 빌란트의 「아가톤의 이야기」(1767)에서 자극을 받아 이 비유를 사용하였다. 그 작품 제14권 6장에서 아스파시아(Aspasia)* 는 남성의 쉽게 유혹당하는 성향을 탄핵하는 연설을 한다. 비너스-여사제들의 진정한 적수는 육체적 아름다움에 현혹되지 않는 현명함이다. 그러나 절대적 권위를 가지고 펼쳐진 이 텍스트의 이론은 순전히 도덕적 교훈을 반어적으로 변형한 것임이 밝혀진다. 왜냐하면 마지막에 강조되는 것처럼 성애를 죄악시하는 태도의 저변에 깔려 있는 것은 뇌물의 유혹에 넘어가지 않는 미덕이 아니라, 경험 부족이기 때문이다. 욕정의 마술 놀이를 질타하는 "현명한 비너스 재판관"(v. 241)은 현실과의 접촉이 전혀 없는 어느 고독한 섬의 주민이어서, 그가 하는 충고는 실제 삶을 통해 입증되지 않은 것으로 보이므로 아무런 가치가 없는 것이다.

실러는 15세기와 16세기에서 유래한 제바스티안 브란트(Sebastian Brant), 요한 피샤르트(Johann Fischart), 토마스 무르너(Thomas Murner)의 바보 풍자문학에 관해서는 별로 아는 바가 없었던 것 같다. 그가 활동하던 때에 그와 같은 바보 풍자문학은 저질 문학으로 통한 것이 분명하다. 여기에는 공통점들이 나타나고 있어 놀라움을 더해준다. 즉 세속적인 바보짓을 크게 은유적으로 표현하는 마차의 비유는 비교적 오래된 전통과 잘 어울리지만, 끝에 가서 도덕적인 의상을 걸치고 퍼부어대는 저속한 시대 불평은 노골적이어서 교훈적인 부분보다 더 강력한 인상을 남기고 있다. 1778년에 《괴팅겐 문예연감》에 발표된 뷔르거의 시 「행운의 말뚝(Fortunens Pranger)」을 실러가 바보문학의 모델로 주목했으리라는 것을 배

* 페리클레스의 두 번째 부인으로 고대 그리스에서는 가장 유명한 여류 인사들 중 한 사람으로 통하지만, 희극 시인들은 그녀를 창녀라고 조롱했음.

제할 수 없다.[50] 그 자신의 변덕스러운 애정 행각도 반영되어 있는 뷔르거의 허황된 삶을 주제로 한 촌극으로부터 실러는 창녀인 비너스의 모티브를 받아들이고는 있으나, 그의 텍스트는 특히 노골적인 부분에서 생동감이 결여되어 있다. 그와 같이 생동감이 없는 것으로 보아 이 텍스트는 문체 연습을 목적으로 한 문학적 모방의 산물인 것이 틀림없다. 풍자적인 영역 또한 앞으로 작가가 애써 수집해놓은 여러 형식들의 창고 안에서 의미있는 자리를 차지할 것이다.

젊은 실러는 그 자신의 미학적 확신에 어울리지 않게 때때로 경조시를 지었다. 그가 지은 경조시로는 우선 1777년부터 1781년 사이에 페르디난트 모저(로르흐의 목사 아들), 이마누엘 엘베르트, 하인리히 루트비히 오르트(Heinrich Ludwig Orth), 요한 크리스티안 베크헤를린, 카를 필리프 콘츠 같은 학우들의 방명록에 쓴 시행과 문구들이 꼽힌다. 실러는 대공의 부탁을 받고 1778년 10월 4일, 프란치스카 폰 호엔하임의 수호성인의 날에 감사하는 시를 두 편 썼는데, 이 시들은 이 생도가 카를스슐레에서 한 첫 연설의 요지를 앞당겨 표현한 것이었다. 그는 1779년 1월 10일 프란치스카의 생일에 풍유적인 축제극을 위해서 여러 가지 격언 같은 것이 담긴 문건을 선사했는데, 이들은 미덕의 행색과 그 결과를 설명하는 내용들이었다. 그보다 더 주목을 끈 것은 이 젊은 군의관이 바친 조가(弔歌) 세 편이었을 것이다. 이 조가들의 첫 번째 텍스트는 오제 부대에서 근무하다가 1780년 12월 말 41세의 나이로 세상을 뜬 요한 안톤 폰 빌트마이스터(Johann Anton von Wiltmaister) 대위에게 바치는 것이었다. 이 조가는 또한 실러가 부탁을 받고 장교단의 이름으로 쓴 작품이었을 것으로 추측된다. 철저하게 통속적인 이 텍스트에서는 문학적 독창성의 흔적을 찾으려고 해도 찾을 수가 없다. 그러나 몇 주 뒤에 실러가 외부의 부탁을 받지 않고 쓴 애가

(Elegie)는 형편이 다르다. 이 애가는 1781년 1월 15일에 돌연 세상을 뜬 요한 크리스티안 베크헤를린의 죽음을 애도하면서 쓴 것이다. 베크헤를린은 1778년 12월까지 사관학교에서 의학을 공부했고, 그다음엔 부모님들이 하는 사업에 뛰어들었다. 베크헤를린의 아버지를 위로하기 위해 쓴 이 조가 텍스트는 비유적 표현이 지나치게 많아서 부담스럽기까지 했고, 예전 학우의 요절을 애도하면서도 반항적인 어조를 띠었기 때문에 사람들을 놀라게 했다. 할러의 『영원에 대한 불완전한 시(*Unvollkommenes Gedicht ueber die Ewigkeit*)』(1736)에서 넘겨받은 헌시들에 힘입어 이 비가는 하느님 섭리의 불투명함에 대하여 수다스럽게 탄식하고 있다. 공격적인 몸짓에서 신성모독의 경계선을 뛰어넘는 부분도 있다. "오, 이 바다의 사나운 날씨 속에서, / 절망이 돛대이자 삿대인, / 아버지들 중에서 가장 충격이 큰 아버지여, / 당신에게서 모든 것, 모든 것이 도망치더라도 제발 좀, 하느님만은 도망치지 말아주십시오!"(NA 1, 34, v. 46) 자의적으로 작용하는 운명을 맞아 인간은 부당한 세계 질서에 항의할 것을 촉구당하고 있다. 하느님은 자비로운 아버지가 아니고, 사람들이 두려움 속에서 숭배하는 "무덤들의 신"이고(v. 137 이하), 「저녁」이 제시하는 경건한 사랑의 모티브는 여기서 허무한 느낌을 주는 인생관에 밀려나고 있다. 그 인생관에 입각해서 볼 때 "세상은 극장(Theatrum mundi)"*이라는 비유가 암시하는 바와 같이, 현실은 의미와 목표가 없는 저질의 익살극이나 다름없는 것이다.

이 텍스트에 눈에 띌 만큼 자주 등장하는 비유는 17세기의 우의화(寓意畵)와 알레고리 전통을 따른 것이다(예컨대 강한 도덕성을 나타내는 소나무(v.

∴

---

* 세상만사와 인생사는 각 사람이 죽을 때까지 자신의 역할을 담당해야 하는 한 편의 거대한 연극이라는 상상.

11), 눈이 먼 행운의 여신(v. 83)).[51] 하지만 그 비유는 기능상의 변천을 보이고 있다. 더 이상 나타난 현상들의 정신적인 의미를 표명하는 데 기여하지 않고, 오히려 그리스도교의 형이상학적 사랑에 의문을 제기하고 있다. 오피츠로부터 브로케스까지의 근대 초기 서정시가 보여주듯, 세부적으로는 각각 상이한 이유를 대면서, 정신적인 논증 문화 대신에 하느님의 섭리가 이성적으로 자명한 것인지를 묻는 회의적인 성찰이 등장한다. 인생은 희비극이요, "복권"(v. 88 이하 계속)이라는 비유적 표현은 최후의 심판에 대한 회의를 표명하는 것이다. 최후의 심판의 "잔인한" 모습은 이성적 하느님의 구원 계획에 대한 신뢰성을 경감하고 있다.(v. 38) 이와 같은 회의적인 태도도 파토스와 풍자의 표출과 마찬가지로 실험적 성격을 지니고 있다는 것은 실러 자신이 1781년 2월 4일에 호벤에게 쓴 편지를 통해 확인된다. "나의 경조시의 운명은 너무나 우스꽝스러서 직접 만나서 이야기하는 것이 좋겠네. 그래서 나는 그것들을 나중에 우리가 만나거든 이야기하기로 하고 뒤로 미루겠네. 친구여! 나는 활동을 개시할 것일세. 그런데 내가 20년 동안 이 지역 일대에서 실제로 행한 일보다 그 개똥같이 보잘것없는 일이 나를 더 악명 높은 사람으로 만들고 말았네."(NA 23, 17) 이 꾸밈없는 말투는 슬픔과 회의의 표시도 똑같이 문학 습작의 일부라는 것을 폭로하고 있다. 그러므로 그와 같은 표현들을 접하면서 그것들에 진정성을 인정하는 것은 잘못일 것이다.

실러가 1782년 5월 중순에 요새 사령관 필리프 프리드리히 리거의 죽음을 당해 쓴 조시(弔詩)도 부탁을 받고 쓴 작품이다. 리거는 실러의 영세 대부로 꼽혔지만, 실러는 그와 가까이 알고 지내지는 않았던 듯싶다. 1781년 말에야 비로소 그를 호엔아스페르크 요새에서 개인적으로 만났다. 당시 리거는 호벤에게 실러와 개인적으로 만나고 싶다는 의사를 밝힌 적이 있다.

늦가을에 두 친구는 이 사령관을 방문했는데, 이 기회에 그들은 1777년부터 감금되어 있던 슈바르트를 만나러 감방으로 갔다. 구류 중인 슈바르트는 리거의 주선으로, "피셔 박사"라는 가명으로 안내된 손님에게 희곡 「도적 떼」에 대한 서평을 낭독했다. 헤어질 때 사령관은 처음으로 실러의 정체를 밝혔는데, 이 일로 슈바르트는 기쁨의 눈물을 흘렸다. 그들은 우정을 다짐하면서 감격적인 작별을 했다. 결코 대수로운 것이 아닌 이런 깜짝쇼는 리거의 부성애적인 배려와 가학성이 혼합된 것으로 풀이되는데, 이는 또한 리거의 인품에서 보이는 특징이기도 하다.(NA 42, 21)

요새 사령관에 대한 조시는 뷔르템베르크 장성 그룹의 주선으로 이루어진 것이었다. 이 그룹은 서정시를 헌정함으로써 고인의 명예를 기려줄 것을 실러에게 부탁한 것이다. 직무상의 평판을 두고 어디까지나 의견이 분분하던 리거의 죽음에 대해 실러는 상투적이고, 그러므로 부정직한 미사여구로 조의를 표했다. 그 텍스트가 물불 가리지 않는 출세주의와 음모, 술수를 결합한 인물, 그뿐 아니라 성을 잘 내고 권력 지향적인 이 인물을 그리스도교적인 관용과 온유의 사람이라고 평했다면, 그것은 그로테스크한 면이 없지 않다. 공작의 자의적 사법권을 위해 수족 노릇을 한 사람이자 그의 수감자들을 잔인하게 괴롭히기까지 한 이 사람에 대하여 그는 이렇게 썼다. "군주의 비참함을 대표하는 것 / 보좌에 무죄를 간구하는 것 / 그것은 이 지상에서 그대의 자부심이었습니다."(NA 1, 38, v. 31 이하 계속) 이런 점에서 경조문학은 일체의 예술의 자유를 억압하는 사회적 강요를 비추어주는 거울이 되고 있다. 실러의 문학 수업 시대는 여러 방향의 문체들의 용도를 시험하는 것뿐 아니라, 작가의 역할이 지닌 복잡한 면들을 경험하는 것도 포함하고 있다.

다양한 목소리

『앤솔러지』(1782)에 나타난 경향

실러의 초기 서정시들이 얼마나 계몽주의 문학의 모형들에게 매료되어 있는지는 1782년 초에 출간된 『앤솔러지』가 잘 보여준다. 이 시집은 카를스슐레 시절과 슈투트가르트로 온 첫해에 쓴 시들을 담고 있다. 실러는 빠른 시일 내에 계획을 완성하기 위해서 예전의 학우들 중에 대다수(폰 호벤, 하우크, 페터센, 샤르펜슈타인, 루트비히 슈바르트)와 그 밖에 아벨과 함께 추측한 대로 좀 더 나이가 들고 아직도 감옥에 있는 슈바르트를 기고가로 확보했다. 그는 몇 개월 내에, 그러니까 1781년 11월부터 1782년 2월 사이에 내용의 방향을 불문하고 익명으로 된 시 여든세 편을 담은 시집 한 권을 만들어냈다. 그 자신은 이름의 약자를 바꾸어가면서 마흔여덟 편이나 되는 텍스트를 기고하여 가장 큰 몫을 해냈다. 가명을 사용한 것은 저자들이 다양하다는 인상을 일깨우기 위함이었다. 실러는 자신이 쓴 가장 어려운 텍스트들, 가령 서정적 촌극(寸劇) 「세멜레(Semele)」와 「라우라-송가」들에 "Y"자로 서명하였다.

이 『앤솔러지』 출간에는 미적 취향을 문제 삼으려는 정략적인 의도가 담겨 있는데, 이는 슈토이들린에 대한 비판에서 연유한 것이다.[52] 샤르펜슈타인은 회고록에서 실러가 자신의 작품으로 슈토이들린의 선집을 "깔아뭉개려고" 했다고 강조하고 있다.[53] 실러는 슈토이들린의 감상적인 가곡 어법에 반대해서, 위압적이고, 때로는 찬가처럼 고조되고, 풍자적으로 핵심을 찌르는 말투를 도입했다. 서론에 연결된 헌사부터가 비유적으로 고조된 힘의 몸짓을 특별히 선호한다는 점을 강조하고 있다. "나의 스승인 죽음에게(Meinem Prinzipal dem Tod)"가 여기에 해당하는데(NA 22, 83 이하),

죽음은 막강한 힘을 지닌 "모든 육신의 황제"로서, "라이프치히와 프랑크푸르트에 만연한 책 전염병"으로 자신의 허기를 채우는 버릇이 있다는 것이다. 이는 매년 열리는 출판 박람회에 일시적으로 전시되던 책 상품을 암시하고 있다. 사람들은 대담하게 죽음을 비유적으로 사신(死神)으로 묘사하기를 좋아하는데, 그 사신의 위협적인 개입에는 예술 작품들도 속수무책이다. 이 점에서 이 텍스트는 마티아스 클라우디우스의 『반츠베커 사자들』(1774)의 머리말과 거기에 등장하는 "친구 하인(Hain)"에 대한 독백을 모방하고 있다. 그러나 죽음에게 위압적인 자세를 보이며 자신 있게 말을 거는 실러의 경우와는 달리 클라우디우스 작품에는 소심한 모습이 나온다. "삶 속에서 하인 때문에 전혀 혼란을 겪지 않는 사람들이 있다는데, 그들을 일러 강한 정신이라고 한다. 그들은 등 뒤에서 하인과 그의 마른 다리를 조롱하기까지 한다. 나는 정신력이 강한 사람이 아니어서, 솔직히 말하면, 당신을 바라볼 때마다 등에 식은땀이 흐른다."[54] 끝에 가서 의학도 실러는 허기진 죽음에게 "맛있게 들기"를 냉소적으로 권하는데, 이는 국가의 권력자들을 조롱하는 것을 의미하기도 한다. 18세기의 문학작품들이 종종 영주들이나 권부의 대표자들에게 헌정되었다는 사실을 감안하면, 비판의 대상자를 바꾸었다는 것에서 이 텍스트의 비판적인 측면을 엿볼 수 있다. 절대적인 통치자 대신에 죽음이 등장한다. 문학적인 트라베스티* 같은 인상을 주는 것이 일종의 정치적 도발인 셈이다.

실러가 깊은 감명을 주는 이유는 시인으로서 탁월하기 때문이다. 그는 차이 나는 여러 음역, 문체 모형, 장르의 광범위한 레퍼토리를 훌륭하게 섭렵하고 있다. 여기에는 당대 서정시 형식의 모든 유형이 등장한다. 아나

∶∶

* 잘 알려진 시가의 형식을 풍자적으로 우스꽝스럽게 개작한 것.

크레온풍과 찬가, 교훈시와 송가문학, 풍자시와 우의화, 발라드와 정치색을 띤 글들이 이 시집에 똑같이 등장하고 있는 것이다. 그에 반해서 젊은 괴테가 가꾼 리트 장르와, 괴팅겐 하인분트를 모델로 하여 분위기 효과에 역점을 둔 자연시는 등장하지 않는다. 이 시들은 모두 합해서 다섯 그룹으로 구분될 수 있다. 애정시, 클롭슈토크에게 배운 찬가, 교훈시, 시대 비판적인 텍스트, 마지막으로 풍자시가 그것이다.

실러는 무엇보다도 여섯 편의 「라우라-송가」를 통해 애정시인의 면모를 보이고 있다. 그 송가의 주인공은 슈투트가르트의 집주인 루이제 도로테아 피셔를 모델로 한 것이라고 그 자신이 1786년 미나 쾨르너(Minna Koerner)에게 직접 밝힌 적이 있다. 그러나 그 점에서도 그의 텍스트의 특징이라 할 수 있는 경험과 문학의 거리감이 똑같이 나타난다. 애정시가 보여주는 열광주의는 "그다지 진지한 삶의 뜻이 담겨 있지 않고", 오히려 상상의 세계에서 발생한 것이라는 것이다.(NA 42, 105)[55] 이 애정시들은 근본적으로 마돈나 라우라에게서 자극을 받고 있다. 프란체스코 페트라르카(Francesco Petrarca)는 1350년에 집필했지만 1470년에 비로소 발표된 소네트를 그녀에게 헌정한 적이 있다. 연작시에 바탕을 두고 있고 '미네장(Minnesang)' 이후 두 번째로 크게 유행하던 유럽 서정시의 형식인 '페트라르키즘(Petrarkismus)'은 실러의 「라우라-송가」들에 결정적 영향을 미쳤다. 특히 17세기에 전성기를 체험하던 페트라르키즘의 전통에는 확고한 연출 모형들이 있다. 즉 남성 화자가 감탄하는 여성 우상에게 복종하는 것, 언어와 현실의 괴리에 대한 불평, 여성의 자태(눈의 모티브에 집중해서)에 대한 엄격히 세분화된 묘사, 여성의 섹시한 매력은 자신에게 열광하는 남자에게 대리석처럼 차가운 반응을 보이는 것, 이른바 아름다운 여인의 범접할 수 없음 등이 그와 같은 모형들에 속한다. 분명 이 시집에서 가장 유명한 시

「추억의 비밀(Geheimniss der Reminiszenz)」의 발단은 대표적인 특징들을 지니고 있다. "멍하니 당신의 입술에 매달리는 것 / 이 열망의 비밀을 풀 수 있는 자 누구이랴? / 당신의 호흡을 들이마시는 환희 / 시선이 눈짓을 할 때 당신의 본질 속으로 / 가라앉으며 죽어가는 것을 해독할 자 누구이랴?" (NA 1, 104) 1782년에 발행된 슈토이들린의 《시문학 잡지》에도 그와 비슷한 대목이 발견된다. 그 대목의 음역이 지나치게 고조되어 있는가 싶지만, 실러의 파토스에는 미치지 못한다.

「추억의 비밀」이라는 시는 위력이 넘치는 성적 매력을 기술하고 있다. 그 위력의 비밀은 사랑하는 사람들이 전생에서도 서로 사랑하는 사이였다는 정황을 바탕에 깔고 있다. 이 텍스트가 불러올리는 접근의 "행복한 순간"(v. 31)은 잠시 동안 원래의 한 몸 상태를 복구하는 것과 "황금기의 예감"(v. 102)이 떠오르게 한다. 여기서 실러는 에로스의 이론을 받아들인다. 이 이론은 플라톤의 「항연(Symposion)」(기원전 약 347년)에서 희극 작가 아리스토파네스가 아가톤의 손님으로서 사랑의 본질에 관해 토론하는 시간에 발표한 것이다.(189d~194a) 원래 인간은 암수가 한 몸인 상태로 살았는데 태초에 여러 신들이 인간의 오만에 대한 벌로 신체의 통일성을 갈라놓고 각기 단성으로 살도록 저주했다는 그의 이론은 성적인 욕망의 근거를 남녀 양성의 통일성에 대한 동경에서 찾는다. 에로스를 통한 자연적인 통일성 상실은 결코 지속적이지 않고 단지 짧은 기간 흥분의 순간에만 막을 수 있기 때문에 기억이 제2의 정체성을 제공하는 힘으로 등장하지 않을 수 없다. 이 시가 불러올리는 것처럼 그 존재들의 친척 관계는 추억이라는 행위를 통해서 경험할 수 있는 영혼의 접합으로 이해될 수 있다. 이와 같은 의미에서 이미 플라톤의 대화록 「파이돈」(73a~73c)은 재인식(Anamnesis)의 기능을 기술하고 있다. 재인식은 영혼의 불멸성을 기억의 위력을 통해서 새로이 현실화하는 것을 목적으로 하고 있다. "나의 정신들은 그들의 고향을 찾고 / 지체들의 쇠사슬에서 풀려서 / 오래 떨어져 있던 형제들은 입을 맞춘다 / 서로 다시 알아보면서."(v. 72 이하 계속)

여기서 실러는 당시에 활발히 토론되던 영혼 회귀로부터 자극을 받고, 다시금 거기에 관심을 갖는다. 『앤솔러지』가 출간되기 몇 주 전인 1782년 1월에 헤르더는 "영혼의 윤회"에 대하여 나눈 대화 세 편의 내용을 빌란트의 《도이체 메르쿠어》에 발표했다. 이 대화들은 개인의 영혼은 동일한 원초 영혼에서 태어난다는 사상을 설명하고 있다. 이 원초 영혼은 인류학적인 발전이 지속되면서 더 많이 가지를 쳤고 다양화되었다. 헤르더에게서는 인간 본래의 영혼의 통일성이 창조의 내적 질서를 방증하고 있다. "자연에서는 모든 것이 연결되어 있다. 정신과 육체가 서로 연결되어 있는 것처럼 모럴과 자연도 서로 연결되어 있는 것은 물론이다. 모럴은 단지 더욱 높은 정신의 자연일 뿐이다. 마치 우리 미래의 운명이 우리 현존의 사슬의 새로운 부분인 것처럼. 그 새로운 부분은 가장 정확하게, 가장 정교한 과정을 거쳐서 우리 현존의 부분과 연결된다. 예를 들어 우리의 지구가 태양과 연결되고, 달이 지구와 연결되어 있는 것처럼."[56] 인간 영혼의 친척 관계에 관해 헤르더의 이론이 해명하고 있는 우주론적 차원은 역시 실러에게서도 일정한 역할을 한다. 존재들의 심리적 통일성은 매력의 원천이 된다. 에로스가 예전의 통일성 회복에 바탕을 두고 있는 것처럼, 영혼의 이끌림도 상실한 통일성의 신비한 마력에 대해 주의를 환기시킨다. 실러의 시는 끝에 가서 갑자기 태도를 바꾸어, 아리스토파네스가 기술한 성의 통일성 상실 상태를 인류의 타락에 관한 그리스도교의 신화와 비교하고 있다. 이 타락은 인간에게 인식능력을 부여했지만, 천국으로부터 쫓겨나게 했다. "사과는 그들의 입맛에 맞았다— / 곧—그들이 천진난만하게 뒹굴 때에— / 보라!—불덩이처럼 그들의 얼굴이 황금빛이 되었나니!—"(v. 142 이하 계속) 아리스토파네스의 신화와 성서의 신화는 각기 인류 역사의 행복했던 시대를 상기시킨다. 그 시대에는 주체와 자연의 통일성이 당연한 듯이 존재한 것으로 보인다. 이와 같은 배경 앞에서 성적 합일의 완성을 통해서나 또는 재인식의 도움으로, 상실한 정체성을 회복하려는 인간의 시도는 결핍된 것을 보완하는 행위인 것으로 밝혀진다. 10년 후에 실러의 예나대학 강의를 망라하게 될 현대의 문화 발전의 이론은 이와 같은 지평을 바탕으로 해서 나타난 것이다. 즉 신시대의 의식은 상실의 역사에서 탄생하고, 그 역사를 기억하는 것은 신화와 예술의 몫이라는 사상이 바로 그것이다.

이 시집에 실린 아나크레온풍의 애정시는 각종 문학적 관습들이 표방하는 트랙을 자유자재로 왕래하고 있다. 「나의 꽃」과 같은 텍스트는 적절한 환락에 대한 칭송과, 감각을 자극하는 여름 풍경에 대한 묘사로 18세기 중엽부터 계몽주의 서정시의 목록에 속하는 장르 형식의 특정한 원칙을 따르고 있다. 그의 본보기는 그리스의 시인 아나크레온(기원전 6세기)의 리트 모음집이다. 이 리트 텍스트는 인문주의 학자 헨리쿠스 스테파누스(Henricus Stephanus)가 재발견해 1554년 라틴어로 번역되었고, 프랑스의 의고주의와 후기 바로크의 연애시로 번안되는 등 여러 과정을 거쳐, 결국은 독일 계몽주의에 접근하게 되었다. 1746년 요한 페터 우츠와 요한 니콜라우스 괴츠가 내놓은 아나크레온의 아류들(Anakreonteen)의 변용은 여러 가지로 다른 모방 작품의 생산을 고취했다. 그와 같은 모방 작품 중에 가장 설득력이 있는 본보기는 하게도른, 레싱, 글라임이 쓴 작품들이었다. 「나의 꽃」이라는 실러의 시가 전원적인 봄 풍경의 흐드러진 아름다움을 묘사하고 있다면, 이는 어디까지나 젊은 작가가 펼친 문체 연습에 지나지 않는다. 이 젊은 작가는 통상적으로 잘 사용되는 아나크레온의 토포스들, 즉 상투적 문구들을 이용하여 확정된 희곡론에 따라 틀에 박힌 연습을 하고 있는 것이다(그는 적어도 우츠의 작품에 대해서는 이미 생도 시절부터 알고 있었다). 그는 이 장르 자체가 조망할 수 있는 공간에서 문체와 역할 실험을 하도록 요구했다. 로코코의 고지식한 작가들은 이미 에로틱한 분위기를 발산하는 풍자극의 마스크를 슬며시 쓰고 육체적 욕구를 불러올리기를 좋아했다. 그 육체적 욕구는 어디까지나 그들 텍스트의 어법처럼 무미건조했다. 시민사회의 일상을 지배하는 엄격한 도덕적 원칙이 인간의 내적 염원과 요구들을 충족할 수 없도록 했다. 고작 아나크레온풍의 애정시가 이와 같은 염원과 욕구를 시적으로 코드화할 가능성을 제공할 뿐이었다. 이와 같은 의미에서 성애를 표현한 서정시를 쓰고자 하는 실러의 성향도 문학이라는 남성 지배적 매체에 존재하는 현실적 경험 결핍을 보상하려는 수사학적 표현으로 평가될 수 있다.[57]

이 시집에 실린 찬가들은 클롭슈토크의 찬가들을 변형한 것들이다. 「세상의 위대함(Die Gröse der Welt)」, 「태양에 부쳐(An die Sonne)」, 「창조의 영광(Die Herrlichkeit der Schöpfung)」, 「사랑의 승리(Der Triumf der Liebe)」와 같은 텍스트를 지배하고 있는 것은 정신적 고양(高揚)이라는 형식상의 기본 자세이다. 이러한 기본 자세를 보여주고 있는 것은 바로 우주 전체를 전망할 수 있는 높은 위치로 상승하는 서정적 자아인 것이다. 이런 경향은 특히 「사랑의 승리」에서 실감 나게 드러나고 있다. 이 찬가는 실러가 이미 두 번째 카를스슐레 연설에서 다룬 내용인 인간의 애정론을 표현하고 있다. "태양의 눈빛을 지닌 지혜, / 위대한 여신이 사랑 앞에서 / 살짝 물러난다. / 군왕이라고 해도 정복할 수는 없다, 결코 / 당신은 여종으로 하여금 무릎을 꿇게 할 수 없지만 / 막상 사랑 앞에서 그녀는 무릎을 꿇는다. / 너보다 앞서 영웅처럼 용감하게 / 가파른 별들의 궤도에 올라 신성의 자리로 가는 자는 누구이라?"(NA 1, 80, v. 162 이하 계속) 비록 긴장이 좀 풀린 어조이긴 하지만 슈토이들린의 「아름다움의 찬가(Hymnen an die Schönheit)」도 한계를 모르는 에로스의 작용을 유사한 시점에서 읊고 있다. "내가 대담한 날갯짓으로 하늘로 솟구치면 / 그대는 나를 에워싸고—수천의 별들에서 번쩍이는 그대의 섬광은 / 나를 향해 웃고는 / 황홀한 바닷속 깊이 나를 가라앉힌다."[58] 실러의 후렴이 강조하듯, 사랑은 바로 보편적인 힘으로서 욕망에 힘입어 육신의 세계와 호감의 존재를 거쳐 정신의 세계를 똑같이 결합하는 수단이 된다. "사랑을 통해 신들은 인간이 되고 / 사랑을 통해 인간은 신처럼 된다! / 사랑은 천국을 더욱 천국답게 만들고 / 세상을 천국으로 만든다."(v. 1 이하 계속) 성애의 매력은 생산력과 보존력을 지니는 데 있음은 신화의 예들이 증명해준다. 성애의 매력은 강력한 끈이 되어 소우주의 흐트러진 요소들을 욕망의 상태에서 서로 연결해서 하나로 묶는다. 이 테마가 종교적 차원에 속한다는 지적은 다시금 클롭슈토크에게서 전적으로 영향을 받은 것이다. "사랑은 사랑을 인도하여 / 오직 자연의 아버지에게 이르게 하고 / 사랑은 오직 정령을 이끈다."(v. 178 이하 계속) 신만이 사랑하면서 접합하는 행위를 경험할 수 있다는 견해는 18세기에 여러 분야에서 문학적으로 영향을 끼치던 경건주의적 감성 종교가 반영된 것이다. 그러나 실러의 찬가에서 은밀한 독백의 흔적을 찾는 것은 잘못일 것이다. 젊은 괴테가 『젊은 베르테르의 슬픔』에서 모델을 제시한 감상주의적 역할 담당자 대신에 여기에서는 다시금 최근의 계몽주의적 요구가 나타나고 있다. 그 요구란 개인의 정열을 최근에 와서 그의 완전성에 의문의 여지가 없는, 이른바 형이상학적 질서 구조와 관련지으려는 것이다. 18세기에 유일하게 문학의 담론을 통해서 코드화할 수 있었던 은밀성이나 순수성이 아니라, 인간과 창조를 조화시키는 구속력 있는 체계를 인정하

는 것이 이 시집에서 다루는 사랑철학의 바탕인 것이다.[59]

　세 번째 그룹은 다시금 클롭슈토크와 그 밖에 할러와 알렉산더 포프에게서 자극을 받은 실러의 교훈시들이다. 「페스트(Pest)」, 「루소(Rousseau)」 또는 「우정」 같은 텍스트들은 실러를 철학적인 문제를 다루는 시인임을 증명해주고 있다. 즉 실러는 그와 같은 시들에서 전형적인 계몽주의 문학의 상속자 역할을 했으며, 그가 보기에 포프의 「인간에 대한 에세이」(1733/34)는 전 유럽에 통용되는 계몽주의 문학의 대헌장(Magna Charta)이나 다름없었다. 『앤솔러지』에 실린 시들 중에서 가장 유명한 시는 「우정」이다. 헤겔은 이 시를 아주 높이 평가해서 자신의 의식철학적인 미래 비전을 밝힐 목적으로 『정신현상학(Phänomenologie des Geistes)』(1807) 말미에 이 시의 마지막 구절을 인용한 적이 있다. 기억을 더듬어 인용한 것이기 때문에 그 인용문은 아주 정확하지는 않다. "전체 영혼의 세계의 잔에서 그에게 거품이 뿜어 나온다. 무한성의 거품이."(NA 1, 111, v. 59 이하) 여기에서도 또다시 보편적인 힘으로 모든 창조의 결합을 보증하는 사랑의 본질이 핵심을 이루고 있다. 물리적인 세계를 지배하는 것은 뉴턴의 『물리의 수학적 원리들(Principia Mathematica)』(1687)에서 역학의 기본 법칙으로 묘사된 중력의 작용이다. 사물 간에 작용하는 인력은 또한 인간들을 결합하는 사랑의 매력과 같은 작용을 한다. "친구야! 존재를 주관하는 이는 여유만만하다― / 꼬마 대장 같은 사상가들은 부끄러워하고 / 그토록 소심하게 법의 눈치를 본다― / 정신의 세계와 육신의 세계의 소란들 / 하나의 바퀴가 되어 목표를 향해 도약한다, / 여기에서 그 바퀴는 나의 뉴턴이 가는 것을 보았다." (NA 1, 110, v. 1 이하 계속)[60] 사랑의 보편적 힘은 창조의 전체 행위에 정도, 방향, 완전성을 부여하는 목적론적 원칙이 되기에 이른다. 이미 여기에서 실러는 이집트 신화에 나오는 본질의 위계질서를 유력한 자연법칙으로 삼는 것을 뜻하는 사다리의 비유를 다시 들먹이고 있다. "그들이 창조하지 않은 무수한 정령들의 / 수천의 계단을 밟고 위로 향하는 / 이 욕구가 모든 것을 하느님처럼 지배한다."(v. 46 이하 계속) 이 창조의 사다리는 라이프니츠의 단자론에서도 목적론적인 질서를 설명하기 위해서 등장하고 있어 우리에게도 익숙한 상징이다. 실러의 시는 이 상징을 18세기 해석학적 자연철학의 언저리에 원천을 두고 있는 고도로 계산적인 사랑의 개념과 연결하고 있다.[61] 슈바벤의 의사 야코프 헤르만 오베라이트는 1776년 자신의 짧은 논문 「정신과 육체의 관계에 대한 뉴턴의 정신(Ursprünglicher Geister- und Körperzusammenhang nach Newtonischen Geist)」에서 세상의 구조는 인력의 작용으로 안정을 유지한다는 주장을 펼치고 있다. 중력에 대한 자연과학의 이론은 이처럼 라이프니츠의 단자론과 연관을 맺고 있다. 즉 창조의 개별 요소들은 우주의 한 가지 법칙의 틀 속에 서로 얽히어 있는데, 이 법칙은 다시금 신의 의지의 직접적인 결과로 해석될 수 있다.[62] 이와 같은 사상의 배경에는 호감이 부리는 마술에 대한 이론이 있다. 이미 헤르메스 트리스메기스토스(Hermes Trismegistos)(기원전 3세기) 학파와 그에 이어서 아그리파 폰 네테스하임(Agrippa Nettesheim, 1486~1535)이 이 이론을 유포한 적이 있다. 사랑이 삶의 비밀의 법칙으로 작용하는 우주의 보편적 힘이라는 그들의 견해는 1780년대 중반까지 젊은 실러의 사상에 깊이 각인되어 있었다. 추측건대 "세상을 이긴 자(Weltüberwinder)"[63]라고 요한 게오르크 치머만이 비꼬아 부른 오베라이트에게 실러가 빠지게 된 계기는 하우크의 《슈바벤 마가친》이 1776년도 열두 번째 편에 오베라이트의 자연철학 논문을 발췌하여 실었기 때문인 것 같다. 사관학교 생도이던 실러가 적어도 발췌된 이 글을 알고 있었음에는 틀림없고, 같은 해에 책으로 출간된 것도 알았을 가능성이 있다. 특히 실러는 여기서 프리드리히 크리스토프 외팅거의 사상의 흔적과 만나게 된다. 그의 비의적 자연관을 오베라이트가 자신의 사랑 이론의 전범으로 삼은 것이다. 인간에 대한 하느님의 사랑이 이미 창조 행위 속에 분명히 나타난다는 외팅거의 '방사(放射) 이론(Emanationslehre)'은 젊은 실러의 철학에도 영향을 끼쳤다. 그가 카를스슐레 마지막 연간에 습득해서 그 후에 심화시킨 「율리우스의 신지학」에는 사람 사이에 작용하는 애정은 하느님의 호감의 모상(模像)이라는 외팅거의 확신이 직접적으로 옮겨져 있다. 그가 슈투트가르트에서 외팅거의 글들, 예컨대 『안토니아 공주의 학과 목록(Lehrtafel der Prinzessin Antonia)』(1763)이나 스베덴보리에 대한 두 권으로 된 논문들을 심도 있게 연구했는지는 정확히 알 수가 없다. 그는 그와 같은 식견을 또다시 다른 사람들을 거쳐서, 1776년 《슈바벤 마가친》에서 이루어진 '합력(Mittelkraft)'에 대한 토론을 통해서 습득했을 수도 있다.[64] 이 토론에는 이 신학자의 『안토니아 공주의 학과 목록』도 포함되어 있었다.

실러는 라이프니츠가 전용한 창조의 사다리 상징이 말해주듯 계몽된 질서 이념과 오베라이트의 '심사숙고하는 사람(Tiefdenker)'의 비의적 사변들을 연계하려고 했다. 자연의 단계적 구조를 하느님이 원하신 자연의 완전성의 표지로 입증하는 것이 그의 변함없는 사랑철학의 토대임은 의심할 여지가 없다. 그러나 본질들의 연관 관계를 오직 미리 구상된 조화의 질서 틀 안에 보장되어 있는 것으로 보는 라이프니츠와는 달리 젊은 실러는 창조의 구조적 아름다움을 유동적 요소들을 지닌 변동 가능한 구조의 결과로 여기고 있다. 그에게 완전성은 역동성과 같은 의미요, 질서는 끊임없는 변화와 동의어인 것이다. 그리고 그 모델의 추진력은 어디까지나 삶의 생산 법칙인 사랑이다. 헤겔이 절대적인 세계정신의 이론을 설명하기 위하여 끌어들인 이 시의 마지막 행들은 이런 사상을 표현해주고 있다. "그 위대한 세계 챔피언은 친구가 없었다 / 그것을 아쉬워해서 그는 정령들을 창조했다 / 자신의 행복을 닮은 행복한 형상들! / 최고의 본질은 이미 같은 것을 발견하지 못하고, / 전체의 영혼의 나라의 술잔에서 그에게 거품이 일어난다―무한성의 거품이."(v. 55 이하 계속) 그와 같은 사랑의 신학은 실러가 포프에게서나 퍼거슨의『도덕철학 원론』에서 만날 수 있었던 것처럼 성적인 매력과 육체적인 매력을 동일시하는 논란 분분한 관점을 훨씬 벗어나고 있다.[65]

　계몽된 형이상학의 먼 지평에 속하고, 야심만만하게 이론으로 무장된 교훈시와는 반대로『앤솔러지』의 정치적 경향시는 영향력을 행사하려는 야심이 있음을 분명히 드러내고 있다. 가장 인상 깊게 실례를 보여주는 시는「폭군들(Die schlimmen Monarchen)」이다. 이 시는 실러 자신이 뷔르템베르크에서 직접 겪은 독재의 여러 형태들과 담판을 벌이고 있다. 이 텍스트는 독재의 특징들로, 세금 인상으로 경비를 조달하는 낭비성 짙은 사냥 행사와 궁정 연회, 군주의 예술 감각을 과시하기 위한 오페라와 발레 공연, 애첩 제도와 군주의 미덕에 대한 공식적인 찬양 연설, 통제받지 않는 권력 행사의 표시인 일상적인 자의와 불공정한 재판 등을 꼽고 있다. 마지막에는 특히 카를 오이겐이 자신의 역할을 어떻게 이해하고 있는지를 암시하는 내용이 공공연하게 나타난다. "서약과 어릿광대가 고안한 / 우스꽝스러운 미덕을 지불하고 / 그대들이 얻은 것은 젊음의 파산이다."(NA 1, 127, v. 100 이하 계속) 그와 같은 시들은 작자를 보호하기 위해서 오로지 익명으로 발표될 수 있었음은 쉽게 알 수 있다. 이 텍스트의 본보기는 1780년에 슈바르트가 쓴 애가(哀歌)「영주의 무덤(Gruft der Fürsten)」이었다. (전해오는 이야기에 따르면 감옥에 갇힌 슈바르트가 이 시를 혁대 장식을 이용하여 감방의 축축한 벽에 새겨놓았다고 한다). 슈트라이허는 한 보고에서, 실러가 슈바르트의 최근 작품들을 출간 전에 그 아들의 주선으로 이미 알았을 것으로 추측되다고 증언하고 있다.[66] 슈바르트의 모델은 그 나름대로 브로케스, 할러, 클롭슈토크의 「메시아」(XVIII, v. 722 이하 계속)에 등장하는 독재자에게 내리는 천벌[67]의 모티브와 관련을 맺고 있다. 실러의 텍스트는 보는 사람으로 하여금 권력의 무상함과 권력자의 허영을 생각하게 하는 영주의 무덤에 대한 설명을 틀로 삼아 그 속에서 이야기를 전개하는, 이른바 틀 소설의 형태를 이 모델로부터 넘겨받고 있음을 누구나 쉽게 알아차릴 수 있다. 끝에 가서는 이 시가 열거하고 있는 독재의 형식에 맞서 슈바르트의 경우처럼 하느님의 복수에 대한 전망이 아니라, 기록된 언어, 즉 문학의 영향에 대한 전망이 제시되고 있다. 시문학이라는 재판관 앞에서 '폭군들'의 못된 행동은 더 이상 부정될 수가 없다. "그러나 노래의 언어를 두려워하라, / 복수의 화살이 대담하게 도포를 뚫고 / 영주의 심장을 차갑게 하리니."(NA 1, 127, v. 106 이하) 실러의 텍스트는 여기서 시문학이 재판관의 역할을 한다는 표상으로 이어지는데, 이 표상은 1784년 극장을 위해 행한 연설에서 구체화되고 있다. 정의와 법률에 구애되지 않는 예술에게 공식적인 재판관의 기능이 부여된다는 것은 후에 와서도 그의 확고한 신념으로 남아 있다.

『앤솔러지』에 수록되어 있는 사회 비판적 텍스트에는 「영아 살해범(Die Kindsmörderin)」이 들어 있다. 이 배역시(Rollengedicht)*는 사형선고를 받은 젊은 여인의 고발적인 독백을 담고 있다. 이 여인은 예정된 단두대 처형이 임박하자 대담한 필치로 자신의 '사정'을 이야기로 펼친다. 여기서는 비도덕이 아니라, 사회적으로 당하게 될 응징 조치에 대한 절망이 이 범죄의 주도 모티브로 묘사되고 있는 것을 볼 수 있다. 즉 양심 없는 유혹자에

••
* 특별한 인물의 독백으로 이루어진 시.

게 유혹당해 임신한 여인이 사회적 비난이 두려워서 자신의 갓난아이를 죽이는 것이다. 실러 시의 의도는 범행의 심리적 동기에 대한 통찰을 전달하려는 것이다. 이와 같은 관점은 몇 년 후에 범죄 이야기 「파렴치범」(1786)에서도 중요한 역할을 하게 된다.[68] 이 영아 살해 여인은 이미 1770년대 초에 발간된 괴테의 「원파우스트(Urfaust)」가 취급한 주제이기도 하다. 여기서는 수잔나 마르가레타 브란트(Susanna Margaretha Brandt) 사건이 모델이 되었다. 젊은 사법연수생인 괴테가 1771년 8월에 프랑크푸르트에서 이 여인의 재판을 증인으로서 체험한 적이 있다. 하인리히 레오폴트 바그너(Heinrich Leopold Wagner)는 비극 「영아 살해범(Die Kindermörderin)」(1778)에서 이 소재를 다루었는데, 이 일로 그는 후에 괴테의 「시와 진실(Dichtung und Wahrheit)」에서 표절이라는 비난을 듣게 되었다. 1781년 말에 발표된 뷔르거의 담시 「타우벤하인의 목사 딸(Des Pfarrers Tochter von Taubenhain)」도 이 주제를 다루고 있고, 언어상으로는 실러보다 좀 더 조심스러운 표현을 쓰고 있으나, 꾸밈새에서는 일종의 끔찍한 그로테스크를 모델로 하고 있다. 1782년도 슈토이들린의 문예연감도 이처럼 유행이 되다시피 한 테마를 담은 시 「젤타(Seltha)」 한 편을 싣고 있다. 이와 같은 소재가 안고 있는 사회적, 법률적 문제성은 명백하다. 영아를 살해한 여인들은 18세기 중엽까지도 잔인한 방법으로 처형되었다. "자루에 넣어 익사시키는" 처형 방법은 프리드리히 2세가 즉위한 직후인 1740년에 비로소 폐지되었다. 이 방법은 범법 여인들을 자루에 넣고 꿰맨 다음 호수에 던지는 것을 법률로 정해놓은 것이었다. 1794년도 「일반법(Allgemeine Landrecht)」도 영아를 살해한 여인들의 유일한 처벌 방법은 교수형인 것으로 되어 있었다. 이 범행에 대한 좀 더 관대한 처벌은 1813년 평준화된 『바이에른 형법서(*Bayerisches Strafgesetzbuch*)』의 틀 안에서 법으로 규정되었다. 이 형법서는 개별적인 경우에 따라 종신 구금형도 가능케 했다.[69] 이 테마의 사회적 문제점이 당시의 법률 토론에서 얼마나 큰 의미가 있었는지는 1780년 만하임에서 발행되던 한 저널(《라인 학자보(*Rheinische Beiträge zur Gelehrsamkeit*)》)에서 미혼녀의 임신 예방 가능성을 위한 공개 토론을 벌이지 않을 수 없었던 정황이 잘 보여주었다. 이와 관련해서 이 잡지는 참사관 페르디난트 아드리안 폰 라메찬(Ferdinand Adrian von Lamezan)의 주선으로 "부도덕한 성행위를 조장하지 않으면서도 영아 살해를 막을 수 있는 최선의 시행 방법은 무엇인가?"라는 물음에 대한 답변을 현상 모집했다. 전 유럽에서 385개의 답변이 쇄도했다. 이는 이 테마가 지닌 논란의 소지가 비단 문학에만 국한된 것이 아니었다는 표지인 것이다.[70]

마지막으로 『앤솔러지』에 실린 풍자적 색채를 띤 텍스트들은 재치 있고 정곡을 뚫는 문체로 된 삽입구들을 선호했음을 알 수 있다. 이 수법은 실러가 15년 뒤에 괴테와 함께 지은 「크세니엔(Xenien)」에서 다시 한 번 시도된다. 조롱의 대상이 되는 주제는 다양하다. 이와 같은 주제들을 꼽자면, 당대 검열제도의 악습(「저널리스트와 미노스(Die Jounalisten und Minos)」), 대수롭지 않은 시적 재능(「뮤즈의 복수」) 또는 저속한 미덕의 이상들(「거세된 자들과 남성들(Kastraten und Männer)」), 뷔르거의 「남성의 순결(Männerkeuscheit)」(1778)에 대한 곤혹스럽고 잘못된 표절 등과 마찬가지인 부부간의 불륜과 시민계급의 이중 모럴(「비교하기(Vergleichung)」) 등이다. 격언시 「어느 관상학자의 묘비명(Grabschrift eines gewissen-Physiognomen)」은 요한 카스파르 라바터의 이론 체계에 입각한 것으로서, 현실을 못 보는 과학의 독단론을 공격하고 있다. 알려진 것처럼 실러의 세 번째 학위논문은 1775년부터 1778년까지 『인상학 단편(*Physiognomische Fragmente*)』에 수록된 라바터의 관상학적 인식을 기초로 해서 인간의 얼굴 표정과 마음

상태의 연관성을 규명한 것이었다. 풍자시구들은 여기서 증언되는 긍정적 평가에만 국한된 것이 아니라, 관상학적 특성이 지적 능력에 대한 판단도 가능케 한다는 라바터의 견해와 곧바로 관련된다. 실러가 강조하는 것처럼 사람들은 "누구의 정신의 자식이 머릿속에 앉아 있는지"를 바로 "코에서 예외 없이 읽을 수 있는 것은 아니다"는 것이다. 왜냐하면 얼굴 표정은 오로지 감정의 상태만을 반영할 뿐, 지능의 상태는 반영하지 않기 때문이다.(NA 1, 87)

『앤솔러지』에서 선을 보이고 있는 기법과 형식의 다양성은 젊은 실러가 높은 수준의 모창(模唱) 시인임을 증언해주고 있다. 바로 그 점에 이 시집의 약점도 들어 있다. 여러 장르를 두루 섭렵할 수 있는 만능 시인임을 보여주려는 의도가 있다는 느낌이 너무 자주 드는 것이다. 능력을 발휘해야한다는 강박관념 때문에 통일성 있는 필치와 어법의 독창성은 거의 모습을 드러낼 수가 없었을 것이다. 실러의 헷갈리지 않는 모습은 그가 성찰과 파토스를 긴장감 있는 비유적 언어로 바꾸는 곳에서만 보인다. 이 비유적 언어는 여기에 투자된 사색 작업을 통한 지적 해부의 모습을 엿볼 수 있는 시야를 열어놓는다. 이 기법으로 그는 자신이 1790년대 중반부터 키우게 될 철학적 서정시의 근본적인 특징에 접근하고 있다. 그가 자신의 초기 문학작품들에 대해서 곧바로 회의적인 태도를 보였다는 것은 수많은 편지의 내용을 통해서 밝혀지고 있다. 1799년 가을 자신의 시집 제1권을 위한 텍스트를 묶을 때 이 『앤솔러지』에서 단 한 편의 시, 곧 「나의 꽃」에만 관심을 보였다. 2년 후에 시리즈로 나온 판본에 수정하지 않은(때로는 단축한) 젊은 시절 작품들이 첨가되기는 했지만, 이는 단순히 임시변통의 편법에 지나지 않았다. 그다음 권에 들어갈 재료가 넉넉지 못했기 때문에 초기 시들이 그 틈새를 메워야 했다. 실러는 그 시들의 예술적 가치에 대해서는 『앤솔러지』가 출간된 지 얼마 안 되어서부터 더 이상 전폭적으로 확신할 수 없었다. 1782년 3월 말에 발표한 자평에서 그는 이 시들에 더욱 높은 수준을 부여하기 위해서는 "그동안에 전적으로 더욱 엄격하게 줄질할 필요가 있었다"고 비판적으로 언급했다.(NA 22, 134)

교훈극으로서 서정적 오페레타
「세멜레」(1782)

수업에 참가할 필요가 거의 없었던 카를스슐레 마지막 학년에 실러는 또다시 집중적으로 문학 활동에 종사했다. 그 결과로 태어난 것이 드라마 「세멜레(Semele)」였다. 슈트라이허의 기억에 따르면 실러는 이 드라마를 1779/80년 겨울 시험 준비를 하던 기간에 집필했다.[71] 이 텍스트는 그가 서정적 형식을 공유한 『앤솔러지』의 시들과 같은 테두리에서 출간되었다. 후에 코타 출판사에서 출간하기 위하여 실러는 「세멜레」를 우선 1800년에 출간된 프랑크푸르트의 서적상 베렌스(Behrens)의 해적판을 이용해서 비판적으로 수정했다(이 시기에 이미 초판은 그가 소유하고 있지 않았다). 그러나 그가 이 작품을 새로 출간하는 데 동의하지 않아서 결과적으로 수정본은 그냥 그의 책상 서랍 속에서 썩고 있었다. 실러가 세상을 뜬 후 2년이 지났을 때 쾨르너는 「세멜레」의 수정된 버전을 코타의 『연극』 시리즈로 출판하였다. 1780년대 말에 이미 저자는 자신의 작품을 회의적으로 평가했다. 샤를로테 폰 렝게펠트가 그에게서 1789년 4월 말에 빌려 갔던 『앤솔러지』를 돌려주면서 「세멜레」를 읽고 "정말 기뻤다"고 언급하자(NA33/I, 342), 며칠 뒤에 그는 화가 나서 그 텍스트에 대하여 이렇게 선언하였다. "아폴론과 그의 일곱 뮤즈들은 내가 그들에게 지은 심한 죄를 용서하여주기 바랍

니다!"(NA 25, 251 이하)

이 촌극에 대한 영감은 실러가 오비디우스의 『변신 이야기(*Metamorpho-sen*)』(III, v. 253 이하 계속)를 읽고, 거기에 등장하는 「세멜레」 에피소드에서 얻은 것이 틀림없다. 그 밖에 빌란트의 운문 서사시 「이드리스(Idris)」(1768)와 「고발당한 사랑의 신(Der verklagte Amor)」(1774)에 나오는 대목들도 그를 자극하는 데 한몫했다. 이 대목들은 그로 하여금 이 주제의 연극화에 흥미를 가지게 했다.[72] 그가 요한 필리프 푀르치(Johann Philipp Förtsch)의 함부르크 「세멜레」 오페라 각본이나 헨델의 오페라(1743년 콩그리브(Congreve)의 원전에 의거한)를 알고 있었는지는 밝혀진 것이 없다.[73] 슈바르트가 1781년 말에 이 소재를 개작해서 쓴 시는 오비디우스의 묘사를 입증하는 해설에 국한되어 있다. 실러에게 이 시가 원고 버전으로 전해질 수 있었던 것은 다시금 슈바르트의 아들 덕분이었다. 이 시의 영향을 받았다는 것은 특히 제2막의 테두리 안에 나타나고 있는 부분적인 인용이 말해주고 있다.[74] 「세멜레」가 표방하고 있는 서정적 오페레타 장르는 1773년 바이마르에서 안톤 슈바이처(Anton Schweizer)의 음악에 맞추어 선을 보인 빌란트의 「알체스테(Alceste)」, 1778년 슈투트가르트에서 시카네더(Schikaneder) 극단이 공연한 괴테의 「에르빈과 엘미레」, 그리고 이탈리아 양식을 취한 라이프치히 사람 크리스티안 펠릭스 바이세의 가극들에 도입되어 청중의 호응을 얻은 적이 있다. 물론 실러의 텍스트는 이 장르가 요구하는 광범위한 음악 삽입을 위한 접합점을 거의 제공하지 못했다. 오직 두 개의 핵심 장면과, 제우스가 부리는 요술들을 강조하기 위해서 연출 지시문들이 음악적 요소들의 투입을 메모하고 있을 뿐이다. 적어도 도입부의 헤라의 독백은 아리아 성격을 띠고 있고 곡을 붙일 수 있을 것처럼 보인다. 그와 반대로 합창 부분이나 효과적인 군중 장면이 없다. 특히 제우스의 몸짓 연기를 통해 드러나는 팬터마임 표현들도 스타일이 다양하지 못하다.[75] 이 드라마가 저자의 생존 시에 상연되지 않은 것에 대한 책임은 추측건대 빈약한 연극미학적 장치에 있을 것이다(「세멜레」 묘사의 기술적인 문제에 대한 슈트라이허의 언급은 슈투트가르트의 궁정 극장이 제공하는 기술적 수준에 비추어 볼 때 잘못되었을 것이다).[76] 1900년 11월에 비로소 베를린의 왕립 극장이 상연을 감행해서 좋은 반향을 얻었다.(NA 5, 246) 지금까지 추측한 것처럼 실러가 공작을 위해서 이 작품을 집필했다는 것은 있을 수 없는 일이다. 그랬다면 음악적인 틀이 좀 더 풍성하게 꾸며졌을 것이기 때문이다.

실러는 근본적으로 오비디우스의 설명을 따르고 있다. 첫 번째 장면은 질투심에 찬 헤라가 유모 베로에의 형상을 하고 나타나서 제우스의 아이를 임신한 세멜레를 설득하는 장면이다. 그녀의 애인인 제우스가 그녀에게 나타날 때는 그의 정체에 대한 의심을 없애버리기 위해서 변장을 하지 말 것을 요구하라고 한다. 제우스의 정체가 드러날 경우, 불멸의 존재가 아닌 사람은 누구도 살아남지 못한다는 것을 헤라도 알고 있으면서 말이다. 제2막은 세멜레가 자신이 한 부탁의 참담한 결과를 모면케 하려는 제우스의 노력, 여주인공의 과도한 호기심으로 인한 그 노력의 실패, 마지막으로 그녀에 대한 모든 신의 아버지 제우스의 유죄판결을 보여준다. 실러는 세멜레의 죽음과, 신화에 따르면 올림피아가 보호한다는 그녀의 아들 디오니소스의 탄생은 끝내 묘사하지 않았다. 그는 주인공의 성격을 근본적으로 바꾸어놓고 있다. 여기서 세멜레는 복수심에 불타는 헤라를 따르는 도구가 아니라, 스스로 불멸의 허황된 염원으로 가득 차 있다. 제신의 어머니는 오로지 세멜레가 영원한 명성을 꿈꾸기 때문에 그녀를 음모의 도구로 삼을 수 있다. "나는 올림포스가 좋아하는 복 있는 여인! / 모든 신들이 내 앞에 무릎을 꿇을 것이고 / 죽을 자들은 겸손한 마음에 차서 입을 다물 것이다."(NA 5, 126) 실러의 여주인공이 아무런 의지 없이 파국에 빠지는 것이 아니라는 것은 자신의 본색이 탄로 나는 것에 대해서 제우스가 한 경고를 그녀가 결연히 무시하는 것에서 깨달을 수 있다. "그것은 공연한 겁주기일 뿐이다"라고 그녀는 선언한다. "나는 그대의 위협이 / 두렵지 않다!" (NA 5, 135) 그녀로 하여금 제우스에게 올림포스 형상으로의 변신을 요구하도록 한 것은 오직 자신이 미워하는 헤라와 같은 지위를 차지하려는 그녀의 공명심 때문이지 (오래전에 없어진) 그의 정체성에 대한 의심 때문은 아닌 것이다. 여기서 분명히 자신에 대한 과신의 경향이 나타나는데, 이는 실러의 후기 드라마 주인공들이 보여주는 특성이기도 하다. 제우스에 대한 사랑은 자신에 대한 사랑의 반사이기도 한 것이다. 이 자기 사랑을 마지막 찬양 장면에서 최후로 확인받고 싶어하지만, 이는 결국 실패할 수밖에 없다.[77] 이와 같은 배경에서 실러의 세멜레는 희생자의 불길한 아우라를 지닌 여성 프로메테우스가 되고 만다. 이 희생양은 자아도취 때문에 벌을 받지만, 이와 같은 자아도취 속에서 그녀는 불멸의 영광에 대한 자신의 몫을 요구하고 있는 것이다. 프로메테우스 신화가 근대의 주관성의 고고학에서 지니는 의미는 1773년의 괴테의 찬가가 증명한 적이 있다. 하지만 이 프로메테우스 신화와의 유사점은 이 촌극의 마지막에, 전설과는 달리, 제우스가 그의 기발한 정부를 "트라치엔의 절벽에 다이아몬드 사슬로 매어놓을 것"(NA 5, 136)이라고 통보할 때에 드러난다. 세멜레의 운명이 제우스의 부탁을 성급하게 누설한 결과가 아니라, 자신의 허물인 오만함 때문에 내려진 벌이라는 것을 이해가 빠른 독자라면 벌써 파악했겠지만, 늦어도 여기에 와서는 공공연하게 밝혀진다. 이와 같은 변조는 17세기의 개작에서처럼, 제우스가 상습적인 유혹자로 나타나지 않고 도리어 감상적인 애정과 인간적인 사랑의 욕구에 지배되는 존재로 그 성격을 바꾸어놓는

다. 여기서 그의 다른 일면을 찾아볼 수 있다. [78]

희곡론상으로 볼 때, 이 텍스트가 지극히 간단한 기본 구조 위에 얹혀 있다고 할지도 모르겠지만, 예술적인 매력을 지니고 있는 것은 분명하다. 실러는 신화의 소재에 자기 자신의 필치를 부각하는 데 성공한 것이다. 문체상의 어법은 『앤솔러지』에 실린 시들 대부분이 지니고 있는 힘이 깃든 몸짓으로부터 자유롭고, 리듬도 막힘이 없이 유려하다. 비유적 언어는 과장된 기색이 없고, 학술적인 군더더기에서 풀려 대화의 밀도 높은 엮임 속으로 우아하게 어울린다. 그뿐 아니라 여기에서는 신화의 사건 모델이 인간의 오만에 대한 교훈극이 되게 하는 심리학적 재능이 발휘되고 있다. 젊은 실러는 「세멜레」와 함께 『앤솔러지』에 실린 다른 시들을 뒷전으로 밀어놓는, 이른바 자신의 최초의 문학적 걸작을 내놓은 것이다.

4. 세계상의 초석

사상의 실험
《비르템베르크 문집》(1782)을 위한 철학적 대화

실러는 《비르템베르크 문집》을 위해서 1782년 초에 「보리수 밑에서 산책 (Der Spaziergang unter den Linden)」을 집필했다. 이 짤막한 텍스트는 3월 31일에 출간된 잡지 창간호에 익명으로 실렸다. 유물론적으로 생각하는 회의론자 볼마르와 인생을 즐기는 에드빈 사이에서 벌어진 토론이 주 내용이다. 볼마르는 인생을 무상함의 반복으로 여기는 염세주의자로 자신을 소개한다. "죽음은 영원한 우주의 각 점마다 옥새(玉璽)를 찍었다." "영혼의 운명이 물질 속에 기록되어" 있기 때문에(NA 22, 78 이하 계속) 영혼 불멸의 이념은 허구로 증명될 수밖에 없다. 볼마르는 자신의 암울한 확신들을 서양 전통의 창고에서 끌어낸 알레고리를 가지고 설명하려고 한다. 그가 "어릿광대의 가면"과 "방울 달린 모자"(NA 22, 75)가 인간의 모방적인 역할을 결정해주었다고 말하는 것은 바로크의 "세상 극장"의 표상을 상기시켜준다. 이 표상은 여기서 전체의 현실을 반복이라는 기본 현상의 지배를 받는 것으로 보는 부정적인 삶의 견해와도 관련이 있다. 볼마르는 유물론자로서, 자연의 유기적 순환 속에 항시 새롭게 붕괴의 법칙이 반영되어 있는 것으로 보고 있다. 이 점에서 회의론과 형이상학이 특이하게 결탁되어 있다. 개인 경험의 물질적 성격에 대한 볼마르의 언급은 불멸 사상에 대한 비판에 기여하지만, 그의 자연관의 핵심은 어디까지나 창조의 "끝없는 원(圓)"은 곧 조상들의 "묘비"라는 것을 명시하는, 이른바 세대 연속의 상상이다.(NA 22, 75) 대화의 상대방인 에드빈이 그가 든 예들을 달리 평가해서, 좀 더 친절한 자신의 삶의 철학을 실감 나게 설명하는데, 이 대목은 눈여겨볼 만하다. 그에게 자연은 영원한 붕괴의 본보기로 나타나지 않고, 도리어 영원히 반복하는 기쁜 일의 전조를 띤 유쾌한 경험의 매체로 나타난다. "만약 고상한 핀다로스가 예의 독수리에 안겨 수평선 위의 푸른 궁창으로 올라간다면, 아마도 시새우는 제피르의 마음속에서는 아나크레온의 한 원자가 날개를 펄럭일 테지?"(같은 곳)

볼마르의 항해 알레고리도 여기에서 내세우고 있는 입장들이 대조적인 방법적 바탕 때문이라는 것을 분명히 해준다. 삶의 대양 위에서 목적지를 지나치고 방황하는 여행자의 비유는 계몽주의 진보 사상의 위기를 말해주는 구실을 한다. 그와 반대로 에드빈은 간결한 표현을 사용한다. "나는 말하노니, 그 섬을 놓치더라도, 분명 그 항해는 실패한 것이 아니다."(NA 22, 78) 이로써 두 사람은 다 같이 목적론적 세계관에 대해서 거부 의사를 밝히지만, 그들 결정을 입증하는 방법에는 차이가 있다. 볼마르는 발전의 가능성을 전반적으로 부인하는 반면에, 에드빈은 먼 목표에 대한 끊임없는 성찰은 인간을 속여, 실은 중간 정거장을 나열해놓은 것일 뿐 아니라, 삶의 내용 그 자체일지도 모르는 그 길을 빼앗는다고 추측하고 있다. 두 입장에는 인간 현실의 핵심을 비껴가는 계몽주의 진보 신앙에 대한 의심이 공통적으로 남아 있다.

이 대화의 결론은 여기서 제시된 확신들은 두 사람의 경험이 다른 데에서 나온 산물이라고 규정함으로써 그 근본 성격을 제한하고 있다. 에드빈은 자기 앞에 서 있는 보리수 밑에서 처음으로 성애의 기쁨을 누렸지만, 볼마르는 같은 장소에서 애인을 "잃었기"(NA 22, 79) 때문에 그들은 삶에 대해서 서로 엇갈리는 견해에 이른 것이다. 텍스트의 처음 부분에서 두 사람이 '친구'로 밝혀졌다는 것이 이 논쟁의 실험적 성격을 분명히 해준다. 여기서 전개된 견해들의 방법적 토대가 공통인 것을 간과해서는 안 된다. 볼마르도 에드빈과 마찬가지로 자연과 정신 간에는 유비 관계가 있다는 것을 확신하고 있다. 단지 그가 도출하고 있는 결론이 상대방과 다를 뿐이다. 야코비의 소설 「볼데마르」를 암시하는 그의 이름 '볼마르'는 야코비가 발표한 회의적 철학의 감상적 요소들을 상기시켜준다. 이 소설의 주인공은 감성적 인간의 특성을 지니고 있다. 이 인간은 주관적인 세계관에서 일종의 위험한 이기주의에 편향되어 있다. 열광주의자 야코비의 사이코그래프는 괴테의 「젊은 베르테르의 슬픔」보다도 더 자아도취적이어서 반사회적인 형식을 받아들일 수 있는 감상적 성격의 심연들을 분명하게 보여주고 있다. 볼마르의 초상은 이 모순에 찬 모델에 대해 주의를 환기시키고 있는데, 이와 같은 모델을 실러도 알고 있다. 볼마르는 결국 자기 삶의 견해를 철학적인 원칙에서가 아니라 정열의 경험에서 얻고 있는 실망한 열광주의자인 것이다.

그와 비교되는 대화소설 「젊은이와 노인(Der Jüngling und der Greis)」은

1782년 10월 말《비르템베르크 문집》제2호에 "Schstn"이라는 저자명으로 발표되었다. 약자로 밝힌 저자의 원명(原名)은 'Scharpenstein'이지만, 실러가 이 작품 발표에 깊숙이 관여했으리라는 것을 추측할 수 있다. 이 텍스트의 문체 때문이다. 간결한 문장, 비유적 표현, 아이러니의 혼용이 뚜렷하게 그의 필치임을 누설하고 있다.[79] 이 작품의 구상은 샤르펜슈타인에게서 연유하고, 실러는 작품의 수정 작업에만 관여했을 수 있다. 여기서도 또다시 논쟁이 전개된다. 그러나 역할 분담은 첫 번째 대화에서처럼 뚜렷하게 나타나지는 않는다. 이제 철학적 표현은 완전히 상이한 삶의 감정에 대한 성찰로 후퇴했다. 열광주의자 셀림은 젊음의 성급함을 대변하고, 그 상대인 알마는 쌓아온 노년의 경험을 신중하게 대변하는 측에 속한다. 「보리수 밑에서 산책」에서와 유사하게 심리학적 요소가 이 논쟁을 뒷받침해주고 있다. 셀림은 볼마르로부터 과격한 사고방식과 양보할 줄 모르는 논쟁벽(癖)을, 에드빈에게서는 낙관주의를 물려받았다. 그와 반대로 시민계급의 냄새가 나는, 알마의 '극단적인 것의 조화 이론'은 이 두 입장에서는 전혀 유례를 찾을 수 없는 새로운 이론이다. 열광주의자 셀림의 이름은 실러가 클라이스트의 운문으로 된 소설 「우정」(1757)을 흉내 내어 생도로서 절친한 친구들의 모임에서 사용한 적 있는 가명을 상기시킨다. 그 이름은 실러 자신의 특별한 관심이 어느 인물에게 쏠리는지를 분명하게 밝혀준다.

세상의 욕구를 초월하자는 알마의 고루한 이론에 반대해서 셀림은 절대적인 것을 추구하는 것만이 인간을 만족시킬 수 있기 때문에, 인간은 하나의 절대적 목표를 추구해야 한다는 것을 계명으로 삼는다. "부단한 노력은 영혼의 요소이다. 즐거움이란 말에서 본질의 무한한 사다리의 계단들이 산산조각이 난다."(NA 22, 80) 자기 생각을 격언처럼 예리하게 드러내는, 그야말로 정곡을 꿰뚫는 맺음말은 열광주의자들이 차지한 지위에 대해 실러가 호감을 지니고 있음을 분명히 해준다. 셸림은 이렇게 선언하고 있다. "나는 극락(極樂)을 예감하려고 울지만, 발견하지는 못한다. 너는 아직도 즐거워서 미소를 짓지만, 더 이상 즐거움을 위하여 울지는 않는다."(NA 22, 81) 이로써 마지막에는 위험을 무릅쓰고 완전성을 추구하는 것을 옹호하는 입장을 보이고 있다. 이와 같은 완전성 추구에서는 무엇보다도 도취된 행동인의 강도 높은 개입이 요구된다. 그의 목표는 극락이다. 이는 실러가 사후에 행복을 위해서 기꺼이 떠올리는 고대의 상징이요, 제한된 시간과 공간의 조건하에서 경험하는 절대적인 행복의 은유이다. 이로써 도취된 열광자가 꿈꾸는 사상과 도달 불가능한 기대의 지평이 서로 관련이 있을 때, 이 꿈은 이 세상에서 실현될 기미가 있음을 배제해서는 안 된다. 1785년 10월 5일 루트비히 페르디난트 후버에게 쓴 편지에서 실러는 이상주의적인 사고가 움직이는 궤도 자체는 이미 승화된 경험의 순간들을 담고 있다고 선언한다. "열광주의는 공을 공중으로 던지는 대담하고 힘찬 동작일세. 그러나 이 공이 영원히 이 방향으로 그리고 영원히 이 속도로 끝까지 날아가기를 기대하는 사람은 그야말로 바보가 아니라고 할 수 없지. 그 공은 궁형(弓形)을 그리며 날아가네. 그의 맹위가 공중에서 꺾이기 때문일세. 그러나 이상적인 분만의 달콤한 순간에 우리들은 오직 추진력만 생각하고, 낙하하는 힘과 저항하는 물질은 계산에 넣지 않는 습관이 있어. 사랑하는 친구야, 이 알레고리는 그냥 넘길 책장이 아닐세. 틀림없이 문학적인 조명, 그 이상일세. 그리고 자네가 이에 대해서 관심을 가지고 깊이 생각해보았다면, 인간의 모든 계획의 운명이 똑같이 하나의 상징으로 그 속에 무엇인가 암시되어 있는 것을 발견했을 것일세. 모든 것이 로켓처럼 정점을 향해 오르지만 모두가 이와 같은 궁형을 그리며 모체인 지상으로 도로 떨어지고 말지. 그렇지만 이 궁형도 말할 수 없이 아름답지 않은가!!"(NA 24, 26)

열광주의자가 지속적으로 자기 목표에서 떨어져 있더라도 적어도 그 자체가 변화무쌍한 생각의 움직임을 지니고 있는 행복한 경험은 위험한 지적 개입을 작심할 만한 가치가 있는 것이다. 실러의 편지 내용에 비춰 보면 절대적인 것에 대한 셀림의 추구는 성찰 문화의 특별한 증상으로 이해될 수 있을 것이다. 여기서 극락은 구체적인 비전의 내부에 있는 '세속화된 천국'이 아니라,[80] 종교적인 내용이 없는 초월 의식의 기호인 것이다. 그 사상은 멀리 이동한 목표를 겨냥함으로써, 열광주의자로서 그의 움직임의 형식을 독특한 방법으로 특징짓는 탈경계의 작업을 수행하는 것이다.

실러의 철학적 산문이 추구하는 문제는 계몽주의의 고전적 주제 영역들을 통해 이미 주어진 것이나 다름없다. 자연, 역사, 사회의 이성적 질서에 대한 성찰이 핵심을 이루고 있다. 이 성찰은 필연적으로 인간의 육체성과 도덕성 간의 관계에 대한 물음을 건드리고 있다. 하지만 이와 같은 대상들과의 논쟁은 18세기 1/3분기에 독일에서 라이프니츠 볼프 학파의 철학을 통해서 상습화되었던, 이른바 판에 박힌 듯한 프로그램 공식들을 다시 거론하는 것을 더 이상 탈피할 수가 없었다. 실러가 전기 계몽주의의 그리스도교적 특성을 지닌 낙관주의를 얼마나 불신하는 시선으로 바라보았는지는 『앤솔러지』에 실린 그의 시 「페스트」를 읽으면 확실히 알 수 있다. 날카로운 풍자를 통해 이 시는 악을 창조주 뜻의 한 요소로 파악하고 있는 라이프니츠 사상을 아직도 확신하고 있는 것에 맹비난을 퍼붓고 있다. 이 텍스트의 결말은 물론 (예컨대 섀프츠베리와 멘델스존의) 계몽주의의 완전성 이론에 의지해서 더 상위의 원칙에 조종을 받는 자연 질서의 가능성을 열어놓음으로써 이 비판을 다시금 절제하고 있다. "하느님은 끔찍하게 페스트를 좋아하신다."(NA 1, 116, v. 18) 그와 같은 흔들림은 실러가 1780년대 초에 신정론 위기에서 탈피한 것에 대해 완벽한 답을 가지고 있지 못했음을 말해준다. 그의 철학적 산문이 지닌 실험적 특색은 세계관적인 정향에서 관심을 끌 만한 불안을 숨기고 있다. 실러에게는 한때 낙관주의와 회의주의 사이에 인간의 완전성을 목표로 한 곧은길이 보이지 않은 적이 있었던 것이다.

사랑의 형이상학
물의를 일으킨 「율리우스의 신지학」(1780~1786)

실러가 이미 카를스슐레 마지막 재학 기간, 즉 세 번째 학위논문을 작성할 당시에 썼지만, 1780년대 중반까지 계속 수정한 원고가 한 편 있다. 그 원고는 1786년 4월 말에 『철학 서신』이라는 미완성 소설에 포함시켜 출간되었다. 「율리우스의 신지학」이라는 제목을 달고 있는 이 텍스트는 이 미완성 원고 속에서 낯선 느낌을 주기는 하지만, 지적 매력의 핵심이 되는 것은 사실이다. 이 글은 보편적인 철학 체계를 스케치 형식으로 그리고 있는데, 주요 주제들은 다섯 개 부분으로 나뉜 단락의 제목들을 통해 윤곽이 드러난다. "세상과 사유하는 존재", "이념", "사랑", "희생", "하느님". 여기에 거론된 개념들은 카를스슐레에서 두 번째로 행한 연설에 담긴 사상들을 받아들여 계속 사유하고 있고, 이미 「우정」이라는 시에서 다룬 사랑의 철학과 관련이 있다. 이 텍스트는 『철학 서신』의 범위 내에서 또다시 두드러진 위치를 차지하게 된다. 반대로 『앤솔러지』 판본은 '라파엘에게 보내는 율리우스의 편지—아직 인쇄되지 않은 한 편의 소설에서'라는 부제를 달고 있는데, 이는 미완성 소설의 윤곽이 이미 1780년대 초에 확정되었음을 말해주고 있는 것이다. 실러가 마이닝의 사서 라인발트에게 보낸 편지에서 그의 인물과 작가의 관계를 호감의 위력과 관련지어 설명하려고 하는 것으로 보아 그가 1783년 4월 중순에 「율리우스의 신지학」의 사유 모티브를 공공연하게 받아들이고 있었던 것은 틀림없는 사실이다.(NA 23, 80)

「율리우스의 신지학」은 젊은 실러의 사고 스타일을 알게 해주는 신빙성 있는 증서라 할 수 있다. 1786년 『철학 서신』에서 「율리우스의 신지학」이 비판적으로 언급되고 있다고 해서 결코 그 의미가 축소되는 것은 아니다. 이 중요한 내용을 스케치 형식으로 설명하라는 것은 무리한 요구라고 할 수 있다. "유일무이한 원초적 힘"의 "반사광"인 사랑 이론에서 중추적 역할을 하는 보편적 시스템이 여기서 불과 몇 페이지 안 되는 지면을 통해 설명되어야 했기 때문이다.(NA 20, 119 이하) 이 이론은 물론 확대해석되어 논란을 빚는 라이프니츠의 낙관론적 형이상학을 통해 뒷받침되고 있다. 하느님이 창조한 자연의 완전성을 증명하라는 이 텍스트의 요구는 요한 요아힘 슈팔딩의 『인간의 운명(Bestimmung des Menschen)』(1748)과 모제스 멘델스존의 『파이돈』(1767)에서 비교적 상세하게 표명된 입장을 계승하고 있다.[81] 「율리우스의 신지학」은 이 저서들로부터, 하느님이 지배하는 자연은 인간에게 행복과 도덕적 완성의 가능성을 부여한다는 확신을 이어받고 있는데, 실러가 이 저서들에 담긴 사상적 내용을 알게 된 것은 추측건대 아벨의 시험 주제를 통해서였을 것이다. 완전성의 이론이 라이프니츠 전통 속에서 이 연구의 최고 가치를 단적으로 표현하고 있다면, 오베라이트와 외팅거에게서 배운 사랑의 철학은 이 연구의 방법적 토대를 이룬다. 이 사랑의 철학이 추구하는 목표는 어디까지나 "유물론의 공격"(NA 20, 115)으로부터 계몽주의의 낙관론을 옹호하는 것이다. 그렇게 하는 데서 바탕을 이루는 것은 하느님이 창조 행위에서 자기 자신이 사랑을 하는 존재라고 인식했고, 교감이 가능한 존재를 생산함으로써 이 사실을 표현했다는 것이다. 「율리우스의 신지학」에 따르면 인간은 다시금 자신에게 주어진 애정의 힘을 키움으로써 자신의 도덕적 완성의 최고 단계에 도달할 수 있다. 엘베시우스의 『인간론』(1773)과 그의 사회적 이기심 이론에 대해서 실러는 사회적 관용의 조건으로서 인간 사랑의 계명을 가지고 답한다. 그리고 유물론적인 무신론 대신에 도덕철학, 인류학, 형이상학을 연결하려는 비의적 색채를 띤 자연 이론이 등장한다.

「율리우스의 신지학」의 사변적 성격은 주로 경험과 정신계 사이에 결정적인 유사점이 있다고 주장하는 데에서 나타난다. "인간 영혼의 모든 상태는 물리적 창조 속에 모종의 우화를 가지고 있다. 그럼으로써 그 상태에는 이름이 붙고, 예술가나 시인뿐 아니라, 심지어 추상적인 사상가까지도 이 재고량이 풍부한 창고를 이용해왔다."(NA 20, 116) 자연의 모든 요소는 창조하는 하느님과 동시에 하느님을 모방하려는 인간을 가리키는 기호의 성격을 지니고 있다. "우리가 세계라고 부르는 이 거대한 합성체가 나의 주의를 끄는 것은 어디까지나 이 존재의 다양한 외양들에 상징적으로 이름을 붙일 수 있는 가능성이 내게 있기 때문이다. 나의 안팎에 있는 모든 것은 나를 닮은 힘의 상형문자일 뿐이다. 자연의 법칙들은 기호들이다. 사유하는 존재는 이 기호들을 활용해서, 사유하는 다른 존재가 이해할 수 있게 하는데, 그것이 곧 알파벳 기호이다. 이 알파벳 기호를 이용해서 모든 정령은 가장 완전한 정령과 그리고 자기 자신과 담판을 벌인다." 현대 과학이 인과관계의 관점에서 해명하는 것처럼, 「율리우스의 신지학」의 시각에서 기계적인 자연의 원칙들은 비물질적인 의미를 가진 "상징"으로 변화된다. 이 상징들은 예술가가 제작한 아폴론 속에서 그 예술가의 영혼을, 즉 작품 속에서 창조자를 인식하도록 한다.(NA 20, 115 이하)[82] 소우주와 대우주의 요소들은 구체적인 의미와 병행해서 항시 정신적 의미를 지니고 있다. 실러에게는 그 의미가 바로 그들의 완전성을 보여주는 뚜렷한 표지가 되는 것이다. 이 글의 특별한 폭발력은 형이상학에 대한 계몽주의의 비판, 특히 유물론으로부터 제기된 것과 같은 현대적 비판에 반대해서 사변적인 입증 구조의 틀 안에서 라이프니츠 볼프 학파의 철학적 견해들을 반복하는 낙관론의 철학을 내놓고 있다는 점이다. 이에 영향을 받아 자연의 현상들은 인간이 완전해질 수 있는 능력의 표지로서 풀이되고, 그들의 내면적 연결은 개인들 간에도 작용하는 인력의 표현으로 풀이된다. 그리고 실러는 이 두 영역을 이승에서의 행복 경험의 가능성을 보장해주는 하느님의 창조력의 거울이라고 생각한다.[83]

포프, 퍼거슨, 오베라이트는 카를스슐레의 두 번째 연설과 「우정」이라는 시의 경우와 마찬가지로 「율리우스의 신지학」의 사랑 이론 모형들을 제공한 사람들이다.[84] 그 외에 이 텍스트는 플라톤의 「향연」 이래로 친숙하고, 18세기에 놀랍게도 다시 탄생한 옛 사고 모형에 다시 관심을 보이고 있다. '통일철학(Vereinigungsphilosophie)'이 상상하고 있던 내용들이 바로 그것이다. 이 통일철학은 사랑의 본질을 본연의 양성 통일성을 복구하는 데 필요한 매체로 변용(變用)한다. 이미 이탈리아의 르네상스는 플라톤의 남녀 합일을 실현하는 에로스에 대한 견해에 열광한 바 있다. 마르실리오 피치노(Marsilio Ficino)는 1531년 그리스어로 된 「향연」 대화록의 라틴어 번역판을 내놓고, 이 텍스트에 해설을 첨부했다. 이 해설은 「사랑(De amore)」이라는 제목하에 플라톤의 사랑에 대한 견해의 줄거리를 심도 있게 설명했다. 18세기 2/3분기에 피치노의 설명을 가장 꼼꼼히 읽은 독자들 중에는 네덜란드인 프란스 헴스테르호이스(Frans Hemsterhuis)와 그를 이은 요한 고트프리트 헤르더가 있다. 헴스테르호이스는 1770년 『욕망에 관한 편지(Lettre sur le désire)』를 출간했는데, 이를 헤르더는 1781년 『욕망에 대하여(Über das Verlangen)』라는 제목으로 독일어로 번역하여, '사랑과 자신(Liebe und

Selbstheit)'을 테마로 한 자신의 에세이를 덧붙여 출간하였다. 실러가 후에 횔덜린의 소설 「히페리온(Hyperion)」뿐 아니라 셸링의 자연철학에도 결정적 자극을 준 헴스테르호이스의 글을 알았는지는 분명히 밝혀지지 않고 있다. 그러나 1781년 11월에 처음으로 그는 빌란트가 발행하는 《도이체 메르쿠어》에 게재된 헤르더의 논문을 읽은 것이 틀림없다. 그가 그 저자를 1787년 여름 동안에 바이마르에서 개인적으로 만났을 때, 그 텍스트와 자신의 「율리우스의 신지학」 구상이 연결되는 "접촉점"에 대하여 언급한 적이 있기 때문이다.(NA 24, 125) 헤르더의 논문은 한 가지 중요한 관점에서 본래의 플라톤의 에로스 구상을 변화시키려고 계획하고 있기 때문에 중요하다. 헴스테르호이스는 아직도 사랑의 행위를 통한 양성의 통일에 의해서 인간의 새로운 통일의 상상이 더욱 이상적으로 실현된다고 보았다. 그러나 헤르더는 좀 더 신중한 논리를 펴고 있는 편이다. 에로스가 아니라 '우정'이 통일의 매개물이 되어야 한다고 단호하게 선언하고 있다. 그에게도 목표점은 그대로 낯선 존재에게 접근해서 주체의 고립과 편파성을 극복하는 것이다. 그러나 헤르더는 이 행위는 성적으로 흥분해서 의식을 상실케 하지는 않는다는 견해를 보이고 있다. 육체의 즐거운 결합 속에서 자기동일성의 해소를 초래하는 이와 같은 지양 행위는 바로 동일성의 발견과 타자의 경험을 사랑을 통해서 똑같이 유지할 수 있다는 통일철학의 확신과 모순된다. 헤르더에 따르면 이와 같은 균형은 두 존재의 접합 과정이 과도한 정열 없이 실현될 때에만 생길 수 있다. 성적인 흥분이 아니라, 우정의 만남이 합일의 적절한 매체를 형성하는 것이다. 이 글은 이렇게 설명하고 있다. "주기 위해서는 항시 받을 수 있는 대상들이 있어야 한다. 그리고 행하기 위해서는 행함의 목표가 되는 타자가 있어야 한다. 우정과 사랑이 서로가 자유로운 피조물의 중간 존재가 되는 것은 언제나 불가능하다."[85] 헤르더는 인간의 발전 능력에 대한 희망을 인간의 감정능력과 연결하고 있다. 그는 실러와 마찬가지로 인간은 오로지 사랑하는 사람의 역할 속에서만 "한 단계 한 단계" 완전성을 향해서 걸어간다고 보고 있다.[86] 실러의 「율리우스의 신지학」이 '희생'의 각오를 애정철학의 본질적 요소이자 사랑의 형이상학과 실천적, 도덕적으로 짝을 이루는 '보완물'이라고 지적하는 것은 그와 같은 견해를 그대로 옮겨놓은 것이다. 헤르더의 에세이는 처음으로 실러로 하여금 엘베시우스의 사회적 에고이즘에 대한 정당화에 반대해서 자신의 비유물론적인 사유 노선을 심화해 완성할 수 있도록 하고 있다.

「율리우스의 신지학」이 제공하고 있는 것처럼 후기 계몽주의에는 우정 감각을 자연철학적으로 입증하는 것이 도무지 낯설지 않았다. 이는 1776년 《도이체스 무제움》에 실린, 괴팅겐의 통속 철학자 요한 게오르크 페더의 논문이 증명해주고 있다. 그는 중력과 사랑의 감정 간의 유사점을 강조했는데, 이와 같은 유사점에 대해서는 실러도 되풀이해 언급하고 있다. 그와 동시에 파상 운동을 통한 급격한 자극의 전달을 기억에 되살리고 있다. 이는 이미 실러의 첫 번째 학위논문에서 실러가 다른 연관에서 끌어온 적이 있는 예이다. "하나의 소리를 내는 현이 같은 종류의 현 속에서 동일한 울림을 불러일으키는 것과 똑같이 우리에게 낯선 감정이 기계적으로 우리 속으로 옮겨오는 것처럼 보인다."[87] 이와 같은 억측들의 바탕에는 어디까지나 형이상학적 성격을 지닌 유비추리(類比推理) 사상이 깔려 있다. 칸트 이전의 시대에는 이 사상이 다시 한번 17세기의 지식 체계들을 연결하는 교량 역할을 했다.[88] 자연의 과정들을 비물질적인 힘이 반영되는 거울로 보는 것은 이 사상의 영향하에서 가능하다. 「율리우스의 신지학」이 규정하고 있는 것처럼 그와 같은 해석 모형이 지닌 마력의 특징적인 실례를 보여주고 있는 것은 현대 물리학과 해석학의 제휴이다. 특히 실러의 초기 시 작품에는 전통적인 형이상학의 유산이 많은 영향을 끼치고 있다. 그 작품들이 비유, 가면, 역할을 가지고 벌이는 요술은 외적 현상들이 오로지 내적인 정신적 '상징들'과 '기호들'만 보여줄 뿐이라는 견해를 등에 업고 있는 것처럼 보인다.[89] 그의 문학작품을 이끄는 정신적 동력은 어디까지나 유비 추리적 사유이다. 철학적 산문 대화의 실험도 그와 같은 사유에 의존하고 있다. 그러나 그의 문학작품에 정신적 활기를 부여하는 바퀴 역할을 하는 것은 곧 열광이다. 이 열광은 "시적 무아경(furor poeticus)"이라는 표현이 부각하는 이른바 시인의 자아 연출의 기본 동작이나 다름없다. 그렇다고 그가 갖춘 지성을 간과하는 사람은 여기서 작용하는 예술가의 기질을 잘못 파악하고 있는 것이다.

열광과 회의
1780년대 중반에 탄생한 서정시에 나타나는 세계관

젊은 시절의 실러 철학이 지닌 낙관론적인 성격은 엄격한 질서와 진지성이 결여된 성찰 문화의 요소로 이해될 수 있다. 그 성찰 문화에 토양을 제공하는 것은 공리공담과 논리적 담론의 경계 영역에서 시도하는 사유의 즐거움이다. 지적 실험을 좋아하는 성향은 1784년 만하임에서 탄생된 것으로 추측되는 「체념」과 「자유분방한 정열(Freigeisterei der Leidenschaft)」같은 시들에서도 나타난다. 이 성향은, 1785년 늦여름 라이프치히 근교 골리스에서 지었고, 즐거운 인생관의 참된 표현이라고 곧잘 오해받는 송가 「환희에 부쳐(An die Freude)」에도 해당한다. 이 세 작품의 사변적인 특성을 충분히 해명하려면 동일한 관점에서 고찰하는 것이 필수적이지만, 그렇게 한 경우가 드물다. 여기서 사랑의 철학을 되짚어 다시 한번 비판적으로 성찰해 보면, 이 세 작품의 공통점이 발견된다. 실러 자신도 이 시들을 1786년 2월 중순에 《탈리아》 제2권에 서정시 3부작으로 묶어서 발표함으로써 상호 관련성을 강조했다.

「자유분방한 정열」은 본능적 충동과 자제심의 갈등을 다루고 있다. 이 텍스트는 예술적으로 계획된 서정적 자아의 발언으로 시작한다. 이 서정적 자아는 이미 결혼한 여인에 대한 이룰 수 없는 사랑에 빠진 나머지 도덕법칙의 유효성과 이 법칙의 그리스도교적 정당성에 대한 의문을 제기한다. 감정적인 격정과 성찰 사이에서 흔들리는 이 시는 "전류가 통해서" 생기는 듯한 성적 사랑의 "불길"을 읊고 있다.(NA 1, 163, v. 17) 그러나 이 불길을 제압하려면 간통이라는 대가를 치러야만 한다. 시적 자아는 체념할 것을 약속함으로써 우선 마음의 평정을 찾지만, 삶의 의미 즉 "환희의 도취"와 행복(v. 23)을 놓칠 위험이 있기 때문에 그 약속은 구속력을 잃고 만다. 반항하는 자세로 이 텍스트는 인간의 자연적 욕구를 억압하는 그리스도교의 도덕신학을 공격한다. 인간에게 성적 욕구를 부여한 하느님이 똑같이 그 욕구의 충족을 금해서는 안 된다는 것이다. "사람들은 피나는 체념으로 너를 매수하는가? / 지옥을 통해서만 그대의 천국에 다리를 놓을 수 있는가? / 자연은 고문대 위에서만 그대를 알아보는가?"(v. 81 이하 계속) 「율리우스의 신지학」이 연출한 것처럼, 조물주는 "눈물"(v. 80)로 자신에게 경의를 표하도록 하는 네로와 같은 존재로서 사랑의 신과는 반대되는 이미지를 지닌 것으로 나타난다. 조물주의 성격이 상품 거래와 교환에 비유되는 것은 우연이 아니다. 이 비유는 섭리의 대가로 인간에게 포기를 요구하는 타산적인 상인의 역할을 조물주에게 맡기고 있다. 치욕스럽게도 이 텍스트의 결말은 신학적 시각에서 인간에게 향락을 금하는 인색한 회계사인 조물주와, 교회의 모럴과 반대되는 사랑의 정신을 바탕으로 한 성적 사랑의 정당화를 놓고 택일하도록 강요한다. 첫 번째 해결 뒤에 숨어 있는 무신론이나 두 번째 해결이 지니고 있는 자유정신의 경향 모두 그리스도교의 규범과는 상치된다. 신학적으로 복잡한 테마를 유희적으로 묘사하고 있는 이 시의 자유분방한 성격은 전통적 사고방식을 가진 독자들에게는 틀림없이 도전적인 느낌을 주지 않을 수 없다.

영국에서는 17세기 후반부터 체베리(Cherbury)의 「자연신학(Naturalis theologia)」과 연계해서 자연신론이 열띤 반응을 얻고 있는 데 반해, 계몽된 독일에서는 자유주의 사상을 수용하는 데서 대부분 신중한 자세를 보였다. 신학적 교조주의에 대한 공격으로 역사적이고 비판적인 성경 해석에 토양을 제공한 앤서니 콜린스(Anthony Collins)의 「자유사상 담론(Discourse of Free-Thinking)」(1713)과 같은 글은 독일에서는 광범위한 공감을 얻을 수가 없었다. 자연신론 측에서 제기하는 계시의 문제를 둘러싸고 벌인 레싱과 괴체 간의 논쟁(1774~1778)만 해도 편협함을 보여준 것임이 분명하다. 이는 자유사상가들의 도발적인 견해를 접하고 교회 측이 보인 편협함과 같은 것이었다. 그러므로 실러는 자신이 쓴 시가 신학적 관용의 좁은 경계선을 뛰어넘고 있음을 예감했다. 1785년 12월 18일 편지에서 그는 라이프치히의 대단히 엄격한 감시 분위기를 고려해서, 좀 더 자유로운 데사우에서 《탈리아》를 발행할 것을 괴셴에게 권고했다. 그러나 발행인은 이 시기에 이미 이 잡지 제2권에 실릴 텍스트들을 라이프치히의 검열관 프리드리히 아우구스트 빌헬름 벵크(Friedrich August Wilhelm Wenck)에게 제출해놓은 상태였다. 이 검열관은 저자가 「자유분방한 정열」과 「체념」의 원고를 출간하는 데 종교 비판적 의도가 없다는 것을 내용으로 하는 짧은 글을 첨부할 것을 조건으로 달아 출간을 허락했다. 12월 23일에 실러가 괴셴에게 보낸 짤막한 해설은 이와 같은 의미로, 밀턴과 클롭슈토크와 관련하여 그의 시에 담긴 무신론적 성향은 어디까지나 문학적 성격을 지닌 것이라는 점을 강조하고 있다. 즉 그의 시 속에 "격화된 정열"이 표현되어 있지만, "철학적인 시스템"이나 개인적인 경험이 첨가된 "신앙고백"은 들어 있지 않다는 것이다.(NA 1, 163) 이는 단순히 작전상 신중하게 표현을 적은 것만은 아니었다. 이 주석은 《탈리아》에 실린 시 두 편이 실험적 성격뿐 아니라 자전적 성격까지 뛰어넘고 있음을 분명히 밝히고 있는 것이다. 이전에 나온 해설들은 이와 같은 지적을 간과하는 경향이 있고, 실러의 시를 샤를로테 폰 칼프와의 갈등을 반영한 것으로 오해했다. 그녀와의 관계에 대해서는 만하임에 살던 시기와 관련하여 좀 더 상세히 언급해야 할 것이다.[90]

마찬가지로 1784년 말에 지은 시 「체념」은 세계 내재성과 형이상학의 상반됨을 좀 더 높은 수준에서 설파하고 있다. 그와 동시에 이 시는 《비르템베르크 문집》의 대화체 산문에서 제기되어 최고의 의미를 얻은 문제를 수용하고 있다. 그의 메시지에는 환상이 들어 있지 않다. 즉 죽은 후에 "공포의 다리"(NA 1, 166, v. 11) 위에서 저승을 향해 서 있는 이 텍스트의 시적 자아는 지상에서 포기한 것을 천국에서 보상받으리라는 희망이 속임수였다는 사실을 정령(精靈)의 형상을 통해 마지막에야 알게 된다. 중간 연(聯)의 대화는 법정 논쟁의 모형을 따라서, 우선 시적 자아가 살아생전에 빠져본 적이 없는 종교와 계몽주의의 세상 환락과의 갈등을 조명하고 있다. 이 세상에서의 고생과 억압에 대한 보상은 "저승에서"(v. 31) 받으리라는 믿음의 약속을 세상의 합창은 사기 행각이라고 비웃으며 일축한다. 그 믿음의 도움을 받아 인간은 대망(待望)이라는 "사탕발림"(v. 68)(마르크스는 후에 와서 심지어 '백성의 아편'이라고까지 말하고 있음)을 통해서 순간적인 욕구와 자신을 지배하고 있는 사회적 참상으로부터 관심을 돌리도록 되어 있다. 지위를 얻기 위한 싸움에서 시적 자아는 체념하라는 믿음의 계명을 지켜야 한다. 왜냐하면 시적 자아는 형이상학적인 정의를 통해서 손해에 대한 보상을 저승에서 충분히 받게 되는 것을 희망하기 때문이다. "신에 대한 맹서"를 "굳건히"(v. 80) 지키겠다는 그의 결심은 18세기에 와서도 여전히 친숙하던 신학적 의미, 구체적으로 말해서 하느님의 의지와 섭리에 인간이 자발적으로 자신을 내맡김["체념(resignatio)"]을 일컫는 체념의 부분 개념과 부합한다.[91] 그러나 시적 자아는 "영원"의 심판관의 보좌 앞에서 "희망"과 "환락"은 어울릴 수 없는 삶의 선택 사항이라는 사실을 정령을 통해 듣게 된다. 즉 체념하는 자는 천국에서 보상을 받을 수 있고, 자신의 염원을 충족하는 데 헌신하는 사람은 대망의 행복에 참여하지 못하고 순간이 시키는 것에 귀를 기울인다.(v. 86 이하 계속) 이 두 선택 사항은 형이상학적 해결과는 아무런 상관이 없다. 심지어 희망까지도 저승에서 성취한 역량으로 살지 않고 오히려 그 가능성을 가지고만 산다. 그 정령이 밝히는 유명한 문구는 "세계 역사"는 곧 "최후의 심판"(v. 95)이라는 것이다.

여기서 들려오는 그리스도교적 형이상학에 대한 비판의 목소리는 개인은 모름지기 자신의 힘을 이 세상에서의 경험과 관련된 사안에 집중하도록 하라는 요구를 담고 있다. 그렇게 하는 데서 믿음이나 향락은 이와 같은 경험에 확고한 목표를 부여하는 수단으로 동등하게 간주된다. 그와 같은 수단들이 종교적인 삶의 구상과 쾌락적·유물론적 삶의 구상 사이에 있는 긴장의 장에서 상이한 해결 가능성을 대표한다는 것은 이 시의 지적 활동을 위해서는 아무런 역할을 하지 못한다.[92] 중요한 것은 「율리우스의 신지학」도 밝히고 있는 것처럼, 그 수단들의 적용 범위의 내부적 성격이다. 그 적용 범위는 그 수단들을 형이상학의 약속들에서 이미 결정적으로 제외하고 있다. '최후의 심판'이라는 표현은 초월적인 힘을 일컫는 것이 아니고, 오히려 세속적인 심급(審級)을 가리킨다. 최후의 심판에서 개인은 스스로 믿음의 능력을 통해서나 또는 향락의 능력을 통해서 선택적으로 자신을 입증해야 한다. 헤겔의 『법철학 개요(Grundlinien der Philosophie des Rechts)』(1821)는 후에 이 프로그램을 역사신학과 연관지어 옮겨놓고 있지만, 실러의 프로그램은 역사신학과의 연관에서 벗어나고 있는 것이 뚜렷하다. 헤겔에게 세계사는 말하자면 세계정신의 형이상학적 기관으로서 심판을 하는 권력이나 마찬가지이다. 이 권력은 시간이 진행됨에 따라 개별 민족들과 개인들이 다양성 속에서 통일을 이루도록 이끌 것이다.[93] 그에 반해서 실러의 독창적 천재는 이 세상에서의 심판을 언급함으로써, 그와 같은 정신적 질서 모형 밖에서 인간의 자율적 결정 가능성을 인정하고 있다. 이 점에서 신학적 역사관과의 거리는 더할 수 없이 크게 나타난다.

실러의 시는 데이비드 흄의 『종교의 자연사(The Natural History of Religion)』(1757)에서 결정적인 자극을 받았을 가능성이 있다. 재빨리 무신론으로 이단시된 이 책은 고대부터 이어져오는 종교 역사의 윤곽을 대략적으로 묘사하고 있다. 이 책은 신앙의 내용들을 인간의 상상력과, 그 상상력을 실어 나르는 정열의 산물로 규정하고 있다.[94] 교회의 극심한 반발을 불러일으킨, 종교적 심성에 대한 흄의 심리학적 분석은 적어도 간접적인 방법으로라도 실러에게 흔적을 남겼을 가능성이 있다. 이 텍스트의 독일어판은 이미 1759년부터 프리드리히 가브리엘 레제비츠(Friedrich Gabriel Resewitz)의 번역으로 출간되어 있었다. 실러에게 이 책을 소개한 사람으로는 또다시 아벨이 꼽힌다. 1780년 그의 종교사 시험 주제('고대 종교에 대한 철학적 명제들(Philosophische Sätze über die Religionen des Alterthums)')는 흄의 사상에서 영향을 받은 것이 역력해 보이지만, 그 사상이 지닌 교리 비판적 경향은 수용하지 않고 있다.[95] 아벨도 신앙 내용은 "이성의 계몽주의보다 앞서"[96] 형성되었다는 점을 인정했다. 그러나 그 신앙 내용의 명증성에 대해서는 의심하지 않고, 오히려 정확한 검증 가능성을 넘어서는 다른 성격의 진리성을 그 내용에 부여하고 있다. 실러가 아벨의 수업을 통하여 흄의 핵심 명제를 알게 되었을 것으로 추측된다. 분명 그의 시는 믿음은 상상의 산물이며, 현실을 보지 못하는 충동의 작품임을 폭로하고 싶어하는 종교심리학의 진수를 내용으로 하고 있다. 그렇지만 그는 인간적인 삶의 구상을 현세에서 검증하는 데 찬성한다. 그렇게 해서 《비르템베르크 문집》을 위한 철학적 산문이 이미 접어들었던 그리스도교적 형이상학과의 회의적 논쟁의 길은 계속되고 있다. 실러는 8년 후에 칸트의 논문 『이성의 한계 안에서의 종교(*Die Religion innerhalb der Grenzen der bloßen Vernunft*)』(1793)를 읽으면서 자기 시의 논점이 힘을 얻는 것을 알게 될 것이다. 신앙의 진리성과 이성의 인식 사이의 어려운 관계를 화해시켜보려는 칸트의 시도에 대해 실러는 비판적인 자세를 취하면서도, 1793년 2월 28일 쾨르너를 상대로 강조하는 것처럼 근본적으로는 이 연구서의 견해에 동조하고 있다. 그는 말할 것도 없이 그 연구서가 지상에서의 고통은 내세에 보상받는다는 사상을 바탕으로 하는 그리스도교적 도덕론에 대해 유보적 입장을 취함으로써 자신의 입장을 무제한적으로 확인해주고 있음을 느낀 것이다. 특히 구원은 "철학적 신화"(NA 26, 220)라는 칸트의 견해는 이 시에 표현된 인간의 신앙심이 종종 수상쩍은 보상의 형이상학에 바탕을 두고 있는 것이 아닌가 하는 의혹과 일맥상통한다. 이 논문 마지막 부분에서는 자유의지에서 나온 도덕적 자기 의무를 은총에 대한 이기적인 기대감과 구별하려고 시도하는데, 이는 「체념」에 나타나는 관찰 방법을 대단히 정확하게 반영하고 있다.[97]

실러는 1794년 초 발표되지는 않았지만, 슈투트가르트의 은행가이자,

예술의 후원자인 고틀리프 하인리히 라프(Gottlieb Heinrich Rapp)가 쓴, 「체념」을 변호하는 글에 대해 해설을 쓴 바 있다. 여기서 그는 라프의 비평은 특히 믿을 수 없는 그리스도교 구원 사상의 교환 논리에 관한 것이었다는 점을 특별히 강조하고 있다. 그는 칸트의 논문에 영향을 받아 이 해설을 쓴 것이다. 라프의 집에서 있었던 대화 모임에서 우연히 접하게 된 라프의 찬사 글에 대해 실러는 자신의 시는 어찌 되었든 "절대적"인 효력이 아니라 "계약상으로" 효력을 지니는 "종교 미덕"을 공격하고 있는 것이라고 정곡을 찔러 답하고 있다. 왜냐하면 믿는 사람은 지상에서 올바르게 처신한 것이 천국에서 보상받을 수 있다는 전망을 제시해주는 "협정을 세상을 창조한 창조주"와 체결했기 때문이다.(NA 22, 178)[98] 이 교환의 형상이 이미 「자유분방한 정열」에서 밝힌 그리스도교 모럴에 대한 비판의 주종을 이루고 있다. 실러의 해설은 종교적 질서 구조 자체는 형식상 악용될 소지가 있다는 점을 분명하게 지적한다. 그 형식은 개인적인 실수의 표시일 뿐 아니라, 그리스도교 형이상학의 성격에 문제점이 있다는 방증임을 나타내고 있다. 1795년에 발행된 《호렌(Horen)》 창간호에 실린 격언 같은 단시(短詩)는 그와 같은 유보감을 더욱 확고하게 표현하고 있다. "나에게 행복한 자가 나타나면, 나는 하늘의 신들을 잊는다, / 그러나 내가 고통스러워하는 자를 볼 때면, 내 앞에 그 신들이 서 있다."(NA 1, 269)

송가 「환희에 부쳐」는 언뜻 보기에 두 편의 만하임 시와 짝을 이루는 것처럼 보인다. 이 송가가 인간의 경험과 하느님의 뜻이 하나가 되는 것을 인정한다는 점에서 그렇다. 이와 같은 합일은 행복의 계시를 통해서 보장된다. 그러나 이 송가가 더 이전의 시들과 함께 하고 있는 확신은 합일 체험의 약속들이 이미 세상의 질서의 틀 안에서 얻을 수 있어야 한다는 것이다. 적어도 추상적인 형이상학의 희생물이 되지 않으려면. 「체념」에서와 유사하게 여기서 실러는 믿는 자가 저승에서 기대하는 절대적인 의미는 오로지 행복한 체험을 통해서만 손에 잡히는 형체를 얻을 수 있다는 견해를 밝히고 있다. 이 기쁨에 대한 노래는 인간의 내면에 있는 놀이 공간들과 구체적으로 대결하는 것을 찬성함으로써 역시 「율리우스의 신지학」의 형이상학적 고공비행과는 현저한 거리감을 보이고 있다. 이 시기가 1785년 후에 와서 평생 친구가 된 쾨르너와의 행복한 만남의 영향을 받아 집필되었다는 것은 선택된 테마가 설명해주고 있지만, 이 테마가 미처 시인의 이론적 관심을 설명해주지는 못하고 있다.[99] 이 리트를 경험과 초월의 관계를 다룬 서정시 3부작의 마지막 부분으로 고찰할 때에만 비로소 저자의 이론적 관심이 보일 수 있게 된다.

이 송가는 '합창'의 뒷받침을 받아 여러 단계와 주제의 관점들을 통해 영광주의의 주도 모티브를 끌어나가고 있다. 이 송가의 본보기는 1747년에 발표해서 빠른 시일 내에 당대의 독자들에게 선풍적 인기를 불러일으킨 프리드리히 폰 하게도른의 리트 「환희에 부쳐」이다. 3년 후에 클롭슈토크가 집필한 송가 「취리히 호수」에서는 여기에서 논의된 보트 놀이의 회원들이 "하게도른이 느낀 것"과 똑같은 느낌을 가지도록 작용하는 "기쁨의 여신"을 주문으로 불러올리는데, 이는 이 영향사를 반영한 것이다.[100] 본보기의 문체를 모방한 이 테마의 서정적 묘사는 후에 와서 요한 페터 우츠와 「프로이센의 전쟁 노래」로 유명해진 요한 빌헬름 루트비히 글라임도 선보인 적이 있다. 실러는 하게도른으로부터는 기억하기 쉬운 강약격의 리듬을, 우츠로부터는 호감의 본질을 변주할 장미 모티브를 넘겨받는다.[101] 그의 송가는 물론 이성(理性)을 '즐겁게 하는 것'이 기쁨이라고 이해하는 이른바 계몽주의적 관점에서는 벗어나고 있다.[102] 클롭슈토크의 「취리히 호수」에서와 마찬가지로 플라톤 이래로 익숙했고, 제목의 주 개념 속에 지양되어 있는 열광의 능력은 보편적 경험의 매체로 선언된다. 그러나 클롭슈토크는 승화된 자연의 만끽과 우정의 즐거움을 묘사하는 것에 국한한 반면에 실러의 묘사는 사회적 요소들을 포함하고 있다. 사회적 관습을 통해 굳어진 신분의 한계가 기쁨의 기호 속에서 지양된다("그대의 요술은 유행의 검이 갈라놓은 것을 다시 묶는다"(NA 1, 169, v. 5 이하)). 군주의 자의의 종양들이 억제되고("왕의 보좌 앞에서 남자들의 자긍심"(v. 89)은 분명 「돈 카를로스」의 포자 후작의 유명한 알현 장면을 연상케 한다), 부당한 재판의 형식들은 화해의 프로그램을 통해 극복된다("폭군의 사슬의 구제, / 악당에게도 보이는 도량"(v. 97 이하)). 혁명으로 프랑스 국가가 요동치기 4년 전에 이미 실러의 송가는 정치적으로 대담한 사회적 평등의 비전을 그리고 있다. 그 희망의 비전을 지탱해주는 것은 온갖 벽을 허무는 인간적인 감동의 힘에 대한 행복론적 믿음이다.

이 송가의 특징은 주도 모티브를 기술하는 원근법이 고정되어 있지 않고 바뀐다는 점이다(장 파울은 이 점을 분명하게 예술적 완성도가 부족하다는 증거라고 비판했다).[103] 시가 진행됨에 따라 기쁨은 '신들의 불꽃'(v. 1), 낙원의 딸(v. 2), 생명수(생명을 제공하는 음료수)(v. 25), 장밋빛 차선(v. 28), 자연의 다리에 달린 쿠션(v. 37 이하), 불의 거울(v. 49), 포도송이와 포도주(v. 73과 그다음 행)로 나타난다. 이와 같은 비유들을 단호하게 바꾸고 있는 것은 완성된 비유 영역을 실러가 연출하고 싶어하지 않는다는 것을 말해준다. 오히려 의미 연관의 폭이 다양한 것은 많은 현상을 서정적으로 불러올리도록 하는 것이다. 전적으로 젊어서 쓴 시들의 작풍으로, 그리스도교와 고대의 믿음의 세계가 서로 맞물려 노니는 것도 거기에 어울린다. "별들의 장막 위에"(v. 11 이하) 살고 있는 사랑하는 "아버지"는 신약성경에 나오는 자비로운 하느님의 모습을 지니고 있는 반면에 "낙원에서 온 딸"(v. 2)인 기쁨은 우선 그리스의 신화에 귀속되고, 그들을 축하하기 위하여 어울려 순배(巡杯)하는 축제는 이교도풍의 디오니소스의 주연과 동시에 최후의 만찬 의식을 연상케 한다. 최후의 만찬은 "포도송이의 금빛 피 속에"(v. 74) 그리스도의 고난을 상징적으로 그려내고 있다. 10년 후에 휠덜린, 헤겔, 노발리스에게서 강령적 성격을 얻게 될, 고대와 그리스도교 문화 모형들의 오버랩은 여기서 새롭게 묘사를 강조하는 역할을 한다. 기쁨의 보편성은 기쁨이 경계를 뛰어넘고, 시대를 초월하는 작용 속에 반영되어 있다.

　당시의 비밀결사 프리메이슨의 노래와 이 송가가 지닌 공통점은 관습에 얽매이지 않는 우정으로 하나가 된 형제 공동체라는 사회적 유토피아이다. 실러는 이미 만하임에서 프리메이슨 지부의 회원들과 접촉한 적이 있다. 한 교단의 선전원이 그를 방문해서 그의 이름이 이미 "여러 프리메이슨의 명부"(NA 23, 112)에 실려 있음을 알려주었다고 실러는 1783년 9월에 헨리에테 폰 볼초겐에게 보고하고 있다. 1785년 여름 라이프치히에서 결성된 친구들 모임이 그와 관련된 소문을 퍼뜨렸지만, 실러는 프리메이슨 지부 가입을 결심할 수가 없었다. 화가 요한 크리스티안 라인하르트(Johann Christian Reinhart)를 포함해서 그 모임의 여러 친구들이 이 교단의 일원이었다. 그 결과 실러도 그 모임에서 부르는 노래들을 알게 되었을 것이다. 그 노래집에 실린 많은 노래들은 세상에 전파되기도 했다. 그중에는 발타사르 오켈(Balthasar Ockel)의 「프리메이슨 지부를 위해 부를 노래들(Lieder, zu singen für die Freimäurerlogen)」(1782)이 있다. 거기에는 하게도른과 우츠의 환희의 송가들도 포함되어 있었다. 실러가 그와 같은 노래들의 개요를 알고 자신의 작품에 이용했을 가능성이 있다. 또한 그가 쓴 송가가 효과를 거두는 데 성공했다는 것은 후에 여러 프리메이슨 조합이 부르는 노래의 레퍼토리에 그 송가가 끼게 되었다는 사실이 증명해준다. 사법연수생

체르보니 디 스포세티(Zerboni di Sposetti)는 1792년 12월 14일에 골가우 지부 '황금의 천체(Zur goldenen Himmelkugel)'의 대표자로서 분명히 이 송가를 부를 때 "지금까지 개개인의 마음속에 고귀하고 기쁜 감정이 일깨워진 것"에 대해서 감사의 뜻을 분명히 하고, "내면적인 형제애"를 지닌 작자의 "창조 정신"에 대하여 경의를 표했다.(NA 34/I, 208)

실러의 생존 시에 이 송가를 가사로 사용하여 지은 노래는 총 50곡에 가깝다. 피셰니히(Fischenich)가 전해준 정보에 의하면, 1824년에 이 송가를 9번 교향곡에 삽입한 베토벤은 이미 1793년에 음악으로 각색할 계획을 가지고 있었다고 한다.[104] 처음에는 이 계획이 추진되지 못했다. 그러나 「피델리오(Fidelio)」(1805)에서 플로레스탄이 감옥에서 석방된 뒤에 실러의 시어를 약간 변형해 "귀여운 아내를 얻은 자는 환호성을 지르라"(v. 15행 이하 비교)며 사랑을 찬양하려고 한 것은 이 작곡가가 이 송가에 대해 존경하는 마음을 지니고 있다는 반응을 보인 것이나 다름없다. 이 송가에 표현된 비전문적인 색채를 띤 강령은 후년에 와서 수많은 모방 사례를 초래했다. 이 모방 사례들은 '환희'를 '자유', '조국애' 또는 다른 구호로 대치했다. 가장 유쾌하지 못한 변형은 클라이스트의 국수주의적 노래 「여신 게르마니아가 자녀들에게 보내는 노래(Germania an ihre Kinder)」이다. 이 노래는 1809년 드레스덴에서 탄생했는데, 그 후 1813년에 라인 동맹국들과의 군사적 갈등 상황에서 프로이센이 맡아야 할 국제정치적 역할에 대한 애국적 해설로 출간되었다. 실러는 1800년 10월 21일에 쓴 한 편지에서 자신이 쓴 송가에 대하여 불편한 심기를 토로하며, 이미 극복된 습작 단계를 반영하는 "역겨운 시"라고 깎아내리고 있다.(NA 30, 206)[105] 그는 그 시가 이룩한 전례 없는 성공의 역사에도 불구하고, 1800년 발행한 『시집』 제1집에는 더 이상 실리지 않도록 함으로써 일관된 태도를 보였다. 비로소 1803년에 출간된, 주로 젊어서 쓴 작품들로 채워진 『시집』 제2집에서는 이 송가도 약간 개작되어 독자에게 선을 보이고 있다.

《탈리아》에 게재된 이 세 편의 시는 각각 주제가 다르면서도 내적으로는 통일성을 지니고 있다. 그들의 공통점은 빛바랜 그리스도교적 질서 이념의 범주 내에서 인간이 행복을 경험할 가능성을 다루고 있다는 점이다. 「자유분방한 정열」이 정열과 도덕적 구속의 반목을 기술하고 있다면, 「체념」은 형이상학적 구원 사상의 교환 논리에 대한 불신을 표현하고 있다. 마지막으로 송가 「환희에 부쳐」는 앞의 두 작품에서 본보기로 기술된 쾌락과 희망, 애착과 의무, 내재와 초월의 대립 관계를 열광주의를 찬양하는 노래를 통해 다시금 지양하고 있다. 행복이 성취된 순간은 회의론자의 철학적 의심을 불식시킬 수 있다는 것이 어디까지나 그 송가가 확신하고 있는 복음이다. 이 송가는 인간의 세상 경험 내용에 방향을 맞추고, 창조주이신 하느님의 역할과 그에 대한 인간의 관계를 성찰한다는 점에서는 다른 두 텍스트들과 일치하고 있다. 그처럼 그리스도교적인 용서의 형이상학은 총체적 자연의 법칙을 쫓는 사랑의 질서의 비전에게 밀리고 있는 것이다. 이와 같은 낙관적인 세계관의 원대한 희망과 결부되어 있는 위험들은 오로지 서정시의 사상 놀음의 연관 속에서만 예술적으로 표현될 수 있다. 이 서정시의 사상 놀음의 성격에는 융통성이 있는 편이어서 젊은 작자가 정신적으로 실험하고 있는 기쁨의 의미 연관에 대해서 적절한 방법으로 논의해볼 수 있는 여지를 남겨 놓고 있다.

제3장

무대의 위력:
초기 희곡과 연극론
(1781~1787)

1. 18세기 말의 희곡과 극장

자연의 등장

헤르더부터 렌츠까지의 희곡론

1730년에 발표된 고트셰트의 「비평문학 시론(Versuch einer Critischen Dichtkunst)」은 독일 계몽주의 희곡의 발전 방향을 프랑스의 의고주의 쪽으로 정해놓았다. 비극과 희극을 규정하는 새로운 방법은 엄격한 체계를 바탕으로 하고 있었다. 이 엄격한 체계는 크리스티안 볼프 철학의 연역적 방법에 편승해서 논리적 기준에 맞춰 정확히 확정된 법칙에 준거함으로써 문학 장르를 이해하는 데 도움을 주었다. 아베 뒤보(Abbé Dubos)의 『비판적 성찰(Reflexions critiques)』(1719)에 자극을 받아, 감각을 통한 지각을 예술 작품 평가의 중요한 판결 심급으로 승격한 미학적 감각주의도 고트셰트 학파의 합리주의적 논쟁 모형과 거의 차이가 나지 않았다. 레싱에 와서 비로소 특히 『문학 서신(*Literaturbriefen*)』(1759~1765)과 『함부르크 희곡론 (*Hamburgischen Dramaturgie*)』(1767~1769)에서 규범적인 장르 규정이 와 해되는 조짐이 나타났다. 시민 비극과, 감동을 주는 희극의 탄생은 두 희곡 장르가 관중에게 감동을 주는 수법이 비슷하다는 것을 증명함으로써 분명한 구별을 목표로 하는 문학 체계의 안정을 뒤흔들어놓았다. 그와 동시에 1750년대 말부터 독일의 극장 무대에 중산층 출신의 비극 주인공들이 가 일층 빈번히 등장했다. 이는 의고전적인 원칙은 물론, 시민적 감정 문화를 반영하는 최루성(催淚性) 멜로드라마의 원칙에도 똑같이 어긋나는 것을 의 미했다. 그러나 규칙의 지배를 받던 계몽주의 희곡 문학을 완전히 극복하는 것은 1770년대에 와서 셰익스피어에 대한 열광과 천재 운동의 영향을 받아 비로소 실현되었다. 스위스의 미학자 크리스토프 카우프만(Christoph Kaufmann)이 1777년에 클링거의 희곡을 출간하면서 붙인 제목에 따라 사람들은 마음에 깊이 각인된 이 10년간을 질풍노도의 시대라고 불렀다.

이 새로운 시대의 전초 역할을 한 것이 시민 비극이었다. 이 시민 비극의 영향사는 18세기 후반의 희곡 이론에 중요한 결과를 가져왔다. 주지하는 바와 같이 이 장르를 도입한 사람은 레싱이다. 그는 릴로(Lillo)의 「런던 상인(The London Merchant)」과 무어(Moor)의 「도박꾼(The Gamester)」을 모형으로 삼아 1755년 희곡 「미스 새러 샘프슨(Miss Sara Sampson)」을 집필하여 새로운 유형의 독일어 희곡을 최초로 시장에 내놓은 것이다(이 작품의 선구자 역할을 한 것은 마르티니(Martini)가 1753년에 발표한 「뤼졸트와 자피라 (Rhynsolt und Sapphira)」이다). 1756년과 『에밀리아 갈로티(*Emilia Galotti*)』가 출간된 1772년 사이에 스물다섯 편 이상의 시민 비극이 발표되었고, 그 중에 열세 편은 시민 비극이라는 장르를 분명히 밝혔다. 이 숫자는 1775년 이후에 다시 한번 늘어나고 1780년에 와서 잠정적인 절정에 이른다. 엥겔

(Engel), 고터(Gotter), 이플란트(Iffland), 슈뢰더(Schröder), 바이세(Weiße), 코체부(Kotzebue)처럼 관객의 반응에 민감한 작가들은 이 시기에 현실적으로 관객의 취향에 맞는 새로운 유형의 작품을 정기적으로 내놓았다. 시민적인 환경에서 살고 있고, 틀림없이 중산층의 도덕관에 젖어 있는 인물, 가정 내의 갈등에만 국한된 주제, 위험을 무릅쓰는 딸과 고지식한 아버지, 허영심에 찬 어머니, 파렴치한 유혹자, 그리고 실망한 애첩, 쉽게 읽을 수 있는 산문 형식의 말투, 특히 레싱이 『함부르크 희곡론』에서 꼼꼼히 생각해낸 기법, 구체적으로 표현해서 감동의 눈물을 흘리는 감상적인 관객에게 광범위한 공감을 제공하는, 이른바 극적인 동정 효과를 불러일으키는 기법 등이 성공적인 공연의 주요 요소로 작용했다. 이 새로운 장르가 널리 전파됨으로써, 라신(Racine), 코르네유(Corneille), 크레비용(Crébillon), 프라돈(Pradon) 같은 사람들이 제공하던 것과 같은 어색한 의상의 로마 비극들이 더 이상 본보기 역할을 하지 못했다. 도덕적으로는 모범적이지만 대부분 피와 살이 없는 주인공들을 연출하는 것을 과제로 삼던, 이른바 차가운 경탄을 자아내는 희곡론은 지금까지 알려지지 않았던 사실주의로 교체되었다. 이 사실주의가 관객에게 영향을 끼칠 수 있는 것은 어디까지나 이타심, 감수성, 인간애를 특색으로 하여 특별히 시민의 자기 연마의 매체로서 동정심을 일깨운다는 점에서였다. 1740년대에 라 쇼제와 볼테르의 희곡을 바탕으로 겔러르트가 개발한 것처럼 극장에서 단명했던 감상적 희극도 그와 비슷한 목표를 추구했다. 감상적 희극도 관용과 이타심을, 달리 말해서 도덕을 바탕으로 한 사회적 의사소통이라는 새로운 이상에서 출발했다. 후기 계몽주의의 시민 극장은 유리한 경우에는 관객에게 정체성을 발견케 하고 인격을 함양할 가능성을 똑같이 제공했다. 그러나 이와 같은 효과를 내야만 한다는 요구는, 산문 형식과 일상적 주제에 서슴없이 자신을 개방

함으로써 지나치게 냉정한 의고주의의 극장 문화를 극복한 희곡론과 연관을 맺을 수밖에 없었다.

1770년대 초에 셰익스피어와의 씨름이 결국 새로운 출발의 계기가 되었다. 이 영국인의 작품은 1750년대부터 처음으로 빌란트와 에셴부르크에 의해 독일어로 훌륭하게 번역되어 새로운 스타일의 희곡 모델을 제공했다. 이는 의고주의적인(부분적으로는 이미 아리스토텔레스까지 소급되는) 시간, 장소, 사건의 통일 원칙을 더욱 큰 융통성과 다양성을 목표로 한 더욱 개방된 형식으로 대치하고 있다. 발 빠른 장소 변경, 서사의 확대와 과감한 행동의 비약을 꾀하는 희곡론의 확립에 대한 최초의 언급은 유스투스 뫼저의 글 『어릿광대(*Harlequin*)』(1761)와 하인리히 빌헬름 게르스텐베르크의 『문학의 기이성에 대한 서신들(*Briefe über Merkwürdigkeit der Literatur*)』(1766~1767)이 제공하고 있다. 또한 이 저서들은 엘리자베스 시대의 극장이 보여주던 생명의 불에 방향을 맞춘 무대예술의 선전을 곁들이고 있다. 한편 뫼저의 『어릿광대』는 "그로테스크하고 희극적인 요소를 옹호하는" 동시에 주인공의 자연스러운 성격을 높이 평가하고 있다. 조금 뒤에 집필된 괴테(1771)와 헤르더(1773)의 셰익스피어 논문들, 그리고 야코프 미하엘 라인홀트 렌츠의 「연극에 대한 주석(Anmerkungen übers Theater)」(1774)은 젊은 세대 작가들의 변화된 취향을 풍향계처럼 알려주고 있다. 이 에세이들은 희곡 이론에 관한 기고문인 동시에 근대화된 예술가 이미지에 대한 증언이기도 하다. 이 증언들은 문학적 활동은 오로지 작가의 천부적 소질을 바탕으로 해야 한다는 소신을 담고 있다. 그들이 보기에 문학작품의 질을 결정하는 요인은 독일에서 고트셰트의 의고주의 문학과 알렉산더 고틀리프 바움가르텐(1750~1758)과 게오르크 프리드리히 마이어(1749년 이후 계속)의 미학, 그리고 여전히 레싱의 『함부르크 희곡론』 등이 작가가 갖추어야 할 도구로 전수하려던 규범적 원칙에 대한 지식과 기법의 습득이 아니라, 열광, 영감, 재능인 것이다.[1]

괴테, 헤르더, 렌츠는 자신들만의 독자적인 형식을 시도함으로써 문학의 새로운 지평을 열었다. 설교의 어조, 비약적인 묘사, 비유들의 유희는 엄격한 근거를 제시하는 규범문학의 모형들에게 등을 돌리고 있음을 웅변조로 말해준다.[2] 1771년 10월에 작성했으나 1854년에 와서야 비로소 출판된 괴테의 연설문 『셰익스피어 날을 기해(*Zum Schäkespears Tag*)』는 이와 같은 의미에서 과장된 성격을 지닌 개인적인 신념의 고백으로 평가된다. 영국인 셰익스피어의 작품이 그 자신으로 하여금 "규칙에 얽매인 연극을 단념할" 결심을 하도록 유도했다는 것이다.[3] 셰익스피어의 드라마는 보편적이면서도 자연스러운 양식의 사건들을 보여주는 극장에 대하여 관심을 가지게 했다는 것이다. 괴테는 이 영국인의 무대를 "보이지 않는 시간의 실에 끌려 세계의 역사가 우리 눈앞에서 춤추게 하는 요지경 상자들"이라고 불렀다.[4] 거기에 보태져 있는 것이 개인의 권리와 역사적 현실 사이의 비극적 알력을 생생하게 연출하는 그의 특별한 기술이다. "그의 희곡 작품들은 모두 어떤 철학자도 아직은 보지 못하고 규정하지 못한 비밀의 점을 맴돌고 있다. 즉 그 비밀의 점 안에서 우리 자아의 고유한 것, 즉 우리의 의지가 노리던 자유가 전체의 필연적인 진행과 부딪친다."[5] 괴테가 보기에 셰익스피어의 절대적 창조력은 자아실현 의지 때문에 불손한 반역자의 상징이 된 그리스의 티탄의 에너지와 비교할 수 있었다. "그(셰익스피어)는 프로메테우스와 경쟁을 했고, 그를 모방해서 줄기차게 자신의 인간을 만들어냈다. 오로지 거인의 형상으로만."[6] 셰익스피어가 남달리 뛰어났던 것은 그의 자아의식 때문이었던 듯싶다. 2년 후에 쓴 괴테의 프로메테우스 송가도 그 자아의식을 대담하게 드러내 보이고 있다. "나는 여기 앉아 사람을 빚고 있다 / 나의 형상을 본떠서 / 나와 같은 계통의 / 고뇌하며 울고 / 즐기고 기뻐하며, / 그리고 나처럼 너를 / 무시하는."[7] 이 희곡작가는 관습의 굴레를 벗어나 자기 자신의 세계를 형성하는 반역적인 거인이 되고 있다. 이처럼 과장된 평가의 이면에서는 문학 평가의 새로운 형식이 모습을 나타내고 있다. 즉 규범화하는 규칙 학문 대신에 이제는 예술이 특수한 법칙을 지닌 제2의 자연을 창조한다는 사상이 등장한 것이다. 이 자연은 고갈되지 않는 창작 에너지의 상징이 되고 있다. 자연은 더 이상 가능한 한 정확하게 모방하는 대상이 아니라, 창조성과 독창성의 상징이 되고 있는 것이다(이 사상의 지적 소유권은 섀프츠베리와 영에게 있음).[8] 스위스의 화가 요한 하인리히 퓌슬리(Johann Heinrich Füssli)가 1760년대 중반부터 셰익스피어 희곡을 그림으로 묘사한 동판화들은 무대 공간을 자연의 풍경과 같이 보여주고, 그 속에 인물들을 무리 없이 끼워 넣음으로써 이와 같은 견해에 부응하고 있다. 여기서 연극의 장면은 미학적 특성 묘사를 비추어주는 거울이 되고 있고, 그와 같은 특성 묘사를 통해서 그 시대는 그 작가의 작품을 이해하려고 했다.

셰익스피어의 희곡은 살아 숨 쉬는 개성 있는 인물들과 느슨해 보이는 짜임새 때문에 젊은 헤르더에게도 호평을 받았다. 그가 이미 1771년 여름 스트라스부르에서 돌아온 후에 완성한 셰익스피어 드라마에 대한 논문은 1773년 건축학에 대한 프리지스(Frisis)와 괴테의 논문과, 또한 뫼저의 역사 에세이와 나란히 「독일인의 특성과 예술에 관하여(Von der deutscher Art und Kunst)」라는 제목으로 발표되었다. 헤르더는 괴테와는 달리 고대의 비극과 현대의 비극 간의 역사적 구별에 근거해서 셰익스피어를 칭찬하고 있다. 이와 같은 구별은 셰익스피어의 천재 정신에 현대의 의식구조가 반영되어 있는 것을 볼 수 있는 기회를 제공했다. 셰익스피어의 창조 정신은 그의 드라마가 그리스인들에게 통하던 운명의 질서 대신에 형이상학적 세력을 넘어서서 개인의 자주성에 대한 권리를 인정하는 점에 잘 나타나고 있다. 헤르더에 따르면 북부 유럽의 신화가 부각된 그의 연극 세계에서는 고대 세계의 획일성이 아니라, 가지각색의 성격을 지닌 다양한 인물들과 만나게 된다. 그 인물들은 기질적으로 한결같이 아픈 상처를 지니고 있기 때문에 프랑스 의고주의의 격식에 얽매인 인물들과 시민 드라마의 대중적 인물 유형들과 똑같이 차이가 난다. 그들은 인간 개인이 지니고 있는 의미의 다양성을 표현함으로써 초인만을 상대하는 신화의 영향력으로부터 벗어나는 대신, 갈기갈기 찢긴 역사적 현실에 대한 깨달음을 얻게 된 한 시대의 사상적 지평에 주의를 환기하고 있다.[9]

셰익스피어의 드라마는 신화를 비롯해서 정치사는 물론 수공업자의 생활환경에 관한 테마까지도 다루고 있기 때문에 헤르더가 보기에는 우주 극장의 성격을 띠었다. "그래서 사람들이 보기에 이 위대한 정신에게는 세상 전체가 오로지 육체일 뿐인 것이다. 이와 같은 육체에 출현하는 모든 자연은 곧 지체들이다. 이 정신에게는 모든 성격과 사고방식이 각자의 특징들인 것처럼, 그 전체적인 것은 스피노자가 '신! 우주!'라고 부르는 거대 신이라고 할 수 있을 것이다."[10] 이 과감한 비유는 이 에세이가 셰익스피어의 텍스트들을 신의 섭리로 이루어진 자연의 예술 작품으로 변용하려고 한다는 것을 분명하게 밝혀주고 있다. 헤르더가 의지하는 인물은 괴테의 프로메테우스가 아니라, 만유의 신이다. 그는 창조의 원칙 대신에 자연적으로 발효(醱酵)하는 원칙을 만유의 신이라고 부른다. "[만유의 신은] 파도 속에서 파도가 속삭이는 사건의 바다 앞에서처럼, 그의 무대 앞에 나타난다. 자연의 등장은 앞서거니 뒤서거니 하면서 서로 엉켜 작용하여 서로 다른 것을 보여주고, 자신을 드러냈다가 자신을 파괴한다. 그렇게 함으로써 모든 것을 계획적으로 도취나 무질서와 어울리게 한 것처럼 보이게 하는 창조자의 의도가 이루어지고, 모호하고 작은 상징들이 하느님의 의로우심을 햇살처럼 투영하는 투영도가 되는 것이다."[11] 그러나 과거 문학의 "잡다한 규칙"[12]에 반대하는 셰익스피어 예술에 대한 범신론적 색채를 띤 찬사는 문학 활동의 역사적 조건에 대한 정확한 통찰을 담고 있다. 고대와 현대의 무대예술은 그들의 상이한 문화 예술적 지평에서 설명되어야 하기 때문에 영원한 효력을 지닌 본보기라는 게 있을 수 없다. 셰익스피어의 모든 작품도 헤르더가 언급한 것처럼 부단히 나이를 먹는 과정에 귀를 기울이고 있다. 그러므로 그의 작품이 신성을 지닌 자연의 성상(聖像)으로 변용된 것으로 보아야 한다는 강력한 주장은 예술적 모형들에게 항상 제한된 복종의 공간만을 할애하려고 하는 회의적 시각과 대척점을 이루고 있다.

렌츠의 「연극에 대한 주석」은 현대의 성격 희곡에 대한 절대 찬성과 규범문학에 대한 불신을 헤르더에게서 물려받았다. 렌츠가 선호하는 무대예술은 아리스토텔레스가 추천하던 것과는 달리 행동(신화)이 아니라 인물의 형상화 기법이 관심의 중심이 되는 예술이었다(장면적 행위에 우선권을 부여하는 것은 오직 희극에만 해당한다). 셰익스피어는 또다시 섬세한 심리묘사의 대가로 통한다. 왜냐하면 그는 심리에 조예가 깊은 사람답게 노련한 자세로 등장인물들의 내면적 긴장을 진실에 충실하면서도 개성 있게 파악하기 때문이다.[13] 인간의 열정은 레싱의 동정을 통한 일체감의 시학을 통해 시민 비극을 좌우하는 결정적 요소로 작용했지만, 렌츠는 인간의 열정을 이상형으로 묘사하는 것을 단호히 거부했다. 그는 삶과 거리가 먼 가정 드라마의 "심리학"에 맞서 긴장감 넘치게 그려진 개인들이 사건의 중심에 서는 "성격 드라마들"을 내세웠다.[14] 이와 같은 판정은 맹목적인 운명주의의 억압에서 해방되어 자신의 사회적 운명을 자신의 손에 쥐고 있는 현대인의 해방 염원에 부합하는 것이다. 이제는 더 이상 신화가 아니라, (비극에서는 좌절을 겪고, 희극에서는 성공하는) 개인의 관철 의지가 반드시 연극의 행동이 갖추어야 할 척도가 되는 것이다. "왜냐하면 주인공만이 그의 운명의 열쇠이기 때문이다."[15] 렌츠는 현대 성격 드라마가 참여적 자세로 연출된 사회 비판적 앙가주망을 요구한다고 보았다. 괴테의 『괴츠 폰 베를리힝겐』(1774) 서평이 암시하는 것처럼 성격 드라마를 뒷받침하고 있는 것은 시민적 개인은 밀물처럼 밀려오는 사회적 압박에 밀려 부득이 자유롭지 못한 역할 담당자 신세로 전락하고, 끝내는 질식해서 죽고 만다는 의식인 것이다. 이와 같은 통찰에서 생겨난 요구는 영향력이 막강한 극장의 도움으로 인간의 포괄적인 해방을 위한 더 나은 전제를 만들라는 것이다. 렌츠는 1775년 7월 자신의 드라마 『병사들(Soldaten)』을 완성하고 얼마 후에 소피 폰 라 로슈에게 보낸 편지에서 자신의 예술적 의도를 이렇게 밝히고 있다. "부인! 제가 당신에게 간절히 부탁하고 싶은 것은 저의 관객은 전적으로 단순한 백성들이라는 것, 저는 천민들을 취향이나 교양 있는 인사들과 마찬가지로 배제할 수 없다는 것, 미천한 남자는 악습의 세부적인 발동의 추악함을 그다지 잘 알지 못하기 때문에, 오히려 그 악습의 발동이 어떤 결과를 낳는지를 생생하게 보여주어야 한다는 것 등을 고려해달라는 것입니다."[16] 렌츠가 노리는 이와 같은 효과에 부응하는 것이 바로 하층계급 출신의 인물들도 포함된 극적인 인물의 확대이다. 즉 천민이 관중석에서나 무대 위에서 똑같이 전에 없던 신뢰감을 얻고 있는 것이다.

규칙시학에 등을 돌리는 현상은 1760년대 말부터 시작되어, 희곡 이론 분야에서 특별히 빠른 템포로 번져나갔다. 이 현상을 수반하고 있는 의식은 문학의 창조적 능력에 대한 것인데, 이는 자연을 닮은 마술적 성격의 힘으로까지 이상화되었다. 지금까지의 과장된 천재 숭배의 자리에 자기 고유의 문화적 의미를 얻고 있는 주제와 형식상의 새로운 경향들이 들어선 것이다. 이와 같은 주제와 경향들을 구체적으로 열거하자면, 정열의 포발적 표현에 있어서 언어 규범의 파괴, 성적·종교적 금기의 파기, 인간의 육체적 생존과 욕구의 구조에 대한 배려, 강박관념이 되다시피 한 반복 행위에 대한 성찰, 가정과 사회의 권위적 모델에 대한 반항, 목적이 되다시피 한 합리성에 대한 비판, 전통적 역할 기대에 반발하는 우울한 현실 도피적 제스처, 정확히 계산되고 계몽된 이성 문화적 삶의 모형과는 구분되는 즉흥적인 행동 양식의 실험, 사회적 규정의 촘촘한 망을 벗어나 자연에서 도피 공간을 찾으려는 염원 등이 바로 그것이다. 이 새로운 드라마는 그처럼 시대정신을 숨 속에서 담고 있는 것, 곧 사회적 관습이나 예술적 관행에 맞서 애써 자기주장을 펼치려는 이른바 혼돈의 여지가 없는 국외자적 삶의 자세를 무대 위에서 보여주고 있는 것이다.

위대한 인물들의 폭발적 등장
천재 시대의 드라마(1770~1780)

실러의 초기 연극 활동은 1770년대 초부터 전개된 청년 문학 운동의 성격을 지니고 있다. 새로운 세대는 가정, 사회, 학교, 문화계에 팽배한 가부장적인 권위에 맞서 반란을 시도했다. 같은 시기에 학문과 예술이 주제로 삼은, 어린이와 청년에 대한 지적인 재평가는 관습적인 모형을 배척하는 경향과 일치한다. 18세기 중반부터 시장에는 실습을 동반한 교육 프로그램을 소개하려는 진정서와 논문들이 범람했다. 바제도(Basedow), 캄페, 잘츠만(Salzmann)같이 의식이 깨어 있는 교육자들은 교육제도의 개혁과 고등교육기관의 확장을 위해 진력했다. 인간의 사회화는 당대 심리학의 중요한 연구 대상으로 발전했다. 사람들은 어린이의 언어 습득, 자라나는 아이들의 독서 태도, 기초 교육의 제도화, 김나지움 제도의 통일, 수업 계획의 현대화에 대하여 토론했고, 의사와 신학자들은 사춘기의 문제, 성적 성숙, 자위행위, 성 위생학 등을 다루었다. 사춘기 아이들이 겪는 정향(定向)의 어려움을 해결하는 문제는 성장하는 어린이의 발전을 위해 뜻깊은 일로 처음으로 인식되어 학문적으로 조명되기에 이르렀다. 대학에서 계획대로 확정되는 교과과정은 언제나 개별적인 연관을 고려하지 않기 때문에 젊은 사람들이 겪고 있는 위기를 이해하기에는 불충분하다는 것을 문학은 폭로해 주고 있다. 즉 우울증과 슬픔에서 오는 젊은이의 질병은 사례담(事例談)을 서술하는 문학의 테마로서 점점 더 큰 비중을 얻게 된 것이다.

새로운 작가 세대를 대표하는 사람들은 대부분 1770년에 막 성년 나이에 접어든 사람들이었다. 연령별로 보면, 헤르더가 26세, 바그너가 23세, 괴테가 21세, 뮐러가 21세, 렌츠가 19세, 클링거가 18세, 라이제비츠가 17세였다. 시간이 조금 지난 뒤에 이들은 그 시대의 가장 유명한 작가들의 반열에 올랐고, 그들이 발표한 작품들은 공개적인 토론을 유발했고 문체 형성에 영향을 미쳤다. 그렇지만 이미 1780년에 그들의 별은 다시 지다시피 했고, 헤르더와 괴테를 제외하고는 모두 잊힌 존재가 되고 말았다. 변화 의지를 자산으로 삼아 생명을 부지하던 이 세대의 예술가적 아우라는 젊음의 해소와 함께 상실되고 만 것이다. 이에 대해서 에른스트 블로흐(Ernst Bloch)는 『희망의 원리(Prinzip der Hoffnung)』에서 다음과 같이 언급하고 있다. "질풍노도의 작가들은 모두 주관적으로뿐만 아니라 객관적으로도 그들의 시대와 똑같이 늙어가고, 마침내 잠에서 깨어나는 독일 시민계급의 성향과 같은 느낌을 가질 수 있는 행운을 얻었다."[17] 또한 이 아방가르드의 대표자들은 "종종 개념을 미처 정리하지 못한 채 도취에 빠져 있었다"고 블로흐는 말하고 있다.[18] 이들은 세기 중반에 태어나서 계몽주의 시대의 기대감을 가지고 성장했고, 프랑스 혁명 전야에는 독재, 사회적 순치(馴致), 편견, 특권 등에 반대하는 전쟁터에 나가려던 세대들이었다. 예술적으로 경직된 모습을 보이던 바로 앞 세대 작가들의 작품들은 비판적으로 검토되었다. 괴테의 「제신, 영웅들, 빌란트(Götter, Helden und Wieland)」(1774)나 렌츠의 「독일의 악령들(Pandaemonium Germanicum)」(1775), 바그너의 「프로메테우스, 도이칼리온과 그의 서평자들(Prometeus, Deukalion und seine Recensenten)」(1775) 같은 풍자적인 글들은 로코코 미학의 유유자적한 연출과 시민 비극의 피상적 사실주의를 핑계 삼아 현실 적응의 경향을 나타내고 있는 계몽주의의 우직함을 조롱했다. 젊은 반역자들이 보이는 자신만만한 항의의 몸짓은 안정된 지위를 누리고 있는 세대를 당황하게 만들었다. 요한 게오르크 치머만(Johann Georg Zimmermann)은 1785년 방대한 연구서 『고독에 대하여(Über die Einsamkeit)』 제2권에 괴테, 클링거, 렌츠 같은 작가들이 부양해온 새로운 독창성 숭배 경향에 반대해서 이렇게 쓰고 있다. "독일에 만연한 천재 전염병은 대부분 세상과 등지고 살면서 고독 속에서 급격하게 확립된 자아상(自我像)과 자신들의 힘에 대한 한심한 꿈들을 가졌던 거친 젊은이들 사이에서 유행하지 않았다면 그렇게 창궐하지 않았을 것이다."[19] 프로이센의 왕 프리드리히 2세는 1780년 논박서 『독일 문학(De la littérature allemande)』에서 비슷한 어조로 새로운 작가 세대들의 셰익스피어 탐닉을 반박했다. 그는 그와 같이 셰익스피어에 열광하는 자세가 불쾌하게도 괴테의 「괴츠 폰 베를리힝겐」에 특히 잘 반영되어 있는 것으로 보았다. 독창적 천재인 척하는 자세의 유행은 어느새 젊은 세대의 대표자 자신들에게도 회의적인 느낌을 불러왔다는 것은 클링거가 희곡 「질풍과 노도(Sturm und Drang)」(1777)에서 펼치고 있는 시대 풍자가 증명해준다.

　1770년대에는 새로운 운동을 모색하는 남성들만의 그룹은 다수 존재했지만, 비교적 다수의 여류 작가들을 키워낸 적이 있는 계몽주의 문학 세계와는 달리 여자들의 역할은 기껏 뮤즈의 신, 애호가 또는 열광 받는 우상에 국한되었다. 천재 시대에는 비중 있는 여류 작가가 배출되지 못했다. (후에 헤르더의 배필이 된) 카롤리네 플라흐슬란트, 카롤리네 폰 볼초겐 또는 카롤리네 폰 칼프 같은 여인들은 예술적 야망을 보여주긴 했지만, 그 야망을 당시를 풍미하던 시대정신과 결합할 능력이 없었다. 자신의 재능을 시험해볼 가능성이 없었기 때문에 재능 있는 여류 문인 중 몰락한 경우가 적지 않았다. 그들 가운데에는 괴테의 누이 코르넬리아와 아그네스 클링거(Agnes Klinger)가 있다. 18세기 후반의 문학 시장에서는 오로지 남성 작가들만 반역자의 역할을 맡았다. 젊은 세대의 독창적 천재로서의 자기 묘사는 결국 인습적인 남녀 성차별 관념에 바탕을 둔 것이었다. 그런 상황에 당면해서 여자들은 자신의 창조력을 펼칠 수 있는 기회가 없었고, 오직 열광하는 미학적 역할만 남아 있을 뿐이었다.

　질풍노도 드라마의 중추적 역할을 감당하고 있는 것은 형식적으로나 내용적으로 계몽주의를 능가하려는 노력이다. 예술적인 변화 의지는 새로운 언어 표현술, 유치한 감정의 과시, 규칙시학 체계의 파괴, 문학 수용 계층의 확대 등을 통해서 나타났다.[20] 그러나 이 프로그램들은 궁극적으로 그들의 교육 요구를 실질적으로 훼손하는 일 없이 확대한다는 점에서 계몽주의와 연관이 있었다. 심지어 정열을 가장하는 새로운 드라마 어법을 지나치게 많이 사용하는 것도 방법을 달리할 뿐 계몽된 담론을 그대로 지속하는 것으로 볼 수 있다. 그 새로운 어법이 지닌 파토스도 따지고 보면 관객에게 보여준 작중인물들의 내면생활에 대한 더 깊은 통찰을 돕기 위해서 깊이 생각한 수사법이 빚어낸 결과이기 때문이다. 계몽주의의 낙관적 인간학이 이미 라이프니츠 볼프 학파 철학의 사회 이론에서 비판적으로 조명된 적이 있지만, 전혀 변함이 없는 사회 상황에 대한 불편한 심기에 바탕을 두고 있는 한, 무대 주인공들이 겪고 있는 그 시대 특유의 우울증은 아직은 계몽주의의 낙관적 인간학과의 결별을 의미하지 않는다. 그러나 이 새로운 세대는 자신들 내부에서도 정치적 모순들이 눈에 띄게 나타났고, 따라서 지금까지 생소하기만 하던 그들의 개인적 특성은 사회적 공공질서를 벗어나야 발휘될 수 있다는 인식이 근본적으로 작용했다.[21]

그렇기 때문에 젊은 희곡작가들이 개인적 경험의 거울 속에 나타난 사회적 갈등을 보여주는 것은 당연한 것으로 보인다.[22] 특히 셰익스피어에게 방향을 맞춘 무대예술의 도움으로 이와 같은 낌새를 시험하고 있는 작품 시리즈가 깊은 인상을 준다. 1769년 하인리히 빌헬름 게르스텐베르크의 비극 「우골리노」가 극단적인 고통에 시달리는 인간의 한계 경험에 대한 교훈극으로서 시작을 장식했다. 1773년에는 서정적으로 부드러운 음향과 병행해서 단단하고 단호한 어조를 지닌 괴테의 역사극 「괴츠 폰 베를리힝겐」이 발표되었다. 이 텍스트는 같은 때에 민요 연구와 건축사에 대한 헤르더의 에세이 모음 『독일인의 특성과 예술에 관하여』에 표현되어 있는 것과 똑같이, 자연과 밀접한 생활양식의 총화로 변용된 중세에 대한 감탄을 전달해주기 때문에 전형적인 징후를 지닌 텍스트라고 할 수 있다. 프리드리히 막시밀리안 클링거의 「오토(Otto)」는 2년 후에 서사적으로 광범위한 줄거리의 틀 안에서 기사(騎士)에 관한 주제를 계속 다룸으로써 「괴츠 폰 베를리힝겐」 모방 시리즈가 시작되는데, 이 시리즈는 클라이스트의 「슈로펜슈타인 가족(Familie Schroffenstein)」(1803)까지 계속된다. 젊은 작가들의 기법상의 레퍼토리가 얼마나 다양한가는 1774년 괴테의 「클라비고」가 보여준다. 괴테는 보마르셰(Beaumarchais)의 「회고록(Memoires)」(1774) 중 네 번째 편에 나오는 소재를 바탕으로 한낱 투명한 음모 행위의 묘사를 신경질적인 성격을 지닌 현대인의 심리학적 프로필과 연결하고 있다. 같은 해에는 야코프 미하엘 라인홀트 렌츠가 희비극 「가정교사(Der Hoffmeister)」를, 2년 후에는 「병사들」을 연속으로 발표하였다. 이는 계몽주의의 실패를 쓰라린 마음으로 청산하는 작품들이다. 그들의 개혁 사상은 계급제도가 지배하는 사회질서의 억압에 부딪혀 산산이 부서지고 말았다. 클링거의 「고뇌하는 여인(Das leidende Weib)」(1775)도 비슷하게 시민계급 가정의 위기를 효과적으로 관객의 눈앞에 펼치고 있다. 여기서는 단순히 정열의 힘만이 아니라, 경제적이고 사회적인 이해관계가 결혼을 좌우하는 사회적 관습이 파국에 이바지하고 있다. 하인리히 레오폴트 바그너의 「영아 살해범」(1778)은 반대로 천민과 귀족의 생활환경 차이에서 나타나는 신분 상승의 욕구와 이중 모럴, 구속적인 교육의 원칙과 방탕, 두려움과 비양심적인 행동 사이에 놓인 건널 수 없는 심연을 조명하고 있다. 유혹당한 딸들에 관한 바그너의 희곡은 앞서 렌츠의 작품이 보여주던 사회 비판적인 노선을 계승함으로써 그 자신이 1776년 독일어로 번역 출간한 메르시에의 훌륭한 에세이 『극장 (Du théâtre)』(1773)이 독자에게 미치는 영향력을 한층 강화해주었다. "백성들을 위해 쓰라(Écrire pour le peuple)"[23]는 프랑스인들의 구호에 바그너도 찬동의 뜻을 보이고 있다. 렌츠가 소피 폰 라 로슈에게 보낸 편지 내용에 따르면 연극은 특히 교육을 받지 못한 백성 계층에 와 닿아야 마땅하고, 그 계층의 사회적 교육 과제에 포함되어야 한다. 후에 와서 바이마르 고전주의의 연극미학은 이와 같은(어느 정도 환상적이기도 한) 관점을 그의 예술 프로그램이 요구하고 있는 배타성을 통해서 다시 제한하기에 이른다.

1770년대 말 「도적 떼」 초안 작업을 할 때 실러는 드라마의 근대화 시기라고 해도 좋은 지난 10년간을 돌이켜 볼 수 있었다. 가정 비극과 볼거리가 많은 기사극, 실내극과 그로테스크, 현대물과 사극 등 광범위한 스펙트럼을 지닌 다양한 형식은 인상 깊은 특색들을 지니고 있었다. 셰익스피어에게서 배운 이른바 끊임없는 장소 변화, 자연 장면, 그리고 넓은 풍경의 파노라마를 제공하는 연극론의 기본 모형들이 실러의 전 작품에는 특별한 의미를 지니게 되었다. 클링거가 「고뇌하는 여인」에서 보여주는 시민 비극의 활성화는 「괴츠 폰 베를리힝겐」에 이어서 괄목할 만한 변천을 이룬 역사극과 마찬가지로 실러의 관심을 끌었다. 그러나 실러가 연극을 이해하는 데 각별히 영향을 끼친 것은 프리드리히 막시밀리안 클링거의 「쌍둥이」와 요한 안톤 라이제비츠의 「율리우스 폰 타렌트」였다. 이 희곡들은 1775년에 조피 샤를로테 아커만(Sophie Charlotte Ackermann)과 그녀의 아들 프리드리히 루트비히 슈뢰더가 이끄는 함부르크 극장이 현상 공모한 연극 경연에 응모한 작품들이었다.[24] 이 두 희곡작가들이 서로 협의 없이 독자적으로 작업을 한 사실에 비춰 볼 때, 이 두 작품들의 테마가 유사한 것은 놀라운 사실이 아닐 수 없다. 그들이 다루는 테마는 공통적으로 존속살해로 끝나는 형제 간의 다툼이다. 결말은 죄를 지은 아들이 가부장적 권위를 지닌 부친에 의해 교수형의 벌을 받게 된다. 응모한 제3의 드라마도 비슷한 주제를 다루었다는 사실은 당시에 이 테마가 지닌 매력을 단적으로 말해주고 있다. 트라우고트 베르거(Traugott Berger)가 익명으로 제출한 드라마의 제목도 원래는 「불행한 형제들(Die unglücklichen Brüder)」이었는데 후에 와서 「갈로라 폰 페네디히(Galora von Venedig)」라는 제목으로 바뀌어 출간되었다.

함부르크의 응모 작품 심사위원회는 클링거의 「쌍둥이」에게 1등 상의 영예를 승인했다. 이 드라마는 등장인물들의 격정을 표현코자 하는 정열적인 대사 때문에 깊은 인상을 주었다. 주인공들의 행동을 좌우하는 모티브는 주제넘은 자기 자랑, 허영에 찬 과대망상, 영웅적인 구상과 울적한 기분, 체념, 애처로움 등이었다. 클링거에게는 줄거리의 점진적인 전개보다 명백한 도덕성을 어기고 문제점을 지닌 인물의 초상화를 그리는 과제가 더 큰 의미가 있었다. 이런 점에서 이 드라마는 「우골리노」를 본보기로 삼고 있음을 알 수 있다. 즉 이 드라마는 캐릭터 유형의 대결에서 발생할 수도 있는 순수한 희곡론적 긴장을 발전시키지 않고, 말에 취해서, 수다스럽게, 이 장르가 할 수 있는 정열적인 에너지를 전량 쏟아붓고 있다. 클링거의 작품은 이 점에서 (표현력이 더 약한) 「율리우스 폰 타렌트」를 능가한다. 젊은 실러는 라이제비츠의 희곡을 범상치 않은 작품으로 평가했고, 그의 카를스슐레 시절 마지막까지 이 희곡을 더할 수 없는 걸작으로 보았다. 「돈 카를로스」에서도 이 작품의 흔적, 암시, 숨겨진 인용을 발견할 수 있다. 이 사실을 실러는 1783년 4월 14일에 라인발트에게 보낸 편지에서 밝히고 있다. 그를 매료한 것은 특히 구이도라는 인물이었다. 이 인물은 후에 「도적 떼」에 나오는 카를 모어의 모델이 되기도 했다. 구이도는 클링거의 주인공 궐포처럼 상상력의 영웅, 파괴적 행동을 저지르기를 좋아하는 몽상가인 것이다. 이 파괴적 행동 벽이 급격히 고조되면 범죄성을 띨 수 있는 것이다.

이 시대에 '형제 간의 다툼' 모티브가 지니고 있는 매력은 궁극적으로는 심각한 권위문제를 둘러싼 갈등에 관심을 환기하고 있다는 점이다. 클링거와 라이제비츠의 경우 형제자매들이 권력의 행사권을 둘러싸고 싸운다. 두 사람이 다 아버지의 지배적 위치를 점하려고 하기 때문에 그들은 상호 경쟁자로서 대립하게 된다. 아버지의 권한이 끝에 가서 잘못을 저지른 아들의 처벌을 통해 분명히 확인된다는 것은 권위를 지닌 사람으로서 그의 위치가 굳건하다는 것을 암시한다. 젊은 세대들의 반역은 대부분 은밀하게 아버지들의 권위를 겨냥하고 있다.[25] 그러나 그들의 대화가 비유와 상징의 밀접한 연관 속에서 풍기는 멜랑콜리는 이미 반역의 실패를 암시하고 있다.[26] 그들의 울적함은 그들의 지위 때문에 어떤 행동을 포기할 수밖에 없는 것에 연유할 수도 있지만, 그와 동시에 그 울적함은 거절의 행위들이 단지 반항의 공허한 몸짓을 의미한다는 것을 통찰했다는 것을 증명한다. 끝에 가서 기존의 지배 상황이 붕괴하는 일은 일어나지 않고, 오히려 아버지에게 전권이 위임되는 현상이 나타난다. 그러나 아버지의 전권 행사는 전통적인 가정 질서가 무너진 폐허 위에서 이루어진다.

1770년대에 새로운 방향을 모색하던 희곡들은 대부분 출간 직후에 초연되었지만, 그런 후에는 당대의 극장 상연 레퍼토리에 고정적인 자리를 점령할 수는 없었다. 경우에 따라서는 획기적인 수정이 요구되기도 했다. 왜냐하면 사람들은 강요된 검열을 받아들이거나 무대 기술상의 제약을 고려하지 않으면 안 되었기 때문이었다. 바그너는 프랑크푸르트 상연을 위해 손수 삭제한 「영아 살해범」의 판본을 내놓았는데, 이 판본은 이 드라마의 성격을 비극적 희극으로 바꾸어놓고 말았다(카를 레싱(Karl Lessing)이 같은 해에 라이프치히에서 이 텍스트를 무리하게 개작한 텍스트 버전은 그보다도 정도가 심했다). 프리드리히 루트비히 슈뢰더가 1778년에 실현한 함부르크의 「가정교사」 초연은 결정적인 수정을 요구했는데, 그 수정은 무엇보다도 이 드라마의 성적 금기를 깨는 것과 관련된 것이었다. 1774년 4월 베를린에서 코흐 극단이 상연한 괴테의 「괴츠 폰 베를리힝겐」 초연은 대폭 단축한 형태로만 가능했다. 왜냐하면 끊임없이 장면 교체를 요구하는 원본은 극장의 좁은 공간에서는 기술적으로 상연이 불가능했기 때문이다. 드라마 구성에서 실패작이나 다름없는 클링거의 「오토」는 그의 산문적 스타일 때문에 무대의 공감을 전혀 얻지 못했고, 다른 한편으로 렌츠의 「병사들」은 1911년에 순수한 원전 그대로 초연되었다. 뮌헨에서 베데킨트의 측근인 아르투르 쿠처(Arthur Kutscher)의 연출로 비로소 상연될 수 있었는데, 추측 건대 가차 없는 사회 비판 때문이었던 것 같다. 함부르크와 베를린에서 무대에 데뷔한 후에도 다른 여러 곳에서 여러 번 공연되던 「쌍둥이」와 「율리우스 폰 타렌트」는 그보다는 논란의 소지가 적었던 것 같다. 그와 같은 상연 효과가 나타나는 경우는 거의 찾아볼 수 없었다. 천재 시대에 탄생한 드라마는 대부분 극장을 통해서가 아니라, 독서를 통해서 독자들과 가까워졌다. 드라마들은 극장에서 대부분 시민적 멜로드라마, 감동적 희극, 오페라 틈에 끼어 겨우 연명해갔을 뿐이다.

상황의 산문
18세기 후반 독일의 극장

실러가 1780년대 초 드라마 작가로서 활동을 시작했을 당시 극장계가 누리고 있는 명망은 대중없었다. 배우 양성은 턱없이 부족했고, 공연 수준은 대부분 낮았다. 그러나 사람들은 특히 코타, 만하임, 바이마르의 궁정 극장에서 새로운 미학의 시대정신을 느꼈다. 이 시대정신은 프로그램들과 상연 수준을 대중예술의 궤도에서 벗어나게 하려고 했다. 세기의 중반부터 독일에서는 극장의 진로를 계몽주의 방향으로 잡으려는 노력이 팽배했다. 특히 북부 독일의 동업자들은 고트셰트가 라이프치히의 극장장 카롤리네 노이버(Caroline Neuber)와 공동으로 시작한 의고주의적 극장 개혁에 뒤이어 공연 계획과 연출을 그 시대의 새로운 문학 취향에 맞춰 현대화하려고 했다. 극장 개혁 프로그램의 근본적인 요지는 즉흥적 코미디와 외설스러운 막간극의 포기, 연출 작업의 잣대로서 지금까지 알려지지 않았던 사항인 좀 더 엄격하게 대본 따르기의 의무화, 출연자들은 가능한 한 안정성이 큰 텍스트를 이용해 달라는 주문과, 의고주의 정신으로 실현된 무대 설비의 정형화 등이었다. 거기에 연결된 극장의 요구는 관객 교화를 통한 계몽 과정에 실천적으로 가담할 것과 배우들의 사회적 평판을 높이라는 것, 그리고 대폭적인 연기자 양성을 통해 예술 활동의 토대를 굳건히 하라는 것들이었다. 1753년 봄 콘라트 에크호프(Conrad Ekhof)는 당시의 독일어권 내에서 가장 유명한 성격배우이던 아우구스트 빌헬름 이플란트에 앞서, 슈베린에 요한 프리드리히 쇠네만(Johann Friedrich Schöneman)의 유랑극단과 병합된 배우 아카데미를 설립했다. 조피 샤를로테 슈뢰더와 콘라트 에크호프도 끼어 있던 모임의 회원들끼리는 작품 선정과 연출의 문제, 대사 암송 기술과 무대장치의 문제들, 특히 연극 역사의 관점들을 토론했다. 에크호프는 참가자들이 공동 작업에 대해 관심을 더 많이 가지게 하기 위해서 역할과 레퍼토리에 대한 지적인 바탕을 좀 더 튼튼하게 갖춘 토론을 유도하려고 했다.[27] 이와 같은 그의 노력은 독일 최초의 배우 양성 기관을 설립하려는 시도로 윤곽을 드러냈다. 그와 동시에 그의 노력은, 수 세기 동안 사회적으로 천대받으면서 공식적으로 예술적 업적을 인정받기 위해 노력하는 한 직종의 자아의식이 강화된 것을 증언하고 있다. 하지만 연기력과 텍스트에 대한 지적 이해를 똑같이 갖출 수 있는 견고한 전문인의 길은 아직 멀었다. 에크호프는 14개월 후에 자신의 야심 찬 계획을 포기하지 않으면 안 되었다. 아카데미의 교육 프로그램에 대한 무관심이 증폭되어 참가자들이 점점 더 모임을 멀리했기 때문이다.[28]

에크호프는 그 후 10여 년 동안에 연극 사업의 새로운 토대를 마련하려고 시도하면서 적극적인 동참자들을 만났지만 지속적인 성공을 거둘 수는 없었다. 그는 몇 년간 안정을 찾지 못하고 방랑하던 끝에 콘라트 아커만 협회에 합류했다. 아커만은 1764년 함부르크에서 행운이 없던 하인리히 고트프리트 코흐(Heinrich Gottfried Koch)를 동업자들과 함께 밀어내고, 첫 성공을 거둔 데 힘입어 갠세마르크트에 새로운 극장을 세웠다. 이 극장은 운영 비용이 엄청나서 그의 재력이 금세 바닥나게 했고, 극장은 재정적으로 어려운 상황에 봉착하게 되었다. 결국 이와 같이 상황이 어려워지자 사람들은 극장장의 퇴진을 요구했다. 아커만은 계획이 실패한 후에 단순한 극단 회원 역할로 만족해야 했고, 그가 맡고 있던 지위는 공명심이 강한 실무자 요한 프리드리히 뢰벤(Johann Friedrich Löwen)이 넘겨받았다. 뢰벤은 그동안 자신이 쌓았던 조직 경험과 방향 감각을 살려 극장 운영의 목표를 설정하고, 함부르크의 상인 12명에게 재정적 후원을 약속받았다. 이 상인들은 일종의 신디케이트 같은 것을 결성해서 그들의 개인적인 자본을 바탕으로 극장 경영에 필요한 자금을 지원할 예정이었다. 그처럼 하나의 극장이 직접적으로 관객의 취향이나 궁정의 호의에 의존하지 않고 더욱 높은 예술적 요구가 담긴 프로그램을 실현할 수 있었던 것은 독일의 연극 역사에서 최초의 일이었다.

1766년 말에 뢰벤은 그보다 좀 전에 출간한 『독일 연극사(Geschichte des deutschen Theaters)』의 내용들을 바탕으로 인쇄된 팸플릿에서 자신이 함부르크의 프로젝트를 통해 야심 찬 목표를 추구했다는 것을 분명히 밝혔다.[29] 이 새로운 계획의 핵심은 조직상의 조치들인데 좀 더 간결하게 극장 조직을 정비하는 것, 업무 분장의 개선, 독일어 희곡에 중점을 둔 균형 잡힌 공연 계획의 장려 등이었다. 이 개혁 아이디어의 본질에 속하는 것은 에크호프의 모형을 따라 연극 아카데미의 설립, 나이 든 가담자들을 위한 연금 기금 마련, 매년 작품 현상 공모를 통한 당대 작가에 대한 후원과 희곡 전문직 마련 등이었다. 희곡 전문직의 임무는 대본 선정, 공연 실무, 홍보 활동에서 마찰이 없도록 조정하는 것이었다. 좀 더 구체적인 레퍼토리 작성에 대한 책임은 레싱에게 있었다. 뢰벤은 레싱을 참여시키기 위해 1767년 초부터 노력했다. 공연 안내서, 시학 논문, 연극사 요람, 문헌학적 연구서나 마찬가지로 계획된『함부르크 희곡론』의 머리말에서 레싱은 조직상의 변화에 대해 밝혔다. 새로운 연극은 지난날의 유랑 극단과는 달라야 한다는 것이었다. 그는 특히 사람들이 개인적인 재정 조달을 이유로 "자유 예술을 수공업으로 격하"[30]해야만 했던 "극단 책임자"의 중압감을 떨쳐버리게 될 것이라는 점을 강조했다. 오직 이러한 방법으로만 필수적인 예술적 독립성이 보장될 수 있기 때문이었다.

함부르크 극장의 공연 계획을 살펴보면 고트세트 시대의 특징으로 볼 수 있는 프랑스 희곡의 영향이 눈에 띄게 후퇴한 것을 확인할 수 있다. 라신, 크레비용의 작품은 전무하고, 코르네유의 작품으로는 유일하게「로도권(Rodogune)」이 들어 있었다. 다만 희극 공연만이 데스투슈(Destouches), 마리보(Marivaux), 몰리에르(Molière) 등의 작품들과 함께 전통적 공연의 성격을 유지하고 있었다. 1년 반 동안에 엄청난 수의 현대 독일어 희곡들이 상연되었다. 예컨대 비극으로는 크로네크(Cronegk), 슐레겔(Schlegel), 레싱, 바이세, 아이렌호프(Ayrenhoff)의 작품들과, 희극으로는 뢰벤, 브란데스(Brandes), 호이펠트(Heufeld), 슐로서(Schlosser)의 작품들이 상연되었다. 레싱의「미나 폰 바른헬름」공연은 최대의 성공을 거두었다. 이 작품은 1767년 9월에 초연된 후로 16회나 무대에 올랐고 그리하여 뢰벤의 감독하에서는 상연 빈도가 가장 높은 희곡의 자리를 차지하게 되었다. 이전에 제기된 예술적·조직상의 요구들 중에서는 물론 적은 부분들만 실천에 옮겨질 수 있었다. 레퍼토리는 끝까지 균형을 유지하지 못하고 오히려 중점이 희극 분야에 주어져 공연 계획의 3분의 2를 희극이 차지하게 되었고, 레싱의 작품들을 제외하고는 오리지널 독일 희곡들은 오래된 프랑스 번역극을 상대로 경쟁에서 이기기 힘들었다. 관객의 관심은 첫 달이 지나고 난 후에 급격히 줄어들었고, 극장 운영은 더욱더 자금 후원자에게 의존하게 되었다. 후원자의 자금 제공도 다시금 불규칙하게 되더니 마침내 끊기고 말았다. 토론회와 강연회를 개최할 수 있는 배우 아카데미를 설립하려는 계획은 (이미 에크호프의 경우처럼) 연출자들의 관심 부족으로 좌절되었다. 재정 후원자의 신디케이트가 공연 계획 입안에 강한 영향력을 행사했다. 그렇게 되다 보니 이미 결정된 것도 허가를 받아야 했고 발레가 종종 희곡 공연의 피날레로서 레퍼토리에서 높은 지위를 얻는 결과를 초래했다. 게다가 뢰벤과 권위 있는 배우들로 구성된 모임 간에 예술적 의견의 차이가 나타나기까지 했다. 모임의 지도급 인사들이 공동 결정권을 좀 더 많이 요구했던 것이다. 그와 같은 긴장 관계는 필연적으로 독일 최초의 국립극장의 야심 찬 프로젝트가 단지 1년 반 동안 522회의 공연을 마치고 실패를 공식적으로 선언할 수밖에 없게 되는 결과를 초래했다. 뢰벤은 1768년 11월에 함부르크를 떠났고 극단을 이끄는 임무는 다시금 전임자인 아커만에게 넘어갔다. 레싱은 『함부르크 희곡론』 104절에 한자 도시(Hansestadt)의 편협성에 대하여 쓴소리를 하고 있다. 편협성 때문에 새로운 극장 설립의 "달콤한 꿈"[31]이 일단 무산되었다는 것이다. 뢰벤의 새로운 극장 운영의 꿈이 실현되지 못하게 된 것은 오로지 지역적 특성 때문만이 아니고, 시대 취향의 법칙 때문이었다는 것을 후년에 와서 에크호프와 그의 많은 젊은 동료들은 경험하게 되었다. 그것도 그들이 국립극장 발상에 자극되어, 그 발상을 좀 더 수준이 높은 공연 계획의 틀 안에서 실행에 옮기려고 시도하는 과정에서였다. 사람들은 이와 같은 시도를 하면서 거의 줄곧 관객의 회의적인 거리감에 부닥쳤다. 관객들은 계속적으로 발레와 오페라가 빠진 레퍼토리와는 친숙해지려고 하지 않았던 것이다.

　그와 같이 희비가 교차되는 경험에도 불구하고 뢰벤의 국립극장 프로그램은 모방자를 발견했다. 1770년대 말부터 브라운슈바이크, 바이마르, 고타, 만하임이 함부르크 프로젝트의 모델을 따라서, 레퍼토리 속에 진지한 독일어 희곡이 비중을 차지해야만 하는 고정 극장을 설립한 것이다.[32] 그러나 이들 극장은 뢰벤의 구상과는 달리 개인적인 후원자들을 통해서가 아니라 궁정의 정기적 기부금으로 자금을 조달했다. 본래의 국립극장 운동은 그와 같이 1770년대 말 오랜 전통을 가진, 르네상스 연극을 위한 영주들의 예술 후원 제도의 바탕 위에서 탄생하였다.[33] 그 점에서 독일어 드라마의 공연을 지원하라는 프로그램상의 요구보다도 더 중요한 것은 무엇보다도 예전의 유랑 극단이 이제는 고정된 공연 장소에 묶이게 된 것이었다. 공연 장소의 고정은 더 다양한 레퍼토리를 개발할 것을 요구했고, 그와 동시에 기술적 가능성의 발전을 의미하는 것이 틀림없었다. 그러므로 국립극장은 비록 그와 같은 개념을 사용하지는 않았지만, 일종의 개인적인 신디케이트 또는 영주의 후원을 받는 극장으로서 국내 작가들을 좀 더 많이 고려한 현대적 공연 계획을 위해 노력하던 극장이라고 할 수 있었다. 이플란트는 1785년 특히 귀족들이 시민들의 취향 변화를 큰 관심을 가지고 인식했다는 것을 「인간 묘사에 대한 단편(Fragmente über Menschendarstellung)」에서 강조하고 있다. "그렇게 점차적으로 모든 궁정에서는 부분적으로는 경제적 이유 때문에, 부분적으로는 애국심 때문에 또는 작은 부차적인 원인 때문에 프랑스의 연극은 추방되고 독일 연극이 도입되었다(그러나 그 부차적 원인 중에는 위대한 작가의 이름이 붙은 경우가 비일비재했다)."[34]

극장 경영이 왕가와 관련되어 있다고 해서 예술적 자주성과 프로그램 상의 권리를 반드시 포기하지 않아도 된다는 것이 곧 각 궁정 극장의 작업 현실을 통해 증명되었다. 지금까지 도읍지의 무대에서 교대로 공연하던 외국 극단 대신에 1770년부터는 현지의 출연자들로 구성된 고정적인 모임들이 태어났다. 그 멤버들은 종종 종신 고용되었다. 고정적인 공연 장소와 안정된 재정 조달을 누릴 수 있다는 특전은 한정적이기는 했지만 당대 작가들이 예술적으로 후원받을 수 있는 전제를 처음으로 마련했다. 18세기 말에 독일의 저명한 드라마 작가들 거의 모두는 대극장을 통해서 지원을 받았다. 바이마르에 괴테와 코체부, 만하임에 실러, 게밍겐(Gemmingen), 이플란트, 베를린에 플뤼미케(Plümicke), 함부르크에 슈뢰더, 고타에 고터, 빈에 슈테파니(Stephani) 등의 경우가 그렇다. 다른 한편으로 궁정들의 제한적 검열이 자행되는 현실과 빈약한 사례금 지불은 작가들의 자유 공간을 현저히 제한했다. 드라마 작가로 일하는 사람은 자신의 생계를 행정관청을 통해서든 아니면 어떤 애호가를 통해서든 보장받아야 했다. 왜냐하면 극장들이 지불하는 인세는 극도로 빈약했기 때문이다. 그렇기 때문에 이플란트, 슈뢰더 또는 플뤼미케처럼 극장의 기술적 가능성에 대한 정통한 지식을 바탕으로 작품을 쓴 배우와 연출자가 드물지 않았다.

당시의 연극 개혁은 특히 출판 활동에서 효력을 발휘했다. 고타의 궁정 극장장이던 하인리히 아우구스트 오토카르 라이하르트(Heinrich August Ottokar Reichard)가 1777년에 창간한 《독일 극장 저널(*Theater-Journal für Deutschland*)》은 현대 연극론에 대한 토론의 장을 제공하기로 되어 있었다.[35] 레싱의 《연극 도서관(*Theatralische Bibliothek*)》(1754~58)이 이미 여기서 그 길들을 안내해준 적이 있다. 이 잡지는 현실적인 공연의 경향은 물론, 텍스트 선정, 번역, 연기, 무대장치의 문제들에도 똑같이 관심을 가졌다. 이 잡지의 목적은 나름대로 현재에 교훈이 될 수 있는 "모든 시대와 모든 민족의 연극 역사에 대한 비판적 고찰"을 내놓는 것이었다.[36] 라이하르트는 이미 1775년에 '연극 달력(Theater-Kalender)'을 시중에 내놓았다. 이 달력은 공연 소개와 병행해서 독일 연극 협회의 명단, 협회 회원들과 공연, 그 밖에 신간 드라마 작품들과 번역본들도 게재했다. 《독일 극장 저널》은 계속 이 노선을 지켰지만, 더욱 강하게 분석적 요구를 대변하는 편이었다. 1784년까지 22권을 출간한 이 잡지는 몇 번이고 계속 반복해서 프랑스와 영국의 멋진 연극술의 모형을 상기시킴으로써, 레퍼토리를 바꾸어가면서 공연하는 무대의 장점들을 독자들에게 설명하려고 했다. 라이하르트도 이 잡지에서 출연자 양성 방법의 개선, 작품 선정에서 감독들에게 더 많은 자유재량 부여, 그들의 재정적 독립성의 강화 등을 요구했다. 1778년부터 1784년까지 베를린에서 발행되던 크리스티안 아우구스트 폰 베르트람(Christian August von Bertram)의 《문학 및 연극 신문(Literatur-Theaterzeitung)》과 그에 이어서 1785년에 발행된 《일지(Ephemeriden)》와 1788년에 발간된 《연감(Annalen)》들도 비슷한 길을 걸었다. 특히 영방의 수도와 제국의 수도에서도 유사한 연극 저널들이 창간되었는데, 이들도 당시의 무대생활을 비판적으로 추적했다. 함부르크에서는 레싱의 《함부르크 희곡론》에 이어서 19세기 초까지 이와 같은 유형의 잡지 20여 종이 판매되고 있었다.[37]

근본적으로 실러의 인생까지도 결정해준 만하임 극장은 1770년대 말부터는 새로운 극장의 모델이 되었다. 이 극장의 책임자는 1780년부터 폰 달베르크 남작이었다. 그는 서민적인 예술 취향과 시류 감각을 지닌 융통성 있는 귀족이었다. 1750년생인 달베르크는 처음에는 팔츠 공국의 관직에서 외교관과 추밀 고문관으로 활동하다가 문화 정책의 과제를 담당하게 되었다. 선제후 카를 테오도어(Carl Theodor)는 1775년에 도성에 있는 이전의 곡물 창고를 이탈리아인 건축가 로렌조 콰글리오(Lorenzo Quaglio)의 책임하에 훌륭한 설비를 갖춘 무대로 개축토록 했다. 이 극장은 깊이가 16미터나 되고, 완전히 지하화되어 있는데다 폭넓은 공간을 가지고 있어 가장 현대적인 수준으로 무대배경을 설치할 수 있는 조건을 충족하고 있었다. 4층으로 되어 있는 관람 장소는 1200석을 갖추었으면서도 좁은 1층 관람석은 지름이 단지 20미터밖에 되지 않았다.[38] 1777년 1월 1일에 개관된 후 이 극장은 폰 사비올리(von Savioli) 백작의 지도와 테오도어 마르한트(Theodor Marchand)의 감독하에 예술적으로 수준 높은 궁정 및 국립극장 역할을 했다. 1778년 도읍지를 뮌헨으로 옮긴 후 막시밀리안이 세상을 뜨고 선제후가 그 후계자가 되었을 때, 이 극장은 달베르크의 주도로 만하임 시의 수중으로 넘어갔다. 2년 후에 그는 몸소 그 극장의 감독직을 맡았다. 이 시기에 극장의 운영은 무엇보다도 사업적인 수완이 필요했다. 궁정은 여전히 (단 한 번 오페라를 상연하는 데 드는 금액인) 연간 5000굴덴의 지원금만 가지고 극장의 운영비 조달에 참가했고, 나머지는 예약과 공연 당일 수입으로 충당해야 했다. 달베르크 자신은 예산 결손을 일일이 자신의 엄청난 개인 재산으로 충당해야 했다. 그러면서도 그는 이 극장의 재정 상황을 안정시키기 위해서, 관객의 요구에 방향을 맞춘 공연 계획을 내놓아야 했다.[39] 그의 주도하에 만하임은 지역을 초월해서 영향력을 행사하는 연극의 아성으로 발전했다. 관객을 감동시킬 만한 독일의 오리지널 드라마가 없었기 때문에 우선은 현대 프랑스 드라마가 주로 상연되었다. 가장 자주 공연되는 극작가로는 몰리에르, 보마르셰, 디드로, 메르시에, 그레트리(Gretry)가 꼽혔다.[40] 레퍼토리에 대해서는 선출된 배우와 감독이 참여하는 극장 위원회가 극장장과 공동으로 논의해서 결정했다. 프랑스어로 서신 교환하기를 선호하던 달베르크는 '위대한 시대(grand siècle)'의 문화에 대한 애착에도 불구하고 독일의 작가들을 지원하는 데 심혈을 기울였다. 그의 지원을 받은 비교적 젊은 작가로는 오토 하인리히 폰 게밍겐이 있었다. 그의 「독일 가장(Teuscher Hausvater)」은 디드로가 20여 년 전에 발표한 「가장(Le pere de famille)」을 본뜬 가정극인데, 1780년 11월에 만하임에서 초연되었다. 후년에 와서 달베르크는 이플란트의 드라마 작품들도 공연 계획에 포함시켰다. 이플란트는 극단에서 성격묘사에 탁월한 배우로 꼽혔다. 극장장 달베르크는 반복해서 자신의 셰익스피어 번역극도 선보였는데, 문체가 고루했기 때문에 별로 큰 반응을 얻지는 못했다. 그와 병행해서 그는 시민 비극의 작가로서 뛰어난 역량을 보여주기도 했다. 「발바이스와 아델라이데(Walwais und Adelaide)」, 「코라(Cora)」가 바로 그가 쓴 비극 작품이다. 그가 조직한 '독일협회(Deutsche Gesellschaft)'는 1775년부터 만하임에서 '프랑스 한림원(Académie Française)'을 본받아 국가의 문화 정책을 수립했다. 언어 보존을 위한 이 협회의 노력은 지방의 편협성을 끝내 벗지 못했다. 여기서 달베르크는 국내 작가 발굴을 위한 현상 모집과 현대 극장 문제에 대한 토론회를 도입함으로써 경쟁력 있는 독일어 공연예술을 위한 노력이 결정적으로 결실을 맺도록 했다. 정력 넘치는 이 극장장은 천재 운동에 대해서는 열린 자세를 보여주지 못했다. 그의 문학적 가치 평가는 끝까지 관습과 전통적인 품위의 틀에 묶여 있었다. 그와 같은 사실 때문에 클링거와 렌츠 같은 도발적인 작가들은 자신들의 작품이 상연되도록 그를 쉽게 설득할 수 없었다. 실러 역시 달베르크와의 협업이 극장의 기존 규범에 적응하는 대가로써만 가능하다는 것을 곧 경험해야 했다. 실러가 극작가의 길을 걷기 시작했을 때 가졌던 야심 찬 기대는 만하임에서 커다란 환멸감으로 바뀌어야 했다.

2. 「도적 떼」(1781)

"현실 세계의 사본?"
괴물의 탄생

1789년 1월에 실러는 괴테의 「괴츠 폰 베를리힝겐」에 대하여 이렇게 쓰고 있다. "첫 작품을 통해 그의 전문 분야가 정해지고, 거기에서 모든 후속 작품에 대한 결론이 도출되었으며, 또한 그의 천재성에 규칙과 한계가 부여되었다."(NA 22, 211) 이 사실은 실러 자신의 데뷔작 드라마의 영향사(影響史)와도 관련이 있을 수 있다. 「도적 떼」의 출간은 앞으로 비평에서 실러라는 인물이 거론될 때면 으레 붙어 다닐 꼬리표가 하나 생겨난 것이나 다름이 없었다. 1787년 여름에 바이마르에 왔을 때만 해도 그곳 문학계에서 그는 무엇보다도 성격이 공격적이며, 도전적 청춘 드라마를 쓰는 작가로 통했다. 2년 후 예나에서 학생들이 그의 강의에 몰려온 것도 「도적 떼」

의 저자가 강단에 선 모습을 보고 싶었기 때문이었다. 바이마르의 카를 아우구스트 공이 자신의 철학 교수요 궁정 고문관인 실러와 마음을 트는 사이가 되지 못한 것도 실러의 무법자적인 초기 작품이 불신감을 일깨운 데에 기인한 것이었다. 실러는 1784년 말 자신이 발행하는 《라이니셰 탈리아》의 알림 난에서 회고하기를 그의 데뷔 드라마는 잘못된 교육이 빚어놓은 결과라고 했다. 인생의 실체를 알지 못하고 사관학교의 강압 체제에 저항하던 불안정한 정신의 충동에서 이 드라마가 탄생했다는 것이다. 그가 자아비판적으로 확인하고 있는 것처럼, 사람들과 사귀어본 경험이 전혀 없는 상황에서 그는 "괴물을 하나 탄생시키지 않으면 안 되었다. 다행히도 그 괴물은 이 세상에 존재한 적이 없다. 바로 그렇기 때문에 나는 복종과 천재가 부자연스러운 동침을 통해서 이 세상에 내놓은 산물이나 마찬가지인 이 괴물이 영원불멸하기를 염원하고 싶다."(NA 22, 94) 이미 이 시기에 「도적 떼」는 10년 전 『젊은 베르테르의 슬픔』과 마찬가지로 젊은 세대의 컬트 도서가 되었다. 1785년 익명의 비평가는 라이프치히의 《철학과 문학 잡지(*Magazin der Philosophie und schönen Literatur*)》에 바이에른, 뷔르템베르크, 작센 지방에서는 "위험하게 열광하는 젊은이들"[41]이 살인과 방화를 일삼는 집단에 합류해서, 절망하는 카를 모어(Karl Moor)의 행동을 흉내 냈다고 보고하고 있다. 그와 같이 혼란스러운 국면에서, 저자가 자신의 초기 작품에 거리를 두는 발언을 하고, 그 작품이 끼친 영향을 조심성 있게 관찰한 것은 이해할 만한 일이었다.

예전의 학우들은 「도적 떼」는 실러의 카를스슐레 시절 마지막 2년 동안에 집필된 것으로 기억하고 있다. 1780년 가을에 제출한 세 번째 학위 논문 열다섯 번째 항목에 이 드라마의 5막 1장에 등장하는 구절을 끌어오고 있는 것으로 미루어, 이 시기에 이 텍스트는 거의 완성되었으리라 추측할 수 있다.(NA 20, 60) 페터센이 보고한 바에 의하면, 1780년에 학위논문과 희곡은 거의 동시에 집필되었다. 그 점은 1789년 2월 2일에 쾨르너에게 보낸 편지에 표현된 실러 자신의 기억과도 일치한다. 그러나 이 희곡의 첫 번째 구상은 1770년대 중반까지 거슬러 올라간다. 페터센은 이 희곡이 계속 수정되어 상이한 버전이 열 가지나 존재한다는 점을 이야기하고 있다.[42] 1780년에 탄생된 것으로 보이는 동기생 빅토르 페터 하이델로프(Victor Peter Heideloff)가 손수 그린 스케치는 실러가 슈투트가르트 근교에 있는 보프세르발트에서 그림 속 장면처럼 다네커, 폰 호벤, 샤르펜슈타인, 카프 등의 학우들에게 이 희곡의 원고를 낭독하고 있는 모습을 보여주고 있다. 실러가 이 작품을 끝마치는 데에는 프리드리히 폰 호벤과 크리스토피네 실러가 한목소리로 강조하고 있는 것처럼, 사관학교 병원 내에서 방해를 받지 않고 집필할 수 있는 체류 장소가 여럿 필요했다.[43] 상당수의 전기 작가들은 실러가 낮에도 집필 작업을 하기 위해서 정기적으로 병가를 얻었다고 보고하고 있다. 정상적으로 이 원고와 씨름할 수 있는 시간은 합숙 장소에서는 늦은 시간밖에 없었다. 카롤리네 폰 볼초겐은 동생의 남편이 한 말들을 기억하고 이렇게 기록하고 있다. "그와 같은 상황에서 「도적 떼」는 부분적으로 집필되었다. 때로는 공작이 합숙 장소를 찾는 경우도 있었다. 그럴 때에는 「도적 떼」는 책상 밑으로 숨겼다. 「도적 떼」 원고 밑에 놓인 의학 서적은 실러가 학문을 위해 밤잠까지 설친다는 믿음을 자아내게 했다."[44]

실러는 1781년 3월 초에 비교적 오랫동안 계획한 끝에 그 희곡의 초판을 자신이 운영하는 출판사에서 익명으로 간행해서 시장에 내놓을 결심을 했다. 800부가 발행되었는데, 추측건대 서적상 요한 베네딕트 메츨러의 소개를 받아 슈투트가르트에 있는 요한 필리프 에르하르트에게서 인쇄한 것 같다.[45] 실러는 4월에 책이 제작되는 동안에도 1막 1장부터 2장까지의 대

실러가 보프세르발트에서 친구들에게 「도적 떼」를 낭독하고 있다.
펜화. 빅토르 빌헬름 페터 하이델로프 작.

담하게 표현된 부분을 좀 더 신중한 표현으로 바꾸었다(수정되기 전에 이미 인쇄가 완료된 최초의 텍스트는 '발행이 취소된 인쇄 전지 B'의 형태로 전해지고 있다). 그는 5월 초에 관객에 대한 책망이 담긴 서문을 작성했다. 그러나 그는 가능한 여러 반응을 두려워한 나머지 좀 더 신중하게 표현된 제2의 서문을 새로 작성해서 이 첫 번째 서문을 대치했다. 인쇄비 150굴덴은 실러 자신이 에르하르트에게 공탁해야 했다. 그는 그 금액을 마련할 수 없어서 융자를 받아야만 했다. 책 판매가 순조롭게 이루어지면 빚은 쉽게 갚을 수 있으리라는 희망에서였다. 그러나 「도적 떼」의 매출액은 기대에 부응하지 못했고, 빌린 돈은 계속해서 이자를 물어야 했다. 이로써 재정 면에서의 연쇄적 의존 상태가 시작되었고, 이는 1980년대 말까지 실러를 괴롭혔다. 1788년 가을 예나대학의 교수 직을 인수하기 직전까지도, 기한이 훨씬 지난 지불 의무를 이행하도록 집요하게 요구하는 채권자들을 진정시켜야 했다. 후에 와서 그는 계산이 정확한 사업가로 인색하리만큼 절약하는 습관을 지니게 되었는데, 이 습관은 틀림없이 그와 같은 재정적 압박을 겪었던 되풀이하고 싶지 않은 경험에서 비롯한 것이었다.

메츨러는 1781년 서적 박람회에 제출하기 위하여 초판의 일부를 위탁 구입했다. 처음에 실러는 국내 판매는 자체적으로 했다.[46] 1782년까지는 800부가 거의 매진되었으나 그중 대부분은 처음에는 광고를 목적으로 증정한 것이었고, 나중에는 독자의 반응 부족으로 선물로 주거나 헐값으로 팔아치운 것이었다. 특히 그는 슈투트가르트 친구들, 옛 학우들과 친척들에게 이 책을 증정하는 데 인색하지 않았다. 같은 해 후반에 슈투트가르트의 고서점 주인이요 제책업자인 요한 크리스토프 베튈리우스(Johann Christoph Betulius)는 잔여 부수의 판매권을 싼값에 넘겨받았다. 신통치 못한 신문의 반응이 경제적 실패를 초래했다. 1781년 7월 24일 자 《에르푸르트 학자 신문(*Erfurtische Gelehrten Zeitung*)》에 익명으로 게재된 첫 번째 서평에서 크리스티안 프리드리히 티메(Christian Friedrich Timme)는 이 작가를 가리켜 "독일의 셰익스피어"라고 치켜세웠지만, 이 드라마에 묘사된 폭발적 감정 표출에 불만을 표시하기도 했다. "흔히 천재들이 하는 짓이라고는 학교 선생들이 떠들어대는 규칙을 욕하고, 아리스토텔레스와 바퇴를 바보 취급하며, 모든 장애물을 거침없이 뛰어넘으며 저돌적으로 짓밟는 것이라는 것을 나는 잘 알고 있다. 그러나 나는 또한 우리들이 수 세기 전부터 최상의 두뇌들이 구축해놓은 것을 파괴해버리는 것, 질풍과 노도처럼, 떠들썩하게 고트인들이 사랑하던 시절로 돌아가는 것은 짧은 시간 동안만 계속되어야 한다는 것도 알고 있다."[47) 티메의 항변은 아리스토텔레스의 시학과 샤를 바퇴의 『미학 원리(*Les Beaux Arts, réduits à un même principe*)』에 대한 공격이 들어 있는 실러의 머리말에도 해당하는 것이었다. 여기서 아리스토텔레스와 바퇴의 규칙은 학교에서 교사들이나 입버릇처럼 쓰는 표현이라고 지탄받고 있기 때문이다. 그러나 폰 크니게 남작은 프리드리히 니콜라이의《독일 문학 총서》에 기고한 부드러운 어조의 짧은 비평에서 최소한 이 드라마에 등장하는 인물의 "성격들"이 "대가답게 묘사된" 것으로 보고 칭찬했다.[48)

초판이 인쇄되는 동안에도 실러는 사업상 조건이 좀 더 낫게 조정될 수 있는지를 검토했다. 그는 1781년 3월 말에 만하임의 출판업자 크리스티안 프리드리히 슈반에게 처음 2막 부분의 원고를 보내 그의 관심을 탐색했다. 이 시기에 슈반은 남부 독일의 문학 시장에서 막강한 영향력을 행사하고 있었다. 할레대학에서 신학 공부를 포기한 후 네덜란드의 해변과 러시아 근무에 이르기까지 젊은 시절을 모험적으로 보낸 이 출판업자는 1765년 32세의 나이에 처음으로 기업가로서 자리를 잡았다. 그는 만하임에서 다양한 종류의 책을 구비한 성공적인 출판 서점을 재빨리 육성하는 데 성공했다. 레싱, 괴테, 슈바르트, 소피 폰 라 로슈 등이 부르주아적 스타일로 운영된 그 출판사의 고객들이었다. 그는 옛 도읍지의 극장과 밀접한 관계를 유지하려고 힘써 그 극장의 상연 계획에도 적극적으로 영향력을 행사했다. 그 자신이 예술적 감각이 있었다는 것은 그의 문학적 활동이 증명해주고 있다. 그는 만하임의 극장을 위해 프랑스의 희곡들을 각색하는 외에 미학적인 문제에 대한 에세이와 기념 논문들을 발표했다. 당시 사람들은 그의 탁월한 취향과, 세상 물정에 밝고 도회지 분위기를 풍기는 그의 처신을 칭송했다. 그럼에도 슈반이 출판 계획을 세우는 데에는 경제적 관심이 결정적인 역할을 했다. 그래서 때때로 작가들을 상대로 무례하게 구는 버릇도 있었다. 작가들의 어려운 경제적 형편을 그가 전혀 고려하지 않을 때가 많았다. 시장이 원하는 것을 판매하고, 오로지 이익만을 생각하는 상인으로서 그는 자기 세대를 대표하는 전형적인 출판인이나 다름없었다.

슈반은 「도적 떼」의 출간을 거부했다. 그러나 전달된 인쇄 전지* 일곱 장을 절친한 달베르크에게 넘겨 살펴보게 했다. 이 극장장은 정부 당국과 교회에 대한 비판의 뇌관이 제거된다면 6월 말에 이 희곡을 공연할 용의가 있다는 전갈을 보내왔다. 실러는 무거운 마음으로 개작할 것을 결심했다. 7월 20일 슈투트가르트로 실러를 방문한 프리드리히 니콜라이도 개작의 필요성을 설득했을 가능성이 있다. 그러나 9월에 모든 부대에 창궐하던 전염성 이질 때문에 의사인 그는 초과근무를 할 수밖에 없었고 문학적 집필 활동도 어려워졌다. 그는 1781년 10월 6일에 달베르크에게 쓴 편지에서 마침내 단축된 버전인 「잃어버린 아들 또는 회개한 도적 떼(der

* 접지 않은 인쇄용지 전장으로, 이 전장에는 통상 책 16쪽 분량이 인쇄되어 있음.

verlorene Sohn, oder die umgeschmolzenen Räuber)」의 완성을 통보했다.(NA 23, 20) 달베르크는 물론 실러의 수정에 만족하지 않고 원고를 손수 수정하기로 마음먹었다. 그는 실러가 7년전쟁에 대한 언급을 통해서 줄거리의 현재 성격에 대하여 의문의 여지가 없게 했음에도 불구하고(NA 3, 24, 46), 극장위원회의 뜻에 반해서 사건을 중세 말기의 농민들이 소동을 피우던 시기로 옮겨놓았다. 달베르크는 사건의 무대를 역사 속으로 변경해서 이 드라마의 사회 비판적 의도를 감추어보려고 한 것이다. 다른 한편으로 그는 괴테의 「괴츠 폰 베를리힝겐」 이래로 기사(騎士) 희곡에 대하여 특별한 애착을 품고 있는 시대적 취향에 부응하고 싶었다. 그것 말고도 극장장 달베르크의 개입으로 등장인물 모저가 삭제되고 반교회적인 성격이 있는 2막 3장의 내용이 완곡하게 바뀐 흔적이 나타난다. 실러는 이 희곡을 무대에 올리기 위해서 이와 같은 개입을 필연적으로 받아들일 수밖에 없었다. 그러나 특히 국가와 사법기관에 대한 공격이 절정을 이루고 있는 줄거리를 역사 속으로 후퇴시킨 처사는 실러의 결정적인 불만을 야기했다. 그는 1781년 11월 3일에 달베르크에게 보낸 편지에 이렇게 적고 있다. "모든 인물의 성격이 대단히 계몽되고, 현대적인 성격으로 설정되어 있기 때문에 사건이 일어나고 있는 시대를 변경할 경우 작품 전체가 죽고 말 것입니다."(NA 23, 24)

1782년 1월 13일에 있었던 만하임 초연은 그럼에도 불구하고 많은 사람들이 인정할 만한 성공을 거두었다. 공작에게 휴가 신청을 하지 않은 채 실러는 공연 전날 페터센과 함께 마차를 타고 슈베칭을 거쳐 팔츠로 와서 저녁 공연을 관람했다. 그것도 극장장의 손님으로 특별석에 앉아서. 성문을 통과할 때 그가 솔직하게 이름을 밝혔기 때문에 작가가 공연에 임석한다는 소문은 삽시간에 퍼졌다. 17시에 공연이 시작되었을 때 극장은 초만원이었고, 수많은 관람 희망자들이 매표구에서 표를 구입하지 못해 발길을 돌려야 했다. 그들 중에는 다름슈타트, 프랑크푸르트, 보름스, 슈파이어 등지에서 온 방문객들도 있었다. 다섯 시간 넘게 걸린 공연은 제1막에서는 분명 장황한 느낌을 주었지만 끝에 가서는 점점 빠른 속도로 진행되었다. 프란츠 역은 22세의 이플란트가 약간 과장된 감이 없진 않았지만 훌륭하게 연기했고, 특히 마지막 막의 자살 장면에서는 관객을 열광토록 했다. 카를 역을 맡은 키가 작달막한 요한 미하엘 뵈크(Johann Michael Böck)는 그만한 감동은 주지 못한 듯했다. 그와는 달리 실러는 나중에 쓴 연극평에서 차별성 있는 인물 역을 잘 묘사한 조역들의 감수성 있는 연기를 칭찬했다.(NA 22, 310) 이플란트는 자신의 회고록에서 연기자와 스태프들이 이 드라마를 통해서 마치 "가장 강력한 회오리바람"에 휩싸인 것 같았다고 정열적으로 언급했다.[49] 기쁨을 감출 수 없었던 실러는 연회에서 아침까지 공연자들과 앞으로 함께 일할 가능성에 대하여 의논했다. 익명의 한 목격자는 관객의 떠들썩한 반응을 이렇게 보고하고 있다. "극장은 마치 정신병원 같았다. 객석은 눈을 부라리는 사람, 주먹을 불끈 쥐는 사람, 발을 구르는 사람, 쉰 목소리로 외치는 사람들로 가득했다! 사람들은 초면인데도 서로 얼싸안고 흐느꼈고 여인들은 거의 의식을 잃고 비틀대며 문을 향해 갔다. 그것은 흔히 카오스의 안개 속에서 새로운 생명이 태어날 때 일어나는 총체적 혼란이었다."[50]

실러는 1782년 1월의 공연만큼은 슈투트가르트의 토비아스 뢰플러(Tobias Löffler) 출판사에서 간행된 이 드라마 제2판의 연극 버전을 따르도록 했다. 이 판본은 별로 꼼꼼하게 수정하지 않고 언어 표현만 많은 부분 손질한 것이었다. 요한 엘리아스 리딩거(Johann Elias Ridinger)의 초안에 따라 (막상 저자의 이름을 밝혀서) 꾸민 표지는 사자의 그림을 보여주었다. 그 그림 밑에는 "압제에 반대하여(in tirannos)"라는 구호가 실려 있었다. 실러는 다만 신판의 기술적인 부분에만 관련되고, 특별한 내용이 없는 간단한 머리말을 썼다.(NA 3, 9) 2월 28일 하우크가 발행하는 《학문과 예술의 상황 (*Zustand der Wissenschaften und Künste*)》에 익명으로 발표한 메모에서 그는 "구제할 길 없이 잘못된 편집"을 비난하고 "형편없는 동판화"에 대하여 불평했다. 그러면서도 그가 특정 의도가 있는 표지 그림의 인쇄를 허락했는지는 밝혀지지 않았다.(NA 22, 131) 마지막으로 4월에 이 드라마의 또 다른 버전이 출간되는데, 이는 만하임의 성공적인 초연이 있은 후에 사업 수완이 뛰어난 슈반이 시중에 내놓은 것이었다. 이 버전은 이 드라마의 장르를 '비극'으로 밝혔지만, 희곡론상의 복안을 대폭 변경하지는 않았다. 실러는 시대적 배경의 변경, 등장인물 모저의 배제 등 달베르크가 대폭 수정한 내용을 받아들이고 이전 버전이 보여준 흥분된 교회 비판을 완화했다. 이같은 경향은 축첩을 한 목사 대신에 중립적인 인상을 주는 시(市)의 특사를 등장시키는 변경된 2막 3장에 분명히 나타나고 있다. 유일하게 비중 있는 변화는 제5막에 나타난다. 프란츠가 이제는 스스로 목숨을 끊지 않고, 도적 떼의 손에 넘겨지고, 카를은 나름대로 도적 떼의 복수의 제물이 된 동생을 용서한다. 심리학적으로는 설득력이 없는, 다만 극적인 행동을 목표로 해서 재단된 해결책이 아닐 수 없다. 베를린의 연극 이론가 카를 마틴 플뤼미케는 1년 뒤 이 버전을 자신이 감행한 「도적 떼」 개작의 바탕으로 삼았으나 마지막에 카를을 분노한 도적단의 희생물이 되게 함으로써 이 버전에서 벗어났다. 플뤼미케의 시도는 베를린에서뿐 아니라, 1780년대 말 슈투트가르트와 뮌헨의 궁정 극장에서도 크게 성공을 거두었다.

실러는 자신의 성공적인 극작가 데뷔를 자기선전으로 뒷받침하기를 주저하지 않았다. 이미 언급한 적이 있는 초판의 머리말에서 그는 인간의 극단적인 열정에 관심이 있는 정통한 심리학자로 자처하고 있다. 『앤솔러지』

에 발표한 「도적 모어의 기념비(Monument Moors des Räubers)」라는 시는 의도적으로 독자의 관심을 이 드라마 쪽으로 유도하고 있다. 만하임 초연 때에는 이 연극의 구조와 성격을 간단히 설명한 프로그램을 미리 보내서 1500매나 살포토록 했다.[51] 3월 말에 출간되는 《비르템베르크 문집》의 창간호에 실리기 위해서 그는 비교적 많은 분량의 공연 평을 직접 쓰기도 했다. 불과 몇 주 후면 시장에 나올 이 비극 각본의 상세한 서평을 이 잡지의 같은 호에 발표하기도 했다. 이 서평에는 비판적인 의견들도 삽입했다. 초판의 머리말에서는 이 드라마가 "실제 세계의 사본"(NA 3, 5) 성격을 지니고 있음을 증명해 보인 반면, 이번에 쓴 서평에서는 인상을 찌푸리게 할 정도로 과장하는 경향을 결점으로 지적했다. 이와 같이 과장하는 경향은 "그 예술가의 가련한 욕구를" 폭로하고 있다는 것이다. "그 예술가는 자신의 묘사를 치장할 목적으로 마귀의 인물 속에 들어 있는 전체의 인간 본성을 공개적으로 탄핵하고 있지만, 실은 그 마귀가 인간 본성이 이룩한 것을 불법적으로 찬탈한 것"이라는 것이다.(NA 22, 122) 이와 같은 주석은 물론 상궤에서 벗어난 야릇한 면모를 이 드라마 텍스트에 부여해서 독자의 관심을 높이는 작용을 한다. 그 밖에 실러는 이 드라마를 비판적인 시각으로 보고 있음을 분명히 함으로써 뛰어난 수완을 지니고 자신을 변호하고 있다. 이미 이 젊은 작가는 홍보의 재능과 시장에 대한 감각을 보여주고 있는데, 이와 같은 재능과 감각은 후년에 와서도 변함없이 충실하게 지니게 될 그의 타고난 품성에 속한다.

초판의 머리말에서 실러는 자신의 작품을 "아리스토텔레스와 바퇴의 협소한 울짱 속에 가두어둘 수 없다"(NA 3, 5)고 선언했다. 등장인물의 목록 끝에 이미 "연극의 시간"은 "2년" 이상 걸린다고 명시한 것은 그와 같은 유행이 되다시피 한 지적을 실제로 증명해 보인 것이다(이것은 시간을 스물네 시간으로 제한한다는 아리스토텔레스의 규칙을 크게 위반한 것이다). 뢰플러 출판사에서 출간된 신판은 이 연극의 사건이 "18세기 중엽에" 일어났다는 것을 첨가했고, 그럼으로써 줄거리를 역사적 사건으로 수정한 달베르크의 각본에 반대해서 줄거리의 동시대적 성격을 강조하고 있다.(NA 3, 3) 또한 실러는 후기 고전주의 시학에 뿌리를 둔 장면의 완결성 원칙도 분명히 위반하고 있다. 이미 괴테의 「괴츠 폰 베를리힝겐」과 렌츠의 「가정교사」가 보여준 적 있는 끊임없는 장소 변경은 가능하면 넓은 외부적 현실의 스펙트럼을 보여주려는 목적에서 비롯한 것이다. 이때에 극장의 공간들은 등장인물들의 내면 상태를 나타내기 위한 상징이라는 본래의 연극 이론적 의미를 얻게 된다. 즉 작센 국경에 있는 허름한 술집은 카를이 '먹물 먹은 세대'에 대한 증오의 연설을 하기에 어울리는 장소로 나타나고, 뵈멘의 숲은 떠들썩한 도적들의 삶을 말해주는 무대를 이루고, 가을 풍경은 카를 모어의 우울한 자기성찰에 대한 상징성이 있는 장면을 조성해주는 것이다. 프랑켄의 언덕 풍경은 천진난만하던 어린 시절에 대한 그리움을 일깨운다. 모사꾼인 프란츠의 행동반경은 시종일관 백작 성(城)의 내부 공간에만 한정되어 있는 반면에, 반란자 카를이 1막 2장을 제외하고는 사방이 뚫린 자연 속에서 자유롭게 움직여도 되는 것은 결코 우연이 아니다. 실러는 그와 같은 배열 형식을 후에 쓴 작품들에서는 좀 더 정교하게 사용했고, 고전주의 시기에도 정확히 주도면밀하게 계산된 무대 경치의 연극론적 가능성을 고집했다. 그 경우에 그는 어디까지나 슈투트가르트에서 알게 된 궁정 극장의 기술적 표준에 의존했다. 그의 극작품 중 어느 것도 내부가 협소한 실내극은 소화하지 못하고 있다.

이 드라마의 문체 구조도 열린 성격을 지니고 있다. 계속 반복해서 비드라마적 요소들이 행동을 중단시킨다. 노래들(II, 2, III, 1, IV, 5)과 슈피겔베르크의 수도원 모험에 대한 보고(II, 1), 코진스키 이야기(III, 2), 아버지와의 교감(IV, 5) 등과 같은 서술들은 줄거리의 진행을 눈에 띄게 지연하는 운문 내지 서사적 모형을 제공해주고 있다. 이와 같은 기법도 위대한 셰익스피어를 본받은 것이지만, 특히 다양한 문체 수단을 연계하는 것이 현대 연극의 특징이라고 지적한 적이 있는 헤르더와 괴테의 요구에 부응한 것이기도 하다.[52] 실러 자신은 물론 이와 같은 이야기의 삽입이 자신의 드라마의 극적 효과를 떨어뜨릴 수밖에 없다는 것을 알고 있었다. 만하임 초연에 대한 연극 평에서는 그의 작품이 무대 상연에 적합한지에 대해 근본적으로 의문을 제기하고 있다. "만일 내가 사격, 구타, 방화, 칼부림이나 그 같은 짓을 빼어버리면 그 작품의 상연은 지루하고 무거울 것이다."(NA 22, 310) 실러는 썼다가 철회한 초판의 머리말에서 심지어 이 작품을 "한 편의 희곡적 장편소설"이라고 부르기까지 했다.(NA 3, 244)

실러의 최초의 드라마에서 인간의 육체는 영혼의 전시장이 된다. 등장인물의 자세, 얼굴 표정, 제스처 등을 설명하고 있는 연출 지시문들은 그 인물들의 희망과 불안, 압박, 죄책감, 자기 회의의 역사를 서술하고 있다. 연출 지시를 통해 꼼꼼히 출연자들의 몸짓언어를 조종한다는 것은 시대정신에 부합하는 것이다. 의고주의의 절제된 제스처 레퍼토리는 이미 시민비극에서 확대된 적이 있다. 이와 같이 확대됨으로써 영혼 내면의 뉘앙스는 물론 감정의 표현까지도 그 시대의 인간학적 관심에 맞게 생생하게 보여줄 수 있었다.[53] 젊은 실러의 극적인 몸짓언어는 궁정 오페라와 발레와의 만남을 통해 창안되었다(이와 관련해서는 특히 메타스타시오와 노베르의 작품들을 생각할 수 있다). 여기서 중요시되는 것은 레싱이 몸짓 연기에 심리적으로 설득력 있는 무대예술의 기능을 부여하려 했던 자연주의적 성격이 아니라,[54] 신체의 무언극적 표현력이다. 실러에게도 무언극은 레싱이『함부르크 희곡론』에서 요구한 것처럼 영혼의 내면 과정을 묘사하는 수단임에는 틀림없다. 하지만 (『간계와 사랑』에 이르기까지) 그의 초기 작품들에서는 몸짓 연기 자체의 예술적 가치가 분명히 더 큰 의미를 차지하고 있다. 몸짓언어는 여기서 "오페라의 정열적 정신"[55]이 두드러지게 나타나게 하는 표현의 마력 같은 것을 얻고 있다. 이 효과는 말하자면 (두려움이나 죄책감의 표시로) 머리를 싸매는 것, 시선을 떨어뜨리는 것, 무릎을 꿇는 것, 또는 가슴을 치는 것같이 이를테면 예법화한 모티브가 나타나는 곳에서 눈에 띈다. 그와 같은 예법화한 모티브에는 궁정 무대의 표정 언어 레퍼토리가 반영될 수도 있다. 그와는 달리 실러의 드라마에 주로 나타나는 이른바 주먹을 휘두름, 눈을 부라림, 머리를 쥐어뜯음, 발을 구름, 뛰어오름, 뛰쳐나감 등과 같은 과격한 표현형식은 유행의 성격을 지니고 있다. 렌츠와 클링거도 그와 같은 원초적인 몸짓들을 소도구로 이용해서 작업했다. 그와 같은 몸짓에는 지배 질서에 대한 항의가 무언극으로 전환되어 있는 것이다 (반면에 이 문체 수단은 젊은 괴테에게서는 나타나지 않는다). 이 몸짓언어가 행동 의지를 실천에 옮기지 못하는 것에 대한 대안이 될 수 있다는 것은 『도적 떼』의 1막 2장이 잘 보여준다. 거기서는 카를이 자신의 패거리에 둘러싸여 "환관들이 설치는 세기"의 고루한 현상에 대하여 큰 소리로 불평을 늘어놓고 있다.(NA 3, 21) 이 드라마의 다른 곳에서는 독자들이 비언어적 표현형식과 비교적 많이 만나게 되지 않는다. 슈피겔베르크가 "열성적으로 계획을 세우는 사람의 흉내"를 낸다든가 "무도병(舞蹈病)"(NA 3, 25)과 같은 몸짓을 취하는 것은 몸짓과 격식 사이의 연관을 분명히 밝히는 것이다. 즉 반역적 충동을 실천에 옮기는 것을 저지당해 불만이 있는 사람의 맹목적인 행동주의가 이 신체 언어 속에 표현되어 있는 것이다. 등장인물들의 무언 연기는 정신적 분위기만을 표현하는 것이 아니고, 직접적인 사회적 갈등을 표현하는 것이다. 즉 열성적으로 계획을 세우는 사람의 무언극은 기존의 상황에 대한 불편한 심기를 노출하는 것이다.[56]

특히 눈에 띄는 것은 거의 끊임없이 고압 상태에 있는 것 같은 이 드라마의 긴장된 수사학이다. 카를이 시민사회에 대한 혐오감을 표출할 때 사용하는 동물 은유들은 인위적인 파토스를 나타내는 요소로 작용하고 있다. "인간들, 인간들이란 교활하고 아첨이나 할 줄 아는 악어 새끼들! 그 눈엔 눈물이 가득하지만, 가슴은 강철이지! 입술로는 키스를 하지만, 가슴 속에 칼을 숨기고 있지!"(NA 3, 31) 여기서 말하는 스타일은 흔히 주장하듯 17세기에 유행하던 알레고리 기법을 다시 들춰내어 사용하는 것이 아니다. 그 언어가 근대 초기 이 유럽 강국이 통치 협약을 통해서 중지하려고 애썼던, 이른바 '모든 사람을 대적한 모든 사람의 전쟁'이 아직도 문명화된 교통수단의 표면 아래서 지속되고 있다는 것을 발설하는 것으로 볼 때, 그 언어는 오히려 비유를 통해 비판적인 소견을 실감 나게 표현하고 있는 것이다. 이 드라마의 비유법의 생명은 의기양양한 묘사 의지에 있다. 이 묘사 의지는 전통적 형식을 이용해서 생생한 표현의 성과를 최대한 달성하고 있는 것이다. 여기서 특징적인 것은 비유가 지닌 원래의 의미가 변천한다는 것이다. 즉 원래의 의미가 새로운 연관을 만나면서 지극히 생소해진다. 실러는 특별히 '세상 극장(Theatram mundi)'의 알레고리를 자의적으로 평가해서 사용하고 있다. 3막 2장에서 카를은 생기가 넘쳐나는 풍경과 자신의 범죄자 역할의 대조적인 모습을 보고, 포복절도할 때 눈에 눈물이 나게 하는 "연극"이 바로 삶이라고 말한다. 그처럼 '세상 극장'은 연극의 혼합 형식인 희비극(Tragikomödie)으로 나타난다. 세상이라는 극장의 내적 법칙은 우연의 논리를 따른다. 즉 주로 "꽝들(Nieten)"이 들어 있는 "천연색 로또"는 계획과 질서를 위해서는 전혀 공간을 비워두지 않는다.(NA 3, 78) 이미 『앤솔러지』에 실린 시들에서도 반복해서 인생을 "연말 대목장에서 아마추어 음악가들이 하는 서툰 연주", 복권 놀이, 삼류 극장에 비유한 적이 있다.(NA 1, 63, 105)[57] 하지만 실러의 은유법은 염세주의로 일관하지 않는다. 그 자체가 긴장에 차 있는 세계상의 어두운 면을 윤곽만 그리고 있다. 특히 카를 모어의 가슴속에는 사회적 현실의 완전성에 대한 계몽주의적 동경이 불타고 있기 때문에 자신의 구상에 대한 의구심이 그를 엄습할 수 있는 이유가 충분히 있는 것이다.

렌츠의 「가정교사」처럼 이 드라마에는 물샐틈없이 문학적 암시들로 엮인 망(網) 같은 것이 들어 있다. 실러의 후기 작품 중에는 이 작품처럼 다른 문헌의 인용과 모방에 의지하고 있는 작품이 없다. 이와 같은 인용과 모방의 원전으로 제일 먼저 꼽히는 것은 성경이다. 이 작품에서는 탕자의 비유가 직접 거론되는데(NA 3, 22), 실러는 이 비유를 대폭 변형하고 있다. 누가복음이 보고하는 행복한 속죄 대신에(「누가복음」 15장 11절) 여기서는 비극적인 결말이 등장한다. 즉 이 연극의 결말은 해피엔드의 신화를 비극으로 개작한 것이다.[58] 성경의 주도 모티브 가운데 두 번째는 구약의 카인과 아벨 이야기이다. 실러는 이 이야기를 암시만 하고 상세하게 서술하지는 않는다. 이 드라마에서는 카를과 프란츠가 어느 곳에서도 만나지 않음으로써 사람들이 기대할 법한 형제 살해 행위가 일어나지 않는다. 단지 반주음악으로만 사용한 이해 다툼 뒤에는 결국 서로 다투는 형제의 닮은 성격이 숨겨져 있다. 다른 한편으로 아버지와 아들 사이의 논쟁에는 성경에 나오는 야곱과 요셉의 이야기가 반영되어 있다.(「창세기」 37장 31~35절) 아말리아는 이 이야기를 아버지 모어의 염원에 따라 그에게 낭독해주어야만 했다.(NA 3, 51) 이 모티브의 변형은 4막 5장에서 카를의 류트에 맞춰 부르는 노래가 제공하고 있다.(NA 3, 107 이하 계속) 카를이 부르는 노래는 죽음으

로 끝난 카이사르와 브루투스 사이의 갈등을 세대 간의 갈등으로 묘사하고 있는 것이다.[59]

　형제간의 갈등에 관한 주제는 1775년 《슈바벤 마가친》에 발표된 슈바르트의 일화 「사람 마음의 역사에 대한 연구(Zur Geschichte des menschlichen Herzens)」가 원전 구실을 했다.[60] 실러는 예술적으로 보잘것없는 이 텍스트가 전하는 소재에 자극을 받아서 음모 모티브를 받아들였고, 분명히 계몽주의의 도덕관을 따르고 있는 이 이야기가 그의 시민적인 독자들에게 마땅히 제공해야 할 화해의 결말을 포기함으로써 이 갈등을 첨예화했다. 클링거와 라이제비츠의 형제 살해 드라마들은 실러가 주로 세부적인 분위기를 조성하는 데 영감을 주었다. 뚜렷이 닮은 점은 1막 2장의 술집 장면에서 나타난다. 이 장면의 대화 스타일은 「쌍둥이」의 서막에 실린 컬포와 그리말디의 대담을 상기시킨다. 그리고 프란츠 모어의 이기적인 인생관은 다시금 「율리우스 폰 타렌트」의 구이도에게서 구체적인 모델을 발견할 수 있다. 실러는 자기 텍스트의 신학적 지평을 밀턴의 「실낙원」(1667)과 클롭슈토크의 「메시아」(1748~1773)와 확고히 관련짓고 있다. 실러가 사관학교 시절 열정적으로 영국인 밀턴의 서사시를 공부했는데, 밀턴의 의미는 실러가 인쇄까지 했다가 마지막에 철회한 『도적 떼』 초판 1막 2장에서 카를이 슈피겔베르크에게 하는 다음과 같은 대사에 노골적으로 나타난다. "모리츠, 자네가 밀턴을 읽었는지 모르겠네. 그는 다른 사람이 자기보다 위에 있다는 것을 못 견뎠지. 그래서 감히 전능한 분에게 결투를 신청했으니 그야말로 비범한 천재가 아니겠는가?"(NA 3, 248) 밀턴의 불손한 악마는 기존 질서와의 관계가 나빠지게 하는 반역의 정신을 통해 예외적 존재로 승격했다.[61] 1781년에 출간된 공식적인 판본은 이 모티브를 상당히 바꾸어 제공하고 있다. 3막 2장에서 카를은 자신의 도적 생활이 초래한 파괴적 결과 앞에 "흐느껴 우는 아바도나"*로 서 있는 자신을 보고 있다.(NA 3, 79) 당시의 독자들을 눈물이 나도록 감동시킨 클롭슈토크의 후회하는 악마는 이로써 밀턴의 반항하는 사탄으로 바뀌어 등장하게 된다. 억눌린 마음의 평정 속에서 카를이 처음부터 자신과 동일시하던 악마적인 반항자의 이미지는 천상의 질서로의 귀환에 대한 동경 때문에 괴로워하는 타락한 천사의 형상에게 밀려난다. 이 아바도나 모티브는 도적 모어가 자신을 낳아준 아버지를 떠난 것과 똑같이 하느님 아버지를 떠났을 뿐 아니라, "순수한 자의 대열에서 쓸모없는 자로 낙인찍혀서"(NA 3, 79), 가정과 사회 공동체에서도 쫓겨난 그야말로 이중으로 추방된 자인 것을 나타내준다. 이로써 실러는 권위와의 갈등을 이중으로 조명하는 연극을 보여주고 있는 것이다. 즉 카를은 아들로서 아버지의 권위를 거부하는 동시에 도적으로서 그리스도교적인 세계 질서를 공격하고 있다. 그리스도교적인 세계 질서가 약속하는 완전성이 그에게는 의문스러워진 것이다.[62]

실러는 초판 서문에서 등장인물 프란츠의 모델들에 대하여 주의를 환기하고 있다. 개전의 정을 보이지 않고, 심지어 사탄을 능가하는 클롭슈토크의 악마 아드라멜레히, 셰익스피어의 리처드 3세, 그리고 에우리피데스의 메데이아는 여기서 한데 묶여 미심쩍은 악마의 조상으로 지목되고 있다.(NA 3, 7) 그들에게는 공통적으로 범죄행위에서 발휘되는, 사람을 현혹하는 힘이 있다. 그 힘은 필연적으로 관객을 사로잡지 않을 수 없다. 다른 한편으로 실러의 동급생 콘츠의 기억에 의하면, 카를 모어가 세르반테스의 「돈키호테(Don Quixote)」(1605~1615)에 나오는 고상한 품성의 도적 로케 기나르트(Roque Guinart)를 모델로 삼은 것임을 실러 자신이 시인했다고 한

∙∙

* 클롭슈토크의 「메시아」에 나오는 타락한 천사의 이름.

다. 실러가 세르반테스의 소설을 1775~1777년에 출간된 프리드리히 유스틴 베르투흐의 번역본을 통해서 알게 된 것은 생도 시절이었다. 또한 실러가 독일에서 1765년에 출간된 토머스 퍼시의 『고대 영국 시의 유산들』 제1권을 통해 알게 된 로빈 후드의 인물을 통해 자극을 받았으리라는 것도 배제할 수 없다.[63] 그 밖의 암시된 내용들은 적어도 두세 번 읽어보아야 비로소 해명된다. 프랑켄으로 돌아올 때 쓴 카를의 가명(假名) "폰 브란트 백작"은 클링거의 「고뇌하는 여인」(1775)에 나오는 유혹자를 상기시킨다. 3막 2장의 코진스키 이야기는 애디슨(Addison)과 스틸(Steel)이 이미 1712년에 《스펙테이터(Spectator)》 491호에 게재된 소재를 따른 것이다. 강압에 의해 정절을 잃는 신부의 이야기는 겔러르트가 산문으로 개작한 것(1753)이나 마르티니의 비극 「륀졸트와 자피라(Rhynsolt und Sapphira)」(1753)를 통해서 실러가 알게 되었을 수 있다. 그와 같은 연관의 배후에는 독자들을 암시와 변장을 통해서 즐겁게 하려고 하는 젊은 저자의 취향이 숨어 있다. 이처럼 「도적 떼」의 고유한 윤곽은 문화과의 대화를 거쳐서 처음으로 드러난다. 이 드라마가 속한다고 볼 수 있는 하나의 문화적 틀은 그 대화를 통해서 확정되고 있는 것이나 다름없다.

사랑 대신에 '총체적 증오'
아웃사이더 두 사람의 심리 상태

실러의 머리말과 자평은 적대적인 형제 카를과 프란츠의 평가에 시선을 집중하고 있다. 하지만 이 머리말은 "비범한 사람들" 세 명을 거론하고 있는데, 이로써 적대적인 형제 외에 슈피겔베르크를 두드러진 성격의 테두리에 포함하고 있는 것으로 보인다.(NA 3, 5) 슈피겔베르크는 자신의 지적 에너지를 주로 범죄적인 목적에 사용하는 전형적인 외톨이다. 그는 자신의 정신적 독창성을 이기적인 목표를 위해 사용한다는 점에서 프란츠를 닮았고, 시민사회의 질서에 불만을 나타낸다는 점에서 카를을 닮았다. 그의 적개심은 자신이 유대인으로서 독일 사회의 변두리에 속해 있다는 의식에서 생겨난 것이기도 하다. 실러의 인물 초상화는 환경의 지배가 그 인간의 사회적 역할에 어떤 영향을 끼치는지를 명백히 밝혀주고 있다. 즉 슈피겔베르크는 사회적으로 인정받지 못하기 때문에 그에게 가능한 탈출로는 오직 범죄자의 불안정한 생활뿐인 것이다. 그가 카를과의 대화에서 끌어들이는 메시아적 사고 모형은 그처럼 범죄적 삶의 구상에 지배당하고 있다. 그리하여 악한들의 도시인 파리와 런던은 찬양받는 나라의 자리에 들어서고 있는 것이다.(NA 3, 23)[64] 18세기에는 취업 가능성이 제한되어 가난에 쪼들리는 유대인들이 도적 떼에 합류하는 일이 빈번했다. 실러의 어린 시절에는 일당이 100명 이상이나 되는 사자파 일당(Löwe-Bande)이 바이에른과 뷔르템베르크에서 행패를 부렸다. 그 도적 떼에는 당대의 가장 악명 높은 범행자 중에 한 사람인 프리드리히 슈반(Friedrich Schwan)도 1760년 3월에 체포될 때까지 속해 있었다.[65] 결과적으로 이 드라마의 인물 초상화가 반시온주의적인 것이 아니라, 그 인물 초상화를 현실의 모상으로 만들고 있는 사회가 반시온주의적인 것이다.

자평에서 실러는 아말리아와 아버지 모어의 판에 박힌 듯한 기본 성격에 대해서 비판적으로 언급하고 있다. 아버지는 판단력이 흐린 성격으로 나타난다. "수동적 성격"(NA 22, 129) 때문에 그는 실패한 교육 방법에 줏대 없이 휘둘리는 제물이 되었다. 행동 의지가 박약하고 감상적으로 감격하기를 잘하는 그는 레싱, 바그너, 게밍겐이 각기 다른 환경에서 보여준 시민 비극의 권위주의적 가장들과는 구별된다. 그러나 프란츠의 음모를 제때에 파악하지 못한 무능함은 한낱 죄 없는 성격 탓으로 평가되어서는 안 된다.[66] 만하임의 연극 프로그램에서는 분명히 백작을 "자식을 너무나 유약하게 키우는 사람"(NA 22, 88)이라고 부르고 있다. 레싱의 윌리엄 샘프슨 경(卿)이 모범적으로 보여주고 있는 감상적인 아버지의 시민적 미덕들이 실러에게는 못 미덥게 되었다. 왜냐하면 그 미덕들에는 단호한 행동을 포기하는 것이 포함되어 있기 때문이다. 여기서 아버지 모어는 어느 때든지 도덕적 무관심으로 바뀔 수 있는 계몽주의적 감상성에 대한 천재 시대의 비판을 공식적으로 확인해주는 인물로 나타난다. 다른 한편으로 아말리아는 오늘날까지 영향사를 지배하고 있는 실러의 연극 평에서 주장하는 것처럼 판에 박힌 인물이라기보다는 실제로는 개성 있는 프로필이라는 것이 증명되고 있다. 그녀는 백작과 반대로 프란츠의 간악한 술책을 간파하고, 음탕한 음모자의 유혹에 맞서 용기 있게 저항한다. 그녀는 외부의 압력을 받을 때에도 자신의 자주성을 결코 포기하지 않는다. 즉 그녀가 마지막에 희망 없는 상황에 직면해서 카를에게 자신을 죽이라고 요구하는 것은 절망의 용기를 증명해주는 것이다.[67] 그녀도 당대의 가정극에 등장하는 딸들로부터 멜로드라마식으로 행동하는 경향을 물려받기는 했다. 하지만 이 경향은 마지막에 가서 행동력을 보여줌으로써 은폐된다. 〔라이하르트의 1783년 연극 달력에 실린 다니엘 호도비에츠키(Daniel Chodowiecki)의 동판화들은 이 같은 단호한 제스처를 취하고 있는 그녀를 보여준다.〕 특히 자주성을 지키려는 그녀의 의지는 이 역할에 대한 전통적 기대와는 일치하지 않는다. 실러가 아말리아라는 인물이 "부드러운 여성적인 영혼 속에 설 수 있는" 기회를 관객에게 제공하지 않는다고 비난할 때(NA 22, 124), 실러는 나름대로 여성의 역할에 대한 전통적인 기대에 근거해서 논리를 펼치고 있는 것이다. 이로써 실러의 자평은 여주인공인 이 여인의 초상화를 통하여 자신이 주장했던 수준에는 못 미치고 있는 것이다.

실러는 엄격히 계산하여 프란츠와 카를을 각각 여덟 번씩 무대에 등장시킨다. 싸움 당사자들이 어디에서도 서로 맞닥뜨리지 않는다는 것은 그가 형제간 싸움에 대한 피상적인 묘사에는 별로 관심이 없음을 분명히 말해준다(한 배우에게 두 역할을 맡기는 것도 기술적으로 가능할 것이다). 처음 보기보다 더 닮은 두 성격의 "평행적 행동"이라는 생각이 든다.[68] 실러는 음모자인 프란츠에게 특별히 지적인 관심을 보이고 있다. 그는 1781년 10월 6일 달베르크에게 프란츠는 "궤변을 늘어놓는 악한"(NA 23, 21)이라고 설명한 적이 있다. 저자의 자기 서평에서는 그가 여러 원전을 이용하여 "마음에 해로운 철학"(NA 22, 122)을 엮어내는 인물로 그려지고 있다. 이 철학의 원전 구실을 한 것은 계몽주의의 자연법, 프랑스의 유물론 그리고 카를스슐레 생도에게는 대단히 중요한 역할을 한, 이른바 육체와 정신의 상호작용에 관한 의학이다. 프란츠 모어의 성찰력에 생명을 부여하기 위해서 실러는 아벨의 수업 시간에 만난 적이 있는 그 유명한 현대 인간학 이론들을 대거 동원하였다. 특히 이 드라마에서 벌이는 도전적인 수수께끼 놀음의 지적 수준은 당시의 대표적인 작품들 가운데에서 단연 돋보인다. 그의 특기할 만한 문체 수단은 몽타주 기법이다. 이 드라마에서는 가끔 몽타주 기법을 이용해서 출처가 지극히 다양한 철학 이론들을 결합함으로써 일종의 진기한 배합을 이룰 때가 있다. 토머스 드퀸시(Thomas De Quincey)는 1837년 『브리태니커 백과사전』에 실릴 실러 항목에서, 온갖 학식을 동원해서 데뷔 드라마의 인물들을 괴물의 형상들로 만든 문학적 상상력의 "새로운 비전을 여는 단계"에 있는 작가라고 소개하고 있다.[69]

프란츠는 "형이상학적으로 궤변을 늘어놓는 악한"(1781년 12월 12일 달베르크에게 보낸 편지, NA 23, 25 이하)의 역을 담당해서, 셰익스피어의 리처드와 「리어 왕」의 사기꾼 에드먼드와 유사하게 형 때문에 불이익을 당했다는 피해 의식에 사로잡혀 형을 상대로 음모를 꾸미기 시작한다. 그 과정에서 그는 도덕적으로 인륜을 저버리고 자연법사상을 자기 주장의 근거로 삼고 있다. 이 자연법사상에 따르면 장남이 아닌 차남으로 태어나는 우연으로 말미암아 받게 된 홀대(忽待)는 능히 자신의 능력으로 상쇄할 수 있는 것이다. 사회적 관습("명망 있는 이름"), 도덕적 힘("양심"), 집단적 합의("공동체적 계약")에 반해서 그는 이기적 목적의 지배를 받는 자기 결정권을 인정하고 있다.(NA 3, 19) 휘호 흐로티위스(『전쟁과 평화의 권리에 관해서(*De iure belli et pacis*)』(1623))와 자무엘 폰 푸펜도르프(『자연법과 관습법(*De iure naturae et gentium*)』(1672))에 의해 창안된 최신 자연법 체계는 인간은 법률적 규범에 바탕을 둔 사회적 질서에 동화되는 능력을 타고났다는 주장을 출발점으로 삼고 있다. 근대 초기의 자연법을 계승하여 발전시키고 있는 루소의 근대 사회철학에서는 개인의 자유가 어디까지나 보편적으로 인정된 도덕규범과 일치하지만, 그와는 반대로 프란츠는 자율적인 행동의 권리를 공공복리의 영역으로부터 단호히 분리해 생각하고 있다. 아버지의 유산을 확보하기 위해서 형에게 거짓 혐의를 씌우는 이 이기주의자는 자신의 관철 능력의 물리적 속성에서만 노력의 한계를 알 뿐, 도덕적 규범의 타당성 면에서는 한계를 모른다. 이해관계를 놓고 벌이는 지속적인 싸움은 사회생활의 기본 모형으로 나타나고 있다. 그 모형 속에서 도덕적 의무는 오로지 사회적 약자에게만 지워지는 것이다. "각자는 최대와 최소가 될 수 있는 동등한 권리를 가지고 있다. 권리는 권리에 의해서, 욕구는 욕구에 의해서, 힘은 힘에 의해서 파괴된다. 권리는 힘 있는 자에게 있고, 우리 힘의 한계가 곧 우리의 법이다."(NA 3, 18 이하) 여기에서 인간의 도덕적 의무감의 궤도에서 벗어난 계몽주의의 산물, 즉 윤리적 지평이 결여된 도착된 이성의 사상을 만나게 된다.[70] 그의 목표는 아버지가 소유하고 있는 권력을 자신이 물려받는 것이다. 등장인물 색인에서 소개하고 있는 것처럼, 아버지는 "다스리는" 백작으로서 18세기에는 대체적으로 절대군주와 맞먹는 지위를 누리고 있었다. 그는 제국 의회의 투표권, 자유의 기본권, 이와 연결된 경제적 영향력, 적지 않은 수의 세습 하인을 소유하고 있었다. 비록 아버지 모어는 심지어 노망 단계에까지 이른 것으로 소개되지만, 과소평가하지 말아야 할 것은 프란츠가 발동하는 범죄적 에너지는 아버지가 구현하는 막대한 통치력을 표적으로 삼고 있다는 것이다.[71] 그의 명예욕이 얼마나 강하게 정치 영역으로 옮아가는지는 모저 목사가 끝 부분에서 그를 비유해서 발언한 내용이 잘 말해주고 있다. "그대의 처지는 네로와 같은 사람에게 로마제국이 없는 것과 같고, 피사로*에게 다만 페루가 없는 것과 같다." (NA 3, 123) 가정 비극은 오로지 권력 추구 때문에 유발된 논쟁의 모델일 뿐이라는 것이 분명하다.

실러는 1770년대 말 《슈바벤 마가친》에 실린 글을 통해 자연법의 기본 입장을 접하게 되었을 것으로 추측되는데,[72] 이 자연법을 왜곡해 한낱 유물론적 인간상을 프란츠에게서 부각하고 있다. 카를스슐레 생도였던 실러에게 유물론은 개인의 도덕적 자립성을 문제시하던 냉소적인 세계관의 근원을 의미했다. 프란츠가 엘베시우스의 『인간론』(1773)을 상기시키는, 이른바 형제 사랑과 부모 사랑을 평가절하하는 논거를 가지고 자신의 범죄행위를 뒷받침한다면, 이는 자신이 유물론자라는 것을 단적으로 확인해주는 것이나 다름없다. 뒤에 나온 판본에서는 누락되었지만 초판에서는 프란츠가 극단적인 표현을 써서 이렇게 말하고 있다. "그렇다면 막상 성스러움은

∵

* 페루를 정복한 스페인의 항해사.

442

어디에 박혀 있는가? 어쩌면 나를 태어나게 한 행위 자체 속일까? 이 행위가 동물의 욕망을 충족하기 위한 행위 이상의 의미가 있을까? 아니면 성스러움은 혹시 이 행위의 결과 속에 숨어 있는 것은 아닐까? 이 행위는 분명 불가결한 필연성 외에 아무것도 아니다. 이것이 필히 살과 피의 대가로 일어나지 않았다면, 사람들은 이 필연성을 기꺼이 떨쳐버리고 싶을 것이다." [73] 4막 2장에서는 생명은 성적 욕망의 우연한 결과이기 때문에 그 자체로서 가치를 소유하지 않는다고 부연해서 설명하고 있다. "인간은 진창에서 태어난다. 그리고 한동안 진창 속을 걸어간다. 그리고 진창을 만든다. 그러고 끝에 가서는 그 증손자의 신발 바닥에 더럽게 달라붙을 때까지 다시 진창 속에서 함께 먹고산다."(NA 3, 95) 프란츠가 자신의 범죄 계획, 즉 형을 제거하고 부친을 살해하는 계획을 어떠한 일이 있어도 실행에 옮기리라는 것은 분명하다. 유물론적으로 '혈육 사랑'의 도덕적 명증성에 반론을 제기하는 가운데 그는 일체의 양심상 회의를 불식하는 데 도움을 주는 철학적 논거를 발견했기 때문이다. 엘베시우스는 『인간론』에서 개인의 신체적 지각 능력을 개인의 판단과 행동의 중요한 원인으로 규정하려고 한다. 그가 보기에 도덕적 카테고리는 감각적인 충동에서 파생한다. 도덕적 카테고리는 "어떤 이념"을 구현하는 것이 아니고, 특정한 대상들에 대한 우리의 감각적 반응의 결과라는 것이다. 그러므로 양심의 고통은 인간이 자신의 범행으로 인해 각오해야만 하는 제재 조치에 대한 두려움의 결과일 뿐이라는 것이다.[74] 이미 그의 두 번째 카를스슐레 연설이 암시하듯, 실러는 이와 같은 논지를 범죄행위 변호를 위해 도움이 되는 것으로 여겼다.(NA 20, 33) 그의 엘베시우스 읽기에는 도덕철학적 입장이 부각되어 있었기 때문에, 그는 유물론을 범죄성이 있는 사상으로 낙인찍을 수밖에 없었다.

세 번째 모티브는 자연법적 해석 모형과 유물론적 해석 모형을 결합해 조작한 것이다. 아버지 모어가 카를을 밀어낸 후에 프란츠 자신이 아버지를 세상에서 제거하려고 하는 방식은 곧 프란츠가 의학 지식을 이용하고 있다는 것을 누설해준다. 하지만 그는 심신상관의 의학 지식을 범죄 목적에 이용함으로써 철학하는 의사의 역할에서도 계몽주의적 사유형식들과는 낯선 관계를 보여주고 있다. "누가 죽음에게 삶의 성으로 가는 전인미답(前人未踏)의 길을 틔워줄 수 있을까! 육체를 정신으로부터 분리해 못쓰게 만든다! 아! 제법 독특한 발상이로구나! 그 일을 누가 해낸담! 해내기만 한다면 더없이 훌륭한 업적이 아닐 수 없지!"(NA 3, 38 이하) 프란츠가 심신상관 의학의 견해를 이용하고는 있지만, 막상 그 이용 목적이 뒤바뀌었다. 즉 심신상관 시스템에 관한 정확한 지식을 통해 얻으려는 것은 심신상관성 질환을 치료할 가능성이 아니라, 완전범죄인 것이다. 자신의 "거푸집"을 허물어버리고, 죽음을 불러오는 (특히 불안과 절망 같은) "기계"의 열정을 일깨워서 육체를 파괴하는 것이 목표인 것이다.(NA 3, 38) 프란츠가 지능적으로 계획한 음모가 실패한 원인은 실행 방법이 치밀하지 못한 데 있었다.[75] 범행이 실패로 끝난 후 발생한 아버지의 죽음이 결국 정확히 앞서 고찰된 심신상관의 법칙을 따른 것이라면 이는 비극적 아이러니가 아닐 수 없다. 절망이 인간에게 얼마나 강력하게 작용할 수 있는가는 그에 앞서 일어난 프란츠의 자살이 똑같이 증명해 보여준다. 마지막에 프란츠의 행동은 오로지 정열의 조종만을 받는다. 그는 불안과 흥분에 들떠 자살함으로써 카를의 심복인 슈바르츠가 계획하던 보복을 그 실행 직전에 모면한다. 그러나 과열된 상상력 때문에 어느새 그에게는 "엄청난 광기"와 "심연의 독사" (NA 3, 126)가 발동하는 소리가 들린다. 이런 상징들은 바로 두려움에서 생겨난 징벌 판타지의 기본 모형에 속하는 것이다. 의사로서 쇼크 상태, 정신병, 과대망상증에 대단히 정통한 실러의 지식이 바로 이런 장면에 적용되고 있는 것이다.

프란츠의 유물론적 세계관은 불안의 흔적들로 인해 결국 "절망"의 철학인 것으로 밝혀진다.(NA 3, 122) (처음에는 부정하던) 죄책감에 대한 직접적인 표현은 4막 처음 부분에 나타나는 그의 꿈이다. 이 꿈의 모티브는 셰익스피어의 「맥베스」를 상기시킨다. 이 꿈은 "최후의 심판의 실제 광경"(NA 3, 119)을 보고하고 있는데, 여기서 일련의 성경 구절이 물밀듯 밀려든다.(특히 「사무엘서」 25장 36절, 「출애굽기」 19장 16~18절, 「요한계시록」 8장 2절, 15장 7절, 20장 13절) 이 성경 구절들은 다시금 클롭슈토크의 「메시아」와 관련이 있거나 이를 보완한 것이다.(IV, 64 이하, V, 351 이하, VII, 601 이하, XI, 1121 이하. XIII, 187 이하).[76] 대가다운 솜씨로 서술한 꿈 이야기가 심리학적 설득력과 예술적으로 잘 연결되고 있다. 이 꿈 이야기가 말하고자 하는 내용은 분명하다. 죄책감과 양심의 불안이 결합해서 결과적으로 자기 징벌의 강력한 표상이 된 것이다. "그때에 나는 바위에서 나는 연기로부터 울려오는 소리를 들었다. 자비, 지상과 지옥의 죄인들에게 자비를! 나만이 홀로 버림받았다!"(NA 3, 119 이하) 여기서는 줄처가 좀 더 자세하게 연구한 '모호한 상상의 내용'을 매개로 한 아벨의 꿈 해석을 실러가 생각했다는 것을 추측할 수 있다.[77] 실러는 「도적 떼」 원고를 쓸 당시인 1780년에 그의 스승인 아벨의 심리학 강의를 또 한 번 들었기 때문에 그것이 실제로 배경이 되었을 수도 있다. 생도 실러는 1780년 12월에 코타에서 인쇄된 아벨의 『철학 명제』를 꼼꼼히 읽은 적이 있다. 이 명제들은 의식하지 못한 힘들이 정신 상태와 신체 상태에 미치는 영향을 다룬 것이었다. 이 논문은 부수적으로 이미 플라트너가 제기한, 꿈속에서 인간은 분명히 의식하지 못한 그와 같은 에너지와 감추어진 형태로 얼마나 만나는가 하는 문제를 다루고 있다.[78] 프란츠 모어가 지은 죄에 대한 심판이 제일 먼저 불안한 꿈의 차원에서 이루어진다면, 이는 실러가 사관학교 시절에 알고 있던 '모호한 상상'의 근대적 이론이 반영된 것으로 볼 수 있다.

2막 3장에서 어용 신부의 상대역인 모저 목사는 결국 프란츠의 유물론 뒤에 숨어 있는 "체계 구조"를 발견하는 데 성공한다.(NA 3, 122) 그의 이름은 실러의 선생이던 로르케를 상기시켜줄 뿐 아니라, 경건주의에 정향한 법률가 요한 야코프 모저의 이름도 연상시켜주고 있다. 그는 강한 자기 확신을 가지고 카를 오이겐의 자의적 통치에 맞서 뷔르템베르크의 신분 대표자 회의의 권리를 옹호한 적이 있는 사람이다.[79] 모저는 교육받은 심리학자답게 이 절망이 프란츠의 이기주의 이론의 원동력이라는 것을 밝혀낸다. 종교적 보복에 대한 모저의 무서운 상상은 동시에 덴켄도르프 사람 요한 알브레히트 벵겔이 주장하는 것처럼 종말론적 역사관의 요소들에 편승하고 있다. 추측건대 실러는 임박한 그리스도 재림에 바탕을 둔 그의 신학적 요소들을 카를 프리드리히 하르트만의 종교 수업을 통해서 직접적으로 알게 된 듯하다. 하르트만은 1774년부터 1777년까지 사관학교에서 가르쳤다. "내면적인 법정"으로서 죄인들에게 내려지는 "심판"에 대한 모저의 비전은 어디까지나 벵겔의 종말론이 그리고 있는 비전인 것이다. 이 종말론은 구세주 재림과, 그와 연결된 인간이 저지른 과오의 징벌이 임박한 것으로 보고 있다.(NA 3, 122) 유물론에 대한 신학의 공격에도 불구하고 프란츠는 물론 참회할 생각을 하지 않는다. 그는 밀려오는 불안감에 휩싸여 종교로 도피하려고 하지만, 어디까지나 그의 기도는 신성을 모독하는 내용으로 일관하고 있다. "나의 주님 나는 저열한 살인자가 아닙니다, 나의 주님 나는 한 번도 사소한 일에 관여한 적이 없습니다."(NA 3, 126) 결국 자살을 통해 프란츠는 카를이 통보한 보복에 대항해서 자신의 자결권의 마지막 보루를 지켰다. 이로써 실러는 재판 장면을 포기했으나, 후에 개작된 비극 버전에는 달베르크의 무대를 위해 이 재판 장면이 예정되어 있었다. 자살은 프란츠에게 동정을 보장하지는 않지만, 머리말대로 악한에게 이따금씩 표출해도 좋을 성싶은 감탄의 대상이 될 만은 하다. 비록 그로 하여금 자신의 징벌 판타지의 희생물이 되도록 한 것이 두려움이라는 것이 증명되고 있지만, 후회와 통찰에 이르는 길을 발견할 능력은 그에게 없는 것이다. 이로써 프란츠는 셰익스피어의 리처드, 밀턴의 사탄과 같은 막강한 모델들과 겨루는 데 아무런 손색이 없는 인물임을 보여주고 있다.

도적 카를과 그의 달갑잖은 동생은 우리가 첫눈에 보고 느낀 것 이상으로 사상적으로는 가깝다. 카를도 천재들이 사랑하는 이미지인 "독수리의 비상"을 "굼벵이 걸음"으로 변하게 하는 법률의 역량에 대해서는 회의를 품고 있다. 프란츠처럼 그는 "한물간 관행들"이 역겨운 것이다.(NA 3, 21) 이와 같은 관행들에 반대해서 그는 사기꾼의 잔꾀가 아니라, 헤르쿨레스의 행동 의지를 보여주고 싶은 것이다. 이와 같은 행동 의지는 우선 "잉크 냄새가 나는 시대"(NA 3, 20)가 영웅주의를 학문의 전공 부문으로 전락하게 한다고 비난하는 라이프치히 대학생의 도전적인 불평에 잘 나타난다. (물론 그 자신도 플루타르코스 영웅전의 독자로서 그 부문의 마력에 사로잡혀 있다.) 이미 25세의 헤르더도 『여행 일지』(1769)에서 비슷한 표현으로 글쓰기를 시작한 적이 있다. 즉 그는 자신을 "학술 논문이나 써대는 잉크병"과 "예술과 과학의 사전"으로 느끼고 있기 때문에, 사방이 훤히 뚫린 자연으로 나오지 않으면 안 되겠다고 쓰고 있는 것이다.[80] "이제는 프로메테우스의 이글거리는 불꽃이 다 타버려서 석송 홀씨에서 나는 불꽃을 극장의 폭죽놀이에 이용하고 있는데, 그 불꽃으로는 담뱃불조차 붙이지 못한다."(NA 3, 20)고 카를 모어는 알고 있다. 카를 모어가 구사하는 은유적 표현들은 유행의 성격을 지니고 있다. 이를 구사해서 대학의 현학적 풍토에 대한 신랄한 평가에 양념을 치고 있는 것이다. 1778년에 발간된 직후에 실러가 그중 제1부를 읽은 적이 있는 프리드리히 뮐러의 「파우스트의 생애」에서는 학문이 "프로메테우스의 횃불에서 열기를 훔쳐갔다"고 주인공이 불평하고 있다. 루시퍼는 다시금 악마끼리의 대화에서, 뼈대가 없는 나약함이 인간으로 하여금 "온 힘을 다해 죄를 지을 수 있음"을 보여주는 것을 방해하고 있다고 유감스러워한다.[81] 인간의 마음을 뜨겁게 하는 "프로메테우스의 횃불"에 대해서는 렌츠도 1774년작 「괴츠 폰 베를리힝겐」에 대한 서평에서 언급하고 있다.[82]

프란츠의 음모의 결과로 카를이, 유행하는 시대 비판자의 역할을 범행자의 역할과 바꿨다는 것은 도전적인 연극론이 지니고 있는 요소이다. 그러나 그와 동시에 놀라움을 금할 수 없는 것은 실러의 연극이 태동하던 시대의 사회적 현실을 정확히 진단하고 있다는 것이다. 18세기 후반에 주로 남부 독일과 라인 강가에서 수많은 도적단이 조직된 적이 있다. 범죄의 증가는 도시화 환경에서 심화되던 빈민화 경향의 결과를 생생하게 보여준다. 슈피겔베르크는 새로운 도적들을 보충할 때에는 "정부에 대해서 가장 욕을 많이 하는" 곳에서 충원한다고 이야기하는데, 이 언질은 도시 사람들의 빈곤화가 심화되는 데 효과적으로 대응하려는 의지가 국가에 없는 것과 관련이 있다.(NA 3, 56) 거기에다 범죄 기업은 엄청나게 몰려드는 부랑배들에 의해 조장되었다. 직업적인 범죄단체들은 실러가 1781년 12월 12일 달베르크에게 경찰의 근대적 양성에 대해 쓴 편지에서 밝혔듯이 "녹이슨 경찰력"에 의해서도 제압될 수가 없었다. 정기적인 조직원들의 교체와 끊임없는 여행 활동 등 조직의 교묘한 도움으로 그들은 대부분 당국의 손을 빠져나가는 데 성공했다. 물샐틈없는 장물아비 망, 자신들만의 소통 방식(도적들만의 은어와 기호), 뇌물 제공과 첩자 노릇은 부랑자 생활을 하는

범죄 집단들에게 성공적으로 살아남을 수 있는 길을 보장해주었다. 1780
년대 중반에 와서야 비로소 국가는 감시와 수배 활동을 강화했다. 그 결과
지금까지 100명의 조직원을 아우르는 대규모의 도적단들을 소탕하기에 이
르렀다.[83] 나폴레옹 시대로 가는 문턱에서 대영방국가들은 프랑스의 본을
떠서 양성한 경찰 기구를 가지고 있었고, 이 기구들은 조직화된 범죄행위
와 효과적으로 싸웠다.

카를은 도적의 역할을 하면서 재산의 분배, 사회정의와 신분 계급의 편
협성을 징벌하기 위해 개입하는 새로운 로빈 후드였다. 그를 이끌고 있는
이념은 일종의 사회적 유토피아였다. 국가를 대표해서 자신과 도적단을
반목하게 하려는 신부와의 대담에서 카를은 지배 질서에 대항한 참여 활
동의 구실을 이렇게 표현한다. "그들에게 내가 하는 행동은 보복 행위라고
말하시오. 복수가 나의 생업이오."(NA 3, 71) 항의의 대상은 코진스키의 이
야기가 명백히 증명하고 있는 바와 같이 봉건적 신분 사회, 정실 인사, 바
리새주의, 교회의 부패, 간신들의 득세, 인간을 멸시하는 법률, 귀족의 자
의성 등이다. 그는 희생자들의 반지를 손에 끼고 있는데, 이 반지들은 레
싱의 「현자 나탄」에 나오는 반지의 비화와는 반대되는 표상을 제시해주
고 있다. 즉 그 반지들은 종교들의 화해가 아니라 반지를 소유한 사람들
의 기회주의, 사리사욕, 비관용적인 고루한 생각을 상징한다. 사회적 소
외 계층을 위한 카를의 투쟁은 18세기 말엽 신국가 이론에 나타나던 그 유
명한 계몽주의 개혁 정신을 따른 것이다. 요한 하인리히 고틀로프 유스티
(Johann Heinrich Gottlob Justi), 요제프 폰 조넨펠스(Joseph von Sonnenfels)
같은 존경받는 저자들은 이성적인 통치자가 추구하는 통치 목표의 핵심이
백성들의 행복과 복리의 안정화라고 표현했다. 이 방안은 물질적 정의에
대한 당국의 책임도 포함하고 있었다. 물질적 정의는 우선 아직은 법률적

으로는 정착되지 않은 채 계몽된 정부 활동의 요소로 부각되었다. 폰 조넨펠스는 이렇게 선언했다. "모든 시민은 최선의, 최대의 가능성이 있는 복지를 국가에 요구할 권한이 있다."[84] 도적 모어의 수단은 아니지만, 목적의식은 후기 계몽주의의 그 같은 사회 이론 속에서 나름대로 정당성을 찾을 수 있다.

그렇지만 카를의 프로그램은 표현에서 통일성이 없는 것으로 보인다. 첫 번째 독백에서 터뜨린 것과 같이(NA 3, 21) 공화국에 대한 칭송은 그가 이끌고 있는 도적단의 독재적 스타일과 어긋난다. 이 도적단은 어디까지나 엄격한 위계질서가 있다. 조직원들은 두목에게 충성을 맹세하고 그의 명령을 맹목적으로 따라야 한다. 1막 2장에서 이루어진 충성 맹세는 여기에서 구두 약속으로, 시민적인 계약권의 문서 형식과는 다르다. 카를은 나중에(III, 2) 그 충성 맹세를 반복한다. 그럼으로써 마지막에 가족의 질서로 돌아가는 것을 영원히 배제할 수밖에 없는 운명적인 구속의 바탕을 마련한다. 그는 두목의 역할을 하면서 무소불위의 통치자의 자세로 도적단을 엄격하게 지휘한다. 모반을 꾀하는 슈피겔베르크는 그의 속물스러운 동료 라츠만에게 이렇게 선언한다. "자네나 내가 무슨 놈의 자유를 가지고 있다는 것인지 나는 모르겠네. 황소처럼 마차나 끌면서 독립을 외쳐대다니 이상하지 않은가."(NA 3, 105) 게다가 그렇게 함으로써 자신의 세계고(世界苦), 우울증, 구토증을 분출하는 모어의 혈기 발산이 점점 도가 심하게 그의 정치적 참여 노선을 은폐하고 있다. 이 점을 해명해주는 것이 가족의 갈등이다. 실러의 드라마는 레싱의 시민 비극의 지평을 뛰어넘어 가족의 갈등을 세 겹의 위기의 표현으로 연출하고 있다. 이 세 겹의 위기는 아버지의 권위에 대한 반역,[85] 종교적 뿌리가 뽑혔다는 의식,[86] 신시대의 형이상학의 약속에서 신뢰의 상실 등을 통해 나타난 것으로 통보되고 있다. 이 드라마의 마지막 세 장면에서 실러의 주인공이 통과하는 고통의 길의 정거장을 확인하는 사람은 여기서 샅샅이 조명된 파국의 해부도를 좀 더 정확하게 이해할 수 있을 것이다. 그다음에는 에르빈 피스카토르(Erwin Piscator)가 지칭한 것처럼 카를 모어가 "낭만주의적 바보"[87]가 아니라, 희생자로서 과도한 계몽주의 때문에 실패한 것을 볼 수 있다.

훼손된 자결권
의외의 결말

천재 드라마의 모형에 맞게 카를은 행동 의욕과 체념 사이에서 결정을 못하고 흔들리는 모습을 보인다. 그는 물론 클링거와 라이제비츠의 주인공들이 취하는 행동과는 다른 법칙을 따른다. 그 주인공들은 끊임없는 생각으로 인해 행동에 장애를 받는 것처럼 보이는 데 반해, 모어의 지적인 인식은 끊임없이 행동해야만 된다는 강박관념에 시달리고 있다. 이 강박관념은 현상 수배된 범인이라는 그의 외적인 삶의 여건에서 비롯한 결과인 것이다. 그처럼 그에게 강요하고 있는 사회적 아웃사이더의 역할은 무거운 마음으로 반성할 계기를 마련해주지만, 또한 더 이상 모면할 수 없는 사회적 고립을 초래하기도 한다. 카를은 도적이라는 범죄자 생활을 시작하는 것과 함께 아버지의 질서로 귀환할 수 있는 길을 차단했다. 더 이상 자유롭게 자신의 행동을 결정할 수 없다는 것을 서서히 깨달으면서 그의 고뇌는 시작된다.

2막 3장에서 카를은 도시를 약탈하면서 저지른 야만적인 행위에 깊은 충격을 받고 처음으로 그에게 주어진 한계를 예감한다. 복수자와 재판관의 역할에서 카를은 자신을 "제우스의 몽둥이를 가지고 논다고 자부하지만, 막상 거인들을 때려눕혀야 할 때, 고작 난쟁이나 굴복시키고 만 소년" (NA 3, 65)으로 보고 있다.[88] 이와 같은 자아 인식에서의 위기는 자아의 신화적 변용과의 결별을 포함하고 있다. 의심의 순간에는 프로메테우스의 창조의 몸짓도, 고대 주신(主神)의 의기양양한 권력 사상도 적절한 역할을 상징하는 명칭이 되지 못한다. 봉기자의 반역과 통치자의 질서 의지가 제어할 수 없는 인간의 추진 에너지 앞에서 똑같이 무릎을 꿇는다. 늦어도 이 시점에 실러는 도적 모어의 드라마를 사회 비판적 모리타트(Moritat)*에서 계몽된 사상 비극으로 바꾸어놓고 있다. 그때에 개인이 지닌 정신적 상상과 구체적 경험의 괴리가 주도 동기가 된다. 카를은 가을 풍경의 아름다움을 대하고 이 괴리를 느낀다. 이 가을 풍경은 그에게 자책감을 일깨워준다.(III, 2) 계속해서 그를 사로잡을 "나의 어릴 적 낙원 장면"(NA 3, 80)에 대한 그리움은 이 연극이 보여주고 있는 종교적 위기를 의미하기도 한다. "온 세상이 한 가족이고, 한 분이신 아버지가 저 위에 계신다"(NA 3, 79)면, 실제로 사회 현실을 지배하고 있는 온갖 분란은 무엇을 의미하는 것일까 하는 의문이 쇄도한다. 3막에서는 아직 하느님이 섭리하시는 질서에 대한 원래의 믿음과, 약탈자들의 일탈된 행동을 통해 나타나는 비인도적 폭력의 어두운 그림이 카를에게서 서로 대치하여 나타나지는 않는다. 그가 이성적 형이상학의 원칙들에 매달리고 있다는 것은 그가 바로 혼란을 겪고 있는 계몽주의자라는 점을 밝혀주는 것이다. 비록 그 형이상학의 성격이 현실과 거리가 멀다 할지라도, "나의 어머니의 배 속으로"(NA 3, 80) 되돌아가고 싶은 소원은 행동을 결정해주는 자신의 신조를 비판적으로 검토할 능력이 그에게 없다는 것을 웅변해주고 있다.

∴

* 살인이나 공포 사건을 소재로 한, 떠돌이 가수의 발라드 노래.

실러는 마지막 두 장면을 도적 모어의 자아 인식이 성장하는 드라마로 엮음으로써 억제의 효과가 나타나게 하고 있다. 이 드라마는 (머리말에서 꾸짖은 적이 있는) 아리스토텔레스의 비극시학의 요소로서 효과적으로 줄거리를 관통하고 있는 일련의 '발견(Anagnorisis)' 장면들로 떠받쳐져 있다. 예컨대 변장한 카를과 아말리아의 재회(IV, 5), 다니엘과의 만남, 프란츠의 폭로, 음모의 메커니즘에 대한 통찰, 아버지에 대한 범행의 발견 등이 이와 같은 발견 행위의 중요한 정거장들이다. 이와 같은 일련의 발견은 4막 5장에서 슈피겔베르크의 죽음 직후, 줄거리의 극적인 전환점에서 긴 독백 속에 나타나는 카를의 내적 인식을 통해 보완되고 있다. 돌파구가 없는 상황에 처해서 자살에 대한 상념이 그에게 떠오른다. 그는 이 상념을 철학적인 한탄조로 토로하고 있다. 그는 "도달하지 못한 완전성의 이상"에 대한 물음으로 시작하고 있는데, 그 물음은 행복에 대한 그의 의지가 감소하지 않았음을 증명하고 있다.[89] "영혼이 없는 자연 속에서의 하느님의 조화"(NA 3, 109)는 도덕적인 세계와 그 세계의 법률에도 적용될 수 있다고 그는 추측하고 있다. 여기서 논란의 대상이 되는 것은 라이프니츠의 신정론이다. 신정론에 의하면 하느님이 구상하는 질서는 가능한 최고도의 완전성을 갖추고 있다. 후기 계몽주의의 신념에 따르면 다시금 이 완전성에서 틀림없이 개인이 요구하는 행복이 성취된다는 것을 유추할 수 있다. 주체에게 무조건적인 전권을 부여할 때 따르는 위험은 카를이 그의 범행의 희생자를 회고하는 그다음 단계에서 분명히 나타난다. "너희들이 맛본 죽음의 두려움도, 검어져가는 얼굴도, 무섭게 벌어진 상처도 어쩔 수 없는 운명의 쇠사슬의 일부에 지나지 않는 것이니, 마지막에 가서 좌우하는 것은 곧 일과 후 얻은 나의 자유 시간, 유모와 집사의 기분, 아버지의 기질, 나의 어머니의 피인 것이다."(NA 3, 109) 포프의 "존재의 사슬"의 변형인 끊을 수 없는 운명의 사슬은 여기서 하느님이 배려한 작품이 아니라, 어디까지나 만용을 부리는 개별 행위자의 자의와 연결되어 있는 것이다. 이로써 라이프니츠의 완전성의 자명함은 시험대에 오르게 되었다. 세상이 그와 같은 제재 조치를 개입시키지 않고 자의와 폭력에 의해 뒤흔들리게 되면 그 세상의 내적 평형에 대한 신뢰도 지속적으로 동요됨을 면치 못할 것이다.

어지럽혀진 세계 질서에서 평형을 이루고 있는 것이 곧 죽음의 약속들이다. 하지만 그 약속들은 후에 「체념」이라는 시가 강조하고 있는 것과 비슷하게 도덕적 자유를 보완해주지는 않는다. 장전된 권총을 정수리에 겨누었을 때 모어는 자살이 해결책일 수는 없다는 것을 깨닫는다. 왜냐하면 자살은 자결권의 발로라고 보기에는 의심스러운 행위이기 때문이다. 좀 더 효과적으로 관객의 신경을 건드리는 실러의 연출은 이제 인식의 과정으로 접어든다. 형이상학의 해결 모형이 실패한 곳에서 개인의 자만심도 자체 조정을 통해 억제될 수밖에 없다. 이로써 카를은 하느님의 섭리를 신뢰하지 않고, 오히려 거기에서 유래된 행동에 대한 개인의 책임을 포함하지 않으면 안 되는 내면세계의 자유의 가능성을 건드리고 있다. "이름 없는 저세상이여! 마음대로 하려므나, 어디까지나 나 자신에게 충실하면 된다. 네가 무엇을 원하든 나는 오로지 나 자신과 함께 저세상으로 가면 된다. 밖에서 일어나는 일들은 오직 인간이 채색한 것일 뿐, 나는 나의 천국이요 나의 지옥이다."(NA 3, 110) 참고 견디겠다는 결단을 강조하는 이와 같은 도전적 표현은 카를이 밀턴의 「실낙원」에 등장하는 사탄에게서 빌린 것이다. "마음은 마음이 제 집이라, 스스로 지옥을 천국으로, 천국을 지옥으로 만들 수 있으리라. 어디 있는들 무슨 상관이랴, 내 언제나 다름없다면."(I, v. 254 이하 계속)[90] 자기 관철의 요구는 여기서 결정적으로 변화되는 계몽주의 사상을 통해 그 구체적 지평을 얻고 있다. 「율리우스의 신지학」 구상에도 영향을 미친 멘델스존의『파이돈』(1767)은, 카를의 생각을 주도했지만 결국엔 벗어나고 만 출발 지점을 이렇게 설명하고 있다. "우리들은 말할 수 있다. 이 엄청난 건물이나 마찬가지인 세상은 창조된 것이기 때문에, 한 단계 한 단계 전진해서, 점차적으로 완전함을 더해가고, 이처럼 더해가는 가운데서 마침내 자신의 행복을 발견하는 이성적 존재가 된다고."[91] 죽음은 인간의 도덕적 노력을 중단하지 않고, 저세상에 가서도 계속하도록 허락한다고 멘델스존은 주장하고 있다. 완전해짐의 이상은 개인의 주관적 행동의 원동력으로 작용하지만, 동시에 그 속에는 창조의 이성적 질서가 반영되어 있다. 멘델스존이 조명하고 있는 형이상학적인 배경의 자리가 분명 실러에게서는 옮겨져 있다. 실러의 경우에 완전해짐은 "내면적 명예(honestas interna)"의 원칙에 따라[92] 오로지 자기 자신의 삶에 대한 자율적 역량을 통해서만 도달될 수 있다. 칸트는 후에『윤리형이상학(Metaphysik der Sitten)』(1797/98)에서 이 원칙을 독립적이고, 사회적 제약에서 해방된 개인의 행동을 조종하는 원칙으로 설명하게 된다. 인간은 이 넓은 세상이라는 극장에서 스스로 중추적 위치를 맡았다. 그러나 이 새로운 역할은 그의 전무후무한 자유와 함께 엄청난 부담도 수반하고 있다. 그 이유는 자주성의 '천국'에는 도덕적 책임감의 '지옥'이 따르기 때문이다.[93] 이와 같은 모순 속에 카를의 비극이 그려져 있는 것이다. 즉 그가 환상의 짧은 순간 동안, 이상 사회의 성격을 지닌 제한 없는 생활 형태의 천국을 경험한 뒤에 이제는 자신이 압박의 물결에 노출되어 있는 것을 보는 것이다. 그 압박의 물결은 아버지와 하느님의 권위에 구애받지 않는 행동을 통해 발생한 것이다. 이 드라마는 자유와 예속의 변증법을 한 사상의 실험 양식으로 드러내놓고 있다. 이 변증법은 전통적인 형이상학의 굴레에서 벗어나 자율적 결정을 감행하는 곳에서 생겨난다.

실러가 쓴 머리말은 이 작품의 핵심 내용에 대하여 이렇게 설명하고 있다. "나는 유별난 파국적 결말 때문에 당연히 나의 책에게 도덕적 책의 자리를 약속해도 될 것이다. 악덕이 칭송받을 만한 결말을 얻고 있다. 방탕한 자가 다시금 법률의 궤도에 진입하고, 도덕이 승리를 거두는 것이다." (NA 3, 8) 끝에 가서 모어가 당국에 자진해서 출두하는 것은 마지막 독백에서 보여준 통찰의 의미가 사회적 참여와 실정법, 주체의 자주성과 법질서를 서로 조화시키려는 시도임을 보여주고 있다. 당국에 출두하려는 카를의 계획 속에 역설적으로 정신적 명예를 지키려는 원칙이 실현되고 있는 것이다. 사회적 현실의 도덕적 요구와 시인은 여기서 짧은 순간 동안 합일점을 발견하고 있는 것이다. 그러나 어떤 날품팔이꾼을 도와주기 위해 자신이 한 희생을 경제 정의를 실현하는 행위가 되도록 하려는 카를 모어의 의도는 양가적인 작용을 한다. 이 의도는 "도덕적 세계의 건설"(NA 3, 135)은 기존의 사회와 대등하게 건설해야 한다는 견해를 바탕으로 하고 있는 것 같지만, 이 견해는 깊은 성찰을 거치지 않은 것이 틀림없다. "그러나 아직도 내게 남아 있는 것은 손상된 법률과 화해하고, 파괴된 질서를 다시금 회복하는 일이다."(NA 3, 135) 만하임의 비극 버전은 모어를 시민적 개혁 정치의 옹호자가 되게 함으로써 이와 같은 관점을 심화시켰다. 그는 도적들에게 이렇게 요구한다. "가서 너희들의 재능을 국가에 바쳐라. 인간의 권리를 위하여 싸우는 왕과 같은 사람에게 봉사하라."(NA 3, 235) 결과적으로 카를의 자아 포기는 필연적으로 그가 좀 전에 분명히 비인도적이라고 결연하게 비난한 적이 있는 법 체제의 입장을 강화해주는 모양새가 된다. 1막 2장에서 읽은 첫 독백의 언어들이 여기에서 비로소 분명히 이해된다. "나의 육신은 코르셋으로 묶어놓고, 마음은 법으로 묶어놓으라는 것이지. 독수리의 비상이 될 수도 있었던 것을 법이 달팽이 걸음으로 망쳐놓고 말

앉어."(NA 3, 21) 상연할 때 철회되었던 오리지널 버전에서는 표현이 좀 더 과격했다. "무엇 때문에 폭군들이 있나? 무엇 때문에 몇천 명하고도 또 몇천 명씩 되는 사람들이 한 사람의 변덕에 따라 몸부림쳐야 하고, 그가 뀐 방귀에 놀라서 이리저리 뛰어야만 하나? 법이 그렇게 만드는 것이야."(NA 3, 248) 카를이 마지막에 가서 자신의 희생을 통해 실정법의 위상을 높인다면, 이는 원래 1막 2장에서 법적 질서의 반영이라고 설명된 독재적인 국가 형태의 위상도 강화되는 것을 의미하는 것이다. "세상의 저주를 받아야 마땅한 불평등"에 대한 불평(NA 3, 248)의 어조가 너무나 확고했던 까닭에 자진 출두라는 해결이 설득력을 얻기가 어렵다.[94] 이 해결책으로는 계몽주의의 위기도 극복하지 못할 뿐 아니라, 사회의 위기도 극복하지 못한다. 왜냐하면 이 해결책은 죽음으로 이르는 자유 속에 개인의 자주성과, 다른 한편으로 만연하는 사회적 불의를 신성불가침으로 합법화하려고 하기 때문이다.

논리에 맞는 결말을 포기하는 것은 물론 이 드라마의 지적인 특성에 속한다. 이 점은 실러가 인간의 한계상황을 실험적으로 묘사하는 것에 대해서 일찍부터 특별히 관심이 있었음을 말해주고 있다. 이와 같은 실험적 묘사는 사회질서의 기능과 합법성을 극도로 불리한 상황에서 검토하라는 요구에 부응하는 것이다. 그러므로 이 「도적 떼」는 에른스트 블로흐가 추측하는 것처럼 "양심의 가책을 느끼는 문학적 살인 방화"[95]라기보다는 어려운 조건하의 사회적 자주성에 대한 문학적 시론(試論)인 것이다. 실러에게서 이와 같은 징후는 그 개인의 공적 역할을 묘사하는 데에도 포함되어 있었다. 그러므로 이 데뷔 드라마에서 사회 비판적 배경을 떠나서 계몽주의 사상의 갈등만을 주장하는 사람은 이 드라마의 지적인 구조를 잘못 파악한 것이다. 1810년에 샤르펜슈타인은 코타가 발행하는 《모르겐블라트

(*Morgenblatt*)》에 게재한 기고문에서 실러는「도적 떼」를 국가의 권위에 대한 의식적인 도전으로도 이해했다고 회상하면서 이렇게 선언하였다. "우리들은 책 한 권을 만들려고 한다. 그러나 폭군은 그 책을 틀림없이 불에 태워버리고 말 것이다."(NA 42, 16) 이 드라마의 공연에 대한 검열은 특히 바이에른과 오스트리아에서 대대적인 저항에 봉착했다. 또한 이 드라마는 당국을 고려해서 실러의 생존 시에는 한 번도 오리지널의 형태대로는 공연되지 못했다. 그것조차도 독일의 절대군주 시대에 예술적 성공의 하나의 신호일 수 있었다.

3. 정처 없는 망명객:
바우어바흐, 만하임(1782~1784)

복무 기간의 종료

슈투트가르트에서 도망

실러는 1782년 5월 25일 오후 1시 반경에 또다시 영주의 허가 없이 4인 용 마차를 타고 만하임으로의 여행을 단행했다. 「도적 떼」의 또 다른 공연을 관람하기 위해서였다. 이때에 영주는 카를스슐레가 종합대학으로 격상된 것을 황제에게 감사하기 위해서 열흘간 빈에 체류하였는데, 이 정황을 그는 이용하였다. 오제 연대의 사령관인 폰 라우 대령은 그 계획을 비호하고, 무슨 일이 있어도 침묵을 지키는 조건하에서 민간 복장을 하고 여행할 것을 그에게 허락하였다. 이 군의관이 당분간 부재하는 사유는 공식적으로 병결 신고였다. 실러의 수행원에는 하숙집 주인 루이제 도로테아 피셔와 튀링겐의 귀족인 헨리에테 폰 볼초겐이 끼어 있었다. 그가 헨리에테 폰 볼초겐을 알게 된 것은 예전 학우이던 그녀의 맏아들 빌헬름을 통해서였다. 처음에 참석하기로 했던 친구 폰 호벤은 근무상의 이유로 함께하지 못했다. 실러는 1월 초연을 관람하고 고무된 후에는 병원의 지루한 일상 업무에 복귀하는 것이 무척 힘들었다. 극장의 활발한 움직임이 남긴 인상들은 슈투트가르트에서 차지하고 있는 자신의 초라한 위치를 의식케 하며 1년 넘게 그를 괴롭혔다. 두 번째 만하임 방문은 처음에는 헛된 걸음에 그칠 조짐이 있었다. 실러의 간청으로 계획된 「도적 떼」 공연은 역을 맡은 배우 몇 사람이 이미 휴가 중이었기 때문에 당분간 성사될 수가 없었던 것이다. 그러나 적어도 달베르크와 의견을 교환할 수 있는 기회는 얻을 수 있었다. 달베르크는 불만족스러워하는 군의관에게 극장에 자리 하나를 마련하겠다고 약속해주었다. 그들은 공동 작업의 전망과, 생각할 수 있는 프로젝트에 대하여 좀 더 자세한 대화를 나누었다. 달베르크는 실러에게 카를로스 소재에 관심을 가지도록 귀띔해주었다. 그렇지 않아도 실러는 이 소재를 매력적인 드라마 소재로 여기고 있던 터였다. 달베르크는 실러가 앞으로 쓰게 될 무대 각본들에 관심이 많다는 것을 강조하며, 외교관다운 스타일을 발휘하며 친절하게 대했다. 그렇게 해서 실러에게 이 여행은 머지 않은 장래에 답답한 슈투트가르트의 환경을 벗어날 수 있는 희망을 키워주는 계기가 되었다. 그는 5월 29일 저녁에 머릿속은 온갖 계획으로 가득 차고 기분은 들떠서 슈투트가르트로 돌아왔다. 그러나 그의 투지를 혹독하게 시험하게 될 지극히 불쾌한 몇 주일과 몇 개월이 그의 앞에 놓여 있다는 것을 그는 미처 깨닫지 못했다.

오늘날까지도 정체가 밝혀지지 않은 밀고자의 비밀 누설로 6월 말에 카를 오이겐은 실러가 허가도 받지 않고 여행을 간 것을 알게 되었다. 6월 28일 공작은 하인을 통해 그에게 말 한 필을 보내서 즉시 호엔하임으로 알현하러 올 것을 요구했다. 그는 대화를 어디까지나 부드럽게 시작했다. 공원에 대해서 언급하고 실러의 건강 상태에 대해 묻다가 끝내 고통스러운 심문으로 넘어갔다. 실러는 허가 없이 슈투트가르트를 떠났음을 고백했지만, 그를 감금하고 아버지의 직위를 박탈하겠다는 위협에도 불구하고 공작이 추측하는 것처럼 폰 라우 대령이 지원한 것은 아니라고 잡아뗐다. 영주는 기분이 언짢은 채 그를 방면하고, 그에게 제재 조치들을 통보했지만 그 내용을 상세히 밝히지는 않았다. 폰 클링크호스트룀(von Klinckhowström) 대령을 통해 전달된 문건에서 공작은 오제 장군에게 당일 오후 중으로 실러를 14일 동안 가택 연금하도록 지시했다. 이와 같은 조치를 유발한 요인으로는 단순히 군의관이 만하임으로 무단 여행한 것만이 아니고, 심문 중에 보여준 그의 완강했던 태도도 한몫했을 것이다(폰 라우가 임의로 저지른 조력자 역할은 끝내 증명되지 않았고, 그러므로 그는 벌을 받지 않았다). 실러에게 연금 조치가 취해진 것은 6월 28일 당일이었을 것으로 추측된다. 그는 7월 12일까지 경비 본부를 떠나면 안 되었고, 오직 감시하에서만 움직일 수 있었다. 그는 독서를 하거나 장교들과 카드놀이를 하면서 시간을 보냈다. 카드놀이에서 그는 월급의 3분의 2에 해당되는 15굴덴을 잃었다. 그에게는 사용할 수 있는 필기도구가 있었기 때문에 최소한 1월부터 착수하고 있는 「피에스코(Fiesco)」 드라마 집필 작업을 진전시킬 수 있었다. 상황은 그 나름대로 매혹적인 면이 없지 않았다. 공작의 죄수는 감금 상태에서 쿠데타와 독재의 술수들을 통한 공화주의의 위협에 대한 비극 원고를 정리했다.

연금에서 풀린 뒤 7월 15일에 실러는 달베르크에게 자신의 만하임 취업에 대한 조속한 결정을 간청했으나 회답을 받지 못했다. 그사이에 새로운 재앙이 일어날 조짐이 있었다. 8월 말에 그라우뷘덴 경제 협회(Bündnerische ökonomische Gesellschaft)의 항의문이 화원(花園) 감독관 요한 야코프 발터(Johann Jacob Walter)를 통해 공작에게 도착했다. 이 항의문은 「도적 떼」 2막 3장에 나오는 그라우뷘덴 지역은 "오늘날 사기꾼들의 낙원"(NA 3, 55)이라는 대사와 관련이 있었다. 이 풍자적인 언급이 해당 지역에서는 엄청난 반발을 유발했고, 4월 말에 이미 의사인 요한 게오르크 암슈타인(Johann Georg Amstein)으로 하여금 공개적으로 격렬한 공격을 펼치게 했다. 암슈타인은 쿠어에서 발행되는 잡지 《수집자(Der Sammler)》에 실린 자신의 항의서에 대해서 의견을 표명할 것을 실러에게 요청하였지만 실러는 응답하지 않았다. 공작은 이제 그라우뷘덴 사람들의 항의를 계기로 그를 지체 없이 호엔하임으로 오게끔 했다. 그는 해당 대사 부분에 대해서 신랄하게 꾸짖고, 실러에게 더 이상의 문학작품 출간을 무조건 금지시키고 그에게 변명의 기회도 주지 않은 채 그를 무자비하게 퇴출했다. 실러는 며칠이 지나지 않은 9월 1일에 편지로 금지 조치의 해제를 간청했다. 그것 말고는 달리 어쩔 도리가 없었기 때문이다. 그에게 출간 금지 조치는 돈을 벌 수 있는 소중한 기회를 박탈한다는 것이었다(이 경우 그는 연 총 550 굴덴 이상의 수입을 계상했지만, 이는 어디까지나 현실과 동떨어진 희망 사항에 불과했다). 이 편지의 어투는 상투적인 겸손의 표현에도 불구하고 자신감에 차 있었다. 실러는 어느 정도 허영심에 차서 자신이 "지금까지 명망 있는 카를스 아카데미의 생도들 중에서 넓은 세상의 이목을 집중시켰고, 적어도 어느 정도의 존경심을 불러일으킨 최초의 생도요 유일한 생도였다"고 적었다.(NA 23, 39) 그러나 공작은 이 편지의 내용에 대해서 응답하기를 거절했고, 복역하는 동안 더 이상의 청원서를 보내는 것을 거친 말투로 금지시켰다.

이와 같은 반응에 충격을 받고 실러는 만하임으로 도망칠 결심을 했다. 그는 우선 친구 슈트라이허에게만은 자신의 계획을 알렸다. 그 친구는 이 위험한 여행에 그와 동행할 용의가 있음을 통보해왔다. 슈트라이허는 1783년 봄에 함부르크에 있는 카를 필리프 에마누엘 바흐에게서 음악 공부를 시작할 예정이었으나 이제 그 출발 시점을 앞당겼다. 9월 중순에 실러는 어머니와 크리스토피네에게만은 자신의 계획에 대하여 알려주었지만, 아버지에게는 침묵했다. 나중에라도 장교로서 아버지가 그의 도망에 관해서 아무것도 예상하지 못했다는 것을 명예를 걸고 약속할 수 있도록 하기 위해서였다. 같은 시기에 공작의 손님으로 슈투트가르트에 와 있던 달베르크에게도 자신의 의도를 알리지 않았다. 그냥 찾아가 인사하기는 했으나, 당분간 그에게도 새로운 미래의 계획을 털어놓지는 않았다. 그 다음 며칠간 옷가지와 책들을 슈트라이허의 처소로 옮겨놓았다. 조속히 출발할 수 있도록 하기 위해서였다. 출발 일자는 9월 22일로 잡혔다. 그 날 저녁에는 후에 차르 파울 1세가 된 러시아의 대공과 그의 부인이자, 카를 오이겐의 조카딸인 마리아 페오도로브나(Maria Feodorowna)가 국빈으로 슈투트가르트 방문 일정을 모두 마친 것을 축하하기 위한 불꽃놀이가 예정되어 있었다.〔실러는 22년 후에 차르 부부에게서 태어난 딸 마리아 파울로브나(Maria Paulowna)와 바이마르의 왕세자 카를 프리드리히(Carl Friedrich)의 결혼식을 위해서 풍유적인 축제극 「예술에 대한 찬양(Die Huldigung der Künste)」을 썼다〕. 저녁에는 도성이 온통 대규모 조명에 열광할 것이고, 그렇게 되면 출발 계획을 실현할 수 있는 좋은 기회를 맞을 수 있을 것으로 예상되었다. 게다가 9월 22일에 실러의 부대는 도시 성문 앞에 서는 경비 근무에서 제외되었다. 그러므로 실러는 정체가 밝혀지지 않고도 성문을 통과할 수 있게 된 것이다.

예정된 날 아침 시간에 실러는 우선 규정대로 업무상 야전병원 방문을 마쳤다. 이어서 짐을 싸는 동안 그는 조급증에 걸려 있는 슈트라이허로 하

여금 극도로 애를 태우게 했다. 그가 특별히 서두르는 기색이 없이 클롭슈
토크의 송가 한 편을 읽고, 방금 시상이 떠오른 습작 시를 종이에 적고 있
었기 때문이다. 21시경에 그들은 슈트라이허의 숙소에서 만나 함께 떠났
다. 실러는 낡은 권총 두 자루를 가지고 왔다. 하지만 이 권총들은 공이치
기와 화석이 고장 났기 때문에 단지 위협용일 뿐이었다. 그는 사람들의 눈
에 띄지 않으려고 군복을 민간 복장으로 갈아입었다. 만하임으로 가는 직
행로는 정문을 거쳐야 했음에도, 그들은 본래의 목적지를 사람들이 눈치
채지 못하도록 남동문을 통과해서 도성을 떠났다. 22시에 도착한 국경 초
소에서 실러는 자신을 "리터 박사(Dr. Ritter)"로, 슈트라이허는 "볼프 박사
(Dr. Wolf)"로 사칭했다. 그들은 근무 중인 하사관에게 자신들은 가까운 에
스링겐으로 가려고 한다고 둘러댔다. 발각될 위험성이 있는 여권 검사는
없었다. 옷가지와 책들 외에 슈트라이허의 작은 피아노가 실린 마차를 샅
샅이 뒤지지도 않았다. 이 시간에 경비 병력에 속해 있던 오랜 친구 샤르
펜슈타인은 할 일이 많아서 그곳을 통과하는 여행자들을 보지 못한 것으
로 실러는 알고 있다. 자정쯤에 그들은 루트비히스부르크 시 외곽으로 빠
지는 간선도로를 타고 방금 불꽃놀이가 시작된 솔리튀드를 통과했다. 주
변이 온통 대낮처럼 밝게 조명되어서 실러는 부모님이 사는 집도 식별할
수가 있었다.[96] 가진 것 없는 도망자가 궁정의 화려한 행사의 장관을 뒤로
하고 네카 평원의 어둠 속으로 마차를 타고 가는 장면을 어떤 극작가도 더
효과적으로 연출할 수는 없었을 것이다.

　도망자들은 엔츠바이힝겐에서 잠시 휴식을 취한 후 아침 8시에 팔츠 선
제후국의 국경에 도착했다. 같은 날 저녁에 슈베트칭겐에 도착해서 밤을
보내고 다음 날 아침에 드디어 만하임에 도착했다. 실러는 제일 먼저 달베
르크의 집사인 크리스티안 디트리히 마이어(Christian Dietrich Meyer)를 찾

앉고, 마이어는 근처에 값이 싼 거처를 마련해주었다. 극장장 달베르크는 아직 슈투트가르트에 있었기 때문에 당분간 연극 계획을 논의할 수가 없었다. 마이어는 뷔르템베르크 태생인 아내를 통하여 영방의 사정을 잘 알고 있었던 터라 실러에게 가급적 빨리 공작과 화해할 것을 권고했다. 그러면서 그는 달베르크가 실러에게 극장 일자리를 제공하기는 어려울 것임을 예감하고 있었다. 달베르크는 외교적인 면을 고려하는 편인데, 자신이 호의를 품고 있는 공작에게 실러가 대적하고 있다고 생각할 것이기 때문이었다. 그래서 실러는 도착 당일 카를 오이겐과 카를스슐레의 총감독 제거에게 편지를 써서 허가를 받지 않고 출발한 것에 대하여 용서를 비는 동시에 그를 압박하고 있는 집필 금지 조치를 철회해줄 것을 간청했다. 영주는 이미 9월 27일에 부대장 오제 편에 보낸 답장을 통하여 도망자는 공작의 자비를 기대하고 슈투트가르트로 돌아올 것을 주문했지만, 실러가 편지에서 청원한 구체적인 문제에 대해서는 상세한 언급이 없었다. 그와 같은 막연한 제안에 만족할 수 없었던 실러는 같은 날 배우들이 모인 자리에서 거의 완성 단계에 있는 「피에스코」 원고를 낭독했다. 그러나 반응은 기대했던 것만큼 성공적이지 못했다. 그의 슈바벤 사투리 발음과, 불행히도 열정적 경향을 띤 연설이 좌중에게 냉담한 반응을 불러일으켰다. 밤에 읽어볼 수 있게 원고를 빌려달라고 부탁한 마이어만 긍정적인 평가를 할 수 있었다. 마이어는 다음 날 아침 슈트라이허와 나눈 대화에서 이 드라마를 「도적 떼」를 능가하는 "걸작"이라고 평가했다.[97]

달베르크는 아직 돌아오지 않았고, 실러는 자신들이 공작의 첩보원들에게 발각되지나 않을까 크게 두려워했기 때문에 마이어의 권고를 따라 슈트라이허와 함께 10월 3일 프랑크푸르트로 떠났다. 그보다 하루 전에 그는 오제의 두 번째 답장을 받았으나, 어투가 어디까지나 불친절한 것이 새삼스러웠다. 적어도 그의 도망으로 세인의 주목을 끈 슈투트가르트에서는 원만한 해결을 위해서 노력은 하고 있는 것이 분명했다. 10월 6일 오제는 세 번째 답장을 보내서, 집필 자유에 대한 청원은 그가 귀환할 경우에 자세히 논의할 수 있을 것이라는 전망을 제시했다. 실러는 슈바르트의 운명을 돌이켜 볼 때 확고한 허락이 없는 화해는 물론 받아들이고 싶지가 않았다. 10월 17일 오제는 다시금 도망자가 즉시 슈투트가르트 근무를 다시 시작할 용의가 있다면, 공작은 그에 대한 보복 조치를 취하지 않을 것이라고 통보했다. 이와 같은 제안을 하기까지 카를 오이겐은 어느 정도 자제력이 필요했겠지만, 실러는 10월 17일에 쓴 편지에서 그의 청원을 문서상으로 동의해줄 것을 고집했다. 이제 영주가 강경함을 보여주어야 할 시점에 도달했다. 더 이상의 양보는 그의 권위주의적 역할 이해에 반하는 것이기 때문이었다. 10월 27일 그는 오제로 하여금 더 이상 실러와 서신을 교환하는 것을 금했다. 10월 31일 옛 의사인 실러의 이름은 부대원 명단에서 삭제되었다. 그의 이름 옆에 '도피(ausgewichen)'라는 어휘가 기입되었다. 이 어휘는 반역 행위를 가리키는 것으로, 법률적으로 구금과 강등이라는 결과를 초래하는 것이 관례였다. 이제 실러는 만약 자신이 슈투트가르트로 귀환할 경우 무슨 일이 그를 위협할지를 알게 되었다. 이렇게 해서 그의 망명의 시기는 시작되었다.

이 두 망명객은 만하임을 출발한 후에는 정처 없이 떠돌이 생활을 했다. 그들은 걸어서 다름슈타트를 거쳐 프랑크푸르트로 갔고, 거기서는 잠시 시내를 구경한 후에 서점들에 들러 『도적 떼』의 판매량을 알아보았다. 상업 중심지인 이 도시의 다채로운 삶이 의기소침한 망명자에게 깊은 인상을 남겨 며칠간 마음을 돌릴 수 있게 했다. 재정이 바닥났기 때문에 그는 10월 6일 달베르크에게 편지를 써서 300굴덴의 선수금을 보내달라고 부탁했다. 며칠 후에 극장장은 「피에스코」는 현재의 형태로는 상연될 수 없고 개작이 필요하다는 언급과 함께 그의 제안을 거절했다. 프랑크푸르트에서 실러는 여름에 자신이 지은 시 「사랑이라는 악마(Teufel Amor)」의 출판에 관심을 보인 서적상을 만났으나 사례금에 대하여 합의를 이루지 못했다. 서적상이 제시한 18굴덴 대신에 25굴덴을 요구했기 때문이다. (그 원고는 오늘날 실종된 것으로 알려져 있다.) 10월 10일 슈트라이허는 30굴덴 액면의 어음을 새로이 받았다. 이 어음은 그가 함부르크행을 계속할 수 있는 비용이었다. 그러나 그는 돈 없는 친구를 모른 척할 수가 없어서 출발을 미루고 그 금액을 공동의 소요 경비로 쓰기로 했다. 실러는 만하임의 근교에 있는 시골에서 「피에스코」 개작 작업을 진척시키기로 결심했다. 마인츠에는 장날 배를 타고 도착해서 사원을 구경했다. 그러고는 니어슈타인과 보름스를 거쳐 10월 13일에 그들은 마이어가 망명객에게 안전한 체류지로 추천한 오거스하임에 도착했다. 실러는 여기에서 11월 22일까지 "의사 슈미트"라는 이름으로 집주인 요한 하인리히 시크(Johann Heinrich Schick)의 "방목장"에 방을 얻었다. 그러나 크게 당황할 수밖에 없었던 일은 끊임없이 개작한 이 비극의 새로운 버전을 가지고 달베르크를 움직여 계약을 맺는 데 성공하지 못한 것이다. 극장장은 계속해서 그와 거리를 두었고, 예전에 자신이 한 약속을 지킬 의향을 내보이지 않았다. 뷔르템베르크 출신 망명자의 채용이 빚을 수도 있는 정치적 혼란을 두려워한 것이 틀림없다. 비록 공작이 팔츠 선제후국의 내정에 직접적으로 영향을 미칠 수는 없으나 두뇌가 명민한 극장장은 외교적으로 불편한 관계를 피하려고 했던 것이다. 이와 같은 상황에서 반항적인 작가의 고용은 그에게 위험부담이 너무나 크지 않을 수 없었다. 11월 말에 겨우 「피에스코」 원고 판매가 슈반과 합의되었다. 즉시 그에게 지불된 10루이스도르(가까스로 50탈러에 해당함)라는 보잘것없는 사례금은 주거비를 지불하고 미래를 위해 진로를 확정하게 될 다음 행보를 준비하는 비용으로 족했다. 이미 여름에 헨리에테 폰 볼초겐은 실러에게 슈투트가르트의 형편이 정 못 견딜 만하게 되면, 튀링겐 지역 마이닝겐에 있는 자신의 바우어바흐 농장에서 기거하라는 제안을 한 적이 있었다. 만하임 극장에 걸었던 희망들이 좌절된 후에 그는 고마운 마음으로 이 제안을 기억해냈다. 마이닝겐의 해결책은 그에게 많은 장점을 제공했다. 그는 바우어바흐에서 작업에 필요한 안정을 얻을 수 있었고, 공작의 가능한 첩자들에게 발각될 위험으로부터도 안전했을 뿐 아니라 비용이 안 드는 거처도 구할 수 있었기 때문이다. 이는 슈반이 준 사례금을 가지고 절약해서 생활을 꾸리면 여름까지는 버틸 수 있는 계기를 마련해주었다.

11월 22일에 실러는 사람들의 눈에 띄는 것을 원치 않았기 때문에 늦은 시간에 말을 타고 오거스하임을 출발했다. 그러고는 뷔르템베르크의 국경인 브레텐으로 가서 몰래 어머니와 누나 크리스토피네를 만났다. 밤중에 만나는 장소로 이들은 한 여관을 정했는데 그곳에서 그들은 이른 아침까지 과거 두 달 동안 일어난 일들에 대하여 방해받지 않고 대화를 나눌 수 있었다. 그들은 사흘간 함께 지내며 오랫동안 누려보지 못했던 가족적인 분위기를 즐겼다. 불확실한 미래 때문에 헤어지기가 어려웠다. 그들은 좀 더 자세한 대화를 나눌 수 있는 기회는 좀처럼 빨리 오지 않으리라는 것을 예감했다. 실러는 어머니를 10년 후인 1792년 9월 중순에야 비로소 다시 볼 수 있었다. 그녀가 예나로 그를 방문한 것이다. 그는 무거운 마음으로 11월 26일에 말을 타고 만하임으로 돌아갔다. 그리고 며칠 뒤에 「피에스코」 작품 구입을 거절하는 달베르크의 최후통첩이 그에게 도착했다. 항시 미루어만 오던 바우어바흐 여행의 길이 이제 열렸다. 11월 30일 그는 마이어와 슈트라이허와 동행해서 등에 배낭을 지고 걸어서 오거스하임을 출발하여 보름스로 갔다. 살을 에는 듯한 추위가 기승을 부렸지만 그 추위에 실러는 충분히 대비하지 못했다. 가벼운 여름옷만 지니고 있었기 때문이다. 저녁에는 유랑 극단이 무대에 올린 게오르크 벤다(Georg Benda)의 「낙소스의 아리아드네(Ariadne Naxos)」 공연을 함께 관람했다. 만하임에 남게 될 친구들과 작별한 후에 실러는 다음 날 혼자서 여행을 계속했다. 우편 마차가 동화처럼 눈 덮인 겨울 경치로 그를 안내했다. 그는 12월 7일 아침에 추위에 떨고 기진맥진해서 마이닝겐에 도착했다. 그가 헨리에테 폰 볼초겐의 추천장을 보이자 마을 주민들은 그를 이웃한 바우어바흐로 안내하였다. 새 가구들이 그를 가장 친절하게 맞이했다. 방은 덥혀져 있었고, 잘 정리되어 있었으며, 침구들도 이미 마련되어 있었다. 두 달 이상 오디세이처럼 방랑한 끝에 실러는 마침내 정착지를 발견한 것이다.

깨어진 전원의 꿈
헨리에테 폰 볼초겐의 농장에서

인구 3500명을 헤아리는 대공국의 도읍지 마이닝겐에서 한 시간 거리만큼 떨어져 있고, 주변 경치가 매력적이고 가로수로 둘러싸인 바우어바흐의 거처는 망명자에게 방해받지 않고 일할 수 있는 평온함을 제공하였다. 그는 어느 때보다도 긴장 해소가 절실했다. 몇 주간 정처 없이 떠돌며 나그네 생활을 한 후 그는 자신의 문학 집필 방안을 어렵사리 되찾았다. 상당한 고전 끝에 그는 슈투트가르트에서 구상한 「루이제 밀러린(Louise Millerlin)」을 끝마쳤다. 그 밖에도 「돈 카를로스」의 첫 번째 구상, 「메리 스튜어트」의 자료 연구, 종교재판 시대에 대한 드라마 집필 계획(「프리드리히

헨리에테 폰 볼초겐.
석판화. 실종된 초상화를 모델로 제작.

임호프(Friedrich Imhof)」, 오래된 「율리우스의 신지학」의 확대 버전과 경조사 시들에 대한 작업을 했다. 다른 후원자들이 모두 모른 척하는 상황에서 이 젊은 작가를 사심 없이 지원해준 것은 그야말로 헨리에테 폰 볼초겐이 베푼 공덕이 아닐 수 없다. 1745년 태생이자 아들 넷과 딸 하나의 어머니인 이 남작 부인은 겨우 30세의 나이에 과부가 되었다. 그녀는 용감하게 가정을 이끌었고 한평생 문화 활동에도 관심을 보였다. 하지만 교육 수준은 보통이었다(그녀의 편지 문체는 어색했고, 정서법은 실수투성이였다). 그녀의 재산 형편은 견실했으나 임의로 사용할 수 있는 현금은 없었다. 참사관으로 일하던 그녀의 남편이 재산을 늘리지는 못했다. 그녀는 당시 대부분의 귀족들과 마찬가지로 엄청난 부동산을 소유하고 있었다. 그 부동산 소유가 그녀의 재정적 독립에 근본적인 바탕이 되었다. 폰 볼초겐 부인은 신념을 가지고 아들들로 하여금 카를스슐레에서 교육을 받게끔 했다. 1780년 여름에 임시로 거주하던 슈투트가르트에서 그녀는 실러와 개인적으로 만나게 되었다. 1762년생으로 사관학교에서 재정학을 공부하던 맏아들 빌헬름 폰 볼초겐을 통해서였다. 빌헬름이『도적 떼』를 읽고 받은 감동을 어머니에게 전염시킨 것이다. 그는 일찌감치 그 책의 초판을 입수해서 읽을 수가 있었다. 책이 발간된 지 불과 며칠 후인 1781년 4월 28일에 그는 이렇게 독후감을 적고 있다. "그에게는 젊고, 불같은, 그렇지만 연마되지 못한(!) 천재성이 들어 있는 것을 그 책에서 알 수 있다. 그는 앞으로 독일의 가장 훌륭한 예술가 중에 한 사람이 될 수 있을 것이다. 아니 벌써 되어 있는지도 모르겠다."(NA 3, 289) 그러므로 어머니에게도 장래가 촉망되는 젊은 작가를 사귀고 싶은 마음이 생겼던 것을 쉽게 이해할 수 있다. 1782년 5월에 있었던 만하임 여행에서 그들은 더 자주 만나게 되었는데, 이것이 실러의 삶을 결정해주는 결과를 낳았다.

헨리에테 폰 볼초겐은 먼 친척이자 혼인하기 전 성(姓)이 폰 부름프(von Wurmb)였고, 후에 실러의 장모가 된 튀링겐의 귀족 루이제 폰 렝게펠트(Louise von Lengefeld)와 자별한 관계였다. 실러는 그녀의 첫째 동생 빌헬름 크리스티안 루트비히 폰 부름프(Wilhelm Christian Ludwig von Wurmb)를 1783년 1월에 알게 되었다. 두 사람 사이에는 열띤 대화가 신속히 오갔다. 그러던 중에 19세 연상인 부름프가 『도적 떼』에 감동을 받은 독자인 것이 밝혀졌다. 1783년 1월 14일에 실러는 슈트라이허에게 정열적인 편지 한 통을 썼다. "첫눈에 그는 나와 한 젖 먹고 자란 형제나 다름없었네. 그의 정신이 용해되어 나의 정신으로 흘러 들어왔네."(NA 23, 62) 두 사람은 함께 할 수 있는 작업을 계획했다. 부름프는 『도적 떼』의 속편 집필에 참가하는 반면에, 실러는 그의 농장에서 무기 다루는 법을 배워 귀족들의 사냥 행사에 참가한다는 것이었다. 물론 그와 같은 계획은 부자연스러운 느낌을 주었고, 급하게 일을 서두르는 감이 없지 않았다. 그 편지의 들떠 있는 어투에서는 망명객이 바우어바흐 체류 첫 주 동안에 겪은 심란한 분위기가 감지된다. 부름프와의 만남이 지속되지 않았던 것이 특이하지만, 그 가정과 실러의 관계는 차후 그 자체의 역사를 낳았으니, 곧 부름프의 누이가 1790년 2월부터 그의 장모가 된 것이다.

바우어바흐의 인구는 겨우 300명에 불과했다. 그중에 100명은 유대인이었다. 그들은 할부로 어렵게 일반 자작 농지를 사들였다. 그렇지만 주로 어려운 형편에서 생활하는 세습적인 농노였다. 그들은 "리터 박사"라는 가명으로 입주해서 은둔자처럼 살고 있는 실러를 못마땅하게 생각했다. 마을의 젊은이들은 그가 밤에 일을 하고도, 아침이 되면 일찍 일어나 있는 것을 관찰했다. 그가 하는 일에 대해서는 온갖 구구한 소문이 돌았다. 전망이 좋고 난방이 잘 된 방에서 사는 한겨울의 전원생활이 그의 마음을 편안케 한 것만은 아니었다. 그에게는 거듭 과거의 그림자가 따라다녔다. 헨리에테 폰 볼초겐은 뷔르템베르크 궁정과 교분이 있었다. 그래서 그는 스캔들을 피하기 위해서는 그녀의 간절한 부탁을 받아들여 신분을 감추고 살지 않으면 안 되었다. 1783년 1월 14일에 슈트라이허에게 보낸 편지에 이런 내용이 들어 있다. "마음씨 고운 도나가 내 미래의 행복을 위해 도구가 되고 싶다고 진심으로 내게 다짐했지만, 그러나, 그녀가 해야 할 일들은 아이들에게 영향을 미치게 되고, 뷔르템베르크의 공작이 알게 되면 아이들이 벌을 받게 될 것이 틀림없다는 것쯤은 나 자신도 잘 알고 있네." (NA 23, 62) 실러가 바우어바흐에서 자신의 정체가 드러날까 봐 얼마나 걱정했는지는 그가 편지에서 거짓 흔적을 남긴 것에서도 충분히 알 수 있다. 그는 공식적으로 폰 볼초겐 부인을 보호하기 위해서 1월 8일에 그녀에게 허구의 편지를 써서 자신은 마이닝겐을 떠나서 지금 하노버에 있는 것처럼 통보하기도 했다. 며칠 뒤에 그는 같은 내용을 슈트라이허에게도 통보했는데, 그가 거짓으로 출발한 것처럼 꾸민 이유를 상세히 밝히지는 않았다. 그와는 반대로 그의 후원자가 불안해하는 것을 목격하고, 그의 기분이 언짢다는 언급은 진정이었던 것으로 보인다. "다시금 사람을 잘못 본 데서 오는 당혹감이 내게는 컸지만, 인간의 마음에 대한 지식이 늘어나는 것이 내게는 즐거운 일이 아닐 수 없네."(NA 23, 62) 그러나 그와 같은 장애는 일시적이었던 것 같다. 1월 중순에 이미 폰 볼초겐 부인은 실러에게 바우어바흐에 무기한 체류할 것을 제안함으로써 그녀가 보이는 호의의 진정성에 대한 의심은 모두 제거되었다. 그녀의 제안은 그녀 개인의 용기를 증명하고, 궁정과의 이해관계를 무시할 수 있는 능력을 밝혀주는 것이다. 라인발트가 1783년 5월 25일에 크리스토피네 실러에게 쓴 편지에서 그녀를 기분파이고 "마음씨가 한결같지 않다"(NA 23, 286)고 쓴 것은 주로 관련자들의 신경을 지나치게 자극하는 긴장된 생활 상황을 가리키는 것일 뿐, 대범한 후원자의 특이한 인품을 말하는 것은 아니다. 실러가 슈반이 지급한 「피에스코」 사례금을 다 쓰고 나자, 폰 볼초겐 부인은 정기적으로 생활비를 현금으로 빌려주었다. 1788년 3월까지 그가 그녀에게 갚아야 할 빚은 540굴덴으로 불어나 있었다. 그녀 자신도 쓸 수 있는 현금이 제한되어 있었기 때문에 바우어바흐에 사는 유대인 이스라엘에게서 연 5퍼센트의 이자를 물면서 대출을 받았다. 그녀가 넉넉하게 도와준 덕분에 1783년 1월 초에 실러는 재정적 파탄을 막을 수 있었고, 몇 달 동안 튀링겐에서의 망명 생활을 안정적으로 버텨낼 수 있었다.

신년에 폰 볼초겐 부인은 열여섯 살 된 딸 샤를로테를 대동하고 바우어바흐 농원을 잠깐 방문한 적이 있다. 손님의 근황을 좀 더 가까이서 살피기 위해서였다. 그녀는 1월 3일에 그와 동행해, 오빠가 살고 있는 발도르프를 잠시 들르기로 했다. 불과 이틀 뒤에 실러는 그곳을 또다시 방문했다. 이미 이때부터 그는 딸 샤를로테에게 호감을 가지게 되었다. 그녀도 『도적 떼』의 저자를 아무런 감동 없이 만난 것 같지는 않았다. 1782년부터 그녀는 작센-고타의 공작 부인이 헤센 국경에 있는 힐트부르크하우젠에 창설한 기숙학교의 학생이었다. 그곳에서 그녀는 공작 부인의 개인적인 후원을 받았다. 당시 실러의 감상적인 기분은 헨리에테 슈투름(Henriette Sturm)을 위한 결혼식 축시에 잘 반영되어 있다. 헨리에테는 볼초겐의 양녀로서 1783년 2월 2일에 마이닝겐 근처에 있는 발도르프에서 농원 감독 요한 니콜라우스 슈미트(Johann Nikolaus Schmidt)와 결혼했다. 이 시는 볼초겐 모녀가 떠난 직후인 1월 4일에 쓴 것이다. 이 시 텍스트는 비록 그 열정이 경조문학이라는 특수한 성격 뒤에 숨어 있지만, 샤를로테에 대해 실러의 열정이 싹트는 것을 예감케 하고 있다. 〔"사랑의 밀회의 시간이 내게 다시 울린다 / 가슴으로부터 뜨거운 노래들이 물결처럼 밀려온다."(NA 1, 137)〕 1월 중순에 다시 한번 마스펠트에서 만났을 때 실러는 자신의 감정 때문에 불안해져서 산만하고, 초조해하는 것 같았다. 슈투트가르트에서 남자들만 대하다가, 젊고 애교가 넘치는 귀족 아가씨와 어울리는 것은 혼란스러운 경험이 아닐 수 없었다. 그는 이제 겨우 37세인 어머니도 성적인 동경을 접지 못한 채 만나고 있었다. 이 점은 그가 이 몇 주 동안 감정을 담아 그녀에게 보낸 편지들이 증명해주고 있다.

4개월간 개인적인 교유가 중단되었다가 그들 모녀는 5월 중순 또다시 바우어바흐를 찾았다. 실러는 그들을 성대하게 영접했다. 그는 마을 입구부터 농원까지의 전체 가로수를 꽃으로 장식했다. 농원의 문을 일종의 개선문처럼 전나무 가지로 장식했고, 취주악대가 연주를 하게 했으며, 마을의 목사로 하여금 환영사를 하게끔 했다. 딸의 교육을 계속해서 맡아주도록 설득하기 위해서 폰 고타 공작 부인에게 잠시 다녀온 후 이 두 모녀는 6월 초 2주 동안 바우어바흐에 체류했다. 1783년 5월 30일에 이미 실러는 혼란스러운 느낌을 주는 편지를 써서 샤를로테에 대한 자신의 애정을 폰 볼초겐 부인에게 고백했다. 하지만 공식적인 청혼은 하지 않았다. 그는 아무런 재산도 없는 서민계급의 예술가로서 후원자의 취향에 맞는 구혼자일 수 없음을 충분히 알고 있었다. 이미 3월부터 샤를로테는 뷔르템베르크의 중위요 이전에 카를스슐레의 생도이던 프란츠 카를 필리프 폰 빙켈만(Franz Carl Philipp von Winkelmann)과 각별한 관계를 맺고 있었다. 그는 이번 바우어바흐 방문에도 두 모녀를 수행했다. 실러는 이 경쟁자를 개인적으로 알고 있었다. 1777년 11월 그들은 아벨이 미학 강의를 마치면서 출제한 예술사 주제에 대한 공개 토론에 공동으로 참가한 적이 있다.[98] 실러에게는 그의 도착으로 인해 느끼게 된 질투심이 막상 자신의 소재가 탄로 날 것에 대한 두려움과 겹치게 되었을 것이다. 빙켈만이 공작이 거느린 군대의 일원으로서 분명 그를 밀고할 것으로 믿고 있었기 때문이다. 바우어바흐에서 함께 보낸 몇 주 동안 그는 거만하게 구는 연적을 상대로 침착함을 유지하기가 힘들었다. 손님들이 떠난 후 6월 중순에 그는 빌헬름 폰 볼초겐에게 편지를 썼는데, 그의 마음속 깊이 자리하고 있는 빙켈만에 대한 혐오감을 밝히고 있다. 이 혐오감은 샤를로테의 "마음을 살 자격을 얻으려면 아직도 한참 배워야 할 그 신사의 뻔뻔스러운 행동"에 대한 것이었다.(NA 23, 97) 볼초겐은 실러의 적의에 공감하기는 했지만, 실러 자신의 관심을 실현하는 데 도움을 줄 수는 없었다. 1년 뒤 1784년 6월 중순에 그는 만하임에서 다시 한번 자신의 후원자에게 장황한 편지를 써서, 그가 샤를로테와 부부가 되고 싶은 "어리석은" 희망을 완전히 버리지 못했다는 것을 암시했다.(NA 23, 148) 그러나 헨리에테 폰 볼초겐은 흔들림 없이 그녀의 신분에 어울리는 결혼 계획을 계속 추진했다. 그러나 실언으로 자격을 잃은 빙켈만과의 관계가 파탄 나고 나서 4년 후인 1788년 9월에 샤를로테는 힐트부르크하우스의 참사관 프란츠 프리드리히 륄레 폰 릴리엔슈테른(Franz Friedrich Rühle von Lilienstern)과 신분에 어울리는 혼인을 했다.〔그의 손아래 친척 중 한 사람인 1780년생 오토 아우구스트(Otto August)는 포츠담에서 하인리히 폰 클라이스트의 부대 전우이자 절친한 친구가 된다.〕

이와 같은 실망스러운 일이 있었음에도 불구하고 헨리에테 폰 볼초겐은 실러에게는 어려운 때에 뒤를 돌보아준 후견인이었을 뿐 아니라, 변함없이 신뢰할 만한 친구 사이로 지냈다. 이 점은 그가 후에 쓴 편지들이 증명해주고 있다. 그녀가 1788년 8월 5일에 겨우 43세의 나이에 종양 수술의 후유증으로 사망하자, 그는 깊은 충격을 받고, "아! 내게 그녀는 모든 것이었네. 친어머니나 마찬가지로!"라고 빌헬름 폰 볼초겐에게 쓰고 있다.(NA

25, 92) 그 일이 있기 8개월 전에 실러는 오래간만에 바우어바흐를 다시금 방문해서 지난날의 기분을 만끽한 적이 있다. 이제 그는 은둔 생활을 하던 시절을 회상하기가 힘들었다. 회상은 불어난 세상 지식과 좀 더 큰 경험을 포함하고 있는 자신의 발전에 대한 통찰과 뒤섞여 있었다. 관찰자의 눈앞에는 이제 이전의 매력을 상실한 생기 없는 겨울 풍경이 놓여 있었다. "그때의 마력은 바람처럼 사라졌다. 나는 아무것도 느끼지 못했다. 이전에 나의 고독이 관심을 끌게 하던 장소 중에 이제 나에게 말을 건네는 장소는 하나도 없다. 모든 것이 나를 향한 언어를 잃고 만 것이다."(NA 24, 180) 이와 같이 울적한 회상 속에는 과거에 지녔던 걱정거리에 대한 상념도 섞여 있을 것이다. 실러의 회상 속에 바우어바흐는 신변의 안전이 위협받던 섬으로 남아 있다. 특히 지속적인 안정을 보장해주지 않은 중간 기착지로.

외로웠던 시절의 대화 친구
사서 라인발트

실러는 도착 후 처음 몇 주일 동안 새로운 생활 방식을 서서히 익혀갔다. 엄청난 강설로 마을 길은 통행이 불가능했다. 그 결과 먼 거리로 산보하는 것은 포기할 수밖에 없었다. 여전히 이 망명객에게는 추위를 막아줄 따뜻한 옷이 없었다. 그로부터 5년이 지난 뒤 바이마르에서 처음 맞는 겨울에도 그는 외투를 빌려야 했다. 왜냐하면 당시 그는 먹고살기조차 넉넉지 못했기 때문이었다. 2월이 되고 나서야 처음으로 좀 더 자주 외출해 주변에 있는 수풀들을 관찰했다. 트레킹을 할 때에 그는 가끔 무기를 휴대했다. 농원 관리인 포크트(Voigt)의 지도하에 맹금(猛禽)을 쏘기 위해서였다. 그는 물론 필요한 경험이 부족했기 때문에 명사수는 아니었던 것 같다. 그

후로 쓴 편지에서도 사냥에 대한 두드러진 열정이 드러나는 언급은 없었다(공작의 방종한 사냥 벽은 여기서는 물론 경악을 자아냈다). 일상의 고독에서 벗어나기 위해서 그는 나이 든 마을 목사 크리스티안 에라스무스 프라이슬리히(Christian Erasmus Freißlich)와 만나서, 그와 함께 예배 의식의 현대화와 공인 찬송가의 개편을 토의하였다. 그는 정기적으로 예배에 참석했지만, 물론 그에게는 예배의 진행이 너무나 인습에 얽매여 있는 것 같았다. 교회 공동체 내에서 그는 튀링겐 성직자들이 케케묵은 정통을 고수하는 것에 대항해서 겔러르트와 레싱의 텍스트들을 옹호하는 계몽된 자유 인사라는 소문이 잽싸게 퍼졌다. 그는 마이닝겐의 완고한 궁정 설교사 요한 게오르크 프랑거(Johann Georg Pfranger)와는 황제 요제프 2세의 개혁 정책과 그가 찬성하는 유럽 거주 유대인의 동화 문제에 대해서 다투었다. 마을 주민들의 일상적 걱정까지도 그의 호기심을 불러일으켰다. 그는 농원 관리인과 세습적 농노들 사이의 갈등을 유심히 관찰했다. 그 갈등은 양의 방목권뿐 아니라, 이자 지출 문제에도 해당하였다.

바우어바흐에서 보낸 시절 가장 자주 만나서 고정적으로 대화를 나눈 사람은 궁정 사서 빌헬름 프리드리히 헤르만 라인발트였다. 그는 실러보다 22세나 연상이었고, 기인에 가까운 괴벽을 소유하고 있었다. 법률학, 언어, 문학 등을 철저하게 연구한 후에 그는 1762년 후원자인 마이닝겐 공작 안톤 울리히가 부여한 비밀 임무를 띠고 빈에 서기로 파견되었다. 하지만 얼마 후에 소환되어 도읍지의 하급 관리직을 맡는 바람에 그의 출세 욕망은 좌절되었다. 1776년 바이마르의 젊은 대공 카를 아우구스트는 그에게 공작의 도서관에 소장된 도서들을 새로이 정리하고, 도서 구입을 감시하는 과제를 맡겼다. 같은 해 라인발트는 『게르만어 요소들에 대한 문서(Briefe über die Elemente der germanischen Sprache)』를 출간했다. 이 책에

478

빌헬름 프리드리히 헤르만 라인발트.
축소화. 판지 위에 붙인 수채화.

이어서 몇 년 뒤에는 어휘(특별히 고트어)의 역사, 문법, 편집론, 비교언어학 분야의 연구서들이 출간되었다. 그는 문학 영역에서도 집필을 시도했지만 성과는 신통치 않았다. 그의 오페레타 「밀턴과 엘미레(Milton und Elmire)」는 1770년대 중반에 프랑크푸르트와 바이마르에서 공연되어, 개인적으로 요한 아우구스트 라이제비츠와 접촉할 수 있는 기회를 얻을 수 있었다. 하지만 그는 자신의 문학적 재능의 한계를 재빨리 알아차렸다. 당시 독자들은 1786년 말 《탈리아》에 실린 그의 경조시들을 이미 유행이 지난 고지식하고 계몽적인 도덕주의의 산물로 여겼다. 좀 더 큰 가치가 있었던 것은 라인발트의 역사 연구였다. 그의 연구 논문들을 실러는 여러 번 자신의 선집이나 잡지에 실었다.

실러는 도착 당일에 마이닝겐의 여관 '사슴집'에서 라인발트에게 쪽지를 보냈다. 처음으로 만나서 대화를 나누고 싶다는 내용이었다. 사서 라인발트는 나름대로 헨리에테 폰 볼초겐을 통하여 이 귀한 손님과 만날 준비를 하고 있었다. 그는 완고한 지역 유지 사회를 선풍적으로 동요시킬 이 교양 있는 젊은이와 교유할 기회를 감사한 마음으로 이용하였다. 그 여관에서 처음 만난 후에는 우선 편지 왕래가 있었다. 왜냐하면 길에 눈이 쌓여 방문할 수 없었기 때문이다. 라인발트는 궁정 도서관의 소장 도서 중에서 그의 자료 연구에 도움이 되는 책들을 그에게 공급하기로 약속했다. 실러는 12월 9일에 주로 문학작품들과 미학 서적 열여덟 권의 제목이 적힌 목록을 보냈다. 그 밖에 취미 삼아 읽을 수 있도록 당시에 쓴 여행기들 중에 적절한 것을 골라줄 것을 부탁했다. 마을에 사는 유대인 아가씨 유디트에게 그 두꺼운 책들을 마이닝겐에서 가져다가 바우어바흐에 머무르는 실러에게 전달하는 업무가 맡겨졌다. 성탄절 기간에 이 은둔자는 「돈 카를로스」 집필을 위한 사전 작업을 진척하는 데 충분하리만큼 독서를 하였다. 신년으로 이어지는 몇 주 동안도 라인발트는 믿음직한 협력자임을 증명했다. 그는 「도적 떼」의 서평이 실린 잡지들을 보내주었고, 문학작품들을 대출해주었으며, 필기도구를 제공했는가 하면 (마로코 상표의) 코담배를 구입해 보내기도 한 것이다. 2월 중순부터 그들은 다시 시작되는 강설기에도 불구하고 좀 더 자주 마스펠트나 마이닝겐에서 만나서 종교재판의 역사적 발전과 "종교개혁"(NA 23, 69)의 역사에 관해 대화를 나누었다. 이는 실러가 자신의 집필 계획과 관련하여 강하게 끌리던 테마였다.

튀링겐의 정치 일상도 대화의 소재였다. 12월에 이제 겨우 21세 되고 손이 없는 작센-마이닝겐 공작이 병이 들어 생명이 위태로웠다. 그의 사촌 작센-코부르크-잘펠트 공작이 후계자 자리를 노렸다. 후계자가 되면 그를 압박하는 막대한 부채에서 벗어날 수도 있었기 때문이다. 그는 자신의 요구를 효과적으로 관철하기 위하여 군사적 경계 단계를 높이고, 부대를 국경에 집결시켰다. 그러나 놀랍게도 작센-마이닝겐 공작은 1월 말 중병에서 쾌유되었다. 1783년 2월 4일 궁정에서 그의 생일을 축하하는 행사가 성대하게 열렸을 때, 운이 없는 정치 투기꾼으로 뭇사람들의 웃음거리가 된 사촌은 마지못해 축하 인사를 보냈다. 1월 28일에서 29일이 되는 밤에 이미 실러는 이 사건을 통해 받은 느낌을 풍자시 「진기한 역사(Wunderseltsame Historia)」에 표현했고, 라인발트는 2월 1일 이 시를 약간 수정해서 익명으로 《마이닝겐 주보(Meiningische wöchentliche Nachrichten)》에 게재했다.(NA 1, 142 이하 계속) 이 풍자시는 성경에 나오는 아수르 왕 산헤립의 예루살렘 포위 이야기에 바탕을 두고 있다.(「열왕기 하」 19장 32절 이하 계속) 역사적으로 거슬러 올라가 기원전 8세기에 일어난 사건에 우습게도 튀링겐의 왕가의 갈등이 반영된 것이다. 즉 역사적 인물인 산헤립은 당시 창궐하던 페스트 때문에 내쫓기는 반면에 실러에게서는 죽을병을 앓던 적수(원래는 전임

자) 여호사밧 왕이 뜻밖에도 건강해졌기 때문에 자신의 계획을 포기하는 것이다. 진의를 쉽게 파악할 수 있는 이 험담은 정체를 알 수 없는 아첨꾼의 항의를 즉시 불러일으켰다. 그 아첨꾼은 코부르크 공작에 대한 공격에 강하게 반발하는 시를 지은 것이다. 그는 실러의 풍자시가 마이닝겐의 궁정 설교사 프랑거(Pfranger)가 지은 것이라고 잘못 알고 있었다. 프랑거가 그 영주의 정치를 공개적으로 옳다고 선언해왔었기 때문이다.(NA 2 II A, 131) 실러는 이 대수롭지 않은 다툼을 알고 재미있게 여겼지만, 자신이 기고한 풍자시를 공개적으로 변호하고 싶은 유혹에 넘어가지는 않았다.

라인발트와의 개인적인 관계는 봄이 시작되면서부터 더욱 깊어져서, 그 자신이 고백한 것처럼 실러에게 삶의 정신을 강력하게 일깨워주었다. 그는 친구로 하여금 「루이제 밀러린」의 완성된 부분을 평가하도록 했고, 「돈 카를로스」 집필 계획에 대하여 함께 논의했다. 그 밖에 자세한 장래 계획들에 관해서도 이야기를 나누었다. 그가 4월 14일 아침 바우어바흐의 정원 오두막에서 쓴 열광적인 어투의 편지는 그가 구상한 신지학의 모티브가 적용된 문학적 상상력의 이론을 내용으로 하고 있었다. 이 문학적 상상력의 바탕이 되는 것은 작중인물에 대한 저자의 애정이 하느님이 자신과 같은 형상으로 창조한 인간에 대해 가지는 사랑과 똑같다는 사상이었다. 하지만 이 애정 어린 감동은 여기서 간단히 소개한 집필 프로그램의 한 요소일 뿐이라는 단서를 달고 있다. 마음을 사로잡는 인물들을 고안하기 위한 시적인 판타지를 반드시 "우정의 힘"을 통해 "발동하게 할" 필요가 아직은 없었던 것이다.(NA 23, 80) 이 편지에 흥분해서 윤곽을 그린 감정이입의 미학은 그와 같은 변화들을 통해서 좀 더 굳건한 바탕 위에 세워져 다시 나타날 것이다. 동시에 이 편지는 4개월간의 은둔 생활을 총결산하고 있다. 예술은 은둔 생활의 조건하에서 자기 소통의 기관 역할을 했다. 후에 와서 실러는 한결같이 자신의 집필 계획에 대해 의견을 교환할 수 있는 생활환경을 조성하려고 노력했다. 그런 다음에 완전한 고독의 추구는 예외적인 경우에만, 제한된 기간, 항시 사람들과 어울리는 상황으로 되돌아올 수 있다는 의식 속에서만 이루어졌다.

바우어바흐의 봄 주간에 실러에게 라인발트는 떠오르는 집필 구상들을 믿고 이야기할 수 있는 대화 상대자였다. 좀 더 깊은 우정을 맺기에는 연령과 기질의 차이 때문에 분명한 한계가 있었다. 이 도서관 사서가 5월 말에 고타와 바이마르 여행을 계획했을 때, 실러는 우선 그와 동행하기로 결심했다가, 신속히 생각을 바꾸었다. 그는 이제 라인발트와 가까이하기를 피하는 듯한 인상을 줄 뿐 아니라, 우연하게라도 바이마르의 문호들과 만나는 것에 대한 두려움을 어느 정도 품고 있었던 것 같다. 개인적으로 작별 인사도 없이 친구는 6월 첫 주에 몇 주간의 여행에 나섰다. 우연이 장난을 치지 않았다면 그들의 관계는 그 후로 단절되었을 가능성이 있었다. 실러는 5월 11일 라인발트를 방문하고서 「피에스코」의 원고와 개인적인 편지 여러 통을 그만 잊고 두고 온 적이 있었다. 그중에는 누나인 크리스토피네의 편지도 한 통 들어 있었다. 이 도서관 사서는 그 편지를 읽고 호감에 가득 차서 편지 발신인에 대한 관심이 커진 듯싶다. 그는 동생의 허락을 얻어 크리스토피네에게 편지를 썼고, 그녀는 주저하지 않고 바로 답장을 했다. 1784년 여름 라인발트는 궁정 참사관에 임명된 직후에 처음으로 슈투트가르트로 가서 실러의 가족들을 방문했다. 크리스토피네와는 신속하게 좀 더 가깝게 지내게 되었으나, 실러는 두 사람의 이처럼 깊은 관계를 못마땅하게 생각했다. 그는 20년 연상인 이 도서관 사서를 누나의 배필로 적당하다고 보지 않았기 때문이다. 그는 이 두 사람의 결혼 계획에는 크게 반대하는 입장이었으나, 그들이 1786년 6월 22일에 부부로 맺어지는 것을 막을 수는 없었다. 얼마나 그가 매형의 현학적인 성격에 서먹한 느낌을 가지고 있었는지는 후에, 즉 1799년 6월 25일에 괴테에게 쓴 편지에 잘 나타나 있다. "부지런하고, 그다지 멍청하지는 않은 속물인데, 나이는 60세이고, 소도시 출신이고, 생활에 찌들려 편협하고, 우울증 때문에 더욱더 허리를 굽히는 사람이지만, 그 밖에 현대어와 독일어 연구에서는 물론, 몇몇 문학 분야에서도 조예가 없지 않은 사람"(NA 30, 63)이라고 라인발트를 소개하고 있다. 이와 같은 편지를 썼던 시기에, 바우어바흐에서 대화를 통해 라인발트와 쌓은 우정은 실러가 별로 돌이켜 생각하고 싶지 않은 아득한 과거였다.

낯선 환경
만하임에서 무대 작가로

1783년 3월 말에 달베르크는 실러에게 새로운 비극 「루이제 밀러린」의 작업 진척에 대해 문의해왔다. 만하임에서 나누었던 대화를 바탕으로 그는 이 작품의 소재가 지니고 있는 멜로드라마 성격이 당시 관중의 취향에 맞으리라고 추측하고 있었다. 실러의 답변은 이 드라마는 희비극적 요소를 지니고 있어 관습적 시각에서 볼 때 장르의 순수성의 계명을 위반하고 있다는 점을 지적함으로써 의식적으로 조심스러워하는 빛을 나타내고 있다. 마치 다시는 극장장의 신뢰할 수 없는 성격의 희생자가 되지 않기 위해서 그에게 거리를 두려는 것 같았다.〔후에 와서 술회한 바로는 그는 마치 "화약처럼" 불이 확 붙었다가 쉽게 꺼지는 기질을 지니고 있었다.(NA 23, 105)〕7월 초까지 내면적으로 안정을 찾지 못한 채 이 비극의 완성을 위해 그는 집필 작업에 몰두했다. 그다음으로 이어지는 주일에는 물론 장소를 바꾸어 자극을 얻고 싶다는 염원이 그에게는 커졌다. 7월 중순에는 런던에서 뷔르템베르크로 귀환한 당숙 요한 프리드리히를 뷔르템베르크 국경으로 찾아갈까 하는 생각을 했지만, 이 계획을 다시 접었다. 얼마 후에 그는 라인발트에게 편지로 프랑크푸르트로 여행하려는 계획에 관해서 썼지만, 이 계획도 똑같이 실현되지 못했다. 그는 결국 7월 24일에 바우어바흐를 떠났다. 직접 초청을 받지는 못했지만 만하임으로 가서 그곳에서 확실한 직장을 얻을 수 있는지 알아보기 위해서였다. 필요한 여행 경비는 헨리에테 폰 볼초겐이 은행가 이스라엘에게서 차입해주었다. 그는 겔른하우젠을 경유하여 7월 26일에 프랑크푸르트에 도착하였다. 거기서 그는 특별 우편 마차에 올랐다. 값이 비싸긴 했지만 속도가 빠르고, 돈이 많이 드는 여관 숙박을 피하는 데 도움을 주었기 때문이다. 7월 27일 저녁에 그는 다시금 만하임 시의 성문 앞에 도착하였다. 원래 예정하기로는 수 주간의 방문이었다. 그는 향후 체류 기간이 20개월이나 되리라는 것을 예감하지 못했던 것이다.

극장은 휴가철이어서 주로 비정규 레퍼토리만 공연하고 있었다. 행여나 선제후 부인이 관람할 것을 고려해서 주로 가벼운 희극이 공연되었는데, 그 희극들은 국립극장의 실질적인 역량을 가늠할 수 있는 분명한 인상을 실러에게 전달해주지 못했다. 그는 마이어 감독 집에서 슈트라이허를 다시 만났다. 슈트라이허는 함부르크 여행 계획을 끝내 포기하고 피아노 교사로 만하임에 정착해 근근이 살고 있었다. 달베르크는 계속해서 홀란드에 머물다가 8월 11일에 돌아왔다. 이틀 후에 실러는 여러 사람이 모인 자리에서 「루이제 밀러린」의 몇 장면을 낭독했다. 이 대본 낭독에서 강력한 인상을 받아 달베르크는 며칠 후에 우선 12개월 기한으로 그를 무대 작가로 채용할 뜻을 밝혔다. 채용 조건은 1년 안에 상연 프로그램에 올릴 수 있는 작품을 세 편 써내는 것이었다. 그에게는 반대급부로, 레퍼토리를 결정하기 위하여 극장위원회가 협의할 때 발언할 수 있는 권한이 보장되었다. 8월 말에 계약서 초안이 작성되었는데, 이는 실러에게 연봉 300굴덴에 보태 매월 하루치 공연 수입을 배당받는 것을 보장해주었다(후에 와서 이는 대부분 총액으로 보상되었다). 9월 1일부로 효력이 발생하는 계약은 그가 처음에 기대하던 것보다는 적은 액수였지만, 도피 생활 후에 처음으로 그는 정기적인 수입을 약속해주었다. 그가 받는 총액은 군의관으로 받던 연봉보다 24굴덴 많았다(그의 부친은 같은 때에 슈투트가르트에서 급료로 390굴덴을 받았다). 그는 9월 초에 이미 선불로 200굴덴을 받아 신분에 어울리는 의상을 마련하는 데 사용했다. 후년과는 달리 당시에 그는 별로 금전을 절약하지 않았기 때문에 예비 자금을 마련할 수 없었다. 슈투트가르트와 바우어바흐에서 빌린 돈을 갚는 것은 원래의 의도와는 달리 채권자들의 빚 독촉에도 불구하고 뒤로 미룰 수밖에 없었다. 헨리에테 폰 볼초겐은 1784년 2월에 이스라엘에게서 빌린 총액을 갚으라고 간청했고, 그의 부친은 1개월 뒤에 슈투트가르트의 빚을 갚으라고 독촉했다. 그는 1년 반 뒤에 비로소 친구 쾨르너의 도움으로 해묵은 짐을 벗을 자금계획을 세울 수 있었다. 정기적인 수입이 있었음에도 불구하고 만하임의 살림살이가 얼마나 옹색했는지는 1783년 11월 13일에 헨리에테 폰 볼초겐에게 보낸 편지가 증언해주고 있다. 그 편지에서 실러는 무조건 절약해야 하는 자신의 씀씀이를 이렇게 설명하고 있다. "나는 기다란 밀가루 빵 하나로 아침 식사를 때우고, 이곳 식당에서 12그로셴을 주고 네 접시로 된 점심 식사를 들고, 남은 것을 저녁에 먹기 위해 싸가지고 올 수가 있습니다. 그러기 위해 주석으로 된 도시락 그릇을 하나 구입했습니다. 저녁은 경우에 따라서 감자를 소금에 찍어 먹거나 달걀 하나 또는 맥주 한 병으로 해결합니다. 그럼에도 나의 지출 규모는 상당히 큽니다. 나는 탈 말을 위해 매월 12굴덴을 지출하는 것 말고도 하숙비 5굴덴, 장작 2.3플로린, 그 밖에 불값 1굴덴, 이발 1탈러, 고수(鼓手) 이용 1탈러, 세탁물 1탈러, 목욕 30그로셴, 우편요금 1~2굴덴을 지출해야 합니다. 담배, 종이 그리고 수천 가지 사소한 것들을 구입하는 데 드는 비용은 계산에 넣지 않았습니다."(NA 23, 117 이하) 실러가 빚쟁이를 상대로 자기 생활 방식의 검소함을 강조한 것은 물론 책략적인 이유에서일 것이다. 그러나 이 목록들은 바로 그세세함을 통해서, 그의 만하임에서의 일상생활을 지배하고 있던 재정적 궁색함을 중언해주고 있다.

도읍지인 만하임에서 실러는 슈투트가르트에서는 맛보지 못하던 도시의 분위기를 체험했다. 시내는 장기판 모형으로 기하학적으로 구획정리가 되어 있었다. 도시 시설의 중심지임이 분명한 성은 독일에서 가장 화려한 로코코 건물에 속했다. 인구 2만 명 중에서 시민계급에 속하는 상인들의 수가 특별히 많았고, 그들은 만하임이 교통의 주요 합류점에서 근거리에 위치한 것과 라인 강 선박 운항으로 유리해진 상품 교역을 통해서 경제력을 확보했다. 1778년 선제후가 도읍지를 뮌헨으로 옮김으로써 지역을 초월한 이 도시의 전성기는 지나갔지만 문화생활이 빈곤해진 것은 아니었다. 극장, 오페라, 발레 공연은 계속 높은 수준을 유지했기 때문에 만하임은 계속해서 예술적으로 매력 있는 도시임을 보여주었다. 실러는 7월 말부터 10월 사이에 궁성 맞은편에 위치한 후베르투스하우스 내에서 방 두 개를 세내서 살았다. 방세는 저렴해서 주당 1굴덴을 지불했다. 비용을 절약하기 위하여 그는 아침 식사를 대부분 걸렀다. 그가 슈투트가르트에 있는 후견인에게 보고한 바로는 그는 집주인에게서 점심과 저녁 식사, 거기에다 팔츠의 포도주보다 값이 싼 맥주 한 잔까지 제공받았다. 10월 중순이 지나서 그는 슈트라이허와 함께, 미장공 휠첼의 집에 있는 공간이 넓은 거처로 옮겼다. 휠첼은 후에 실러가 부채로 인해 최대의 난관에 봉착했을 때 배려심이 많은 후원자 노릇을 하기도 했다. 1785년까지 지속된 슈트라이허와의 공동생활은 목가적인 성격을 띠고 있었다. 그 두 사람은 슈투트가르트에서처럼 항상 가까이 지내는 것은 피했지만, 일상사에 대한 의견을 교환하기 위해서 정기적으로 만났다. 실러는 책상에서 작업하는 동안 슈트라이허의 피아노 즉흥연주를 듣는 것을 각별히 좋아했다. 나중에도 그는 그와 같은 식의 음악적 자극을 사랑했다. 그의 아내 샤를로테의 피아노 연주를 힘껏 후원해주었는데, 피아노 연주가 자신의 문학적 활동에 강한 영감을 준다는 것을 그가 알고 있었기 때문이었다.

그와 같이 유리한 생활 여건에도 불구하고 만하임에서의 작업은 시작부터 불길한 운명에 처해 있었다. 이미 주어진 과제를 수행하는 것을 허락지 않는 극복해야 할 외적 장애가 첫 주부터 많이 발생했다. 여름이 다 갈 즈음 만하임에는 말라리아가 발병해서 몇 주 내에 6000명이 이 전염병에 감염되었다. 폭염이 그 유행병을 유발했고, 요새 내 웅덩이의 물은 흙탕물로 변했다가 썩어갔다. 약한 기류와 배수 체계의 노후화로 인해 식수가 오염되자 질병의 전염 속도는 점점 더 빨라졌다.[99] 이 전염병의 희생자들 중에는 감독인 마이어도 끼어 있었다. 처음에는 대수롭지 않아 보이던 감염의 결과로 그는 9월 2일에 목숨을 잃고 말았다(달베르크는 그의 후계자로 배우였던 요한 루트비히 렌쉬프(Johann Ludwig Rennschüb)를 임명하였다). 같은 때에 실러도 전염되었으나 신년 초에는 일단 완쾌하였다. 그는 재발이 되자 의사의 권고는 더 이상 따르지 않고, 콘스부르흐 강의에서 알게 된 실용적으로 추천된 방법에 따라 엄격한 단식요법으로 치료를 하였다. 이 단식요법을 실행하는 동안 그는 오직 멀건 수프, 무, 감자만 먹고 몇 주 동안을 견뎠다. 신열을 떨어뜨리기 위해서 프랑크푸르트에서 구입한 기나피(幾那

皮)를 복용했다. 이를 복용하면 신열을 내리게 하는 데에는 도움이 되지만, 위의 염증을 유발한다. 그 때문에 그는 그 후 몇 년 동안 고생을 해야 했다. 병이 심한데도 그는 정기적으로 책상에 앉아서 작업을 하지 않을 수 없었다. 루이자 슈반은 그가 10월에는 고열인데도 아침까지 「피에스코」의 마지막 수정 작업을 했다고 보고하고 있다.(NA 42, 63 이하)

실러가 바우어바흐에서는 아침 5시에 책상에 앉아 작업을 했던 반면, 만하임에서는 습관적으로 밤에만 집필 작업을 했다. 그는 늦잠을 자고 하루 내내 연습장에 머물면서 식사도 배우들과 함께 했다. 저녁에는 한동안 그들과 어울려 포도주를 들며 시간을 보내다가 자정 이후에야 원고 집필을 시작하는 경우가 자주 있었다. 그가 좀 더 이른 시간에 작업을 할 경우에는 햇빛을 막기 위해서 종종 커튼을 쳤다. 그의 방은 이미 슈투트가르트에서 주변을 어질러놓곤 하던 것과 똑같이 특유의 카오스 상태를 보여주었다고 슈트라이허는 전한다.[100] 대부분 잘 정리되고, 잘 치워진 곳은 오직 책상뿐이었다. 그는 특별한 품질의 잉크, 펜, 종이에 가장 큰 비중을 두었다고 라인발트는 전한다.(NA 23, 66) 서랍에 넣어둔 지나치게 익은 사과 냄새가 그를 매혹했다는 것은 괴테가 에커만에게(1827년 10월 7일) 이야기한 내용이다. 후에 와서 사람들은 이와 같은 취향을 글 쓰는 기인의 신화로 만들어냈지만, 실러의 취향은 그게 아니었다.[101] 그의 집필 의욕을 북돋워준 자극제는 커피, 담배, 리큐르 그리고 때에 따라서는 헝가리산 포도주였다. 그는 바이마르에서도 야간 작업을 할 때는 의욕을 돋우기 위해서 이 포도주를 마셨다.

만하임의 배우들은 1778년에 세상을 뜬 에크호프를 본받아 공연할 텍스트에 대해 철저히 토론을 하는 등 무대예술에 대한 지적 욕구가 있었다. 달베르크에 의해 설립된 극장위원회는 연극론에 대한 자문 활동을 통해서 이와 같은 프로그램을 지원했다. 실러도 1783년 10월부터 1784년 5월까지 7차에 걸쳐 이 위원회의 회의에 참석했다. 이 위원회에서 사람들은 새로이 입수된 원고를 검토하고, 무대 대본을 논의했으며, 실제적인 연출 방안을 설명했다. 위원회의 위원들은 매 경우에 최신 작품들의 유용성에 대한 의견서를 작성했다[슈뢰더가 몬벨(Monvel) 작품을 개작해 내놓은 「크로나우와 알베르티네(Kronau und Albertine)」(1783)에 대해 실러의 짤막한 소견서가 전해지고 있음].(NA 22, 195) 토론 분위기는 압력과 적응의 강박감 때문에 자유롭지 못했다. 게다가 달베르크가 위원장으로서 이 토론을 권위적으로 조종했다. 실러는 배역을 담당하는 이플란트, 베크, 바일, 뵈크 등과 특히 긴밀하게 협조하려고 했다. 루이자 슈반은 그들이 이 모임의 지도적 인물로 꼽힌다고 회고하고 있다. "제일 먼저 거명한 두 사람은 사생활이 깨끗한 것으로 유명했다. 사생활이 깨끗하다는 것은 당시 배우들 사이에서는 이례적인 것이었다. 경솔하지만 마음이 착한 바일은 원래 이 두 사람의 보살핌을 받고 있는 처지였다."[102] 1783년 11월에 실러 자신도 뵈크에 대해서는 연기자들 중에 "머리와 가슴이 가장 뛰어난" 배우라고 언급하고 있다.(NA 23, 119)[103] 예술적으로 더 의미가 있는 사람은 물을 것도 없이 명예욕이 강하고, 이따금 독불장군같이 구는 이플란트였다. 그의 학우인 카를 필리프 모리츠는 자전적 소설 「안톤 라이저」(1785~1790)에서 그의 인물 됨을 지적인 목표를 추구하는 천부적 재능을 지닌 예술가로 그리고 있다. 그는 여러 유랑 극단을 전전하면서 입문 경험을 쌓은 후에 1777년 18세의 나이로 고타의 유명한 궁정 앙상블에 합류했다가 1779년에 만하임의 국립극장으로 자리를 옮겼다. 실러는 1784년 8월 말에 작성한 인물평에서 심지어 그를, 5년 전에 작고했고 영국의 극장에서 가장 유명하던 배우인 데이비드 개릭(David Garrick)에 필적할 만한 탁월한 연기자로 평가했다.(NA 22, 315)

일찍부터 이플란트는 극장에서의 무대효과에 대한 감각, 즉 청중을 깜짝 놀라게 하는 효과와 상세한 심리묘사가 탁월한 텍스트를 쓰기 시작했다. 그의 유명한 드라마 중 하나인 시민 비극 「질투심이 빚은 범죄(Verbrechen aus Eifersucht)」는 1784년부터 독일 전역에서 정기적으로 공연된 작품이다. 이플란트는 1796년에야 비로소 프랑스 혁명군의 도시 점령이 임박한 것을 두려워한 나머지 만하임 앙상블을 떠났다. 짧은 기간이긴 하지만 객원 배우로 출연하면서 그는 바이마르에도 온 적이 있다. 그해에 그는 경제적으로 유리한, 프로이센 왕의 제안을 받아들여 베를린 국립극장의 감독직을 넘겨받았다. 권한이 막대한 직책이었다. 그는 20년 넘게 이 극장의 예술적 성격을 부각했다. 만하임에서 실러와 이플란트는 어디까지나 경쟁의식이 없지 않은 관계였다. 그와 같은 경쟁의식 때문에 이플란트의 행동이 불분명할 때가 많았다. 그는 이미 1782년 가을에 「피에스코」의 초판을 단호히 변호하면서 달베르크에게 이 드라마의 무대 적격성을 설득하려 했다. 실러가 채용된 후 처음 몇 달 동안은 극장의 지적인 가능성에 대한 공동의 신뢰를 바탕으로 솔직한 의견이 오갔다. 그러나 1784년 여름 동안에 성과가 신통치 못하자 분위기가 극장 전속 작가에게 불리한 방향으로 바뀌었고, 이플란트는 실러의 반대자 편으로 돌아섰다. 그는 고타 출신 작가 프리드리히 빌헬름 고터가 쓴, 실러를 야유하는 익살극 「검은 옷 차림의 남자(Der schwarze Mann)」의 주인공 역할을 맡았다. 내부적인 논쟁에서 그는 이전의 대화 상대에 대한 의리를 저버렸고, 달베르크가 실러의 희곡 작품 집필 계획을 더 이상 지원하기를 거절했을 때에도 실러를 도와주지 않았다. 이플란트는 후에 자신의 일관성 없는 태도를 후회했고, 1790년대 중반부터는 그를 대범하게 용서한 실러와 관계를 개선하여 수익성이 높은 작업을 함께 했다.

미혼 여배우들과 접촉하게 되면서 실러는 성 추문에 휘말리게 되었다. 극단에서 뛰어난 재능을 인정받고 있는 17세의 카롤리네 치글러(Karoline Ziegler)와 그녀보다 좀 더 나이가 많은 카타리나 바우만(Katharina Baumann)에 대해서 실러는 분명한 열정을 느꼈다. 이와 같은 열정은 남자들과만 어울리기 좋아하던 그의 성향을 바꾸어놓았다. 그는 1783년 11월 13일에 폰 볼초겐 부인에게 고백하기를 자신은 매력적인 이 두 여배우들과 대화하는 것이 즐겁다고 했다. "이 두 사람과 그 밖에 다른 여자들은 내게 이따금 즐거운 시간을 마련해줍니다. 그러면 나는 상대하는 측이 아름다운 여성이라는 것이 내게는 전혀 거부감을 일으키지 않는다는 것을 기꺼이 고백합니다."(NA 23, 119) 카롤리네 치글러가 1월 8일 베크와 결혼한 후에(그녀는 6월 말에 무대 사고로 목숨을 잃었음) 실러의 관심은 더욱 강하게 카타리나 바우만에게 쏠렸다. 그녀는 「도적 떼」의 아말리아 역이나 후에 루이제 밀러 역을 확신 있게 잘 해냈다. 슈투트가르트에서는 그가 그 여배우와 결혼했다는 소문이 잽싸게 퍼졌다. 그러나 그의 달아오르는 열정에 여자는 응답하지 않았다(그녀는 같은 때에 있었던 이플란트의 구애도 물리쳤다). 실러가 1785년 1월에 애정의 징표로 자신의 작은 초상화를 그녀에게 주자 그녀는 즉각 받기를 거절했다. 그런 경험이 있고 나서부터는 이때 겪은 심적 혼란을 다시 생각하고 싶지 않았으리라는 것은 충분히 이해할 만하다. 그는 1794년 12월 9일 괴테에게 쓴 편지에서 막 출간된 소설 「빌헬름 마이스터」의 배우 이야기와 관련하여 이렇게 선언하고 있다. "극장의 살림살이와 연애 사건의 그림이 어느 정도 사실과 부합하는지에 대해서라면 내가 이 두 문제를 당신이 바라는 것 이상으로 잘 알고 있기 때문에 자신감 있게 평가할 수 있습니다."(NA 27, 103)

만하임에서 지낸 한 해는 실러에게 수많은 감명을 안겨주었고, 많은 인사들과 접촉하며 대화를 나눌 수 있는 기회를 제공했다. 그는 「루이제 밀러린」을 읽던 날인 8월 13일에 이미 달베르크를 통하여 팔츠 선제후국의 궁정화가인 페르디난트 코벨(Ferdinand Kobell)과, 그리고 그가 높이 평가한 『독일 가장』의 저자인 재정 고문관 오토 폰 게밍겐과 초면 인사를 나누었다. 10월 2일에는 슈반과 함께 슈파이어 소풍에서 소피 폰 라 로슈와 만났다. 그녀는 소설 「슈테른하임 양의 이야기」(1771)를 발표한 후에 독일 문학계에서 유명 인사가 되어 있었다. 실러는 그녀의 집에서 만찬을 들었고 대화에서 자신의 탁월한 교양을 보여주었으며 8일 후에는 52세의 그녀를 다시 방문할 수 있었다. 11월 13일에는 뜻밖에 아벨이 슈투트가르트로부터 찾아와서 짧은 시간 머물다 갔다. 실러는 말라리아열로 인해 몸이 쇠약했지만, 기억할 만한 대화를 나누었고, 대화하는 중에 뷔르템베르크의 범죄 사건들에 관해 의견을 교환했다. 아벨은 애제자에게 도적 프리드리히 슈반의 생애에 관한 부분을 상세히 들려주었다. 이때에 이야기한 부분들은 후에 소설 「파렴치범」에 수용되었다.(NA 42, 64 이하) 1784년 3월 초에는 만하임에서 무대감독 구스타프 빌헬름 프리드리히 그로스만(Gustav Wilhelm Friedrich Grossmann)과 만났다. 그는 근년에 와서 독일의 유랑 극단 중에서 최고의 극단을 이끌던 사람이었다. 9개월 전에는 그의 감독하에 본에서 처음으로 「피에스코」가 선보인 적이 있다. 그는 봄에 「루이제 밀러린」 공연 준비 작업을 했고, 4월 중순에 만하임의 초연이 있기 전에 프랑크푸르트에서 먼저 상연할 예정이었다. 실러는 5월 3일에 그곳에서 비교적 뒤늦게 그 공연을 보았다. 그 공연에서 이플란트(시종 역)와 바일(밀러 역)이 그로스만 극단의 객연 배우로 예정되어 있었다. 그는 열광적인 공연 후에 루이제 역을 한 조피 알브레히트(Sophie Albrecht)와 그 남편을 알게 되었다. 그 남편은 문학에 야심이 있는 의사였다. 추측건대 실러는 이 며칠간에 크니게 남작도 만났을 것이다. 크니게 남작은 프랑크푸르트 근교에 있는 넨터스도르프에 작은 토지가 딸린 집을 소유하고 있었다. 그는 지나치게 열정적인 텍스트 언어에 대해 어느 정도 거부감을 느꼈음에도, 「도적 떼」와 「피에스코」를 호감을 가지고 평했으며, 잘 알고 지내던 그로스만의 소개로 이 젊은 작가와 개인적으로 사귈 수 있는 기회를 모색하던 중이었다. 프랑크푸르트의 영접과 축하연에서 실러는 아낌없이 자신에게 전해진 찬탄의 소리를 마음껏 즐겼다. 그는 5월 1일에 이미 렌쉬프(Rennschüb)에게 자신은 "먹자판에 이리저리 끌려다니고 있다"고 쓰고 있다.(NA 23, 135)

그다음 주일에는 인근에 있는 발트하임과 하이델베르크로 소풍을 계획하였다. 그달 말에 만하임은 전보다 훨씬 평온해졌다. 10월까지 지속되는 여름휴가 동안 달베르크가 자신의 영지인 보름스 근교의 헤른스하임 성으로 돌아가서 칩거하고 나서부터였다. 실러는 무더운 여름날에 잠시 동안 시골인 슈베칭겐으로 가서 여관 '삼왕관(Zu den drei Königen)'에 머물렀다. 그러면서 일정한 간격으로 만하임에 들렀다. 그곳에서 그는 7월 초에 극장장을 대신해서 덴마크의 작가 크누트 뤼네 라베크(Knud Lyne Rahbek)를 만나서 인사를 나누었다. 라베크는 함부르크의 극장장 슈뢰더의 대리인으로서, 남독일의 극장들을 순회하면서 상연 레퍼토리를 조사하는 중이었다. 7월 20일에는 방문객을 환영하는 뜻으로 라베크가 쓴 짤막한 연극 「심우(心友, Die Vertrauten)」가 아서 머피(Arthur Murphy)의 희극 공연의 막후극으로 상연되었다. 실러는 손님과 함께 여러 날 저녁 '팰처호프(Pfälzerhof)'에서 포도주를 들면서 이 손님의 꾸밈없이 친절한 태도에 감동을 받았다. 1785년 봄 《라이니셰 탈리아》에 게재된 「어느 덴마크 여행객의 편지(Briefe über reisenden Dänen)」는 만하임의 고대 극장을 방문하고 나서 받은 인상을 서술한 것으로서 라베크에 대한 추억을 묘사한 것으로도 볼 수 있다.

바우어바흐에서 적막한 생활을 마친 후여서 실러는 이와 같은 대화와 기분 전환의 기회를 고맙게 받아들였다. 그러나 만하임 시절은 그에게 실패와 실망도 안겨주었다. 선제후 비(妃)의 명명일인 1783년 11월 19일에 실러는 극장의 부탁으로 (실종된) 헌시 한 편을 지었다. 이 시의 풍자적인 어조가 마음에 들지 않아 달베르크는 계획된 축하 행사를 취소했다. 오랫동안 개작한 「피에스코」의 공연은 1784년 1월 11일에 청중들에게 낙제점을 받아 2회를 더 상연한 후에 중단되고 말았다. 이플란트의 제안으로 현대적 감각이 있는 「간계와 사랑(Kabale und Liebe)」으로 제목이 바뀌어서 2월에 연습 공연이 시작된 「루이제 밀러린」 때문에 실러에게는 불쾌한 정신적 스트레스가 빠른 기간 내에 연달아 생겼다. 실러는 출연자들이 대본을 따르지 않고, 즉흥적으로 대사를 꾸며대려는 경향이 강한 것에 대하여 불평을 여러 번 했다. 다른 한편으로 출연자들은 그의 훈계하는 듯한 어조에 거부감을 느껴서 진지하게 협조하기를 거부했다. 초연이 있기 며칠 전인 4월 중순에 바일과 공개적으로 싸움이 벌어졌다. 바일은 음악가 밀러를 단역으로 과장해서 묘사했고, 뻣뻣한 연기로 저자의 심기를 불편케 했다. 4월 5일 초연이 성공리에 끝나자 실러의 기분은 당분간 좋아졌지만 더 큰 실망을 눈앞에 두고 있었다. 7월 초 그는 연극론에 관한 잡지를, 월간으로 발행되는 국립극장의 저널로 창간하려는 계획을 극장장에게 피력했다. 레싱의 『함부르크 희곡론』을 본보기로 하여 현실적인 레퍼토리에 대한 보고 사항을, 이론을 갖춘 논문, 에세이, 일화, 포상과 연결하려는 계획이었는데, 그와 같은 《만하임 희곡론(Mannheimer Dramaturgie)》에 대한 재정 지원을 달베르크는 결연히 거절했다. 왜냐하면 그 계획의 경제적 성공에 대해 확신이 서지 않기 때문이다. 새로운 실패는 전체의 분위기를 잘 반영하는 것이었다. 1784년 한여름에 실러의 작업 성과는 극도로 저조해 보였다. 그는 약속한 드라마 세 편 중에서 겨우 두 편을 내놓았다. 거기에다 「피에스코」는 어디까지나 실패작이었고, 「돈 카를로스」 집필 계획은 대략적인 복안 단계를 넘어서지 못했다. 극장위원회에서 극작가로서 한 활동도 감명 깊은 효과를 거두지 못했고, 배우들과의 관계에서도 긴장감이 늘어갔다. 1784년 8월에 이루어져야 할 계약 연장의 전망도 그다지 밝지가 못했다.

4. 「제노바 사람 피에스코의 역모」(1783)

생존의 위기에서 집필

역사적 소재에 접근

실러가 자신의 두 번째 드라마 집필 작업에 착수한 것은 1782년 초 슈투트가르트에서였다. 1월 말에 문헌 연구부터 시작했다. 1665년에 추기경 드 레츠(De Retz)가 쓴 피에스코 폰 라바냐(Fiesco von Lavagna)의 역모가 이야기의 중심이었다. 2월 초에 시나리오의 간략한 윤곽이 잡혔고, 3월에는 빠른 속도로 집필 작업이 진행되었다. 1782년 4월 1일에 그는 달베르크에게 보고하기를 자신은 이미 "상당 부분 사전 작업을 해놓았으며", 연말에는 이 비극 작품이 완성되기를 희망하고 있다고 했다.(NA 23, 32) 마음이 편치 않은 생활 여건에도 불구하고 그는 7월과 8월에 걸쳐 작업을 끝마쳤다. 그러나 그가 9월 27일 만하임의 배우들에게 낭독한 버전은 완성된 것이 아니었다. 이 버전에는 장면의 배열과 분명한 결말이 빠져 있었다. 실러는 각 부분에 대한 좀 더 세부적인 조정 없이 사건들을 여러 블록으로 나누어 별개로 완성해놓았던 것이다. 우선 개별적인 모티브를 정확하게 전개하고 난 뒤에 이 모티브들을 좀 더 확고한 희곡적 구조에 삽입하는 것이 그가 관심을 두던 작업 방식이었다(그는 후에 쓴 작품들에도 동일한 방식을 적용했다). 실러가 떠난 지 얼마 안 된 10월 3일에 만하임에 도착한 달베르크는 처음에는 상연을 거부했다. 이 작품이 너무나 빠른 장소 변경 때문에 무대에 어울리지 않고, 정치적 주제를 너무나 과감하게 다루었다는 것이 그 이유였다. 실러의 편을 들던 마이어와 이플란트가 개입했지만 그의 마음을 돌이킬 수는 없었다. 그는 10월 9일에 마이어를 통해 자신은 극장의 무대 형편에 맞게 개작이 필요하다고 여기고 있다는 것을 실러에게 알렸다. 실러는 오거스하임에서 지체 없이 수정 작업에 착수해서 11월 첫째 주에 완성을 보았다. 이제 이 작품은 베리나가 잠재적 독재자인 피에스코를 죽이고, 기존의 정치체제를 구하는 구체적인 결론을 내놓게 되었다. 그러나 그 달 하순에 달베르크는 실러에게 전하기를 이 작품의 새로운 버전도 자신이 사용할 수 있는 레퍼토리의 틀 속에 낄 수 없다고 했다. 이처럼 실망스러운 거절이 있은 지 며칠 후에 실러는 원고를 10루이스도르를 받고 슈반 출판사에 팔아버렸다. 무대 공연이 이루어지면 인세를 좀 더 많이 받을 수 있었겠지만, 불행하게도 무대 공연은 더 이상 기대할 수 없게 되었기 때문이었다.

「피에스코」는 1783년 4월 말에 춘계 서적 박람회를 계기로 해 "공화국의 비극(republikanisches Trauerspiel)"이라는 제목으로 출간되었고, 실러는 이 작품을 스승 아벨에게 헌정하였다. 슈반은 1784년 여름 이 텍스트의 제2판을 출간했지만, 실러는 억울하게도 인세를 더 이상 받지 못하고 필요로 하는 증정본까지도 자비로 구입해야 했다. 저자들은 초판에 한해서만 인세를 요구할 수 있다는 것이 당시 출판업계의 관행이었다. 원고의 매각은 판권을 무한정 출판사에 매각하는 것을 의미했다. 이런 상황은 양측이 새로 합의해 동의할 때에만 바뀔 수 있었다. 1770년대 말에 와서야 비로소 이따금 신판 발행 시 작가에게 인세 지불을 보장하는 계약이 체결되는 경우가 있었다. 이 같은 관행을 구속력이 있는 법으로 확정한 것은 1794년 제정된 '프로이센 일반법'이었다.[104]

「피에스코」의 초연은 1783년 7월 20일 본에서 그로스만 극단에 의해 이루어졌으나 별로 세인의 관심을 끌지는 못했다. 10월 8일에는 프랑크푸르트에서 재공연이 있었다. 극장장 자신은 8월 26일에 슈반에게 보낸 편지에서 실러가 당시 무대 기술상의 한계를 고려하지 않고 희곡론상의 자유를 활용한 것에 대하여 이렇게 불평했다. "만약 성격이 불같은 그 친구가 극장의 관행을 좀 더 고려했더라면, 그리고 특히 무대 기술자에게 우리 무대장치의 관행으로 보아 막상 불가능한 것을 요구하려고 하지 않았더라면 좋았을 것입니다. 담과 격자가 있는 성의 안뜰, 밤, 돌연히 병풍이 둘러쳐지고 조명이 비추는 홀, 더욱이 그와 같은 무대 변화는 평소에는 혼란과 엄청난 소음 없이는 처리가 불가능합니다. 그와 같은 것이 얼마나 대사와 행동에 지장을 주는지를 나는 「피에스코」의 공연에서 보았습니다."(NA 4, 265) 8월 중순에 달베르크는 전에 비방만 하던 이 비극 작품을 무대에 올릴 용의가 있음을 밝혔다. 실러로 하여금 그의 드라마를 다시 한번 개작토록 해서, 「도적 떼」와 마찬가지로 내용을 완화하는 것을 전제로 한 것이었다. 그러므로 1783년 가을에 완성된 만하임 대본은 극장장이 작가에게 개작을 강요해서 얻어진 결과였다. 실러는 과격한 모티브를 더욱 부드럽게 표현했고, 종종 과열된 감이 있는 어조를 줄이고, 책으로 된 버전에 나타나던 수많은 장소 변경을 줄였다. 미풍양속을 해친다는 이유에서 자네티노 도리아가 베르타를 겁탈하는 장면, 율리아가 심한 굴욕을 당하는 장면, 레오노레가 끔찍하게 죽는 장면은 삭제되었다. 마지막 장면의 수정은 정도가 심해서, 위험한 권력자 피에스코의 살해를 더 이상 보여주지 않았다. 주인공으로 하여금 공화주의 신념을 가진 제노바의 "가장 행복한 시민"(NA 4, 230)이 되게 함으로써 공작의 지위를 포기하는 것으로 처리했다. 저자가 무대에 적합한 대화 효과를 내도록 근본적으로 손질했다는 것은 1783년 10월 어느 날 저녁 그를 방문한 적이 있던 루이자 슈반의 다음과 같은 회고를 통해서 밝혀졌다. 그때 실러는 이 부분을 큰 소리로 낭독하던 중이었다. "실러는 혼자였다. 웃옷을 벗고 이리 뛰고 저리 뛰면서 손짓 발짓을 해가며 거칠게 큰 소리를 질렀다. 홀 한가운데 종이로 덮인 책상 위에는 등불이 두 개 놓여 있었다. 그리고 덧문들은 모두 닫혀 있었다." (NA 42, 63) 이렇게 차광된 방에서 등불을 켜놓은 것은 극장 분위기를 상상하면서 집필을 진행하기 위한 것이었다. 몸짓언어와 무언극은 적절한 표현을 찾는 데 분명히 도움을 주었다. 희곡 작품의 집필 과정은 글쓰기와 무대예술이 밀접하게 연관된 가운데 진행되기 때문이다.

만하임의 「피에스코」 공연은 1784년 1월 11일에 개막되었다. 실러는 의도적으로 이 '공화국의 비극'을 「간계와 사랑」의 초연보다 먼저 청중에게 선보이도록 했다. 왜냐하면 사육제 시즌이 시작될 즈음이라면 시민적 멜로드라마보다는 색깔이 화려한 극적 장면이 더 잘 어울린다고 판단했기 때문이다. 그러나 놀랍게도 청중들의 반응이 신통치 않았다. 관객들은 화려하게 펼쳐진 반란의 스펙터클에서 얻을 것이 별로 없을 줄로 여겼던 것이다. 실러는 1784년 5월 5일 라인발트에게 자신의 실망감을 이렇게 간략히 표현하고 있다. "청중들은 피에스코를 이해하지 못했습니다. 공화주의의 자유는 이 나라에서는 아무런 의미도 없는 헛소리요, 공허한 이름일 뿐입니다. 팔츠 사람들의 혈관 속에는 로마 사람의 피가 흐르지 않습니다." (NA 23, 137) 극장의 수입 배당에 참여키로 된 극작가에게 공연 실패는 재정적 손실을 의미했다. 공연 실패는 불리한 외적 여건과도 관련이 있었다. 땅이 풀리는 날씨가 시작되면서 2월 초에 라인 강의 수위는 강안까지 올라와 범람할 위험이 있었다. 수많은 가옥의 지하실은 물에 차 있었고, 도로는 통행이 불가능했다. 그 결과 시민의 일상은 현저히 지장을 받아 정상적인 생활을 할 수 없게 된 것이다. 그렇기 때문에 극장은 2월 22일부터 29일까지 여러 날을 문을 닫지 않을 수 없었다. 2월 15일까지 3회에 걸쳐 공연된 「피에스코」는 더 이상 공연 프로그램에 끼지 못했다. 실러는 이미 그달 11일에 후원자인 볼초겐 부인에게 이렇게 보고했다. "사육제는 손님들이 하나도 오지 않았기 때문에 아무 소득도 없이 활기를 잃고 말았고, 사람마다 두려움과 결핍으로 의기소침해하고 있습니다."(NA 23, 132)

실러가 역사적인 소재를 희곡으로 형상화하려고 시도한 것은 「피에스코」가 처음이었다. 이 작품을 집필하도록 맨 먼저 자극을 준 아벨인데, 그가 실러에게 헬프리히 페터 슈투르츠의 『장 자크 루소에 관한 회고록』(1779)을 참조하도록 권유했을 것으로 추측된다. 슈투르츠의 회고록은 1년 전에 세상을 뜬 루소가 나눈 대화를 가감 없이 진솔하게 기록했다는 명분을 내세우고 있는 책으로 제노바의 백작 피에스코 폰 라바니아(1523~1547)에 대해서는 루소가 한 말을 이렇게 기록하고 있다. "플루타르코스가 그처럼 훌륭한 영웅전을 쓰게 된 것은 그가 평화로운 나라에 수천 명씩이나 있게 마련인 어중간하게 위대한 사람들을 선택하지 않고, 덕망 있는 위대한 사람, 고귀한 범죄자를 선택했기 때문이다. 이 새로운 역사 속에는 그가 붓을 댈 만한 한 남자가 있었다. 원래 도리아의 지배로부터 그의 조국을 해방시키도록 교육을 받은 폰 피에스코 백작이 바로 그 사람이다."[105] 실러는 루소가 직접 말했다는 이 내용을 진지하게 받아들여 피에스코 소재가 드라마로 각색할 가치가 있는지를 검토했다. 그는 제일 먼저 제노바의 백작이 벌인 실패한 역모의 상세한 정황들에 대하여 정보를 제공해줄만한 문헌들을 찾아보았다. 그는 예술가다운 자유재량을 가지고 이용했던 문헌을 드라마 서문에 직접 밝히고 있다. 제일 먼저 1682년 새로이 개작하여 발간되었지만, 이미 1631년에 출간된 추기경 장 드 레츠의 『장루이드 피에스코 백작의 반란의 역사(*Histoire de la conjuration de comte Jean-Louis de Fiesco*)』를 거명했다. 이는 18세의 저자가 쓴, 전적으로 백작의 인물과 관련된 역사책이었다. 이 저자는 후에 반정부 인사가 되어, 절대왕정인 부르봉 왕가의 통치와 하수인 리슐리외(Richelieu)에 대항해서 탁월한 역할을 하게 된다. 그런 다음 실러는 프랑수아요아힘 뒤 포르 뒤 테르트르(Francois-Joachim Du Port du Tertre)의 『신구 역모, 폭동, 이상한 혁명의 역사(*Geschichte der sowohl alten als neuern Verschwörungen, Meutereyen und merkwürdigen Revolutionen*)』(1765)의 제3부를 인용하고 있다. 이 책은 프랑스어 원본은 1763년에 출간되었고 독일어 번역본이 1765년에 출간되었는데, 그는 앞으로 출처 연구를 하면서 이 책에서 거듭 도움을 구하지 않으면 안 되었다. 끝으로 자료 연구에 이용한 책으로는 훨씬 광범위하게 도시 공화국 제노바를 다룬 슈발리에 드 마이(Chevalier de Mailly)의 역사책 『제노바 공화국의 역사(*Histoire de la république de Gênes*)』(1697)가 있다. 이 책은 제2부에서 피에스코의 역모도 다루고 있다. 그리고 스코틀랜드의 유명한 역사학자 윌리엄 로버트슨이 쓴 『카를 5세의 통치사(*History of the Reign of the Emperor Charles V*)』(1769)가 있다. 이 책은 이탈리아의 도시국가들과 밀접한 관계를 유지한 스페인 황제 카를 5세의 통치 기간을 묘사하고 있는데, 이 책의 독일어 번역본은 1770/71년에 3권으로 출간되었다. 책 명은 밝히지 않았지만 실러는 프란츠 도미니쿠스 해벌린(Franz Dominicus Häberlin)의 『제노바 공화국의 역사와 정치에 관한 기본 정보(*Gründliche Historisch-Politische Nachricht von der Republik Genua*)』(1747)를 간혹 이용 하기도 했다. 이 책은 주로 이 드라마의 세부적인 분위기를 조성하는 데 영향을 미쳤다.[106]

별로 알려지지 않던 소재의 역사적 배경들이 신속히 밝혀졌다. 1522년 부터 도시 공화국 제노바는 안드레아 도리아가 통치했다. 그는 처음에는 프랑스의 지원을 받고, 후에는 합스부르크 왕가의 동맹자로서 탁월한 외 교 수완을 발휘하여 자신의 불안정한 독재 체제를 안정시키는 데 성공했 다. 자신을 종신 총독으로 선출하는 것에 반대하고, 귀족에게 공화주의적 자유권, 즉 원로원의 정치적 자결권, 재정의 자립성, 입법권을 계속해서 보 장했다. 그러면서도 비상조치를 통해서 중요한 국가기구를 효율적으로 통 제할 수 있는 가능성도 강구해놓았다. 실러의 등장인물 목록에 적혀 있는 것과는 달리 안드레아는 실제로 "총독"은 아니었다. 하물며 제노바의 "공 작"은 더더욱 아니었다. 오히려 직함이 없는 실력자였다. 그는 교묘하게 공화국에 대한 귀족들의 자부심을 해치지 않으면서도 자신의 권력 기반을 구축할 줄 알았다. 제노바에 정치적 불안이 온 것은 그의 조카이자, 후계 자로 내정된 자네티노가 원로원의 권한을 훼손하고, 자신에게 공작 작위 를 부여하도록 요구하고 거침없이 이를 관철했을 때였다. 프랑스 군대의 지원을 받아 도리아 가문에 반기를 들고 일어난 봉기의 선봉에는 23세인 피에스코 폰 라바냐 백작이 있었다. 1547년 1월 초에 발발한 혁명의 배후 에는 특히 합스부르크 왕가를 적대시하는 프랑스의 패권 욕심이 도사리고 있었다. 이 혁명은 일단 성공을 거두었다. 자네티노는 야간 폭동의 와중에서 살해되고, 안드레아는 자신의 독일인 경호원과 함께 도피하며, 피에스코는 권력을 장악하고 스스로 총독으로 선출되기 위한 첫 준비 조치들을 취했다. 그러나 원로원에서 투표하기로 된 날 하루 전인 1월 3일 저녁에 그는 항구 시찰 도중 뱃전에서 바닷속으로 추락하는데, 중무장을 하고 있었기 때문에 물결에 휩쓸려 익사하고 만다. 그로 인해 생긴 권력의 공백을 안드레아 도리아는 자신에게 유리하도록 이용해서 군대의 최고사령관 직을 인수하고 새로이 단독 통치권을 장악하게 된다.

실러는 실패한 반란이라는 소재보다는 주인공의 이율배반적인 성격을 묘사하는 데 더 마음이 끌린 것 같다. 많은 점에서 그는 원전과는 다르게 중점을 변경하고 있다. 늙은 안드레아의 지위를 격상하고, 자네티노를 집요하게 권력을 추구하는 인간으로 그렸으며, 피에스코의 죽음에 정치적 배경을 부여했다(후에 탄생한 무대 버전에서는 심지어 그에게 영예로운 퇴장을 주선하기도 한다). 실러는 화가 로마노와 악동 물라이 하산 같은 가공인물들을 등장시키거나, 상세하게 전해오지 않던 인물들의 성격을 상세하고 심도 있게 묘사했다. 예컨대 주인공의 부인인 레오노레 치보의 경우와 도리아의 누이 율리아의 경우가 그렇다. 게밍겐의 「독일 가장」을 본보기 삼아 설정한 등장인물 목록은 발상이 풍부한 성격묘사를 통해서 다채롭게 그려졌고, 특히 등장인물들의 관상학적인 특징과 특유한 몸짓 묘사에 중점을 두고 있다. 그의 과제는 역사적 원전에 상세하게 묘사되어 있지 않은 인물들의 윤곽을 특히 연극이 개성 있게 묘사할 수 있도록 하는 데 있었다. 이 드라마가 역사적 진실을 무시했다는 것을 실러는 1784년 1월 11일에 만하임의 초연을 위해 제작한 다소 득의양양해하는 감이 없지 않은 공연 프로그램에서 솔직하게 고백하고 있다. 역사적 사실을 충실하게 재현하는 것보다 "관객"의 "가슴속에" 감동을 불러일으키는 등장인물들의 감정상의 작용이 더 의미 있어 보인 것이다. 이는 "가장 엄격한 역사적 정확성"보다 더 나은 효과를 거둘 수 있게 하기 때문이다.(NA 22, 90) 그와 반대로 피에스코의 성격은 그 원전 저자들이 내린 평가와 일치하게 묘사했다. 카리스마가 있는 아우라, 탁월한 정략적 수완, 사치와 호화의 과시, 그뿐 아니라 등장인물 소개에 따르면, "궁정 생활에 닳고 닳아서 언행이 세련되고 또한 그에 못지않게 음흉하게"(NA 4, 11) 권력을 지향하는 행동 방식 등이 드 레츠와 로버트슨이 평가한 내용과 유사하다. 피에스코는 위대한 인물인 동시에 모사꾼이라는 이중성격을 지닌 사람으로, 실러의 취향에 완전히 어울리는 주인공이다. 물론 이 극작가에게는 충분히 해명될 수 없는 문제들까지도 해결해야 하는 과제가 맡겨져 있다. 그가 설정하고 있는 이 연극의 결말은 역사적으로 전해오고 있는 결말과 일치한다. 그러나 그 결말은 어디까지나 임의적인 정황들이 빚어놓은 결말에 불과해서 사람들이 정치적·도덕적으로 분명하게 평가할 수가 없다. 실러가 자신의 주인공을 우연의 장난에게 맡겼다는 인상을 피하려고 했다면, 모름지기 그는 그 주인공의 멸망을 원전과 차이가 나게 일종의 개인적인 실수의 결과로 묘사해야 했다. 이 매력적인 소재는 여기서 간단히 해결될 수 없는 커다란 문제점들을 안고 있다. 젊은 극작가는 모름지기 이 문제점들을 해결함으로써 자신의 독창성을 검증받아야 하는 것이다.

수수께끼 같은 쿠데타의 얼굴
미학과 정치

이 공화국 비극은 여러 형태의 외형적 틀 속에서 진행되는, 그야말로 각면(角面)이 풍부한 권력 드라마임이 입증되고 있다. 가면무도회, 연극 공연, 비밀 집회, 공간이 넓은 홀, 음산한 지하 감옥, 규방(閨房), 항구, 정취가 넘치는 바다의 파노라마, 고상한 자연 장면 등이 통제된 연출하에 속도감 있게 뒤를 잇는다. 프리드리히 레오폴트 추 슈톨베르크 백작은 1785년 9월 20일에 형인 크리스티안에게 쓴 편지에서 회의적인 어조로 「피에스코」를 "폭죽놀이"라고 불렀다.[107] 실러는 능가하기 어려울 정도로 역동적인 줄거리에 채찍을 가해서, 정거장을 계속 바꾸어가며 진행시킴으로써 해명이나 평가를 내릴 기회를 거의 제공하지 않고 있다. 만화경의 영상에 왜곡된 모습으로 나타나는 인물들처럼 그는 반란의 소용돌이와 권력 놀음의 계략들, 비정한 음모, 격정적 사랑, 궁정의 계책, 사랑의 간계를 뒤엉키게 해서 보여주고 있다. 무대 풍경은 감정과 정치가 대립해서 긴장을 불러일으키는 국면에서 참된 감정과 거짓된 감정의 무대로 전락한다. 그렇게 해서 냉철하게 계산하면서 연출하는 연극 연출자의, 천재 시대의 취향에 맞는 드라마가 한 편 탄생하였다. 함부르크의 감독인 프리드리히 루트비히 슈뢰더는 1784년 5월 말에 달베르크에게 보낸 편지에서 「피에스코」가 최고도로 격앙된 정열의 "만화경"을 보여줌으로써 이미 극복된 질풍노도의 정신을 되살리고 있다고 불평했다.(NA 4, 278) 그러면서 안타깝게도 그는 괴테, 클링거 또는 렌츠의 작품과 비교할 때 좀처럼 마주칠 수 없는, 이 극작품의 철저히 계산된 절제미와 정치적 행위의 간명한 묘사를 간과하고 있다.

실러가 예술적 형상화에 주로 사용한 무늬는 분위기 변화의 원칙이다. 슈반을 상대로 그로스만은 그 원칙이 연극 실무자에게는 무리한 요구라고 지적하고 있다. 도입부(1막 1~9장)의 화려한 가면 놀이의 뒤를 이어 자네티노가 베르타를 능욕한다. 그런 다음 분노한 반란자들이 결집해 있는 베리나 집의 침울한 장면이 나타난다.(1막 10~13장) 제2막에서는 피에스코가 자신의 궁전 장벽 뒤에 숨어 신변의 안전을 누리면서, 자네티노에게 매수된 '무어인' 물라이 하산을 정보원으로 만드는 데 성공하는 정치적 책략가요. 분개한 제노바 사람들을 선동해서 자신의 편이 되게 하는 노련한 대중 연설가의 역할을 수행한다.(2막 1~11장) 그와 대조적으로 안드레아 도리아는 권력의 고치 속에 갇힌, 탁월하지만 최종 결정은 내리지 못하는 권위 없는 모습으로 나타난다.(2막 12~13장) 제3막은 폭풍을 앞둔 정적(靜寂)의 장면을 연출함으로써 연결 고리의 기능을 담당하고 있다. 그와 평행적으로 전개되는 장면에서 주역들은 각각 정치적 음모극에서 맡게 될 자신의 역할을 준비하고 있다. 베리나는 부르고니노에게 정권 타도에 성공한 후에 공화국의 진정한 적인 피에스코를 제거하려는 자신의 은밀한 의도를 알려준다.(3막 1장) 주인공 피에스코도 공작의 지위를 확보하려는 결심을 하지만, 측근들에게 자신의 계획을 알리지는 않는다.(3막 2~6장) 마지막으로 자네티노는 스페인 군대의 도움으로 이 도시의 단독 통치권을 획득하기 위해서 모든 수단을 동원한다.(3막 8~11장) 제4막에서는 다시금 궁전에서 피에스코에 의해 교묘하게 시작된 반도들의 동원이 진행되고, 거기에 공개적으로 연출된 율리아의 가면 벗기기가 곁들여진다.(4막 6~13장) 이미 도입부의 가면 축제에 나타난 거짓과 진실의 뒤엉킴은 더 이상 풀릴 조짐이 보이지 않는다. 마지막 막이 오르자 행동은 광활한 하늘 아래 제노바의 거리로 옮겨진다. 그곳에서는 반란의 열띤 맥박에 맞추어 사건들이 연달아 일어난다. 자네티노와 레오노레가 살해되고 마찬가지로 떠들썩한 군중 속에서 황급하게 하산의 교수형이 집행된다.(5막 3장, 5막 10~11장) 마지막에 항구의 이상하리만큼 평온한 장면은 죽음으로 끝나는 정치적 실내극으로서 베리나와 피에스코의 만남을 보여주는데, 그전에 민중의 장면에서 보여준 집단적 혼란은 더 이상 억압할 수 없는 봉기의 필연성을 알려준다. 결말은 해결되지 못한 문제점으로 계속 남아 있지만, 「피에스코」는 주목해야 할 만큼 합리적인 장면 배치를 보여준다. 이 점은 당대의 독자들도 파악하고 있었다. 횔덜린 같은 시인까지도 1799년 9월에 실러에게 보낸 편지에서 이 드라마의 "내적 구조"를 연극 구성의 표본으로 칭송할 정도이다.(NA 38/I, 155)

가면무도회로부터 우화 이야기, 그 밖에 야간에 궁정에서 벌어지는 감명 깊은 혁명 준비에 이르기까지 이 드라마를 가득 채우고 있는 삽입 극들은 세부적인 분위기를 조성할 뿐 아니라, 갈등의 핵심 부위를 건드리고 있다. 여기서 샅샅이 조명되는 것처럼 수많은 인물은 허위의 법칙 아래 행동하고 있다. 정치적으로 활동하는 자는 어디까지나 그 행동의 동기를 밝히지 않은 채 책략적 사고에 젖어 있다. 속임수, 거짓말, 사기는 피에스코의 계략만을 지배하는 것이 아니다. 이들은 실러의 드라마가 절실하고 섬세하게 묘사하고 있는, 이른바 권력 예술의 척도가 되는 요소들에 속한다. 발터 베냐민(Walter Benjamin)은 "음모는 정치적 사건이 진행되는 과정에서 마술을 부려 이 사건을 붙잡아 고정하는 순간의 박자 구실을 한다"고 했다.[108] 가면무도회는 실상과 허상의 경계 영역에서 환상적 모험극의 풍모를 희곡 「피에스코」에 제공한다. 이 둘, 즉 실상과 허상은 분리될 수 없다는 것이 바로 실러가 이해하고 있는 현대 통치술의 특징인 것이다.

피에스코는 이 드라마에서 상류 계층의 플레이보이 역으로 소개된다. 그는 가면무도회의 주최자요 감독으로서 부유한 귀족을 자처하면서 상류 사회 인사들과 어울리고 있다. 그는 춤, 음악, 연극, 포도주, 이국적인 과일 등이 풍성한 호화를 과시하는 데 당연히 필요한 양념이나 마찬가지인 가문의 재력을 무제한 활용한다. 실러의 도입부는 영화와 비슷하게 속도감 있는 화면의 연속을 통해서, 바로 이 같은 상징적인 기본 요소를 가지고 높은 생동감을 발휘하고 있다. 즉 모든 인물이 이 잔치의 틀에 맞게 가면을 쓰고 등장하는 것은 앞으로 일어날 사건들을 좌우할 속임과 오해의 모티브들을 살짝 언급하는 것이나 다름없다. 베리나와 그의 모반 동지들은 몰래 도리아의 타도 계획을 발설하는 자네티노와 로멜리노의 대화를 엿듣는다.(1막 5장) 레오노레의 명예를 수호하는 자로서 피에스코에게 결투를 신청하는 부르고니노의 정체가 처음에는 예전의 연적인 피에스코에게 드러나지 않는데, 이는 그가 쓴 가면 때문이다.(1막 8장) 순전히 개인적이고 불순한 동기에서 도리아 가문에 대적하는 봉기에 동참한 사코와 칼카뇨는 서로 의심하면서 추적하다가 나중에는 한창 진행되고 있는 무도회의 언저리에서 솔직한 대화를 나눈다. 자네티노에게 매수당해 피에스코를 살해하기로 된 (가면을 쓰지 않은) 하산은 다음과 같은 정확한 훈령을 받고서 자신의 표적이 누구인지를 파악하게 된다.(1막 2장) "흰색 마스크란 말이다."(NA 4, 15) 실러의 매력적인 도입 장면에서 정치 세력들의 불투명한 놀음이 가면무도회의 비유를 통해 실감 나게 설명되고 있는 것은 독특한 점이 아닐 수 없다.

피에스코는 오로지 사치와 유행의 세계에만 관심을 보이는 쾌락주의자로 위장해서 은밀히 자신의 야심 찬 목표를 추구한다. 사람들을 혼란스럽게 하는 피에스코의 처신에 대한 묘사는 드 레츠 말고도 특히 스코틀랜드의 역사가 로버트슨이 기술한 내용을 참조한 것이었다. 그가 쓴 카를 5세 정부의 역사를 실러가 1770/71년에 출간된 독일어 번역본으로 읽었을 것으로 추측된다. 주인공이 줄기차게 책략가의 장난이라고 밝히는 이 연극 연출은 물론 모순의 성격을 지니고 있기까지 하다. 제2막에서 공화주의 역모자들은 피에스코가 정권 타도를 마음 놓고 계획하기 위해서 플레이보이 노릇을 했다는 것을 들어 알게 되지만, 이는 단지 반쪽 진실에 불과하다. 독재를 하겠다는 자신의 의도에 대해서는 일체 침묵으로 일관하고 있기 때문이다. 공공연한 간통 행위나 다름없는 피에스코와 자네티노의 누이 율리아의 연애 행각도 이중적인 의미를 지니고 있기는 마찬가지이다. 왜냐하면 이 연애 행각에는 책략적인 계산이 깔려 있는 동시에 성적 쾌락의 목적도 있기 때문이다. 피에스코가 레오노레에 대한 율리아의 살해 음모를 알게 된 후에 이 "거만하게 아양 떠는 여인"(NA 4, 12)을 지금까지 굴욕을 당한 아내가 보는 앞에서 자신의 육욕의 희생자로 만들어 웃음거리가 되게 하는 것은 잘 생각해보면 정치적 동기가 있는 음모의 작품이라는 것을 알 수 있다. 그러나 전체 행위가 대명천지나 다름없는 공식 석상에서 도덕적 심판을 초월해서 떠들썩한 연극으로 변질되는 한, 저속하다는 느낌이 들게 하는 것은 분명하다(이 장면의 심리학적 결함들은 '팜파탈(Femme fatale)'의 성적 욕구에 대해 이 저자가 두려움을 지니고 있다는 것을 해명해줄 수도 있을 것이다). 마지막까지 레오노레와 반란자들을 상대로 피에스코가 솔직하지 못한 태도를 보이는 것은 어디까지나 그의 성격상의 특징으로 돌려야 할 것이다. 그러나 그의 공범자인 하산에게만은 그가 사실대로 모든 것을 털어놓는데, 이는 특기할 만한 일이다. 주인공의 의심 많은 성격을 강조하는 그와 같은 특성들은 실러가 전적으로 꾸며낸 것만은 아닐 것이다. 그는 추기경 드 레츠의 『반란(Conjuration)』과 함께 그의 『회고록(Mémoires)』(1665)도 읽었을 것으로 추측된다. 이들 책 속에서는 그의 적수 리슐리외가 허영에 찬 자기현시욕과 함께 비정상적인 명예심을 지녔으며 세상 물정에 밝은 인물, 발이 넓은 정치가, 그리고 부르봉 정권에 대한 투쟁에서 생각이 깊은 모반자로 등장하고 있다. 실러는 이 회고록을 꼼꼼히 읽으면서 권력을 추구하는 인간 피에스코가 위장 놀음과 가면 축제를 좋아한다는 그의 전기 작가 드 레츠의 의견을 확인하고, 이를 눈여겨보았을 것이다(이 회고록에는 그가 간헐적으로 이용하던 「반란」의 초판이 합본되어 있

었다).[109]

실러는 은연중에 현실과 환상을 녹여서 하나가 되게 하는 요술사처럼 주인공을 은유와 예술 모티브라고 부를 수 있는 양가성의 영역으로 진입시키고 있다.[110] 총독 선거를 두고 자네티노가 타협한 것에 분노한 원로원 회원 치보에게 피에스코는 자신의 궁전에 있는 플로렌스의 비너스 상(像)을 보여주면서 그와 비교될 수 있는 미색을 지닌 살아 있는 인물을 찾아보라고 요구한다. 이는 그 자신이 주장하고 있는 것처럼 "예술가들과 벌이던, 자연에 대한 해묵은 소송"(NA 4, 47)을 다시 제기하려는 데 목적이 있는 것이 아니다. 주인공의 관심은 오로지 예술품 자체가 가진 다의적 성격일 뿐이다. 예술품은 바로 현실을 변화시켜 묘사하기 때문에 관찰자의 심금을 울린다. 이 조각상의 아름다움을 다루는 사람은 "제노바의 자유가 파괴되어 산산조각이 나는 것!"을 보고 있다는 것을 잊을 수가 없다.(NA 4, 47) 이 비유가 전하는 메시지는 비유에 사용되는 조각품과 마찬가지로 이중적 의미를 가지고 있다. 피에스코가 여기서 순전히 예술 감상을 요구하는 것인지, 초지일관 향락주의자로서 자신의 역할에 충실하거나 속이는 재미만을 추구하려는 것인지는 불분명하다.

자네티노가 원로원을 모독하고 공화국의 명예를 손상한 후에, 피에스코는 분노한 제노바 시민들에게 유명한 동물우화를 들려주는데, 이 우화도 이중적 의미가 있다. 이 우화의 희극적 모델은 셰익스피어의 「코리올란(Coriolan)」에서 찾을 수 있다. 로마의 역사가 리비우스(Livius, 기원전 59~기원후 17)가 전하는 바에 의하면 거기에서 메네니우스 아그리파(Menenius Agrippa)는 사지(四肢)와 위장(胃腸)이 다투는 우화를 분노한 천민들에게 이야기하고 있다. 이 텍스트의 개별 부분들은 내용 면에서 민중 통치의 위험성을 실감 나게 설명하려는 마그누스 고트프리트 리히트베르(Magnus

Gottfried Lichtwer)의 우화 「동물 왕국의 재판(Das Reichgericht der Thiere)」(1748)의 영향을 받았다.[111] 피에스코에게 공화국 체제를 지킬 것을 외치고 있는 분노한 시민들은 마지막에 왕국의 우월성을 생생하게 밝히는 이야기 한 편을 듣고 조용해진다. 즉 승리하는 사자는 공동체가 민주적 권력분립이 실패한 후에 자발적으로 단독 통치자로 규정하는 진정한 군주인 것이 증명된다.(NA 4, 47 이하 계속) 피에스코는 이미 1막 7장에서 공화국을 '다족 동물'(NA 4, 23)에 비유함으로써 토머스 홉스의 『리바이어던』(1651)을 연상시키고 있다(16세기에 정착된 "아나크로니즘"의 소재와 관련해서). 독일의 초기 계몽주의(특히 푸펜도르프와 토마지우스)에 영향을 미친 홉스의 대작은 크롬웰 시대의 영국 시민전쟁의 영향을 받아 절대 왕조시대에 통용되는 군주론을 입안하고 있다. 이 이론에 의하면 단 한 사람의 두목인 왕이 환상의 괴물 리바이어던(Leviathan)*에 비유되는 팽창된 국가에 절대적인 명령을 내려야 한다. 구두로 체결된 계약을 토대로 왕은 백성들에게 대내외적으로 절대적 안전을 보장하지만, 반대급부로 그의 권력을 혁명이나 정복을 통해 위협하지 않겠다는 확실한 보장을 받는다. 피에스코의 역사와 홉스를 상기시키는 그의 동물우화는 실제로 군주가 통치하는 왕정 체제에 대해 주의를 환기하고 있지만, 물론 이는 겉으로 꾸민 것에 불과하다. 이 주인공은 자신의 목표를 추구하는 사자로서가 아니라, 간계를 부리기를 좋아하는 음험한 여우로서 행동하고 있는 것이다. 사자라면 "우화를 이야기하지 않는다"는 것이 사람들의 정확한 지적이다.[112] 피에스코가 백성들과 만날 때 보여주는 교활함을 감안하면, 그가 진정으로 자신이 들려준 비화에서 칭송되는 왕조의 정부 형태를 추구하고 있는지가 의심스러워진다.

∙∙

* 구약성경에서 욥에게 굴복한 것으로 전해지는, 머리가 여럿인 용의 형상을 한 바다 괴물.

이 주인공이 펼치는 사기꾼 같은 작전 뒤에는 오히려 전제군주의 전조(前兆), 즉 사자의 통치가 아니라, 여우가 다스리는 감시 국가의 전조가 두드러지게 나타난다.

로마노의 그림 「비르기니아와 아피우스 클라우디오스의 이야기(Geschichte der Virginia, und des Appius Klaudius)」에 대한 피에스코의 반응을 보여주는(NA 4, 60) 2막 17장의 예술에 대한 비유도 이중 의미가 있다. 반란자들의 희망에 따라, 예전의 다혈질적 인간이던 피에스코에게 자극을 주어 혁명적인 행동 인물이 되도록 한다는 모티브는 논란의 여지가 많은데, 이 모티브를 실러의 드라마는 이미 베르타 장면(1막 10~12장)과 연관 지어 조명했다. 리비우스(Livius)는 『로마의 역사(Ab urbe condita)』(3권, 44)에서 평민 비르기니우스가 자신의 딸을 귀족 대표자 회의의 회원 아피우스 클라우디오스의 유혹에서 보호하기 위하여 죽인다는 이야기를 하고 있다(기원전 5세기). 이 사건은 귀족에 대한 백성들의 봉기를 유발했고, 시간이 가면서 정치적 결과를 낳았다. 베리나도 자네티노가 한 짓을 베르타에게 보고받은 후로 자신을 로마 시민의 후예라고 일컫는데, 이는 앞으로 일어날 일의 결과를 암시하고 있는 것이다.(NA 4, 31) 비르기니아-에피소드의 드라마틱한 특성은 18세기에 특히 레싱의 「에밀리아 갈로티」에 잘 나타나 있다. 그러나 「에밀리아 갈로티」는 그 나름대로 아우구스틴 데 몬티아노 루얀도(Augustin de Montiano y Luyando, 1750)와 자무엘 파츠케(Samuel Patzke, 1755)의 펜에서 나온 비교적 덜 알려진 원전들에서 자극을 받은 것이었다.

그림을 보여준 것에 대한 피에스코의 답은 모반자들을 적잖이 놀라게 했다. 이제 그는 예술은 정치적 판타지를 위해 아무런 의미가 없고, 쾌락주의자의 자기 연출은 그 짜임새가 톡톡한 직물(織物)과 같아서, 그는 그

직물의 보호를 받으며 혁명적 계획들을 실현할 수 있다는 것을 특별히 강조한다. 실질적인 "힘"이 없이 사슬에 매여 있는 "공화국을 펜으로" 해방하는 "시인의 격정"에 반대해서 그는 한낱 "속임수"가 아니라, 직접적인 효과를 발휘하는 확실한 행동을 취한다. "그대가 그림으로만 그리고 있는 것을 나는 행동으로 실천했네."(NA 4, 61 이하) 피에스코의 계산된 연설도 또다시 위장의 한 요소를 이루고 있다. 특히 이 위장은 반란자들로 하여금 정확한 혁명의 준비 단계를 착각하게 한다. 삶을 가지고 예술을 반박하는 것은 그 자체가 다시금 인위적인 성격을 지닌 수사학적 과장의 느낌이 들게 한다.[113] 주인공의 세계에 가상과 현실이 얼마나 밀접하게 결부되어 있는지는 사건이 진척됨에 따라 분명히 밝혀진다. 4막에서 주인공은 연극 공연을 핑계로 참석 범위를 확대하여 반란자들을 자신의 집으로 초대한다. 그 자리에서 그는 손님들에게 자신 있게 이렇게 선언한다. "나는 마음에 거리낌 없이 여러분에게 연극을 구경하러 오시라고 청했습니다. 당신들을 즐겁게 하기 위해서가 아니라, 분명 그 속에서 당신들이 해야 할 역할을 주문하기 위해서입니다."(NA 4, 88) 가상과 현실의 경계선은 이 점에서 불분명해진다. 카를 마르크스(Karl Marx)의 글 「브뤼메르(Brumaire)」에 나오는 루이 보나파르트(Louis Bonaparte)(1851년 12월 2일)가 쿠데타와 관련해서 표현한 것처럼 희극이 마치 세계사가 된 듯하다.[114] 그 희극의 결말에 결국 공화국의 비극이 있다는 것은 이 드라마의 아이러니한 점들 중 하나이다. 만일 연출자 피에스코가 반란자들에게 각자의 역할을 지정한다면, 이는 그가 이 사건들을 자유자재로, 아무런 장애도 없이 조종할 수 있다는 잘못된 믿음에 빠진 것이다. 쿠데타를 연극으로 공연할 수 있다는 자신에 찬 가정은 하나의 오만을 낳는데, 바로 이 오만 때문에 피에스코는 역사를 통해 벌을 받는다. 이 장난꾼의 만용에는 자신의 행동의 가능성을 과대평가하는 경향이 들어 있다. 즉 정치를 희극으로 바꿀 수 있다는 망상이 파국을 초래하는 것이다.

방탕아나 다름없는 피에스코는 미학적으로 굴절되어 윤곽이 불분명해진 삶을 구상하는데, 이렇게 해서 그가 일종의 귀족적 역할 모델을 대표한다는 것이 밝혀진다. 또한 이 귀족적 역할 모델은 그의 정치사상에도 영향을 미치고 있다.[115] 공화국의 권력분립의 이상을 가지고 장난을 치는 것은 자신의 관심사인 통치 욕구를 실현하기 위한 구실에 지나지 않는다. 피에스코는 정치적 수완을 발휘하여 비밀 '내각 외교 정치'*의 법칙을 따르고 있다. 이 내각 외교 정치는 절대주의 국가의 중추적 요소이다. 절대주의 국가의 군주는 자신의 결정을 주도하는 동인들을 공개적으로 합리화하지 않고 결정을 내린다. 그렇게 해서 지상에서의 하느님의 대리자로서 성격상 불투명한 하늘의 뜻을 흉내 낸다. 그 군주는 그처럼 끊임없이 위협하는 역사의 우연들에 대항해서 일종의 확고한 등급과 규정에 바탕을 둔 통치술을 내놓는데, 그 점에서 일종의 합리적인 체제 구조를 창안해내고 있다. 장 보댕(Jean Bodin)과 요하네스 알투시우스(Johannes Althusius)에서 시작해서 유스투스 립시우스(Justus Lipsius)를 거쳐 토머스 홉스에 이르기까지 초기 국가론을 주창하던 사람들이 강조하고 있는 것처럼, 의지, 결정, 결단의 은밀성을 통해서 군주의 거침없는 통치의 진면목이 나타나고 있다.[116] 피에스코도 베일에 가린 반란 연출에서 정치와 여론을 결연하게 갈라놓는 데 성공하고 있다. 그러나 그에게는, 절대주의가 훌륭하다는 견해를 반영하는 일종의 귀족적인 권력 이해의 징후 외에도 천재 시대의 특징

∴

* 국회의 동의나 국민의 여론에 개의치 않고, 오로지 국가의 이익을 고려해서 외교적 통로만으로 펼치는 외교 정치.

으로 보이는 자기현시의 노력도 나타나고 있다. 이 점은 특별히 2막 19장과 3막 2장의 긴 독백들에서 뚜렷이 나타나고 있다. 진술 자체에는 모순성이 있음에도 불구하고 권력 지향적 인물이라는 면에서 일치점이 나타나는데, 이 점에서 이 두 독백은 내면적 통일성을 지니고 있다고 할 수 있다.

독백들은 거침없는 자아 연출의 여러 가능성을 밝혀주고 있다. 일인 통치를 포기하는 공화주의자의 도덕적 품위와, 대공의 지위를 노리는 정복자의 범죄적 추진력은 상충되는 두 가지 정치적 답으로 나타난다. 그러나 그 답들은 각기 자신이 다른 답보다 우월하다는 것을 증명하지 않으면 안 된다. 2막 19장에서 그 답은 우선 이렇다. "왕권을 쟁취하는 것은 위대하다. 왕권을 버리는 것은 신성하다. 독재자여 멸망하라! 제노바여, 자유로워라. 그러면 나는 가장 행복한 너의 시민이리라!"(NA 4. 64) 그러나 잠시 후에 제노바의 드넓은 바다 위에 펼쳐진 장엄한 일출 풍경에 감명을 받아 완전히 다른 시각이 나타난다. "잠깐, 군주는 삶의 정수를 모두 삼켰다. 그의 가치를 정하는 것은 인생의 극장이 아니고 삶의 내용이다. 번개를 산산이 부수어서 단순한 음절이 되게 하라. 그러면 너는 자장가를 불러 아이들을 잠들게 하리라. 그 음절들이 갑작스러운 천둥과 함께 녹으면 왕조의 음성은 영원한 하늘을 움직이리라, 나는 결심하였노라!"(NA 4. 67 이하). 피에스코의 독백은 정치적으로 상반된 이해관계를 해명해주지는 않고, 단지 전략적으로 혼란스러운 상황만 보여줄 뿐이다. 이 혼란스러운 상황은 공개적인 행동의 조건하에서 영웅적 우월성에 목말라하는 개인의 외적인 독립성이 어떻게 얻어질 수 있을까 하는 문제와 결부되어 있다. 이 경우에 공화주의 체제에 적응하느냐 또는 쿠데타를 일으켜 이 공화주의 체제를 무너뜨리느냐는 무제한적인 자아실현의 기술상 차이일 뿐이다. 그들에게 공통적으로 나타나는 특징은 정치적 행동의 도덕적 구속성을 포기하는 것이다. 피에스코는 자발적 체념을 아직도 도덕적 행위로서가 아니라, 오히려 영웅적인 자기 묘사의 요소로서 파악하고 있는 것이다. 결국 자발적인 체념은 독재의 다른 형식만을 만들어낼 뿐이다. 왜냐하면 대공도 되고 싶어 하는 제노바의 '가장 행복한 시민'은 어디까지나 하나의 예외적 현상이기 때문이다.[117]

피에스코는 뛰어난 기억력, 신속한 이해, 활발한 발상력을 지닌 탁월한 두뇌로서, 실러의 초기 작품들에 등장하는 다른 주인공들에게서는 그 예를 찾아볼 수 없을 정도로 천재의 기준을 충족하고 있다. 이 기준은 아벨이 1776년 12월 14일 대공과 생도들 앞에서 행한 「위대한 정신의 탄생과 특징에 대한 연설(Rede, über die Entstehung und die Kennzeichnung grosser Geister)」에서 천재를 상세하게 규정하기 위해 열거한 것이다. 활발한 지능, 신속히 불이 붙는 상상력, 그리고 깊이 파고드는 이해력을 갖추었기 때문에 그는 아벨이 여기에서 설명하고 있는 바로 그 탁월한 인간의 이상형에 근접한다. 이 경우에 특별한 의미를 지니는 것은 뛰어난 지능의 특징이라고 볼 수 있는 "신속한" 두뇌 회전이다. 실러도 알고 있었을 것으로 추측되는, 1773년에 출간된 줄처의 글에서도 천재에 대해서 이와 똑같은 규정을 내리고 있다.[118] 피에스코가 지닌 장점으로도 신속한 이해력, 결단 능력, 신중성이 꼽힌다. 그의 정신적인 살림살이는 아벨이 파악하고 있는 천재의 그것과 일치한다. 그의 성격에는 특히 도덕적 척도가 빠져 있는데, 이 점이 앞서 언급한 연설의 천재 규정과 공통되는 점이다. 천재는 반드시 도덕적 목적을 추구하지 않음에도 불구하고, 지적 독창성을 통해서 인정받는다.[119] 피에스코는 사람들을 조종할 줄 알고 인간 심리에 정통한 사람으로서, 성공의 도상에서는 가장 삼가야 할 수단이라도 자신의 목적을 달성하기 위해서는 이용하고 마는, 이른바 양심이 없는 범죄자가 지닐 법한 예리한 판단력을 보여준다. 귀족 신분의 이 천재에게는 도덕성이 의심스러운 점이 보이는데, 이는 특히 그 아내와의 관계에서 분명히 나타난다. 그는 사적인 환경에서도 그녀를 대할 때 습관적으로 자신의 진정한 의도를 은폐하는 냉혹한 전략가의 태도를 취한다. 이는 일체의 시민적 감성과는 동떨어진 것이다. 피에스코가 레오노레를 배신하는 것은 줄리아 임페리알리 때문이 아니라, 권력에 대한 끈질긴 애착 때문이다. 5막에서 백작 부인 레오노레가 정신적 혼란에 빠진 것은 남편을 정치적 복수심에게 영원히 빼앗겼다는 것을 깨달은 데서 오는 결과인 것이다. 다른 한편 피에스코는 자신의 "위대한" 계획에 대한 상념으로 인해 슬픈 감정을 떨쳐버리고 다시금 미학적으로 변색된 환상에 빠진다. 살해당한 아내의 시체 앞에서도 여전히 자신의 이미지에 충실하게 행동하는 것이다. "나는 여태껏 어느 유럽 사람도 본 적이 없는 군주를 제노바에 선사하렵니다. 어서들 오시오! 나는 이 불행한 왕비에게 장례식을 봉행하렵니다. 그래서 삶이 숭배자들을 잃고, 소멸이 신부(新婦)처럼 빛나도록 하렵니다. 이제 그대들의 대공을 따르시오."(NA 4, 116)[120]

피에스코는 실러가 발렌슈타인에 이르기까지 자신의 희곡 작품에서 원무처럼 연쇄적으로 니콜로 마키아벨리(Niccolò Machiavelli)의 국가철학의 핵심 요소들에 준거해서 행동하도록 한 인물들 중에 첫 번째 인물이다.[121] 그 국가철학의 이론들은 유명한 『군주론(Principe)』(1513년 저술, 1532년 인쇄)과, 역사적으로 그보다 더 격렬한 논쟁을 유발한 「로마사논고(Discorsi)」(1531)에 펼쳐져 있다. 플로렌스의 국가공무원이자 외교관인 마키아벨리는 그 후원자가 세력이 기울어 1512년 대역죄의 누명을 쓰고 관직에서 쫓겨나자 『군주론』을 썼다. 자국의 미래 통치자들에게 통치술의 규칙을 알려주기 위해서였다. 그의 이론이 한결같이 역설하고 있는 원칙은 어디까지나 정치와 도덕의 엄격한 분리이다. 그의 견해에 따르면 군주는 윤리적 규범을 벗어나 있는 권력의 공간에서 활동한다. 그 공간에서 인간의 행위는 으레 가장 저속한 동기를 좇게 마련이다. 따라서 거짓말, 기만, 위장, 속임수는 정치적 행동의 기본 목록에 속한다. 정치적 행동은 오로지 개인의 '능력(virtu)'을 통해 통치권을 취득하고 이를 안정시키는 것을 목적으로 삼고 있다. 헤르더는 「인도주의 고취를 위한 편지」에서 마키아벨리의 원칙은 그 중요성이 시대에 따라 다르다는 점을 강조하는데, 이는 정당하다고 할 수 있다. 계몽주의 시대에는 이 플로렌스 사람의 사상을 따르는 사람은 "돌 세례를" 받았을 것이라고 메모했지만, 그럼에도 불구하고 근대 초기에는 도덕과 정치의 분리는 결코 이상한 것이 아니었다는 것을 그는 이미 1774년에 강조하고 있다.[122]

마키아벨리의 특별한 관심 사항은 현명한 처신술과 계략적 음모를 꾸미는 일에 있었다. 군주가 속임과 아첨, 잔인함과 유화적 자세를 적절히 배합한 처신 방법을 발견하면, 기분파 여신 '포르투나(Fortuna)'의 형상을 띤 섭리의 권능도 그에게는 위협이 될 수 없다. 거듭 찬양되는 정치적 성공의 무기는 간계(奸計)이다. 이 간계에 대한 상세한 설명을 정리하면 이렇다. "그러므로 한 통치자가 동물의 천성을 잘 받아들이려면 여우와 사자를 선택하는 것이 옳다. 왜냐하면 사자는 올무에 약하고 여우는 늑대에 무방비하기 때문이다. 그러므로 올무를 녹슬게 하려면 여우여야 하고, 늑대를 좇아버리려면 사자가 되어야 한다. 사자만 되고자 하는 사람은 자기가 해야 할 일을 잘못 이해한 것이다. 그러므로 현명한 권력자는 만약 그에게 손해를 끼치거나 혹은 그로 하여금 약속을 하도록 야기한 근거들이 없어졌을 때에는 자신의 약속을 지킬 수도 없으며, 지켜서도 안 된다."[123] 실러의 주인공은 마키아벨리의 이론들을 철저히 연구했다. 그는 여기에 스케치된 변장술의 계책에 전적으로 입각해서 행동을 취하고 있다. 피에스코는 백성들에게 우화를 이야기하는 여우이다. 이 우화에서 그 자신은 사자로 나타나고 있다. 그는 마키아벨리즘의 권력정치의 모델을 따르는 전략가로서, 『군주론』의 본보기들이 집약된 인물처럼 행동한다. 우연이라고 하기에는 놀라울 정도로 공통점이 많다. 이 플로렌스 사람의 이 소책자는 1714년에 번역본이 출간되었는데, 실러는 다른 사람이 소유한 그 번역본을 빌려 읽고 마키아벨리즘을 알게 되었던 듯싶다. 프랑스의 유물론에 관한 서적들 대부분은 항상 마키아벨리를 비교적 집중적으로 다루어왔다. 이는 특히 엘베시우스의 『인간론』(1773)이 그렇다. 이 책은 이미 1774년에 독일어로 번역되어 카를스슐레에서 아벨이 생도들과 함께 읽었다. 논문 「자연의 정치 (La Politique naturelle)」(1773)에서 결연하게 마키아벨리의 권력정치를 청산한 돌바크(d'Holbach) 남작과는 달리 엘베시우스는 마키아벨리의 이론들에 대해 분명한 호감을 표명했다. 그는 인간이 지니고 있는 이기주의가 사회적 행위의 원동력이라는 자신의 이론이 『군주론』의 환상 없는 인간학에 반영되어 있는 것으로 보았다. 그러나 그는 「로마사논고」를 인용하기를 더 좋아했다. 그는 「로마사논고」에 제시된 "능력"의 방안을 응용하여 지능을 개인에게 영향을 미치는 감성적 힘의 통제 도구로서 규정했다.[124] 1770년대 말 첫 번째 학위논문을 준비하던 시기에 엘베시우스의 저서들을 철저하게 연구한 실러가 이 플로렌스 사람의 정치적 독트린에 대한 언급들을 모르고 지나쳤을 리 없고, 카를스슐레 시절에 무엇보다도 플루타르코스, 슐뢰처, 헤르더의 연구를 통해서 증명된 것처럼, 분명 그와 같은 언급들은 그 자신의 역사적 관심을 자극했을 것이다. 엘베시우스를 통해서 받은 자극이 실러가 마키아벨리를 철저히 독파하는 계기가 되었는지 정확히 해명할 길은 없다. 단 하나의 직접적인 단서는 1788년의 네덜란드의 반란에 대한 대작 역사서에서 짧게 『군주론』을 언급하고 있는 것이 전부이다.(NA 17, 70) 셸링과, 팔츠의 위그노파(派) 사람 요한 필리프 르 피크(Johann Philipp Le Pique)에게 보낸 편지 두 통이 시사하고 있는 것처럼 실러는 1801년 여름 내내 그 텍스트에 몰입한 것 같다.(NA 31, 34, 42) 1802년 봄에 그는 제목을 밝히지 않은 채 마키아벨리 책(『플로렌스의 역사(Historia Florentina)』)을, 요한 루트비히 폰 에카르트(Johann Ludwig von Eckardt)가 사후에 남긴 8900권에 이르는 장서 중에서 구입한 것을 달력에 적어놓고 있다. 폰 에카르트는 당시 예나에서 전임강사로 철학을 강의하던 프리드리히 이마누엘 니타머(Friedrich Immanuel Niethammer)의 장인이었다.[125] 여하튼 실러가 1780년대 초에 이미 마키아벨리의 사상과 친숙했을 가능성은 있다. 마키아벨리의 사상은 그가 드라마 주인공들의 권력 게임을 무대에 올리기 위해서 활용할 수 있는 창고나 마찬가지였다. 카를 모어, 후에 발터 시종장, 그리고 이율배반적 이상주의자 포자까지도 『군주론』에 정통한 독자였던 것이 드러나고 있다.

실러의 권력 비극은 장 보댕의 『공화국의 여섯 가지 자유(Six livres de la Republique)』(1583)로부터 홉스의 『리바이어던』까지를 광범위하게 담고 있다. 이들은 마키아벨리에게 배워서 근대 초기에 배출되는 통치 이론 잔재라 할 수 있다. 책략가 피에스코의 교묘한 술수들만이 아니라, 정치적 통치술의 외적 형식들까지도 생생하게 묘사되었다. 권력의 기반이 되는 요소는 군대의 지지를 얻는 것이다. 자네티노가 스페인과 독일 군대의 도움을 확보했다면, 피에스코는 이웃 공국 파르마와 피아첸차 출신 군인들을 이용하고 있다(실러는 자신이 이용할 수 있는 세부적인 준비 사항이 드 레츠 추기경과 마이의 저서에 기술되어 있는 것을 발견했다). 정권 타도를 준비하는 데에는 특히 물레이 하산이 끊임없이 전해주는 여론에 대한 정보가 도움이 된다. 그는 "국가의 상황"을 밝혀야 하고 일반적인 분위기에 대한 정보들을 수집해야 한다. 그가 관심을 가지고 눈여겨보아야 할 곳은 "다방, 당구장, 음식점, 산책로", "장터"와 "증권거래소" 등이다. 그는 시대의 맥박을 짚어내고자 그곳에 부하 일곱 명을 배치해 감시하게 했다.(NA 4, 29와 43) 하산은 바로 초인적인 끈기를 지닌 스파이로서 암호 통신문을 가로채고, 하인들과 창녀들을 매수하고, 귀족들의 은밀한 고백들을 엿듣고, 은밀한 살해 계획들을 밝혀낸다. 자신이 발산하는 희극적인 분위기를 사람들로부터 과대평가받고 있는 무어인 하산은 협상 능력과 사기 술수에 있어서 비록 수법은 거칠지만 그 주인인 피에스코와 어깨를 견줄 만하다.[126] 피에스코가 협력자를 떨쳐버리자 비로소 하산에게서는 지금까지 자신의 역할 때문에 감추어져 있던 예의 잔인한 에너지가 분출한다. 처음에는 배신자로, 그 후에는 거리에 벌어진 소요를 자신의 범죄적 관심에 이용하는 약탈자로 진면목을 보여준다. 무어인 하산은 정보에 의존하는 정치의 도구일 뿐 아니라, 사회적 혼란을 낳고 있는 자연적 폭력의 파괴적 힘들을 의인화하고 있는 인물이다.

하산은 양심 없는 변절자로서 비상 상황하에서는 끊임없이 자신의 전선을 바꾸는 백성들의 흔들리는 마음을 반영하고 있다. 관객들은 피에스코가 최후를 맞이하기 직전에 애당초 쿠데타를 환영하던 시민들이 변절하여 대거 안드레아 도리아의 진영으로 넘어가는 것을 경험한다. 제5막은 뚜렷한 정치적 노선이 없는 집단적 분노의 폭발 흔적들을 숨김없이 분명하게 보여준다. 피에스코는 분명 치보를 상대로 경멸하듯 "백성들은 처음에는 볼품없는 뼈다귀를 가지고 시끄러운 소리를 내고, 높은 것이나 낮은 것, 가까운 것이나 먼 것 가리지 않고 하품하듯 벌린 목구멍으로 삼킬 듯이 하다가 마지막에는 가느다란 실에도 걸려 넘어지는 거인 같다"고 선언한다.(NA 4, 46)[127] 하인 역까지도 개성을 지닌 것으로 나타나는 괴테의 「괴츠 폰 베를리힝겐」과는 달리 실러는 하층 인민 계층의 대표자들에게 성격상의 특색을 부여하지 않고 있다. 충동적인 대중은 정치의식을 소유하지 않은 채 역사의 바람에 노출되어 있는 것으로 나타난다. 희곡의 결말이 두드러지게 강조하고 있는 이와 같은 광경에서 젊은 저자의 독재 군주제가 폭로된다. 그는 오로지 지적으로나 사회적으로 특권을 지닌 인물에게만은 자유의 실험을 허락할 것이다. 그의 좌절은 곧 그가 유일하게 탁월한 개인에게만 수여하도록 한 훈장이나 다름없다.

끝없는 드라마
비극으로서의 역사

공개적으로나 또는 은밀하게나 피에스코의 상대역은 자네티노와 공화주의자 베리나이다. 자네티노는 공화주의 이념을 대가로 치르고 얻은 무조건의 정복 의지를 의인화하고 있다. 그는 공화주의 이념이 자신의 이해와 상충할 때에는 이 이념을 저버릴 마음의 준비가 되어 있는 사람이다. 실러가 역사적 자료에 맞게 정치적 본능을 지닌 탁월한 인물로 그리고 있는 현명한 두뇌의 소유자 안드레아와는 반대로 자네티노는 거리낌 없이 직선적으로 자신의 목표를 위해서라면 무분별하게 폭력까지 행사하는 인간으로 묘사되어 있다. 그가 피에스코와 다른 점은 잔인한 수단을 노골적으로 사용한다는 것이다. 하지만 그가 피에스코와 비견될 만큼 타산적으로 행동한다는 점을 간과해서는 안 된다. 원래 피에스코의 상대역은 베리나이다. 이상적인 권력분립에 대한 신념을 가지고 사유하고 행동하는 데 있어서 그가 시민으로서 옹호하는 가치들은 피에스코에게는 생소한 것들이다. 그가 가면 축제 동안에 표출하고 있는 불만부터가 분명히 궁정의 축제 문화에 대해서 심기가 불편함을 말해준다. 베리나는 철저한 도덕주의자로 피에스코에게 항상 회의를 품고 있다. 피에스코의 공화주의적 성향을 신뢰할 수가 없기 때문이다. 그는 부르고니노에게 이렇게 선언한다. "피에스코는 독재자를 쓰러뜨릴 것이다. 그것은 확실해! 그러나 그보다 더 확실한 것은 피에스코가 제노바의 가장 위험한 독재자가 될 것이라는 점이야!"(NA 4, 66) 슈반이 출간한 책의 제목은 이와 같은 의미에서 카틸리나의 역모를 지금까지 알려지지 않은 정치적 요구를 지닌 뜻깊은 사건으로 기술하는 살루스트(Sallust)의 문장에서 따온 것이다.(『카틸리나의 역모(De coniuratione Catilinae)』(IV, §4)) 실러가 생도 시절 그의 저술을 대단히 높게 평가한 적이 있는 이 로마의 역사가가 규정한 다의적인 성격은 피에스코의 계획이 지닌 이중적인 성격으로 전환될 수도 있다.[128]

주인공과는 달리 베리나가 추구하는 것은 정치의 내용들이다. 그는 직접적으로 욕을 당한 딸의 보복자로서 그 내용들을 자신의 도덕적 견해와 연관짓고 있다. 그의 공화주의는 그 윤곽이 뚜렷하다. 그 점이 간과되어서는 안 된다. 17세기와 18세기의 국가론에서 공화주의 개념이 그보다 더 상세하게 규정된 경우는 드물 것이다. 이 분야의 대표적 문헌들은 "공화주의"란 개념을 테마로 다루는 데 별로 관심을 가지지 않았기 때문이다. 보댕의 「공화국의 여섯 가지 자유」는 이미 고대부터 익숙하던 왕도 정치, 귀족정치, 민주정치를 구별하는 것으로 만족했고, 홉스의 『리바이어던』은 무조건 이와 같은 구별을 따랐다. 그와 반대로 애덤 퍼거슨은 『시민사회의 역사(Essay on the History of Civil Society)』(1767, 독일어판은 1768년에 출간)에서 "공화국"이라는 용어를 귀족적 정부 형태와 민주적 정부 형태의 상위개념으로 규정하고 있다. 이들 정부 형태의 두 모델은 통치권을 여러 사람에게 나누어주는 것을 내용으로 하고 있다. 거기에서 첫 번째 경우에는 단지 한 계층만이 주권을 누리고, 두 번째 경우에는 전체 백성이 주권을 누린다.[129] 몽테스키외(Montesquieu)는 그의 계몽주의 국가철학의 법적 견해의 기초가 되는 『법의 정신(De l'esprit des lois)』(1748)에서 공화주의 체제와 민주주의를 동일시하고 있다. 다른 한편 루소는 『사회계약론』(1762)에서 구속력이 있는 법적 기초에 입각한 모든 국가를 공화국이라고 선언하였다.[130] 실러의 드라마가 해벌린의 묘사에 근거해서 보여주고 있는 제노바의 상황을 살펴보면, 안드레아 도리아는 확고한 법적 질서의 테두리 안에서 정해진 임기 없이 거의 무제한으로 통치한 것을 볼 수 있다. 입법과 재정을 담당하는 공적 지위들은 계속해서 의회의 결정에 따라 시민 계층과 귀족 계층 등 여러 신분 계층의 대표자들이 차지했지만, 원래 임기가 2년으로 확정되어 있는 국가원수의 선출 권한은 그들에게 없었다. 베리나의 역모의 목표는 옛 총독 체제를 다시 세우는 것이었다. 그렇게 되면 국가수반을 부단히 교체함으로써 권력관계의 불균형이 생기는 것을 저지할 수 있다. 그는 공화국 체제를 절대적으로 옹호하면서 안드레아의 무제한 일인 통치를 바로 이 공화국 체제의 원칙을 위반하는 것으로 보고 있다.

제1막 10장에서 시작되는 비르기니아 모티브는 개인적인 도덕성과 공적인 활동을 분리하고 싶어하지 않는 이 공화주의자의 진면목에 주목하게 한다. 여기서 그의 진면목을 살필 수 있는 것은 자네티노의 "심장의 피"가 다 흘러나올 때까지 그의 딸이 빛이 없는 지하 감옥에서 고통을 당해야 한다는 것을 굳게 약속하는 서약이다. "제노바의 운명은 나의 딸 베르타에게 달려 있다. 아버지로서 나의 마음은 시민으로서의 나의 의무에 맡겨졌다." (NA 4, 35) 베리나의 엄격한 도덕성은 냉엄한 법이 되고, 개인적인 도덕성과 공적인 행동은 그 법의 지배하에서 서로 만난다. 그의 엄숙주의는 18세기 후반 유럽의 계몽주의 틀 안에서 성공한 도덕적 담론과 정치적 담론 간 접근을 반영해주고 있다.[131] 시민적 윤리는 전통적인 형이상학적 구속성에 구애받음이 없이 절대주의의 합법성이 위기에 처한 상황에서 통치권에 대한 새로운 견해를 확인하는 장으로 부상하고 있다. 홉스의 저서에서 설명된 것처럼 근대 초기 독재국가의 임무가 백성들을 책임지고 보호하는 것이었다면, 계몽주의 시대에는 내적 평화의 보장이 공공질서 확립을 정당화하는 근거로서는 더 이상 충분치가 않았다. 프랑스 혁명 전야에 중유럽에서는 절대주의에 대한 신뢰가 위기를 맞았다. 이 위기는 정치적으로 무기력한 시민 계층이 도덕적인 면에서 자신을 새롭게 이해하게 된 것과 직접적으로 연관이 있었다.[132] 실러는 이 위기의 논리를 역사적으로 비교적 오래된 소재에 적용함으로써 이 소재에 계몽주의적 차원을 부여하고 있는 것이다. 예컨대 베리나는 18세기 말에 구체제의 붕괴를 가져올, 윤리와 정치 간 밀착에 찬성한다. 그는 딸의 명예를 제노바의 자유와 결부함으로써 개인적인 미덕에 몽테스키외가 『법의 정신』에서 민주주의 질서의 특징이라고 지적하고 있는, 이른바 공적 효력을 부여한다. 민주주의 질서의 영향권 내에서는 정부의 대표자들도 어디까지나 도덕과 법에 복종한다. 그 이유에 대해서 『법의 정신』 제3장에는 이렇게 기록되어 있다. "법을 집행하는 사람이 자신은 초법적인 위치에 있다고 여기는 왕권 국가에서는, 법을 집행하는 사람이 자신도 법의 지배하에 있고 여하한 일이 있어도 법을 지켜야 한다고 느끼는 민주정부에서만큼 미덕을 필요로 하지 않는다는 것은 주지의 사실이기 때문이다."[133] 실러는 몽테스키외의 논문을 사관학교에서 알게 되었지만, 1780년대에 와서야 비로소 좀 더 철저하게 연구하게 된다. 그러한 실러가 공화주의자 베리나를 엄격히 윤리와 정치의 간격을 좁히는 것을 옹호하는 인물로 등장시킨다면, 그도 이와 같은 견해를 곧이곧대로 따르고 있는 것으로 볼 수 있다. 그러나 그의 인물 묘사는 엄격한 미덕을 지닌 아버지의 엄숙주의가 호전적인 언행을 일삼을 때 나타나게 마련인 염려스러운 면모도 보여준다. "나는 맹세를 했다. 그래서 도리아 같은 사람이 땅바닥에서 굼틀거릴 때까지 나의 아이를 불쌍히 여기지 않을 것이다. 그리고 나는 마땅히 망나니처럼 고통을 정제해야 하고, 이 순결한 양을 잔인한 고문 의자에서 통회케 해야 한다―"(NA 4, 35) 베르타를 감금한 것은 시민 계층이 지니고 있는, 이른바 부모가 자신의 뜻대로 자식을 다루고 싶어하는 욕구의 방증으로서 비슷한 예를 레싱의 오도아르도 갈로티에게서 찾아볼 수 있다. 베리나가 딸의 자유를 자신의 정치적 의도와 연관지음으로써 도덕적 요구는 죄가 있는 오만으로 변하고 만다. 이 오만의 비인도적 성격은 비단 20세기의 문화 비판에서 처음으로 밝혀진 것이 아닌데, 이는 이른바 이성의 폭정을 알아차리게 하는 카인의 낙인이나 다름없다. 실러는 이미 이 이성의 폭정을 민감하게 깨닫고, 시민 계층의 자율권의 비극을 자신의 정치적 비극의 핵심에 자리 잡게 하고 있는 것이다.[134]

그다지 성공적이지 못했던 만하임 독회 이후에 중대한 문제로 대두된 것은 이 드라마의 결말을 어떻게 더욱 구체적으로 형상화하느냐였다. 책으로 출간된 이 드라마의 서문은 그와 같은 정황에 대해 역사적 인물인 피에스코의 죽음을 조종한 우연의 성격 때문에 "아직 어떤 비극 작가도 이와 같은 소재를 다룬 적이 없다"고 선언하고 있다.(NA 4, 9) 실러는 적절한 최후 장면을 구상해보려고 고전했지만, 결국 해답을 찾지 못했다. 1783년부터 1785년까지 여러 번에 걸쳐 이루어진 이 작품의 개작에는 아쉽게도 분명한 선이 없다. 그뿐 아니라 이처럼 여러 번 개작을 해야만 했던 정황들은 이 주제의 비극적 힘에 대해 쉽게 가실 수 없는 의구심을 증언해주고 있다. 아우구스트 빌헬름 슐레겔(August Wilhelm Schlegel)은 1809년 실러의 청년 시절 드라마 중에서 「피에스코」는 "구상이 가장 불합리하고, 영향력이 가장 약한" 드라마라고 평가했다.[135] 실러는 적어도 개별적인 변형들이 심리학적으로 일치하지 않는다는 것을 알아차리고, 못마땅하게 여겼지만, 이를 해결할 능력은 없었다.

1783년 슈반 출판사에서 출간된 인쇄본은 역사적 원전에 충실한 것과, 효과적인 결말을 연관지어보려고 했다. 이 판본에서는 베리나가 정복자들로부터 제노바 공화국을 지키기 위해서 피에스코를 뱃전에서 바다로 밀쳐 추락시킨다. 이로써 역사적으로 확증된 주인공의 죽음은 극적인 해석을 발견하고 있다. 그러나 이와 같은 해석은 내면적 설득력이 있기는 하나 최후의 비극적 결과를 포기한 것이나 마찬가지이다. 피에스코가 자유의 이념을 배신했기 때문에 그는 역사의 심판을 받은 것이고, 베리나는 그 심판의 도구로 부상한 것이다. "군주의 기만은 인간이 지은 죄의 무게를 다는 황금의 저울을 둘로 갈라놓았지만, 당신은 하늘을 농락했소. 그러므로 최후의 법정이 심판을 내릴 것이오."(NA 4, 119) 신념을 지닌 공화주의자가 끝에 가서 자신의 운명을 늙은 권력자 도리아에게 맡긴 것은 흔히 체념의 표시로 이해되고 있지만, 이것도 잘못된 해석이다.[136] 베리나가 마지막으로 한 말인 "나는 안드레아에게로 간다"(NA 4, 121)는 국가의 질서가 배신자인 자네티노나 피에스코보다는 힘 있는 통치자의 수중에서 더 잘 보장되리라는 신념에 따른 것이다. 이는 어디까지나 공화주의자가 자유에 대한 요구를 포기하지 않고, 다만 그 요구의 실현을 훗날로 미루는 듯싶은 실용적인 인식의 결과인 것이다.[137]

실러는 인쇄본의 대단원을 불만족스럽게 여겼다. 왜냐하면 이 대단원은 이야기가 마치 인간이 조종할 수 없는 순환 법칙에 따라 완성되는 것 같은 인상을 일깨워주었기 때문이다. 발터 베냐민이 구별하는 것처럼 「피에스코」의 첫 번째 버전은 헤겔의 말대로 "목적과 성격의 충돌"로 몰아가는 고전주의적 가치의 비극이 아니고,[138] 말하자면 자연법칙의 메커니즘으로서 수미일관하는 역사적 사건들의 파괴적 성격을 모방한 한 편의 비극인 것이다.[139] 현행 체제가 쿠데타 세력들을 완전히 제압한다면, 이는 이성적인 세계 법칙은 물론 전능하신 하느님의 계획에 복종하는 것이 아니다. 피에스코는 카를 모어가 겪었던 것 같은 도덕적 갈등에 빠지지 않는다. 그는 자기 적수의 저항 때문에 통찰의 과정을 거치지도 못하고 실패한다. 통찰의 과정을 거쳤다면 그는 끝에 가서 정화된 인물로 변화되어 나타날 수도 있었을 것이다. 이렇게 소재부터가 증명하고 있는 우연의 흠집이 다시금 그의 죽음에도 달라붙게 되었다. 그러므로 실러는 1783년 가을 만하임 공연을 위해 대본을 손질하면서 최종적으로 마지막 장면을 변형했다. 실러는 막상 피에스코로 하여금 첫 독백(NA 4, 23)에서 하는 말들을 이용해서 단독 통치 포기를 공표케 하고, 환호하는 대중들 속에 제노바에서 '가장 행복한 시민'으로 등장케 함으로써 비극적인 대단원을 피한다.(NA 4, 230) 이 드라마가 좀 전에 주인공을 마키아벨리스트로 의심받을 만한 역할로 보여준 후, 끝에서 그와 같은 성향의 변화를 보여주는 것은 물론 설득력을 얻기가 어렵다. 피에스코가 맡은 인물 역할이 순수한 공화주의자라는 것이 믿기지 않는다. 게다가 약간의 변화된 행동만으로는 마키아벨리스트에서 공화주의자로 급선회한 것을 납득시킬 만큼 충분한 준비가 되었다고 볼 수도 없는 것이다.

실러가 만하임에서 공연된 연극 대본을 「도적 떼」의 대본과는 반대로 직접 출판하지 않은 것은 여기서 제시된 해결책에 대해 실러 자신이 의구심이 있었음을 분명하게 밝혀주는 방증이나 다름없다(1789년에 아우크스부르크에서 발표된 인쇄본은 저자의 허락을 받지 않은 판본이었다). 그러므로 이 드라마를 1785년 가을 파스콸레 본디니(Pasquale Bondini)의 연출로 라이프치히에서 공연하기로 예정되었을 때 실러는 최후의 개작을 결심했다. 이제 비극의 대단원에 변화가 하나 생겼다. 즉 베리나가 피에스코를 목 졸라 죽이지만, 자신을 안드레아 도리아의 손에 맡기지 않고, 자체 결정권을 가지고 심판할 수 있는 제노바의 백성들의 손에 맡긴다. 이와 같은 결말 처리는 공화주의의 자유의 이념을 좀 더 강력하게 부각하고, 당대의 독자들도 인쇄본의 마지막에서 느꼈을 것으로 보던 예의 체념적인 분위기를 누그러뜨리려고 시도한 것이다. 하지만 (무조건 진솔하다고 볼 수는 없는) 이 개작은 어디까지나 공연이 불발된 작품으로 남게 되었다. 계획되었던 라이프치히 공연이 내부 갈등을 이유로 취소될 수밖에 없었기 때문이다. 피에스코 역을 맡은 요한 프리드리히 라이네케(Johann Friedrich Reinecke)가 실러가 예정하고 있는 대단원이 모순이 된다고 항의하면서 배역 맡기를 거절하였고, 그 후에 이 공연 계획은 실패로 끝이 났다. 루트비히 페르디난트 후버가 1785년 10월 3일에 보고한 라이프치히 극장의 내분은 사람들이 1780년대 중반에 만하임 공연의 대단원에 길들여져 있고, 피에스코의 정치적 패배가 더 이상 설득력이 있는 것으로 보지 않았다는 것을 분명히 증명해주고 있다.(NA 33/I, 78) 카를 아우구스트 뵈티거(Karl August Böttiger)가 회고하기로 실러는 1799년 이후 바이마르에서 지내던 연간에도 이 드라마의 새로운 개작을 계획하고 있었다고 한다. 당시에 계획한 버전은 피에스코와 자네티노를 상대로 한 싸움에서 안드레아 도리아의 승리, 즉 변화를 요구하는 세력들과의 투쟁에서 국익(國益)의 승리가 대단원을 이루기로 되어 있었다.(NA 4, 297)

비록 만하임 초연은 그다지 성공을 거두지 못했지만, 이 드라마는 1780년대 말까지 쉰 곳에 가까운 무대에서 공연되었다. 열거하자면, 아헨, 바이로이트, 베를린, 브라운슈바이크, 드레스덴, 뒤셀도르프, 함부르크, 하노 버, 인스브루크, 쾰른, 뮌헨, 오스나브뤼크, 리가, 슈테틴, 빈 등지에서였 다.(NA 4, 309 이하 계속) 그와 같은 반향은 그때까지 독일어로 된 어떤 창 작극도 불러일으키지 못한 획기적인 것이었다. 특별한 호응을 얻은 것은 1784년 3월 8일 처음으로 카를 마르틴 플뤼미케가 제시한 대본을 이용해 서 보여준 베를린 공연이었다. 이 공연은 당시의 형편으로는 그 횟수가 많 다고 할 수 있는 16회에 걸쳐 이루어졌고, 1780년대 말까지 공연 프로그 램에 들어 있었다.[140] 1784년 1월 24일 빈에서 초연을 경험한 이 개작 대본 은 끝에 가서 피에스코를 자살을 통해 권력욕과 체념 사이의 갈등에서 벗어 나는 이른바 절망적으로 고뇌하는 사람으로 보여준다.[141] 1785년 7월 3일 에 실러는 쾨르너를 상대로 플뤼미케가 이 작품을 "망쳐놓았다"(NA 24, 10) 고 선언했다. 그렇지만 이 개작 대본이 후속적으로 다른 무대에서 공연되 는 것을 막을 수는 없었다. 실러는 달베르크와 여러 번 다투고 난 터라 자 신의 작품이 극장에서 성공을 거두고 있는 것을 보고 회심의 미소를 지었 지만, 금전적으로는 아무런 소득도 챙기지 못했다. 18세기 말만 해도 로열 티를 지불하는 관행이 아직 없었기 때문이다. 작품의 공연을 통해 이익을 볼 수 있는 방법으로는 인쇄되지 않은 원고를 극장에 판매하는 것이 유일 했다. 1783년 11월에 실러는 극도의 재정난을 겪었고, 자신의 텍스트를 슈 반에게 매각할 때에 이와 같은 방법마저 포기했다.

1789년 후에 처음으로 독일과 오스트리아의 극장들은 「피에스코」 공연 을 눈에 띄게 자제하는 모습을 보였다. 이는 프랑스의 국가적 소요라는 배 경하에서 정치적 모반을 소재로 한 예술적 묘사를 검열 강화를 통해 금지 하려는 압력이 커진 데에 연유한 것이었다. 1793년 12월 빈의 캐르트네르 토어 극장에서의 공연은 젊은 청중에게 혁명적 열광의 박수갈채를 유발했다. 요제프 황제 시대 이후의 오스트리아에서 계속해서 정부는 이 텍스트를 토막 내어 재구성한 변형들의 공연만을 허락했다. 이 변형들은 마지막에 베리나가 안드레아 도리아에게로 가는 것을 전제정치 체제의 승리로 날조한 것들이다. 1790년대 말경에 「피에스코」는 당대의 대표적인 레퍼토리로 제 갈 길을 되찾았다. 물론 여러 버전이었으며, 구속력 있게 확정된 텍스트의 형상은 끝내 띠지 못했다. 두 번째 드라마를 명확한 선 위에 고정하려던 실러의 모든 시도는 이 드라마를 칠하고 있는 총천연색인 동시에 이중적 의미가 있는 색깔 놀음에 부딪혀 좌절하고 말았다.

5. 「간계와 사랑」(1784)

헌 옷을 입힌 새 것
성공한 작품의 필수 요소들

1782년 7월 슈투트가르트에서 14일간 가택 연금을 당하고 있었을 때 실러는 처음으로 「루이제 밀러린」을 집필할 계획을 세웠다. 도피한 후에도 오거스하임에서 「피에스코」 개작 작업과 병행해서 이 작품을 구상했고, 바우어바흐에서 좀 더 분명하게 작품의 윤곽을 파악하게 되었다. 1783년 2월 중순에 초안이 완성되었으나 만족스럽지가 못했다. 그리하여 1783년 7월까지 계속 신작과 씨름하지 않으면 안 되었다. 그러는 동안에도 이미 「돈 카를로스」를 집필할 의도를 가지고 계획을 세웠다. 괴테 작품의 출판인이기도 한 명망 있는 라이프치히 사람 바이간트(Weygand)로 하여금 이 드라마에 관심을 가지도록 시도했으나, 이미 3월에 실패하고 말았다. 8월 초 실러가 만하임에 도착한 지 며칠 안 되어 출판업자 슈반이 이 원고를 읽고는 재빨리 출판하겠다는 뜻을 밝혔다. 이 비극 작품은 1784년 1월 중순에 인쇄가 시작되어 3월 15일 정확히 부활절 서적 박람회에 때맞춰 출간되었으나, 「간계와 사랑(Kabale und Liebe)」이라는 암시성이 강한 제목으로 바뀌었다. 제목을 바꾸도록 제안한 사람은 바로 이플란트였다. 그는 2월 말에 이 작품을 시독(試讀)한 후 엥겔과 플뤼미케의 책들 중 제목이 비슷한 것들을 참조하여 효과가 좀 더 뚜렷한 제목을 추천한 것이다. 인세는 「피에스코」의 경우보다는 약간 높게 책정되었다. 액수로는 10카롤린(60탈러)이었는데 허구한 날 재정난에 시달리던 실러는 이 금액을 순식간에 모두 써버렸다. 이 작품의 초연은 프랑크푸르트와 만하임에서 4월 13일과 15일에 개막되었다. 인쇄본의 광고가 연말까지 다섯 차례나 나갔다(「피에스코」는 「도적 떼」와 마찬가지로 서평이 단지 두 번 나왔을 뿐이다). 가장 신랄한 비평가 중에는 카를 필리프 모리츠가 끼어 있었다. 그는 1784년 7월 20일 《베를린 관보(Berlinische Staats- und gelehrte Zeitung)》에서 이 비극 작품이 "신성을 모독하는 표현과, 극단적이고 천박한 재담의 역겨운 반복으로 채워져 있다"고 지적했다. 그는 6주 후에 같은 지면에서 좀 더 정확하게 증거를 들어 혹평을 반복했고, "예술에 대한 열정"이 부족한 저자가 자신이 받아서는 안 될 관중들의 박수갈채를 "허식으로 눈속임을 해서 사취(詐取)했다"고 분개해서 표현했다.[142] 그 밖에 다른 사람들의 비판의 목소리는 그보다는 신중했고, 저자가 앞서 발표한 두 작품과는 달리 격정이 실린 문체를 좀 더 절제해서 사용한 것을 두고 칭찬을 하기도 했다.[143]

실러의 이 작품은 "시민 비극"이라는 부제를 통하여 당시 유행하던 성공적인 장르에 속한다는 것이 강조되고 있다. 고트셰트, 히르첼, 슐레겔 또는 파츠케의 영웅적이고 고전주의적인 비극 공연은 1770년대 중반부터 성공을 거두지 못했다. 오히려 대부분 중산층의 세계나 가치 의식에 바탕을 둔 테마를 산문으로 작성한 드라마들이 공연에서 성공을 거두는 편이었다. 엥겔스의 「서약과 의무(Eid und Pflicht), 고터의 「마리아네(Mariane)」, 바그너의 「영아 살해범」(각각 1776), 게밍겐의 「독일 가장」, 바이스의 「도주(Die Flucht)」(각각 1780), 이플란트의 「알베르트 폰 투르나이젠(Albert von Thurneisen)」(1781) 등이 레싱이 도입한 비극적 갈등의 기본 모델을 언제나 약간씩 변형해 묘사했다. 줄거리의 핵심에는 주로 귀족 출신 음모자의 비양심적인 계략에도 노출되어 있지만, 비단 외부에서 오는 위험 때문만이 아니라, 그 자체 내부에 있는 불신감 때문에 몰락할 위험이 있는 한 시민 계층 가정이 도덕적 화합을 위협받는다는 내용이 들어 있다. 늦어도 1780년대 초까지 이 시민 비극은, 오로지 관객의 인기를 끄는 데만 관심이 있었기 때문에 예술적 독창성에 대한 요구를 희생시킬 각오가 되어 있는 아류들의 손에 꼭 잡힌 상황이었다. 「루이제 밀러린」을 집필하면서 실러는 대중적 취향을 고려하는 동시에 당시의 극장 현실에도 부응하려고 했다. 1784년 2월 8일 그는 시련을 많이 겪은 그로스만 감독에게 자신의 작품에 대해서 이렇게 쓰고 있다. "나는 이 작품이 독일의 연극 무대에서는 환영받지 못하는 베스트셀러가 되지 않기를 희망합니다. 왜냐하면 이 작품은 간단히 공연할 수 있고, 장치와 단역들을 많이 요구하지 않으며, 공연 계획을 쉽게 파악할 수 있기 때문에 「도적 떼」와 「피에스코」보다는 스태프들에게는 좀 더 편안하고, 관객들에게는 좀 더 재미가 있기 때문입니다."(NA 23, 131 이하 계속)

실러의 기대감은 실제로 입증되었다. 부활절 서적 박람회 때 그로스만 극단이 프랑크푸르트에서 보여준 공연은 예술적으로 그다지 확신을 주지는 못한 듯싶었으나, 만하임 공연은 "커다란 갈채 속에서, 관객에게 가장 강렬한 감동을 주었다"라고 그는 5월 5일 라인발트에게 전하고 있다.(NA 23, 137) 제2막이 끝난 뒤 무대장치를 바꾸기 위한 휴식 시간 동안에 실러는 환호하는 관람객을 위해 좌석에서 일어나 모습을 드러내지 않으면 안되었다. 여자 주인공은 18세의 카롤리네 베크가 맡았다. 슈반의 작은딸이 기억하기로 그녀가 여주인공 루이제의 외형적인 모델이었다고 한다.[144] 초연 당시 임신 중이던 이 여배우는 3개월 뒤 「에밀리아 갈로티」 공연 중에 발생한 추락 사고로 세상을 떴다. 그녀가 맡았던 루이제 역은 그 후로 카타리나 바우만이 물려받았다. 만하임 공연은 적어도 1792년까지 정도의 차이는 있었지만 계속해서 레퍼토리에 들어 있었다. 극본 작가 요한 다니엘 트링클레(Johann Daniel Trinkle)가 여러 번 바꾼 프롬프터 대본은 실러가 기술상의 이유에서, 또한 정치적 검열을 고려하고 무대를 위해서 여러 곳을 줄였음을 여실히 보여주고 있다.[145] 당시의 거의 모든 공연에서 논란의 대상이던 시종 장면은 삭제되었다. 이 장면에 표현되어 있는, 절대군주의 자의적 통치에 대한 적나라한 비판은 바로 현실적 연관 때문에 국가가 관용을 보일 수 있는 한계를 넘어서고 있었다. 1790년대 초에 와서 비로소 베를린의 궁정 극장이 완전히 원본에 충실한 공연을 감행했다. 1784년 5월 3일 프랑크푸르트에서 그로스만은 물론 성격을 다소 완화한 시종 역을 이플란트가 맡기로 예정된 버전을 보여주었다. 특별히 감명 깊었던 것은 조피 알브레히트가 맡은 프랑크푸르트의 루이제였던 것 같다. 1784년 8월 28일의 괴팅겐의 초청 공연을 계기로 그녀의 세련된 해석에 대해서 베를린의 《문학 및 연극 신문(Litteratur- und Theaterzeitung)》이 각별한 찬사를 보냈다. 그보다도 성공적이었던 것은 1784년 가을의 라이프치히 공연(10월 12일)과 되벨린 극단의 베를린 공연(11월 22일)이었다. 이 공연에서 세상을 뜰 때까지(1801) 프로이센 국립극장을 이끌어온 요한 프리드리히 플레크(Johann Friedrich Fleck)가 페르디난트의 역을 맡았다.[146] 이 공연을 모델 삼아 작은 동판화 열두 점이 제작되었는데, 이를 다니엘 호도비에츠키가 1786년도 《대영제국의 계보학 달력(*Königlich Großbritannischen Genealogischen Kalender*)》에 발표했다. 유명해진 이 그림 연재는 무엇보다도 시민 계층 가정의 실내장식을 장면별로 그려 보여줌으로써 설득력을 얻고 있다. 페르디난트 역을 맡은 플레크의 모습에 대한 진솔한 묘사는 베를린 공연에서 받은 인상을 따른 것이다.

「간계와 사랑」은 어디까지나 역할의 성격이 정확히 측정되어 있고, 사전에 분명히 정해둔 원칙을 비교적 커다란 폭으로 변형하지 않고 따르는 것이 통례인 시민 비극의 유산을 생명처럼 지키고 있다(후에 와서 아이헨도르프는 그 원칙을 비꼬아 그 속에는 현실과 동떨어진 "이동도서관"의 세계가 모델로 반영되어 있다고 지적했다).[147] 특히 「에밀리아 갈로티」를 모델로 이용하는 것이 특징으로 나타나고 있다. 레싱의 이 작품에서 볼 수 있는 인물 설정은 실러의 작품에 등장하는 인물의 심리학적 윤곽을 그리는 데 영향을 미치고 있다. 즉 루이제는 감상주의, 두려움, 행동력이 혼합된 성격의 소유자로, 틀림없이 레싱의 여주인공과는 친화력이 있는 여인이다. 이 드라마는 공작의 개화한 정부(情婦) 레이디 밀퍼드 속에 오르시나 백작 부인을 환생케 했고, 악사 밀러는 고지식한 가장 오도아르도 갈로티를, 그의 아내는 다시금 명예심이 강하지만, 소박한 클라우디아를 모델로 삼았다는 것이 아주 명백하게 드러나고 있다. 마찬가지로 약삭빠른 음모꾼 마리넬리와 부름 사이에도 닮은 점이 있다. 레싱의 비극과 비교해서 실러 드라마에 등장하는 인물들이 소시민 근성이 더 두드러져 보이는 것은 물론이다. 그 점은 갈로티 집안보다 경제적 형편이 더 어려운 것으로 분류되는 밀러 가정에 해당한다. 또한 비도덕적이고, 여우처럼 교활한 간신 마리넬리를 좀 더 우직한 수준에서 반영하고 있는 부름에게도 해당한다. 수상은 영향력이 막강한 지위에 있는데도 불구하고 구아스탈라 왕자가 지녔던 권력은 지니지 못했다. 다른 한편으로 밀퍼드 부인은 시민 계층의 진영으로 전향한 여인으로서, 주지하는 바와 같이 끝에 가서 감상주의적 성향을 보이게 된다. 레싱은 냉철한 지성의 소유자 오르시나 백작 부인에게 이와 같은 감상주의적 성향을 부여하지는 않았다. 실러가 등장인물들의 성격상의 뉘앙스를 변조한 것은 드라마의 목적에 맞게 계산된 효과를 높여주고 있다. 이 드라마는 황량한 만하임의 카니발 때문에 빛을 잃은 「피에스코」 공연이 형편없이 실패한 뒤에 가능한 한 폭넓은 관객의 반응에 귀를 기울여 제작되었다. 그렇기 때문에 이러한 점은 당연한 결과가 아닐 수 없다.

　「에밀리아 갈로티」의 강력한 영향력에 덧붙여, 나름대로 디드로의 「가장(Pere de famille)」(1760)의 영향을 받은 게밍겐의 「독일 가장」도 자극제 역할을 했다. 「독일 가장」은 실러에게 신분과 사랑의 권리 사이의 갈등 모티브를 제공해주었다. 괴테의 「클라비고」(1774)와 바그너의 「영아 살해범」(1776)은 음모 행위와 유혹 주제를 설정하는 데 본보기 구실을 했지만, 정도는 아주 미약하다. 실러가 비극 집필 기간에 「오셀로」와 함께 좀 더 상세히 연구한 셰익스피어의 비극 「로미오와 줄리엣」(1597)은 이 드라마의 기본 설정에 영향을 미치고 있다. 즉 페르디난트와 루이제가 증오스러운 신분 질서에 반대해서 마음이 쏠리는 대로 행동하려 하지만 결국엔 사회적 관습의 위력에 막혀 좌절하는 것이다. 그 밖에 1778년 라이프치히 바이간트 출판사에서 익명으로 출간한 아벨의 서간체 소설 「사랑의 역사에 대한 기고(Beitrag zur Geschichte der Liebe)」도 영향을 끼친 흔적이 있다. 독자들에게 재빨리 저자로 밝혀진 아벨은 여기서 셰익스피어의 문학적 상상력의 가르침을 본받아, 결혼 정책상의 술수를 부려 갈라섰다가 결국에 죽음으로 몰리는 사랑하는 두 사람의 얽힘을 묘사하고 있다. 루이제가 실천력이 없는 감상주의적인 시민계급의 딸을 구현하고 있다면, 존트하임은 섹시한 유혹자로 등장하고 있다. 베르테르를 상기시키는 그의 충동적인 행동은 야코비의 장편소설 주인공들의 걷잡을 수 없는 이기주의와 혼합되어 있다(여기서 모델 역할을 하는 것은 야코비가 1776년에 쓴 「알빌(Allwill)」이다).[148] 아벨의 관심사는 개인이 지닌 정열의 병적 발생과 발전일 뿐, 이 소설에서 간단하게 조명되고 있는 개인의 정열의 사회적 조건은 아니다. 욕망의 포로가 되어 파국으로 돌진할 수밖에 없는 인간의 숙명적 성욕이 전면에 부각되어 있다. 그와 같이 두 작품의 중점이 다른 데 있는데도 불구하고 심리학적으로 부각된 아벨의 초상화들은 실러의 드라마 속에 등장하는 사랑하는 한 쌍의 묘사에 영향을 끼쳤다.[149] 바로 페르디난트의 감정을 앞세운 이기주의가 악마적이면서도 죄가 없는 유혹자 존트하임의 무절제한 성적 욕망을 상기시키고 있는 것이다. 이미 괴테, 클링거, 야코비의 작품에도 그 모형이 나타나고 있는 것처럼, 이 두 인물은 파괴적인 격정을 통해 시대정신을 대표하는 모형이나 다름없다. 이후 세기말에 장 파울의 소설 「티탄(Titan)」(1800~1803)에 등장하는 퇴폐적인 노름꾼 로크바이롤이 그 모형을 떠올리게 하는 마지막 인물이 될 것이다. 실러가 드라마를 구상하는데 있어서 아벨의 소설은 사관학교 시절을 상기케 함으로써 나름대로 그의 문학적 판타지를 자극했을 것이다. 1777년에 실시된 경험적 의식철학 시험의 응답자 명단을 살펴본 사람은 거기에서 생도 프리드리히 카를 폰 보크(Friedrich Carl von Bock)와 크리스티안 카를 프리드리히 밀러(Christian Carl Friedrich Miller)의 이름을 발견할 수 있다. 이 옛날 사관학교 동기생들은 자신의 이름이 이제 한 편의 시민 비극의 등장인물 명단 속에 끼어 있는 것을 발견하고 적잖이 혼란스러워했을 것이다.[150]

「간계와 사랑」이 실러의 이전 희곡 작품들과 다른 것은 대칭에 가까운 구조 형식 때문이다. 줄거리의 통일도 어디까지나 시간의 통일과 마찬가지로 유지되어 있고, 때때로 이루어지는 장소 변경은 기하학적 배열 원칙의 지배를 받고 있다. 「피에스코」와는 달리 이 작품에서 실러는 아리스토텔레스의 규범에 따라 비극적인 본래 사건으로부터 관심을 빼앗을 수 있는 부수적인 사건을 묘사하는 것은 포기하고 있다. 이 비극이 시작되는 시간은 아침이다(첫 장면에 밀러린은 "아직도 나이트가운을 입고" 앉아 있다). 그리고 끝나는 시각은 같은 날 늦은 시간이다(5막 처음에 연출 지시문은 "저녁 빛 사이에서"라고 되어 있다). 행동은 밀러 가정의 방과 수상 관저의 넓은 홀, 레이디 밀퍼드의 거실 등으로 장소를 바꾸어가면서 전개된다. 그때에 시민적 환경을 나타내는 장면들은 대부분 직접적으로 궁정 세계의 장면들과 교대를 한다. 마지막 장면을 제외하면 장소 변경은 각기 막의 한가운데에서 이루어져서 짜임새를 느슨하게 하지만 그렇다고 해서 깊이 계산된 극의 구조에 장애가 되지는 않는다. 셰익스피어의 연극보다 레싱의 희곡론을 따르는 이와 같은 형식의 엄격한 밸런스는 실러로 하여금 끊임없이 전개되는 행동을 마치 제도판(製圖板) 위에서 벌어지는 것처럼 연출할 수 있도록 하고 있다.[151] 이 비극의 구조의 특징으로 볼 수 있는 알맞게 조절한 질서 체계의 버팀목은 물론 장면의 사건 속에 있다. 즉 긴장감을 늦추게 하는 형식의 조화는 사회적으로 분열을 조장하는 세력들이 저지른, 폭력, 사기, 음모로 얼룩진 행동과 대조를 이루고 있다. 이와 같은 불협화음은 밀러의 바이올린에 대한 페르디난트의 분노에 찬 공격 속에 적절히 표현되어 있다. 루이제가 그를 단념하겠다는 결심을 통보했을 때, 페르디난트는 흥분해서 바이올린의 현을 쥐어뜯고, 땅 위에 "내동댕이쳐서 짓밟는다."(NA 5, 58) 궁정의 화려함과 시민 가정의 내적 조화 뒤에는 똑같이 증오의 심연이 도사리고 있는 것이다.

이 작품에서는 등장인물의 인상, 자세, 몸짓을 일러주는 다양한 연출 지시가 중요한 역할을 한다.[152] 이미 「도적 떼」에서와 마찬가지로 실러는 이 작품을 클링거의 「쌍둥이」에서 영감을 얻은 신체 언어의 희곡론에 접목하고 있다. 당시의 인상학과 경험심리학에서 얻은 인식에 바탕을 두고 있는 이 희곡론에 따르면 사람의 육체는 정신력의 놀이터나 마찬가지이다. 「간계와 사랑」은 물론 이 데뷔 드라마보다는 좀 더 세련되고, 덜 폭발적인 표현술을 보여주고 있다. 페르디난트가 분노에 차서 "미친 듯이 날뛰고", (이미 카를 모어의 버릇 중에 하나인) 아랫입술을 깨문다든가, "몸이 굳어서" 경청하고, "심하게 몸을 움직이면서" 말한다든가 하는 것은 신체상으로도 나타날 만큼 정신적으로 흥분한 것을 말해준다. 그러나 이 흥분은 「도적 떼」의 거칠게 좌충우돌하는 몸짓보다는 절제된 모습을 보이고 있다.(NA 5, 36, 57 이하, 103) 제2막의 마지막 장면은 예외이다. 여기서는 시민 계층의 가정과 궁정 세력이 직접 대결하고 있는 듯한 상황하에서 모든 등장인물이 격렬한 몸짓과 표정의 변화를 보이는데, 이는 내면적 긴장을 극단적인 형태로 표현하고 있는 것이다.[153] 특히 페르디난트가 노출하는 것처럼 전체 드라마 속에서 정열적인 신체 언어에 근본적으로 대립되고 있는 것은 음모자들의 가식적인 태도인 것이다. 레이디 밀퍼드는 흔히 정부가 쓰는 말투로 "애교 넘치게" 페르디난트와 대화하다가 마지막에 이르러 비로소 말투를 바꾼다. 수상은 "꾹 참고 웃으면서" 그녀의 "직업"에 대해서 묻는다. 다른 한편 부름은 부당하게 체포된 부모를 석방하도록 설득하기 위해서 공작에게 가겠다고 통보하는 그녀에게 "크게 웃으면서" 대꾸한다.(NA 5, 31, 42, 61) 페르디난트의 몸짓이 감동과 질투심 사이의 넓은 스펙트럼 속에 있는 순수한 감정의 표현이라면, (궁정에 속한 사람들뿐 아니라) 그의 상대역들의 태도는 어디까지나 허세를 피우는 제스처에 불과한 것이다. 실러가 처음 두 막에서 여섯 번 그의 인물들의 얼굴이 하얗게 되는 과정을 묘사한 것은 절제 불가능한 충동에 대한 방증으로 지극히 자연스럽다. 연기를 벗어나는 그와 같은 다각적인 표현은 신체가 무의식의 시험장이라는 것을 보여주는 클라이스트의 인상학적 연극론을 한 발 앞서 대변하고 있는 것이다.

비유적이면서도 때로는 숨 가쁜 이 비극의 언어에는 계속해서 천재 시대의 취향이 부각되어 있다. 실러는 다수의 수사학적 문체 수단, 은유, 알레고리를 이용해서 표현력을 극대화하고 있다. 여기에서 전면에 나타나는 것은 레싱처럼 관객들에게 등장인물들의 모티브를 가능하면 투명하게 밝혀주기 위해서 심리학적으로 미세한 차이를 표현하는 기술이 아니라, 생동감, 풍성함, 감성적 효과를 얻고자 하는 노력이다. 격정의 고조, 서정적이면서 억눌린 색조 변화, 아이러니, 비유, 같은 어휘의 반복 사용, 불완전한 문장, 느낌표와 나열 등이 특히 페르디난트 언어의 레퍼토리에 속한다. 특별히 이와 같은 특징이 잘 나타나는 예로는 마지막 장면을 들 수 있다. 그 장면에서는 루이제의 사랑의 배신(이는 어디까지나 위장된 것이지만)에 대한 주인공의 실망감이 긴박하게 표출되고 있다. "꺼져! 제발 꺼져! 사람의 애간장을 녹이는 정다운 그 눈으로 나를 쳐다보지 말란 말이다! 그 눈을 바라보면 죽을 것만 같다. 이 뱀 같은 년아, 끔찍스러운 모습을 하고 내게 덤벼보아라. 이 벌레 같은 년아, 내게 덤벼보아—내 앞에서 흉측한 똬리를 풀고, 하늘을 향해 몸을 곧추세워보란 말이다. 일찍이 지옥이 너를 보았을 때처럼 그렇게 역겹게—제발 천사인 척하지 마라—이제 더 이상 천사인 척하지는 말란 말이다—그러기에는 너무 늦었어—너를 독사로 취급해서 밟아 죽이고 싶다. 그러지 않고는 절망해서 죽고 말 것만 같다—네가 불쌍한 줄이나 알거라!"(NA 5, 101) 실러가 「도적 떼」에서도 즐겨 사용한 동물 비유는 인간의 비이성적인 욕구와 무절제한 욕망을 분명히 표현해준다. 일찍이 할러는 포프의 「인간에 대한 에세이」(1733/34)에 이어서 인간을 천사와 동물의 중간 존재로 규정한 적이 있다.[154] 페르디난트의 은유들은 개인이 정신과 육체의 이중 존재라는 것을 밝혀주고 있는데, 의사인 실러는 이 이중성을 자세히 다루고 있다. 즉 인간이 자신의 적나라한 본능을 쫓을 때에는 '벌레'나 '뱀'이 됨으로써, 인간만이 자유의 천국에 이를 수 있는 바로 그 지적 토대가 물거품이 되게 한다. 이 동물 비유는 제2의 영역에서는 억압과 자유의지의 경계를 분명히 가르고 있다. 페르디난트가 "이 곤충 같은 존재들로 하여금 내 사랑이 낳은 작품을 쳐다보고 현기증을 느끼도록 하련다"(NA 5, 40)고 선언하는 것은 아벨이 1766년에 행한 연설에서 동일한 비유로 설명한 것처럼, 자기 자신을 정신적인 면에서의 예외적 존재로 묘사하고 있는 것이다. "자신감에 넘치고 고상한 자만심에 넘치는 천재는 굴욕스러운 사슬을 떨쳐버리고 제왕의 독수리처럼 작고 낮은 지구를 멀리하고, 태양 속으로 날아가서 그 속에서 소요한다. 그러나 그대들은 천재가 궤도에 머물지 않고, 지혜와 미덕의 굴레에서 벗어나서 곤충처럼 태양으로 날아갔다고 욕한다."[155]

천재의 격정을 표출하는 고상한 문체를 사용하는 인물은 페르디난트뿐이지만, 이와 같은 고급 문체의 사용 외에도 실러의 드라마에서는 놀라울 만큼 다른 각가지 문체들이 등장한다. 그 예로는 밀러의 노골적인 말투("내가 말하는데, 너 그 입 닥쳐")와 그의 아내의 발음상의 오류("비세관 나리"*(NA 5, 8 이하))를 들 수 있다. 그 밖에 부름의 저속한 말투("청원하는 사람이 예쁜 계집이면 그 값은 충분하고도 남지"(NA 5, 62))와 수상의 냉소적인 논리("우

: .

* 원래 비서관을 "비세관"으로 잘못 발음한 것.

리네에게서는 적어도 손님들 중에 대여섯 명—또는 사환—이 먼저 신랑의 천국을 둘러본 후에야 결혼이 맺어지는 경우가 드물지 않은 법"(NA 5, 16 이하)), 시종장 칼프의 내용 없는 상투어("전하께서는 오늘 거위 똥색 나는 모직 상의를 입고 계십니다"(NA 5, 19)), 공작의 정부로서 미사여구만 쓰다가 그 버릇에서 해방되는 레이디 밀퍼드의 언어("이제 나의 안내자는 오로지 아량일 뿐이다"(NA 5, 80)) 등을 예로 꼽을 수 있다. 이와 같이 등급이 매겨진 말투의 차이에 부합하는 것이 바로 발터 베냐민이 지적하고 있는 것처럼 셰익스피어의 영향을 상기시키는 희극적인 요소와 격정적인 요소가 혼합된 문체 수단인 것이다.[156] 실러는 이미 1783년 4월 3일에 보수적인 달베르크에게 미리 배려하는 차원에서 자신의 새 비극 작품에서는 "좋던 기분이 놀람으로 바뀌고, 사건 전개가 충분히 비극적이긴 하지만, 몇몇 우스운 성격과 상황이 불거져 나오기도 한다"(NA 23, 77)고 귀띔한 바 있다. 이 드라마를 관통하는 사회 풍자는 다시금 시민 계층의 환경을 궁정의 환경과 마찬가지로 잘 표현하고 있다. 영락한 중산층의 옹졸함과 공명심을 웃음거리로 만드는 도입부는 칼프라는 인물로 대표되는 군주의 총애를 받는 귀족의 캐리커처를 통해서 보완되고 있다. 여기에서도 실러는 사회적 환경을 정확하게 구분하려는 데 목적을 둔 균형 잡힌 관점을 보이고 있다. 이 비극은 사회적 역할에 걸맞은 삶의 왜곡된 모습을 볼 수 있는 만화경이나 마찬가지이다.

머리와 가슴
궁정의 음모와 시민계급 도덕성의 대결

레싱의 「에밀리아 갈로티」와는 반대로 실러의 이 드라마는 프랑스 혁명 전야에 독일의 한 소공국에서 벌어진 상황을 상세하게 보여주고 있다. 레싱의 경우보다 여기에서는 시민 계층의 환경은 물론 궁정과 귀족계급의 환경 묘사가 좀 더 선명한 프로필을 얻고 있는 편이다. 이 작품은 렌츠와 바그너가 예리하게 파헤친 사회상을 기교가 넘치는 사실주의 수법으로 묘사하려고 시도하고 있다. 특별히 클링거의 작품에서 만날 수 있는 것처럼 모순론에 대한 시대 특유의 경향이 때로는 인상 깊으리만큼 지나치게 강하게 부각되어 있기는 하지만, 여하튼 연극적 효과를 유지하는 데에는 위력을 발휘하고 있다. 실러는 사회적 생활 영역들을 대비하여 궁정 사회의 나락(奈落)과 밀러의 집에서 볼 수 있는 소시민의 궁색함을 있는 그대로 생생하게 보여주는 등 다각도에서 훌륭하게 묘사를 해내고 있다.

각가지 사회 영역들을 조명한 것이 희곡론적인 계산을 염두에 둔 것만이 아니라는 것은 18세기 독일 문학에서는 유례를 볼 수 없는 시종 장면(2막 2장)의 정치적 고발이 증명해주고 있다. 영주가 자신의 정부(情婦)에게 전달한 보석의 막대한 대금은 그가 미국에 있는 영국의 식민지 지배 세력에게 병사들을 팔고 받은 몸값으로 지불된 것이다. 자신의 백성들에게 취한 강제 조치에는 시종이 보고하는 것처럼, 여론에 대한 압력도 들어 있었다. "몇몇 건방진 젊은이가 대열 앞으로 나서서 대령에게 '영주는 한 사람당 얼마 받고 팔았느냐?'고 물었습니다.—그러나 우리의 대자대비하신 영주께서는 모든 부대원을 연병장으로 행진시키고는, 멍하니 바라보는 사람들에게 총을 발사해서 쓰러뜨렸습니다."(NA 5, 28) 여기서 실러는 수많은 영방에서 효력을 발휘하고 있는 '전비 지원 약정서'*의 테두리 내에서 독일 영주들이 외국 정부로부터 적지 않은 금액을 받고 병사들을 군사작전에 마음대로 투입하게 한 사실을 암시하고 있다. 독일의 영주들은 북아메

* 전쟁을 치르는 국가가 다른 동맹국으로부터 재정적 지원을 받기로 한 약정서.

리카의 독립 전쟁 동안 3만 명 이상의 신민들을 영국 왕에게 빌려주었고, 영국 왕은 그들을 낯선 대륙에서 무장 잘된 현지 군대와 벌이는 전쟁의 포화 속으로 보냈다. 그중에 살아서 고향으로 돌아온 병사의 수는 단지 1만 2000명에 불과했다. 그와 같은 인신매매 사업이 지니고 있는 파렴치한 측면들 중에는 통상적으로 전사하거나 중상을 입은 병사들에게 지급되는 보상금을 영주가 받아서 자신의 수입으로 챙기는 일도 있었다. 1만 7000명의 용병을 판 대가로 1200만 탈러를 번 가장 악명 높던 헤센 영방의 백작과는 달리 카를 오이겐 공작은 북아메리카 합중국과 갈등 관계에 있는 영국 군대에 병력을 조달해주지는 않았으나, 비슷한 조건하에서 7년전쟁 동안에 근 1만 2000명의 영방 백성들을 프랑스에 팔아서 자신의 만성적인 재정 적자를 개선한 적이 있다.[157] 그는 1786년까지도 엄청난 액수를 받고 네덜란드-동인도 회사에 일개 보병 연대 병력과 포대를 내놓았다. 허세를 피워 실력자 행세를 하는 데에 필요한 자금은 그처럼 신하들을 마음대로 부리며 노예 취급을 하는 공작의 비인도적 통치행위를 통해 조달되었다. 괴테도 바이마르 전쟁위원회의 의장 역할을 하면서 석연치 못한 징집 사업에 관여한 적이 있다. 그의 공문서철에는 그가 대공에게 네덜란드 연합 공화국을 대상으로 한 용병 매매의 조건을 설명하는 1784년 11월 30일 자 보고서 하나가 전해지고 있다.[158] 이 서류에 그 자신이 추천하는 내용은 들어 있지 않지만, 적어도 이 비도덕적인 계획에 대해 그가 이의를 제기했다는 기록은 어디에서도 찾아볼 수 없다. 독일의 영주들이 전쟁 지원금 계약을 통해 들어오는 불순한 수입으로 그들의 재정을 확충하던 관습은 공공연한 비밀이었다. 1776년 3월 말에 이미 슈바르트는 그의《도이체 크로니크》에서 '최근 인간 평가의 실례(Probe der neuesten Menschenschatzung)'를 통보하는 가운데 헤센, 브라운슈바이크, 메클렌부르크, 바이에른의 용병 정책 관련 통계 수치를 발표했다.[159] 「간계와 사랑」의 최초 공연에서는 주로 검열을 통과하기 위하여 도전적인 2막 2장은 제외했다. 그러나 그로스만이 1784년 5월 3일에 프랑크푸르트에서 만하임의 배우들로 보충해 공연을 할 때, 실러는 다른 때와는 달리 시종의 대사를 약간만 줄여서 공연에 넣을 것을 부탁했다. 그는 겁이 많은 달베르크를 안심시키면서 자신은 현실을 암시하는 내용을 없애기 위해서("아메리카와 관련된 사항을 모두 삭제하고") 해당 부분을 대폭 약화했기 때문에 위험성이 제거되었다고 설명했다.(NA 23, 134) 물론 현실에 눈을 감지 않은 사람은 정치 일상의 내용이 없어도 이 장면에 들어 있는 비판적인 메시지를 충분히 감지했다.

슈트라이허는 실러가 자신의 비극 작품을 의사 전달 매체로 이해했다는 점을 상기시켜주고 있다. 이 작품을 매개로 실러 자신도 "시민 계층의 편에 서보려는" 의도를 가졌다는 것이다.[160] 이와 같이 새로 시험한 리얼리즘의 샘플과 같은 역할을 하는 것이 서막에 등장하는 밀러 부부의 생동감 있는 대화이다. 이 대화에서 밀러의 아내는 정치경제적으로 예속된 사회계층의 진면목을 실감 나게 표현하고 있다. 밀러가 자신의 역할을 얼마나 고지식하게 이해하고 있는지는 장편소설을 읽는 루이제를 못마땅해하는 그의 대사를 통해 유추할 수 있다. 루이제가 페르디난트 때문에 푹 빠지게 된 "통속 작가들"의 "놀고먹는 세상"에 대한 공격은 클링거의 비극 「고뇌하는 여인」의 도입부에 나오는 교사의 훈계조 설교를 본보기로 삼고 있다. 그 작품에서도 소시민 집안 딸의 독서 태도에 대한 비슷한 공격이 나온다. 나이 든 밀러는 실제적 사고를 하는 가장으로서 고지식함과 도덕적 원칙을 연결하려고 하는, 이른바 신분 의식이 투철한 아버지이다.[161] 그의 도덕적 원칙에도 허점이 있다는 것은 그가 마지막에 페르디난트의 금품 제공에 대해 보이는 반응을 통해 증명된다. 페르디난트의 금품 제공은 잠시이긴 하지만 그에게서 인간에 대한 건강한 판단력을 빼앗아버린다.(V막 5장) 그가 수상에게 단호하게 문을 가리키며 나가라고 일갈하는 것은 (비싼 값을 치른) 시민 계층의 자아의식에 대한 방증이지만, 계획적인 반항의 증거로 이해되어서는 안 된다.(II막 6장) 수상의 등장을 통해 시민의 사생활 영역에 대한 귀족의 무분별하고 강압적인 간섭이 가장 위협적으로 표현되고 있지만, 고지식한 아버지에게는 딸의 도덕적 결백과 가정의 안정을 보호하는 것 말고는 할 수 있는 일이 달리 없는 것이다. 밀러는 계몽주의적 성향의 대표자가 아니라, 오직 가정의 안정을 걱정해야 하는 소시민일 뿐이다. 그가 바로 용기 있게 개입하는 것이 이 가정의 안전을 결정적으로 위협하는데, 이 사실은 고삐 풀린 독재의 폭력이 배후에서 난무하는 지금의 권력 관계를 지극히 극명하게 조명해주고 있는 것이다.

이 비극의 인적 구성 면에서 루이제의 딜레마는 그녀의 이중적 애착심에서 비롯한다. 즉 그녀는 가정적으로 안정된 신앙적 질서에 애착을 느끼는 동시에 사랑의 감정 세계와도 연결되어 있는 것이다. "저는 이제 정신을 집중할 수가 없어요, 아버지―천국과 페르디난트가 저의 상처받은 영혼을 갈라놓고 있어요."(NA 5, 11 이하)[162] 이와 같은 이중적 태도가 불러오는 갈등은 주로 종교적인 성격을 지니고 있고, 그의 토양은 모리츠의 서평이 강조하고 있는 것처럼, 어디까지나 페르디난트가 가르쳐준 "독서"에 바탕을 둔 이른바 계몽주의 성격을 띤 교육이다.[163] 루이제가 상상하는 천국은 수상의 아들이 꿈꾸는 신분 차이가 없는 세속화된 사랑의 천국이 아니라, 정통 그리스도교의 중심 개념에 속하는 천국인 것이다. 그녀의 시각에서 보면 하느님의 의지와 천지 만물의 상황 사이에는 그녀가 신봉하고 있는 신정론(神正論) 사상에 의문을 제기할 만한 모순이 전혀 존재하지 않는다. 그녀도 처음에는 하느님이 "사랑하는 사람들의 아버지"(NA 5, 12)라고 생각하지만, 이와 같은 견해는 드라마가 진행되면서 그녀 자신에게서 결정적 영향력을 상실한다. 그녀에게는 페르디난트에 대한 자신의 권리 주장이 곧 "교회의 성물 절도"나 다름없고, 함께 도주하는 것은 "신성모독"이라는 것이다. 왜냐하면 함께 도주하는 것은 "시민세계의 토대를 서로 갈라놓는 것이고, 보편적이고 영원한 질서를 무너뜨릴 것이기 때문"이라는 것이다.(NA 5, 57) 루이제의 마음속에 굳건하게 자리하는 "의무감"(NA 5, 58)은 아버지와만 묶여 있는 것이 아니고, 그녀가 종교적 확신이라는 상위 차원과의 연관성 면에서 볼 때 원하는 것, 변경할 수 없는 것인 사회의 현상 유지와도 연결되어 있다. 이와 같은 관점에서 도출할 수 있는 유일한 결론은 단념이라는 도덕적 계명과 모든 희망을 저세상으로 미루는 것이다. "나는 이승에서는 그를 단념하고 살 것이다." 루이제에게는 페르디난트의 세속적인 감성 종교보다는 아버지에게서 배운 "화려한 직함의 값이 떨어지고 (……) 마음의 값이 올라갈"(NA 5, 13) 하느님 천국에서의 사랑의 성취에 대한 희망이 더 중요한 것이다.

루이제(그리고 밀러)의 종교 사상은 거래 냄새가 나는 경제 논리로 부각되어 있다. 이 논리는 이 비극이 탈고된 지 1년 뒤에 탄생한 시 「체념」에서는 도덕적으로 문제가 있는 신앙관의 표현이라고 매도당한다. 루이제의 내세관도 이 세상에서 포기한 것은 천국에 가면 보상받는다는 생각에 입각한 것이다. 거래라는 경제적 교환 형식은 서로 닮은 점이 없는 대상들 간의 거래를 통해 물질적으로 정해진 하나의 가치 관계를 형성함으로써 그 대상들이 연관을 맺게 한다.[164] 이와 같은 의미에서 루이제의 형이상학은 경제학을 바탕으로 하고 있다. 그 법칙에 따르면 사랑하는 사람들의 신분의 차이가 없는 천국이나 마찬가지인 저세상으로 가면 이 세상에서 단념한 것에 대한 보상이 이루어진다. 전체 드라마에서 '대가(代價)'의 비유는 거래의 형식이 차지하고 있는 큰 의미를 상기시켜준다.[165] 그와 같은 예로는 공작이 행한 영방 신민 강제 매각, 애인을 포기하면 그 대가로 자신의 "패물"을 넘겨주겠다고 밀퍼드 부인이 루이제에게 제안하는 것, 삶에 지친 페르디난트가 마지막으로 "3개월 동안 당신의 딸에 대한 행복한 꿈"에 대한 값을 현금으로 치르고 싶어서 주는 증권 선물을 밀러가 받는 것 등이다.(NA 5, 79, 96) 다른 한편으로 루이제는 자신이 억울하게 부정을 저질렀다는 누명을 쓰게 될 것을 뻔히 알면서도, 사정상 어쩔 수 없이 부름이 꾸민 편지 음모의 비밀을 폭로하지 않겠다고 서약하게 되는데, 이 행위도 따지고 보면 거래나 마찬가지이다. 그녀가 진실을 은폐하는 대가로서 부모님의 석방을 약속받는 것이기 때문이다. 그녀는 페르디난트에게 궁정의 음모의 배경을 알리는 것보다는 상대편의 작전에 대해서 침묵을 지키기로 하느님을 두고 맹세한, 이른바 "성사(聖事)"를 지킬 의무가 있다고 알고 있다.(NA 5, 65) 부름은 수상과의 대화에서 귀족은 서약이 아무런 구속력을 가지지 못한다고 느끼는 반면에, 시민 계층에 속한 "인종"에게는 서약이 믿어도 될 만한 작용을 한다는 것을 냉소적으로 강조하고 있다.(NA 5, 50) 1787년 9월 20일에 있었던 만하임 공연에 대한 익명의 비판자는 실러가 이 점에서 궁정정치의 "원칙들을" 제 마음대로 "무대에" 올리고 있다고 아리송한 말투로 비난하고 있다.[166] 「간계와 사랑」에서 실러는 귀족 환경에서 일어난 가정 파국을 조명한 엥겔의 「서약과 의무」와 이플란트의 「명예욕 때문에 저지른 범행」과는 달리 서약의 도덕적 구속력을 귀족 역을 맡은 사람들의 상상을 넘어서 순전히 시민 계층의 진면목에서 파생한 산물로 다루고 있는 것이다.

부름은 루이제로 하여금 어쩔 수 없이 거짓말을 하도록 하는데 그때 도구로 사용한 것이 편지이다. 편지가 리처드슨으로부터 시작해서 겔러르트를 거쳐 루소와 괴테에 이르기까지 당대의 소설에서 감상적인 독백의 매체 역할을 하는 데 반해, 여기에서는 강압의 도구 구실을 한다. 문자의 배열을 통해 마음의 질서를 묘사한다고 주장하는 당시의 소설문학과는 달리 루이제의 편지는 비서인 부름이 역설적으로 비서 역할을 그녀에게 넘겨서 지시하는 말들만 반복하고 있다. 타인 의견을 받아쓴 것에 불과한 것이다. 이 점에서 이 드라마가 보여주는 음모는 매체 조작의 한 예로서 이해될 수 있다. 사기의 도구로 전락하게끔 편지를 악용한 것은 문자를 순전히 표현의 코드로 이해하고 있는 당대의 감정 문화에 해를 끼치는 것이다. 부름은 문자가 거짓말의 법칙에 지배받게 함으로써 신뢰와 정직을 바탕으로 하고 있는 감상적인 의사소통의 원칙과 거리를 두고 있다. 강요에 못 이겨 편지를 쓰는 것은 천재 시대를 주관성의 형식이 강조된 시대라고 다짐하는 자유로운 마음의 담론과는 배치되는 것을 의미한다. 협박에 못 이겨서 쓴 편지는 억눌린 감정 언어에 대한 방증, 즉 신빙성이 무너진 문서에 불과한 것이다.

강요에 못 이겨 거짓말을 하기로 서약했음을 나타내주는 외적인 징후는 루이제의 언어 상실이다. 그녀의 '묵언(默言) 드라마'는 5막에서 솔직히 말을 해야 하지만, 그렇다고 말을 해서는 안 되는 시점이 왔을 때 극에 달한다.[167] 루이제가 피아노 반주를 하겠다고 페르디난트에게 제안한 것은 강요된 침묵을 지키기 위해서이다. 강요된 침묵은 부름이 날조한 진실을 폭로하기를 포기함으로써 얻은 부모의 목숨에 대한 대가이기 때문이다. 마지막 막에서 루이제는 가족에게 새로운 압력이 가해질 것을 두려워한 나머지, 자신이 한 서약을 감히 깨지 못하는 시민계급의 양심의 순교자다운 면모를 보여준다. 그녀가 마지막에 페르디난트의 냉소주의의 압박을 받으면서도 자신의 결백함을 증명하고 싶은 유혹을 이겨낸 것은, 「에밀리아 갈로티」

의 5막 7장에 나타나는 표현을 이용하자면, 어디까지나 그녀가 "어떤 여인이 가진 것과 똑같은 "강한 정신력"을 가졌음을 보여주는 것이다.(NA 5, 102)[168] "강한 정신력"이라는 이 개념은 의심할 나위 없이 아벨의 (1777년 카를스슐레의 연설에서 기본 틀 역할을 한) 이론에 대한 주의를 환기시켜주고 있다. 그 이론에 따르면, "강한 정신력"은 "상충하는 두 가지 열정 가운데에서 항상 더욱 좋은 열정을 받아들이는" 능력을 의미한다. 그것은 다른 한편으로 포기나 강압으로 인해 빚어지는 불행을, 그리고 "현재와 미래의 고통을 이성적 인내 속에서" 견뎌내는 능력도 포함하고 있다.[169] 아벨의 기본개념은 특히 여주인공이 마지막에 휘말린 모순들을 해명해준다. 루이제가 죽음을 당해서 비로소 자신의 서약을 깨는 것은 궁정의 위력에 대한 두려움 때문이라고 설명할 수도 있지만, 또한 어떤 형이상학이 지닌 문제점을 폭로하고 있는 것이기도 하다. 즉 이 형이상학은 천국에서 얻게 될 구원이 고난을 감수하려는 개인의 의지에 대한 대가라고 보는 데 문제점이 있다. 그녀의 희생 의지는 이 점에서 이성에 위배되고, 그럼으로써 아벨의 개념인 '강한 정신력'과 더 이상 일치하지 않는다. 강한 정신력은 시민 계층의 무력함의 산물인 것이다. 아무런 힘도 없는 시민 계층은 내세에 대한 희망을 통해서, 경제적 거래의 논리에 따라 손해에 대한 보상이 이루어지는 것으로 본다. 그녀는 그 손해를 정의가 없는 사회 현실 속에서 감당해야 한다고 믿고 있는 것이다.

실러가 밀러 가정을 레싱의 갈로티 가정과 비교해서 뉘앙스를 몇 단계 낮춘 것과는 달리, 레이디 밀퍼드는 전임자들보다 도덕적으로 분명히 우월해 보이는 정부 역으로 묘사되고 있다. 행동 방식 면에서 여전히 주관적인 복수욕에 불타는 레싱의 오르시나 백작 부인과는 달리, 레이디 밀퍼드는 적어도 마지막에는 비이성적인 동기와 이기적인 성향을 배제하는 인간적으로 우월한 위치에 도달한다. 오르시나 백작 부인에게서는 시민 계층의 전매특허나 다름없는 감상적 성향이 어렴풋이 느껴질 뿐인 데 반해, 레이디 밀퍼드 속에는 이와 같은 성향이 뚜렷이 부각되어 있다.[170] 그러니까 페르디난트와 그녀가 엮이는 것은 궁정 음모의 결과가 아니라, 순수한 연정의 결과라 할 것이다.(II막 1장) 시종과의 대화에서 그녀는 동정심과 협조심을 보이고(II막 2장), 시종장을 상대로 예리한 오성과, 선입견 없는 계몽된 자세를 입증해 보인다.(IV막 9장) 오직 루이제와의 논쟁에서만은 그녀가 시민계급 출신의 연적에게 자제를 요구하기 위해서 귀족적 우월성의 마스크를 쓰려고 한다.(IV막 7장) 궁정의 가장술(假裝術)의 요소들이 여기에서까지 돌연히 나타나고 있다. 마치 그와 같은 요소들이 귀족 출신 정부의 행동 레퍼토리에 속하는 것처럼. 그러나 레이디 밀퍼드가 바로 이 장면에서 모든 전선에서 패배하고 끝내 자신의 도덕적 열등감을 깨닫지 않으면 안 되는 것은 결코 우연이 아니다. 궁정에서 특별 대우를 받는 지위를 버리고 '미덕의 품으로' 돌아가겠다는 결심도 루이제가 그녀에게 일러준 교훈의 결과인 것이다. "나는 오늘 지는 해와 같이 위대하게 나의 고귀함의 정상으로부터 밑으로 가라앉으련다. 나의 영광은 나의 사랑과 함께 죽을 것이고, 이 자랑스러운 퇴장에 나와 동반하는 것은 오직 나의 마음뿐이길 바란다."(NA 5, 80) 네 번째 막이 밀퍼드의 주도로 연출되고 있다는 것은 또다시 「에밀리아 갈로티」를 상기시켜준다. 이 드라마에서도 마지막 두 번째 장에서 백작 부인의 출현이 사건의 전환을 초래하기 때문이다.

복수심에 불타는 오르시나 백작 부인이 여전히 「미스 새러 샘프슨」의 비도덕적인 정부 마우드와 닮은꼴인 데 반해, 실러의 레이디는 "새로운 메데이아"의 역할을 이미 끝낸 것이다.[171] 그녀는 감상적인 자아상을 통해 궁정의 음모를 방해한다. 그 음모는 나름대로 결혼을 목전에 두고 있는 영주가 꾸민 짓으로 앞으로도 아무런 의심도 받지 않고 과거의 관계를 지속하기 위해서 그녀를 명성이 있는 한 귀족과 혼약을 맺게 하려는 것이다. 그와 같은 관습은 독일의 영주 가문에서는 이미 일반화된 현실에 속했다. 1786년 4월 26일 편지에서 라인발트는 마이닝겐의 공작이 몇 년 전에 그에게 자신의 정부 중 한 사람과 결혼할 것을 제안한 적이 있는데 그 제안에 공작은 그녀와 가끔 하룻밤을 같이 보내는 것을 허락하는 조건을 붙였다고 보고하고 있다.(NA 33/I, 90) 라인발트가 1783년에 이미 바우어바흐에서 실러에게 이와 같은 무리한 요구에 관해서 이야기했는지는 밝혀지지 않고 있다. 그렇지만 실러는 독일의 소공국에서 흔히 있던 애첩 제도의 형태를 알고 있었을 것이다.

　레이디 밀퍼드의 마음이 시민계급의 미덕으로 돌아서게 된 동기는 그녀가 살아온 역사의 구체적 상황을 통해 납득할 만큼 설명할 수 있을 듯싶다. 바로 관객이 레이디의 과거 운명을 들여다볼 수 있다는 것이 처음부터 그 같은 설명을 어느 정도는 가능케 한다. 실러는 그녀가 자신의 내력을 멜로드라마 조로 페르디난트에게 설명하는 부분을 삽입하고 있다.(II, 2) 즉 자신이 메리 스튜어트의 추종자로서 단두대에서 생을 마친 노르폴크 공작의 후예라는 점(상세한 내용는 라인발트에게서 빌린 로버트슨의 『스코틀랜드 역사(Geschichte von Schottland)』에 기록되어 있음), 부친의 피소(被訴)로 피신이 불가피했던 점, 재정적 파탄, 어쩔 수 없이 정부 노릇을 하며 살아야 했던 삶, 마지막에는 인정이 넘치는 정부의 고상한 역할 이해 등은 효과적으로 묘사된 그녀의 인생사에서 판에 박힌 듯한 내용들이다. 밀퍼드의 행동은 어디까지나 실러가 감상적인 관객의 취향에 맞추어 삽입한 감격적인 요소들에 지나지 않지만, 그녀가 전하는 메시지는 진지하게 받아들여야 마땅하다. 시민 계층의 진영으로 넘어온 귀족으로서 이 레이디 밀퍼드는 루소의 이상을 통보하는 레싱의 아피아니 백작과 유사하게 이 드라마의 목표를 설정하는 임무를 띤 인물인 것이다. 이와 같은 실러의 비전은 몇 년 후에 역사적으로 전혀 다르게 입증되었다. 즉 파리에서 루이 16세를 타도한 과격한 자유주의자들 중 적지 않은 사람들의 출신 배경이 귀족층이었기 때문이다.

젊은 실러는 주로 극단적 성격을 지닌 인물들을 묘사하는 경향을 보여주고 있는데, 이를 두고 이미 당대의 서평자들이 비난한 것을 부당하다고만 할 수는 없다.[172] 소피 폰 라 로슈는 1786년 1월에 만하임에서 있었던 「간계와 사랑」 공연을 관람한 후에 요한 게오르크 야코비에게 보낸 편지에서, 이 드라마의 과장된 인물 묘사에 대해서 오직 "미치광이들만 연기할 수 있는"[173] 인물들을 묘사하고 있다고 불평한다. 대조 기법과 과장법은 틀림없이 실러가 선호하는 문체 수단에 속한다. 이 문체 수단들은 때때로 필요한 규칙을 적용하지 않아서 통속문학이나 멜로드라마 같은 효과를 낼 수도 있다.[174] 그래서 모사꾼 부름은 아이러니와 재담을 통해서 악의를 완화하는 레싱의 마리넬리와는 반대로 깊이와 날카로움이 없는 일차원적인 성격의 소유자, 즉 심리학적으로 관심을 끌지 않고, 오로지 희곡적인 목적에만 부합하는 인물로 평가된다. 시종장 폰 칼프는 예리하게 캐리커처로 풍자해서 그린 일종의 귀족 관습에 속하는 표면적인 멍청함을 보일 뿐, 이와 같은 기능을 떠나서는 개성적인 프로필을 얻지 못하는 궁정 고위 관리의 모습으로 나타난다. 여기에서는 주로 실러가 탁월한 재능을 가지고 연출하는 사회 풍자의 기법이 지배하고 있다. 후에 와서 그는 이 형식을 더 이상 사용하지 않았다.

수상의 인물은 뷔르템베르크의 장관 몽마르틴 백작을 모델로 삼았을 것이다. 이 백작은 1762년 교묘하게 캠페인을 펼쳐서, 자신의 정적이던 리거를 매도하여 제거한 적이 있다. 일종의 음모가 그의 승진의 전제가 되었다는 부름의 말은 그와 같은 관련을 분명하고도 충분하게 누설하고 있다.(NA 5, 106) 그러나 수상의 인물 속에는 이중적인 성격이 혼합되어 있다. 그 이중적 성격은 수단 방법을 가리지 않고 자신의 출세를 가속화하는 마키아벨리에게서 배운 권력형 테크노크라트 상(像)과 어울리지 않기 때문에 사람들이 곧잘 간과해온 것이 사실이다. 예리한 판단력으로 그는 궁정 생활의 단조로운 측면을 정확하게 꿰뚫어볼 수 있었다. 그는 부자연스러운 칼프의 자기표현에 대해서 조롱과 멸시로 일관했다. 영주의 정부라는 존재를 그는 노련한 플레이보이나 지닐 수 있는 아이러니 감각을 가지고 대했다. 그는 자신이 이해하고 있는 귀족 역할에 맞게 도덕적 규범을 뛰어넘어 행동하는 습관이 있었다. 예를 들어 시민 계층의 처녀 루이제와 페르디난트의 관계를 오직 성매매의 변종으로 여길 수밖에 없었다. 그러나 그의 사회적 공명심에는 죄책감도 따랐다. 어설픈 비평가 카를 필리프 모리츠가 수상을 인간적인 면이 없는 "괴물"로 서술한 것은 바로 이 점을 간과한 것이다.[175] 이미 페르디난트와 나눈 첫 대화에서 그가 결코 내면적인 정당화의 강박관념과 정신적 고뇌로부터 자유롭지 못하다는 것을 짐작할 수 있다. "나의 잠 못 이룬 밤을 네가 이런 식으로 보답하는 것이냐? 끝일 날이 없던 걱정을 이런 식으로 보답하는 것이야? 내가 느낀 한없는 양심의 가책을 이런 식으로 보답해? 책임져야 할 사람은 나다. 심판자의 저주와 호령은 내게 떨어진단 말이다. 네가 받는 복을 내리는 사람은 다른 사람인 것을. 범행은 대를 물리는 법이 없다."(NA 5, 21) 수상은 끝에 가서 그가 책임져야 할 음모의 결과가 죽음인 것을 알아차린 후, 자신을 일컬어 "마음이 박살난 아버지"(NA 5, 107)라고 하는데, 이것은 그러므로 그의 이전 성격과 모순되는 것을 의미하지 않는다. 그가 나중에 "창조주"에게 용서를 비는 것(NA 5, 107)을 두고 종종 심리학적인 바탕이 없고 동기가 부여되지 않은 희곡론상으로 계산된 표현으로 평가했지만, 사실 이것은 수상이 그의 음모와 범행에 대해서 일찍이 느낀 것으로 보이는 양심의 가책에서 그 근원을 찾을 수 있을 것이다. 후에 와서 실러는 발렌슈타인이나 라이체스터와 같은 인물 속에 '굽은 길'을 가기를 선호하는 양가적 성격을 좀 더 세련미 있게 묘사하기에 이른다.

실망한 계몽주의
페르디난트의 재앙

실러의 비극은 감정의 욕구를 수용할 수 없는 사회 현실을 무시하고 사랑하는 마음을 관철시키려다가 실패한 두 개인의 무모한 시도를 보여준다. 그러나 감정의 비극은 사랑하는 사람들을 갈라놓는 신분의 차이 때문이라기보다 시민사회의 규율과 귀족사회의 규율이 한결같이 그들의 사랑이 결실을 맺는 것에 반대한다는 데서 비롯하는 것이다.[176] 그 점이 실러의 드라마와, 좀 더 후에 폰타네(Fontane)의 「얽히고설킴(Irrungen, Wirrungen)」(1888)이나 슈니츨러(Schnitzler)의 「사랑 놀음(Liebelei)」(1895)같이 이 테마를 좀 더 강하게 심리학으로 굴절해 다룬 작품들 간의 차이점이다. 악사 밀러의 좁은 방이나 궁정의 넓은 홀도 주인공들에게는 그들의 열정을 마음껏 펼칠 수 있는 공간을 제공하지 못한다. 여기서 실러의 묘사는 주인공이 단지 주관적으로 "신분의 차이"[177]를 자신의 행복 체험을 제한하고, 자연스러운 감정을 거침없이 펼치는 것을 막는 장애물로 인지하는 괴테의 소설 「젊은 베르테르의 슬픔」을 따르고 있다. 그러나 루이제가 사회규범을 하느님의 뜻으로 파악해서 일찌감치 자신의 사랑의 권리를 포기하겠다는 의사를 밝히는 반면에, 페르디난트는 자신이 확신할 만큼 높은 곳의 힘이 갖추어 놓은 창조의 완전성이라는 이상과 일치하지 않는 한, 기존의 상황을 변화시킬 수 있는 것으로 여기고 있다. 주인공이 인정하고 있는 계몽사상을 현실에 적용하는 것은 파급효과를 무시할 수 없는 어떤 사태가 발생하기 직전의 분위기를 말해준다. 토마스 만은 1955년 「실러에 대한 시론(Versuch über Schiller)」을 집필했을 때, 35년 전에 있었던 「간계와 사랑」의 뮌헨 공연을 여전히 기억하고 있었다. 이 공연은 뮌헨에서 2주간 존립하던 인민공화국(Räterepublik)의 와해 직후에 보수적인 관중들을 "일종의 혁명적인 격노 상태로 전입시켰다"고 한다.[178]

물론 주인공의 계획에는 실패할 수 있는 결점이 담겨 있었다. 루이제에게 시민적 가치의 악용을 막을 방법이 없음이 드러나는가 하면, 페르디난트는 감상적으로 완화되고 내용적으로는 극단화된 계몽주의의 과도한 요구가 직면한 위기를 분명히 보여주고 있다. 그는 한편으로는 자연법의 이름으로 확고부동한 관습과 신분 분리의 어리석음에 맞서 싸우는 열성주의자의 면모를 보이는가 하면, 다른 한편으로는 쉽게 속고, 그 자신의 이해가 달렸다고 판단할 때에는 과도한 오만에 빠지는 몽상가요 맹인인 것이 밝혀지고 있다.[179] 부름이 그를 상대로 연출하고 있는 음모가 지극히 쉽게 발각될 수 있다는 느낌을 주는 것을 실러의 기법상의 실수로 여겨서는 안 될 것이다. 음모와 관련한 평범한 희곡 기법은 열정의 사나이 페르디난트가 어느 정도로 자기기만과 허상에 빠져 있는지를 분명히 해주고 있다. 하필이면 사회적 규범의 위선적 성격을 폭로하고자 하는 바로 그가 음모의 허상에 미혹당하다니 놀라운 일이 아닐 수 없다. 페르디난트는 끝에 가서 "사랑 절대주의"[180]로 인해서 사건의 파국적 종말에 스스로 책임을 지는 공범이 되고 만다. 생각하는 것은 시민적이고, 요구에 있어서는 무절제하다는 측면에서 귀족적인 그는, 그의 귀족 형제들이나 마찬가지인 카를 폰 모어와 피에스코 폰 라바냐와 같이 실러의 비극이 발표되고 난 지 겨우 5년 후에 파리에서 세계 역사를 만들고 있는 예의 전향한 인물들이 당하는 영화와 불행을 몸소 겪고 있다. 우리가 알고 있는 바와 같이 온건한 지롱드 당원 또는 급진적 민주주의자인 자코뱅 당원으로서 특히 때가 유리함을 이용해서 정치의 궤도를 새로 놓는 프랑스의 귀족들이 바로 그들이다. 그들의 계획에도 페르디난트가 풍기는 것처럼, 가릴 줄 모르고 마음대로 행동하고 싶은 욕구의 이중적 아우라가 묻어 있다. 그의 머릿속에서는 시민 계층이 지니는 계몽주의적 사상과 봉건적 자기의식의 엄숙주의가 갈등을 빚고 있는 것이다.

실러의 비극은 클링거나 라이제비츠와는 달리 개인 열정의 고집스러운 변용이 아니라, 정확하고 완전하게 조명한 열광주의의 심리학적 프로필을 보여주고 있다. 이 인간의 심리학적 프로필은 천재 시대의 희망 사항을 계몽주의에 바탕을 둔 담담한 진단학적 시각과 대비하고 있다. 실러는 분명한 의구심을 가지고 당대 감정 문화의 과장된 성격을 낱낱이 분석하고 있다. 페르디난트는 괴테의 베르테르, 밀러의 (1776년 출간작 「지크바르트」에 나오는) 크론헬름, 클링거의 (「고뇌하는 여인」에 등장하는) 브란트의 후계자로서 오로지 감정이 지시하는 대로 행동하려는 감성인의 특징들을 지니고 있다.[181] 그를 지배하는 정신적 자세의 특징은 종교적 비유법의 사용이다. 이 비유법을 가지고 그는 자신이 진정 좋아하는 것을 생생하게 표현한다. "세상 심판자"의 "보좌"(NA 5, 40)는 신분을 초월한 사랑의 권리에 대해서 결정을 내리는 심급이고, "천국"의 "악마"는 사랑의 결실에 대한 희망을 깨버리며, "저주의 바퀴"는 부정을 벌하고, 실망한 신뢰는 "천국을 잃게" 만든다.(NA 5, 67, 71, 102) 여기서 건드리는 형이상학적 차원은 주인공의 정신적 자아의식과 밀접하게 연결되어 있다. 감정을 적대시하는 사회적 현실에 맞서 페르디난트는 "사랑의 복음"을 전파한다.[182] 이 복음에서는 세속적 요소와 종교적 요소들이 결합되어 본연의 혼성체를 이룬다. 그는 그보다 전에 괴테의 베르테르처럼 승화된 감상주의의 영향을 받아 자신의 연정을 마음의 종교로 보고 있다. 그 경우에 성적 욕망은 부차적인 역할을 한다. 감상적인 몽상가에서 물불을 가리지 않는 유혹자로 변신하는 아벨의 존 트하임과는 달리 페르디난트는 성적 충동에 이끌려서 행동하지는 않는다. 그가 추진한 열정의 변용 뒤에는 오히려 사회 비판적 배경을 가진 세속화된 종교의 흔적이 보인다.[183] 신앙의 자리에 격정이 등장하고, 천국의 구원의 자리에 연인이 등장한다. 특히 슈바벤 경건주의에 의해 키워지고, 「율리우스의 신지학」이 유사하게 표현하고 있는 것과 같이 오로지 감정 속에서 지양된 신앙의 이상만을 숭상하는 감성적인 그리스도교가 여기서 몽상적인 사랑의 종교로 탈바꿈한다. 페르디난트가 루이제의 눈 속에서 "하늘의 필치(筆致)"(NA 5, 14)를 깨닫고, 시민계급 출신의 아가씨가 자신을 통해서 완전해질 것이라고 공언한다면 그것은 「율리우스의 신지학」의 메시지와 일치하는 것으로 볼 수 있다. 이 메시지는 사랑을 "모든 아름다움, 위대함, 탁월함을 크고 작은 자연 속에서 주워 모을 수 있고, 이와 같은 다양성 속에서 위대한 통일성을 발견할 수 있는 힘이라고 일컫고 있다."(NA 20, 121) 마음의 언어는 다양한 사회질서 속에서 각기 흩어진 것처럼 보이는 것을 결합한다. 「율리우스의 신지학」의 율리우스가 페르디난트와 똑같이 대변하고 있는 사랑의 이념은 감정의 힘으로 적대 세력들을 통합하고 대결을 지양한다는 사상에 그 바탕을 두고 있다.[184] 지금 사회에서 사랑하는 사람들의 결합이 한낱 소박한 꿈에 지나지 않긴 하지만, 적어도 페르디난트는 루이제에 대한 자신의 연정은 더욱 높은 힘 앞에서 정당화될 수 있다는 데 의심을 품지 않고 있다. "나는 그녀를 세상 심판자의 보좌 앞으로 인도하리라. 그리고 나의 사랑이 범죄인지는 그 영원불멸의 존재가 말해야 할 것이다."(NA 5, 40)

그러나 하느님은 "사랑하는 사람들의 아버지"(NA 5, 12)라는 상상은 인습에서 벗어나는 정열을 용납하지 않는 사회질서에 대한 하느님의 책임을 따진다. 하늘의 '심판자'의 의지와 그가 창조한 현실에 존재하는 상황 사이에는 분명히 괴리가 존재한다. 사랑하는 사람들이 하느님의 보호를 받고 있다면, 하느님이 아직도 자신의 피조물의 주인인 한, 피조물들의 애정이 지상에서도 실현될 수 있도록 세상을 마련했어야 할 것이다. 그러나 퇴영적인 사회적 상황은 사랑하는 두 사람의 기대와 염원에 배치되기 때문에 사람들은 하느님이 실제로 그 자신의 피조물의 주권자인지를 의심하지 않을 수 없다. 게밍겐의 「독일 가장」은 그다지 납득할 수 없는 모티브를 사용해서 마지막에는 개인의 이해와 사회질서의 관계를 조정함으로써 가장의 권위를 확인한 적이 있다. 이와 같은 힘의 균형은 필히 기존의 질서를 주권자인 하느님의 작품으로서 정당화하는 것을 포함하고 있다. 그와 반대로 페르디난트의 사랑의 유토피아가 실패한 것은 신정론 사상에도 의문을 던지기에 충분하다. 실러의 비극이 보여주고 있는 사회적 상황 때문에 첨예화된 애정의 갈등 뒤에서는 하느님이 보호하기를 거절한 세상에서 어떻게 인간이 자신의 의견을 관철해가야 할까 하는 문제가 대두된다.

루이제가 오로지 "신분 차별의 벽이 무너진"(NA 5, 13) 저세상에서만 자신의 욕구가 성취될 수 있다고 기대하는 반면에, 페르디난트는 자신의 운명을 스스로 개척하라는 요구를 따른다. 만약 하느님이 더 이상 자신의 피조물의 주권자가 아니면, 인간은 어쩔 수 없이 진공상태가 된 권력의 핵심부를 스스로 점령하도록 부름을 받은 것이나 다름없다. 이와 같은 시각 뒤에는 실러의 『앤솔러지』에 실린 시들이 밝히고 있는 것처럼 추세에 맞추어 조절된 신정론 상상이 자리를 잡고 있다. 바로 기존의 세상은 가능한 모든 세상들 중에 최상의 세상이 아니라, 오직 그전 단계에 불과하기 때문에, 자유의지를 지닌 인간이 책임지고 그 세상을 개조하고 완성해야 한다. 페르디난트가 자신의 사랑이라는 이상을 수상이 대변하는 사회적 인습에 맞서 실현하겠다고 공언하는 것은 바로 이와 같은 당위성에 부합하는 것이다. "그러나 나는 그의 음모를 분쇄할 것이다. 이 모든 편견의 쇠사슬을 끊어 버리련다. 한 남자로서 나는 자유롭게 선택해서 이 곤충 같은 존재들로 하여금 내 사랑이 낳은 거대한 작품을 쳐다보고 현기증을 느끼도록 하련다." (NA 5, 40)

자신의 이해를 독자적으로 관철하도록 부름받은 개인의 변화된 역할은 물론 모순과 부담을 수반한다는 것을 실러는 이미 「도적 떼」에서 보여주었다. 인간이 자기 운명의 주인으로 승격하는 순간에 자기 행위에 대한 도덕적 책임을 완전히 져야만 한다. 카를 모어와 마찬가지로 페르디난트도 정당한 자주권 추구가 죄스러운 오만으로 변하는 지경으로 몰린다. 그가 처음에는 오직 자신의 언어를 통해서만 무조건적인 소유권을 밝히지만, 그가 부름의 음모에 현혹당해서 루이제에게 속은 줄로 착각한 후에는 지상에 있는 사랑의 천국에 대한 꿈은 가차 없이 폭정으로 변하고 만다. 미칠 것 같은 질투심에서 페르디난트는 "창조주"(NA 5, 71)가 자신에게 심판자의 지위를 넘겨줄 것을 요구하고, 그토록 자신을 타인의 운명의 주인으로 여기는데, 이는 카를 모어가 세상 질서의 근본적인 수정에 대한 자신의 욕구를 관철할 때 보여준 오만불손함을 상기시키고 있다. 페르디난트가 처음에는 루이제에게 자신을 그녀와 "운명 사이에 던지겠다"(NA 5, 15)고 선언하지만, 부름에게 협박당해 쓴 편지가 발견된 후에는 "나 혼자 심판하게 내버려두시오, 세상의 심판자여! (……) 능력이 많은 창조주가 한 영혼 때문에 인색하게 굴어서야 되겠습니까? 더군다나 당신의 피조물 중에 가장 질이 나쁜 한 영혼 때문에?—그 계집은 내 것입니다! 한때 나는 그녀의 하느님이었지만 이제는 그녀의 지옥입니다!"(NA 5, 71) 처음부터 권력 사상에서 자유롭지 못하던 사랑하는 사람의 자주성 요구는 여기서 삶과 죽음에 대한 지배권을 움켜쥐려는 요구로 바뀐다. 자신이 '천당과 지옥'인 카를 모어와 마찬가지로 페르디난트도 '하느님'인 동시에 '악마'로 나타난다. 세속화된 사랑의 복음과 지상천국에 대한 비전에서 하느님의 심판자 역할을 이 세상에서 수행할 수 있다고 자부하지만, 그 역할 수행에서도 어쩔 수 없이 실패할 수밖에 없는 오만한 맹인이 되고 만 것이다.[185] 그러나 페르디난트는 카를 모어와는 달리 자기 자신의 신화적 변용과는 결코 결별하지 않는다. 즉 그는 어디까지나 모험적인 자기 연출에 의문을 제기하지 않는 이른바 사랑의 프로메테우스인 것이다.

사회적으로 용납되지 않는 순정적인 사랑의 모티브가 마치 괴테의 「젊은 베르테르의 슬픔」, 렌츠의 「가정교사」, 클링거의 「고뇌하는 여인」과 경쟁이라도 하듯 이 비극의 예리한 사회 비판을 떠받치고 있는 반면에, 개인의 자율성의 문제는 무대 사건 속에 두드러지게 번뜩이는 계몽주의의 모순들을 건드리고 있다.[186] 오도 마르크바르트(Odo Marquard)는 칸트 이래로 관념주의 철학의 자주성 요구는 세상에 대한 인간의 책임 사상을 통해 라이프니츠의 신정론의 결함을 극복하려는 시도로도 이해되어야 한다는 것을 상기시켜주고 있다.[187] 신정론 사상은 18세기 말에 와서는 기존의 현실 묘사로서가 아니라 그 현실의 개선에 대한 주문으로 해석된다. 즉 가능한 모든 세계 중에서 최선의 세계가 이성의 작업을 통해서 개인을 배출해야 하되, 그것도 우선 그의 사회적, 문화적 자체 결사의 과정을 통해서 배출해야 하는 것이다. 그것이 1784년부터 칸트가 부정기적으로 《베를린 모나츠슈리프트》에 발표한 기고문들이 독자에게 전하는 메시지인 것이다. 이 메시지는 어디까지나 개인은 "시민적 헌법의 최상의 질서를 통해서"[188] 오로지 개인의 자주성의 산물이나 다름없는 사회적 자유를 취득할 능력이 있다는 기대에 얹혀 있다. 그러나 후기 계몽주의는 라이프니츠에게서는 아직도 유효한 형이상학의 해석 모형들로부터 떨어져 나옴으로써, 이전에 하느님의 주권의 도구로 취급되던 인간에게 새로운 과제와 책임감을 부여해서 부담을 주고 있다. 「간계와 사랑」은 이와 같은 개인적 자주성 요구의 위험성을 분명하게 보여주고 있다. 즉 자유를 위한 노력과 오만은 페르디난트에게는 그의 전임자 카를 모어와 피에스코의 경우에서 보듯 밀접하게 연결되어 있다. 실러는 이미 헤겔 이전인 18세기 후반에 감지될 수 있었던 예의 '실망한 계몽주의'의 변증법적 작용에 대한 한 편의 논문을 사회적 드라마의 매체 속에 제출하고 있는 것이다.[189]

6. 희곡론 구상

회의적인 결산, 숨죽인 낙관론

「독일 극장의 현실에 대하여」(1782)

실러는 1782년 1월 중순에 「도적 떼」 초연을 계기로 만하임 무대에서 받은 첫인상들을 쉽게 잊지 못했다. 그는 슈투트가르트의 일상 업무에 복귀한 지 몇 주 후에 자신이 보고 느낀 것을 한 편의 에세이로 완성했다. 제목은 「독일 극장의 현실에 대하여(Über das gegenwärtige teutsche Theater)」로 1782년 3월 말 《비르템베르크 문집》에 발표되었다. 그는 이 작은 논문을 작성하던 시점에는 그 테마에 대한 좀 더 정통한 지식이 없었다. 그가 이플란트, 달베르크, 뵈크 등과 나눈 대화들은 너무나 짧았고, 무대 뒤에서 희곡 이론, 연습 활동, 작업 등에 관해 받은 인상은 극히 피상적인 것이었다. 이 논문에 나타난 실러의 소견은 놀랍게도 계속 부정적이다. 실러는 만하임 사정을 충분히 고려하지 않은 채 당시 연극예술의 제한된 영향력을 요약해서 정리하고 있다. 배우들의 부도덕한 생활 태도와, 지적 요구 없이 오로지 오락성에만 이끌리는 관중의 취향은 독일 연극의 수준을 높이는 데 불리하게 작용했다. "환락의 딸들이 환락의 희생물이 되는 것을 연기로 보여주는 한, 그리고 가련함과 두려움과 놀라움의 장면들이 여배우의 날씬한 몸매, 귀여운 발, 우아한 동작을 위험을 무릅쓰고 더욱더 많이 과시하도록 작용하는 한, (……) 우리들의 극작가는 항상 국민의 교사가 되겠다는 애국적 허영심을 포기해도 될 것이다. 관객이 무대를 위해서 교양을 쌓기 전에는 무대가 관객을 교육하기는 어려울 것이다."(NA 20, 81 이하) 실러가 여기서 여배우들의 삶이 부도덕하게 변화하는 것을 비난하면서 나타내고 있는 격렬한 분노는 그 자신이 1년 반 후에 만하임에서 '환락의 딸들에게' 구애했던 것을 생각하면 설득력이 없다. 하지만 그의 고찰은 18세기 전 기간에 걸쳐 관례로 통하던 배우 생활의 부도덕한 성격에 대한 전통적인 비판을 따르고 있는 것이다. 1788년까지도 크리게 남작은 독일 극장의 남녀 배우들을 주로 "부도덕한 사람들, 교육받지 못한 사람들, 소신이 없는 사람들, 지식이나 모험심이 없는 사람들, 최하층 계급 출신들, 버릇없는 탕녀들"로 꼽고 있다.[190]

이 에세이는 끝에 가서 다시 극장의 실정을 소개하면서 연극예술의 위험성과 가능성을 개요만 간단하게 설명하고 있다. 연기자는 공감과 소외감을 조화시키는 어려운 작업을 해내야 한다. 연기자의 연기가 개인적 참여의 요소들을 지닌 인공적 산물이라는 것이 그와 같은 조화를 통해 증명되지 않으면 안 된다. 실러가 쓴 세 번째 학위논문은 유명한 셰익스피어 배우 데이비드 개릭과 관련해서 모범적인 배우는 자신의 인위적으로 생산된 격정에 사로잡힐 때 마치 자연적인 정열에 사로잡힌 것처럼 연기한다는 것(NA 20, 61)을 강조한 반면에, 이번에 쓴 에세이는 인물을 상대로 절제된 간격을 두어야 한다는 계명이 그의 예술의 핵심 원칙이라고 규정하고 있다. 실러는 연극배우의 이상적인 연기를 과시하기 위해서 (적절한 예는 아니지만) 몽유병자의 모습을 예로 들고 있다. 몽유병자는 의식이 반쯤 깨어 있는 상태에서 외부의 장애물에 부딪히지 않고 갈 길을 간다. 그러나 이와 같은 비교를 통해서 그가 클라이스트가 훗날 대화록 「인형극에 대하여(Über das Marionettentheater)」(1810)에서 역설적인 형식으로 설명하게 될 이성과 거리가 먼 본능의 무대미학을 옹호하는 것은 아니다. 그가 감수성 있는 모방을 통해서 제한받은 순발력을 어려운 연기의 조건으로 강조하는 것은 궁정 극장이나 유랑 극장에서 똑같이 보듯, 오로지 효과만 생각한 숙달된 연기와 구별하려는 목적이 있다. 이상적인 연기자는 자신이 사용할 수 있는 수단을 통제한다. 그 경우에 자신의 신체 언어를 인습적인 제스처로 경직시키지 않는다. 배우들은 "모든 종류의 정열을 위해서" 하나의 "특유의 몸짓"을 연습하는 대신에, 자기 연기의 정확한 색깔을 부여하는 훈련을 쌓으라고 실러는 권고하고 있다.(NA 20, 84) 실러는 논문을 쓰는 동안에 접할 수 있었던 줄처의 『문학 개론』에서 인간이 밖으로 보이는 태도는 "인간의 내면 상태를 그대로 반영하는 것"이라는 것을 읽을 수 있었다.[191] 몸짓에 대한 이 논문은 자연적인 신체 언어가 연사와 배우에게 어떤 강력한 표현 능력을 계발해주는지를 분명히 밝히려고 한다. 여기서 중요한 의미를 지니는 것은 제스처의 심리적 표현력에 대한 통찰이다. 제스처는 18세기 중반부터 고트셰트의 개혁에 뒤이어 바로크의 궁정 무대의 연기 스타일에 완전히 등을 돌리는 데에 도움을 주었기 때문에, 현대 연극미학에서 커다란 비중을 차지하고 있다.[192]

실러는 줄처에게서만 조언을 들은 것이 아니라, 『함부르크 희곡론』을 통

프리드리히 실러.
동판화. 프리드리히 키르슈너 작, 1785년 이전.
아래는 「도적 떼」의 한 장면.

해서도 새로이 가르침을 얻었다. 레싱의『함부르크 희곡론』은 3부와 4부에서 몸짓과 흉내에 대해서 상세하게 다루고 있었다. 실러는 통상적인 "허세를 피우는 언동과 표정 짓기"[193]의 형식은 등장인물의 내면세계를 볼 수 있게 하는 개성적인 제스처로 대치되어야 한다는 레싱의 신념을 따르고 있다. 그러나 실러의 주장은『함부르크 희곡론』에서 상세하게 거론되는 교훈적인 도식주의와는 구별된다. 그에게 몸짓언어의 목표는 도덕적 원칙을 실감 나게 설명하는 것이 아니고, 하나의 성격을 조정하는 내면적 긴장들을 함축성 있게 밝히는 것이다. 그는 11년 후에 쓴 에세이「우아함과 품위에 대하여」에서 자연스러운 신체 언어의 문제를 다시 한번 상세히 다루게 되지만, 이때에는 칸트의 영향을 받아 좀 더 야심 찬 관념성의 틀 안에서 다루고 있다.

독일 연극 무대를 압도하고 있는 연극 레퍼토리에 대한 실러의 평가는 분명했다. 그가 보기에 그 레퍼토리는 매력 있는 대안을 내놓지 못하고 있었다. 프랑스의 의고주의 비극은 "자신들의 열정에 무턱대고 귀를 기울이는 자들"을 주인공으로 보여주는 반면에, 독일 국내의 작가들은 셰익스피어를 모범으로 삼아 "골리앗을 옛 도배지 위에 거칠고 거인답게, 그리고 거리를 느끼도록 그린 것"을 선호했다.(NA 20, 82) 극작가가 작품을 형상화하면서 선별하는 기술, 사회적 현실을 모델로 해서 요약하는 기술을 추천한 레싱의 충고를 따라서 실러도 레싱이『함부르크 희곡론』제79편에서 평가한 것처럼 예술 작품을 "영원한 창조주" 모델의 "실루엣"으로 보고 있다.[194] 장면 묘사의 목표는 인간 역사의 이성적 설계에 대해서 가르침을 주는 것이다. 그 가르침은 관객으로 하여금 "부분의 대칭에서 전체의 대칭"을 추론할 수 있게 한다.(NA 20, 83)

이 논문은 원칙적으로 연극 무대의 가능성들에 대해서는 회의를 나타내면서도, 연극이 거두기를 바라는 효과의 이상을 대폭 고쳐 쓰고 있는데, 그 속에는 극장에 대한 전통적인 견해가 들어 있다. 이 논문의 마지막 부분에서는 이렇게 평가하고 있다. "때때로 진리와 건강한 자연의 친구가 여기에서 그의 세계를 다시 발견하고, 타인의 운명 속에서 자신의 운명을 상상하며, 고통의 장면에서 자신의 용기를 북돋우고, 불행의 상황을 통해 자신의 감정을 단련한다면 (……) 그것으로 이득은 충분하다."(NA 20, 86) 곤경에 처한 무대 주인공과의 만남은 관객으로 하여금 미래에는 패배를 더 잘 견뎌낼 수 있도록 교육한다. 여기에서 거론되는 내용은 스토아적인 사유 모델로서 물론 실러가 후에 밝힌 숭고미의 이론에도 변화된 모습으로 다시 나타난다. 이 사유 모델은 마르틴 오피츠(Martin Opitz), 게오르크 필리프 하르스되르퍼(Georg Philipp Harsdörffer), 지크문트 폰 비르켄(Siegmund von Birken), 알브레히트 크리스티안 로트(Albrecht Christian Rooth)에게서 볼 수 있는 것처럼 17세기 독일 비극 이론에서 특별한 의미가 있다. 여기서 사건 장면은 고통과 역경을 이겨낸 왕후(王侯)들을 보여줌으로써 관객으로 하여금 이 세상의 악에 대항할 수 있도록 단련하는 인생학교의 구실을 하고 있다. 실러는 고트셰트 이래 이성이 뒷받침하는 취향 정치학의 목록에 올라 있는 바로크의 문학들을 알지 못했다. 그의 논문이 지닌, 스토아학파의 것이라고 생각되는 사유 형상들의 원천은 메르시에의 에세이 「연극에 관해서(Du théâtre)」(1773)이다. 실러는 바그너의 독일어 번역본을 통해 이 에세이와 친숙해졌을 가능성이 있다. 메르시에는 이 에세이에서 극작가는 "우리를 기다리고 있는 모든 고통을 발견하고, 우리를 둘러싸고 있는 기존의 악에 대항해서 싸울 수 있는 용기를 단련해야 하며", 관객으로 하여금 인간의 처참한 상태를 묘사한 그림들을 합성해놓은 "암울한 상황"과 좀 더 친숙할 수 있도록 해야 한다고 주장하고 있다.[195] 물론 실러는 강한 정신력에 대한 아벨의 연설(1777)도 이 에세이와 연관지을 수 있었다. 이 에세이는 마지막 부분에서 관객은 주인공의 고통과의 대결을 통해 내면적으로 힘을 얻고, 저항 능력이 향상되기에 이르러야 한다고 하는데, 여기서 이 강한 정신력의 핵심 모티브가 불현듯 떠오른 것이다. 신스토아학파의 색채가 강한 단련의 이론을 보충하고 있는 것은 결국 (비극적인) 무대 행위가 관객의 "정서"를 함양하고, 그의 도덕적 감각을 세련되게 한다(NA 20, 86)는 사상으로서 레싱의『함부르크 희곡론』의 잔재로 볼 수 있다.[196] 여기서 실러는 비록 그 개념을 말로 표현하고 있지는 않지만 동정의 효과를 염두에 두고 있는 것이다. 관객은 주인공의 운명에 공감함으로써 동정과 공감의 능력을 펼쳐야 한다는 것이 레싱의 신념이기도 하다. 이타적인 인간이라는 이상이 연극 무대를 통한 교육의 산물로서 계몽주의의 눈앞에 아른거리는 것과는 달리, 이 이상은 '단련'이라는 표어가 변주하는 냉철한 스토아학파 추종자와는 별로 공통점이 없는데, 이것이 실러에게는 전혀 장애가 되지 않았던 것이 명백하다. 그의 고전적 희곡 이론은 이 두 수용 방안의 경향을 나중에 격정적 숭고의 이론을 통해서 서로 연결하려는 시도를 하게 된다.

"최상의 통찰의 묘수(妙手)"뿐 아니라 "마음의 술수"까지도 연극을 통해서 생생히 보여줄 수 있다는 것이다.(NA 20, 79) 그보다 이미 9개월 앞서 작성된 「도적 떼」의 서문은 "희곡적 방법"의 기술을 "말하자면 가장 비밀리에 작업을 하는 현장에서 정신을 포착하는" 과제와 연결한 적이 있다.(NA 3, 5) 실러는 한평생 도덕적인 목적을 위해 등장인물의 마음을 훔쳐보는, 이른바 연극예술의 심리학적인 전문 지식을 얻기에 몰두했다.[197] 이 점에서 그의 에세이는 1770년에 집필, 1779년 니콜라이가 발행하는 《문학과 미학 총서(Die Bibliothek der schönen Wissenschaften)》에 발표된 크리스티안 가르베의 논문에 자극을 받았다. 가르베는 고대 시학과 현대 시학의 결정적인 차이점을 다루면서 현대의 저자들은 특히 괄목할 만한 심리학적 전문지식을 통해 독창성을 얻는다는 인식에 도달하고 있다. "그들은(현대의 저자들)은 인간의 영혼의 그림 속에 하나로 통일되어 있는 여러 특성을 각각 분리해 은밀하고 더욱 작은 내적 동기들을, 자연이 조화된 모습으로 우리에게 보여주고 있는 것과 똑같이, 개별적으로 우리 눈앞에 아른거리게 한다."[198] 여기서 가르베가 설명하는 것은 「도적 떼」 서문에서 밝히고 있는 처리 공정과 정확히 일치한다. 현대의 문학은 바로 무대의 도움을 받아 연극을 심리의 해부실로 바꾸어놓은 것처럼, 정신분석 기술을 바탕으로 자신을 이해해야 한다. 실러의 초기 드라마가 보여주고 있는 것은 이와 같은 요구가 결단코 학술적인 성격을 지녔던 것이 아니고, 실제적으로 시험을 해보도록 하는 절박한 충동에 이끌렸다는 것이다.

공론장으로서의 무대
무대 대사에 대한 고찰(1784)

실러는 국립극장에서 정규직으로 일하던 해에 다시 한번 관객에게 좋은 영향을 미칠 수 있는 프로그램과 현대 극장 운용의 가능성 문제를 좀 더 근본적으로 다루었다. 달베르크의 주선으로 그는 1784년 1월 10일에 만하임의 독일협회에 입회하게 되었고, 이로써 그는 쿠어팔츠의 시민임이 선포되었다. 뮌헨 궁정은 이 사실을 2월 12일에 공식적으로 확인했다. 1월 18일과 19일에 볼초겐과 춤슈테크에게 보낸 편지가 분명히 밝히고 있듯이, 실러는 있을 수 있는 뷔르템베르크 공작의 자의적 행위로부터 쿠어팔츠 영주의 보호를 받을 수 있는 권리를 포함하고 있는 새로운 신분이 된 것을 드러내놓고 기뻐했다. 그다음 몇 개월 동안 기껏해야 서른 명의 회원 중에 스무 명 남짓 참석하는 이 단체의 모임에 정기적으로 참석했다(외부 참석자에는 클롭슈토크와 빌란트도 끼어 있었다). 실러는 6월 말에 현상 모집한 독일어 역사에 대한 논문의 심사 위원 직을 담당했다. 그 과정에서 익명으로 접수된 논문 한 편을 읽게 된 것은 우연이었다. 그는 눈에 익은 필적을 바탕으로 그 논문의 저자가 친구 페터센인 것을 알아차렸다. 그는 예전의 학우에게 적어도 25두카텐의 상금이 걸려 있는 2등을 제안했다. 그러나 얼마 후에 그는 취리히의 언어학자 레온하르트 마이스터(Leonhard Meister)의 논문을 더 높이 평가했다고 친구에게 솔직히 고백했고, 심사 위원들도 결국 마이스터의 승리를 인정해서 그에게 1등 상을 수여했다. 실러는 1784년 6월 26일에 독일협회 회원들 앞에서 입회 연설을 했다. 이 연설의 제목은 「연극이 대중에게 미치는 영향에 관하여(Vom Wirken der Schaubühne auf das Volk)」였고, 1년 뒤에 새로이 창간된 자신의 잡지 《라이니셰 탈리아》에 「좋은 극장이 영향을 미칠 수 있는 것이 도대체 무엇인가?(Was kann eine gute Schaubühne eigentlich wirken?)」로 제목을 바꾸어 게재했다. 1802년 초에 실러가 이 텍스트를 자신의 『단문집』에 수록했을 때 그는 이 텍스트를 부분부분 줄였고, 서론을 삭제했으며 제목도 좀 더 효과가 큰 「도덕적 기관으로서의 연극 무대(Die Schaubühne als moralische Anstalt betrachtet)」로 바꾸었다.

실러의 논문은 18세기 초부터 벌어진 극장의 영향력에 대한 격렬한 논쟁에 대해 뒤늦게 반응을 보이는 기고문이었다. 분명히 밝히지는 않았지만, 그의 적수는 루소인 듯싶다. 루소는 「달랑베르 씨에게 보내는 연극에 대한 서신(Lettre à M. d'Alembert sur les spectacles)」(1758)에서 도덕적으로 해로운 연극의 영향에 반대하는 캠페인을 벌인 적이 있다. 실러의 입증 시도를 뒷받침해준 것은 「잡다한 철학 논문들(vermischte Philosophische Schriften)」의 간행본에서 알게 된 줄처의 「희곡문학의 유용성에 대한 고찰 (Betrachtungen über die Nützlichkeit der dramatischen Dichtkunst)」(1760)과 레싱의 『함부르크 희곡론』, 메르시에의 「연극론」이었다. 이 연설의 방법적 출발점은 다시금 줄처의 『문학 개론』에 실린 「연극」 항목에 바탕을 둔 인간학적 소견이었지만, 줄처의 성찰들은 이 연설에서 결정적인 변화를 겪는다.[199] 줄처가 관객으로 하여금 높은 지적 수준에서 즐거움을 가지게 하고 감각적 욕구를 세련되게 하는 막연한 과제를 연극예술에 부여하는 반면에, 실러의 연설은 정확하게 근거를 제시하며 연극 관람을 통한 정신 치료의 효과를 출발점으로 삼고 있다. 현대 인간을 욕구 충족과 정신적 긴장의 적절한 중용을 찾는 경우가 드문 존재로 그리고 있다. 거기에 대한 책임은 '단조롭기' 짝이 없고, 고무적인 작용을 펼치지 못하고 "종종 스트레스를 주는 직업" 생활에 있다.(NA 20, 90) 여기서 이미 작업분업에 대한 비판과 만나게 된다. 작업분업에 대한 비판은 11년 후에 「인간의 미적 교육에 대한 편지」(1795)에도 부각되어 있다. 현대에 와서 개인은 하는 일에서 더 이상 소외되지 않음을 기대할 수 없기 때문에 일상생활에서 그의 정신적·감각적 재능의 총체성을 경험할 수가 없다. 그래서 인간을 감성의 자극과 오성 자극의 정확한 조절을 통해서 중용의 상태로 옮겨놓는 과제는 극장의 몫이 되고 있다. 중용의 상태는 정신적 기호와 감각적 기호 사이에 균형을 포함하고 있을 뿐 아니라, 흥분과 긴장 해소의 조화도 포함하고 있다. 여기서 배경을 이루고 있는 것은 고전적 미학에서도 주도적인 역할을 하는, 이른바 이성과 감성을 탁월하게 조화시킬 줄 아는 그야말로 잘 조정된 성격이 이끄는 이상이다. 이 경우에 극장은 "매개체(Medium)"라는 낱말이 지니고 있는 두 가지 의미의 과제를 수행한다. 즉 소재들을 미학적 의상을 입혀 전달하는 동시에 극장의 영향을 통하여 여러 상이한 인간의 재능과 자극의 균형을 유도하는 구실을 한다. 따라서 극장의 필요성에 첫 번째 논거를 제공하는 것은 인간학이라고 볼 수 있다. 실러는 정신과 육체의 관계에 대한 인간학적 규정을 자신의 의학 학위논문에 이어서 부족한 희곡 예술 이론의 바탕을 제공하기 위해 동원하고 있는 것이다.

현대인에게 내면적 조화가 결여되어 있다는 실러의 진단은 1784년 부활절에 슈반 출판사에서 간행된 법률가이자, 특정한 기회에 글을 쓰는 작가인 요한 고트프리트 베냐민 파일(Johann Gottfried Benjamin Pfeil)의 저서의 내용들과 눈에 띄게 일치한다. 이 에세이는 1780년 만하임의 영아 살해 방지의 효과적 방안에 대한 논문 현상 모집 응모작이었다. 파일은 우선 인간의 생활감정 속에 있는 파괴적 힘들의 원인을 규명하고, 그것을 바탕으로 정서 함양의 필요성을 역설하고 있다. "한 민족의 도덕적 타락을 가속화하고 확대할 수 있는 모든 악덕 중에서 국가에 가장 위험한 악덕은 바로 우유부단함에 직접적 원인이 있고, 사치와 환락과 무위도식하는 삶에서 발생하는 악덕들이다. 그 밖에도 고상한 행동을 촉발할 능력이 있는 마지막 불꽃을 완전히 꺼버리고, 정신을 완전히 짐승으로 만들어 동물적 본능을 충족하는 것 외에 아무것도 탐하지 않는 악덕 또한 그렇다. 이와 같은 종류의 악덕은 향락에 빠짐으로써 노예와 같은 육체적 생명의 원천을 송두리째 독으로 죽이는 것과 똑같이 국가의 건강한 몸도 독으로 죽인다."[200] 실러가 만하임에서 파일의 에세이를 알게 되고, 이를 정독했을 가능성을 배제할 수 없다. 여기서 다루고 있는 영아 살해 문제에 대한 논쟁이 얼마나 실러의 관심을 자극했는지는 이미 『앤솔러지』(1782)에 잘 표현되어 있다. 그가 이와 같은 문제에 관심을 가지도록 유도한 사람은 1783년부터 개인적으로 긴밀한 관계를 유지해온 슈반일 가능성이 크다. 그가 연설에서 밝힌 견해, 즉 연극예술이 인간의 정열과 이성의 조화를 꾀할 수 있다는 견해는 비록 세부 사항에서는 뚜렷한 차이점들을 나타내고 있지만, 현상 논문의 소견에 힘을 실어주고 있다. 여기에서 합리주의적 인간학의 노선을 따르고 있는 파일처럼 실러는 주체할 수 없는 충동의 위험에 대해 주의를 환기하고 있다. 그는 이처럼 주체할 수 없는 충동의 파괴적 성격이 극장을 통해 "무장해제"되어서 정상적인 궤도로 복귀하는 것을 보고 싶어한다.(NA 20, 90) 다른 한편으로 그는 극장은 관객의 욕정을 이용한다는 것을 강조하고 있다. 왜냐하면 이성의 작업은 욕정이 없으면 단조롭고 지루함을 느끼게 하기 때문이다. 이 점에서 실러는 파일의 생각의 단초를 뛰어넘어 정열을, 미학적 계몽의 과정에서 마음대로 다룰 수 있는 유동적인 대상으로 끌어들이고 있다.

실러가 보기에 극장이 거둘 수 있는 성과들 중에는 육체와 정신의 이원론을 극복하는 기능, 즉 조화를 이루는 기능 외에 일련의 다른 성과들도 있다. 극장은 상이한 여러 분야에서 도덕적, 종교적, 국가적으로 질서유지에 이바지하는 역할을 수행해서, 이 젊은 작가의 머리에 떠오르는 억압과 부정이 없는 이른바 계몽된 사회를 정착시키는 데에 기여하기도 한다.[201] 여기에는 줄처의 「희곡문학의 유용성에 대한 고찰」이 자극제 역할을 했을 것이다. 줄처의 고찰은 분명한 극장 옹호론을 확신 있게 펼치고 있다. 일반적으로 예술은 감각의 자극과 도덕적 조정을 통해서, 올바른 행동을 하고 싶은 마음을 심어줄 수 있다.[202] 그와 동시에 극장은 실러가 줄처와 마찬가지로 도덕과 감각의 철학이 서로 만나는 소실점에서 설명하고 있는 인간학적인 작용을 바탕으로 사회적 의미를 얻고 있다. 이 사회적 의미는 바로 국가와 권력의 윤리 교육에 들어 있다. 마찬가지로 비록 영향력은 좀더 미약했지만 계몽된 기독교 역시 그와 같은 윤리적 작용을 추구하고 있다. 여기서는 각기 경고성 교훈극의 상연을 통해 진행되는 양심의 감화가 중요하다. 무대는 "악덕과 미덕"을 "흉터"나 "꾸밈"이 없이 아주 "적나라하게" 보여주기 때문에 "종교와 법률의 강화를 위한 것"이 된다.(NA 20, 91) 실러는 이와 같은 기능을 설명하면서 오스트리아 황제 요제프 2세의 관용 칙서(Toleranzpatent)*가 계몽주의적 극장의 비교적 오래된 이상을 현실에 옮겨놓았다고 지적하고 있다(레싱의 「현자 나탄」이 총체적으로 보여주고 있는 것처럼). 기독교의 교육 사상이 예술의 지원을 필요로 한다면, 이것은 물론 기독교가 지닌 윤리적 권위의 한계를 의미하는 것이기도 하다. 종교와의 경쟁에서 인간의 도덕적 개선이라는 과제가 연극에게 떨어진다면, 이것은 세속화 과정의 반조(返照)로 볼 수 있다. 이 세속화 과정은 필연적으로 신앙의 굴레를 제거하는 결과를 빚을 수밖에 없다(이와 같은 현상이 프랑스 혁명 전야에 정치 분야에 나타났다는 것은 이미 실러의 연설에서 언급된 요제프 황제의 개혁 조치가 극명하게 보여주고 있다). 실러가 극장의 업적이 도덕적 확신을 강화하는 데 기여함에 있다고 규정할 때에는 교회 강단의 자리에 연극 무대가 들어서는 역할 변화가 일어난다. 교육에 대한 연극 무대의 권리 주장은 종교 사상의 위기를 분명히 말해준다. 예술이 종교 사상의 도덕적 독점을 의문시하는 것이다.[203] 이 경우에 실러의 회의는 1784년 가을에 지은 만하임의 시들이 밝히고 있는 것처럼 그리스도교의 체념적 형이상학에서 비롯한다. 그러나 계몽된 이성 종교에 감성적 따뜻함이 부족한 것에서 연유되기도 한다. 이성 종교의 불모성은 4년 후에 「그리스의 신들(Götter Griechenlandes)」에서 신랄하게 비난받게 된다. 1795년 8월 17일에 괴테에

∴

* 1781년 오스트리아 황제 요제프 2세가 내린 칙서로서, 개신교 신자들에게 시민권과 제한적 자유를 보장함.

게 보낸 편지에서 기독교 신앙은 "미학적 종교"로서 감정이 뒷받침하는 도덕적 태도의 내면화를 초래하는 곳에서만 의미가 있다고 평가했다.(NA 28, 28) 그와 같은 평가는 이미 연극에 대한 에세이에서 주도적 역할을 하는 예술과 종교의 경쟁에 관한 그림과 동일한 그림으로 볼 수 있다.

그 밖에 과소평가되면 안 될 것은 이 연설의 정치적 배경이다. 이 연설의 목표는 도덕을 바탕으로 한 국가관의 실현이 아직은 이루어지지 않았지만, 반드시 이를 실현할 것을 변함없이 요구하는 데 있다. "만약 정의가 황금에 눈이 멀고, 악덕에게 봉사하기에 여념이 없다면, 그리고 힘 있는 자들의 악행이 정의의 무기력함을 비웃고, 인간의 두려움이 공권력의 팔을 묶는다면, 연극 무대는 검과 저울의 역할을 맡고, 끔찍스러운 재판정 앞으로 악덕들을 끌고 갈 것이다."(NA 20, 92) 8년 전에 바그너가 번역한 메르시에의 희극 관련 저서도 이와 비슷한 표현을 쓴 적이 있다. 희극은 "그 앞에 조국의 적이 소환되어 공개적으로 수치를 당하게 되는 최고 심급의 법정"과 같은 작용을 한다는 것이다.[204] 극장이 국가의 수반들에게 일반교양의 "채널"과 같은 작용을 할 필요가 있다는 주장은 국가수반들의 빈약한 도덕의식에 대한 통찰을 포함하고 있다.(NA 20, 97) 다른 말로 하면, 희극은 결코 자기만족에 빠져 기교의 상아탑 속으로 후퇴할 것이 아니라, 오히려 정치적 교육 임무를 수행하는 그곳에서 그들의 정당성을 발견한다는 의식을 생명으로 해야 한다는 것이다.[205] 그러나 연극의 공식적 교육목표는 변함없이 현존하는 사회적 상황의 결점과 연결되어 있다. 이와 같은 입장이 충격을 주는 것은 무대를 과대평가했기 때문이 아니고, 오히려 현실을 지배하고 있는 사회질서를 과소평가했기 때문이다.

만하임의 청중들은 극장의 정치적 과제를 거의 당연한 것으로 여기지 않았을 것이다. 그러나 이 연설은 그 밖에도 교육학과 심리학의 광범위한 스펙트럼에서 작용하는 분야들을 거명하고 있다. 이상적인 연극 무대는 관용의 정신을 전수하고, 교육의 오류를 밝혀주며(레싱의 전통을 따르는 시민 계층의 가정 드라마 참조), "세계의 위인들"(NA 20, 97)을 정치사에서 경각심을 불러일으키는 권력 남용의 예들과 대질케 하고, 경솔한 사람에게는 지상의 행복의 한계를 상기시켜준다. 성격이 지나치게 민감한 이들을 단련시키기도 하고, 문화가 없는 야만인들에게는 승화된 감수성을 전수하기도 한다. 여기서 실러는 그처럼 광범위한 영향의 가능성을 실천에 옮기는 데 도움을 줄 문학적 메커니즘은 설명하지 않고 있다. 그러나 비극에 대한 그의 견해는 레싱의 전례를 따르고 있는 것 같다. 레싱은 『함부르크 희곡론』 78번째 항목에서 비극의 과제는 각각 결말이 어떻게 나느냐에 따라, 무감각하게 된 관객의 동정심이나 고도로 세련된 관객의 도덕적 반항 능력을 자극하는 것이라고 규정하고 있다.[206] 실러는 특수한 장르 문제에 대한 설명 없이 이 균형의 미학을 받아들여, 인간학적이고 도덕적인 목적을 포괄하는 조정 기능을 극장이 가질 것을 의무화하고 있다. 극장의 탁월한 목표는 관객에게 도덕의식을 불러일으키는 동시에, 레싱은 거의 생각지 못했지만, 관객을 지배하고 있는 정신과 육체의 이중성을 조화시킬 때 달성되는 것이나 마찬가지이다. 실러에 따르면, 이와 같은 것을 배경으로 할 때 비로소 연극 무대가 독일인의 문화적 자기이해와 함께 그들의 정치적 동질성 형성을 북돋워줄 수 있다. "나는 다른 국민이라면 달리 생각하고 느끼는 어떤 대상을 두고 의견이나 기호가 비슷하거나 일치하는 것을 한 민족의 민족정신이라고 부른다. 이와 같은 의견 일치에 강도 높게 영향을 미칠 수 있는 것은 오직 연극 무대뿐이다. 왜냐하면 연극 무대는 인간 지식의 전 분야를 섭렵하고, 인생의 모든 상황을 샅샅이 탐구하며, 마음을 구석구석까지 조명하기 때문이다."(NA 20, 99) 실러는 예술이 단단한 묘사력을 지니고 있다는 견해에서 출발해서 국가의 포괄적 변화는 미학 교육을 통해서야 가능할 수 있다는 주장을 펼치고 있다. 독일에는 부재하는 정치적 통일 때문에 탁월한 연극 성과가 못 나온다는 레싱의 체념적 평가에 반대해서 실러의 연설은 일종의 국립극장 건설에 대한 주장을 결론으로 제시하고 있다. 국립극장 건설이 그들의 문화적 동질성의 매개체로서 국민교육에 선행하지 않으면 안 된다는 것이다.[207]

이전에는 그와 같이 강력한 영향력을 연극에 부여한 적이 한 번도 없었고, 여기에서처럼 그의 요구가 그토록 거창했던 적도 없었다. 실러가 만하임에서 얻은 무대 실무 경험에는 그가 희망을 가질 수 있는 근거가 별로 없다는 것을 고려하면, 이 연설을 관통하고 있는 낙관론은 놀랍지 않을 수가 없다. 불행한 현실에도 불구하고 그가 높은 이상을 꽉 잡고 놓지 않은 것 역시 책략적 계산에 연유한 것일 것이다. 그가 원고를 작성하던 상황은 외부적인 압박으로부터 자유롭지 못했다. 그는 인간적으로 상대하기 어려운 극장장에게 재정적으로 예속되어 있었다. 그의 지원이 없으면 실러는 그의 연설을 듣고 있는 사회 유지들에게 접근할 수 있는 기회를 결코 얻지 못했을 것이다. 그의 강연에서 보이는 수사학적 화려함도 자신이 갈망하던 후원자들에게 고마움을 표현할 수 있는 계기를 얻은 데서 비롯한 것이었다. 바로 여기에 근본적으로 그가 펼치는 논거의 전략적 성격이 분명하게 나타나고 있다. 즉 실러의 수용미학적인 낙관론은 실무 경험의 표출이 아니고, 오히려 쿠어팔츠의 유지들 앞에서 자신을 극장의 옹호자로서 연출하려는 만하임 극장 전속 작가의 공개적 자기현시의 성격을 띤 것이다. 결론적으로 이 연설은 자신의 활동에 도덕적 품위를 부여하여 품격을 높이려는 시도였다. 이전에 쓴 슈투트가르트 에세이에서 이야기한 것처럼 독일 연극 무대의 부족함에 대한 불평이 아니라 희곡예술을 통한 미학 교육의 비전만이 이와 같은 요구를 정당화할 수 있었다. 물론 실러는 비교적 크게 인정받지는 못한 것으로 보인다. 여하튼 사람들이 그에게 보낸 갈채는 대수롭지 않았음이 틀림없다. 그는 대외적인 성공을 거두면 뷔르템베르크의 친구들에게 비교적 상세하게 보고하는 습관이 있었는데, 이번에는 생략했다. 관례에 따라 이 연설문이 독일협회의 글 모음집에 수록되기를 실러가 기대할 수도 있었겠지만, 현학적인 독일협회는 이를 포기했다. 도저히 묵과할 수가 없는 이 연설의 정치 비판적 어조가 이 협회 회원들의 마음에 들지 않았던 것이 분명하다.

무대예술에 대해 이 연설이 자신만만하게 펼치고 있는 낙관론보다 더욱 진술한 느낌을 주는 것은 1784년 1월에 쓴 극장 메모에서 실러가 관객으로 하여금 「피에스코」의 만하임 대본에 동조케 하기 위해서 동원한 표현들이다. 여기에서 전면에 나타나는 것은 이미 「도적 떼」의 서문에서 윤곽이 드러난 것처럼 관객에게 심리적으로 영향을 미치는 기법을 신봉한다는 고백이다. 희곡적 처리 방법의 개별적 요소들, 이를테면 줄거리를 자유자재로 바꾸는 것, "도덕적 관계"를 지닌 탁월한 소재 내지 인물들을 선택하는 것, "우리가 있는 힘을 다해서"(NA 22, 90) 관람자에게 행동 의욕을 고취하는 것 등이 거기에 속한다고 볼 수 있다. 희곡예술의 장비들은 우선 도덕적 영향이 기대처럼 이루어지지 않고도 관객을 조종할 수 있는 매력적인 가능성들을 제공한다. "극장에서의 조용하고 위대한 순간은 항시 거룩하고 엄숙하다. 그곳에서는 수백 명이나 되는 관객의 마음이 전능한 마술 지팡이에 얻어맞은 것처럼 시인의 상상에 따라 움직인다. 그곳에서는 자연적인 인간이 모든 가면을 벗고 은신처에서 뛰쳐나와 솔직한 마음으로 경청한다. 그곳에서 나는 관객의 영혼의 고삐를 쥐고, 나의 마음대로 즉시 천국이나 지옥을 향해 공을 던질 수 있다"(NA 22, 90 이하)라고 실러는 고백하고 있다. 이상적인 드라마는 인간의 문화적 전통에 의해 가려 있는 것처럼 보이는 단호한 행동 의지를 새로이 일깨우려고 해야 한다. 관객은 주인공들의 숭고한 계획과 시도를 마주 대하면서 "영웅심의 꺼져가는 불꽃"을 자신 속에 느낄 수 있고, "우리 일상생활의 협소하고 어두운 틀에서 더욱 높은 영역으로"(NA 22, 90) 솟아오를 수 있다. 이와 같은 사상의 출처를 실러는 렌츠가 10년 전에 발표한 「극장에 대한 주석」에서 찾았다.[208] 이 주석도 비슷한 행동 프로그램을 옹호한 것이다. 단지 몇 달 후에 작성한 연극무대 관련 연설문에 추가된 도덕주의의 흔적은 「피에스코」의 만하임 대본에서는 발견되지 않는다. 그 대신 노련한 심리요법 전문가로서 정열의 건반 위에 연주할 줄 알고 관객의 감정을 조종할 줄 아는 한 극작가의 작업장을 들여다볼 수 있다. 극장이 정신적 긴장의 유발 인자가 되고 있다. 이 정신적 긴장은 증가된 행동 의지를 가지고 지양하고 참여하는 관객 자신의 사회적 행위를 통하여 극복되어야 한다. 이와 같이 중대한 영향 이론에 도덕적 기관으로서 극장의 역할은 포함되지 않았는데, 이는 특이한 점이 아닐 수 없다.

계획과 연구 과제들
《만하임 희곡론》과 《만하임 국립극장 문집》(1783~1785)

이미 바우어바흐에서부터 실러는 정기적으로 간행되는 극장 관련 저널을 창간하려는 생각을 품고 있었다. 이 저널의 중요한 과제는 현재 상연되는 작품의 비평뿐 아니라, 연극론 연구, 연극예술과 상연 계획에 대한 에세이 등을 발표하는 데 있었다. 레싱이 발행하던 잡지들인 《연극 도서관》(1754~1758)과 『함부르크 희곡론』은 분명 테마상으로 유사한 모델을 따르고 있었다. 실러는 1783년 6월 14일에 바이마르로 출발하는 라인발트에게 자신의 출판 계획을 위해 능력 있는 동업자를 물색 중이라는 것을 암시했다. 1784년 5월 5일에는 그 친구에게 보내는 비교적 장문의 편지에서 이 계획을 좀 더 상세히 설명하고 "직접 또는 간접적으로 드라마의 종류나 비평에 관련된 모든 논문을 게재하게 될"(NA 23, 139) 저널을 하나 구상하고 있다고 언급했다. 그는 재정적 후원이 필요했기 때문에 같은 시기에 달베르크에게 자신의 계획을 상세하게 소개했다. 그의 목표는 그 잡지를 독자적인 지적 프로필을 가진 만하임 극장의 기관지로 만들어내는 것이었다. 그러나 1784년 초여름에 극장장은 선제후 극장의 넉넉지 못한 자금 사정으로 보아 그와 같은 정기간행물 관련 비용을 감당할 수 없다는 점을 그에게 암시했다.

그럼에도 불구하고 실러는 그 계획을 포기할 수는 없었다. 우선 그는 전략을 바꾸어 6월 초에 달베르크에게 독일협회 내에 극장 문제를 논의할 협의체를 구성하자고 제안했다. 이 협의체는 극장장을 수장으로 하고, 회원 여섯 명의 지원을 받아 만하임 앙상블의 무대위원회와 나란히 공연 계획 작성의 관점들, 공연의 질, 그뿐 아니라 희곡예술의 당면 문제들을 토론할 예정이었다. 이 계획의 틀 속에는 독일협회가 자금을 담당해서 독일 극장의 사정에 대한 비판적 논문을 게재하는 연간(年刊) 저널을 창간할 것을 추천하는 내용도 들어 있었다. 그 밖에 실러의 계획안에는 만하임 위원회와 좀 더 상세한 조정을 이루어내는 과제를 담당하는 비서 직의 설치도 예정되어 있었다. 실러는 달베르크에게 그 직책을 자기 자신이 맡도록 해달라고 요청했다. 여름 휴양지에 머물던 극장장은 6월 5일로 예정된 독일협회의 회의에 참석하지 않았다. 하지만 그 회의에서 실러는 자신의 제안을 좀 더 자세하게 설명할 수 있었다. 회원 다수가 그 프로젝트를 환영한 듯싶었고 눈에 띄게 호의적인 반응을 보였다. 그러나 이 청원 건은 안톤 클라인(Anton Klein)의 음모로 좌절되었다. 그는 이 협회의 사무총장으로, 추가적인 부서를 설치할 경우 자신의 업무 권한이 축소될 것을 두려워한 것이다. 특히 클라인은 실러의 계획과 자신이 발행하는 잡지《팰치셰스 무제움(Pfälzisches Museum)》과의 경쟁을 피하려고 했다. 1783년까지 《라인 학자보(Rheinische Beiträge zur Gelehrsamkeit)》라는 명칭으로 발행되던 잡지는 '만하임 극장 일지(Tagebuch der Mannheimer Schaubühne)' 난(欄)에 정기적으로 공연 레퍼토리를 게재했기 때문에 여기에 출판사 간 경쟁이 일어날 위험이 있었다. 재능이 많고 명민한 예수회 출신에다 태도가 불분명한 클라인은 물론 반대 의사를 공개적으로 표명하지 않았고, 오히려 우회적인 작전을 펴서 실러의 계획을 방해했다. 결국 협회는 사무총장의 권고를 따라 그 제안을 더 이상 다루지 않았다.

하지만 실러는 희망을 버리지 않았다. 7월 2일 그는 달베르크에게 이전의 저널 프로젝트와 연관된《만하임 희곡론》발행 계획안을 보냈다. 이는 월간지 발행에 대한 계획안이었다. 실러 자신은 연간 사례금 50두카텐을 받고 이 월간지를 8월부터 발행하고 싶어했다. 이 계획안은 주제가 각각 다른 여덟 분야를 거명하고 있다. 그에 따르면 이 저널은 만하임 극장의 역사를 연대기순으로 싣고, 앙상블과 레퍼토리를 소개하며, 극장위원회의 협의 사항을 보고하고, 배우들을 위한 현상 과제를 게재할 예정이었다. 그 밖에도 상연된 작품을 평가하고, 희곡과 연극예술에 대한 에세이를 발표하고, 특히 짧은 일화와 시들을 게재한다는 것이었다. 겨우 두 쪽으로 되어 있는 이 계획안은 그렇게 함으로써 오락과 교훈을 똑같이 기대토록 해서 가능하면 광범위하게 독자를 사로잡아야 한다는 점을 밝히고 있다. 이론적인 논문들이 "몇 년 내에 연극의 전체 시스템"을 설명하게 될 것이라고 보고 있는데, 이는 극도로 야심 찬 계획이 아닐 수 없었다.(NA 22, 313) 여기에는 만하임 시절 실러의 특징이라 할 수 있는 자기 과대평가 경향이 나타나고 있다. 이 경향은 때때로 친구들이나 친지들과의 교제에서도 나타나는 것처럼 현실감각이 부족한 데서 연유한 것이다. 달베르크에게 보낸 프로그램은 특별히 극장장을 통해 "한 출판사의 이해관계와 서적 판매의 요행"(NA 22, 314)으로부터 최대한의 독립성을 이 저널에 보장해줄 안정적 재정 확보에 중점이 놓여 있었다(이와 같은 표현은 이 잡지를 발행하게 될 출판업자 슈반에 대한 비난을 의미했다). 이 잡지는 독립적인 기관으로서 계획되어 있었으나 광고 목적을 배제하지는 않고 있다. 즉 '희곡론'의 도움으로 만하임 극장은 예술적 의미에서 적절한 존경을 받고, 지역 밖의 관객들에게 좀 더 가깝게 소개될 수 있다는 것이 실러의 믿음이었다. 물론 달베르크는 이 계획을 위한 자금 조달을 거절했다. 계획된 저널이 많은 독자를 확보할 수 있으리라는 확신이 서지 않았기 때문이다. 이미 5년 전에 이 게밍겐의 남작에게는 공연 비평을 게재하는 《만하임 희곡론》을 발행했으나 경제적인 이유로 속간하지 못한 경험이 있었다. 달베르크는 7월 중순에 실러에게 그의 잡지를 극장의 도움 없이 자유 판매용으로 슈반에게서 출간할 것을 추천했다. 이는 게밍겐의 실패를 배경으로 짐짓 심술을 부리는 것이나 다름없는 권고였다. 실러도 현명한 편이어서 그 권고를 귓전으로 흘리고 불운의 표지가 붙은 이 계획을 더 이상 추진하지 않았다.

적어도 달베르크의 연극 무대에서 상연되고 있는 레퍼토리를 공개적으로 소개하고, 필요하다면 비판적으로 검토하고 싶은 염원만은 몇 달 후에 실천에 옮겨졌다. 1784년 말에 독자적으로 창간한 《라이니셰 탈리아》에서 실러는 지난 몇 개월간의 만하임 극장 공연 계획을 높이 평가했다. 《라이니셰 탈리아》의 창간호는 1785년 3월에 발행되었다. 그 잡지를 통해 그는 이렇게 강조하고 있다. "희곡예술이나 연극예술과 같이 변동이 심한 예술에서 허영심에 가득 찬 배우가 문외한이나 다름없는 군중의 야유 섞인 박수갈채를 허겁지겁 받아들인다. 진실의 목소리와 혼동하는 일이 그토록 자주 일어나는 곳에서는 비평이 아무리 엄중하더라도 부족함이 있다."(NA 22, 96 이하) 실러는 이 준엄한 요구를 그의 《만하임 국립극장 문집(Repertorium des Mannheimer National-theater)》에서 어느 정도 일관성 있게 충족시켰다. 1월 2일과 3월 3일 사이에 그는 국립극장의 열일곱 개 공연을 참관하고, 각 공연에 대하여 간단하게 논평을 했다(네 개의 공연은 단지 제목만 언급하고 있어서 그가 직접 참관하지는 않은 것으로 보인다). 칭찬을 하려고 애를 썼음에도 불구하고 몇 가지 예리한 지적이 담긴 비평이 주종을 이루고 있다. 불만을 야기한 것은 작품 선정 때 대중적인 오락물에 치중해서 주로 "겉만 번지르르한 연극"을 제공하는 것이었다(예컨대 젊은 프란츠 마리우스 폰 보바(Franz Marius von Boba)가 쓴 희극 「오다(Oda)」의 인물 설정이 그렇다). 실러는 창극 몇 편의 "미숙한 공연"을 못마땅히 여겼다. 예를 들어 청중에게 인기가 있었던 클라인의 각본에 따른 「귄터 폰 슈바르츠부르크(Günther von Schwarzburg)」의 경우가 그렇다. 그리고 여자 가수들의 취약한 표정 연기 능력도 질책을 받았지만, "프롬프터 박스"*에 의존해야만 힘들게 "대화"를 할 수 있었던 다수 출연자들의 서먹하고 불안한 대사 역시 질책을 받았다.(NA 22, 316 이하 계속)

1월 18일의 「간계와 사랑」 공연에 대한 비평은 특별히 완강했다. 공연을 참관한 지 하루 후에 이미 실러는 달베르크에게 편지를 써서 공연의 정확성 부족, 선명치 못한 말투, 역할에 대한 출연자들의 이해 부족에 대하여

••

* 배우에게 대사를 나지막이 읽어주는 곳.

불평했다. 출연자들이 "즉흥연기를 통해 그들의 편의주의를 도우려 했기" 때문에 원본에 쓰여 있는 대사 대신 그는 자주 "허튼소리를 들어야 했다"는 것이다.(NA 23, 173) 극장장을 대신해서 이플란트가 1월 19일에 이 편지에 담긴 격렬한 비난에 대하여 답을 주었다. 그는 공연의 불규칙성의 원인은 실러의 대사의 어법이 "복잡하기" 때문에 익히기가 "쉽지 않은" 것이라고 변명했다. 그는 흥분해서, 바로 실러가 이의를 제기한 「간계와 사랑」 공연이 이전 공연들을 수준 면에서 현저하게 능가했다는 점을 강조했다. 텍스트에 대한 극단원의 이해 부족을 탓하는 것을 두고도 저자의 오만이라고 멸시감이 없지 않은 어조로 평가절하하면서도 "꾸지람" 속에 "신랄함"이 들어 있지 않다면, 그 꾸지람을 기꺼이 받아들이겠다고 약속했다.(NA 33/I, 58과 그다음 쪽) 《만하임 국립극장 문집》의 개별 비평은 막상 달베르크를 향해 쓴 편지에 표현된 책략적인 공격을 완화하고 있다. 그렇다고 평가 자체가 물론 긍정적인 것은 아니다. 루이제 역을 맡았던 카타리나 바우만은 칭찬했지만, 그 밖의 출연자들의 들쑥날쑥한 수준을 실러는 못마땅하게 여겼다. 페르디난트 역을 맡은 베크는 "훌륭한 면이 없지 않아" 그를 놀라게 하였지만 이와 같은 인상은 개별적인 순간에 국한된다. 그는 극장 감독의 부인인 카롤리네 렌쉬프의 과장된 감정 폭발에 대하여 비난했고, 바일은 대본 연구 부족으로 어쩔 수 없이 즉흥적인 대사를 하지 않을 수 없었다고 질책을 당했다.(NA 22, 317) 마지막으로 《만하임 국립극장 문집》의 평가를 살펴보면 마치 실러가 여기서 현행 공연이 깊이가 없이 평범함을 벗어나지 못한 데 대해 깊은 실망감을 표출하고 있다는 인상을 받는다. 이플란트에 대한 과다한 찬사를 빼고는 대부분 회의적인 그의 인물평은 예술적으로 빈곤하던 당시 상황하에서 극장에 대한 자신의 꿈들이 실현되지 못하고 묻혀버리는 것을 보아야만 하는 한 작가의 불만을 반영하고 있다.

독일에서는 그 분야에서 주도 세력이나 마찬가지인 만하임 극장의 배우들의 반응은 격렬했다. 셰익스피어의 「리어 왕」에서 자신이 연기한 에드가 역을 실러가 비판하자 멸시를 당했다고 느낀 뵈크는 연습 작업 동안에 격렬한 표현으로 분노를 표출했고, 카롤리네 렌쉬프는 개인적으로 《만하임 국립극장 문집》이 자신의 레이디 밀퍼드 역 연기를 두고 불친절하게 언급한 데 대하여 극장장에게 직접 항의했다. 실러에게 계속 칭찬을 들은 이플란트까지도 비평자의 강경 노선을 이해해주지 않았다. 다른 한편으로 달베르크는 도발적으로 자신의 극단을 두둔했지만, 실러와의 관계를 지속적으로 불편하게 하고 싶지는 않았다. 그는 3월 말에 둘만의 대화에서 배우들의 입장을 실러에게 설명하고 그들의 민감한 반응에 대하여 관용을 베풀기를 촉구했다. 그는 3월 27일에 실러에게 간곡한 말로 앞으로는 그와 비슷한 호된 비판은 삼가달라고 부탁했다. 그와 같은 비판은 극장이란 기관의 "동요는 물론 급기야 몰락에 영향을 미치지 않을 수 없기 때문"이었다.(NA 33/I, 63) 그다음 달에는 계획되었던 《만하임 국립극장 문집》의 속간이 이루어지지 못했다. 그러나 만하임 극장과 실러의 관계는 원만하지가 않았다. 게다가 1785년 초에 있었던 논쟁은 1784년 여름에 시작된 전사(前史)를 가지고 있었다.

7. 위기에서 벗어나는 길:
만하임, 라이프치히, 드레스덴(1784~1787)

연극에 좌절감을 느끼다
실망 끝에 펼친 활동들

1784년 8월 마지막 주일에 만하임 국립극장과 실러의 계약 기간은 끝이 났다. 이미 두 달 전에 쿠어팔츠의 궁의(宮醫) 프란츠 안톤 마이(Franz Anton May)가 달베르크의 부탁을 받아, 계약 종료 후에는 하이델베르크에서 의학 공부를 끝마치고 평범한 시민으로서의 생활 기반을 구축할 것을 실러에게 권고했다. 실러는 그의 아버지의 염원과도 일치하는 이 가능성을 잠시 동안 긍정적으로 고려한 것 같다. 그는 슈투트가르트에서 합격한 시험을 바탕으로 하이델베르크에서 단지 두 학기만 이수하면 그가 추구하던 박사 학위를 취득할 수도 있었을 것이다. 6월 말에 그는 만하임 극장을 위해 자신이 앞으로 기여할 것을 염두에 두고 계약을 한 해만 연장해줄 것과, 학업을 지속할 수 있도록 일상적인 업무를 면제해줄 것을 달베르크에게 부탁했다. 그다음 몇 주 동안 그는 물론 자신의 계획을 까맣게 잊어버렸던 것 같다. 8월 24일 그는 정열적인 말투로 가을에 끝마치고 싶은 「돈 카를로스」 집필 작업을 달베르크에게 설명했다. 그 시점까지 그는 계약 연장을 확신하고 있었다.

불과 며칠 뒤에 달베르크는 자신이 계약 연장을 고려하고 있지 않다는 것을 그에게 통보했다. 이로써 그는 실러와 배우들의 관계를 어렵게 하고 있는 분위기 악화에 대한 조치를 취한 것이다. 갈등이 표면화한 계기는 이미 8월 초에 있었다. 고타 출신 작가 프리드리히 빌헬름 고터가 쓴 익살극 「검은 옷차림의 남자(Der schwarz Mann)」의 공연이 그 계기였다. 이 익살극에는 존재감이 없고, 말만 많은 극장 전속 작가 플리크보르트가 등장하는데, 이는 실러를 빗댄 인물임을 쉽게 알 수 있다. 이 작품은 원래 1778년에 발행된 것으로, 프랑스의 통속문학 작가 제네발드(Gernevalde)가 쓴 2막 짜리 익살극 「세상살이가 귀찮은 검은 옷차림의 남자(L'Homme noir, oule spleen)」를 개작한 것이었다. 고터는 1768년 《괴팅겐 문예연감》의 창립자 중 한 사람에 속했고, 1772년 여름에는 베츨라르에서 괴테와 친하게 지낸 사이였다. 1773년에는 고타 궁정에서 새로운 극단을 창단하고 수석 연극 고문 직을 맡았다. 그는 인정받기를 탐하고, 자신의 영향력도 가능한 한 정확히 행사하는 전략가다운 처신으로 문학인들과의 긴밀한 관계를 키워왔다. 문학 상품으로 수십 편씩 시장에 내놓은 그의 희곡들은 고타 밖에서도 흥행 면에서 적지 않은 성공을 거두었다. 고터는 자신의 작품이 만하임 극장에도 공연되었기 때문에 열세 살이나 어린 실러를 위협적인 경쟁자로 보았다. 그는 1782년 3월 24일 달베르크에게 보낸 편지에서 「도적 떼」를 부정적으로 평가한 적이 있다("제발 하느님께서 더 이상 우리로 하여금 이와 같은 장르의 작품과 만나지 않도록 지켜주시옵소서"). 이 같은 사실이 신속히 극장가에 소문으로 퍼졌다.(NA 23, 283) 플리크보르트 역은 「피에스코」 결말 때문에 어려움을 겪는 실러를 냉소적으로 조롱하기 위해 고의적으로 연출한 것이 분명함에도 불구하고 만하임의 배우들은 (달베르크의 부재 중에) 시험 공연에서 아무런 이의도 품지 않은 것으로 보인다. 8월 3일에 처음으로 보여준 공연에서 이플란트도 이 플리크보르트 역을 모른 척했다. 이 촌극에 그가 가담한 것은 1784년 초부터 지속된 실러와의 불화가 아직도 해소되지 못했다는 것을 말해주고 있다. 고터와 마찬가지로 그도 「간계와 사랑」을 통해 성공을 거두고 있는 무대 작가의 그늘에 가려서 극장 내의 극작가 자리에서 밀려나지 않을까 하는 걱정이 앞섰던 것이다. 물론 이플란트는 몇 주 뒤에 이미 자신의 행동을 후회한 것으로 보인다. 1784년 9월 19일에 달베르크에게 보낸 편지에서 그는 고터가 장난한 부분을 레퍼토리에서 제외해서 더 이상 실러의 심기를 거스르지 말기를 권고했다. 그러나 그는 악의적으로 「도적 떼」와 「피에스코」를 레퍼토리에 포함시키지 말 것도 권고했다. 왜냐하면 이와 같은 작품들은 셰익스피어 작품을 공연 계획에 포함함으로써 충분히 대체될 수 있기 때문이라는 것이다.(NA 4, 279 이하)

극장 전속 작가와의 계약을 더 이상 연장하지 않기로 한 달베르크의 결정에 고터의 음모가 뒷받침되었음은 의심할 여지가 없다. 출연자들이 실러 제거에 가담하려는 의지를 보인 것은 그들이 실러의 높은 지적 요구를 힘겹게 느꼈다는 것을 보여주고 있다. 정치적 계산도 부차적으로 한몫했을 것이다. 1784년 여름에 뮌헨에 있던 쿠어팔츠 선제후에게, 실러를 수상한 의도를 지닌 뷔르템베르크의 탈영자로 낙인을 찍은 익명의 보고서가 접수되었다. 이 보고서를 바탕으로 궁정은 10월에 극장장에게 혐의자의 기능과 봉급에 대하여 자세히 해명하라는 서신을 보냈다. 달베르크는 이미 8월에 뮌헨의 밀고에 대해서 알고 있었고, 선제후의 눈 밖에 나지 않기 위하여 실러의 해직을 추진했을 가능성을 배제할 수 없다. 사람들은 뷔르템베르크의 도망병이 더 이상 극장에 근무하고 있지 않다는 점을 밝힘으로써, 궁정의 문의에 대하여 적절한 답을 할 수 있었던 것이다.[209]

1784년 초가을 실러는 정기적인 수입이 끊긴 후에 또다시 경제적으로 곤궁한 상황에 빠졌다. 이 상황은 헨리에테 폰 볼초겐이 바우어바흐에서 꾸어 준 돈을 갚으라고 재촉함으로써 더욱 악화되었다. 그의 형편은 이미 7월 말에 극적으로 어렵게 되었다. 실러가 진 빚 200굴덴에 대해 보증을 섰던 평판 나쁜 슈투트가르트의 하사관 부인 프리케(Fricke)는 빚 독촉을 하는 채권자들을 피해서 만하임으로 도망쳤는데, 그곳에서 경찰에게 체포되고 말았다. 그러나 실러의 집주인 안톤 횔첼이 예금을 담보로 제공해서 소송이 벌어지는 것은 막을 수 있었다. 실러는 수 년 후 1802년 1월에 베크의 도움을 받아 횔첼의 아들에게 만하임 극장의 무대 장식가라는 확고한 일자리를 마련해줌으로써, 나름대로 횔첼에게 입은 은혜에 보답할 수 있었다. 이 고통스러운 사건은 여론의 관심을 끌었다. 슈투트가르트에는 실러가 경박한 프리케 부인과 공모해 어음을 위조하고 사기 보증을 세웠다는 소문이 돌았다. 그러자 실러의 아버지도 극도로 염려한 나머지 나서서 슈투트가르트의 채권자들을 무마하지 않으면 안 되었지만, 400굴덴이 채 안 되는 연봉을 가지고는 한계가 있을 수밖에 없었다. 1784년 9월에 그는 그처럼 자주 실망을 겪은 후로는 격노해서 아들의 "전망, 희망, 계획, 약속"을 더 이상 믿을 수 없다고 썼다.(NA 33/I, 41) 실러에게는 이제 가족의 지원을 받을 가능성도 없어진 것 같았다. 만하임의 가을날에 그의 생활 분위기는 눈에 띌 정도로 침울했다. 가진 돈, 후원자, 일자리도 없이 그의 앞에는 기대감에 차서 시작한 프로젝트의 잔무들만 쌓여 있었다.

경제적 난관에 봉착하자 실러는 가을에 손수 잡지를 창간하여 그 판매 대금으로 고정적인 수입을 올리고자 했다. 《라이니셰스 무제움(*Rheinisches Museum*)》이라는 명칭을 지닌 이 잡지는 비정기적으로 발행되면서 문학 논문과 함께 연극 이론이나 예술 이론에 대한 에세이를 게재할 예정이었다. 이 계획은 전적으로 물질적 기대감은 가지고 세워진 것인 까닭에 물론 현실감각이 전혀 없었다. 그는 1784년 10월 8일에 헨리에테 폰 볼초겐에게 500명의 정기 구독자로 출발해서 제반 비용을 제하고 연간 1000굴덴의 순이익을 기대하고 있다고 선언했으나, 틀림없이 책략적인 이유에서 한 짓이었다. 가을에 비슷한 숫자를 보고받은 실러의 아버지는 1785년 1월 12일에 쓴 편지에서 당연히 전체 계산에 대하여 의구심을 나타내면서, 앞으로 기대되는 수입을 마치 이미 손안에 들어온 것처럼 계산하는 것에 대하여 경계했다.

1784년 후반기는 실러에게 외적인 타격과 내적인 불안이 겹친 시기였다. 전에는 그와 같은 방법으로 끊임없이 바뀌는 미래 계획, 프로젝트, 구상들에 몰려 한 번도 우왕좌왕한 적이 없었다. 희곡 집필 작업은 중단되었다. 「돈 카를로스」의 원고 집필은 진전이 없었고, 서정시 창작은 완전히 마비되었다. 심지어 그가 가을에 재정적인 이유에서 강화하고자 하던 저널리스트 활동도 아무런 결실을 맺지 못했다. 1784년 8월 말에 그는 《독일 저널》의 발행인이요 이전의 《괴팅겐 문예연감》 편집인이던 폰 괴킹크 (von Göckingk) 남작에게 짧은 논문을 투고했다. 8월 19일에 만하임 극장에서 있었던 셰익스피어 공연에서 이플란트가 보여준 「리어 왕」 해석에 대한 논문이었다. 남작은 소액의 사례금을 지불하고 그 원고를 자신의 잡지 10월호에 게재했다. 11월 중순에는 배우들의 역할 시새움에서 발생한 일상적인 싸움에 대한 보고서 「발렌슈타인의 연극 전쟁(Wallensteinischer

Theaterkrieg)』을 집필했는데, 이는 팔리지 않은 것이 확실하다. 실러는 이 보고서를 1785년 3월에 (그동안 새로운 명칭으로 발행되던) 《라이니셰 탈리아》에 실었다.

저널리스트로서 별로 성공적이지 못하던 실러는 자신의 불안정한 생활을 극복하기 위해서 열띤 활동을 펼쳤다. 만하임 극장 배우들과의 관계는 고터의 익살극 공연이 있은 후에 계속에서 긴장 상태로 머물러 있었다. 젊은 아내가 죽고 난 후에 외로워진 베크만이 가을철에 실러의 환심을 사려고 했다. 하지만 서로에게 정신적으로 자극을 주는 대화 상대가 되지는 못했다. 대화 상대가 되는 데 필요한 뛰어난 지적 능력이 그에게는 없었던 듯싶다. 1783/84년 겨울을 만하임에서 보낸 소피 폰 라 로슈의 집을 이따금 방문하는 것도 실러에게 새로운 문학적 접촉의 길을 열어주지는 못했다. 만하임 출판업자 슈반의 딸 마르가레테 슈반(Margarette Schwan)과는 사랑하는 마음이 통했으나, 그 관계는 순조롭게 발전하지 못했다. 그들의 관계는 1784년 초여름부터 깊어졌다. 이제 실러는 정기적으로 그 집을 방문해서, 열여덟 살 난 마르가레테와 그녀의 동생 루이자에게 저녁때마다 책을 읽어주었다. 슈투트가르트에는 그가 슈반의 맏딸과 부부 관계를 맺었다는 소문이 일찍부터 퍼져 있었다. 그러나 실제로 그는 자신이 느끼고 있는 연정을 그녀에게 솔직히 고백하기를 꺼렸다. 만하임을 떠나고 나서 처음으로 그는 결정적인 행보를 취하기로 계획했고, 1785년 4월 24일에 슈반에게 쓴 편지에서 마르가레테와의 혼인을 허락해줄 것을 청했다. 헨리에테 폰 볼초겐의 경우와 마찬가지로 그는 고백을 즉석에서 하지 못하고, 공간적으로 멀리 떨어진 곳에서 감행한 것이다. 이는 애정 문제라면 쉽게 자신감을 못 가지는 평소의 그의 마음가짐을 말해주는 산 증거이기도 하다. 슈반은 대답을 회피하고, 먼저 자신의 딸과 이야기해볼 것을 권고한 것 같다. 경제적으로 궁핍하기 짝이 없는데다 자유분방하기까지 한 이 작가는 자신이 원하던 사윗감이 아닌 것이 분명했다. 51세의 슈반은 자기 출판사의 경제적 미래를 생각지 않을 수 없었다. 그래서 전도가 확실한 후보자를 물색했던 것이다. 그가 이와 같은 태도를 견지하는 데에는 야심에 찬 동업자 고틀로프 크리스티안 괴츠(Gottlob Christian Götz)의 지원이 있었다. 괴츠는 실러와 마르가레테의 결합에 훼방을 놓았다. 그 결합을 사업상으로 자신의 파멸을 초래할지도 모르는 잘못된 결합으로 여겼기 때문이다. 실러는 라이프치히에서 더 이상 아무런 조치도 취하지 않고, 그녀에게 자신의 감정을 밝히기를 포기했다. 다른 문제에서는 청산유수처럼 흘러나오던 말이 애정 문제에서만은 재빨리 막혀버리는 것이었다.

우울하기만 하던 만하임의 가을철에 23세인 샤를로테 폰 칼프가 실러의 귀중한 대화 상대가 되었다. 그녀는 헨리에테 폰 볼초겐과 마찬가지로 제국 직속 기사 마르샬크 폰 오스트하임(Marschalk von Ostheim)의 먼 친척이었다〔장 파울은 친구 크리스티안 오토(Christian Otto)에게 보낸 편지에서 그들을 친정 성(姓)을 따라 "오스트하임 집안 여인들"이라고 불렀다〕. 부모님이 일찍 사망한 후 샤를로테는 마이닝겐과 노르트하임에 사는 친척들의 보살핌을 교대로 받으며 성장했다. 그곳에서 그녀는 영주의 가족과 가까이 지낼 수 있게 되었고, 동갑내기이자 후에 공작이 된 게오르크 왕태자와 친밀하게 지냈다.[210] 외롭고 정이 그립던 어린 시절과 젊은 시절을 그녀는 문학의 세계로 도피함으로써 견뎌냈다. 그럴 수 있는 무기고 같은 구실을 한 것은 마이닝겐의 도서관이었다. 그녀에게 그 도서관의 비밀을 알도록 해준 것은 라인발트와 궁정 설교사 프랑어였다. 1783년 10월에 그녀는 아무런 애정도 없이, 정략적인 결혼을 했다. 상대는 프랑스 군대에 근무하고 있는 대위이자 10년 연상인 하인리히 율리우스 알렉산더 폰 칼프(Heinrich

Julius Alexander von Kalb)였다. 그는 전직 바이마르 시종장 요한 아우구스트 폰 칼프(Johann August von Kalb)의 동생이었다(실러는 후에 그를 '몰락한 세계인의 양심을 지닌 무뢰한'이라고 평했다(NA 25, 28)). 그녀는 남편과 함께 1783/84년 겨울에 팔츠의 병영 도시 란다우로 이사했고, 그곳에서 사람들과 접촉하지 않은 채 고통스러운 몇 달을 보냈다. 5월 초에 이 부부는 마치 겨울과 같은 날씨에 먼 곳으로 휴양 여행을 가기로 했는데, 이 계획으로 그들은 란다우에서 우편 마차를 타고 여섯 시간이면 도달할 수 있는 만하임에 이르게 되었다. 5월 9일에 바로 이곳에서 샤를로테와 실러의 첫 만남이 이루어졌다. 그들의 접촉은 이미 1년 반 전에 이웃 고을인 바우어바흐와 노르트하임에 살 때 이루어질 수도 있었다. 젊은 샤를로테 폰 오스트하임이 당시 그녀와 가까웠던 헨리에테 폰 볼초겐을 통하여 실러의 존재를 알았으리라고 추측할 수 있다. 그러나 그녀는 개인적인 사정으로 「도적떼」의 저자와 접촉하려 하지 않은 것 같다. 11월 20일에 그녀의 오빠 프리드리히가, 1월 6일에는 그녀의 여동생 빌헬르미네가 사망해서 노르트하임에서는 가족의 상례가 치러지고 있었다. 1월 초에 이미 샤를로테는 침울한 기분에서 벗어나기 위하여 언니 엘레오노레와 함께 남부 독일로 장거리 여행을 떠났다. 그녀가 1782년 말에 엘레오노레와 친구 두 명과 공동으로 마이닝겐으로 월계관을 보낸 사실이 있는데, 실제 수취인은 라인발트였다. 수취인이 실러였다는 주장은 어디까지나 신화에 불과했다.[211]

샤를로테와 실러는 5월 9일 처음 만났을 때부터 서로 의기가 통했다. 별로 교양이 없던 남편은 예술 감각이 뛰어난 두 사람의 대화를 아무것도 이해하지 못하면서 좇았을 것이다. 저녁에 그 부부는 「간계와 사랑」을 공연하는 극장을 방문하기로 계획을 세웠다. 자만심이 강한 장교인 남편이 마음을 상하지 않게 실러는 오후 늦게 극장으로 달려가서 등장인물로 나오는 시종장 폰 칼프의 이름이 공연에서 언급되지 않도록 지시했다. 하루 뒤에 그들은 동행하여, 1769년에 창설된 옛 도읍지의 고전 미술관을 방문했다. 그곳에는 고대의 유명한 조각 작품을 본뜬 석고 모형이 예순 점 남짓 소장되어 있었는데, 이 모형들은 지역을 초월해서 커다란 명성을 얻고 있었다. 만삭이 된 샤를로테 폰 칼프는 실러의 극장 환경에서 접할 수 있었던 고상한 분위기의 인상을 잊지 못해 8월 초 주거지를 만하임으로 옮겼다. 여기에서 그녀는 9월 8일 건강한 아들을 분만하게 되었다(10년 뒤에 청년 프리드리히 횔덜린이 그의 가정교사 중 한 명이 된다). 실러는 산후에 그녀 곁에 머물렀다. 산모의 심정을 별로 이해하지 못하는 남편은 주로 남자들끼리만 어울리려고 했기 때문이다. 그녀가 9월 10일 위험한 쇼크 상태로 인해 혼절했을 때, 실러가 응급처치를 하고 지체 없이 의사를 부르도록 해서 산모를 소생시키는 데 성공하기도 했다. 실러는 가을과 겨울철이 되면 그 집의 단골손님이었다. 그는 샤를로테와 만찬을 함께하고 저녁 시간에도 종종 그녀와 함께 있었다. 이곳에서 그는 지적인 능력과 세련된 예술 감각을 지닌 독립적으로 사고하는 여자를 처음 만났다. 그는 그녀를 대등한 위치에 있는 대화 상대로 인정할 수 있었다. 그녀의 주기적으로 반복되는 우울증, 신경질적인 상상과 고도로 민감한 성정을 그는 만하임에서는 거의 의식하지 못한 것 같다. 후에 그녀가 정신적인 어려움을 겪고 있을 때 실러는 그녀를 방치한 채 그녀 곁을 떠남으로써 사려 깊지 못한 처신을 했다. 적어도 샤를로테의 불행한 부부 생활을 고려할 때에 그들의 관계가 이미 1784년 가을에 성적인 성격을 띠었으리라는 추측이 가능하다.

정기적으로 실러는 아주 서서히 분량이 늘어나는 「돈 카를로스」 원고를 새로 알게 된 여자 친구에게 읽어주었다. 그러고는 세부적인 심리 문제에서 그녀의 자문을 받았다. 다른 한편으로 샤를로테 폰 칼프는 만하임에서 주변 사람들에게 따돌림당한 실러를 위해 활동 공간을 마련해주려고 했다. 자신이 명문 귀족들 사이에서 쌓아온 폭넓은 인간관계를 활용하려고 한 것이다. 그는 성탄절 하루 전에 그녀의 주선으로 이웃 도시인 다름슈타트로 가서, 12월 26일에 궁정 요원이 전원 참석한 가운데 「돈 카를로스」의 일부분을 낭독했다. 영방 백작의 가정으로 들어가는 문은 샤를로테의 추천장이 열어주었다. 이 추천장은 다름슈타트에 살고 있는, 후일 프로이센의 프리드리히 빌헬름 3세의 황후가 되는 루이제 폰 메클렌부르크(Luise von Mecklenburg) 공주의 여자 가정교사에게 샤를로테가 보내는 것이었다. 이 작품 낭독을 들은 사람들 중에는 12월 초부터 다름슈타트의 손님으로 머물고 있는 바이마르의 카를 아우구스트 공도 끼어 있었다. 실러는 과거의 실수에서 배운 대로 감정을 자제해서 낭독한 듯싶다. 그 결과 그의 작품 낭독은 좋은 반응을 얻었다. 다음 날 아침에 카를 아우구스트 공은 그를 짧게 접견하고, 그의 "가벼운 청원"을 받아들여 인정의 표시로서 그를 "바이마르 궁정 고문"으로 임명했다.[212] 이 명칭은 금전상의 이익과는 아무런 상관이 없지만, 만하임의 실패한 무대 작가가 사회적으로 절실하게 필요로 하던 공식 인정을 확인해주는 상징적 의미가 있는 것이었다. 언론의 반응이 없지 않았다. 1785년 1월 11일에는 《베를린 왕실 신문(Königliche Berlinischen privilegierten Zeitung von Staats- und gelehrten Sachen)》의 다름슈타트 특파원이 이 독회와 임명을 짧은 메모 형식으로 언급했다.(NA 7/II, 502) 12월 29일에 만하임으로 되돌아갔을 때 실러는 공작에게서 거둔 성공이 행복한 미래의 전조일 수도 있겠다는 것을 예감했다.

샤를로테 폰 칼프의 초상화.
요한 프리드리히 아우구스트 티슈바인 작으로 추정되나 확실치 않음.

생활환경의 변화
후버, 쾨르너, 슈토크 자매

실러가 만하임에서 처한 곤경을 벗어날 수 있었던 것은 물론 궁정들의 후의 덕분은 아니었다. 1784년 6월 초 끝내 이름이 밝혀지지 않은 라이프치히 출신 실러 숭배자 네 명이 슈반의 동업자 괴츠를 거쳐 젊은 작가에게 선물을 보내왔다. 석고 위에 그린 초상화와, 수를 놓은 지갑 하나와「도적 떼」에서 아말리아가 부르는 노래에 곡을 붙인 악보였다. 이는 바로 열광적으로 감동한 실러 독자들이 취한 제스처였다. 그들은 당시의 감상적인 시대정신에 따라 자신들의 감동을 거침없이 표시한 것이었다. 수신자인 실러가 괴츠를 통해 수소문한 결과, 발신자들은 이제 겨우 28세인 드레스덴의 종교국 고등 평정관인 크리스티안 고트프리트 쾨르너와 그보다 여섯 살 연하인 약혼녀 미나 슈토크(Minna Stock), 그녀보다 두 살 위인 언니 도라(Dora)와 그녀의 친구인 20세인 번역가 루트비히 페르디난트 후버인 것으로 밝혀졌다. 실러는 1784년 12월 7일에 비로소 상세한 답장을 써서 이 감동적이고 호의적인 제스처에 응답했다. 그와 같이 지체해서 답장을 쓰는 버릇은 그다지 부지런히 편지를 쓰는 편이 아니었던 그의 젊은 시절 특징으로 꼽혔다. 친지들과 친척들은 만하임 시절 그의 무소식에 대하여 정기적으로 불평을 했다. 그는 라이프치히와 드레스덴에서도 편지를 쓰는 경우가 아주 드물어서 서신 왕래에 시간과 노력을 그리 많이 들이지 않았다. 그러나 이와 같은 사정은 1780년대 말에 바이마르에 와서 체류하면서부터 바뀌었다.

후버, 슈토크 자매, 쾨르너는 1월 초에 제각기 실러의 뒤늦은 감사 편지에 대해 답장을 했다. 그 후로는 서신 교환이 지속적으로 이루어졌고, 그와 같은 서신 교환으로 쌍방은 모두 개인적으로 만나고 싶은 염원을 품게 되었다. 1785년 3월에 실러는 새로운 친구들을 만나기 위해서 라이프치히 서적 박람회를 방문하기로 결심했다. 4월 8일에는 3년 전부터 함께 생활해온 슈트라이허와 무거운 마음으로 헤어졌다. 두 사람은 밤중까지 횔첼의 집에 함께 앉아서 화려한 미래에 대한 꿈을 다졌다. 실러가 장관이 되고 슈트라이허가 악단 지휘자가 되면, 다시 편지를 쓰기로 다짐했다. 그러나 이는 영원한 작별이 되고 말았다. 이 두 친구는 헤어진 후로 다시는 보지 못했기 때문이다.[213]

실러는 1785년 4월 9일 슈반의 동업자 괴츠와 동행해서 라이프치히로 떠났다. 그간 출발이 연기되어 기다려야 했는데, 그에게는 그날들이 마치 "범죄를 저지르는 것처럼" 불안했다.(NA 23, 183) 연초에 풀리는 날씨 때문에 도로가 질척거려서 우편 마차의 통행 속도가 매우 느렸다. 4월 17일에야 겨우 박람회 도시에 도착할 수 있었다. 실러는 그곳 '푸른 천사(Zum blauen Engel)' 여관에서 여장을 풀고, 저녁 식사 때 후버와 만났다. 다음 날 후버는 대규모로 출판업을 하는 브라이트코프(Breitkopf) 저택에 거주하던 슈토크 자매에게 실러를 안내했다(쾨르너는 드레스덴에 체류하고 있었다). 미나의 보고에는 손님의 부자연스러운 몸동작이 그들에게 안겨준 실망감이 반영되어 있다. "후버가 우리에게 금발에 눈동자가 푸른 수줍어하는 젊은이를 소개했을 때 우리들은 대단히 놀랐다. 눈에는 눈물이 배어 있었고, 우리들에게 감히 말을 걸지 못했다. 그러나 이 첫 만남에서 이미 수줍음은 가라앉았고, 우리가 그를 태양 아래에서 가장 행복한 사람으로 만들어준 것에 감사한다는 말을 그는 귀가 닳도록 반복했다."(NA 42, 93)

라이프치히는 독일 계몽주의의 아성으로서 수도나 마찬가지 구실을 했지만, 실러가 체류할 당시에는 이미 그 명성이 퇴색하기 시작했다. 1730년대 초 대학에 볼프 학파 철학이 설강되었다.[*] 이 볼프 학파 철학은 이 시기의 정신적 아방가르드나 마찬가지였다. 젊고 지성 있는 문학도들은 고트셰트 주변으로 모여들었다. 고트셰트는 1734년부터 논리학 및 형이상학 강좌를 맡아 강의했고, 1739년부터는 여러 차례 총장 직을 수행했다. 1750년대 초부터 수사학 부교수로 재직하던 겔러르트는 도덕론 강의로 명성을 날렸다. 젊은 괴테도 그 강의를 감명 깊게 청강한 적이 있다. 라이프치히는 18세기 말까지 서적 박람회와 서적 판매의 중심지로서 독일의 문학 시장에서 경제적으로 큰 의미가 있는 곳이었다. 브라이트코프(Breitkopf), 디크(Dyck), 바이트만(Weidmann), 벤들러(Wendler), 슈비케르트(Schwickert), 후에 와서는 바이간트와 라이히(Reich) 같은 독일 국내에서 가장 유명한 출판사들이 이곳에 자리를 잡고 있었다. 1760년대 중반부터 서적 소매업이 전문 업종으로 독립된 이래 이들 출판사들의 명성이 높아졌다. 이전에 그들의 인쇄된 원고를 매각하거나 교환하기 위해서 상인 자격으로 서적 박람회에 왔던 출판업자들이 이제는 편집과 작가 관리에 관심을 쏟았다. 그 결과 판매를 '소매상인들에게' 넘겨준 비교적 큰 출판사들은 전보다 더 강력하게 지적인 명성을 키울 수 있었다. 이 박람회 도시가 프랑크푸르트 암마인과 나란히 독일 출판업자들이 선호하는 소재지로 승격한 것은 당연한 논리적 귀결이었다. 결코 인구가 많지 않음에도 불구하고(인구수는 1780년대 초에 겨우 3만 명에 불과했다) 라이프치히는 강력한 도시의 풍모를 풍겼다. 게오르크 프리드리히 레프만은 1793년 이렇게 적고 있다. "이곳에서는 모든 사람이 대중 속에 끼어서 눈에 띄지 않는다는 것이 즐거움을 더해준

••

[*] 볼프 학파 철학은 저명한 합리주의 철학자 크리스티안 볼프(Christian Wolf)의 제자들과 추종자들의 철학 사조를 지칭한다.

다. 바로 타인의 눈에 띄지 않고 즐길 수 있기 때문이다."[214]

실러는 후버의 중개로 하인슈트라세에 간단한 가구를 갖춘 방을 얻었다. 이후 두 주 동안 그는 만족해서 도시 생활을 만끽했다. 슈반에게 자부심을 가지고 들려준 바에 따르면, 그는 장터에 있는 리히터 커피점에서 (이전에 레싱의 친구이던) 극작가 크리스티안 펠릭스 바이세(Christian Felix Weiße), 괴테도 높이 평가하던 화가이자 미술 아카데미 원장인 아담 프리드리히 외저(Adam Friedrich Oeser), 악단 지휘자 요한 아담 힐러(Johann Adam Hiller), 후에 빈의 궁정 극장에서 활동하게 될 행동거지가 호탕한 요한 프리드리히 윙거(Johann Friedrich Jünger) 등을 만났다.(NA 24, 2) 1780년대 초부터 리히터 커피점에서는 활발한 예술가 서클이 형성되었던 것이다. 그리고 놀랍게도 그는 문학에 대한 조예를 쌓기 위하여 서적 박람회를 방문한 조피 알브레히트와 에른스트 알브레히트를 다시 만났다. 4월 말에는 후버의 주선으로 화가인 요한 크리스티안 라인하르트, 예술적 소양이 있는 석재상 프리드리히 쿤체(Friedrich Kunze)와 젊은 출판인 프리드리히 요아힘 괴셴과 사귀었고, 그들과는 친밀한 관계를 유지하게 되었다. 5월 말에 실러는 라이프치히 북서쪽에 위치한 골리스 마을에 정착했다. 그곳에서 몇 주 동안 지붕 밑 방에 세를 들어 살면서 후버, 윙거, 괴셴과 공동으로 남자들만의 서클을 결성했다. 이 서클은 주로 재기발랄한 조피 알브레히트 집에서 모임을 가졌다. 그들은 정치와 연극에 대하여 토론하고, 풍자시를 짓고 때로는 서로 걸쭉한 농담을 하기도 했다. 재빨리 정신적 지도자로 승격한 실러는 호칭으로 프리드리히 대왕의 어법인 '그이(Er)'를 도입했는데, 이는 이 모임의 남성 비밀결사의 성격을 강화해주고 있다. 이 모임은 심미적일 뿐 아니라, 때로는 떠들썩하고 거친 표현을 쓰며 진행되었다. 그달 중순에 친구들과 충돌한 적이 있는 화가 라인하르트가 회고담을 통해 이 점을 증언해주고 있다.[215) 조피 알브레히트의 보고에 따르면, 이 서클의 두뇌 구실을 하는 실러가 특히 상스럽고 남의 이목 같은 것엔 아랑곳하지 않는 듯한 태도를 보여주었다. "일상적으로 실러는 초라한 회색 재킷 차림을 하고 있었는데, 그 재킷은 소재와 재단에 있어서 최저 수준의 미적 감각에도 부응하지 못하는 것이었다. 이와 같이 볼품없는 차림에 곁들여 그의 매력 없는 몸매와 스페인산 코담배를 자주 흡입하는 습관이 사람들에게 좋지 않은 인상을 주었다."[216)

실러는 향후 2년 동안 쾨르너와 함께 가장 중요한 말벗이 된 후버와 밀접한 관계를 발전시켰다. 실러보다 네 살 반이나 어린 이 친구는 학교교육을 통해 주로 로마 문화의 영향을 많이 받았다. 프랑스 태생의 어머니와, 후년에 라이프치히대학에서 문학 교수로 활동하며 여행을 즐긴 아버지는 그에게 탁월한 외국어 실력을 전수해주었다. 일찍 학업을 중단한 후에 후버는 프랑스와 영국 드라마 번역을 시도했다. 이 분야에서 그의 최초 업적들 중 하나는 셰익스피어 모방자들인 프랜시스 보몬트(Francis Beaumont)과 존 플레처(John Fletcher)의 르네상스 연극 「왕과 왕이 아닌 사람(King and no King)」(1611) 번역이었다. 그는 이 번역 작품을 1785년 익명으로 괴셴 출판사에서 발행했다. 실러와 만나던 시기에 그는 괴테의 매부인 요한 게오르크 슐로서(Johann Georg Schlosser)가 집필한 「계몽주의에 대한 단편들(Fragmente, über die Aufklärung)」의 처음 부분을 프랑스어로 번역하던 중이었다. 쾨르너와는 라이프치히에서 대학 생활을 하던 시절부터 알고 지내는 사이였으나 우정으로 발전한 것은 슈토크 자매 집에서의 만남이 계기가 되었다. 후버와 도라 슈토크 간의 약혼은 성격이 정반대인 두 사람의 결합이었다. 후버는 내성적이고 별로 말이 없는 반면에 네 살 연상인 도라는 재담, 아이러니, 조롱하는 취미가 발산하는 열정적인 매력을 소유했던 듯싶다. 그녀는 뉘른베르크 태생의 동판 화가이던 아버지로부터 예술적 재능을 물려받았다. 아버지의 제자 가운데에는 1767/68년 겨울에 젊은 라이프치히 대학생이던 괴테도 끼어 있었다. 도라 자신이 식각한 동판화와 스케치들(그중에는 1787년에 제작한 실러의 초상화도 들어 있음), 그리고 그녀가 규모가 큰 드레스덴 미술관의 작품들을 모델로 해서 완성한 모방작들은 그녀의 재능이 수준 이상임을 증명해주고 있다. 후버와의 결합은 8년간의 약혼 기간 끝에 1792년 9월 깨어졌다. 그 결합은 극복될 수 없는 성격 차이로 실패로 끝나고 말았는데, 실러는 처음 만났을 때 이미 그 차이를 감지했다.

두 사람이 뒤늦게 결별하게 된 데에는 틀림없이 박력이 부족한 후버의 성격도 한몫했다. 행동거지가 민첩한 도라는 이를 도저히 이해할 수가 없었던 것이다. 후버는 자신의 문학적 프로젝트를 아무런 계획이나 체계 없이 선택했다. 확고한 관직에 임명되기를 바라는 그의 희망은 항시 그 자신의 기면(嗜眠) 증세 때문에 실현되지 못했다(마인츠 주재 쿠어작센 공사의 비서 직을 맡은 것은 1788년 짧은 에피소드로 끝나고 말았다). 잡지사와 출판사들을 전전하면서 자유롭게 출판 작업을 하는 것이 생계의 수단이 되기는 했으나, 안정된 생계를 꾸리기에는 역부족이었다. 1788년 코타의 《알게마이네 차이퉁(Allgemeine Zeitung)》을 위한 편집 작업, 서평 쓰기, 프랑스의 여행기와 회고록 번역, 희곡 습작과 역사 관련 에세이 집필 등이 1780년대 중반 그의 간헐적인 문필 활동의 총결산이다. 그는 실러의 강력한 압력을 받고서야 겨우 비극 「비밀재판(Das heimliche Gericht)」을 끝마쳤다. 이 작품은 1790년 《탈리아》에 발표된 지 얼마 후에 만하임 극장에서 이플란트의 주역으로 초연되었으나 언론의 혹평을 받았다. 그 밖의 희곡들(그중에는 「율리아네(Juliane)」도 들어 있음)은 공론장의 호응을 얻지 못해 아무런 효과

루트비히 페르디난트 후버.
연필화. 도라 슈토크 작(1784).

요하나 도로테아 (도라) 슈토크의 자화상.
연필화(1784).

도 발휘하지 못하고 말았다. 일찍이 후버의 관심을 일깨운 역사 연구도 체계적인 성격을 띠지 못했다. 그의 성격에서 보이는 특이한 점은 변덕이 심한 그의 지적 애착심에 있었던 것 같았다. 그와 같이 줏대가 없는 태도는 우정에도 지장을 주었다.

실러가 쾨르너를 처음 만난 것은 1785년 7월 1일에 라이프치히 남쪽 보르나에 있는 수사학 교수 아우구스트 빌헬름 에르네스티(August Wilhelm Ernesti)의 별장을 잠시 방문했을 때였다. 이전에는 편지만 주고받는 사이였다. 쾨르너는 에르네스티 집안의 먼 친척으로, 여기에서 자신의 29회 생일 전야를 함께 보내기 위하여 라이프치히의 친구들을 초대했다. 그렇지만 손님이 많아서 이 저녁에는 깊은 대화를 나누지 못하였다. 골리스로 돌아온 지 하루 후에 실러는 쾨르너에게 일곱 장이나 되는 긴 편지를 써서 지금까지 거리를 두고 키워온 우정을 절친한 친구끼리의 지속적인 대화로 격상하고 싶다는 염원을 간곡한 어조로 표현했다. 그리고 "나의 수족 속에는 수 세기를 견뎌낼 골수가 있다"(NA 24, 12)는 라이제비츠의 말로 편지를 끝맺었다.[217] 쾨르너는 답장을 써서, 실러가 물질적인 제약을 염려하지 않고 문학 프로젝트를 진척할 수 있도록 1년간 재정적 지원을 하겠다고 제안했다. 실러는 도량이 큰 이 제안을 노골적으로 감격하는 자세로 받아들여서 7월 11일에 다음과 같은 편지를 썼다. "자네의 훌륭하고 고귀한 제안에 나는 감사하다는 말밖에 할 것이 없네. 이와 같은 감사는 곧 자발적인 의사요 기쁨일세. 이런 마음으로 나는 자네의 제안을 받아들이겠네." (NA 24, 13)

이때부터 시작된 돈독한 우정은 실러가 죽을 때까지 아무런 위기도 없이 평탄하게 지속되었다. 부친이 라이프치히 토마스 교회의 총감독 겸 설교자로 활약했고, 자신은 예술 감각이 있는 법률가였던 쾨르너는 1794년 후에도 실러의 친구로 남아 있었다. 괴테와의 공동 작업과 병행해서 문학 문제뿐 아니라, 일상생활 문제에서도 얼마든지 정직한 평가를 하는 누구도 대신할 수 없는 친구였다. 새로 사귄 이 친구는 1785년 5월 2일에 쓴 편지에서 결코 순탄치만은 않았던 자신의 교육과정을 이렇게 설명하고 있다. "어릴 때 나의 첫 번째 계획은 작가로서 활동하는 것이었네. 그러나 어디든 바로 일손이 부족한 곳에 뛰어드는 것이 늘 나의 버릇이었네. 내게 좀 더 긴급한 일이 나타나면 내게는 가장 흥미 있는 일조차 더 이상 아무런 매력이 없어지고 만다네. 그리하여 나는 학문의 한 분야에서 다른 분야로 재빨리 옮겨 다녔네."(NA 33/I, 66 이하) 쾨르너는 처음에는 마지못해 괴팅겐에서 법률 공부를 시작했고, 나중에는 라이프치히에서 계속했다. 법률 공부가 철학에 대한 그의 관심을 충족해주지는 못했다. 석사 학위 시험을 치른 후에 1779년 자연법의 테마로 박사 학위를 취득하는 데 성공했다. 라이프치히대학에서 한동안 전임강사로 활동한 기간에 이어 비교적 긴 여행 기간이 시작되었다. 이때 25세가 된 쾨르너는 동갑내기인 포르더글라우하우 태생 카를 폰 쇤부르크(Karl von Schönburg) 백작과 동행해 네덜란드, 영국, 프랑스, 스위스로 여행을 했다. 1781년에 시작된 직장 경력에서 그는 책임이 막중하고, 명망 있는 직책들을 많이 맡았다. 우선 그는 라이프치히에 있는 복음주의 교회의 종교국 변호사가 되었고, 2년 후에는 드레스덴에 있는 고등 종교국으로 전근되었다. 그곳에서 그는 조금 후에 그 도시의 공업 제도 및 상업 제도를 위한 교섭 위원단의 보좌 역으로 활약했다(그것은 경제와 재정 정책의 과제를 맡고 있는 부처의 전문 담당관 지위에 상응하는 것이었다). 실러가 세상을 떠난 지 10년이 지난 1815년 5월에 비로소 그는 드레스덴의 직책을 내려놓고 프로이센 행정부의 급료 높은 지위로 직장을 옮겼다. 베를린에서는 새로 구성된 교육부의 국장으로서, 훔볼트가 도입

크리스티안 고트프리트 쾨르너.
연필화. 도라 슈토크 작(1784).

아나 마리아 야코비네 (미나) 슈토크.
연필화. 도라 슈토크 작(1784).

한 대학 개혁의 후유증을 겪으며 경력을 마무리했다. 친구인 실러보다도 26년을 더 살고 1831년 5월 13일에 세상을 떠났다.

쾨르너는 1785년 1월과 5월에 부모님이 사망한 후에 상당한 재산을 유산으로 물려받았다. 이 재산으로 그는 경제적으로 독립할 수 있었고, 미나 슈토크(Minna Stock)와 혼인도 할 수 있었으나, 완전히 신분에 어울리는 결합은 아니었다. 두 자매 중에 손아래인 미나는 언니 도라와는 달리 예술적 재능은 없었다. 수줍음을 많이 타는 편이었고, 때로는 부자연스럽지만 교태가 있었다. 후년에 와서 그녀는 완벽하게 손님을 접대하는 주부가 되어 드레스덴의 저택을 젊은 예술인들과 독일 낭만주의 지성인들의 만남의 장소가 되게 했다. 방문객으로는 슐레겔 형제, 슐라이어마허, 프리드리히 폰 하르덴베르크(Friedrich von Hardenberg), 헨리크 슈테펜스(Henrik Steffens), 티크, 클라이스트가 꼽혔고, 괴테와 첼터(Zelter), 모차르트도 그녀의 집을 방문했다. 어느 정도 오만한 신분 의식과 부르주아 성향이 있는 아내의 전형적 역할이 그녀에게는 편했던 듯싶다. 실러가 그녀에게 여자 친구로서 얼마나 비중을 두고 있는지는 쾨르너에게 보낸 편지에 암시적으로 나타나 있다. 1790년대에 와서 개인적인 접촉이 뜸해졌을 때에도 미나는 그에게 항상 가까운 친구로 남아 있었다.

쾨르너는 예술에 대한 애착심, 풍부한 철학적 교양, 예술에 대한 이해, 감정이입 능력이 좋아서 실러의 이상적인 대화 상대가 되었다(그들이 보르나에서 서로 만나기 전인 1785년 5월 14일에 그는 "우리는 결의형제"라고 선언했다(NA 33/I, 71)). 쾨르너는 친구의 채근에도 불구하고 저널리즘 활동을 펼치는 데에는 소극적으로 일관했다. 그가 애착심을 느끼던 작곡 활동에 몰두하는 것은 대부분 직장 업무 때문에 지장을 받았다. 후에 와서 그는 그런대로 잡지 《호렌》을 위하여 「음악에서의 성격묘사에 대하여(Über

Charakterdarstellung in der Musik)」(1795)라는 기고문과 「빌헬름 마이스터의 수업 시대」에 대한 고찰(1796)을 기고했다. 예술론에 관한 그의 에세이를 모은 『미학적 견해들(Ästhetische Ansichten)』은 1808년에 와서야 비로소 괴셴 출판사에서 출간되었다. 실러는 종신토록 쾨르너가 예술적 소질을 좀 더 강력하게 계발하도록 부추겼으나 성과가 없었다. 그는 1788년 12월 4일 렝게펠트 자매에게 보낸 편지에서 쾨르너의 소극적인 성향이 창조적 능력을 감소시키고 있다는 점을 강조했다. "그는 자신의 가치를 알도록 가르쳐 주는 친구가 한 사람 필요합니다. 필요 불가결한 자신에 대한 신뢰감을 주기 위해서. 자신에 대한 신뢰감을 가진다는 것은 삶의 기쁨이고 행동하는 힘이 되는 것이기 때문에 필요 불가결합니다."(NA 25, 152) 쾨르너의 정신적 삶의 특징인 수용적인 자세가 바로 실러와의 조화로운 관계의 바탕이 된 것은 물론이다. 실러는 의욕은 넘치지만, 그의 지적 능력은 어디까지나 불안정해서 어느 정도 통제가 필요했다. 실러는 1795년 2월 19일에 괴테에게 이렇게 쓰고 있다. "나는 한 문학작품에 대해 부수적으로 평가한 내용이 주 작품에 빠져서는 안 되는 사항이 되게 할 만큼 작품을 보완해주는 예술 심판관을 한 번도 본 적이 없습니다."(NA 27, 146) 1785년 여름에 엄숙한 의식을 거쳐 맺어진 '참다운 우정'은 생산적인 상호 보완의 원칙에 바탕을 두고 있었다. 실러의 격렬한 예술가 성격과 쾨르너의 평상심에 입각한 판단은 쌍방이 모두 만족하는 동맹의 틀 안에서 상호 보완해서 결실을 맺게 한 것이다.

엘베 강가의 플로렌츠
조용한 환경에서 작업과 휴식

쾨르너는 1785년 8월 7일에 라이프치히에서 미나 슈토크와 결혼했다. 실러는 신랑 신부를 위해 축시 한 편과 우정의 알레고리 장면을 표현하는 극본 한 편을 썼다.(NA I, 153 이하 계속) 8월 12일 이 신혼부부는 드레스덴으로 여행을 떠났다. 그곳에서 그들은 공간이 넓은 아파트에 입주할 예정이었다. 실러는 후버와 함께 신혼 마차를 후베르투스부르크까지 배웅하고 돌아오는 길에 말에서 떨어져 오른손에 부상을 입었는데, 이로 인해 한 달 동안 글 쓰는 데 지장이 있었다. 그는 일생 동안 말 타는 솜씨가 서툴렀다. 고삐와 박차에 대한 감이 없었기 때문이다. 예나에서도 그는 말을 타고 통행자들을 배려하지 않은 채 빠른 속도로 좁은 길을 달렸다고 한다. 그의 세련되지 못하고, 거친 몸가짐에 대한 여러 보고들이 증명하듯 실러는 신체에 대한 균형 감각이 없었던 듯하다. 그의 체형은 당시의 기준으로 보아도 비정상적이어서 별로 날렵한 모습을 보여주지 못했다. 그의 친구들과 그를 본 사람들은 회고담에서 그의 몸가짐이 나무토막처럼 경직되어 있었다는 것을 한결같이 지적하고 있다.

9월 초 골리스에서 외롭게 지내던 실러는 쾨르너로부터 자신의 신혼집에 와서 오래 머물다 가라는 전갈을 받았고, 9월 11일 새벽 4시에 에른스트 알브레히트와 동행해서 급행 우편 마차 편으로 드레스덴으로 떠났다. 하루 뒤에 이미 그들은 이웃에 있는 마을인 로슈비츠로 거처를 옮겼다. 쾨르너는 그곳에 조그만 포도밭 원두막이 있는 토지를 소유하고 있었다. 후에 샤를로테 실러가 쓴 바에 따르면, 그곳에서 사람들은 "드레스덴의 탑들이 엘베 강에 비친 모습을 볼 수 있었다"고 한다.[218] 실러는 뷔르템베르크와 비슷하게 구릉이 많은 지형의 아름다움에 감탄했다. 그는 로슈비츠에 도착한 즉시 라이프치히에 남아 있는 후버에게 그 지역은 그로 하여금 "내 고향 산천의 가족이" 생각나게 한다고 썼다. 매력적인 친구들의 농장은 "도시로 가기 한 시간 전에 있고, 면적이 적잖이 넓어서 쾨르너의 온갖 독창적인 아이디어를 자극하기에 충분한 공간이 있네. 산기슭에 자리 잡고 있는 살림집은 전에 살던 골리스 집보다 훨씬 공간이 넓고, 집에는 작고 아름다운 정원이 딸려 있고, 포도원 언덕 위에는 아직도 아담한 정자가 서 있네"라고 보고하기도 했다.(NA 24, 19 이하)

공동생활이 시작되었다. 그들은 도착 다음 날 아침엔 집 밖의 호두나무 밑에서 아침 식사를 했다. 식사 때 실러는 격정에 넘쳐 미나의 잔과 너무 격렬하게 부딪쳤기 때문에 잔이 깨어졌고, 수를 놓은 흰 식탁보 위로 붉은 포도주가 흘렀다. 친구들은 깨어진 유리 조각을 길조(吉兆)로 여기고 나머지 잔들을 정원 담장 너머로 던졌다. 그러면서 그들은 변치 않는 마음으로 우정의 의리를 지키기로 맹세했다. 이는 마치 얼마 전에 탄생한 송가「환희에 부쳐」를 해설해주는 장면 같았다.(NA 42, 102 이하) 실러는 일층 세탁실 바로 옆에 있는 소박하게 꾸민 방을 차지했다. 그러나「돈 카를로스」의 제2막 집필 작업은 성과가 부진했다. 옆방의 하인들이 큰 소리로 떠들어대는 통에 그가 집필 작업에 방해를 받았기 때문이다. 소음 공해는 익살맞은 풍자시 한 편의 주제가 되었다.「로슈비츠에 있는 종교국 평의원 쾨르너의 세탁부들에 대한 소생(小生)의 메모(Unterthänigstes Pro Memoria an die Consistorialrath Körnerische weibliche Waschdeputation in Loschwitz)」가 바로 그 시이다. "빨랫감이 나의 방문 앞에서 철썩 소리를 내며 쌓이고, / 부엌일하는 이들이 모여 든다— / 그리고 쪽문이 필리프 왕의 궁정으로 / 나를—나를 불러낸다."(NA 1, 159, v. 13 이하 계속) 방에는 난로가 없어서 실러는 추위 때문에 몹시 고통을 당했다. 작업실이 좁아서 그의 작업 의욕은 완전히 마비되었다. 그래서 그는 10월 20일, 추운 가을이 시작되자 쾨르너와 동행해서 드레스덴으로 돌아왔다. 라이프치히 숙소를 포기한 후버와 공동으로 신도시 석탄 시장에 있는 궁정 정원사 요한 마르틴 플라이시만(Johann Martin Fleischmann)의 집에 숙소를 정했다. 그 집은 친구들의 숙소를 대각선으로 마주 보고 있었다. 실러는 이 숙소에서 1787년 7월 말까지 비교적 장기간 계속해서 지냈다. 여기서 서서히 집필 작업이 진전을 보아 「돈 카를로스」가 탄생했고, 잡지 《탈리아》의 기고문들이 수정되었으며, 각종 산문과 역사 연구 논문들이 준비되었다.

로슈비츠와 드레스덴 체류는 지금까지 실러가 모르고 지냈던 경제적 안정과 연결되어 있었다. 그다음 몇 년간 재력이 있는 쾨르너는 정중하면서도 대범하게 실러의 재정적 어려움을 해결해주었고, 실러가 확고한 직업이 없는 자유로운 작가로서 살아가는 데 어려움이 없도록 해주었다. 쾨르너는 실러의 일상 경비를 지불해주었을 뿐 아니라, 슈투트가르트의 보증금 상환에 필요한 채무 상환 계획도 수립해주었다. 후년에 와서 실러는 자신의 경제적 형편을 개선된 사업 감각을 가지고 스스로 해결할 수 있게 되지만, 드레스덴에서는 그와 반대로 세상 물정에 더 밝은 친구의 도움이 필요했다. 그 친구는 실러가 온갖 곤경을 극복하는 데 도움을 주었다. 실러가 받는 원고 사례금의 액수는 보잘것없었기 때문에 빚은 단기간에 청산되지 않았다. 게다가 1785년과 1787년 사이에 인세 수입은 극도로 빈약했다. 1788년까지도 그는 바우어바흐 어음에 대한 지급을 위해서는 앞으로 2년이 더 필요하다고 헨리에테 폰 볼초겐에게 털어놓지 않을 수 없었다.(NA 25, 26) 쾨르너의 보조에도 불구하고 실러는 드레스덴에서도 정기적으로 대출을 받아서 자신의 용돈을 조달한 것 같다. 그럴 만한 이유 중 하나로는 그의 지출 성향을 꼽을 수 있다. 만하임에서처럼 그는 항시 아직 들어오지도 않은 수입을 예상해서, 현실적으로 자신의 지불 능력을 초과해서 지출하곤 했다(과도한 지출은 주로 외국산 여송연이나, 값비싼 포도주 때문이었고 가끔은 비싼 서적 구입 비용 때문이기도 했다).

실러는 처음 몇 달 동안 드레스덴 체류를 무척이나 즐겼다. 작센 선제후의 도읍지인 드레스덴의 인구는 당시 5만 5000명이었으니 슈투트가르트나 만하임보다 인구밀도가 현저히 높은 편이었다. 사람들은 일반적으로 이 도시 분위기의 매력과 이 도시가 풍기는 남국의 정취를 높이 평가했다. 프로이센의 외교관이요 소설가이던 괴테의 종조부 요한 미하엘 폰 로엔(Johann Michael von Loen)은 이미 1718년에 이렇게 쓰고 있다. "외지인이 이 고장의 아름다움과 화려함을 모두 면밀히 관찰하려면 거의 몇 달은 걸려야 한다."[219] 7년전쟁으로 인해 '강자(der Starke)'라는 별명이 있던 영주 아우구스트의 시대에 지은 바로크 궁정 건축물의 상당수가 파괴된 후에도 드레스덴은 그 아우라를 계속 유지했다. 여행을 많이 한 요한 카스파르 리스베크는 1783년에 이렇게 언급했다. "이 도시는 내가 여태껏 독일에서 본 도시들 중에서 비교할 수 없을 정도로 가장 아름다운 도시이다. 집들의 건축양식은 오스트리아의 수도인 빈의 그것보다 훨씬 드높은 취향을 지니고 있다. 길고 화려한 엘베 강 다리 위에서의 전망은 그야말로 환상적이다. (……) 라우지츠로 뻗어 있는 산맥은 장엄한 풍경을 제공하고, 부분적으로는 자연 그대로이기도 하고, 부분적으로는 포도나무를 심어놓은 산들이 강을 따라서 아래쪽으로 이루 말할 수 없는 아름다운 전망을 형성해놓고 있다."[220] 작센 스위스, 타란트 그리고 마이센 사이에 있는 주변 경치의 아름다움뿐 아니라, 궁성, 엘베 발코니, 츠빙거와 함께 바로크와 의고주의 양식이 부각된 궁정 건축의 취향 높은 특징들도 찬양을 받을 만했다. 헤르더는 드레스덴을 1802년 그곳에 있는 보물과 관련지어 "독일의 플로렌스"라고 불렀다.[221] 박물관은 수많은 소장품을 통해 관람자의 눈을 즐겁게 해 주었다. 박물관들, (구시장에 위치한 아르놀트 서점 안에 있는) 열람실의 동전과 도자기 수집품들, 왕립 도서관, (1769년부터 존속하는 모레트 극장에서의) 오페라와 연극, 그림 같은 엘베 강가에서의 야외 연주회에 이르기까지 다채로운 문화적 볼거리는 그야말로 사람들의 마음을 압도하기에 충분했다. 비록 주민 2만 명의 목숨을 앗아간 1763년에 끝난 전쟁의 피해가 1780년대에 중반에 완전히 복구되지는 않았지만, 외부에서 찾아온 방문객이 그 매력을 떨쳐버리려 하지만 않는다면 도시의 문화적 분위기는 분명하게 느낄 수 있었다.

이 작센 공국의 도읍지에 실러가 체류한 기간은 1787년 7월 20일까지 2년에 불과했다. 친구들과의 교유, 집필 활동, 자신의 저널 창간 등이 그의 일상을 지배했다. 그러나 작품 생산 면에서 구체적인 문학적 수확은 어디까지나 한정되어 있었다. 드레스덴에 체류하던 전 기간에 걸쳐 그의 능력은 어쩔 수 없이 분산되었다. 그는 예술가적 집중력을 희생해서 여러 프로젝트를 수행하는 즐거움에 빠져 있었던 것이다. 1787년 8월 말에도 그는 쾨르너에게 일상적 요구에서 도망치고 싶다는 말을 했다. "나는 어디에 가 있든 도무지 행복할 수가 없네. 자네가 알지 않는가. 어디를 가도 현재를 넘어선 미래를 잊을 수가 없기 때문이지."(NA 24, 144) 실러는 자신의 힘을 무한정 신뢰하는 가운데 자신의 빠르면서도 신중하게 행동하는 능력을 동원해서 계획들을 수시로 변경하는 놀음에 바쳤다. 건강 상태의 악화로 자신의 남은 재능을 아낄 필요가 있었던 생애의 후반과는 달리 그는 현재 하고 있는 작업에서 쉽게 다른 쪽으로 한눈을 파는 경향이 있었다. 저널 편찬은 역사 연구 때문에 중단되었고, 「돈 카를로스」의 집필 작업은 경조문학과 오페라 각본 집필로 중단되었다. 그는 늦잠을 자고, 점심때가 되어서야 작업을 시작했다. 작업에서 오는 피로를 오랜 산보를 통해서 극복했다. 저녁 휴식이 시작되기 전에는 대개 이웃에 있는 쾨르너의 집을 방문했다. 일요일이나 공휴일이면 그는 그 집에서 점심도 들었다. 점심 식사가 끝난 후에는 통상 미술과 문학에 대한 생산적인 대화를 나누었다. 실러는 소파에 누워 친구들을 유심히 관찰하면서, 진행되는 대화에 재기발랄한 코멘트를 하면서 끼어들기를 좋아했다. 젊고 행복하게 부부 생활을 하는 사람들 가운데에서 총각인 그의 입지가 전혀 문제가 없지는 않았던 것 같다. 그는 1785년에 도라를 향해 움튼 애정을 더 이상 숨길 수 없어서 후버에게 고백하고 말았다. 그렇지만 그는 "한 가정의 품에서" 그의 편안한 역할을 포기하고 싶지가 않았다.(NA 24, 72) 「돈 카를로스」를 완성한 후인 1786년 10월 18일에 함부르크의 극장장 프리드리히 루트비히 슈뢰더가 그에게 극장에 자리를 제안했을 때, 그는 극장 업무의 통속적인 면들이 그의 문학적 판타지에 지장을 준다면서 거절했다. 그와 같이 미온적인 반응의 바탕에는 틀림없이 끔찍한 만하임의 경험만이 아니라 칩거해서 작업을 하는 저자의 안정된 생활을 공적인 직책과 바꾸는 데서 오는 두려움도 깔려 있었던 것이다.

드레스덴에서 실러는 쾨르너의 집을 벗어나서는 거의 사적인 인간관계를 맺지 않았다. 그는 1786년 3월 중순에 프리드리히 쿤체의 방문을 받았다. 쿤체는 송가 「환희에 부쳐」의 필사본들을 돌려 읽도록 했기 때문에 라이프치히 친구들 사이에서는 그에 대한 기억이 생생하게 남아 있었다. 한 달 뒤에 실러는 순방 중인 외저를 만났다. 외저는 드레스덴의 기사 아카데미에서 가르치는 미술 작가 빌헬름 고틀리프 베커(Wilhelm Gottlieb Becker)의 살롱에서 실러를 사람들에게 인사시켰다. 쾨르너가 미나와 함께 라이프치히 근교 체르프스트에 있는 그의 숙모 크리스티네 조피 아이러(Christine Sophie Ayrer) 집에 머물던 4월 말에 그는 세태 파악에 능한 역사학자 요한 빌헬름 폰 아르헨홀츠(Johann Wilhelm von Archenholtz)를 알게 되었다. 1782년부터 발간되던 잡지 《문학과 문화인류학(*Litterartur und Völkerkunde*)》의 발행인인 그와 함께 실러는 출판업의 위험에 대해서 의견을 교환했고, 8년 후에는 《호렌》의 동역자로 그를 초빙했다. 그의 능력을 높이 평가한다는 표시였다. 5월 중순에 딸들을 동반해서 실러는 며칠간 드레스덴에 머물던 출판업자 슈반을 다시 만났다. 11월에는 작센 공국의 도읍지에서 도안 재능을 연마하고 싶어하는 예나대학의 신학과 학생 카를 그라스(Karl Graß)를 만났다. 그러나 실러가 교유한 사람들은 주로 쾨르너와 친분이 있는 사람들이었다. 악단장 요한 고틀리프 나우만(Johann Gottlieb Naumann), 재무관 토마스 폰 바그너(Thomas von Wagner), 글 쓰는 작업을 하는 행정관리 프리드리히 트라우고트 하제 또는 번역가 요한 레오폴트 노이만(Johann Leopold Neumann)이 그들이었다. 그는 1786년 5월 자신의 초상화를 그려준 화가 안톤 그라프(Anton Graff)도 친구 쾨르너를 통해서 알게 되었다. 그는 현재 드레스덴 본딘 극단의 멤버로 활약하고 있었고, 손님 접대를 융숭하게 할 줄 아는 조피 알브레히트의 집을 이따금 방문하기도 했다. 그 집에서 실러는 1786년 가을과 겨울에 때때로 휘스트 놀이*를 했다(그는 열광적인 휘스트 놀이꾼으로, 후에 바이마르에 와서도 이 놀이에 열중하게 된다).

1786년 초겨울에 실러는 정신적 위기에 빠진 것이 확연했다. 이 위기는 후원자의 도움을 받아 생활하는 연금 생활자가 자신의 서투른 생활

∵

* 보통 두 명에서 네 명이 하는 카드놀이.

프리드리히 실러.
동판화. 요한 고트하르트 뮐러 작(1793).
1786년과 1791년 사이에 안톤 그라프가 제작한 초상화를 모델로 함.

방식에 불만을 가지면서 키워진 것이었다. 거기에다 외적인 사건들이 그를 괴롭혔다. 7월 24일 미나는 세례명이 요한 에두아르트(Johann Eduard)인 사내아이를 분만했다. 그 아이의 대부로 친구들은 실러를 지명했다(이 첫째 아들에 이어서 1788년에는 딸 에마(Emma)가, 1791년에는 아들 테오도어(Theodor)가 태어났다). 12월 초에 이 아이는 당시에는 미처 병명을 밝혀낼 수 없었던 성홍열에 전염되어 목숨이 위태로웠다. 병세가 부모들을 애타게 할 만큼 오락가락하다가 12월 10일 저녁 늦게 끝내 사망하고 말았다. 하루 후에 실러는 라이프치히 서점 주인의 아내 빌헬르미나 프리데리카 슈나이더(Wilhelmina Friederika Schneider)에게, 비극적인 결과로 심각한 충격을 준 이 아이의 병력에 관해서 감동적인 보고를 했다. 18세기 말에도 여전히 어린이 사망률이 지극히 높았던 것에는 변함이 없었다. 이는 전염병에 대한 사전 예방 조치가 부족한 데서 오는 것이었다. 프로이센에서는 1790년과 1798년 사이에 젖먹이 중 평균 17퍼센트가 생후 1년 안에 세상을 떴다.[222] 실러는 전문 지식이 있는 의사로서 나중에 아들들의 경우에는 필요한 예방법에 유의해서 예방주사를 맞혔다. 레싱이나 괴테와는 반대로 그는 이 시대의 많은 부모들의 경험, 즉 자식의 죽음을 끝까지 모면했다.

1786년 가을에 후버와의 관계가 삐걱거리기 시작했다. 실러는 과거 자신들의 우정의 실체를 과대평가했다는 것을 어렴풋이 깨달았다. 1786년 중반에 쾨르너와 미나가 공휴일을 보내기 위하여 라이프치히로 왔을 때, 실러는 후버와 함께 공간이 넓은 그들의 집으로 거처를 옮겼다. 크리스마스이브에 그들은 펀치와 크리스마스 케이크를 들며 집에서 지냈다. 하지만 이전의 고무적인 대화 분위기를 재현할 수는 없었다. 실러가 이미 여름에 감지한 긴장감 상실이 이제 확인되기에 이르렀다. "나는 후버들에게는 아무런 존재도 아니고, 그는 나에게 대수롭지 않은 존재이다."(NA 24, 78) 이와 같이 어두운 기분은 예술적 작업을 저해하는 자신의 기면(嗜眠) 현상에 대한 불안 때문이기도 했다. 1786년 5월 초에 이미 그는 자기 비판적으로 이렇게 확인했다. "나는 기분이 언짢고, 매우 불만스럽다. 전에 느끼던 감동의 맥박이 전혀 느껴지지 않는다. 나의 심장은 오그라들었고, 나의 판타지의 불꽃들은 꺼져버렸다." 그는 내면적 정서 상태가 주기적으로 변동한다는 것을 통찰하고 있었기 때문에 우울한 기분의 골짜기에 이어서 좀 더 긴장이 해소된 생활감정이 틀림없이 되살아난다는 것을 알고 있었다. "나는 일종의 위기 같은 것이 필요하다. 자연은 새로운 탄생을 위해서 파괴하는 법이다."(NA 24, 51) 그러나 1787년 5월 「돈 카를로스」를 완성하고 나서 비로소 실러에게는 드레스덴에서는 단지 단계적으로만 나타났던 예의 창조적 능력들이 되살아나기 시작했다.

출판사와의 성공적인 접촉
괴셴과 크루시우스와의 제휴

실러는 1785년 4월 말 후버의 소개로 라이프치히에서 32세인 게오르크 요아힘 괴셴을 알게 되었다. 친구 관계는 이때부터 꾸준히 발전하다가 1794년 코타와 알게 된 후부터 비로소 사업상의 의견 차이 때문에 위기를 맞았다.[223] 괴셴은 어린 시절을 부모가 없이 궁핍하게 기숙사에서 보내다가 15세가 되어서 브레멘에서 서적 판매원으로 직업교육을 받기 시작하였다. 수학 기간을 성공적으로 마친 후에 그는 1772년 지크프리트 레프레히트 크루시우스(Siegfried Lebrecht Crusius)의 라이프치히 기업에 입사했다. 1781년 그는 데사우에 새로 창업된 '학자 서점(Buchhandlung der Gelehrten)'으로 근무처를 옮겼다. 이 서점에서 하는 일 가운데에는 학술

게오르크 요아힘 괴셴.
석판화. 요한 자무엘 그래니허 작.

서적 원본을 싼값에 출간해서 판매하는 일도 있었다. 재정적으로 튼튼한 데사우의 통상 센터가 이와 같은 방법으로 가난한 저자들을 후원하려고 했고, 당시 출판 제도의 관습에서 벗어나서 경제적으로 수지타산이 맞지 않는 프로젝트의 출판도 장려하려고 했다. 물론 안정된 경제 상황을 바탕으로 해서만 번영할 수 있는 이와 같은 기업 방안은 후에 와서 괴셴 자신의 출판업 구상에도 영향을 미쳤다. 그는 친구 쾨르너의 도움으로 1785년 라이프치히에 독자적인 회사를 설립하는 데 착수했다. 설립 단계에서 쾨르너는 자신이 상속받은 재산에서 정기적으로 괴셴의 계좌로 보조금을 지급함으로써 출판사의 운영에 결정적인 영향을 미쳤다. 작센에서는 인쇄비가 대단히 비싼 편이었는데, 이 보조금은 인쇄비 지불과 영업자금 조달에 이용되었다. 쾨르너는 수수료와 인세 전액을 제외한 나머지 비용을 모두 부담했다. 이렇게 함으로써 그는 단독으로 책임졌을 경우에 있을 수 있는 사업 실패의 위험을 떠맡았다. 확실한 이익 전망은 없는 상황이었다. 다른 한편으로 이와 같이 대범한 후원으로 괴셴은 저자의 이익을 보호할 수 있었는데, 당시의 상황에서 이는 있을 수 없는 방법이었다. 18세기 말에도 출판업자는 원고를 사들임으로써 더 이상의 인세 지불을 보장할 필요가 없이 모든 발행 판권을 소유하는 것이 관행이었다. 실러 자신은 슈반과의 사업 관계에서 텍스트 출간과 함께 텍스트에 대한 일체의 권리를 포기하고, 판매액에 따라서는 아무런 수익도 얻지 못해 고통을 당했다. 대부분의 작가들에게는 이와 같은 실정이 해적판 발행자와의 경쟁보다도 더 치명적이었다. 해적판과의 경쟁은 통상적으로 개인적인 소득을 제한하지만, 시간이 가면 광고효과를 얻을 수 있어 정식 판본의 매출이 올라갈 수 있었다. '프로이센 일반법'의 개정이 있기 9년 전에 괴셴은 법적인 의무가 없는데도 신판 출간 시 인세를 모든 저자들에게 보장했고, 그렇게 함으로써 출판업의 건실한 기초를 다져놓았다. 1802년 그는 앞으로 지침이 될 만한 자신의 원칙들을 회고록에 담아 발표하기도 했다. 이 회고록은 동업하는 출판업 자들에게 예술과 학문에서 의무적으로 취향을 길러야 한다는 점을 상기시 켰다. 괴셴은 이 점에서도 오로지 경제적으로 이익만 추구하지 않고, 그 시 대 공론장의 여론과 문화 의식에 영향을 미치려는 개화된 기업가의 풍모를 보여주었다.

괴셴이 지칠 줄 모르고 신명을 바쳐 일한 덕택에 이 출판사는 곧 업계 내 에서 영향력과 중요한 의미를 얻게 되었다. 1786년에는 괴테의 첫 전집 발 행에 필요한 판권을 사들이는 데 성공했다. 괴테 전집은 1787년과 1790년 사이에 극도로 검소한 장정으로 여덟 권으로 발행되었다(수많은 해적판 발 행으로 그는 여기서 1500탈러의 손실을 입었다). 1791년 빌란트는 그에게 신 작 소설 「페레그리누스 프로테우스(Peregrinus Proteus)」와 후속판 「신들의 대화(Göttergespräche)」의 판권을 팔았다. 여기에서 맺어진 제휴는 결국 빌 란트 작품에 대한 포괄적인 편집 프로젝트로 발전해 1794년에서 1811년 까지 빌란트 작품들이 책으로 나오게 된다. 괴셴이 가장 많은 수익을 올 린 출판물은 『농부들을 위한 비상용 참고서(Noth- und Hülfs-Büchlein für Bauersleute)』였다. 이 책은 통상적인 오락적 내용을 담은 글 모음이었는 데, 1788년과 1811년 사이에 100만 부가 팔렸다. 그와 같은 엄청난 판매 부수는 곧바로 경제적 성공을 대동했다. 1795년에 괴셴은 그리마 근교에 위치한 호엔슈태트에 입지 조건이 훌륭한 토지를 매입해서 1797년에는 자 체 인쇄소도 정착시켰다. 이 출판업자가 1828년 75세의 나이로 세상을 떴 을 때, 그는 출판업을 대표하는 가장 유명한 인물로 평판이 나 있었다. 그 의 아들 헤르만 율리우스(Hermann Julius)는 1838년 이 기업을 코타 집안에 팔았다. 1868년 이 기업이 새로이 독립되기 전의 일이었다. 1889년에 처음 발간된 '괴셴 시리즈(Sammlung Göschen)'는 우리 시대에 와서도 창업자의 이름을 기억하게 하고 있다.

후버의 소개로 1785년 말에 이루어진 첫 번째 개인적 만남 전에도 괴셴과 실러 사이에는 사업상의 접촉이 있었다. 이미 1785년 3월 6일에 쾨르너는 괴셴에게 《탈리아》 인수를 위한 선금으로 자신의 계좌에서 300탈러의 거금을 아직 만하임에 머물고 있는 실러에게 지불하라고 지시함으로써 두 사람이 접촉할 수 있는 길을 열어놓았다. 이로써 괴셴은 《라이니셰 탈리아》를 매입해서 우선 자기 출판사에서 출간한 창간호를 지체 없이 다시 찍게 했을 뿐 아니라, 저널의 후속 판본도 모두 매입했다. 실러 자신은 2월 말에 후버에게 쓴 편지에서 그 잡지가 그에게 800~900탈러의 연 수입을 올려주리라는 기대감을 토로했다. 그와 동시에 자신이 이전에 평가한 액수를 조심스럽게 수정했다. 우선 출처를 밝히지 않은 채 쓰라며 괴셴이 준 액수를 실러는 라이프치히로 여행하기 전에 자신의 만하임 빚을 청산하는 데 사용했다(특히 집주인 횔첼이 보증 서준 상당한 액수의 돈이 처리되기를 기다리고 있었다).

《탈리아》에 대해 괴셴이 지불한 상세한 내역은 추적하기가 쉽지 않다. 왜냐하면 돈의 흐름이 불투명했기 때문이다. 선불과 대여는 정상적인 보수와 거의 구별할 수가 없었다. 실러가 받았던 현금은 처음에는 쾨르너의 계좌에서 나왔고, 1780년대 말에 와서 비로소 출판사 자체에서 나왔다. 《탈리아》에 약속된 사례금 액수는 매당 5루이스도르였다. 발행인인 실러는 이 사례금 총액에서 자신이 등급을 정한 대로 동업자들의 기고문의 원고료를 지불했다. 그러나 그에게 정기적으로 닥치는 경제적 난관을 극복해야 했기 때문에 지불이 앞당겨지는 경우가 종종 있었다. 그래서 실러는 1785년 12월 16일에 2월에 발행될 《탈리아》 제2호를 위해서 선불을 해줄 것을 요청했다. 쾨르너에게 보장을 받아 자신의 저자의 재정적 소원을 흔쾌히 들어준 괴셴은 그 단계에서는 신뢰할 수 있는 파트너임을 입증해준 반면에, 드레스덴 시절 실러는 사업 태도가 일관성이 없어 불화를 야기할 수 있는 소지가 있었다. 실러는 약속한 원고 제출 기한을 지키는 경우가 드물었다. 원고 제출이 일정치 않거나 지체되기 일쑤였다. 이미 통고되었던 계획이 먼 미래의 약속이 되어버리거나, 예술적인 구상이 끊임없이 바뀌어서 분명한 방향을 가늠할 수가 없게 되기 일쑤였다. 괴셴은 그와 같은 상황을 항상 커다란 인내심을 가지고 견뎌냈다. 그는 변덕이 심한 실러에게 예측 가능한 출판 정책을 가지고 대응했다. 그와 같은 정책은 불안정한 시기에 안정을 도모하는 구실을 했다.

《탈리아》와 병행해서 「돈 카를로스」 프로젝트도 신속히 논의되었다. 1786년 12월 5일 이 드라마를 책으로 출판하는 것에 대한 협상이 시작되었다. 이 협상에는 책의 외형적 장정 문제도 포함되어 있었다. 실러는 초기 작품들이 출간될 당시에는 작품의 겉모양을 꾸미는 데 아무런 영향력을 발휘하지 못한 터라, 그 뒤로는 직접 표지, 식자 형태, 판형, 종이의 질을 정확히 정하는 데 간여하고 싶어했다. 후에 코타에게 쓴 편지에 나타난 대로, 인쇄술의 상세한 부분에 대한 그의 전문적인 식견은 탁월했다. 이 식견은 그를 능력 있고, 종종 만족시키기가 힘든 협상 상대로 만들었다. 괴셴은 매당 12탈러, 또는 선택에 따라 전 작품 값으로 50루이스도르를 지불해달라는 실러의 요구를 흔쾌히 받아들였다. 이 금액의 지급은 1787년 2월 말부터 5월 중순까지 여러 번 분할해서 이루어졌다. 이는 적어도 슈반이 「피에스코」에 지불한 사례금보다 다섯 배나 많은 액수였다. 실러가 그와 같이 관대한 조건을 접하고 이미 출간된 자신의 드라마 세 편의 판권을 괴셴에게 넘기려고 시도했으리라는 것은 쉽게 이해할 수 있다. 이미 1785년 7월

3일에 그는 「피에스코」의 연극 각본을 마지막 장면을 변형하여 보완한 「도적 떼」와 함께 시장에 내놓을 계획이었는데, 이 책들의 출간을 마땅히 괴셴이 맡아주었으면 했다. 1787년 5월 말까지도 그는 자신의 동의 없이 슈반 출판사의 괴츠가 「간계와 사랑」의 재판을 발행한 것에 대해서 못마땅한 반응을 보였다. 이 재판 발행에 앞서 이미 1786년에 저자의 인가를 받지 못한 여러 신판들이 나와 있었다. 한 번도 그에게 사례금이 지불되는 경우가 없었을 뿐 아니라, 증정본조차 보내오지 않았다. 출판사 교체 계획은 결국 그 텍스트들의 새로운 판매를 허락지 않는 현행법 때문에 실패했다. 1788년 라이프치히 춘계 서적 박람회에서 바이마르의 기업가 프리드리히 유스틴 베르투흐의 소개로 괴셴과 괴츠 사이에 대담이 이루어졌으나 아무런 성과가 없었던 것으로 보인다. 괴셴은 경쟁 업자와의 마찰을 피하려 해서 소극적으로 작전에 임했고, 이미 주어진 소유권을 원칙대로 인정했다. 실러도 협상 진행을 중도에 포기하고 말았다. 사업상의 실망에도 불구하고 슈반을 저버리지 않았고, 과거의 의리를 끝까지 지켰다. 1786년 5월 17일에 그는 후버에게 이 만하임의 출판업자는 어려운 때에 자신에게 "글쓰기" 작업에 대한 믿음을 고취해주었고, 자신이 문학 활동을 지속하도록 동기를 부여했다고 선언했다. "고향 사람들에게 무시당했을 때 나는 처음으로 그에게 도움을 받았고, 그 도움은 아주 고맙고, 잊을 수 없는 것이었네." (NA 24, 54)

괴셴과의 사업 관계는 어디까지나 개인적인 존경을 바탕으로 이루어졌다. 이 새로운 사업 파트너는 슈반과는 반대로 실러에게 가부장적인 태도를 과시하지 않았고, 권위적인 제스처 없이 동년배처럼 같은 세대의 동지로 만났다. 도성에서 일을 하던 괴셴이 5월과 9월 사이 저녁이나 주말에 친구들과 어울릴 때 그들은 골리스에 있는 지붕 밑 방에서 함께 지내기도 했다. 실러가 가을에 드레스덴의 친구들을 찾아갔기 때문에 뒤에 홀로 남은 괴셴은 함께 보낸 날들을 그리워하며 그가 없는 것을 아쉬워했다. 이제는 빛이 바랬지만, 당시에는 시골의 전원 풍경이 그 나름의 매력이 있었다. 그는 1785년 9월 17일에 이렇게 쓰고 있다. "남은 것은 거의 모두가 생명의 피와 아름다운 열매를 잃은 그루터기뿐이다."(NA 33/I, 77) 출판업자 괴셴이 자신의 저자 실러를 얼마나 예리하게 평가하고 있는지는 1786년 2월 28일 베르투흐에게 보낸 편지가 증언해주고 있다. "서클 모임에서 그가 보여주는 부드러운 태도와 영혼의 부드러운 분위기는 그의 정신의 산물과 비교할 때 내게는 커다란 수수께끼가 아닐 수 없습니다. 그가 일체의 비판에 대해서 얼마나 관대한 태도를 보이고 고마워하는지, 그가 얼마나 자신의 도덕적 완전성을 위해 노력하는지, 그가 얼마나 많은 지속적 사유에 애착을 느끼는지를 나는 이루 다 당신에게 말할 수가 없습니다."[224] 반대로 실러는 괴셴의 명성이 높아가는 것을 확인하고 만족스러웠다. 1788년 1월 말에 실러는 바이마르에서 그에게 보고하기를 자신은 독일의 문학 수도에 "많은 사람들이 전 생애를 통틀어 가질 법한 친구들 수보다 더 많은 친구들을 가지고 있다"고 했다.(NA 25, 10) 괴셴은 「돈 카를로스」와 《탈리아》 외에도 후에 30년전쟁의 역사에 대한 실러의 논문을 출간했는데, 그 논문 구상은 괴셴 자신이 제안한 것이었다. 바이마르 시기에 쓴 대드라마들은 그후 《호렌》이나 (1795년 12월부터 나온) 《문예연감》과 마찬가지로 주로 코타 출판사에서 발행되었다. 실러가 튀빙겐 출신 경쟁 출판사로 옮겨간 후로 1790년대 중반에 당분간 괴셴과의 관계가 소원해졌지만, 곧 다시 정상화되었다. 여러 해 동안 소식이 끊긴 후인 1801년 9월 중순에 실러는 쾨르너와 함께 라이프치히에서 멀지 않은 호엔슈태트로 찾아가서 처음으로 다시 그를 만났고, 지난날의 친숙한 관계는 조속히 회복되었다. 실러는 1802년 늦겨울에 계획한 바이마르 집 매입을 위해서 급히 현금이 필요했고, 괴셴은 그에게 선선히 『30년전쟁사(Geschichte des Dreißigjährigen Kriegs)』 제2판의 인세를 선불해주었다. 이로써 괴셴은 자신의 저자가 어려운 때에 후원자로서 옆에 서 있는 후덕한 기업가의 자세를 거듭 보여준 것이다.

코타와 알기 전 괴셴 외에 두 번째로 중요한 사업 파트너 구실을 한 사람은 라이프치히 출판업자 지크프리트 레프레히트 크루시우스였다. 1786년 가을에 그 사람과의 접촉을 주선한 사람은 후버였을 것으로 추측된다. 그는 실러보다 2년 위였고, 사업 경험이 탁월했다. 그는 요한 미하엘 토이프너(Johann Michael Teubner)가 1730년에 창업한 라이프치히의 출판 서점을 1766년에 매입해서 1808년까지 운영했다. 이 기간에 그는 작품 1150편을 시장에 내놓았다. 문학작품(그중에는 희곡작가 크리스티안 펠릭스 바이세의 작품들도 들어 있음) 외에 요한 베른하르트 바제도와 크리스티안 고트힐프 잘츠만이 쓴 교육학 서적들, 자연과학 백과사전과 사전들이었다.(NA 24, 296 이하) 사업상의 지침을 제공하는 춘계 박람회마다 그는 50종 이상의 서적을 출품했다. 그와 같이 높은 서적 생산량을 통해 그는 당시 가장 큰 영향력을 지닌 대출판업자에 속했다. 크루시우스가 자신의 기업체를 43년간 운영하다가 옛 동업자 프리드리히 크리스티안 빌헬름 포겔(Friedrich Christian Wilhelm Vogel)에게 팔았을 때, 그는 자신이 극도로 성공적인 사업가의 삶을 살았고, 또한 막대한 재산가가 되어 있는 것을 확인할 수 있었다. 그는 인생의 황혼기를 라이프치히 남쪽 잘리스와 뤼디히스도르프에 있는 자기 소유의 기사 영지에서 보냈다.

크루시우스와의 첫 사업 관계는 1786년 가을에 이루어졌다. 실러와 공동으로 두 권짜리 『가장 기억할 만한 반란과 역모의 역사(Geschichte der merkwürdigsten Rebellionen und Verschwörungen)』를 계획했던 후버가 라이프치히 시절에 그 출판업자를 알았고, 1786년 부활절 박람회 때 개인적인 관계를 돈독히 했을 것으로 추측된다. 이 두 친구는 8월에 공동으로 집필하기로 한 역사서의 첫 골격을 확정했을 때 주로 대중적인 학문 위주의 교양서를 중점적으로 출간하는 크루시우스가 출판사로는 안성맞춤이 아닐까 하는 생각이 떠올랐다. 계약은 이미 1786년 가을 초에 체결되었을 것이다. 그렇게 추측하는 이유는 10월 11일에 실러가 이 논문의 제1권을 《고타 학자 신문(Gothaische gelehrten Anzeigen)》에 크루시우스 출판사에서 출간되는 작품으로 광고하고 있기 때문이다. 2년 후인 1788년 10월 말에 크루시우스는 기억할 만한 모반에 대한 글 모음뿐 아니라, 거기에서 탄생한 저서까지 내놓았다. 네덜란드의 역사에 대한 실러의 책이었다. 크루시우스는 신뢰감과 확실한 지불 윤리 때문에 실러의 신임을 얻었다. 그리하여 실러는 1780년대 말에 이미 그의 출판사에서 예전에 쓴 작품들을 포함한 전집을 출간하려는 마음을 먹었다. 이 시점에 그는 그 계획을 괴셴에게는 털어놓고 싶지 않았다. 잠재적인 자금 제공자로서 친구인 쾨르너에게 자신이 무리하게 부담을 주지 않을까 걱정했기 때문이다. 그와 같은 출간 계획에는 경제적 동기가 있었다. 실러는 1785년 7월 27일에 쾨르너의 보증으로 라이프치히의 사채업자 바이트(Beit)에게서 5퍼센트 이자로 300탈러를 대출받았다. 이 금액은 세 권짜리 작품집의 판매 대금으로 갚을 예정이었다. 그는 연초에 세 권짜리 작품집의 구성을 깊이 생각하기 시작했다. 1789년 3월 중순에 크루시우스에게 이 프로젝트를 제안했고, 1개월 뒤에 이 작품집의 각 권에 산문, 희곡, 시를 실을 예정으로 목차를 작성하여 그에게 설명했다.(NA 25, 242) 출간이 완전히 성공하면 사례금으로 350탈러를 받기로 약정이 되었고, 그 사례금으로 실러는 사채업자 바이트에게 진 빚을 갚을 수도 있었을 것이다.

그러나 작품집 출간은 원래 계획한 형태로는 실현되지 못했다(실러가 라이프치히 사채업자에게 진 빚은 후에 쾨르너가 대신 갚아주었다). 예나대학 교수 취임과 1791년 중병으로 인해 이 계획의 실행이 늦어지자 실러는 이 작품집을 나누어서 출간하기로 결심했다. 1791년 10월 초에 그는 『단문집』의 판권을 크루시우스에게 넘겼다. 이 글들은 1792년과 1802년 사이에 예나에 있는 괴퍼르트(Göpferdt) 출판사에서 4부로 나뉘어 출간되었는데, 예전에 써서 산발적으로 발표된 짧은 소설들과, 잡지에 발표한 논문들이 포함되어 있었다. 1800년과 1803년에야 비로소 그의 두 권짜리 서정시 모음집이 마침내 출간되었다. 이 시집을 라이프치히 출판인은 취향이 세련된 장정으로 꾸며 시장에 내놓은 것이다. 실러는 애당초 계획한 간행본의 중간 형태가 될 희곡 작품들의 출간을 재정이 탄탄하던 코타에게 맡겼다. 코타 출판사는 1800년 이후로 사례금 지불에서 다른 경쟁사의 추종을 불허했다.

크루시우스가 쓴 편지들 중에서 전해오는 편지의 수는 적지만, 지나치게 공손한 어조를 띠고 있어서 비굴에 가깝도록 실러를 숭배하는 그의 마음을 엿볼 수 있다. 다른 한편으로 실러는 이와 같은 저자세를 이용해서 나름대로 이익을 챙긴 것 같다. 지극히 당연한 것처럼 그는, 선불을 보장하고 자신의 경제적 어려움을 해결해주지 않으면 안 되는 은행가로 크루시우스를 이용했다. 예컨대 1787년 11월에 아직 발간되지 않은 네덜란드 역사 관련 원고에 대해서 크루시우스가 15루이스도르를 선불했을 때 그랬고, 1802년 5월에 그가 발간이 임박한 제2시집을 기대하며 저자인 실러에게 50카롤린(300탈러)을 송금했을 때 다시 한번 그랬다. 실러는 사전에 크루시우스에게 허락을 얻지 않고, 어음을 돌려 선불을 받은 적이 여러 번 있었던 것 같다. 1788년 1월에 그는 바이마르에 있는 베르투흐로 하여금 어음 하나를 받고 그의 계좌에서 60탈러를 선불하게끔 했다. 이 어음은 채권자가 괴셴의 중개를 거쳐 라이프치히 출판업자인 크루시우스에게서 현금과 교환하도록 되어 있던 어음이었다. 1789년 4월 중순에 실러는 계획된 작품 발간에 대한 사례금을 담보로 삼아 200탈러를 빌리는 채무 증서를 크루시우스의 이름으로 작성한 적이 있는데, 이와 같은 일은 한 번뿐이 아니고 여러 번 반복되었다. 그럼에도 불구하고 3년 반 후에 『단문집』 제1권이 발간되었을 때, 그는 90탈러의 사례금을 받았다. 이 금액은 출판업자가 들인 비용을 공제하지 않은 것이었다. 크루시우스는 실러의 독단적인 처사를 불평 없이 받아들여서, 저자가 요구한 금액을 아무런 이의도 제기하지 않고 지불했다.

사업상의 접촉을 넘어 인간적으로 밀접한 관계는 맺어지지 않은 듯싶다. 그들이 처음으로 만난 것은 1792년 4월 중순에 라이프치히에서였을 것이다. 실러는 쾨르너에게 가는 길에 그곳에 잠시 체류해서 괴셴과의 과거의 인연을 새롭게 했다. 추측건대 괴셴은 자신이 10년간 일했던 상점의 상사였던 크루시우스를 실러에게 개인적으로 소개했을 것이다. 두 번째 만남은 거의 10년 뒤인 1801년 9월 18일 실러가 드레스덴에서 돌아오는 길에 똑같이 작센의 수도에서 이루어졌다. 마지막으로 그들은 1804년 4월 말에 라이프치히에서 서적 박람회의 혼잡 속에서 잠시 동안 만났다. 크루시우스와의 관계는 어디까지나 실러가 금전적으로 득을 보기 위한 사업상의 결합이었다. 사정이 그랬던지라 그는 두 사람의 관계를 심화시킬 수 있는 인간적 접근이 필요하지 않았던 것이다.

8. 짧은 드라마와 습작들

우정의 연습곡

「쾨르너의 오전」(1787)

라이프치히와 드레스덴에서 실러는 제한된 독자를 상대로 한 경조사 관련 글들을 여러 번 썼다. 이런 글들을 쓴 것이 그가 「돈 카를로스」를 쓸 때에 겪은 것처럼 정신 집중이 잘 안 되고, 산만했다는 증거이긴 하지만, 이 글들이 지닌 예술적 성격을 과소평가해서는 안 된다. 이와 같은 성격의 글쓰기 작업은 1785년 7월에 쾨르너를 위해 격정적인 생일 축하 시를 쓰면서 시작되었다. 7월 2일 아침에 포도주를 곁들인 아침 식사를 하는 동안 시골의 감동적인 분위기에 도취되어 이 시를 짓게 되었다. 실러, 후버, 괴셴이 친구 쾨르너와 함께 저녁 시간을 보내고 보르나에서 돌아오는 길에 마을의 주막에서 휴식을 취하며 그 자리에는 없지만 그날 생일을 맞는 쾨르너를 진심으로 축하할 때였다. 1785년 8월 7일의 결혼식 송가도 경조문학의 성격을 띠고 있다. 실러가 쾨르너 내외의 결혼을 축하하기 위해서 선물한 술잔들 위에 그려진 삽화들을 설명하고 있는 우정의 알레고리적 묘사도 마찬가지이다. 세탁부들이 떠는 수다 때문에 정신을 집중할 수 없는 비극 작가에 대한 풍자시 「소생의 메모」는 실러의 로슈비츠의 생활상을 묘사한 것으로, 시인의 희극적인 재능을 증언해주고 있다. 그에 반해서 1785년 말에 탄생하고, 1786년 2월 《탈리아》 제2권에 실린 시 「무적함대」는 장중하면서도 격정적인 어조가 특징이다. 1588년 스페인 함대의 패배를 내용으로 한 이 텍스트는 메르시에가 자신의 희곡 「스페인 왕 펠리페 2세의 초상화(Portrait de Philippe second, roi d'Espagne)」(1785)의 앞부분에 실은 역사적 서문의 한 단락을 변형한 것이다. 역사적 소재를 노련하게 재현한 이 시는 독창적 성격을 지니지는 않았지만, 기교상의 완성도를 보여주고 있다.

실러는 1786년 5월 중순 짧은 기간에 두 편의 가곡과 한 편의 아리아를 구상했다. 쾨르너 가문의 친구인 드레스덴의 작곡가 겸 지휘자 요한 고틀리프 나우만이 계획한 오페레타를 위해 가사를 쓸 시인을 찾고 있던 상황에서 이 작품들이 탄생한 것이었다. 그뿐 아니라 실러가 만하임의 지휘자 이그나츠 프랜츨(Ignaz Fränzl)과 장기간 공동 작업을 하려고 노력했다는 점도 빼놓을 수 없다. 프랜츨은 5월에 만하임의 「피에스코」 공연을 위해 서곡과 간주곡을 작곡한 아들을 대동하고 실러를 여러 차례 방문한 적이 있다. 이때에 그들은 오페라 계획과, 가극 각본으로 각색할 만한 적당한 소재에 대해서 논의했을 가능성이 있다. 아리아는 남자 배역과 여자 배역 사이의 다성 '윤창'을 내용으로 하고 있다. 레퍼토리에 등장하는 레온테와 델리아의 인물 배경에는 물론 쾨르너 내외가 암시되어 있었다. 그 텍스트는 문학적 취향을 지닌 드레스덴의 종교국 평정관 쾨르너의 살롱에서 정기적으로 개최되던 실내악 연주들 가운데 하나에 대한 기고문일 수 있다.(NA I, 177 이하 계속) 다른 한편으로 5월에 완성된 가곡들은 상투적인 성격을 띠고 있었다. 이 노래들은 장면의 세부 사항에 대한 언급 없이 핵심적인 사랑 행위를 담은 일종의 창극 형식에 맞춘 것 같았다.(NA 2/I, 464 이하) 1786년 5월 17일에 휘프너에게 밝힌 것처럼 실러는 자신의 아리아 집필 작업을 "화장하기를 배우기 위한" 연습으로만 생각하고 있었다.(NA 24, 55) 창극 장르에 대한 관심은 물론 후년에 와서도 그를 사로잡았다. 1787년에도 바이마르에서 빌란트의 운문 서사시 「오베론(Oberon)」(1780)을 모델로 해서 오페레타를 한 편 쓸 계획을 품고 있었다. 친구 춤슈테크는 1794년 봄에 그에게 가극 각본을 한 편 써달라고 드러내놓고 부탁을 했다. 1800년 2월에 실러는 오페라 무대를 위해서 함께 일하고 싶다는 생각을 다시 하게 되어 "영웅적이면서도 코믹한" 소재를 장면으로 묘사한 원본을 찾고 있었다.(NA 38/I, 229) 실러는 이전에 애착심을 가지고 있었음에도 불구하고 한 번도 그와 같은 협력 작업을 성사시킨 적이 없었다. 그와 같은 형태의 작업에 호감이 가긴 했지만 결국 생소한 예술 분야에 자신을 노출시킬 위험이 있기 때문이었다. 음악이 부르는 것을 문학적 텍스트가 무조건 받아서야 하는 강제성에서 그는 끝까지 벗어나려고 했던 것이다.

실러는 1786년 6월 말 쾨르너의 생일을 기하여 후버와 함께 전적으로 독특한 방법으로 축하의 뜻을 표시했다. 그는 전문가 수준은 아니지만 재치 있게 펜을 사용해서 친구의 일상생활에서 여러 상황들을 스케치한 펜화 스케치 열세 편을 구상했다(물론 스케치들의 내용이 사실과 부합하는지는 완벽하게 증명되지 않았다). 이 펜화 스케치들은 후버의 해설을 곁들여 1786년 6월 2일 「새로운 텔레마흐의 모험 또는 쾨르너의 진면목들(Avanturen des neuen

Telemachs oder Exsertionen Körners)』이라는 제목으로 제본되어 축제 신문의 형태로 전달되었다. 이 스케치들 중 하나는 칸트를 읽다가 잠이 든 쾨르너의 모습을 보여주고 있다. 거꾸로 서 있는 실러를 친구의 "양아들로", 후버와 도라는 정답게 포옹하고 있는 모습으로, 미나는 분노한 관찰자로, 주방 아줌마는 집주인이 "그녀의 죽어야 할 운명"을 상기시키는 관장기(灌腸機)를 가지고 있는 모습으로 보여주고 있다.[225] 다른 그림에서는 옴니버스 형식의 이야기 한 편이 서술되어 있다. 즉 괴셴은 쾨르너가 《탈리아》를 위해서 쓰기로 약속한 원고들 중에 완성된 것이 한 편도 없기 때문에 그 대신 쾨르너의 편지 한 통을 싣는다. 그 편지 텍스트에 대해서는 한 비평가가 서평을 통해 공개적으로 칭찬을 하고, 본보기로 추천까지 한다. 마지막 장면에는 의도적으로 정상적인 시간의 흐름을 거꾸로 돌려서 한 편의 긴 편지를 마무리할 생각을 하며 글을 쓰고 있는 쾨르너의 모습이 나타난다. 이와 같이 재치 있는 스케치들은 그림과 간단한 텍스트를 간결한 서술 형식의 틀 속에 서로서로 관련지음으로써 현대의 연속만화(Comic strips) 형식을 앞당겨 도입하고 있다.

1년 뒤 쾨르너가 31번째 맞는 생일에 실러는 짤막한 익살극을 썼다. 이 극은 상습적으로 여러 일에 관심을 써야 하고, 가정에 대한 의무와 과중한 업무 부담에 시달리는 친구의 오전 시간을 상상적으로 묘사한 것이었다. 1787년 6월에 완성된 이 극은 7월 2일에 쾨르너의 집에서 공연되었을 것으로 추측된다. 여기에서 실러는 처음엔 원고에 확정되어 있던 대로 자신의 역을 담당했고, 그다음에는 역시 "자이펜베칸터(Seifenbekannter)"*, 하녀, 구두장이, 신학 지망생의 역도 맡았다.(NA 5, 160) 쾨르너, 후버, 미나,

∵

---

* 비누 애용자라는 뜻으로 세탁부를 지칭하는 듯함.

프리드리히 실러.
연필화. 도라 슈토크 작(1787).

도라는 함께 어울려 자신의 역할을 해냈다. 이 가정의 주변 인물들을 풍자한 나머지 다른 역들은 친구들이 맡았는지는 확실치가 않다. 제목이 없는 이 텍스트는 실러의 생존 시에는 출간되지 않았다. 1837년 1월 2일 베를린에서 자서전 출판업을 하는 카를 퀸첼(Carl Künzel)이 이 원고를 미나 쾨르너에게서 구입했는데, 실러와 그 친구들의 추억을 손상하는 대목들은 삭제한다는 (대단히 평범한) 조건이 붙어 있었다. 퀸첼은 미나가 세상을 뜬지 19년 후에 개인적으로 죄책감을 느끼면서도 모든 사람의 압력으로 이 텍스트를 삭제 없이 출간하기로 결심했다. 그사이 붙여진 「쾨르너의 오전(Körners Vormittags)」이라는 제목은 카를 괴데케(Karl Goedeke)에게서 유래한 것이었다. 괴데케는 이 장면들을 1868년 그의 전집 제4권에 실어 출간하였다.

이 익살극은 드레스덴 상황을 있는 그대로 묘사할 뿐 아니라 희극 장르에서는 실러의 유일한 작품이라서 어느 정도 관심을 끌고 있다. 이 작품에서는 모든 상황이 급박하게 돌아가고, 열여섯 명의 인물이 등장한다. 이처럼 급박하게 돌아가는 상황의 핵심에는 쾨르너가 있다. 그는 직장인 종교국으로 출근하기 전에 면도를 하고 싶어하지만, 편안하게 면도를 할 수 없다. 친지들과 하인들이 끊임없이 그에게 요구, 부탁, 주문, 질문을 퍼부으면서 괴롭혔기 때문이다. 자연적으로 이 텍스트의 결말은 이 친구가 그와 같은 잡다한 사안들을 원칙에 따라 결단성이 있는 자세로 처리할 수가 없다는 쪽으로 기울게 된다. 마지막에 "오전 내내 무엇을 하며 지냈느냐"는 질문에 그는 "의미심장한 자세로" 면도를 했다고 대답한다.(NA 5, 167) 이 줄거리의 전면에는 쾨르너가 수동적 자세 때문에 실러에게 반복해서 꾸지람을 듣는 것이 암시되어 있다. 이미 첫 장면에서부터 두 친구는 쾨르너가 작업하는 데 원칙이 없음을 두고 다툰다. 작업 원칙이 없기 때문에 결과적으로 《탈리아》에 약속된 기고문을 매듭짓지 못하고 있다는 것이다. 여기서 문제시되는 기고문은 쾨르너가 집필하기로 되어 있는 『철학 서신』의 속간이다. 극 중에서 실러는 친구의 책상 위에 놓인 원고를 검토하면서 저자가 단 한 문장 이상 쓰지 못한 것을 알아차리게 된다. "율리우스, 우리가 누리고 있는 중단 없는 행복은 인간의 행복치고는 분에 넘치는 것일세."(NA 5, 161) 이는 실러가 1786년 4월 말에 《탈리아》 3권에 단편적으로 발표한 『철학 서신』 제1부 중에서 율리우스에게 보내는 라파엘의 편지를 원문 그대로 인용한 것이다. 쾨르너가 약속한 이 텍스트의 단편은 1789년 5월 초에 발간된 이 잡지 제7호에 실릴 수 있었지만, 더 이상 속간되지는 않았다. 이 익살극을 통해 놀림을 당한 이 친구의 나태한 생활 태도는 창조적인 에너지를 마음껏 발휘하지 않는 그의 지적 성향이 겉으로 드러난 것이었다. 쾨르너는 1791년 9월 12일 이와 같은 자신의 성향을 "늑장 부리기"라고 지칭하면서 이런 성향을 불평하고 부담스러워한 나머지, 1793년 8월 9일에는 "나의 글쓰기 작업은 전망이 어둡다"고 선언했다.(NA 34/I, 86, 299) 여기서 문제가 되는 것은 글쓰기에 대한 엄청난 심리적 압박이라는 것을 《호렌》 시절 프리드리히 슐레겔의 비웃음이 담긴 보고를 읽으면 짐작할 수 있다. 슐레겔은 1796년 2월 27일 그의 형 아우구스트 빌헬름에게 이렇게 전했다. "쾨르너는 아직까지도 변비를 앓고 있어요. 변비증 있는 이 사람이 이미 9개월 전부터 무용에 대한 논문에 매달려 있어요. 억지로 빼앗지 않으면 아무리 소크라테스의 산파술을 적용하더라도 쾨르너에게서 아무것도 받아내지 못할 것이오. 그의 변비가 뚫리는 대로 형에게 소식 전할게요."[226]

실러의 익살극은 수상한 추종자들에게 둘러싸여 자신의 능력을 집중하지 못하는 쾨르너의 여러 모습을 보여주고 있다. 여기에는 집안끼리 내왕

하는 친구들의 초상화도 그려져 있다. 대학교수 베커는 감동해서 그가 엄격히 선별해서 수집한 그림들을 보고 싶어했고, 비밀 작전참모 회의 서기로 활약하면서 작가로서도 활동하고 있는 요한 레오폴트 노이만은 저널들을 송부해줄 것을 부탁하고 있다. 옛 학우이자 시를 쓰는 행정 법률가 하제(Hase)는 현실 정치의 새로운 뉴스에 대해 그와 의견을 교환하고 있고, 드레스덴 궁정의 시종장인 청년 쇤부르크(Schönburg) 백작은 그에게 백마한 필을 팔고 싶어했으며, 마지막으로 신학자 지망생 한 사람은 성찬 이론에 대한 자신의 학위논문을 그에게 소개하려고 하고 있다. 진정 모두가 진솔한 것처럼 느껴지는 친구들의 초상화 속에는 예술과 관련하여 쾨르너가 맺고 있는 복잡한 관계가 반영되어 있다. 노이만과 하제는 얼치기 작가들이다. 그들은 여가를 선용해서 문학적인 글을 쓰지만, 독창적인 작가로 발전하지는 못한다. 베커는 수집가다운 자세는 되어 있지만, 그에게는 진정한 창조력이 없다. 신학자 지망생은 학문의 현학성을 반영하고 있지만, 똑같이 학자로서의 전망은 밝지가 못하다. 서로 다른 경향과 자극 사이에 끼어 시달린 나머지 쾨르너는 자신의 생산적인 에너지를 끊임없는 명상에 바치는 유미주의자로 등장하고 있다. 실러의 짧은 연극은 구조상 루이 14세 때에 프랑스에서 싹튼 속담극(Proverbes dramatiques)의 모형을 따르고 있다. 속담극이란 재치 있게 정곡을 찌르는 문체로 된 단막극을 말하는데, 이 장르는 음모 행위의 틀 속에서 하나의 속담, 명제 또는 생활 자세의 정당성 유무를 시험한다. 이와 같은 속담극은 18세기 중엽부터 귀족들의 살롱에서 선호되었고, 후에는 큰 가로수 길 곁에 있는 공공 극장에서도 상연되었다. 극의 주제는 주로 도덕 교과서에서 얻었으나 현실 정치적 사건이나 신문 보도 또는 가십에서 얻는 경우도 드물지 않았다. 후에 와서 청년 후고 폰 호프만슈탈은 알프레드 드 뮈세(Alfred de Musset)의 단막극을 읽고 자극을 받아 자신의 데뷔 드라마 「어제(Gestern)」(1891)와 「바보와 죽음(Der Tor und der Tod)」(1893)을 집필함으로써 이 장르에 다시 한번 활력을 불어넣은 적이 있다. 실러의 텍스트는 성공적인 속담극의 탁월한 형식을 보여주었다. 빠른 진행 템포, 스타카토로 진행되는 대화, 특히 주인공의 간명한 묘사는 이 작은 작품이 지적 짜임새가 있는 경향극이라는 것을 증명해주고 있다. 주인공의 기면 상태는 때때로 문제점이 있는 생활 태도로, 비판적이면서도 호의적인 시각에서 그려져 있다. 이와 같은 형식으로 창작한 경조사 작품을 통해, 이미 「루이제 밀러린」에서 부각한 적 있는 희극적인 재능을 실러가 또다시 보여줄 수 있다는 것이 분명히 밝혀졌다. 그는 나중에 성공적인 희극은 연극예술의 절정이라고 찬양했지만, 다시는 이 영역으로 돌아오지 않았다.(NA 20, 446)

인간 혐오자의 교육
「속죄한 인간 혐오자」(1786~1790)

실러는 「돈 카를로스」 집필과 병행해서 일련의 다른 드라마 집필을 꾀하여 1790년대까지 이 작업에 몰두했다. 이미 만하임에 체류할 당시 그는 「도적 떼」의 속편을 쓰려는 의도가 있었고, 1784년 8월 말에 달베르크에게 그 의도를 분명하게 밝힌 적이 있다. 1785년 7월 초 이 프로젝트는 기존의 작품에 막 하나를 보완하는 구상으로 축소되었고, 그 새로운 구상의 제목은 "도적 모어의 최후의 운명(Räuber Moore letztes Schicksal)"(NA 24, 11)으로 정하기로 되어 있었다. 그러자 재정적인 문제가 전면에 부상했다. 실러는 자신이 이전에 쓴 드라마들의 판권을 괴셴에게 넘기고 싶어했지만, 슈반에게 있는 원고를 두 번 판매하는 것이 불가능했기 때문에, 그는 수정 보완한 판본을 발행함으로써 출판사를 바꿀 구실을 만들려고 했다. 그러나 드레스덴에서는 관심 부족으로 그 계획을 계속 진행하지 못했다. 1790년대 말에 와서 비로소 그 계획은 새로운 구상으로 바뀌어 다시 착수되었다. 이 새로운 구상은 호러스 월폴(Horace Walpole)의 공포 소설「오트란토 성(The Castle of Otranto)」(1765)의 소재를 본받아, 세인의 주목을 끄는 근친상간 드라마의 틀 안에서 모어 이야기의 속편을 엮은 것이었다.

실러는 드레스덴에서 이 아이디어를 좀 더 구체화해서, 과오를 깨우친 '인간 혐오자' 유형을 등장케 하는 연극을 쓰려고 했다. 이 연극의 제목은 우선「인간 혐오자(Menschenfeind)」로 정하기로 했다. 1786년 10월 12일에 함부르크의 극장장 슈뢰더에게 쓴 편지를 보면, 바우어바흐에서 구상한 이 드라마 계획의 개요가 당시에는 이미 그려져 있었던 것으로 추측된다. 그의 주인공은 "셰익스피어의 티몬과는 이름 외에는 아무런 관련이 없는 것"으로 나타나고 있다.(NA 24, 63)[227] 12월 18일 그는「인간 혐오자」를 늦어도 다음 해 4월 중으로 완결하겠다고 통보했다. 1787년 3월 3일에는 제 1막의 완성을 알렸고, 이 드라마가 자신이 전에 쓴 작품들을 능가할 수 있으리라는 희망을 피력했다.(NA 24, 84) 5월 말에도 그는 원고의 꾸준한 진척을 기대했다. 6월 17일에는 슈뢰더에게 다음 달 중에 완성본을 함부르크에 내놓겠다고 약속했다. 그러나 북쪽으로 가는 도상에 놓인 임시 정류장으로만 생각하던 바이마르 체류가 연장되었을 때,「인간 혐오자」프로젝트도 역사 연구와「강신술사」의 작업 때문에 진전을 보지 못했다. 1788년 초예전에 세운 계획들의 불씨가 다시 살아났지만, 실러는 7월에 이미 자신의 구상이 설득력 있는 윤곽을 보여주지 못함에 따라 목차를 변경하지 않으면 안 되겠다는 것을 깨달았다.(NA 25, 75) 이 단계에서 여전히 불분명했던 것은 주인공의 인간 혐오증을 설명해줄 수 있는 연극 줄거리의 발단이었다. 괴테가 「겨울 하르츠 산행(Harzreise im Winter)」(1777)에서 "사랑이 넘쳐서" 생긴 미움이라는 표현을 가지고 암시하려고 한 것과 유사하게 인간 혐오의 근원도 가능하면 실망한 애정이면 좋겠다고 생각했다.[228] 여기서 실러는 여러 가지 복잡하게 얽힌 모티브를 생각했지만 결정적인 해결점은 찾지 못한 것 같다.

1788/89년에도 이 프로젝트의 작업은 활발히 진행되었으나 실러는 이 작업에만 몰두할 수는 없었다. 《탈리아》 잡지를 편집하는 업무와 단편 「강신술사」의 속간 작업에 매달려 있는 동안 실러는 극작가로서 자신의 정체성을 분명히 확립하려고 애썼다. 이 몇 달 동안 처음으로 실러는 소재 선택과 장면 완성을 검토하는 데 필요한 기준이 될 자신의 문학 작업의 범주를 발전시켰다. 희곡 기법의 토대에 대해 숙고한 끝에 그는 이전에 자신이 쓴 작품들에 경제성이 결여되어 있는 것을 분명히 깨달았다. 그리하여 그 후의 연간에도 그는 이에 대해 숙고하기를 멈추지 않았다. 그는 1789년 2월 25일에 쾨르너를 상대로 자신은 정확한 복안 없이 쓰는 습관에 젖어 있었기 때문에 통상적으로 작품들이 "구성이 너무 산만하고 모험을 감행하는" 결과를 초래하지 않을 수 없었다고 언급하기도 했다. 그러나 바로 이 작품 「인간 혐오자」는 실러가 선명한 장면 처리 기법을 배우고자 했던 "간단한 계획"을 시험해볼 수 있는 기회를 제공하지 않은 것으로 보인다.(NA 25, 212) 그러므로 실러가 그 원고를 서랍 속에 꼭꼭 숨겨둔 것은 어디까지나 사리에 맞는 조치였다.[229] 1790년 2월에야 비로소 그는 이 옛 아이디어에 다시 관심을 가지게 된 듯하다. 그는 원래의 버전을 한 장면 한 장면 다시 쓰기 시작해서 일부를 《탈리아》에 발표하기로 결심했다. 오랜 지체 끝에 1790년 11월 중순에 결국 여덟 장면이 「속죄한 인간 혐오자(Der versöhnte Menscheinfeind)」라는 제목으로 그 잡지의 11권에 발표되었

다. 그러나 실러는 이 미완성 작품의 출간을 자기 계획의 궁극적인 종료를 알리는 신호로 보았다. 바로 이 소재가 그를 매혹하지 못했기 때문에 그는 이 미완성 작품이 그가 계획한 전부로서 구실을 할 수 있다고 본 것이다.

이와 같은 미완성의 성격으로 미루어 볼 때 이 제목은 그 자체에 모순을 지니고 있다. 주인공 후텐(Hutten)은 계몽된 인간 혐오자로서 미완성 초안의 틀 안에서는 사회와의 '화해'에 이르지 못하고, 도리어 변치 않고 그 자신이 품어서 화석이 되다시피 한 회의(懷疑)를 고집한다. 실러는 이미 1786년 10월에 슈뢰더를 상대로 이 주인공은 우리가 2세기에 루키아노스(Lucianos)가 쓴 대담집 『인간 혐오자』를 통해 알고 있는 인간 혐오자의 특징들은 전연 지니고 있지 않다고 강조했다.(NA 24, 63) 루키아노스의 대담집 『인간 혐오자』는 그 나름대로 1607년에 셰익스피어가 탄생시킨 진솔한 티몬에 대한 드라마의 자극제 노릇을 했다. 후텐은 어디까지나 철학 교육을 받은 합리론자요, 그 자신의 말을 빌리면 인간에게 "외경(畏敬)"의 마음을 품을 수는 있어도 사랑의 감정을 품을 수는 없는 비관적 계몽주의자였다.(NA 5, 157) 그는 막상 장성한 딸 안젤리카를 복잡한 도시에서 멀리 떨어진 외진 곳에서 키웠다. 이 점에서 실러는 성장하는 아이를 사회에서 격리하는 것이 자연스러운 교육에 필요한 조치라고 찬양하는 루소의 『에밀(Emile)』(1762)을 암시하고 있는 것이 분명하다. 후텐이 안젤리카를 위해 궁정 생활을 떠나서 시골의 전원적인 풍경 속에 "천국"(NA 5, 140)을 건설한다면 그는 루소의 원칙을 따르는 것이나 다름없기 때문이다. 루소는 자신의 주인공 에밀을 제2의 로빈슨 크루소로 만들어서 허위로 가득 차 질식할 것 같은 사회의 인습으로부터 보호코자 했다.[230] 후텐은 막대한 토지를 소유한 귀족으로서 자신의 노예들을 신분의 예속에서 해방해주고, 이자와 세금 부담을 감면해주며, 궁핍한 때에는 대범한 구휼자의 면모를 보여 주었다. 이른바 인도적인 주인의 미덕을 보여준 것이다. 그와는 정반대로 그는 한 개인의 도덕적 완전성을 한사코 믿으려 하지 않았다. 자신이 부리는 사람들을 재정적으로 지원하고 싶어했지만, 자신이 아첨이라고 여기는 그들의 호의에 답할 수는 없었다. 그는 "완성도"(NA 5, 150)를 모든 활동이 추구해야 할 목표, 신에 의해 예정된 목표로 여겼지만, 자연의 완전성이 인간의 기획 속에 항시 왜곡되어 반영되어 있음을 알았다.

오로지 도식적으로 윤곽이 그려진 이 초안의 음모 행위는 대부분 계몽주의자와 상반된 인간 혐오자의 역할에 관련된 후텐의 복잡한 성품에 연유하는 것이었다. 안젤리카는 레싱의 「에밀리아 갈로티」에 나오는 아피아니 백작처럼 자발적으로 자기 농장의 황량한 황무지에 유배되어 궁정의 즐거움을 단념하고 자신의 정신적 기호에 따라 살아가는 로젠베르크를 사랑한다.(NA 5, 140) 남몰래 결합한 이 두 사람이 자신들의 결혼을 부친이 허락하지 않을까 두려워하는 것은 당연하다. 후텐 자신이 "아름다운 영혼"(NA 5, 153)이라고 표현한 안젤리카는 그녀의 걱정이 옳았다는 것을 신속하게 깨닫는다. 마지막 장면은 고집스러운 엄격주의자인 주인공을 보여준다. 그는 딸로 하여금 실망을 겪지 않도록 하고 싶기 때문에 서약을 통해 필생 동안 독신으로 지낼 것을 의무화하려고 한다. 후텐은 인간의 공감 능력에 대한 깊은 회의감 때문에 감정의 위력을 불신한다.[231] 그는 실러가 1783년 초 바우어바흐에서 몇 달 동안 연구 검토한 「율리우스의 신지학」에서 행복 추구의 인생론을 변호하는 인물로 묘사된 인도주의자 율리우스와는 반대되는 입장을 대변하고 있다. 그곳에서는 "헌신"이라는 표제어 아래 이렇게 표현되고 있다. "사랑은 번성하는 자유국가를 함께 다스리는 시민이요, 이기주의는 황폐한 피조물 속에 있는 독재자이다."(NA 20, 123) 후텐의 인간 혐오는 고독과 우울증에 이르게 하는 병적인 자기중심주의와는 그 형태가 다르다. 추측건대 실러의 계획은 주인공에게 '감성 교육(education sentimentale)'을 시켜서 최종 목적지에서는 로젠베르크와 안겔리카에 의해 공증된 사랑의 이념과 함께 화해에 이르게 하려는 것이었던 것 같다.

이 미완성 작품의 마지막 장면은 아버지와 딸의 갈등이 두 가지 대립적 원칙의 싸움이라는 것을 시사하고 있다. 실망한 계몽주의자의 염세적인 인간 혐오에 대항해서 아름다운 영혼의 이상이 등장한다. 이 아름다운 영혼의 특징은 "우아함"이다.(NA, 5, 158)[232] 여기서 최초로 실러는 이해하기 힘든 우아함의 현상을 밝혀보려고 시도하고 나서 3년 뒤에 《탈리아》에 실린 한 에세이에서 칸트에게 수학한 이론가다운 열성을 가지고 우아함의 조건과 효과를 설명했다. 안겔리카의 성격은 아벨의 사관학교 수업에 빠지지 않고 등장하는 허치슨의 도덕철학에서 진정한 도덕성의 모델로 설명되는 미덕과 감정의 균형에 바탕을 두고 있다. 그와는 달리 후텐은 그 자신의 염세적인 마음이라는 바탕 위에서 오로지 '품위'만을 보일 수 있다. 후에 쓴 논문은 품위를 '여성적인' 우아함에 필적할 '남성적인' 원칙으로 내세웠다.(NA 20, 288 이하) 품위 속에는 정열을 다스리려는 의지가 분명히 나타지만, 불가피하게 안겔리카가 밝히고 있는 심성의 내면적 자유는 없다. 바로 이 점에서 이 미완성 작품은 인간 혐오자를 개성 없이 침울함에 빠져 있는 괴벽한 사람으로 도식적으로 묘사해온 동일한 유형의 예전 희곡들보다는 뛰어난 작품임이 증명되고 있다.

실러가 이 드라마 소재에 대해 관심을 가지게 된 동기는 단순하지가 않다. 지금까지 실러의 생애에서 동기를 찾으려는 노력이 항시 도움을 주었지만, 여기서는 그 노력이 지나치게 높게 평가되어서는 안 될 것이다.[233] 그가 만하임에서의 마지막 몇 달과 후에 드레스덴에서 지내는 동안에도 반복해서 인간 혐오적인 기분에 사로잡혔던 것은 물론이다. 이 기분은 구체적인 실망감 때문이라기보다는 긴장이 풀렸고, 더 강하게 지적 자극을 받고 싶은 욕구가 결정적으로 작용했기 때문이었다. 그는 1785년 2월 28일 후버에게 쓴 편지에서 만하임의 비참한 상황을 배경으로 자신은 삶의 불리한 상황에서 "티몬과 같은 사람이 될" 위험에 봉착했다고 강조한 적이 있다.(NA 23, 180) 인간 혐오감의 엄습으로부터 완전히 보호받지 못하고 있다는 의식이 그 주제에 대한 호기심을 강화했을 수도 있다. 그렇지만 이 미완성 희곡을 그의 개인적 위기가 반영된 작품으로 이해하는 것은 잘못일 것이다. 개인적으로 당한 불행이 아니라, 지적 호기심이 그로 하여금 1780년대 중반에 「티몬」소재에 관심을 가지도록 유도한 것이다. 실러는 항시 자신의 예술 작품을 자신이 걸어온 인생 역정의 영향으로부터 벗어나게 하려고 애썼다. 괴테가 자신의 작품을 두고 한 말을 이용해서 말하자면, 예술 작품을 "대규모 고백의 일환"[234]으로 보는 사람은 실러 작품의 정신적 구조를 잘못 보는 것이다.

셰익스피어와 몰리에르(「인간 혐오자(Le Misanthrope)」)의 후계자들이 이 소재를 현실적으로 개작하는 데 있어서 앞서 언급한 도덕주의가 지배적 역할을 하고 있는 것처럼, 실러의 미완성 작품에는 도덕주의 환경에서 얻은 문학적 자극이 부각되어 있는 것으로 나타난다. 극장에 관한 연설에서도 실러는 존경받던 영국인 셰익스피어의 「티몬」을 극예술의 걸작으로, 그리고 추후로 발굴되어야 할 "금맥"으로 칭찬한 적이 있다.(NA 20, 93 이하) 해직되기 직전인 1784년 8월 말에 실러는 달베르크에게 독일 무대에서 아직 공연되지 않은 이 셰익스피어 드라마를 레퍼토리에 포함할 것을 제안한 적이 있다.(NA 23, 155) 이는 적어도 고트셰트 시대 이후에는 높은 관심의 대상이 된 테마였다. 자기 자신과 주변 사람을 멸시하는 염세주의적인 회의

자는 우울증 환자와 나란히 계몽된 극장에서 가장 환영받는 인물로 꼽혔고, 끝에 가서는 국외자도 사회질서 속으로 되돌아오게 하는 예의 이성의 세력을 시위할 수 있는 기회를 제공했다. 엥겔이 1789년 처음으로 베를린에서 보여준 코체부의 성공작 「인간 혐오와 후회(Menschenhaß und Reue)」는 이와 같은 관점을 다룬 특별히 잘 알려진 예였다. 실러도 (즉각 16개 언어로 번역된) 이 드라마를 알고 있었으리라고 추측된다. 왜냐하면 이 드라마는 초연된 지 얼마 되지 않아서 많이 보급되었고 함부르크에서 만하임까지 독일 전체의 비교적 큰 무대에서 성공을 거두었기 때문이다.[235] 그러나 인간 혐오자를 구체적으로 치료될 전망이 있는 실망한 낙관주의자로 소개함으로써 이 소재의 교육적 장점들을 세부적으로 묘사하는 일종의 인습적인 취급 방식은 그의 취향에 맞지 않았다. 특히 실러는 자신의 프로젝트의 마지막 단계에 이 테마를 철학적인 시각에서 고찰했다. 그 시각 덕분에 그는 계몽된 교훈극의 구태에서 벗어날 수 있었다.

실러는 1788년 여름에 빌란트와 헤르더에게 자극을 받아 섀프츠베리의 『도덕주의자들』(1705)을 새로이 접하게 되었다. 이 책이 취하고 있는 행복론적 기본 입장에 대해서는 이미 카를스슐레 시절 퍼거슨의 작품에 대한 아벨의 수업에서 알게 되었다. 특히 나서기를 좋아하지 않는 인물인 팔레몬이 그의 관심을 끌었다. 팔레몬은 예리하게 논리를 펴는 인간 혐오자로서 회의론자 필로클레스와 철학자 테오클레스에 상대되는 역할을 하는 인물이었다. 추측건대 실러가 슈팔딩의 1745년판 번역본에서 읽은 섀프츠베리의 대화집은 이 인간 혐오자를 계몽된 인간으로 보여주었을 것이다. 그의 인생론은 염세적으로 세상을 등지는 입장이 아니고, 합리성과 현실감각을 포함하고 있다.[236] 팔레몬의 성격을 규정하는 이성적 사고와 인간 혐오의 결합은 후텐의 정신생활에 부각되어 있다. 일곱 번째 장면에서 그의 독백은 팔레몬의 경우처럼 세상에서의 신의 질서에 대한 믿음과 개인의 교화 가능성에 대한 회의 사이에서 이상하게 흔들리는 것을 보여준다.[237] 실러가 섀프츠베리의 대화집을 겉핥기식으로만 읽었을 것이라는 점을 고려하더라도 이 미완성 작품의 강한 이론적 구상에 대해서 섀프츠베리의 대화집이 갖는 의미가 과소평가되어서는 안 될 것이다.

그와 병행해서 이『도덕주의자들』에서 영감을 얻은 빌란트의 이전 텍스트는 이번에도 이 희곡 단편의 최후 구상에 영향을 끼친 것으로 보인다.[238] 실러가 1788년에 읽었을 것으로 추측되는 미완성 글「테아게스 또는 아름다움과 사랑에 대한 대화(Theages oder Unterredungen von Schönheit und Liebe)」(1758)에서 빌란트는 부인이 세상을 떠난 후에 딸을 세파에 시달리지 않도록 보호하고 세상과 동떨어진 곳에서 양육시키고자 하는 아버지를 보여주고 있다. 그러나 빌란트의 주인공은 후텐과는 달리 자신의 아이에게 불신의 철학을 주입하려 하지 않는, 어디까지나 이성적 원칙을 따르는 계몽된 박애주의자요 "완벽한 플라톤주의자"일 뿐이다.[239] 빌란트의 텍스트에서도 딸을 위해 테아게스가 세상으로부터 도피하는 것이 경험 상실의 위험을 동반한다는 것 정도는 적어도 암시는 되고 있다. 루소의『에밀』이 설명하고 있는 '자연스러운 교육'에 대한 당대의 토론은 장 파울의 처녀작인 소설「보이지 않는 비밀결사(Die unsichtbare Loge)」(1793)에 문학적으로 가장 효과 있게 잘 표현되어 있다. 이 자연스러운 교육은 특히 어린이 교육이 외부와 격리된 조건하에서 이루어져야 하는지 또는 자유로운 판단력을 키울 목적으로 사회적 접촉을 전수해야 하는지 하는 문제를 맴돌고 있다. 이 테마가 제공하는 문제점 중에 특이한 것은 빌란트와 개인적으로 친분이 있는 의사 요한 게오르크 치머만의 입장이다. 치머만은 네 권으로 된 기념비적 작품『고독에 대하여(Über die Einsamkeit)』(1784/85)에서 사회적 고립은 조화로운 심성 형성의 필수 조건이라고 찬양했지만, 다른 한 편으로는 침울한 마음과 우울증이 야기하는 세상 기피증의 위험을 경고하고 있는 것이다. 공동체와의 절연은 인간 혐오와 병리학적 상상 또는 망상과 결합되지 않을 때에만 치료의 효과가 있다.[240] 실러의 미완성 희곡은 이 점에서 분명한 견해를 내세우고 있다. 마지막 장면은 사회와 동떨어진 교육이 비난받을 것이 아니라, 딸을 지속적인 결혼 포기의 약속을 통해 자신에게 매어두려는 후텐의 계획이 비난받아야 한다는 것을 보여준다.[241] 그는 안겔리카를 인간의 행복 욕구에 반하는 "복수"(NA 5, 159)의 도구로 삼음으로써 끝에 가서는 자신의 병적인 이기주의를 증명해 보이고 있다. 인간 혐오자의 이성은 사디즘적인 판타지를 부화(孵化)하는 것을 도와주기 때문에 스캔들이 되고 있다.

이 소재를 문학적으로 형상화하려던 실러의 야심 찬 계획은 그에게 커다란 문제점을 안겨주어서 1790년 말에 그는 작업을 끝맺는 것이 불가능하다고 여기게 되었다. 그는 이 미완성 희곡을 출간한 직후인 11월 26일에 쾨르너에게 쓴 편지에 밝히기를 후텐이라는 인물의 이지적 사상이 이 주제에 지나친 부담을 안겨주고, 화해를 하게 되는 최종 장면까지 논리정연하게 전개되어야 할 이 희곡의 선명한 구조에 장애가 되기 때문에 자신은 집필을 계속해서 작품을 완성시킬 생각은 하지 않고 있다고 했다. "이런 종류의 인간 혐오는 비극적으로 다루기에는 너무나도 보편적이고 철학적일세. 나는 마땅히 있는 힘을 다해서 이 소재와 성과 없는 싸움을 하더라도 고작 애만 쓸 뿐 성공은 거두지를 못할 것일세."(NA 26, 58)[242] 실러는 야심을 가지고 시작한 계획을 포기했다. 이 모티브들의 미로에 빠져 끝내 헤어나지 못했기 때문이다. 이 미로에서는 비극의 카타리시스나 희극의 평범한 해결 모형도 해방을 약속해주지 않았다. 형식상으로도 「인간 혐오자」

구상은 어디까지나 미래가 없는 미완성 작품에 불과하다. 실러는 「루이제 밀러린」을 쓴 후에는 더 이상 산문으로 된 드라마를 한 편도 완성하지 못했다.

9. 「돈 카를로스」(1787)

가정극에서 권력 비극으로

새로운 유형의 드라마를 위해 5년간 작업

토마스 만의 동명 소설에서 나이 어린 토니오 크뢰거는 실러를 특별히 좋아하고 열광하는 실러 애독자로 등장한다. 그는 동급생 한스 한젠에게 이런 말을 한다. "「돈 카를로스」로 말할 것 같으면, 모든 상상을 초월하는 면이 있어. 너도 알게 되겠지만, 거기엔 멋진 대목들이 들어 있어 읽으면 흡사 쾅 하고 한대 얻어맞은 것 같다니까……."243) 이 감격적인 고백은 1848년 3월혁명 이전 시기부터 세기말까지 살던 사람들이 지녔던, 젊은 시절 실러가 마지막으로 쓴 드라마 「돈 카를로스」에 대한 열광적 감정을 그대로 대변해주고 있다. 이 작품에 대해 사람들이 열광하는 추세가 이미 수그러들고 객관적으로 평가하기 시작한 지가 오래되었음에도 불구하고, 혁명적 격정과 심리학적 성격묘사의 절묘한 결합으로 이 드라마는 오늘날까지도 독일어권 극장 레퍼토리에 부동의 자리를 차지하고 있다. 그렇게 된데에는 사람들이 이 텍스트를 관념적인 사고의 산물로서뿐 아니라, 권력의 속성을 일깨워주는 냉정한 교훈극으로 읽는 데 사람들이 익숙해져 있는 것도 한몫한다. 그와 같은 독법에는 포자 후작이라는 인물에 대한 비판적 이미지도 포함된다. 후작에 대한 비판적 이미지는 이 비극이 발표된 다음 해에 저자 자신이 간추려 전한 작품 개요에도 부각되어 있다.(NA 22, 137 이하 계속)

「돈 카를로스」에는 실러의 초기 드라마의 특징으로 꼽히는 주도 모티브와 주제들이 다시 한번 총집결해 있다. 그로 인해, (역사적으로 이미 알려진) 극한상황에서 시련을 이겨내야 하는 걸출한 인물을 실러가 선호한다는 사실이 다시금 오해의 여지가 없도록 분명해진 것이다. 거기에다 이상주의, 정열, 인간애, 권력욕이 갈등을 빚고 있는 영역에서 애매한 태도를 취하는 인물들에 대한 심리학적 관심도 보태어진다. 모순에 찬 개인의 성격을 해부함으로써 이 갈등 영역의 베일을 벗겨보려고 하는 것이다. 최초의 작품들과 마찬가지로 이 작품의 어조에도 신경과민의 기색이 엿보인다. 이와 같은 어조는 계속 긴장된 분위기 속에서 암시적인 방법으로 인위적 성격, 마술적 이미지, 비약적 사고를 결합하는 데 기여하고 있다. 하지만 이와 같은 언어는 이 작품에서 처음으로 실러의 후기 드라마를 지배하고 있는 이른바 무운시행(Blankvers)이라는 새로운 형식의 통제를 받게 되는데, 이렇게 함으로써 등장인물이 자신의 격정을 표출할 때는 의고전주의 문학의 특색으로 꼽히는, 이른바 정확히 균형을 유지하는 형식으로 표출하게 되는 것이다.[244]

두 번째 만하임 만남에서 달베르크가 처음으로 화제에 올린 '돈 카를로스'

656

소재를 실러가 다루기 시작한 것은 1782년 늦가을부터였다. 만하임 극장에서 그토록 푸대접받던 이 망명객은 겨울눈이 내린 바우어바흐에서 16세기 스페인 역사 공부에 몰입했다. 그는 1782년 12월 9일 라인발트에게 부탁해서 마이닝겐 도서관에 소장되어 있는 철학, 문학, 역사에 관한 논문들을 대출받았다. 최근에 사귄 이 친구에게 보낸 도서 대출 목록에는 레싱, 멘델스존, 가르베, 흄, 홈 등과 나란히 신부 생레알(Abbé Saint-Réal)의 이름도 들어 있었다. 생레알이 쓴 『돔 카를로스의 전기(Histoire de Dom Carlos)』에 대한 정보는 5월 말 만하임에서 달베르크가 그에게 귀띔해준 것이었다.(NA 23, 56) 이는 1545년에 태어난 스페인 왕자 이야기를 대단히 자유분방한 형식으로 묘사한 소설로서 1672년에 처음으로 출간되었다. 생레알은 왕위 계승권자 카를로스와, 그의 엄격한 아버지이자 카를로스 5세의 아들인 펠리페 2세 사이에 심화되어가는 불화의 성격을 끝없는 질투에서 비롯한 갈등으로 서술하였다. 동갑내기 계모인 프랑스 여인 엘리자베트 폰 발루아를 성적으로 탐하는 아들은 해가 지는 법이 없는 세계 제국 스페인 전제군주의 연적(戀敵)이 된 것이다. 스페인에 대해 비판적인 프랑스의 반관적(牛官的) 역사 서술 태도를 대표하는 인물인 생레알은 이 모티브에서 비극적 성격을 지닌 끔찍한 그로테스크 극(劇)을 발전시켰다. 인간적인 감정의 동요를 보이지 않는 교조주의적 가톨릭교도인 펠리페는 질투심에서 끝내 아들을 종교재판을 통해 죽게 하고, 8년째 부부 관계를 맺고 있는 왕비를 독살한다. 왜냐하면 그는 그 두 사람의 사랑으로 인해 남자로서 자신의 명예가 훼손되었을 뿐 아니라, 국가의 안전이 위협받을 위험까지 있다고 믿었기 때문이다. 역사적 진실은 그와는 달랐던 듯싶으나 생레알은 역사적 진실에는 별로 관심이 없었다. 믿을 만한 사료에 따르면, 변덕스럽고, 정신박약에다 가학적이며, 1562년 4월에 층계에서 넘어진 후로 뇌 손상을 입은 것이 분명한 카를로스는 부친에 대한 역모를 꾀했고, 그랬기 때문에 1568년 1월부터 지속적으로 감시를 받았다. 여름에 잠시 동안 곡기를 끊은 후로 왕자는 심각한 위염과 장염을 앓다가 1568년 7월 24일 끝내 병사하고 말았다. 엘리자베트 폰 발루아는 그가 죽은 지 3개월밖에 되지 않은 1568년 10월에 그를 따라 무덤으로 갔다. 모든 사료에 나타난 펠리페와 그 상속자 간의 갈등을 고려하면 물론 왕자의 죽음을 둘러싸고 무성하게 제기된 살해의 가설들은 결단코 허황된 것이 아닌 것 같았다. 실러는 생레알뿐 아니라 엄격하기로 유명한 프랑스의 역사가들에게서도 카를로스와 엘리자베트가 종교재판의 희생물이 되었다는 견해를 접할 수 있었다. 그의 문학적 판타지는 이와 같은 토양 위에서 무성하게 키워진 것이다. 그는 바우어바흐 시절에 이 문학적 판타지를 5막(다섯 '행보(行步)')을 바탕으로 해서 줄거리의 윤곽이 비교적 상세하게 드러나는 간결한 스케치 형태로 기록해 두었다.

여기에서 이 드라마가 가정 드라마의 낌새를 띠는 것은 주인공들이 어디까지나 군왕 출신임에도 불구하고 우선 시민 비극의 법칙을 따르고 있기 때문인 것 같다. 바우어바흐 구상 초안에서는 궁정을 배경으로 하여 진행되는 사랑의 얽히고설킴이 핵심을 이루고 있다. 복잡하게 얽히고설킨 애정 관계는 세대 갈등을 통해 더욱더 복잡해진다. 그다지 큰 비중을 차지하지 못하는, 카를로스와 가공의 인물 포자 후작 사이의 우정 모티브는 곁가지를 이루고 있다. 이와 같은 구상에는 적어도 유랑 극단의 '환상적 모험극*'의 반조가 두드러지게 나타나고 있음을 깨달을 수 있다. 이 모험극의

..

* 1680년부터 1740년까지 독일 유랑 극단의 상연 레퍼토리에 속한 연극으로, 역사적·정치적 내용을 주제로 하는 모험적이고 환상적인 연극.

요소들은 후에 작품을 완성해가는 동안 더욱 뚜렷하게 전면에 부상한다. 전래된 초안에는 작품의 구조상 극적 혼란의 절정을 보여줄 제4막의 표제어를 "아들의 역모가 왕에게 발견되다"(NA 7/II, 184)로 정하고 있다. 초안에는 비록 이 모티브에 대한 좀 더 상세한 정보가 없지만, 작가는 이미 바우어바흐에서 이 모티브의 정치적 배경들에 대해서 좀 더 깊이 고려해보았을 것이다. 우리가 기억해야 할 것은 그가 라인발트와 함께 스페인의 역사에 대해 논의했고, 이교도 박해 시기에 대한 드라마를 한 편 집필하기로 계획했다는 점이다. 1783년 4월 14일의 편지에서 그는 새 드라마에서는 "종교재판에 대한 묘사"를 통해 "인간성을 욕보이는 행위에 대해 복수를 하고자 한다"는 것을 강조하고 있다.(NA 23, 81)[245] 여기에서 보이는 역사적 관심은 최초의 구상이 시사하고 있는 것과 같이 카를로스 소재의 개인적인 관점에만 집중적으로 관심을 가지는 것을 완전히 배제하고 있는 것이다. 추측건대 2년 후에 만하임에서 시작해 《탈리아》에 발표된 버전이 보여주고 있는 것처럼 실러는 바우어바흐에서 이미 권력의 갈등을 좀 더 상세하게 형상화할 생각을 한 것 같다. 《탈리아》 버전은 플랑드르 지방들이 오라니엔, 에그몬트, 호르네의 지휘를 받아 드러내놓고 본국에 대항하여 조직하고 있는 봉기에 왕자가 가담할 것임을 암시하고 있다. 왕위 계승자의 이와 같은 역할에 관해서는 역사적으로 알려진 것이 없다. 1567년 왕으로부터 전권을 위임받은 알바 공작이 이 혁명을 무자비하게 진압하고, 주동자들을 체포해서 공개적으로 처형했다. 그와 반대로 실러는 자신의 주인공을 인권의 변호인으로 설정하고 있지만, 역사에서 카를로스는 병적으로 난폭한 인간으로서 별로 인권을 존중하지 않았을 가능성이 있다.

만하임에서 활동하던 처음 몇 달 동안에 실러는 조용히 문학작품 집필 작업에만 몰두할 수는 없었지만, 그 기간에 자신의 드라마 소재에 관해서는 생각을 깊이 가다듬었다. 라인발트는 1783년 10월 27일에 바우어바흐 초안을 필사해서 그에게 보냈다. 그는 그 필사본을 받아서 고타에 있는 고터에게 보여주었다. 실러가 처음에는 이 주제의 개인적 갈등 요소들에만 관심을 가진 것같이 보였지만, 폭발성이 있는 이 주제의 잠재력을 과소평가했을 리 만무했다. 1784년 6월 7일 편지에서 그는 달베르크에게 부드러운 어조로 이렇게 설명했다. "「카를로스」는 한 편의 정치적 연극으로서 조금도 손색이 없겠지만, 애당초 한 왕가의 모습을 그린 가정극입니다. 불행하게도 아들과 경쟁하는 아버지의 끔찍한 상황, 세상에서 가장 강력한 왕국의 왕위 계승권을 혼자만 지니고 있음에도 불구하고, 불행한 사랑을 하고 결국은 희생당하고 마는 아들의 더 끔찍한 상황이 극도로 흥미로운 결과를 빚지 않을 수 없을 것으로 나는 보고 있습니다."(NA 23, 144) 그와 같은 어조를 보면, 이 새로운 소재가 취향이 까다로운 극장장의 마음에 들게 하려고 실러가 노력하는 모습을 엿볼 수 있다. 「피에스코」 공연이 실패로 끝난 후에 실러는 정권 전복을 꾀하는 내용의 정치적 주제에 또다시 사로잡혔다는 인상을 피하지 않으면 안 되었다. 이와 같은 목적으로 그가 나중에 달베르크에게 3쪽에 가까운 바우어바흐 초안을 보여주었을 수도 있다. 피상적으로 관찰할 때 이 초안은 폭발력이 그다지 크지 않은 한 편의 가정 드라마를 스케치한 것이었다. 그러므로 극장장에게 보낸 편지에 책략적 동기가 있다는 점이 결코 과소평가되어서는 안 될 것이다. 가정 드라마의 전광판 뒤에는 분명히 바우어바흐와 만하임에서 작업하는 기간에 구상한 정치 드라마가 버티고 있는 것이다.[246]

1784년 여름에 실러는 원래의 계획에서 벗어나 역사적으로 실증된 텍스트 버전을 따르기로 결심했다. 이와 같은 결단을 내리게 된 데에는 빌란트의 「어느 젊은 시인에게 보내는 편지들(Briefe an einen jungen Dichter)」

의 영향이 없지 않았다.(NA 6, 345) 1782년 8월과 1784년 3월 사이에《도이체 메르쿠어》에 3부로 나뉘어 발표된 이 긴 논문은 섀프츠베리가 「어느 저자에게 주는 충고(Advice to an Author)」(1710)에서 장려한 시론 에세이의 자유분방한 형식을 취하고 있었다. 빌란트가 이 「어느 젊은 시인에게 보내는 편지들」을 쓰게 된 동기는 프리드리히 2세가 당대의 독일 시문학에 대하여 단호하게 비판한 논문 「독일 문학(De la littérature allemande)」(1780)에서 유발되었다. 이 「어느 젊은 시인에게 보내는 편지들」은 고트셰트의 규칙 이론과, 천재 시대를 풍미하던 장르의 경계를 무시한 문학 이론을 싸잡아 공격하면서 심리학적인 유연함과 도시의 양식 문화를 연결할 줄 아는 일종의 절제된 의고전주의를 추천하고 있다. 빌란트는 비극의 경우에는 17세기와 18세기 초를 풍미하던 '고전 비극'의 전례를 따라 운율에 맞추어 구성된 운문 언어와 각운의 기법을 다시 활용할 것을 권하고 있다(여기서 레싱의 「현자 나탄」은 언급되지 않았다).[247] 1785년 3월에 인쇄된 실러의《탈리아》버전의 서문은 그와 같은 기존의 원칙을 찬성하고 있지만, 각운에 대해서는 이의를 제기하면서 각운을 "프랑스 비극의 부자연스러운 사치물"이라고 깎아내렸다.(NA 6, 345) 다른 한편으로 빌란트의 1787년 9월 서평은 「돈 카를로스」의 인쇄본을 그 자신이 장려한 적이 있던 예의 새로운 의고주의로 가는 길의 첫걸음으로 평가하면서도 그 작품의 기상천외한 비유적 언어에 대해서는 분명하게 비판적 의견을 내놓고 있다.[248]

빌란트의 입장에 대해서는 카를 필리프 모리츠도 동조하고 있다. 모리츠는 1786년에 발표한 「독일 운율 시론(Versuch einer deutschen Prosodie)」에서 운문의 본질을 운율 규칙을 통해서뿐 아니라, 운문의 바탕에 깔린 표현의 질을 통해서도 파악하려고 했다. 모리츠가 보기에 운문과 무용은 성격이 비슷하다. 이 두 예술형식은 모두 비슷한 리듬의 법칙을 따르기 때문이다.[249] 운문이 그 정도로 (물론 규칙을 따르는) 느낌의 언어로 승격했다면, 가능한 한 격정을 고상한 방법으로 표현하고 싶은 드라마의 효과 프로그램에 운문이 천거되는 것은 당연하다. 실러가 운문으로 된 괴테의 「타우리스 섬의 이피게니에」(1789)와 「토르크바토 타소」에 앞서 빌란트와 모리츠의 충고를 받아들인 독일 최초의 작가들 중 한 사람이라는 것은 그 자신이 몇 년 사이에 취향의 변화를 겪었다는 것을 웅변해준다. 이와 같은 변화의 길은 바로 「도적 떼」의 특징이라고 할 수 있는 의도적인 언어 규칙 위반으로부터 무운시행(Blankvers)으로 이어졌다. 이 무운시행은 개별적인 언어의 뉘앙스는 허락했다. 하지만 이 초기 작품의, 번개처럼 빠른 어법에는 적용될 수가 없었다. 여기서는 가끔 표현력이 풍부한 어조가 폭발하는 경우가 있을 뿐이었다. 그와 같은 어조의 결과로, 초기 작품들에서 중요한 역할을 했던 그 유명한 연쇄적 은유가 모습을 드러내게 된 것이었다.

　「돈 카를로스」가 탄생하기까지는 5년 가까운 회임 기간을 거쳐야 했는데, 이 기간은 어디까지나 집중적인 사료 검토 작업에 소요되었다.[250] 실러는 스페인 제국의 역사에 대한 전문 서적을 연구했고, 펠리페 2세의 통치 기간을 지배하던 상반된 각면(角面)들을 파악했다. 그는 바우어바흐에서 장서가 풍부한 마이닝겐 궁정 도서관에 소장된 서적들을 통해서 자신의 정보 욕구를 충족시켰다. 그는 생레알의 소설 외에도, 1589년에 처음 출간되고 1740년에 새로 편집된 프랑스의 모험가 피에르 드 부르데유 세뇨르 드 브랑통(Pierre de Bourdeilles Seigneur de Brantome)의 회고록을 읽었다. 이 회고록에는 펠리페 2세와 엘리자베트에 대한 연구가 실려 있었다. 그 밖에도 그는 요한 잘로모 제믈러(Johann Salomo Semler)가 1758/60년에 제10판을 발행한 요한 폰 페레라(Johann von Ferrera)의 『스페인 통사(*Allgemeine Historie von Spanien*)』를 접할 수 있었다. 1785년 가을에는 드레스덴에서 후버의 중개로 방금 출간된 메르시에의 「스페인 왕 펠리페 2세의 초상화」를 접하게 되었다. 1786년 2월 중순에는 그 책의 머리말을 독일어로 번역하여 《탈리아》 제2권에 게재했다. 메르시에의 「초상화」에는 장면 연결에 틈새가 엿보였다. 그래서 실러는 독창적으로 그 유명한 알현 대화(III막 10장)를 통해서 포자로 하여금 계몽된 논리로 독재 정권에 대한 펠리페의 견해를 교란하게 하고픈 자극을 받았다(메르시에의 「초상화」에서는 이 역할이 에볼리 공주에게 맡겨졌다). 특히 이와 같은 틈새를 이용해서 실러는 (생레알의 책에 없는) 종교재판소장이라는 인물을 등장시킨다. 그래서 나중에 펠리페 왕과 격렬하게 상담하는 장면(V막 10장)에 개입토록 하기도 했다. 1785년 10월에 실러는 마지막으로 로버트 왓슨(Robert Watson)의 『스페인 왕 펠리페 2세의 통치사(The History of the Reign of Philip the second)』(1777)의 프랑스어판을 읽기에 이른다. 이 텍스트는 권력욕과 두려움, 전제정치와 무능함 사이에서 비틀거리는 왕의 성격을 뉘앙스 있는 초상화로 설계하고 있다. 왕의 폭력적 성격은 메르시에 경우와는 달리 불안의 징후들과 겹쳐 있는 것처럼 보인다. 실러가 윌리엄 로버트슨(William Robertson)의 세 권짜리 책 『황제 카를로스 5세 정부의 역사(Geschichte der Regierung Kaiser Carls V)』(1769)를 처음으로 심취해서 연구하게 된 것은 1786년 10월이었다. 이 책은 1770/71년부터 독일어 번역본이 나와 있던 터라 라이프치히의 괴셴에게서 빌릴 수 있었다. 실러는 이미 「피에스코」 작업 때에도 가끔 이 책을 이용한 적이 있다. 이 책은 스페인의 왕을 근대 초 유럽 국가의 역사와, 그 역사를 좌우하는 지정학적인 긴장 지역을 관련지어 고찰했기 때문에 줄거리의 역사적 배경을 그리는 데 뜻깊은 자극을 주었다.(NA 7/II, 119 이하 계속)

비록 실러가 집필 작업을 줄기차게 진척하지 않고, 이미 쓴 부분을 정기적으로 간간이 수정했을 것을 참작하더라도 집필 과정은 아주 정확하게 단계별로 파악될 수 있다. 만하임에서는 오직 도입부만 완성되었을 것이다. 로슈비츠에서 보낸 1785년 가을 초에는 제2막에 손을 댔고, 이듬해 초에 드레스덴에서 글쓰기에 장애를 겪는 동안 제3막이 탄생했다. 1786년 12월 말 쾨르너에게 쓴 편지 한 통은 제4막의 완성이 임박했음을 알려주지만, 그와 동시에 독자의 "맥박"을 높이 뛰게 하지 못하는 장면 구성에 대하여 생각할 여지가 있음을 밝히고 있다.(NA 24, 79) 실러는 집필 작업과 병행해서 이 드라마의 일부분을 그 자신이 발행하는 잡지《라이니셰 탈리아》에 게재했다. 이 잡지는 1785년 3월 중순에 1349시행으로 이루어진 제1막을 발표했고, 1786년 2월에 제2막의 처음 3장, 4월에는 제2막의 마지막 부분, 1787년 1월에는 제3막 9장의 발표가 뒤를 잇고 있다. 실러가 1785년 3월에 출간한 이 잡지에서 서두를 장식한 열광적인 헌사는 바이마르의 대공에게 바치는 것이었다. 대공은 1784년 12월 말에 다름슈타트에서 낭독한 최초의 작품 구상을 관심 있게 경청한 적이 있다. "이 순간이 나에게는 더없이 소중하기만 하다. 이제 나는 큰 소리로 터놓고 말할 수 있게 되었다. 독일 영주들 중에 가장 고귀하고 감성이 풍부한 뮤즈의 친구인 카를 아우구스트가 이제는 나의 친구가 되고자 한다는 것과, 내가 그 자신에게 속할 것을 허락했다는 것을, 그리고 내가 이미 오랫동안 가장 고귀한 인물로 높이 평가한 그를 이제 나의 영주로 사랑해도 된다는 것을."[251]

1787년 4월에 실러는 드레스덴 근교에 위치한 타란트에 칩거해서 이 드라마의 마지막 장면을 확정했다. 그사이에 쾨르너는 필경사를 세 명 고용해서, 판독이 어려운 원고를 쉽게 읽을 수 있는 출판용 원고로 옮기도록 했다. 1787년 6월 말에 총 6282시행에 달하는 「돈 카를로스」의 인쇄본이 라이프치히의 괴셴에서 출간되었다. 같은 해 실러는 자신의 드라마를 무대용으로 여러 번 개작해서 추가 수입을 올리기도 했다. 당시의 공연은 원작을 대폭 축소하지 않고는 불가능했던 것 같다. 다섯 시간 넘게 소요 되는 공연 시간은 관객이 집중하여 관람하기에는 너무 긴 시간이었기 때 문이었다. 검열도 거듭 수정을 요구했다. 그냥 흘려들을 수 없는 종교재 판에 대한 비판을 표현한 마지막에서 두 번째 장면이 가톨릭교회를 고려 해서 대부분 삭제되었고, 왕의 고해신부인 도밍고의 인물이 여러 번 장관 으로 바뀌기도 했다. 수많은 궁정, 특히 남부 독일에 있는 궁정들이 극장 에 성직자가 등장하는 것을 반대했기 때문이었다. 초연은 1787년 8월 29 일 함부르크에서 슈뢰더의 연출로 이루어졌다. 슈뢰더는 직접 펠리페 역을 맡았다. 대폭 단축한 산문 버전들은 9월 14일 라이프치히에서 파스콸레 본디니 극단에 의해서, 11월 9일에는 지크프리트 고트헬프 코흐(Siegfried Gotthelf Koch) 극단에 의해서 리가에서 공연되었다(실러는 원고 조정의 대 가로 매번 100탈러의 사례금을 받았다). 다음 2년 동안 유명한 극장에서 공연 이 계속적으로 이어졌다. 1788년 4월 6일에는 달베르크가 직접 개작한 얌 부스(Jambus)* 버전이 만하임에서 공연되었고, 1788년 4월 16일에는 프랑 크푸르트에서, 1788년 11월 22일에는 베를린의 국립극장에서, 1789년 2 월 18일에는 드레스덴에서 공연이 뒤를 이었다. 이 드라마는 공연 횟수 면 에서 「피에스코」 공연에 맞먹을 수는 없었지만, 여론의 반응은 몇 가지 예 외를 제외하고는 줄곧 인상 깊은 것이었다. 《괴팅겐 학계 소식(Göttinger Anzeigen der gelehrten Sachen)》은 1788년 2월에 실러가 이 소재를 생레알 과 메르시에가 개작한 작품을 능가하는 걸작으로 선보임으로써 "두 경쟁 자를 뒤로 처지게 했다"라고 역설했다.[252] 크니게 남작은 출간 직후에 「돈

∴

---

* 약강격의 운각(韻脚).

카를로스」를 "불이 샴페인 병에서 밖으로 분출되지 않은" 작품으로 칭찬했다.[253]

이와 같은 찬사에도 불구하고 실러는 자신의 텍스트에 대하여 담담한 태도를 보였다. 그 후의 연간에 그는 정기적으로 대사의 수정, 축소, 장면 변경 등을 시도했다. 이와 같은 수정 작업은 극장 감독들이 피력한 희망 사항을 따른 것이었다. 1791년 9월에 그는 에르푸르트 공연을 위해서 「돈 카를로스」를 개작했고, 1792년 2월에는 카를 아우구스트의 궁정 무대를 위해서 개작했다(이 경우에 그는 4막 24장에서 포자가 자신이 자책하는 이유들을 엘리자베트에게 설명하는 시행을 추가했다). 그는 1802년 3월에 괴테의 권고로 바이마르 버전을 다시 한번 수정했다. 왜냐하면 라우흐슈태트의 공연을 위해 수입을 끌어당길 수 있는 자석이 필요했기 때문이었다. 그전해 가을에 괴셴은 834시행으로 축소한 신판을 출간했고, 다른 한편으로는 1802년 11월에 이 신판을 바탕으로 모조지에 인쇄되고 동판화 여섯 점이 실려 화려하게 꾸며진 호화 장정판이 제작되었다. 1790년대 말까지 이 초판은 1500부가 팔렸다. 괴셴이 집계한 바로는 해적판의 부수는 근 2만 부에 이르렀다.[254] 실러는 세상을 뜨기 몇 달 전인 1804/5년 겨울에도 코타 출판사를 위해 「돈 카를로스」의 신판 작업을 했다. 그 밖에 912시행으로 줄인 축소판은 추후 1805년 말에 그의 희곡 전집 제1권 형태로 출간되었다.

"불신의 뱀에게 물림"
정치의 형식

1787년 4월 말에 타란트에서 이 드라마 원고의 마지막 교정 작업을 할 때, 실러는 새로운 아이디어 내놓는 것을 자제했다. 이 텍스트의 끝맺음을 어렵게 하지 않기 위해서였다. 「돈 카를로스」에는 이미 아이디어가 넘쳐나고 있는 것이 분명하고, 그 아이디어들을 숙성시켜 완성해야 하는 시기에 다른 아이디어들이 나의 뇌리에서 새싹처럼 돋아나는 것은 끔찍스러운 일이 아닐 수 없네"(NA 24, 93)라고 쾨르너에게 썼다. 실제로 이 비극은 다양한 국면을 지닌 갈등에 의해 좌우되고 있음이 드러나는데, 이 갈등은 주로 등장인물들의 정신적 출발점들이 각각 다른 데 원인이 있었다. 그러나 그 정신적 출발점들은 어디까지나 정치 영역과 교차하거나 적어도 그 영역을 건드리고 있다는 점에서는 공통점이 있었다. 카를로스, 포자, 펠리페, 엘리자베트, 에볼리 공주 등이 개인적으로 이와 같은 갈등에 말려든 것은 권력에 대한 욕구 때문인데, 실러는 이를 인간에게 막강한 영향력을 끼치는 확고부동한 욕구로 묘사하고 있다. 이미 생레알이 묘사한 행동 억제와 열광주의 사이에서 흔들리는 왕자의 애정 드라마도 정치적 색채를 띤 것으로 나타난다. 그는 계모에 대해서 억누를 수 없는 애정을 지니고 있지만, 그 애정으로 인해 절대군주의 역할이 위협을 받는 것이다.(역사적으로 하인리히 2세와 메디치가의 카타리나 사이에서 태어난 발루아 왕가의 젊은 엘리자베트는 애당초 카를로스 왕자와 약혼한 사이였으나, 국익을 이유로 1560년에 부왕 펠리페와 결혼을 하게 된 상황이 이 모티브를 뒷받침하고 있다.) 또한 용기 있는 여왕의 비극도 어디까지나 통치술의 강요 때문에 빚어진 것이다. 여왕은 프랑스의 리버럴한 정신 교육을 받았지만, 엄격한 스페인의 궁정의식에 얽매여 옴짝달싹 못하고, 종교재판관의 손에 떨어지지 않기 위해서 네덜란드의 자유 투사들에 대한 자신의 호감을 숨겨야만 했던 것이다. 전략적으로 사고하는 브레인으로서 국가 개혁을 목표로 위험한 장난을 벌이는 포자도 어디까지나 정치의 운명과 묶여 있기는 매한가지이다. 이를 증명해주는 것은 비단 3막 10장의 그 유명한 알현 장면만이 아니다. 다른 한편으로 연극이 진행됨에 따라 중심 역할을 맡게 되는 펠리페도 어디까지나 그 자신이 스스로 만든 궁정 세계의 불신의 희생자인 것이다. 이 궁정 세계는 그를 절대적 권력이 없는 절대군주로서 일종의 배신, 아첨, 사기의 구렁텅이로 이끌고 있다. 바우어바흐 초안을 집필 중이던 1783년 4월 14일에 실러는 라인발트에게 저자는 자신이 창조한 인물을 자연스럽게 묘사하기 위해서는 모름지기 "막역한 친구"(NA 23, 81)로 만나야 한다고 언급한 적이 있다. 이와 같은 원칙은 아무런 이의 없이 등장인물에 동조하는 태도를 두고 하는 말이 결코 아니다. 전문 지식을 가지고 자신의 인물의 가상적 정신생활을 샅샅이 밝힐 줄 아는 희곡작가의 심리학적 관심을 일컫는 것이다.

실러는 장면상의 행위가 그 자체의 기능이 마비됨이 없이, 모든 개별 갈등들에 대한 관심을 잃지 않게 하는 데 성공하고 있다. 장면 처리 방법에서 그에게 도움을 준 것은 디드로가 「희곡문학에 대하여(De la poesie dramatique)」(1758)에서 밝힌 '타블로 원칙(Tableau-Prinzip)'*이었다. 이 원칙은 각기 특별한 진술 내용을 가진 일련의 장면들을 느슨하게 연결하는 것이다. 1760년 레싱의 번역본에 따르면, 개별 "그림들(Gemälde)"은 각각의 무대 상황에 그 자체의 통일된 의미를 담을 수 있도록 한다.[255] 메르시에의 「펠리페 2세의 초상화」가 추구하고 있는 것과 마찬가지로, 실러는 이와 같이 인물들의 개성에 집중해서 인물심리학에 일종의 뉘앙스를 부여하고 있다. 그는 초기 드라마의 대조 기법에서 벗어나서 이제는 작업을 할 때 뉘앙스를 주는 좀 더 세련된 방식을 사용하는데, 이 방식은 그로 하여금 알바 공작, 도밍고 신부, 에볼리 공주처럼 어둡게 그려진 인물들에게도 선악의 구별이 확연하지 않고 애매한 성격을 부여할 수 있게 한다. 1786년 4월 말

∴

* 연극에서 극적 장면들을 그림과 같은 효과를 내도록 배열하는 원칙.

에 이루어진 《탈리아》 버전의 2막(2막 4~16장)에서 핵심이 되는 장면에 대해 실러는 22개월 전에 달베르크에게 쓴 편지에서 「돈 카를로스」를 지칭해서 "어느 왕가의 모습을 그린 그림"이라고 표현하여 오해를 자주 받는데, 이 표현도 디드로의 '타블로(Tableau)' 개념과 관련이 있을 수 있다.(NA 6, 495) 이와 같은 표현을 이 희곡 구상의 내용을 전달하는 것으로 풀이하는 것은 틀림없이 잘못일 것이다. 이는 특히 디드로와 메르시에를 겨냥한, 이른바 각 장면을 하나의 독자적으로 완성된 그림으로 변화시키는 희극적인 인물 묘사 기법으로 이해된다. 실러는 1786년 초에도 「돈 카를로스」를 소재에 포함된 개인의 갈등으로 제한해서 보는 문제는 거의 고려하지 않았을 것이다.[256]

이 비극에서 완전히 대칭적인 것은 아니지만, 갈등 영역을 정확히 분류하는 구조는 단계별로 구분한 인물의 심리와 일치한다. 제1막과 2막은 궁정의 냉랭한 분위기 속에서 사랑의 드라마를 보여주고 있고, 제3막은 10장과 연결해서 후작의 마음을 사로잡고 있는 이념의 세계를 보여준다. 제4막은 후작 자신도 그 그물에 걸려든 일종의 모반의 발단을 연출하고 있고, 제5막은 참극을 묘사하고 있다. 그 참극에서 카를로스가 정치적으로 성숙하는 변화 말고는 실질적으로 아무런 결과도 거두지 못한 이후로, 제도적 권력은 아무런 상처도 입지 않는다. 도입부에서 예감케 하는 가정의 갈등은 심리적인 배경을 가진 권력 투쟁임이 재빨리 증명된다. 「돈 카를로스」의 구조는 그처럼 실러가 칸트에 몰입하던 기간 이후인 1790년대 중반부터 무대 작가로서 걷게 될 역사 드라마로의 길을 예시해주고 있다.

이 드라마는 위대한 감정의 기치를 내걸고 시작된다. 엘리자베트에 대한 카를로스의 애정과 포자와의 우정의 결합은 지속적인 감시가 지배하는 사회질서와 대조를 이룬다. 도밍고와 알바를 통해 구현되는 정치적 권모술수의 요소인 위장과 기만은 주인공이 구사하는 꾸밈없는 정열적 언어와 대조를 이룬다. 카를로스는 궁정 사회의 환경에서 모든 사람을 위협하고 있는 "불신의 뱀에게 물림"(v. 127시행)에 관해서 언급한다.[257] 이 "불신의 망령"은 후에 클라이스트의 희곡 「슈로펜슈타인 가족(Familie Schroffenstein)」에서 강박관념에 이끌린 원죄의 비인도성이 역사신학적 시각에서 문명화된 결과로 모습을 드러내게 된다.[258] 복잡한 의식 때문에 숨막힐 것 같은 궁정 세계에 대한 실러의 어두운 그림은 인문주의 이래로 익숙해진 모티브를 새롭게 정리한 것인데, 특히 루소의 사회 비판에 자극을 받은 것일 것이다. 특별히 감명 깊게 사회 비판을 하고 있는 루소의 학술 서로는 1750년에 쓴 『과학과 예술에 대한 담론(Discours sur les sciences et les arts)』이 있는데, 실러는 이 글을 드레스덴에서 후버의 추천으로 정독했다. 현대사회에 실재하는 요소인 악의와 위장에 대해서 루소는 이렇게 쓰고 있다. "우리들은 더 이상 우리 자신의 장점들을 칭찬하지 않지만, 타인의 장점은 폄하하게 될 것이다. 우리들은 우리의 적에게 더 이상 분노를 노골적으로 폭발하지는 않지만, 교묘한 수법으로 적을 비방하게 될 것이다."[259] 실러는 역사의 소장품을 임의대로 활용하는 데 능한 작가로서 16세기의 스페인 환경에 대한 루소의 이 같은 진단을 훌륭한 솜씨로 이 작품에 옮겨놓고 있는 것이다. 여기서 성공을 원하는 사람은 자신의 카드를 밝히지 않은 채 행동해야 한다. 그 이유는 믿을 사람이 아무도 없기 때문이다. 루소의 소견에 따르면, 그와 같은 행동 방식 뒤에는 이기주의가 사회적 행위의 동기로서 도사리고 있다. 실러가 묘사한 궁정 세계도 자기 사랑의 원칙과, 일체 자비를 베풀지 말라는 계명이 지배하고 있다. 심지어 이타주의자로 등장하는 포자 후작까지도 줄거리가 진행됨에 따라 이와 같은 법칙으로부터 완전히 자유롭지 못한 것으로 밝혀진다. 이 드라마의 등장인물

중 이기적인 사고를 하지 않는 것은 레르마 백작뿐인데, 자신의 소박한 성실성을 추구하는 그의 태도가 오히려 파국을 부른다는 것은 결국 비극적 아이러니가 아닐 수 없다.

포자의 임무는 왕자의 정치교육을 담당하는 것이었다. 그가 카를로스를 네덜란드 독립운동의 선봉에 세우려는 의도를 품고 있다는 것은 이미 I막 2장에서 암시된 바 있다. 그의 계획은 왕위 계승권자로 하여금 스페인의 전투부대를 그 지역으로 이동시키게 하고, 한 혁명 분자로 하여금 왕을 협박하게 해서 왕이 협상을 하게끔 강요함으로써 반란자들의 권리를 강화하고, 그들이 독립하는 길을 평탄하게 하는 것이었다.(v. 4157 이하 계속) 하지만 포자는 정치적 판단 능력에 한계를 지닌 카를로스에게 자신의 생각을 털어놓는 데 소극적인 태도를 보인다(그와 반대로 엘리자베트에게는 그가 재빨리 신뢰감을 보이며 자신의 의중을 털어놓는다). 그는 자신의 친구에게 이렇게 선언한다. "시간이 도래했습니다 / 아무 희망도 없이 자유가 끝이 날 끔찍한 시간이. / 돔 펠리페는 자유인의 신분으로 태어난 브라반트* 사람의 마음속을 폭군처럼 파 뒤집고 있습니다. / 광신적이고, 거친 망나니 알바가 / 스페인의 법률을 가지고 브뤼셀에 입성한 것은 / 저하의 사랑하는 나라를 위한 일입니다. / 이 고귀한 나라의 마지막 희망이 카를 대제의 영예로운 손자에게 달려 있습니다. / 그분의 고상한 심장이 인간애를 위하여 고동치기를 망각한다면 / 그 희망은 사라져버리고 말 것입니다."(v. 169 이하 계속) 포자는 엘리자베트에 대한 한없는 사랑 때문에 시대적 요구에 무감각한 왕자의 도덕적 감정에 호소하고 있는 것이다. 여기에서 두 인물의 성향 차이가 분명하게 드러난다. 카를로스는 어디까지나 햄릿처럼 땅에 발

* 벨기에의 한 고을.

을 붙이지 못한 나르키소스적 열광주의자인 것이다. 이 열광주의자는 동경하면서 학창 시절에 공유하던 꿈들을 다시 생각하면서도 그 꿈을 현실과는 결부할 줄을 모른다.[260] 그의 마음을 좌우하는 것은 "문화보다는 천재, 세상보다는 열정"이라고 실러는 1787년 6월 13일 함부르크 초연을 위해서 배역을 선정하고 있는 슈뢰더에게 쓴 적이 있다.(NA 24, 100) 그와 반대로 포자는 카를로스에게 없는 정치의식이 지나치게 많다는 것이 밝혀진다. 매사를 계획하는 그의 오성은 오로지 시대의 차원만을 생각하고, 그의 프로젝트의 범위는 유럽의 모든 국가조직을 망라하고 있다(이는 후작이 속한 요한 기사단의 후손들에 의해 설립된 몰타 기사단의 입장과 일치하는 것이다). 특히 3막에서 시위하듯이 실러는 가톨릭 신앙에도 불구하고 "성직자 계급"과 "설교사 집단"(v. 188 이하 계속)의 폐해에 맞서 싸우는, 16세기 스페인의 최고 귀족 중 한 사람인 포자를 프랑스 계몽주의 사상으로 무장시키고 있다. 사해동포주의자인 그의 비전은 큰 혁명의 전야에 유럽의 사상계가 제공할 수 있는 가장 현대적인 사회 이론의 창고에서 나온 것이다.

비극은 카를로스에게 화급하게 부여된 임무가 실패하는 시점에 시작된다. 카를로스는 완전히 포자의 계획에 맞춰서 사랑의 열정을 정치적 책임의식으로 전환하라는 충고를 여왕에게 듣는다. "엘리자베트는 당신의 첫사랑이었습니다. 당신의 두 번째 사랑은 스페인이라더군요. 마음씨 착한 카를이여, 저는 기꺼이 더 훌륭한 애인에게 제 자리를 양보하렵니다!"(v. 899 이하 계속) 왕자는 진지하게 감정에 사로잡힌 인간에서 국가의 통치자로 역할을 바꿀 용의가 있음을 보여주지만, 즉시 외부의 저항에 부딪치고 만다. 펠리페 왕은 네덜란드의 반란을 제압하기 위하여 준비해둔 군대를 자신에게 맡기라는 왕자의 무리한 제안을 차갑게 거절한 것이다.(II막 2장) 왕은 왕자의 "통치 탐욕"만을 위해 자신의 "최정예 전투부대"를 포기할 수 없기 때문이다.(v. 1385) 그러나 카를로스는 제구실을 다하기를 갈망하는 왕위 계승자로서뿐 아니라, 아들로서도 실패한다. 그가 무릎을 꿇고 "화해"를 간청해보지만(v. 1228), 오히려 왕의 반감만 불러일으킬 뿐이다(1787년 10월 22일 자 《신(新) 할레 학자 신문(Hallische Neuen Gelehrten Zeitungen)》에 게재된 서평 한 편은 그를 불행한 주인공 오레스*와 비교했는데, 이는 완전히 빗나간 것은 아니다).[261] 정치의 법칙은 천륜조차 끊어놓기 때문에 인간적인 접근의 길이 막혀버린 것이다. 정치의 합목적성은 인간의 원초적 감정을 불안, 불신, 의심의 촘촘한 그물 속에 가두어 압살하는 법이다. 실러의 소견은 루소가 1750년에 쓴 글뿐 아니라, 1755년에 탄생한 「불평등에 대한 담론(Discours sur l'inegalite)」에 표현된 문명 비판을 통해서도 새롭게 자극을 받았을 것이다. 이성이 뒷받침된 세계 질서의 구조와 그와 연결된 삶의 연관에 대한 개선은 타고난 도덕성의 상실을 부추긴다는 루소의 가설과 씨름한 흔적들은 실러의 후기 미학 논문들에서도 발견된다. 그러나 그는 개인의 원초적 평등과 사회적 질서 원칙의 필요성을 연결하는 사회계약의 한 모델을 통해서 현재 상태를 극복할 수 있다고 본 이 제네바 출신 학자의 소박한 낙관주의에 대해서는 끝까지 의구심을 품고 있었다.

포자의 계획에 대한 반격은 제2막 중간에 자리하고 있다. 이 반격은 에볼리 공주에 의해 유발되었다. 그녀는 왕자에게 성적으로 이끌려 그를 유혹하지만 무참하게 거절당한다. 그러자 자신들의 권위가 무너질까 불안해하는 모사꾼 알바와 도밍고의 꼭두각시가 되고 만 것이다. 레싱의 작품에 등장하는, 이른바 복수욕에 불타고는 있지만, "미덕에 길들여진"[262] 정부(情婦)의 아류나 마찬가지인 이 공주는 어느 날 밤 밀회에서, 이미 오래전부

∴

* 괴테의 희곡 「타우리스 섬의 이피게니에」의 남자 주인공.

터 자신에게 구애해온 왕에게 슬며시 편지들을 건네준다. 이 편지들로 인해 엘리자베트는 카를로스와 간통했다는 죄를 뒤집어쓰고, 왕자와 함께 비운에 빠지고 만다. 도밍고는 이렇게 예언한 적이 있다. "발루아의 그 백합꽃을 어느 스페인의 소녀가 꺾을 것인데 / 아마도 한밤중이 될 것입니다―"(v. 2518 이하 계속) 그러나 네덜란드에 대한 엘리자베트의 호감 때문에 왕의 외교정책에 대한 자신들의 영향력이 위협받고 있다고 보는 이 "매파"들의 공작은 실패하고 만다. 그 공작이 펠리페의 정열적인 사랑에 영향을 미칠 수는 없었기 때문이다. 대가다운 솜씨로 묘사된 제3막의 도입부에서는 권력과 명예를 잃을 것을 두려워하는 인간들에게 버림받은 군주를 보여준다. "잠든 사이에 왕은 왕관을 잃고 / 지아비는 아내의 마음을 잃는다."(v. 2975 이하 계속) 말로, 셰익스피어, 그리피우스 같은 옛 스승들을 연상시키는 이 서막은 우선 통치자를 자기 역할의 희생자로 묘사하고 있다. 그는 불변하는 권력 교체의 논리에 위협을 느끼고 있는 것 같다. 여기에 추가되는 것이 정열의 필연성을 통해 정치적 예속을 더욱 부추기는 현대적 감정의 법칙이다. 질투심에 가득 찬 왕은 그가 "죽을 수밖에 없는 존재"라는 것에 당황하고, 자신에게 힘이 없다는 의식에 사로잡혀서, 비정하기만 한 궁정 사람들에게서 벗어나서 결연히 새로운 동맹자를 얻기 위해 기도한다. "이제 내게 앞을 내다볼 줄 아는 한 인간을 주십시오― / 당신은 많은 사람을 내게 주셨습니다. 그러나 이제 한 사람만 내게 선물로 주십시오……."(v. 3300 이하 계속)

펠리페는 소중하게 간직해온 대공들의 명단에서 포자 후작의 이름을 발견한다(노발리스는 1798년에 쓴 단편 「꽃가루(Blüthenstaub)」에서 그 "보관된 문서들"을 한 국가의 "기억"이라고 적고 있는데 여기에 적절하게 들어맞는 지적이 아닐 수 없다).[263) 왕은 포자가 과거에 한 번도 왕의 총애를 시샘하지 않고, 많은 공적을 세운 것을 기억하고 있다. 또한 그가 몰타의 기사로서 1565년 우세한 터키 군대에 맞서 기사단의 세인트 엘모 성(城)을 방어해냈다는 사실을 들어 알고 있다(실러는 여기서 가공인물을 역사적 사실과 결부하고 있다. 그 사건을 소재로 그는 1788년 이후에 「몰타 기사단」 드라마 한 편의 초안을 만들기도 했다). 왕이 이 비범한 신하를 시험하고자 하는, 3막 10장의 유명한 대화는 이 드라마의 핵심을 이룬다. 후작은 책을 많이 읽은 지식인에게서나 기대할 수 있을 법한 자신감을 가지고 등장한다. 그는 작전상 조심성 있는 태도를 보이지 않고, 자신을 사로잡고 있는 이념의 세계에 대한 깊은 통찰을 왕에게 털어놓는다(그가 확고한 정치적 프로그램을 지니고 있다는 것이 이전의 작품 「피에스코」에 등장하는 피에스코나 베리나와의 차이점이다). 그는 자신감에 넘쳐서 왕에게 그가 국가의 공직을 포기한 것은 자신의 행동을 궁정 환경에서는 생각할 수 없는 도덕 개념에 맞추었기 때문이라고 설명한다. "저의 빛나는 업적 / 자신감, 발명가로서의 환희는 / 폐하의 보고(寶庫)로 흘러 들어갑니다. 이 보고에서 / 저는 봉급으로 기계적인 행복을 얻고, / 기계처럼 쓰이고, 대접받을 것입니다. / 저의 행위가 왕좌에게 환영받는 것이 / 최후의 목적이서는 안됩니다. / 그러나 저에게는 미덕이 나름대로 가치가 있습니다. / 전하께서 저의 두 손을 이용해 심어주신 행복을 / 제가 스스로 만들어낼 것입니다 / 그리고 저에게 맡겨진 의무는 / 저의 기쁨이 되고, 제 자신의 선택이 될 것입니다."(v. 3558 이하 계속) 여기서 펼치고 있는 개별 인간의 행위가 지닌 두 가지 대립적 핵심 개념들, 이른바 사회적 인정(명예)과 내면적 미덕은 몽테스키외의 논문 「법의 정신(De l'esprit des lois)」(1748)에 그 배경을 두고 있다. 이 논문이 실러의 정치사상에 영향을 끼쳤을 것이라는 데에는 논란의 여지가 없다. 카를스슐레의 철학 수업에서 이미 교재로 사용되던 이 작품을 실러는 「돈 카를로스」를 작업하는 동안 열심히 탐독했다. 그는 1785년 로슈비츠에서 쾨르너와 함께 이 논문에 대해서 심도 있는 토론을 하기도 했다. 가을이 되면 친구들끼리도 이 논문에 대해서 자세히 논의하기로 약속이 되어 있었다. 10월 3일 라이프치히에서 온 후버의 편지는 드레스덴에 도착한 후에 이 논문을 공동으로 읽고 싶다는 의사를 통보하고 있다. "이때부터 나는 몽테스키외에 몰두하는 것이 가장 즐거웠다. 이 논문이야말로 훌륭한 작품이고, 그 책을 읽으면서 우리들이 함께 느끼게 될 기쁨을 나는 미리 느끼는 일이 잦아졌다."(NA 33/I, 78) 이 논문은 법률 역사는 물론 사상사에도 바탕을 둔 체계적인 정치체제에 대한 복안과 국가 모델을 제시하고 있다. 몽테스키외는 장 보댕 이래 잘 알려진 근대 초 사회철학의 전통적인 공식에 따라 공화적, 제왕적, 전제적 정부 형태를 구분하고, 각각의 정부 형태에는 특유의 가치관 내지 사상들(미덕, 명예, 공포)을 할당하고 있다. 여기에 지역과 정치체제를 관련짓는 풍토학적인 발상(공화정치와 독재정치의 구분은 남북의 경계에 상응한다)과, 특히 권력 구조의 차이를 체계적으로 분류하는 또 하나의 기준이 되는 견해, 이른바 법의 운용과 국가의 형태가 대응 관계를 이룬다는 견해가 추가되고 있다.[264]

포자가 펼치는 논리의 중요성은 광범위한 영향을 미친 왕정의 원칙인 "명예"를 진정한 공화정의 가치인 "미덕"과 구별한 데 있다. 몽테스키외는 법이 없는 일인 통치와 개인의 도덕적 책무로 이어지는 국민주권과의 간극을 이렇게 규정하고 있다. "군주제의 정부나 또는 독재체제의 정부를 지탱하기 위해서는 큰 능력이 필요 없다. 하나는 법의 힘을 통해서 통치 또는 유지되는 것으로 보이고, 다른 하나는 항시 치켜든 수장의 팔에 의해 통치되거나 유지된다. 그러나 인민국가는 추가적인 동력을 필요로 하는데, 그것이 곧 미덕이다."[265] 다른 한편으로 몽테스키외의 체계는 크리스티안 펠릭스 바이세가 1772년에 독일어로 번역한 메르시에의 장편소설 「2440년 (L'An 2440)」(1771)에도 반영되어 있다. 후버를 통해서 메르시에의 유토피아적인 구상을 알게 된 실러는 여기서 군주 체제는 자발적으로 도덕적인 원칙에 따를 능력이 없으면 항시 독재정치로 넘어가는 문턱에 있다는 것을 읽을 수 있었다. 메르시에의 프로그램은 공화정치의 국가형태를 구현하려고 노력하기보다는, 개인이 자유권을 충분히 획득하고 유지할 수 있는 '인간적인' 체제로 범위를 한정해서 막연하게 스케치하고 있다.[266] 군주정체가 신하들에게 '기계적 행복'을 준비해놓는다고 포자가 말한다면 그는 그 입장을 받아들이고 있는 것이다. 군주정체는 뛰어난 활동에 대한 외적 증거로서 명예를 심어줄 수는 있지만, 이웃에게 친절한 행동을 베풂으로써 얻을 수 있는 내적 만족만은 심어줄 수 없다는 것이다. 실제로 몽테스키외의 글이 후작의 주장에서 주요 근거가 되고 있다는 것을 실러는 1788년에 발표한 「돈 카를로스에 대한 편지들(Briefe über Don Karlos)」에서 솔직하게 밝힌 바 있다.(NA 22, 168)

실러가 포자와 필리페 왕이 나누는 대사를 구상하는 데에는 몽테스키외의 국가론 외에 토마스 압트의 사회적 행위 이론도 영향을 미쳤을 것이다. 몽테스키외에게 자극을 받아 압트는 저서『업적에 관하여(Vom Verdienste)』(1762~1764)에서 도덕철학과 심리학의 바탕 위에서 개별적인 국가형태를 개인적인 행위의 영향으로 돌리는 정치체제 및 가치관의 체계를 설계했다. 실러는 이 저서를 1786년 4월 중순에 쾨르너의 개인 도서관에서 접한 적이 있다.(NA 24, 44) 독재 정부 밑에서는 업적을 높이 평가받지 못하고, 단지 불복종의 행위들이 처벌되는데, 왕정하에서는 업적이 단지 귀족들에게만 해당한다. 반면에 "공화주의적 '자유국가'"만은 신분과 출신에 상관없이 공공복리를 위한 활동에 대해 적절한 보상을 보장하는 사회적 구조를 형성한다.[267] 그러나 후작이 표현하고 있는 것처럼 귀족적인 가치 체계에 대한 의구심은 압트의 짤막한 논문 「조국을 위한 죽음에 관해서(Vom Tode fürs Vaterland)」(1761)를 통해서도 자극을 받은 것으로 보인다. 실러는 이 논문을 압트의 『작품집(Vermischte Werke)』 제2권에서 발견할 수 있었다. 거기에는 궁정 행동 양식의 무미건조한 논리에 대해서 비유적으로 이렇게 표현되어 있다. "명예는 분산된 태양의 빛을 한 점으로 모으는 인공적인 오목거울에 비교될 수 있다. 이 점들에 근접한 물체들은 불이 붙지만, 멀리 떨어진 대상들은 끝내 덥혀지지도 않는다."[268]

궁정의 '기계적 행복'에 대해 포자가 행한 비판의 배후에는 계몽주의적 프로그램이 도사리고 있다. 16세기의 상황으로 보아 등장인물들이 이 프로그램을 제대로 이해할 능력이 없었음에도 불구하고, 실러는 이 프로그램을 여기에 도입하여 무리 없이 효과를 발휘케 하고 있다. 후작은 홉스가 발전시킨 계약 사상이 군주의 독재를 통해서 필연적으로 침해당할 수밖에 없다는 소신을 지니고 있다. "예전에는 법률이 주인을 필요로 했기 때문에, 주인이 있었습니다. 그러나 지금은 주인이 법률을 필요로 하기 때문에, 법률이 있는 것입니다."(v. 3615 이하 계속) 후작은 그가 일컫는 "의지의 특권"(v. 3634)의 자유로운 발전을 보증하기에는 홉스의 『리바이어던』(1651)에 표현된 주장, 이른바 신하들의 외적 안정은 물론 내면적 안정까지도 그들의 충성심과 교환하여 군주가 보장했다는 주장이 충분치 못하다고 보고 있다. 펠리페는 자신의 나라에서는 시민들의 행복이 결코 구름 낀 평화 속에서 피어나는 법이 없다고 말하는데, 이 반론은 그가 『리바이어던』에 정통한 사람으로서 홉스가 영국의 시민전쟁(1642~1649)을 배경으로 하여 추구하던 현대 초기 국가론의 이상적 체제를 소신 있게 대변하는 것을 보여준다. 내면적 안정의 정치는 "교회 묘지와 같은 평온"(v. 3802)을 초래한다는 포자의 지적은 그와 반대로 그와 같은 계몽된 국가 이념과 홉스의 모델 사이에 벌어진 간극(間隙)을 말해준다.[269] 실러는 마르부르크대학의 정교수 크리스토프 프리드리히 가이거(Christoph Friedrich Geiger)가 1763년에 번역한 판본을 통해 루소의 저서 『사회계약론(Du contrat social)』(1762)을 알게 되었는데, 이 책에서 저자는 『리바이어던』의 군주 국가 모델을 이렇게 비판하고 있다. "사람들은 독재자가 자신의 신하들에게 일상의 안정을 보장한다고 말할 것이다. 그럴 수도 있다. 그러나 만일 그의 명예 때문에 그들이 치르는 전쟁, 한계를 모르는 그의 탐욕, 그의 통치하에서의 가혹 행위 등이 경우에 따라 그들 자신의 자중지란보다 그들을 더 비참하게 만들면, 거기서 그들이 얻는 것이 무엇인가? 만일 이와 같은 그들의 안정이 바로 그들이 겪는 고통들 중 하나라면 그들이 얻는 것이 무엇인가? 지하 감옥일지언정 안정 속에 살면 사람이 그곳에서 충분히 행복을 느낄 수 있는가?"[270]

포자는 그 나름대로 루소에 바탕을 둔 현대화된 계약 이론을 배경으로 해서 "좀 더 평온한 세기"를 위한 자신의 비전을 설계하고 있다.(v. 3790) 그 비전의 핵심은 계층 간의 조화인데, 이는 통치자의 채비가 신하들의 자유를 침해하지 않는 곳에서만 이루어질 수 있다. "그렇게 되면 백성의 행복은 군주의 권세와 사이 좋게 될 것이고, 국가는 백성들을 아끼고 보살필 것이며, 법도도 인간미가 넘치게 될 것입니다."(v. 3792 이하 계속) 여기서 포자는 헌법에 바탕을 둔 정부 형태, 이른바 위원회나 의회를 통하여 통합하는 통제 기능들이 통치자 한 사람의 무조건적인 권력 행사를 대신하는 정부 형태를 설명하고 있는 것이다. 정치적으로 불가피한 사안에 대해 인도적 해결을 보장하는 그와 같은 체제의 근본적인 전제는 후작이 자신의 가장 유명한 연설 부분에서 내세운 구호인데, 이 구호에서 후작은 새로운 사회 문화의 핵심으로 정신적 관용을 다음과 같이 요구한다. "사상의 자유를 주십시오—."(v. 3861 이하) 이 구호에는 그 자체의 계몽주의적인 전력(前歷)이 있다. 볼테르는 『철학 사전(Dichtionnaire philosophique)』(1765)에서 별도의 난을 할애하여 '사상의 자유(Liberte de penser)'라는 표제어를 다루고 있다.[271] 달랑베르와 디드로도 볼테르의 사전과 같은 때에 출간된 『백과사전(Encyclopedie)』 9권에서 이 개념을 다루고 있다. 다른 한편으로 요한 고틀리프 피히테는 1793년 익명으로 출간한 『유럽의 군주들에게 사상의 자유를 되돌려줄 것을 요구함(Zurückforderung der Denkfreiheit von den Fürsten Europens)』에서 실러의 어법을 연상시키는 표현을 사용하기에 이른다. 이는 검열이나 감시 없이 방해받지 않고 지식을 교환할 가능성을 목표로 하고 있는 것이다. 피히테는 이러한 지식 교환이 독일 대부분의 영방국가에서뿐 아니라, 오스트리아와 러시아에서도 위협받고 있다고 보았는데, 이는 프랑스의 국가적 혼란에 대한 답으로서 결정된 공식 활동의 제한에 연유한 것이었다. "그대들은 인간과 인간을 묶고, 정신과 정신을 융합하는 가장 아름다운 그 끈을 끊어버리려는가? 그대들은 인류의 가장 아름다운 교역, 가장 고상한 정신의 자유롭고 즐거운 거래를 근절하려는가?"[272]

포자는 사회 이론에 근원을 둔 폭발성 있는 어휘들을 구사한 법률적 논거를 통해서 피히테의 글에 나타나는 요구, 이른바 독일 봉건국가에 현실적으로 적용되고 있는 사상의 자유에 대한 요구에 힘을 실어주고 싶었을 것이다. 그의 연설 전체를 관통하는 인체 장기 비유는 하느님에 의해 훌륭하게 설계된 세계 질서의 본보기에 관심을 가지도록 한다. "하느님의 아름다운 자연 속에서 자신을 둘러보십시오. 그 자연은 자유에 바탕을 두고 있습니다. 그 자연은 자유를 통해 얼마나 풍요롭습니까! 위대한 창조주이신 그분은 한 방울의 이슬 속으로 벌레를 던집니다. 그리고는 썩어서 죽은 공간에서도 자유의지를 누리게 합니다—"(v. 3863 이하 계속)[273] 독재자 펠리페는 불신감 때문에 자신의 신하들에게 자유를 제한하고 있지만, 하느님은 진정한 만물의 지배자로서 자신의 피조물에게 자유 공간을 만들어주신다. 그러므로 국가는 하느님의 창조 행위를 모델로 삼아 모든 인간의 평등을 인정해야 하고, 통치자는 자유를 사회질서의 최상의 원칙으로 승격해야 한다. 여기서 포자의 연설에 불을 붙이고 있는 것이 루소의 정신임은 의문의 여지가 없다. 사회계약에 대한 루소의 저서에서 자결권(自決權)에 대한 비슷한 자연법적 논거가 발견된다. "인간은 자유롭게 태어났는데도 도처에서 사슬에 매여 있습니다"라고 제1장 서두에 적혀 있다.[274] 실러는 나중에 시 「믿음의 언어(Die Worte des Glaubens)」(1797)에서 가이거의 독일어 번역본에 실린 이 표현을 나름대로 이렇게 변형했다. "인간은 자유롭게 태어났고 자유롭네. 그런데도 마치 인간은 사슬에 매여 태어난 듯싶네."(NA 1, 379, v. 7 이하) 루소가 보기에, 인위적으로 만들어진 예속을 극복할 수 있도록 보장하는 것은 자연 상태의 장점을 안정화의 기능과 연결하는 사회구조이다. 이 기능들은 불법, 폭력, 본능의 발동 등과 같은 자연 상태를 위협하는 요소들을 확실하게 억제하는 데 일조한다. 이 프로그램의 바탕은 한 국가의 시민 공동체를 "도덕적 전체"로 파악하고,[275] 공공의 복리와 개인의 이해를 조화시키는 일종의 사회계약과 같은 것이다. 정치적 질서가 확립될 수 있는 조건은 어디까지나 개인에게 공익을 위해 행동하기를 요구하고, 또한 그와 마찬가지로 사회정의를 구현할 수 있게 하는 온갖 법률 총서인 것이다. 특히 포자는 모든 사람이 평등한 것을 인간 본연의 창조 상태의 특징이라고 보는 자연법적인 논증 모형을 루소에게서 수용하여 사용하고 있다. 그와 반대로 사회계약에 대한 언급은 없는데, 그것은 여기서 실러가 루소를 상대로 갑자기 드러내고 있는 유보적 자세와 관련이 있다. 1795년에 쓴 「인간의 미적 교육에 대한 편지」를 읽고 깨달을 수 있는 바와

같이 실러가 보기에 루소의 『사회계약론』에는 자연의 자유가 사회의 무법
으로 급격히 전환하지 않도록 도움을 줄 수 있는 통제 도구에 대한 상세한
설명이 없는 것이다.(NA 20, 315)

　정치적 계몽주의자인 포자에게 권력과 폭력의 실제적인 범주 내에서도
사고할 수 있는 능력이 있다는 것은 그의 감동적인 연설의 마지막 부분이
증명해주고 있다. 자신의 이념이 지니고 있는 도덕적 의미에 대한 그의 무
조건적인 신뢰는 여기서 공공연하게 통치권 요구를 낳고 있다. "막상 인간
이 자기 자신에게로 되돌아가서, 자신의 가치를 깨닫게 된다면—자유의
고상하고 자랑스러운 미덕들이 무성하게 자라난다면, 다시금 로마인이 보
여준 격앙된 마음과 민족적 사긍심이 마음속에서 솟구쳐 오르고, 시민 각
자가 조국을 자랑스럽게 여기고, 시민 각자가 조국을 위해서 죽는다면—,
폐하, 만약 폐하께서 폐하의 나라를 이 세상에서 가장 행복한 나라로 만드
신다면—그때에는 폐하의 위대한 계획이 무르익을 것입니다. 그때에는 이
세상을 굴복시키는 것이 폐하의 의무일 것입니다."(v. 3906 이하 계속) 포자
가 그리고 있는 자유의 정복 전쟁에 대한 그림 속에는 권력에 대한 계산된
애착이 분명히 드러난다. 정신세계에서의 승리에만 국한하지 않는 통치자
의 마음가짐은 차후 후작의 계획에도 결정적으로 영향을 미친다. 이상을
내세우는 것에는 물론 수상한 면이 없지 않다. 왜냐하면 이는 이 정치적
공상가가 좀 전에 포고한 폭력 정치를 연이어 낳을 위험이 있기 때문이다.

　후작은 연설 마지막에 마음속으로는 군주의 역할을 수긍했다. 이와 같
이 감정이입 행위를 동반하는 정신적 메커니즘을 실러는 줄처의 저서에서
발견할 수 있었다. 실러가 묘사한 권력 이론가 포자의 초상화에 특별한 의
미가 있는 줄처의 글은 1769년 처음으로 발표된 「도덕적 인간에 대한 심
리적 고찰(Psychologische Betrachtungen über den sittlichen Menschen)」이

다. 실러는 이 글을 차후 1773년에 출간된 인쇄본『철학논문집』을 통해 알게 되었다. 이 글에서 줄처는 개인은 상상의 과정에서 자신에게 가까이 있고, 뜻대로 할 수 있는 것만을 상상할 수 있다고 설명하고 있다. 개인의 감각적 판타지의 매체는 그와 같이 멀리 떨어져 있지 않고, 주체의 직접적인 지각 범위 내에 포함된 시각 자료들만 소화할 뿐이다. 이와 같은 연관에서 줄처가 인용하고 있는 예는 도덕을 바탕으로 하는 위대한 군주에 대한 포자의 비전에 영향을 미치고 있다. "자신과 왕좌 사이에 측량할 수 없는 거리감을 느끼는 미천한 사람은 독재자가 권세와 위엄에 에워싸인 것을 봅니다. 그에게 그것은 호기심이나 감탄의 대상입니다. 그러나 미천한 사람은 이 모든 것이 자신의 영역 밖이어서 자신의 것으로 만든다는 것이 불가능합니다. 그렇기 때문에 그에 대하여 질시하는 마음을 전혀 가지지 않습니다. 그와는 반대로 비교적 작은 나라의 군주는 이와 같은 위엄과 권세에 속하는 모든 것을 가동케 하고 싶은 마음을 먹기 십상입니다. 그리고 이는 아주 쉽게 그의 공명심을 발동하게 할 수 있습니다."[276] 어디까지나 정치적 통치권에 대한 포자의 상상과 관련이 있음을 부인할 수 없다. 후작의 행동의 동인은 은밀한 권력 추구이다. 그는 이와 같은 권력 추구가 도덕적으로 깨끗한 체제의 도덕적 우월성을 통하여 정당화될 수 있다고 믿는다. 여기서 실러가 전에 쓴 작품의 주인공들, 즉 카를 모어의 자구행위 욕구, 피에스코의 독재, 페르디난트의 창조주연(然)하는 오만과 관련하여 비교할 필요성이 제기된다. 줄처의 도덕적 감정 이론을 근거로 할 때, 실러의 초상화는 이 대화의 인상적인 대목에서 이상주의가 계산된 통치권으로 전환하리라는 것을 암시하는 것일 수 있다. 실제로 이와 같은 전환은 조금 뒤에 포자에 의해 실현된다. 그와 같은 계산된 통치권의 심리학적 배경을 형성하는 영역을 알렉산더 고틀리프 바움가르텐은 이전에 "모호한 상상(perceptiones obscurae)"의 영역이라고 일컬은 적이 있다.[277] 술처의 업적은 여기서 작용하는, 이른바 볼프 학파 철학을 통해 통용화되다시피 한 용어인 '잠재적 정신력'을 경험적 관점에서 상세히 분류하고 그렇게 함으로써 학문적으로 격을 높인 데 있다. 포자의 상상 속에서 일어나는 역할 변화가 보여주는 것은 술처가 부상시킨 감정의 조종을 받는 감정이입 능력과 일치한다. 후작이 추구하는 상상력의 유희는 그에게 실제로 통제될 수 없는, 다시 말해 이성으로 조종될 수 없는 지배 의지가 있다는 것을 증명해주고 있다. 이처럼 정치적 계몽주의의 은밀한 거푸집 속에는 폭력이 잠복해 있는 것이다.

주인공의 죽음
포자 후작과 그의 전략

3막 10장에서 사상의 대결전이 끝남과 동시에 이 드라마는 완전히 심리적 영역으로 전환된다. 우선 실러는 거의 반어적인 어조로 일관해서 펠리페의 통치자 정신이 안고 있는 음험한 면을 보여준다. 신임할 수 있는 사람을 찾고 있던 왕은 이제 포자에게 궁정 주변에서 모든 사람의 동향을 살피는 첩자 노릇을 할 것을 주문함으로써, 그 자신의 불신의 도구로 삼는다. "왕자에게 접근하시오. 그리고 왕비를 살피시오. 그들과 대화할 수 있는 전권을 당신에게 부여하겠소."(v. 4032 이하 계속) 여기에서 펠리페는 정치적으로 잘 계산된 궁정정치의 규칙에 따라 움직이고 있다. 근대 초기의 행동 이론들은 이 규칙들이 도구적 이성의 산물임을 증명하려고 했다. 실러의 군주처럼 정신적 멘토를 물색하는 사람은 불가피하게 17세기 스페인의 제반 지혜 이론에 부닥치게 된다(그럼으로써 역사적 사실을 현실에 적용하는 비동시성의 요소와 다시금 만난다). 디에고 사베드라 파자르드라(Diego Saavedra Fajardra)는 우의적으로 표현된 군주의 귀감서 『기독교 정치 원칙에 대한 아이디어(*Idea de un principe politico christiano*)』(1640)를 통해서, 발타자르 그라시안(Balthasar Gracián)은 『격언집(*Oraculo manual*)』(1647)을 통해서 가장 영향력 있는 세속적 통치술의 모델을 개발한 적이 있다. 이 모델은 궁정 모사꾼들과의 권력투쟁에서 살아남는 방법을 조관(朝官) 앞에 그려 보이고 있다. 조관이 발휘할 수 있는 기술에는 위장과 합목적적인 잘못된 정보, 침묵의 원칙과 상대방의 기색을 살피는 작전 등이 속한다. '지혜', 곧 궁정의 지혜와 국가 통치의 지혜를 대표하는 자는 정보에 밝고, 쉽게 내심을 보이지 않으며, 항상 자제하고, 예리한 육감을 지니고, 세상 물정에 밝고, 경험이 있으며, 정확한 판단력과 점잖은 행동거지를 동시에 갖춘, 이른바 비정한 권력욕을 대표하는 자의 모습으로 등장한다. 그라시안에 따르면, 개인의 정치적 행위는 오로지 이해관계에 좌우되어야 하며, 그 행위는 시간이 지나면서 열매를 맺어야 한다. 개인의 정치적 행위는 변화하는 상황에 능숙하게 대처할 수 있는 적응력을 지녀야 하고, 마찬가지로 자신의 목적을 위해서 타인의 목적의 도구가 될 마음의 준비가 되어 있어야 한다. 그라시안이 특별히 강조하는 것은 성공을 거두기 위해서는 자신의 후원자들에게 "유용한 도구" 구실을 해야 한다는 것이다. 정치적 두뇌가 주변 사람들이 추구하는 목표와 심리를 알고 싶다면, 그들의 심성을 정확하게 "파악"하는 것이 필수적이다.[278) 예수회 회원인 그라시안의 행동 이론의 주요 내용은 계산된 권력이다. 바로 이 궁정의 환경에서는 계산된 권력의 논리가 도저히 배제될 수 없는 것으로 보인다. 이와 같은 관점에서 보면, 실러의 왕이 후작을 불신의 도구로 삼고, 왕의 신하로서 자신의 목적을 어쩔 수 없이 받아쓰게 하고 싶은 것은 어디까지나 논리적으로 타당한 귀결인 것이다.

실러는 그라시안에 대해서는 마키아벨리의 경우와 비슷하게 우회적으로 알게 되었을 것이다. 독일에서 『격언집』을 수용하는 중요한 계기를 마련한 것은 크리스티안 토마지우스가 1687년 라이프치히에서 행한 강의였다. 이 스페인 사람의 행동 이론은 이 강의에서 사회적 예의범절("예식(conduite)") 교육을 위한 전범(典範)으로만 받아들여졌고, 그 이론이 지닌 정치적 폭발력은 간과되었다.[279] "그라시안의 이성적이고, 현명하며, 점잖게 사는 규칙에 대한 세미나(Collegium über des Gracians Grund = Reguln, vernünfftig, klug un artig zu leben)"라는 부제가 달린 이 강연의 텍스트는 1701년 토마지우스의 『짧은 독일어 글 모음(Kleine Teutsche Schriften)』에도 실려서 18세기 말까지 널리 보급되었다. 이 글 모음집은 아벨의 강의 「교양 학문에 대한 구상(Entwurf zu einer Generalwissenschaft)」에서 방법적 토대가 되었다. 아벨은 1773년 새로 초빙된 철학 강사로서 이 강의에서 카를 오이겐에게 향후 자기 수업의 핵심적 관점들을 소개했다.[280] 이 라이프치히 철학자 토마지우스의 독일어 논문들이 비록 18세기 말에 와서는 더 이상 지적 전위 역할을 하지는 않았지만, 아벨의 수업에서 논의되었다는 것은 어느 정도 확신을 가지고 추측할 수 있다. 게다가 1778년까지 실러의 카를스슐레 학우이던 화가 요한 야코프 아트첼(Johann Jakob Atzel)은 생도들이 토마지우스의 글을 읽고 토론을 벌였다는 사실을 증언해주고 있다.[281] 이렇게 해서 여러 사람이 그라시안의 정치적 행위론에 대한 지식을 얻게 된 정황이 설명되고 있다. 젊은 실러도 이 정치적 행위론의 기본 요소들을 이해하기 위해서 이 라이프치히의 전기 계몽주의자에 매달리지 않을 수 없었다. 이 정치적 행위론을 오리지널 텍스트로 읽는 데에 그 밖에 다른 사람의 영향력이 작용했는지는 더 이상 밝혀지지 않고 있다. 1686년에 이미

『격언집』의 첫 번째 독일어판이 출간되었다. 이는 물론 아멜로 들 라 우세 (Amelot de la Houssaye)의 프랑스어 번역본에 의존한 것이었다. 그런 다음 토마지우스의 강의가 18세기 초에 스페인 사람 그라시안의 학설에 대해서 일반의 관심을 일깨우는 데 이바지한 것이다. 1717년까지 각기 다른 네 가지 독일어판이 시중에 나온 까닭에 실러가 『격언집』 텍스트와 좀 더 집중적으로 씨름하는 데에는 어려움이 전혀 없었다.

알현 장면은 포자의 승리로 끝이 난다. "이 몰타 사람은 앞으로 사전 신고 없이 출입이 허락될 것이다"(v. 404 이하)라고 펠리페는 선언한다. 후작은 이 유리한 순간을 최대한 이용하려고 한다. 빠른 템포로 시작하는 제4막은 그가 연출하는 이중 플레이에 완전히 지배되고 있다. 그는 자신의 위험한 계획을 왕비 단 한 사람에게만 털어놓는다. 돈 카를로스와는 달리 그녀가 정치적 감각을 지녔다고 믿기 때문이다. 엘리자베트는 이 위험한 계획의 적절한 "이름"을 부르자면, "반역"이라는 것을 재빨리 깨닫는다. 즉 카를로스는 "왕에게 불충하게 되고, 몰래 플랑드르 사람들이 두 팔을 벌리고 그가 오기를 고대하고 있는 곳으로 가야만 한다. 그의 무기를 가지고 스페인의 왕좌를 떨게 해야 한다. 마드리드에서 그의 아버지가 거절하는 것을 브뤼셀에서는 허락할 것이다."(v. 4156 이하 계속) 후작이 여기에서 자신이 지닌 모반 계획 중 절반의 진실만 폭로했다는 것이 제5막에서 밝혀진다. 관람자들은 그가 비밀 지령을 받아 지중해 연안의 전략적 요충지로부터 스페인을 공격하기로 터키 군대와 합의했다는 것을 알게 된다.(v. 5826 이하 계속) 협박을 통해 네덜란드인의 자유권을 얻어내고자 하는 포자의 계획은 끝에 가서 실패하고 만다. 원인은 그 계획에 정치적 콘텐츠가 없을 뿐 아니라, 이 몰타 출신 기사의 교활함 때문이기도 하다. 자신의 계획을 카를로스에게 알리지 않고 단독으로 실행하려는 그의 욕심은 주도 모티브로서 드라마 전체에 관류하고 있는 불신감을 높여준다. 포자의 계획은 어쩔 수 없이 파국을 맞게 된다. 그 이유는 그 계획이 신뢰감을 담보로 장난을 쳤기 때문인데, 그렇게 되면 궁정 세계가 감당할 수 있는 인내의 한계를 넘어선 것이다. "그렇다면 좋은 일을 하기 위해서는 수단 방법을 가리지 않아도 된단 말입니까?"라고 왕비는 묻고 있는 것이다.(v. 4095 이하)

포자는 지배자가 되려는 야심을 품은 배신자로서 자신이 이전에 비도덕적이라고 비난한 정치적 음모의 방법을 이용하고 있다. 펠리페에게 비난하기를 "폐하께서는 사람이 쓸모가 있느냐 없느냐만 중요할 뿐, 그 이상이 아닙니다. 자신을 위한 눈과 귀로서는 있으나 마나 한 존재입니다"라고 했다.(v. 3629 이하) 막상 포자는 카를로스에게 왕과의 대면을 사소한 일로 깎아내리며, 알현한 내용에 대하여 일체 언급하지 않은 채 자신의 계획을 숨기고 있는데, 이는 곧 위장의 전술을 쓰고 있는 것이다. 카를로스에게 자신의 계획에 담긴 복잡한 계산을 설명하지 않은 채, 그의 개인적 기록이 담긴 지갑을 넘겨줄 것을 부탁하며, 그 이유는 그냥 안전을 고려한 것이라고 둘러대고 있다. 왕에게 에볼리 공주의 행적에 대해 주의를 촉구하고, 엘리자베트의 부정에 대한 의심을 풀어버리게 하고 싶다는 자신의 생각을 그는 카를로스에게 털어놓지 않는다. 전략을 노출하지 않고, 의중을 들키지 않는 것은 정치적 행위의 최상의 원칙으로 통한다. 여기서 후작은 피에스코와 비슷하게 일종의 양동작전을 펼치고 있다. 마키아벨리의 『군주론』은 이 양동작전을 통치술의 중요한 계명으로 꼽은 적이 있다. 포자도 『군주론』에서 이상적인 정치 행위로 설명되는 위장 전술을 펼치고 있는 것이다. "그대가 속이고 있다는 것을 누구나 다 안다네. 그러나 자네의 실체를 알고 있는 사람이 적을 따름이지."[282] 후작이 마키아벨리의 제자처럼 귀담아듣고 있는 것은 권력 인간의 '거침없는 행동'과 '의중을 드러내지 않는다'

는 원칙이다.

　포자가 카를로스가 받고 있는 혐의를 다른 곳으로 돌리기 위해 사용하는 자기희생도 그만큼 의심스러워진다.(4막 24장) 후에 나온 대본에서 실러는 이 점에서 후작의 행동을 좀 더 상세히 그려서 보완하고 그의 도덕적 의도를 분명히 하지 않을 수 없었다. 그러나 그의 정략적인 행동 양식과 비슷하게 빨리 결정한 순교 정신도 불투명한 인상을 낳기는 마찬가지이다. 포자에게서 그의 마지막 조치에 대한 설명을 들은 왕비가 그의 의도가 100퍼센트 순수성을 지녔는지 의심하는 것은 당연하다. "당신의 자존심만 지킬 수 있다면, 수천 사람의 마음이 찢어진들 당신은 무엇이 걱정이겠습니까! 아 이제—이제야 나는 당신을 이해하겠어요. 오로지 많은 사람의 감탄을 받고 싶은 거군요. 당신은."(v. 5185 이하 계속) 여기서 발설되는 비난은 격정적으로 피력하는 포자의 자책감에만 해당하는 것이 아니고, 이전에 그의 행동을 좌우하던 동기에도 해당한다. 그의 계획을 대의와 결부하고 있는 내적 동기가 이상주의가 아니라, 권력욕이라는 것이 이제 드러난다.[283] 이미 「도적 떼」와 「피에스코」가 비슷한 심리학적 소견들을 내놓은 적이 있다. 주인공이 법정에 출두하겠다는 뜻을 밝히자, 위대한 카를 모어의 부하 중 한 사람이 못마땅해하면서 자기를 희생하려는 자는 곧 "위대한 인물이 되고픈 열망"과 "타인에게 예찬을 받고 싶은 욕망"에 사로잡힌 자라고 선언했다.(NA 3, 135) 피에스코의 독백들도 권력에 도취되어 인정받고 싶은 욕망과 자유 추구의 숭고한 정신은 포자의 모호한 정책에 반영되어 있는 것과 같이 친척 관계라는 것을 토설하고 있다. 실러가 이와 같은 연관 관계를 인식하게 된 것은 바로 아벨의 심리학을 통해서였다. 아벨은 1777년 카를스슐레에서 행한 '강한 정신력'에 대한 연설에서 나약한 성격은 도덕의식이 부족해서가 아니며, 도덕의식에서 생긴 원칙을 분명하게 행동에 옮기는 것이 불가능한 것이 특징이라고 지적했다. 자신의 정치적 윤리를 자신의 동맹자들의 운명을 좌우할 수 있는 책략가의 권력 게임에 바치기 때문에 자신을 입증할 수 있는 순간에 실패하고 마는 포자의 상황도 여기에 해당한다고 볼 수 있다. 아벨은 연설에서 "정신력이 강한 사람이 자신의 결단을 실천에 옮기기 위해서 취하는 모든 행동은 심사숙고한 것이고, 옳은 것이다. 그리고 빠르거나 느리거나, 단조롭거나 변화무쌍하거나, 많거나 적거나 상관없이 그의 이성이 명령하는 것처럼 뜨겁다"[284]고 선언한 적이 있다.

실러가 1786년 초에 그처럼 꼼꼼히 연구한 압트의 글 「업적에 관하여」는 "강한 정신"의 능력을 정신이 "중요한 이념의 이익을 위해 필요한 의지를 통제하는 데" 이용되는 "무중력(無重力)"으로 규정함으로써 분명 비슷한 경향을 보이고 있다.[285] 하지만 압트는 아벨과는 달리 이 개념을 인간학적 체계에 편입하지 않고, 풍토론적이고 국가철학적인 문제와 연결하고 있다(그럼으로써 공화국 헌법은 시민 개인의 '정신력의 강도'를 높인다는 주장으로 귀결된다).[286] 도덕적 독립성은 육체의 영향에서 벗어나서 냉정하게 명료한 의식을 가지고 순간적인 이기적 욕망의 충족을 억제할 수 있는 인간의 능력을 통해 보장되는 것으로 보고 있다. 그 나름대로 샤를 보네의 「정신력에 대한 분석 시론」(1770~1771)에 근거한 이와 같은 심리학의 이론을 배경으로 해서 볼 때 포자의 실패는 도덕적 자립성이 결핍된 결과로 나타난다. 포자는 마키아벨리가 생각하는 전략의 법칙에 적응함으로써, 자신의 계획을 자유롭게 조종할 수 있는 선택권을 잃고 만 것이다. 실러의 주인공들은 성격상의 강점이 아니라, 내면적 일관성의 결여를 특징으로 하고 있다.

왕자의 체포와, 포자를 쓰러뜨리는 왕의 발포(發砲) 명령은 마드리드 거리에 폭동을 유발한다.(V막 5장) 이로써 카를로스를 보호하기 위해서 자신을 희생한 후작의 의도는 또다시 빗나가고 만다. 펠리페는 불안이 고조되고 강력한 군주를 국민이 요구했기 때문에 권위 있는 성직자들의 권고를 따르지 않을 수 없었다. 이미 황제 카를로스 5세의 고해성사를 담당했던 종교재판장은 감명 깊은 마지막 두 번째 장면에서 이 스페인 국가에서 과연 누구에게 실권이 있는지를 보여준다. 종교재판소가 오래전부터 자유정신의 소유자인 포자를 긴 감시의 끈에 매어 끌고 다녔다는 것을 사람들은 들어 알게 된다. 그를 사살한 것은 교회의 앞잡이가 아니라, 매수된 저격수들이었다며 이제 단호하게 펠리페를 비난한다. "그자는 우리 사람이었습니다—무슨 권리로 당신은 교단의 성스러운 물건을 건드리십니까? 그는 우리 손에 죽기 위해 살아 있는 존재였습니다."(v. 6066 이하 계속) 마지막에는 도구의 권위가 인간의 권리를 이긴다. 카를로스를 종교재판에 넘기면서 왕이 한 다음과 같은 유명한 말은 이와 같은 성공을 확인해준다. "추기경! 나는 내 할 일을 다 했소, 이제 당신이 해야 할 일을 하시오."(v. 6281 이하)

여기서 집단 속에 숨겨져 있는 성직자 권력이 승리한다면, 그것은 또한 실러에게 있어서 인간이나 이념에게는 끝에 가서 살아남을 기회가 없다는 것을 분명히 해주는 것이다. 요컨대 하이네가 그 안에 포자 후작의 특별한 윤리가 반영되어 있다고 본 "미래를 위한 사랑"[287]은 어디까지나 세상과 동떨어진 비전에 불과한 것이라는 것이 밝혀지고 있다. 불신과 불안이 권력분립이 이루어지지 않은 정치적 통치를 견고하게 다지게 하는 원인을 제공하는 한, '시민의 행복'과 '군주의 권세' 사이의 화해는 기대하기 어려운 것이다. 권력 인간인 펠리페가 추구하는 공안 유지 정책은 교회와 궁정의 안정된 관계를 현상 그대로 유지하는 것을 목표로 하고 있다. 1788년에 출간된 네덜란드 봉기에 대한 글에서 실러는 분명히 그와 같은 목표 설정 뒤에는 불안감이 감추어져 있다고 지적했는데, 이는 당시 대부분의 역사가들의 의견과 일치하는 것이다.(NA 17, 54 이하) 끝에 가서 이 드라마는 왕이 당면하게 되는 개인적인 파국을 제도적인 권위의 승리를 통해 보여줌으로써, 현대의 역사 변증법의 시선을 열어놓고 있다. 인간의 실패로 인해 종교재판과, 사면팔방으로 손을 뻗치고 있는 감시 기구들로 대표되는 익명의 권력 체제는 힘을 얻어 부상한다.[288] 그러나 이 드라마가 출간된 지 1년 후에 실러 자신은 이상주의자인 포자가 효율적으로 짜여 있는 통치 기구에 부닥쳐 파국을 당하는 것만이 아니라는 것을 부연해서 강조했다.(NA 22, 170 이하 계속) 그의 실패는 마키아벨리적 계산으로 변질된 이상적 사고의 변론법과, 그 영항권 안에서는 일체의 행동이 권력의 정치가 되고 마는 정치의 위력을 똑같이 설명하고 있는 것이다.

프리메이슨, 계명 결사, 독재자
시대사의 자취들

실러는 빌란트가 발행하는 《도이체 메르쿠어》 1788년 7월호와 12월호에 2회에 걸쳐 게재된 열두 통의 「돈 카를로스에 대한 편지들」에서 포자 인물에 문제가 있다는 점을 강조했다. 그는 자신이 수 년 동안 작업한 끝에 완성한 이 초안을 수정하는 것에 대해서 이렇게 설명하고 있다. "처음에 주로 나의 관심을 끌었던 것이 시간이 지나면서 눈에 띄게 효력이 약해졌다가 결국엔 거의 없어져버렸습니다. 하지만 새로운 아이디어들이 떠올라와 예전의 아이디어를 밀어냈고, 카를로스에 대한 나의 호감까지도 도가 낮아지게 되었습니다. 아마도 그보다 내가 나이를 훨씬 더 먹었다는 것 말고, 어떤 다른 이유는 없는 것 같고, 그와는 상반된 이유에서 포자 후작이 그를 대신했습니다."(NA 22, 138) 실러는 포자의 정치가 유발하는 위기 상황을 현실적인 논쟁과 관련지어 고찰하고 있지만, 물론 이 고찰은 고작 암시하는 수준을 넘어서지 않고 있다. 열 번째 편지 서두에서는 불가사의한 어조로 이렇게 적고 있다. "나는 I도 아니고 M도 아닙니다. 그러나 이 두 형제 단체가 도덕적 목적을 서로 공유하고 있고, 이 목적이 인간적인 사회를 위해 가장 중요한 목적이라면, 그것은 틀림없이 포자 후작이 마음에 품고 있는 그 목적(!)과 대단히 밀접한 관계가 있습니다."[289] 이 두 약어 표기는 실러가 1792년 「돈 카를로스에 대한 편지들」을 그의 『단문집』 제1권에 다시 게재했을 때, 실러 자신이 바꾸어놓은 것으로서, 'Illuminat(계명 결사)'를 줄여서 'I'로, 'Maurer(메이슨)' 또는 'Freimaurer(프리메이슨)'을 줄여서 'M'으로 표기한 것이었다.(NA 22, 168)[290] 여기서 포자 후작은 사람들이 공격하기 위해 그 성격을 "계몽주의의 정예부대"[291]로 규정하려고 한 비밀 정치 운동과 밀접한 관계가 있는 것으로 되어 있다. 물론 그는 진보적인 사상을 지니고 있을 뿐 아니라, 전제정치에 대한 남모르는 애착심과 위장술도 공유하고 있다.[292] 실러는 포자라는 인물의 초상화에 자신이 이 단체의 구성원들과 긴밀하게 접촉하면서 얻은 경험들을 주입하고 있다.

밖으로는 대단히 애매한 모습을 보이는 계명 결사 연맹은 프리메이슨 연맹 지부의 형태를 띠고 있었다. 프리메이슨 연맹은 1717년 영국에서 창립되었고 1730년대 말부터 독일에서는 (그 밖의 중앙 유럽과 마찬가지로) 가입 회원 수가 대폭 증가해서, 프랑스에만도 1789년에 이미 629개의 다양한 프리메이슨 연맹들이 존재했다.[293] 이 프리메이슨 연맹은 계몽적이고, 사해동포주의를 표방하며, 교회 비판적인 입장을 취했다. 그들의 국가 이념은 자유주의적이고 신학적이지만, 학문적 근원이 있는 교조주의로부터는 독립된 것이었다. 하지만 앙시앵레짐(구체제)의 붕괴가 진행되고 있는 상황에서 개별 회원들 중에는 이 운동에 정치적 요구가 결핍된 것에 대해 점점 더 불편한 심기를 품게 된 이들도 있었다. 1771년 10월부터 직접 함부르크 연맹의 '세 송이 장미꽃(Zu den drei Rosen)'에 속해 있던 레싱은 이와 같은 분위기를 자신의 철학적 대화록 「에른스트와 팔크(Ernst und Falk)」 (1778~1780)에 표현했다. 그러면서도 이 결사를 이해하는 바탕에는 변함이 없었다. 28세 된 바이에른의 법률학 교수 아담 바이스하웁트는 1776년 5월 1일에 프리메이슨의 지원을 받기는 했지만, 자기 자신의 프로그램을 바탕으로 잉골슈타트에 계명 결사를 설립했다. 자유주의적 사고를 지닌 공무원, 법률가, 대학교수들, 군 장교들, 그리고 작가들이 회원으로 속해 있던 이 단체는 처음에는 '완벽주의자(Perfektibilisten)'라는 명칭을 지니고 있었다. 이는 인간이 정신력의 함양을 통해 완전해지는 계몽주의 원칙에 대해 주의를 환기하는 것이었다. 이 단체는 프리메이슨 연맹과는 반대로 더욱 광범위한 성격의 정치적 목표를 추구했다. 하지만 사전에 좀 더 구체적으로 마련한 실행 원칙을 따라 움직이지는 않았다. 국가의 개혁 노력은 상층부에 의해서 이루어졌다. 계몽된 군주 교육을 통해서 국가의 개혁이 시도되었다. 그러므로 이와 같은 테마를 다룬 빌란트의 장편소설들, 특히 「아가톤의 이야기」(1767)와 「황금 거울(Der goldene Spiegel)」(1772)이 이 단체의 필독서로 꼽힌 것은 결코 우연이 아니었다. 바이스하웁트가 추구하는 핵심 목표는 어디까지나 구체제의 제거와, 헌법 초안 마련을 통해 대안을 찾는 것이었다. 그 초안은 우선 균등한 사회형태를 확립하는 것이 아니고, 스스로 임명한 엘리트가 통치하는 것을 문서화해야 한다는 것이었다.[294] 일종의 사회적 평등에 기초를 두고, 민족의 경계를 넘어서는 이성 국가의 비전이 가시화되었다. 이 이성 국가의 정신적인 지도 계층은 이 단체의 훌륭한 대표자들로 구성되어야 했다. 그러나 이 계명 결사의 회원들은 9년 동안 아무런 방해도 받지 않고 활동을 펼쳤지만 그들의 정치적 계획에서 좀 더 상세한 틀을 잡을 수 있는 실용적인 방안을 발전시키지는 못했다. 변함없이 중요한 계획은 '제도를 통한 장정(長程)'을 거쳐 국가의 성격을 서서히 변화시킴으로써 국가의 행정 기구를 통제하고 관료의 핵심 지위에 대해 영향력을 획득하는 것이었다.[295] 그러나 이론적인 프로그램은 물론 이 결사의 문서에 분명히 밝혀진 전략 모델도 명확한 윤곽을 얻지 못하고 있었다. 1780년대 초에 가까스로 2000명의 회원을 헤아리던[296] 이 연맹은 정확한 정치적 목표 설정을 이루어내는 대신에 조기에 자체의 내면 조직을 확장하는 쪽으로 방향을 바꾸었다. 사람들은 암호명을 지니게 되었고, 상징적인 입회 의식을 치르는 관습이 있었다. 그와 같은 의식에는 침묵을 의무화하는 증서에 서명하는 것도 포함되어 있었다. 그리고 사람들은 암호로 된 편지들을 교환했고, 종합대학교나 전문대학에 재직하는 회원 모집 방안을 탐색하는 대화를 나누었고, 이 결사의 대외 관계를 신장할 장기간에 걸친 여행 활동을 벌였다. 그와 같은 의식(儀式)은 프리메이슨 연맹과 예수회 회원들로부터 물려받은 것인데, 바로 그와 같은 의식에 의해 계명 결사의 회원들이 위험한 모반자 집단이 아니고, 계몽된 혁신적 절대주의에 호감을 지닌 지적 엘리트였다는 사실이 숨겨졌다.

이 결사의 활동은 우선 바이에른 지방에 국한되어 있었다. 1780년에 회원이 된 후, 바이스하웁트 다음으로 이 연맹의 2인자로 승진한 대중작가 아돌프 폰 크니게의 비호를 받으며 비로소 사람들은 이 결사의 활동을 쿠어팔츠와 라인 지역의 좀 더 넓은 지역으로 확대했다. 크니게가 기여한 것은 이 연맹의 본보기에 따라 등급으로 나뉜 내적 위계질서를 확립함으로써 조직의 효율성을 높인 것이다. 그는 장기간에 걸친 선전 여행을 통해 귀족층 가운데서 새로운 회원을 확보했다. 그들 귀족 출신 회원들을 위해서 그는 바이스하웁트의 뜻을 거역해서 정치적으로 과격한 경향을 완화했고, 진보적인 계파의 교회를 적대시하는 입장을 억제함으로써 이 결사에 매력을 부여했다. 곧 바이마르의 대공 카를 아우구스트, 고타의 대공 에른스트 2세, 브라운슈바이크의 대공 페르디난트, 헤센-카셀의 카를 왕자, 슐레스비히-홀슈타인-존더부르크-아우구스텐부르크의 프리드리히 크리스티안과 같은 통치 군주들과 귀족 고위층들이 계명 결사의 비밀 서클 회원이 되었는데, 이는 크니게가 벌인 캠페인의 결과였다. 그들이 회원이라는 사실이 다른 조직으로의 침투나 간첩 행위 같은 수상한 목적에 악용되지는 않았을 것이다. 오히려 그러한 사실이 계명 결사 회원들의 목표 설정이 내용적으로 막연했다는 사실을 단적으로 표현하는 것일 것이다.[297] 계명 결사 회원들은 전략 게임과 의식(儀式) 행위 사이에 끼어 그들의 정치적 개혁 요구를 자제하지 않을 수 없었다.

이 단체는 특히 예술가와 지식인들에게 인기가 있었다. 괴테와 그의 매제 슐로서, 헤르더, 프리드리히 니콜라이, 프리드리히 하인리히 야코비, 고틀리프 후펠란트가 이 결사의 회원으로 꼽혔다. 실러의 수많은 친구, 친지들이 이 결사의 멤버였다는 것도 언급할 가치가 있다. 실러가 슈투트가르트를 출발해서 만하임을 거쳐 드레스덴과 바이마르로 가는 그지없이 복잡한 도상에서 계명 결사 회원들은 거듭 그의 삶의 길과 마주쳤다. 예전의 동창생인 페터센과 렘프, 사관학교 교수 아벨과 드뤼크, 만하임에서 포자 역을 맡았던 배우 뵈크와 1784년 봄에 실러와 크니게의 만남을 주선한 것으로 보이는 프랑크푸르트 극장 감독 그로스만도 이 서클의 회원이었다.[298] 실러가 극장에서 활동하던 시기에 알게 된 달베르크의 열 살 아래 동생도 내면적으로는 계명 결사 동조자로 꼽혔다. 바이마르에서는 빌란트의 사위 카를 레온하르트 라인홀트와, 1782년 빌헬름바트에서 개최된 프리메이슨 연맹 집회 이후로 가장 영향력이 큰 회원으로 꼽히는 번역가 요한 요아힘 크리스토프 보데가 실러와 사적으로 관계가 있는 사람들 중에서 이 결사에 활발한 관심을 보인 사람들이었다. 이미 슈투트가르트와 만하임에서부터 그에게 회원이 될 것을 열심히 권하는 사람이 많았으리라는 것은 충분히 짐작할 수 있다. 그의 정신적 프로필이 계명 결사의 정신에 기가 막히게 잘 어울리는 것처럼 보이지 않았겠는가! 1784년 4월 마지막 주중에 쿠어팔츠에 있는 그를 찾아갔던 렘프는 격정적으로 "새로운 친구 관계"를 언급하고 있는데, 그것은 그가 실러와 함께 그 결사의 지붕 밑에서 결합하고자 하는 것이었다.(NA 33/I, 28) 프리메이슨 회원이긴 하지만, 계명 결사 회원은 아니었던 쾨르너와 후버를 통해서 그는 드레스덴에서 이 연맹의 사정에 대하여 더 많은 것을 깨닫게 되었다.[299] 쾨르너에게 쓴 편지 한 통이 전하는 바로는 1787년 봄까지도 보데는 바이마르에서 실러와 함께 심중을 떠보는 대화를 나누었다.(NA 24, 153) 그럼에도 불구하고 실러는 끝내 계명 결사의 회원이 되지 않았다. 그가 회원이 되는 것을 거부한 이유에 대해서는 논란만 있을 뿐이다. 그를 밀쳐낸 것은 비밀 의식 뒤에 숨어 있는 이 단체의 비(非)자유주의적 경향이었을 가능성이 있다. 늦게 잡아 1780년대 중반 이래로 실러는 자신의 유보적 입장이 강화됨을 느꼈을 것이다. 사람들은 이제 분명히 바이스하웁트가 자신의 혁명 계획을 추진하기 위해서 도입한 놀라운 수단에 대해서 자세히 알게 되었던 것이다.

1785년 3월 2일의 포고령은 8월 16일에 다시 한번 확인되었는데, 이 포고령을 통하여 바이에른 영방 정부는 계명 결사 금지를 발표했고, 반국가적인 대역죄의 짙은 혐의를 가지고 이 금지 조치의 이유를 설명했다. 이미 1785년 2월에 바이스하웁트는 당국의 압력으로 교수 직을 포기했다. 당국의 조치는 가택수색으로 이어졌고, 그 결과 사람들은 이 결사 창립자가 손으로 쓴 비밀문서를 증거로 확보했다. 정부는 이 비밀문서를 1787년 자료 보관 목적으로 인쇄하도록 했다. 텍스트의 우스꽝스러운 성격은 이 단체의 명성과 바이스하웁트의 개인적인 평판을 몹시 훼손하기에 적절했다. 이 텍스트들은 계명 결사가 펼치는 정책의 범죄적 전략에 관한 어두운 이미지를 만천하에 폭로했다. 그와 같은 범죄적 전략에는 명백히 회원들의 간첩 활동, 학대와 협박, 대규모 사기 행각, 살해 계획, 암살 기도 등이 들어 있었다. 인도적 계몽주의의 머리임을 자칭한 이 운동의 기획 배경에는 정치적 테러 요소들이 숨겨져 있는 것이 백일하에 드러났다. 1773년 이래 교황의 칙령으로 유럽의 가톨릭 국가에서 금지당한 예수회와 비슷하게 계명 결사도 무절제한 야심과 전 세계적인 연결 망을 가진 범죄적 모반자 집단 취급을 받았다. 이와 같은 양상은 전적으로 과장된 면이 없지 않았다. 정치적 개혁 운동은 예수회 회원들이 국가에 반역할 계획을 세우고 있다고 잘 못 알고, 그 때문에 자신이 위협당하고 있다고 보았는가 하면, 계명 결사 회원들이 은밀히 위험한 폭발력을 지닌 반국가적인 전복 계획을 세우고 있다는 혐의를 부추긴 것은 다름 아닌 교회 측이었다. 그와 같은 판단은 예전 회원들의 발설을 근거로 한 것이었다. 열성적인 배교자 역할은 특히 크니게에게 돌아갔다. 그는 바이스하웁트와 사이가 나빠진 후 이미 1784년 7월 1일에 이 연맹을 떠났고, 이제는 이 연맹의 창립자에 대한 공격작전을 공개적으로 강력히 펼치려고 애쓰고 있었다.[300] 실러는 「돈 카를로스」의 마지막 2막을 작업하는 시기에 벌어진 이 단체에 대한 열띤 토론을 주의 깊게 추적했다. 1787년 7월 말에 바이마르에 도착했을 때, 그는 계명회를 둘러싸고 벌어진 싸움에 대해 이곳 사람들의 관심이 조금도 감소되지 않은 것을 확인하고 놀랐다. 그는 9월 10일에 쾨르너에게 이렇게 편지를 썼다. "지금 바이스하웁트가 세상에서 엄청난 화젯거리일세." 그러나 그는 사람들의 의견이 국가 개혁에 유익하다는 이유로 이미 창설자의 범행을 정당화하는 쪽으로 기운 것을 확인하고 당혹했다. 그는 이 단체에 대한 우호적 목소리에 반대해서 정치적 윤리에 대한 중요한 고백을 하고 있다. "나는 도덕성에 대한 단 하나의 기준을 가지고 있고, 이를 무엇보다도 굳게 믿네. 즉 내가 저지른 행동이 보편화되었을 때 세상을 위해서 좋은 결과를 가져왔는가 또는 나쁜 결과를 가져왔는가 하는 것이 그것일세."(NA 24, 153)

계명 결사 논쟁에 대한 가장 원숙하고 사려 깊은 발언들 가운데 하나는 빌란트의 논문 「사해동포주의 결사의 비밀(Das Geheimnis des Kosmopolitenordnens)」이다. 이 논문의 제1부는 「돈 카를로스에 대한 편지들」이 출간되기 시작한 지 1개월 후인 1788년 8월에 《도이체 메르쿠어》에 발표되었으므로 실러는 틀림없이 이 논문에 대해서 알고 있었을 것이다. 하지만 계명회 회원이 아닌 빌란트는 의식 행위의 실상에 대하여 비꼬는 투의 비판적 의견을 내놓았다. 그의 견해에 따르면, 그 전체 운동은 그와 같은 의식 행위를 통하여 분명한 정치적 이념이 없음을 은폐하려 했다는 것이다. 세상에서 흔히 말하는 관용의 가면을 쓰고 음흉한 권력 판타지를 키우고 있는 "비밀결사"와는 반대로 사해동포주의자들은 모든 세계시민의 자유로운 연합체의 형태를 띠고 있다고 빌란트는 보고 있었다. 그들은 "입회와 수업"에 대해 확고하게 규정하지는 않고 있으나,[301] 회원들끼리 느슨하게 결속되어 있는 가운데 자신 있게 독재와 현행 검열제도의 폐지, 입헌체제의 구축과 국경의 폐지를 지지했다. 비밀결사들이 그들의 목표의 "적법성"과 그들이 추구하는 정치적 이념의 "순수성"[302]에 대한 의심을 키우고 있는 반면에, 사해동포주의자들은 공개적인 토론과 언론기관의 평가를 이용했다. 이 논문에서 예리하게 비판하는 대상은 분명 나름대로 실러가 묘사하고 있는 포자 인물의 현실적 모델이 되었을 수도 있는 계명 결사 회원들의 권력 야망인 것이다.

빌란트의 글은 계명 결사 회원들의 논쟁이 당시 지식인들의 공론장에 어떤 영향을 미쳤는지를 분명히 전해주는 역할을 한다. 그는 18세기 말 프랑스 혁명 직전에 교조적으로 신봉되던 계몽주의의 위험성을 사람들이 어떻게 평가했는지에 대해서 증언하고 있다. 계명 결사 회원들의 의도와는 상관없이 얻게 된 교훈은 개혁 노력이 민주적 통제 장치의 지원을 받지 못하는 곳에서는 엘리트 통치의 위험성이 발생한다는 사실이다. 실러가 1788년 가을 「돈 카를로스에 대한 편지들」의 속편 집필 작업을 할 때 그는 빌란트의 에세이를 읽고, 포자의 외교와 계명 결사의 불행한 술수를 드러내놓고 비교하고픈 충동을 느꼈으리라고 가정할 수 있다. 이와 관련해 11월에 집필한 열한 번째 편지는 이렇게 질문하고 있다. "결사의 창립자, 아니면—결사와 친밀한 사이라도 좋으니, 가장 순수한 목적과 가장 고상한 동기를 지녔으면서도—적용에 있어서 자의성, 타인의 자유를 억압하는 폭력 행위, 은밀성과 지배욕의 정신 등을 탈피해서 항상 순수함을 유지한 사람이 있으면, 한 번 그 이름을 말씀해보시겠습니까?" 정치적 두뇌가 지닌 이성은 성급하게 목표에 도달하는 길을 "단축하려"는 목적에서 사상의 테러를 자행하는데, 이 테러는 시간이 가면 새로운 독재에 업혀서 위험한 결과를 초래할 수도 있는 것이다.(NA 22, 171 이하)

다시금 심리학적인 방법에 의존해서 이상주의자 포자의 "권력욕"(NA 22, 172)을 과장된 정열의 결과로 풀이하는 것이 실러의 분석에서 가장 독특한 점에 속했다. 자신의 정치 이념을 목숨을 건 위험한 쿠데타의 모험에 희생시키는 이 모반자의 끈기 부족은 결국 내면의 정신적 결함으로 밝혀진다. 충동을 통제하지 못하고, 마음을 가누지 못하는 불안이 그의 심리 상태의 특징이다. 실러는 포자가 체제의 조직에 개입함으로써 새로운 폭력 사태를 야기하는 것은 논리적 귀결이라고 여기고 있다. 인간이 "개인적 감정"으로부터 멀어져 "보편적 추상개념"으로 상승하는 경우에 정치적 혼란의 위험도 기회를 엿보기 마련인 것이다. 왜냐하면 "자연스럽지 못한 것은 아무것도 선(善)으로 이어질 수 없기 때문이다."(NA 22, 172) 여기서 사람들은 아벨이 구상한 강한 정신력에 대한 반응을 뒤늦게 다시 발견할 수도 있을 것이다. 도덕적 신조를 따라 감정을 통제하는, 이른바 신스토아학파적 색채를 띠고 있는 이 강한 정신력 프로그램을 「돈 카를로스에 대한 편지들」은 실패한 이상주의자를 평가하는 토대로 삼고 있다. 실러가 1796년 봄에 쓴 "그릇된" 열성은 "항시" "완전한 것"이기를 원하는 힘이라고 주장한 경구도 혁명의 성급함이 그릇된 길을 걷게 될 것임을 밝혀주고 있다.(NA 1, 278) 실러는 "인위적으로 이론적 이성을 탄생시키는 것"에 반대해서, 개인 속에 유기적으로 생성되어서 틀림없이 관용과 열린 자세를 보일 능력이 있는, 이른바 원천적 윤리 감정의 "실천적 법칙들"(NA 22, 171)을 내놓고 있다. 「돈 카를로스에 대한 편지들」에서 정치적 이상주의자의 극단적 언행을 공격하면서 보여준 당당한 기세는 인간에게는 교육의 과정을 통해서 키워져야 할 천성적으로 타고난 도덕성이 있다고 생각하는, 이른바 영국의 도덕-감정-철학, 특히 허치슨 철학의 선택에 편승하고 있는 것이다. 나중에 프랑스 혁명의 와중에서 일어난 사건들과 연관해서 볼 때, 사람들은 물론 심리학적인 경험 지식의 도움을 받아 이성적 국가사상의 새로운 윤리를 교육하고 싶어하는 실러의 희망을 소박하다고 생각했을 것이 틀림없다. 정치적 형상화 의지는 종종 인도주의 정신, 인간성의 법칙을 위반하려는 마음가짐과 연결되어 있는 경우가 드물지 않다는 것을, 「돈 카를로스」가 출간된 지 불과 몇 년 안 되어 파리에서 일어난 사건이 여실히 보여주고 있기 때문이다. 괴팅겐의 역사학자 아우구스트 루트비히 슐뢰처는 1789년 늦여름에 이렇게 간단히 언급하고 있다. "이 혁명에는 무절제한 폭력이 난무했다. 그렇지만 어디에서 폭력 없는 혁명을 생각할 수 있는가! 암(癌)을 장미 향수로 고칠 수는 없는 법이다."[303]

실러의 드라마는 정체를 드러내지 않은 계명 결사 회원인 포자의 경우를 통해서 이상주의 사상이 인간을 무시하는 행동으로 전환하는 것을 변증법적으로 묘사할 뿐 아니라, 그와 병행해서 오로지 계산된 권력만을 아는 정치 세계 자체까지도 해부하려고 하고 있다. 막스 코메렐(Max Kommerell)은 여기에서 작용하는 특별한 메커니즘을 이론과 실제의 긴장 관계를 통해 파악하려고 했다. "왜냐하면 모든 행위는 이념을 실천하면서, 그와 동시에 그 이념을 거부한다. 인간이란 존재는 행동할 수 있는 존재일 뿐 아니라, 행동해야 하는 존재, 감각적인 수단을 가진 물질의 세계 속에서 행동해야 하는 존재이다. 그러므로 행동하면서 이념에게는 불충실하게 된다. 인간 됨은 수단의 비극이다. 정치라고 해서 무엇이 다르겠는가?"[304] 그러나 초기 드라마들이 모두 묘사하고 있는 것처럼, 이로써 이상이 훼손되었다는 것은 충분히 입증되지 않았다. 실러의 주인공들은 험악한 국가 반란의 세계에 진입하면서 자신들의 사상을 욕되게 하기 때문에 실패하는 것이 아니다. 도리어 그들은 행동을 하는 순간에 자신들이 추구하던 계획의 실체를 변화시킨다. 정치적 활동은 이념을 항시 동일한 권력의 법칙으로 변형하는 작용을 한다는 견해가 있다. 그에 대해서 실러는 열한 번째 「돈 카를로스에 대한 편지들」에서 대단히 냉철하게 이렇게 설명하고 있다. "이론의 여지가 없습니다! 만일 포자 후작이 철저히 올곧게 행동하고, 음모의 저속한 보조 수단에 대해서 초연히 고상한 자세를 취했더라면 그의 성격은 아름다움과 순수함을 얻었을 것입니다. 또한 이 성격은 나에게 큰 충격을 주었음을 고백하지 않을 수 없습니다. 그러나 내게 더 큰 충격을 준 것은 바로 내가 진실로 여겼던 그것입니다."(NA 22, 170) 실러가 여기서 말하고 있는 '진실'은 체제 강요와 도구의 진실이다. 자신의 이념을 정치적으로 실현하고자 하는 자는 그 이념의 원래 형태를 건드리지 않는다는 보장이 없이 그 이념을 권력의 체제 속으로 옮겨야 한다. 그렇기 때문에 포자는 외교관으로서 근대 초기 궁정의 처세술이 요구하는 대로 개인적인 의중을 드러내지 말고, '거침없이 행동하라'는 계율을 따라 행동한다.[305] 군주의 비밀 칙령에 좌우되는 절대주의 국가의 비밀 정치가 지키는 원칙을 그가 똑같이 지킴으로써, 물론 그는 다름 아닌 자신이 대항해서 싸우려는 전제정치를 그대로 답습하고 있는 것이다.[306]

「돈 카를로스」가 발표된 지 8년 후에 칸트는 자신의 글 「영원한 평화에 대해서(Zum ewigen Frieden)」에서 "공개 행위", 즉 법의 원칙에 따라 공개하는 원칙을 계몽된 공공기관의 중요한 국내 정치적 원칙으로 승격시키게 된다. 칸트는 마키아벨리의 이론과 17세기의 스페인의 "지혜론"이 대변하고 있는, 이른바 외교적인 위장술의 비밀 관행이 자신의 관점에서 볼 때 도덕적 원칙에 어긋나기 때문에 부당하다는 것을 각별히 강조하고 있다. "다른 사람의 권리와 관계가 있는 모든 행동들은 그 원칙이 공개주의와 조화를 이루지 않으면 정당하지 못하다."[307] 국가정책 결정 과정의 투명성만이 내적 안정과, 민족들 간의 폭력 없는 합의를 보장한다. 왜냐하면 지속적인 평화는 솔직함을 통해 신뢰감이 생기는 곳에서만 가능해 보이기 때문이다. 특히 실러의 「발렌슈타인」 구상에 결정적 역할을 하게 될 칸트 글의 지평에서 볼 때 포자의 외교가 지닌 염려스러운 성격은 더욱 분명하게 드러난다. 만약 주인공이 은폐와 기만의 전략을 따르면, 자신의 수단을 선택하는 과정에서 그는 필연적으로 원래 자신의 참여를 유도하던 동기들을 모독한다. 사해동포주의자의 도덕적 권위는 비밀 정치의 명령을 따를 때 땅에 떨어진다. 비밀 정치는 이상주의자로 하여금 권력 지향적 인간이 되게 하기 때문이다. 칸트가 스케치한 공법(公法)의 계몽주의적 질서 윤리가 포자의 행동 원리를 형성하는 것이 아니고, 위장술에 능통한 사람의 약삭빠른 처세술이 행동의 원칙을 이룬다. 신성한 군주를 심어놓은 곳에 또다시 세속적인 독재자의 자의(恣意)만이 자라서 무성해지는 것이다.

실러의 청년기 드라마에서는 국익과 통치술을 핵심 내용으로 하는 마키아벨리즘의 주요 테마들이 관심을 가장 많이 끈다는 사실을 그냥 넘겨보아서는 안 된다. 실러의 초기 작품들을 프랑스 혁명의 전야에 정치적 이상주의를 증언하는 문서로 찬양하는 사상의 화려한 건물 뒤편에는 놀랄 만한 지식을 가지고 하나의 권력의 세계가 샅샅이 조명되어 묘사되고 있다. 거기에서는 진보적 정치와 마키아벨리적 정치가 결코 엄격히 구분된 영역으로 나타나지 않고, 포자의 경우가 보여주는 것처럼, 염려스러울 정도로 서로 뒤엉켜 작용할 수 있다는 것이 확인되고 있다.[308] 실러는 이와 같이 놀라운 유사성을 그가 배운 심리학적 판단 능력의 도움을 받아 해명했다. 열한 번째 「돈 카를로스에 대한 편지들」은 요약해서 "가장 이기심이 없고, 가장 순수하고 고상한 사람이라 할지라도 항상 이기적이기만 한 독재자와 마찬가지로 미덕과 창출되어야 할 행복에 대한 자신만의 상상에 심취되어 자의적으로 개인을 다룬다는 비난을 듣는다는 것을" 역설하고 있다. "그 이유는 두 사람 다 지향하는 대상이 그들의 밖이 아니라 내부에 있기 때문이다. 내적인 정신 상태에 따라 자신의 행동 패턴을 바꾸는 전자(前者)는 자신의 자아를 최후의 목표로 삼는 후자(後者)와 거의 똑같이 타인의 자유와 싸움을 하기 때문"이라는 것이다.(NA 22, 170) 여기서 실러는 도덕적 요구가 황당하게도 독재적 실행으로 전환하는 사유를 냉정하게 설명해놓고 있다. 이 설명은 현대에 와서도 효력을 잃지 않고 있을 것이다. 그의 진단의 척도는 어디까지나 경험의 세계와, 이 이상주의자로 하여금 자기 자신의 사상 세계와 모순에 빠지게 하는 정치적 현실, 이른바 폭력 정치인 것이다. 그 폭력 정치를 쾨르너는 1787년 9월 18일 자 편지에서 계몽 결사에 의해 자행되는 비밀외교의 징후로 여겼다.(NA 33/I, 145) 이로써 정치적 행위에 대한 해부는 권력에 대한 억제할 수 없는 욕심이 보편적 원리라는 것을 분명히 밝혀주고 있다. 실러에게 있어서 권력욕에 눈이 어두워진 이상주의자들은 그들의 의도를 천편일률적으로 뒤덮고 있는 실패의 얼룩으로 인해 그 대가를 지불해야만 한다. 이 드라마 작가가 받은 심리학 수업에는 자신의 야심 찬 요구의 희생자로서 역사의 급류에 휩쓸려가는 패배자에 대한 관심도 포함되어 있다.

후주

서론

1) Guthke: Schillers Dramen. 12쪽.

2) Mann: Essays, Bd. VI, 297쪽.

3) Büchner: Werke und Briefe, 306쪽.

4) Mann: 앞의 책, Bd. VI, 368쪽.

5) Adorno: Minima Moralia, 110쪽 이하.

6) Dürrenmatt: Gesammelte Werke, Bd. VII, 449쪽.

제1장

1) Goethe: Werke. Abt. III, Bd. 3, 155쪽.

2) Pufendorf: Die Verfassung des deutschen Reiches, 106쪽.

3) Wehler: Deutsche Gesellschaftsgeschichte, Erster Band, 69쪽 이하.

4) Biedermann(발행): Schillers Gespräche, 20쪽 이하 비교.

5) Bruford: Die gesellschaftlichen Grundlagen der Goethezeit, 7쪽; Biedermann:

Deutschland im 18. Jahrhundert, 34쪽.

6) Perels(발행): Sturm und Drang, 313쪽.

7) Bruford: 앞의 책, 166쪽.

8) Engelsing, Rolf: Wieviel verdienten die Klassiker? in: Neue Rundschau 87(1976), 128쪽.

9) Wehler, Heinrich-Ulrich: Deutsche Gesellschaftsgeschichte, Erster Band, 122쪽.

10) Biedermann: 앞의 책, 248쪽 이하 비교.

11) Knigge, Adolph Freiherr von: Über den Umgang mit Menschen(1788), 270쪽.

12) Biedermann: 앞의 책, 253쪽 이하.

13) 같은 책, 96쪽 이하 계속.

14) Eichendorff, Joseph von: Werke. 6Bde., Wolfgang Frühwald 외 발행, Frankfurt/M. 1985 이후 계속. Bd. V, 401쪽 이하.

15) Wehler: 앞의 책, 154쪽.

16) Adam, Eugen 외: Herzog Karl Eugen von Würtemberg und seine Zeit, 314쪽.

17) Wehler: 앞의 책, 70쪽 비교.

18) Adam 외: 앞의 책, 315쪽 이하 계속.

19) Wolgast, in: Aurnhammer, Achim 외(발행): Schiller und die höfische Welt, 6쪽 이하 계속 비교.

20) Haug-Moritz, Gabriele: Würtembergischer Ständekonflikt und deutsche Dualismus, 205쪽 이하 계속.

21) Casanova, Giovanni Giacomo: Werke Bd. IV, 78쪽.

22) Streicher, Johann Andreas: Schillers Flucht, Paul Raabe(발행), Stuttgart 1959, 105쪽 이하; Biedermann, Flodoard Freiherr(발행): Schillers Gespräche, 202쪽 이하.

23) Lichtenberg, Georg Christoph: Schriften und Briefe, Franz Mautner(발행), Frankfurt 1992. Bd. I, 142쪽.

24) Iffland, August Wilhelm: 39쪽 이하, FA II, 1455 비교.

25) Casanova: 앞의 책, Bd. IV, 76쪽 이하.

26) Urlichs, Ludwig(발행): Charlotte von Schiller und ihre Freunde, Bd. I, 82쪽.

27) Adam 외: 앞의 책, 357쪽.

28) Wieland, Martin: Werke Bd. XIX, 193쪽.

29) Herder, Johann Gottfried: Werke, Bd. V, 556쪽.

30) Adam 외: 앞의 책, 48쪽 이하; Burschell: Friedrich Schiller, 43쪽 비교.

31) Riesbek, Johann Caspar: Briefe eines reisenden Franzosen über Deutschland an seinen Bruder zu Paris, Wolfgang Gerlach(발행 및 교정), 19쪽.

32) Strauß, David Friedrich(발행): Christian Friedrich Daniel Schubarts Leben in seinen Briefen, Bd. I, 342쪽 비교.

33) Schubart, Christian Friedrich Daniel: Gedichte. Aus der deutschen Chronik, 99쪽.

34) Bruford: 앞의 책, 74쪽 이하.

35) Hoyer(발행): Schillers Leben. Dokumentarisch in Briefen, zeitgenösischen Berichten und Bildern, 41쪽 이하 계속.

36) Kerner: Ausgewählte Werke, 117쪽.

37) Bloch: Schiller und französische klassische Tragödie, 21쪽.

38) Schubart, Christian Friedrich Daniel: Leben und Gesinungen. Von ihm selbst im Kerker aufgesetzt. Erster Teil(1791), in: Schubarts gesammelte Schriften und Schicksale, Bd. I, 83쪽.

39) Adam 외: 앞의 책. Bd. I, 503쪽.

40) Noverre: Briefe über die Tanzkunst und über die Ballete, 3쪽; Michelsen Peter: Der Bruch mit der Vater-Welt Studien zu Schillers *Räubern*. 23쪽 이하.

41) Brandstetter, in: Aurnhammer, Achim 외(발행): Schiller und die höfische Welt, 78쪽 이하; Friedl, Gerhard: Verhüllte Wahrheit und entfesselte Phantasie. Die Mythologie in der vorklassischen und klassischen Lyrik Schiller, 211쪽 이하 계속 비교.

42) Biedermann, Flodoard Freiherr v.(발행): 앞의 책, 8쪽 이하; Streicher: 앞의 책, 61쪽 비교.

43) Adam 외: 앞의 책, 548쪽 이하.

44) Buchwald, Reinhard: Schiller, Wiesbaden 1959(4. Aufl. 최초 1937), 210쪽 이하 비교.

45) Adam 외: 앞의 책, 524쪽.

46) Stein, in: Jamme/Pöggeler(발행), 384쪽.

47) Wehler: 앞의 책, 272쪽

48) Eichendorff: 앞의 책, Bd. V, 408쪽.

49) Wiese, Benno von: Friedrich Schiller, 53쪽 이하 계속 비교.

50) Brecht, Martin(발행): Geschichte des Pietismus, Bd. II, 225쪽 이하 계속 비교.

51) Adam 외: 앞의 책 , 365쪽.

52) Wiese: 앞의 책, 47쪽 이하 비교; Schulze-Bünte, Mattias: Die Regionskritik im Werk Friedrich Schillers, 45쪽 이하 비교.

53) Brecht(발행): 앞의 책, 225쪽 이하 계속.

54) Schulze-Bünte: 앞의 책, 50쪽 이하.

55) Adam 외: 앞의 책, 363쪽.

56) Nicolai, Friedrich: Gesammelte Werke, Bernhard Fabian und Marie-Luise Spieckermann(발행), Hildesheim, Zürich, New York 1985 이후 계속, Bd. XIX, III, 8, 11쪽.

57) Oellers, Norbert: Friedrich Schiller. Zur Modernität eines Klassikers, Michael Hofmann 발행, Frankfurt/M., Leipzig 1996, 103쪽 비교.

58) Barthes: Literatur oder Geschichte, 35쪽.

59) von Wolzogen: Schillers Leben, Bd. I, 2쪽 이하 비교.

60) 이와 관련해서 Streicher: 앞의 책, 45쪽 이하 계속.

61) Müller: Schillers Mutter, 5쪽 이하.

62) Biedermann: 앞의 책, 5쪽.

63) von Wiese: 앞의 책, 4쪽.

64) Rosenbaum: Formen der Familie, 169쪽.

65) Roeder: Würtemberg, 427쪽.

66) von Wiese: 앞의 책, 68쪽 비교.

67) Hartmann: Schillers Jugendfreunde, 14쪽 비교.

68) Biedermann: 앞의 책, 7쪽.

69) von Wolzogen: 앞의 책, Bd. II, 198쪽.

70) Wehler: Deutsche Gesellschaftsgeschichte, 288쪽.

71) Schiller, Johann Caspar: Meine Lebens-Geschichte, 10쪽.

72) Roeder: 앞의 책, 109쪽에서 인용.

73) C. Schiller: 앞의 책, 11쪽.

74) 같은 이: Die Baumzucht, 312쪽 이하.

75) Buchwald: 앞의 책, 99쪽 이하 계속.

76) Biedermann(발행): 앞의 책, 12쪽.

77) 이와 관련해서 Streicher: 앞의 책, 54쪽; Biedermann(발행): 앞의 책, 5쪽 이하 계속.

78) Biedermann(발행): 앞의 책, 15쪽.

79) Humboldt(발행): Briefwechsel zwischen Schiller und Wilhelm von Humboldt, 6쪽 이하.

80) Eckermann: Gespräche mit Goethe, 133쪽; von Wolzogen: 앞의 책, Bd. I, 36쪽.

81) Biedermann(발행): 앞의 책, 5쪽.

82) 같은 책. 14쪽.

83) 이와 관련해서 Uhland: Geschichte der Hohen Karlsschule in Stuttgart, 244쪽.

84) 같은 책, 60쪽 이하 계속 비교.

85) Quarthal, in: Jamme/Pöggeler(발행): "O Fürstin der Heimath! Glückliches Stuttgart," 39쪽.

86) Müller: Der Herzog und Genie, 30쪽.

87) Uhland: 앞의 책, 99쪽.

88) 같은 책, 111쪽.

89) von Wolzogen: 앞의 책, Bd. I, 33쪽.

90) Uhland: 앞의 책, 100쪽 이하 계속.

91) Biedermann(발행): 앞의 책, 27쪽 이하.

92) Uhland: 앞의 책, 84쪽.

93) Zeller(발행): Schillers Leben und Werk in Daten und Werken, 31번.

94) Wehler: 앞의 책, 145쪽.

95) von Hoven: Lebenserinnerungen, 38쪽 비교.

96) Uhland: 앞의 책, 85쪽.

97) Kittler: Dichter, Mutter, Kind, 62쪽 이하 계속.

98) Foucault: Überwachen und Strafen, 230쪽 이하 계속.

99) Geiger(발행): Charlotte von Schiller und ihre Freunde, 12쪽.

100) Nicolai: Gesammelte Werke, Bd. XIX, III, 8, 56쪽.

101) Uhland: 앞의 책, 142쪽 이하.

102) Schubart: Gedichte, 99쪽.

103) Hoyer(발행): Schillers Leben, 22쪽.

104) 같은 책, 21쪽.

105) Biedermann(발행): 앞의 책, 28쪽.

106) 같은 책, 35쪽 이하.

107) Streicher: 앞의 책, 61쪽 이하.

108) Biedermann(발행): 앞의 책, 51쪽 이하.

109) 같은 책, 29쪽.

110) Kittler, in: Barner(발행): Unser Commercium, 241쪽 이하 계속, Kittler: Dichter, Mutter, Kind, 58쪽 이하 계속, Foucault: 앞의 책, 229쪽 이하 계속.

111) Bloch: 앞의 책, 33쪽 이하 계속.

112) Hartmann: 앞의 책, 149쪽.

113) 그와 반대로 Buchwald: 앞의 책, 144쪽 이하.

114) Hartmann: 앞의 책, 157쪽.

115) Friedl, in: Aurnhammer 외(발행): Schiller und höfische Welt, 66쪽 이하.

116) Eicheldinger, in: Aurnhammer 외(발행): 앞의 책, 94쪽 이하 계속 비교.

117) Reed, in: Koopmann(발행): Schiller-Handbuch, 8쪽 이하; Kiesel: Bei Hof, bei Höll, 234쪽 이하; 견해를 달리하는 문헌으로는 Strack, in: Aurnhammer 외(발행): 앞의 책, 122쪽.

118) Eicheldinger, in: Aurnhammer 외(발행): 앞의 책, 105쪽 비교.

119) Ferguson: Grundsätze der Moralphilosophie, 84쪽.

120) Abel: Eine Quellenedition zum Philosophieunterricht an der Stuttgarter Karlsschule, 223쪽; Riedel, in: Koopmann(발행): 앞의 책, 557쪽 비교.

121) Haller: Die Alpen und andere Gedichte, 62쪽(106행).

122) Hutcheson: Untersuchung unserer Begriffe von Schöheit und Tugend in zwo Abhandlungen, 233쪽 이하; Riedel: Die Anthropologie des jungen Schiller, 187쪽 비교.

123) Ferguson: 앞의 책, 82쪽.

124) Abel: 앞의 책, 59쪽.

125) Friedl, in: Aurnhammer 외(발행): 앞의 책, 66쪽 이하 계속.

126) Biedermann(발행): 앞의 책, 37쪽.

127) 같은 책, 52쪽.

128) Hoyer(발행): 앞의 책, 39쪽.

129) Riedel, in: Abel: Eine Quellenedition zum Philosophieunterricht an der Stuttgarter Karlsschule, 390쪽 비교.

130) 이와 관련해서 Riedel, in: Abel: Eine Quellenedition zum Philosophieunterricht an der Stuttgarter Karlsschule, 380쪽 이하 비교.

131) Buchwald: 앞의 책, 157쪽.

132) Riedel, in: Abel: Eine Quellenedition zum Philosophieunterricht an der Stuttgarter Karlsschule, 383쪽 비교.

133) Hartmann: 앞의 책, 101쪽.

134) Abel: Eine Quellenedition zum Philosophieunterricht an der Stuttgarter Karlsschule, 15쪽과 이하 계속,

135) 같은 책, 18쪽.

136) 이와 관련해서 Riedel, in: Abel: 앞의 책, 396쪽.

137) Weltrich: Schiller, Bd. I, 839쪽.

138) Ferguson: 앞의 책, 319쪽 이하 계속.

139) Abel: Eine Quellenedition zum Philosophieunterricht an der Stuttgarter Karlsschule, 169쪽 이하 계속.

140) Helvétius: Vom Menschen, von seinen geistigen Fähigkeiten und von seiner Erziehung, 114쪽 이하 계속, 179쪽 이하 계속, 199쪽 이하 계속.

141) D'Holbach: System der Natur oder von den Grenzen der physischen und der moralischen Welt, 603쪽.

142) Schings: Melancholie und Aufklärung, 15쪽 이하 계속; Riedel: 앞의 책, 11쪽 이하 계속.

143) Kosenina: Ernst Platners Anthropologie und Philosophie, 14쪽 이하.

144) Platner: Anthropologie für Aerzte und Weltweise, 39쪽 이하 계속.

145) 같은 책, 55, 72, 211쪽 이하 계속.

146) Abel: Eine Quellenedition zum Philosophieunterricht an der Stuttgarter Karlsschule, 31쪽 이하; 428쪽 이하 비교.

147) Riedel: 앞의 책, 107쪽 이하 계속 비교.

148) Schubart: 앞의 책, Bd. I, 281쪽.

149) Sulzer: Vermischte philosophische Schriften, Bd. I, 100쪽.

150) 같은 책, 242쪽; Riedel, in: Schings(발행): Der ganze Mensch, 415쪽 이하 비교.

151) Abel: Eine Quellenedition zum Philosophieunterricht an der Stuttgarter Karlsschule, 172쪽 이하 계속.

152) 같은 책, 80쪽 이하.

153) 같은 책, 170쪽 이하 계속.

154) 같은 책, 39쪽 이하 계속.

155) Liepe: Der junge Schiller und Rousseau, 309쪽.

156) Herder: 앞의 책, Bd. V, 545쪽.

157) 같은 책, Bd. VIII, 234쪽.

158) Abel: Eine Quellenedition zum Philosophieunterricht an der Stuttgarter Karlsschule, 33쪽.

159) Buchwald: 앞의 책, 124쪽 이하 비교.

160) von Wolzogen: 앞의 책, Bd. I, 21쪽.

161) von Wiese: 앞의 책, 11쪽에서 이 같은 의견을 피력하고 있으나, Wolgasten, in: Aurnhammer 외(발행): 앞의 책, 11쪽에서 주장하고 있는 의견은 다르다.

162) Uhland: 앞의 책, 94쪽.

163) von Hoven: 앞의 책, 44쪽 이하.

164) Biedermann(발행): 앞의 책, 31쪽 이하.

165) Abel: Eine Quellenedition zum Philosophieunterricht an der Stuttgarter Karlsschule, 31쪽.

166) 같은 책, 149쪽 이하; 532쪽 이하 비교.

167) 같은 책, 194쪽 이하.

168) 같은 책, 230쪽.

169) 같은 책, 186쪽.

170) Abel: Einleitung in die Seelenlehre, 23쪽 이하 계속.

171) 같은 책, 83쪽.

172) 같은 책, 299쪽.

173) Riedel, in: Abel: Eine Quellenedition zum Philosophieunterricht an der Stuttgarter Karlsschule, 572쪽 이하 계속.

174) Ferguson, 앞의 책, 309쪽.

175) Kreutz: Die Illuminaten des rheinisch-pfälzischen Raums und anderer außerbayerischer Territorien, 144쪽.

176) Uhland: 앞의 책, 142쪽 이하 계속; Dewhurst/Reeves: Friedrich Schiller, 33쪽 이하 비교.

177) Riedel: 앞의 책, 22쪽.

178) Dewhurst/Reeves: 앞의 책, 95쪽; Riedel: 앞의 책, 7쪽 이하 계속.

179) Dewhurst/Reeves: 앞의 책, 103쪽 이하 계속.

180) von Hoven: 앞의 책, 55쪽 이하.

181) Haug(발행): Schwäbische Magazin von gelehrten Sachen, Bd. V, 202쪽 이하.

182) Dewhurst/Reeves: 앞의 책, 102쪽.

183) Uhland: 앞의 책, 330쪽.

184) von Hoven: 앞의 책, 45쪽.

185) Uhland : 앞의 책, 140, 329쪽.

186) von Hoven, 45쪽.

187) Riedel: 앞의 책, 21쪽.

188) Abel: Einleitung in die Seelelehre, 18쪽 이하.

189) Riedel: 앞의 책, 71쪽 이하 계속; FA VIII, 1150쪽 비교.

190) Haug(발행): 앞의 책, Bd. III, 7편, 443쪽 이하 계속; 10편, 710쪽 이하 계속; 11편 757쪽 이하 계속.

191) Platner: 앞의 책, 44쪽; Abel: 앞의 책, 13쪽; Riedel: 앞의 책, 98쪽 이하 비교.

192) Riedel: 앞의 책, 95쪽.

193) Abel: Eine Quellenedition zum Philosophieunterricht an der Stuttgarter Karlsschule, 93쪽 이하 계속.

194) Riedel: 앞의 책, 100쪽 비교.

195) Schiller: Medizinische Schriften, 60쪽 이하; Schuller: Körper, Fieber, Räuber, 157쪽 이하 비교.

196) Schiller: 앞의 책, 60쪽 이하 계속.

197) Hartmann: 앞의 책, 49쪽.

198) Goethe: 앞의 책, Abt. IV, Bd. 4, 154쪽.

199) Hartmann: 앞의 책, 330쪽 이하, Theopold: Schiller, 44쪽 이하 계속, Dewhurst/Reeves: 앞의 책, 177쪽 이하 계속.

200) Riedel: 앞의 책, 44쪽에서 인용.

201) Platner: 앞의 책, 235쪽 이하 계속; Riedel: 앞의 책, 51쪽 비교.

202) Riedel: 같은 책, 46쪽에서 인용.

203) Tissot: Von der Gesundheit der Gelehrten, 140쪽 이하 계속; Schings: 앞의 책, 66쪽.

204) von Hoven: 앞의 책, 71쪽 이하.

205) 독일어 번역본: FA VIII, 1174쪽 이하 계속.

206) Dewhurst/Reeves: 앞의 책, 92쪽.

207) FA VIII, 1179쪽 이하.

208) 같은 책, 1188쪽 이하, 1191쪽.

209) 같은 책, 1187쪽 이하 계속.

210) 같은 책, 1196쪽.

211) 같은 책, 1197쪽 이하.

212) 같은 책, 1200쪽.

213) 같은 책, 1202쪽 이하 계속.

214) 같은 책, 1216쪽.

215) Dewhurst/Reeves: 앞의 책, 238쪽 이하; FA VIIII, 1167쪽 비교.

216) FA VIII, 118쪽.

217) Haller: 앞의 책, 24쪽(17행).

218) Ferguson: 앞의 책, 320쪽 이하.

219) Rousseau: Schriften zur Kulturkritik, 115쪽 이하 계속.

220) Mendelssohn: Gesammelte Schriften, Bd. I, 90쪽.

221) Abel: Eine Quellemedition zum Philosophieunterricht an der Stuttgarter Karlsschule, 71쪽; Herder: 앞의 책, Bd. VIII, 199쪽 이하.

222) Abel: 앞의 책, 252쪽 이하, 581쪽 이하; Riedel: 앞의 책, 135쪽 이하 계속.

223) Haug(발행): 앞의 책, Bd. VIII, 140쪽.

224) Dewhurst/Reeves: 앞의 책, 249쪽.

제2장

1) Erich Schön: Der Verlust der Sinnlichkeit oder Die Verwandlungen des Lesers, 45쪽 이하; Wehler: Deutsche Gesellschaftsgeschichte, 303쪽.

2) Richard van Dülmen: Kultur und Alltag in der Frühen Neuzeit, Bd. II, 152쪽 이하 계속, 249쪽 이하 계속.

3) Wehler: 앞의 책, 314쪽; Siegfried J. Schmidt: Die Selbstorganisation des Sozialsystems Literatur im 18. Jahrhundert. Frankfurt/M, 1989, 289쪽.

4) Kiesel, Helmut/Münch, Paul: Gesellschaft und Literatur im 18. Jahrhundert, München 1987, 91쪽 이하 계속.

5) Rebmann, Georg Friedrich: Kosmopolitische Wanderungen durch einen Teil Deutschlands(1793), hg. v. Hedwig Voegt, Frankfurt-M, 1968, 54쪽.

6) Knigge: Über den Umgang mit Menschen, 141쪽.

7) Kiesel/Münch: 앞의 책, 123쪽.

8) 같은 책, 114쪽 이하 계속 비교.

9) 같은 책, 138쪽.

10) Wehler: 앞의 책, 320쪽; Engelsing, Rolf: Der Bürger als Leser, 226쪽 이하 계속.

11) Goethe, Bd. VIII, 437쪽.

12) Zimmermann: Memoire, 36쪽.

13) Schön, Erich: Der Verlust der Sinnlichkeit, 220쪽 이하 계속.

14) Kiesel/Münch: 앞의 책, 196쪽.

15) Mix, York-Gothart: Doe Deutschen Musen-Almanach des 18. Jahrhunderts, 26쪽 이하 계속.

16) 같은 책, 124쪽 이하.

17) Sulzer, Bd. II, 189쪽, Kemper, Hans-Georg: Deutsche Lyrik der frühen Neuzeit, 263쪽 이하 계속.

18) Herder, Werke, Bd. XXXII, 72, 78쪽.

19) Campe, Joachim Heinrich: Briefe aus Paris(1790), Vorwort, 35쪽에서 인용.

20) Herder, Bd. I, 467쪽.

21) Sauder(발행): Empfindsamkeit, 188쪽.

22) Herder: Bd. IV, 461쪽.

23) Oellers, Norbert(발행): Gedichte von Friedrich Schiller, 111쪽.

24) Bernauer, Joachim: "Schöne Welt, wo bist du?" Über das Verhältnis von Lyrik und Poetik bei Schiller, 52쪽 이하 계속; Hinderer: Von der Idee des Menschen. Über Friedrich Schiller, 95쪽.

25) Jean Paul, Bd. I, 5, 98쪽.

26) Hoyer(발행): Schillers Leben, 52쪽.

27) Hofmannstahl, Hugo v.: Gesammelte Werke, 355쪽.

28) Keller, Werner: Das Pathos in Schillers Jugenlyrik, 42쪽 이하 계속; Kemper, 앞의 책, 487쪽 이하 비교.

29) Dyck, Martin: Die Gedicht Schillers. 12쪽 이하 계속, Keller: 앞의 책, 14쪽 이하 계속; Bartl, in: Koopmann(발행): Schillers Handbuch, 128쪽 이하 비교.

30) Staiger, Emil: Friedrich Schiller, 212쪽 이하, Storz, Gerhard: Gesichtspunkte

für die Betrachtung von Schillers Lyrik, 260쪽, Bernauer: 앞의 책, 51쪽 이하 계속 비교.

31) Loewenthal(발행): Sturm und Drang, 798쪽.

32) Sauder(발행): 앞의 책, 109쪽.

33) 같은 책, 188쪽.

34) Herder, Bd. I, 395쪽.

35) 같은 책, 396쪽.

36) Hauptstaatsarchiv Stuttgart A 32, Bd. 24, fol. 280 [v](Bonn에 살고 있는 M. Schalhorn의 안내에 따름).

37) Biedermann(발행): Schillers Gespräche, 47쪽.

38) Dewhurst/Reeves: Friedrich Schiller, 61쪽.

39) Biedermann(발행): 앞의 책, 53쪽 비교.

40) 같은 책, 36쪽.

41) 같은 책, 49쪽.

42) Ortlepp: Schillers Bibliothek und Lektüre, 376쪽 이하 계속.

43) von Hoven: Lebenserinnerungen, 79쪽 이하.

44) Streicher: Schillers Flucht, 99쪽 이하.

45) Weltrich: Schiller, 484쪽.

46) Fechner: Schillers *Anthropologie auf das Jahr 1782*, 291쪽 이하 계속.

47) Stäudlin: Vermischte poetische Stücke, 52쪽.

48) Haug(발행): Schwäbisches Magazin von gelehrten Sachen, Bd. III, 721쪽.

49) Oellers(발행): 앞의 책, 154쪽.

50) 같은 책, 157쪽 이하 계속.

51) Vosskamp: Emblematisches Zitat und emblematische Struktur in Schillers Gedichten, 388쪽 이하 계속.

52) Koopmann: Der Dichter als Kunstrichter. 230쪽.

53) Biedermann(발행): 앞의 책, 49쪽.

54) Claudius: Der Wandsbecker Bote(1771-1775), 30쪽.

55) Kaiser: Geschichte der deutschen Lyrik von Goethe bis Heine, Bd. II, 466쪽 이하 계속.

56) Herder, Bd. XV, 275쪽.

57) Luhmann: Liebe als Passion, 37쪽 비교.

58) Stäudlin: 앞의 책, 65쪽.

59) Hinderer, in: Hinderer(발행): Codierungen von Liebe in der Kunstperiode, 313쪽 이하.

60) Düsing: Kosmos und Natur in Schillers Lyrik, 199쪽 비교.

61) Riedel: Die Anthropologie des jungen Schiller, 194쪽 이하 계속; Schings: Philosophie der Liebe und Tragödie des Universalhasses, 71쪽 이하 계속.

62) Obereit, Jakob Hermann: Ursprünglicher Geister= und Körperzusammenhang nach Newtonischem Geist, 20쪽 이하 계속.

63) Zimmermann: Über die Einsamkeit, Bd. III, 12쪽.

64) Riedel: 앞의 책, 85쪽 이하 계속 비교.

65) Ferguson: Grundsätze der Moralphilosophie, 80쪽 이하 계속; Düsing: Aufwärts durch tausendfachen Stufen, 458쪽 비교, Riedel, 앞의 책, 188쪽.

66) Streicher: 앞의 책, 114쪽.

67) Kurscheidt, in: Oellers(발행): 앞의 책, 36쪽; Müller: Der Herzog und das Genie, 249쪽 이하 비교.

68) Bolten: Friedrich Schiller, 61쪽 이하.

69) Jacobs, in: Fisher(발행): Ethik und Ästhetik, 110쪽.

70) Luserke: Sturm und Drang, 221쪽; Trumpke: Balladendichtung um 1770, 72쪽 이하.

71) Streicher: 앞의 책, 64쪽.

72) Wieland, Bd. XVII, 143쪽, Bd. V, 209쪽, Sträßner: Tanzmeister und Dichter, 201쪽 비교.

73) Finscher, in: Aurnhammer(발행): Schiller und höfische Welt, 152쪽.

74) Vaerst-Pfarr: *Semele-Die Huldigung der Künste*, in: Hinderer(발행).: Schillers Dramen, 294쪽 이하 , FA II, 1507쪽 이하 계속.

75) 견해를 달리하는 문헌으로는 Sträßner: 앞의 책, 207쪽 이하 계속.

76) Streicher: 앞의 책, 64쪽, Friedl: Verhüllte Wahrheit und entfesselte Phantasie, 212쪽, Inasaridse: Schiller und italienische Oper, 44쪽 비교.

77) Vaerst-Pfarr: 앞의 글, 304쪽

78) 같은 글, 301쪽 비교.

79) Buchwald: Schiller, 294쪽 비교.

80) von Wiese: Friedrich Schiller, 123쪽.

81) Riedel: 앞의 책, 162쪽 이하 계속.

82) Alt: Begriffsbilder, 512쪽 이하 계속.

83) Schulze-Bünte: Die Religionskritik im Werk Friedrich Schillers, 58쪽; Friedl: 앞의 책, 41쪽 이하.

84) Riedel: 앞의 책, 194쪽 이하.

85) Herder, Bd. XV, 326쪽; Riedel: 앞의 책, 195쪽 이하 계속 비교.

86) Herder: Bd. XV, 325쪽.

87) Sauder(발행): 앞의 책, 55쪽.

88) Foucault: Überwachen und Strafen, 46쪽 이하 계속.

89) Bolten: 앞의 책, 64쪽 비교.

90) von Wiese: Friedrich Schiller, 226쪽 이하 계속; 견해를 달리하는 문헌으로는 Buchwald: 앞의 책, 293쪽.

91) Riedel: 앞의 책, 58쪽 비교.

92) 같은 책, 57쪽 이하 계속.

93) Hegel: Werke, Bd. VII, 503쪽(340항).

94) Hume: Die Naturgeschichte der Religion, 13~15단락.

95) Riedel: 앞의 책, 60쪽 이하 비교.

96) Abel: Eine Quellenedition zum Philosophieunterricht an der Stuttgarter Karlsschule(1773-1782), 89쪽.

97) Kant: Werke, Bd. VIII, 866쪽 이하 계속; Misch, in: Knobloch 외(발행): Schiller heute, 36쪽 이하 비교.

98) von Wiese: 앞의 책, 235쪽 비교; Keller: 앞의 책, 157쪽 비교.

99) Bernauer: 앞의 책, 92쪽 이하.

100) Klopstopck: Ausgewählte Werke, 27쪽.

101) Uz: Sämtliche poetische Werke, 117쪽.

102) Hagedorn: Poetische Werke, 42쪽 비교; Buchwald: 앞의 책, 414쪽 비교.

103) Jean Paul: Sämtliche Werke, Bd. I, 5, 395쪽.

104) Urlichs(발행): Charlotte von Schiller und ihre Freunde, Bd. III, 101쪽; Bruckmann: "Freude! sangen wir in Tränen, Freude! in dem tiefsten Leid", 100쪽 이하 계속.

105) Oellers: Friedrich Schiller, 122쪽, Dau: Fruedrich Schillers Hymne *An die Freude*, 51쪽 비교.

제3장

1) Schmidt: Die Geschichte des Genie-Gedankens in der deutschen Literatur, Philosophie und Politik, Bd. 1, 121쪽 이하 계속.

2) Martini: Die Poetik des Dramas im Sturm und Drang. 126쪽.

3) Goethe: Sämtliche Werke, Bd. IV, 123쪽.

4) 같은 책, Bd. IV, 124쪽.

5) 같은 곳.

6) 같은 책, Bd. IV, 125쪽.

7) 같은 책, Bd. I, 321쪽.

8) Pascal: Der Sturm und Drang, 307쪽 이하 계속; 앞의 책, 258쪽 이하 계속 비교.

9) Herder: Sämtliche Werke, Bd. V, 211쪽 이하 계속.

10) 같은 책, Bd. V, 225쪽 이하.

11) 같은 책, Bd. V, 220쪽.

12) 같은 책, Bd. V, 227쪽.

13) Lenz: Werke und Briefe, Bd. II, 661쪽 이하; Schmidt: 앞의 책, 178쪽 비교.

14) Lenz: 앞의 책, Bd. II, 652, 669쪽.

15) 같은 책, Bd. II, 669쪽.

16) 같은 책, Bd. III, 326쪽.

17) Bloch: Das Prinzip der Hoffnung, Bd. III, 1146쪽.

18) 같은 책, 1147쪽.

19) Zimmermann: Ueber die Einsamkeit, Bd. II, 10쪽.

20) 이와 관련해서 Pascal: Der Sturm und Drang, 94쪽 이하.

21) 같은 책, 368쪽 비교.

22) 이와 관련해서 Jean Paul: Sämtliche Werke, Bd. I. 5, 55쪽 이하.

23) Mercier: Du Théatre ou Nouvelle Essai sur l'Art dramatique, X.

24) Martini: Die feindlichen Brüder, 208쪽 이하 계속 비교.

25) Luserke: Sturm und Drang, 199쪽.

26) Mattenklott: Melcholie in der Dramatik des Sturm und Drang, 78, 100쪽 이하 계속.

27) 이와 관련해서 Bender(발행): Schauspielkunst im 18. Jahrhundert, 20쪽 이하.

28) Maurer-Schmoock: Deutsches Theater im 18. Jahrhundert, 120쪽 이하, 132쪽 이하.

29) Löwen: Geschichte des deutschen Theaters, 86쪽 이하.

30) Lessing: Werke, Bd. IV, 232쪽.

31) 같은 책, 704쪽.

32) Fischer-Lichte: Kurze Geschichte des deutschen Theaters, 107쪽 이하 계속.

33) Meyer: Das Nationaltheater in Deutschland als höfisches Institut, 126쪽 이하 계속.

34) Iffland: Fragmente über Menschendarstellung auf den deutschen Bühne, 19쪽; Meyer: Das Nationaltheater in Deutschland als höfisches Institu, 130쪽 이하 비교.

35) Wilke: Literarische Zeitschriften des 18. Jahrhunderts(1688-1789), 168쪽 비교; Meyer: Limitierte Aufklärung, 147쪽, 주석 6 비교.

36) Lessing: 앞의 책, Bd. IV, 10쪽.

37) Wilke: 앞의 책, 168쪽 이하.

38) Rudloff-Hille: Schiller auf der deutschen Bühne seiner Zeit, 14쪽.

39) Meyer: Das Nationaltheater in Deutschland als höfisches Institut, 132쪽 이하.

40) Bloch: 앞의 책, 44쪽 이하 계속.

41) Braun(발행) : Schiller und Goethe im Urteile ihrer Zeitgenossen, Bd. I, 1, 112쪽.

42) FA II, 938쪽.

43) 같은 책, 937, 939쪽 비교.

44) Wolzogen: Schillers Leben, Bd. I, 36쪽 이하.

45) NA 3, 292쪽 이하 계속; FA II, 892쪽 비교.

46) Wittmann: Ein Verlag und seine Geschichte, 305쪽 이하.

47) Braun(발행): 앞의 책, Bd. I, 1, 1쪽 이하.

48) FA II, 959쪽.

49) Iffland: Meine theatralische Laufbahn, 58쪽에서 인용.

50) FA II, 965쪽 이하.

51) Otto: Schiller als Kommentator und Kritiker seiner Dichtungen von den 'Räubern' bis zum 'Don Carlos', 27쪽 비교.

52) Wacker: Schiller und Sturm und Drang. 185쪽; Mann: Sturm-und-Drang-Drama, 82쪽 이하 계속.

53) Košenina: Anthropologie und Schauspielkunst, 188쪽 이하 계속; Mattenklott:

Melancholie in der Dramatik des Sturm und Drang, 67쪽 이하 계속 비교.

54) Lessing: 앞의 책, Bd. IV 247쪽 이하 계속.

55) Michelsen: Der Bruch mit der Vater-Welt, 20쪽.

56) Scherpe: Poesie der Demokratie, 45쪽 이하; Brittnacher, in: Koopmann(발행): Schiller-Handbuch, 327쪽 비교.

57) Alt: Begriffsbilder, 532쪽 이하 계속.

58) Weimar: Vom Leben im Texten, 463쪽 이하 비교.

59) Koopmann: Joseph und sein Vater, 159쪽 이하 계속, von Wiese: Friedrich Schiller, 159쪽.

60) FA II, 903쪽 이하 계속, Mann: Sturm-und-Drang-Drama, 33쪽 이하 계속 비교.

61) Michelsen: 앞의 책, 97쪽 이하 비교.

62) Borchmeyer, in: Brandt(발행): Friedrich Schiller, 166쪽 이하 계속 비교.

63) FA II, 910쪽.

64) Mayer: Der weise Nathan und der Räuber Spiegelberg, 269쪽 이하 계속, Best: Gerechtigkeit für Spiegelberg, 277쪽 이하 계속.

65) Veit: Moritz Spiegelberg, 281쪽 이하.

66) von Wiese, Friedrich Schiller, 146쪽; Sørensen: Herrschaft und Zärtlichkeit, 174쪽 이하.

67) Kluge: Zwischen Seelenmechanik und Gefühlspathos, 205쪽; Kemper: Die Räuber als Seelengemälde der Amalia von Edelreiche, 244쪽 이하.

68) Schings, in: Wittkowski(발행): Friedrich Schiller, 9쪽; Hinderer, in: Hinderer(발행): Schillers Dramen, 34쪽, Hofmann: Friedrich Schiller, 84쪽 이하 비교; 견해를 달리하는 문헌으로는 Schlunk: Vertrauen als Ursache und Überwindung tragischer Verstrickungen in Schillers 'Räubern', 188쪽.

69) de Quincey: Literarisches Porträts, 26쪽.

70) Steinhagen: Der junge Schiller zwischen Marquis de Sade und Kant, 140쪽, Riedel: Die Aufklärung und Unbewußte, 202쪽 이하 계속, Gutke: Schillers Dramen, 51쪽 이하 비교.

71) Mayer: Exkurs über Schillers 'Räuber', 173쪽 비교.

72) Schings, in: Wittkowski(발행): 앞의 책, 18쪽 비교.

73) FA II, 30쪽.

74) Helvétius: Vom Menschen, 78쪽 이하 계속.

75) Storz: Der Dichter Friedrich Schiller, 76쪽 이하 비교.

76) NA 3, 434쪽, FA II, 1107쪽 비교.

77) Riedel: 앞의 책, 212쪽 이하 계속 비교.

78) Abel: Eine Quellenedition zum Philosophieunterricht an der Stuttgarter Karlsschule(1773~1782), 80쪽 이하 계속; Pltner: Anthropologie für Aerzte und Weltweise, 55, 72, 211쪽 이하 계속.

79) FA II, 990쪽과 비교.

80) Herder: 앞의 책, Bd. IV, 347쪽.

81) Müller: Fausts Leben, 29, 17쪽.

82) Lenz: Werke und Briefe, Bd. II, 639쪽.

83) Wehler: Deutsche Gesellschaftsgeschichte, 176쪽 비교.

84) Sonnenfels: Politische Abhandlungen, 91쪽; Wehler: 앞의 책, 233쪽 이하 비교.

85) Michelsen: 앞의 책, 85쪽 이하 계속; Borchmeyer, in: Brandt(발행): 앞의 책, 160쪽 이하 계속.

86) May: Schiller, 27쪽 이하 계속; von Wiese: Friedrich Schiller, 148쪽 이하 비교.

87) Piscator: Das politische Theater, 85쪽.

88) Golz, in: Dahnke/Leistner(발행): Schiller, 28쪽 이하 계속.

89) Guthke: Schillers Dramen, 40쪽; Hofmann: 앞의 책, 96쪽 이하.

90) Staiger: Friedrich Schiller, 52쪽; Michelsen: 앞의 책, 99쪽 비교.

91) Mendelssohn: Phädon oder über die Unsterblichkeit der Seele, 114쪽.

92) Kant: Werke, Bd. VIII, 553쪽.

93) Schings, in: Wittkowski(발행): Friedrich Schiller, 15쪽 비교.

94) Scherpe: Poesie der Demokratie, 70쪽 이하. Brittnacher, in: Koopmann(발행): 앞의 책, 351쪽 이하 비교.

95) Bloch: 앞의 책, Bd. III, 1149쪽.

96) Streicher: Schillers Flucht, 113쪽.

97) 같은 책, 125쪽.

98) Abel: Eine Quellenedition zum Philosophieunterricht and der Stuttgarter Karlsschule(1773−1782), 38쪽.

99) Streicher: 앞의 책, 181쪽.

100) 같은 책, 206쪽.

101) Eckermann: Gespräche mit Goethe, 606쪽 이하.

102) Biedermann(발행): Schillers Gespräche, 104쪽.

103) Schings: Die Brüder des Marquis Posa, 75쪽 비교(NA 23, 317쪽과 비교).

104) Wehler: 앞의 책, 316쪽.

105) Sturz: Denkwürdigkeiten von Johann Jakob Rousseau, 145쪽 이하.

106) FA II, 1164쪽 이하 계속 비교.

107) Stolberg-Klopstock: Briefwechsel zwischen Klopstock und den Grafen Christian und Friedrich Leopold zu Stolberg, 104쪽.

108) Benjamin: Gesammelte Schriften, Bd. I, 1, 77쪽; Schunicht: Intrigen und Intriganten in Schillers Dramen, 276쪽 비교.

109) Michelsen, in: Aurnhammer 외(발행): Schiller und höfische Welt, 350쪽 이하.

110) Hinderer: "Einen Augenblick Fürst hat das Mark des ganzen Daseins verschlungen", 251쪽 이하 계속 비교.

111) Lichtwer: Fabeln in vier Büchern, 95쪽.

112) Wölfel, in: Aurnhammer 외(발행): 앞의 책, 322쪽.

113) Lützeler: "Die große Linie zu einem Brutuskopfe", 16쪽; Michelsen, in: Aurnhammer 외(발행): 앞의 책, 356쪽 이하 비교.

114) Marx: Der achtzehnte Brumaire des Louis Bonaparte, 161쪽.

115) Hinderer: "Einen Augenblick Fürst hat das Mark des ganzen Daseins verschlungen", 258쪽 이하; Graham: Schillers Drama, 26쪽 이하; Sharpe: Friedrich Schiller, 41쪽 비교.

116) Luhmann: Gesellschaftsstruktur und Semantik, 97쪽 이하 계속.

117) Michelsen, in: Aurnhammer 외(발행): 앞의 책, 344쪽 이하.

118) Abel: Eine Quellenedition zum Philosophieunterricht and der Stuttgarter Karlsschule(1773-1782), 197쪽; Sulzer: Vermischte philosophische Schriften, Bd. I, 315쪽.

119) Janz, in: Hinderer(발행): 앞의 책. 88쪽 이하 계속.

120) Janz: 같은 책, 92쪽 이하 비교.

121) Wölfel, in: Aurnhammer 외(발행): 앞의 책, 322쪽 이하 계속.

122) Herder: 앞의 책, Bd. XVII, 322쪽 이하, Bd. V, 578쪽.

123) Machiavelli: Der Fürst, 72쪽.

124) Helvétius: Vom Menschen, 266쪽 이하, 420쪽 이하.

125) Schiller: Schillers Calender, 206쪽.

126) Müller: Fausts Leben, 126쪽 이하.

127) Michelsen, in: Aurnhammer 외(발행): 앞의 책, 343쪽 이하.

128) Phelps: Schiller's 「*Fiesco*」, 449쪽.

129) Ferguson: Versuch über die Geschichte der bürgerlichen Gesellschaft, 183 쪽 이하 계속.

130) Montesquieu: De l'esprit des lois, Bd. 1, 73쪽 이하(피에스코 III막 3장); Rousseau: Vom Gesellschaftsvertrag oder Grundsätze des Staatsrechts, 41쪽 (피에스코 II막 6장).

131) Janz, in: Hinderer(발행): 앞의 책, 81쪽 이하.

132) Koselleck: Kritik und Krise, 41쪽 이하 계속, 81쪽 이하 계속.

133) Montesquieu: 앞의 책, Bd. 1, 24쪽(피에스코 3막 3장).

134) Janz, in: Hinderer(발행): 앞의 책, 77쪽 이하, Hecht, in: Dahnke/Leistner(발행): 앞의 책, 61쪽 비교.

135) Schlegel: Kritische Schriften und Briefe, Bd. VI, 281쪽.

136) Storz: 앞의 책, 70쪽; von Wiese: Die Religion Friedrich Schillers, 178쪽; Kraft: Um Schiller betrogen, 63쪽 이하.

137) Lützeler : "Die große Linie zu einem Brutuskopfe": Republikanismus und Cäsarismus in Schillers 'Fiesco', 22쪽 이하; Delinière: Le personnage d'Andreas Doria dans '*Die Verschwörung des Fiesco zu Genua*', 26쪽 이하; Wölfel: Pathos und Problem, 241쪽 이하.

138) Hegel: Werke, Bd. XV, 520쪽.

139) Benjamin: 앞의 책, Bd. I, 1, 238쪽 이하 계속.

140) Grawe: Zu Schillers '*Fiesco*', 11쪽 이하 비교.

141) Meier: Des Zuschauers Seele am Zügel, 119쪽 이하 비교.

142) Fambach(발행): Schiller und sein Kreis in der Kritik iherer Zeit. 27, 31쪽.

143) FA II, 1381쪽 이하 계속.

144) Biederman(발행): 앞의 책, 104쪽.

145) 이와 관련해서 Kraft(발행): Schillers *Kabale und Liebe*. 132쪽 이하 계속.

146) Rudloff-Hille: 앞의 책, 73쪽 이하 계속.

147) Eichendorff: Werke, Bd. V, 411쪽.

148) Abel: Eine Quellenedition zum Philosophischen Unterricht an der Stuttgarter Karlsschule(1773−1782), 293쪽 이하 계속.

149) Riedel, in: Abel: Eine Quellenedition zum Philosophieunterricht and der Stuttgarter Karlsschule(1773−1782), 614쪽 이하 비교.

150) Abel: Eine Quellenedition zum Philosophieunterricht and der Stuttgarter Karlsschule(1773−1782), 48쪽.

151) Borchmeyer: Tragödie und Öffentlichkeit, 77쪽.

152) Kluge, in: Bender(발행): Schauspielkunst im 18. Jahrhundert, 260쪽; Košenina: 앞의 책, 248쪽 이하 계속.

153) 같은 책, 260쪽.

154) Haller: Die Alpen und andere Gedichte, 24쪽(19행), 63쪽(108행).

155) Abel: Eine Quellenedition zum Philosophieunterricht and der Stuttgarter Karlsschule(1773−1782), 203쪽.

156) Benjamin: 앞의 책, Bd. I, 1, 307쪽.

157) Wehler: 앞의 책, 245쪽 이하; Gruenter: Despotismus und Empfindsamkeit, 217쪽 이하.

158) Flach/Dahl(발행): Goethes amtliche Schriften, Bd. 1, 323쪽 이하 계속; 이와 관련해서 Conrady: Goethe, 307쪽 이하 계속 비교.

159) FA II, 1453쪽 비교.

160) Streicher: 앞의 책, 138쪽.

161) Janz: Schillers ‘Kabale und Liebe’ als bürgerliches Trauerspiel, 209쪽; Graham: 앞의 책, 118쪽과 Herrmann: Musikmeister Miller, 226쪽 비교.

162) Müller-Seidel: Das stumme Drama der Luise Millerin, 91쪽 이하 계속, Sørensen: Herrschaft und Zärtlichkeit, 186쪽 비교.

163) Fambach(발행): 앞의 책, 28쪽.

164) Foucault: Überwachen und Strafen, 211쪽 이하 계속.

165) Beyer: “Schön wie ein Gott und männlich wie ein Held”, 234쪽 이하.

166) FA II, 1394쪽.

167) Müller-Seidel: 앞의 책, 98쪽 이하 계속; Hiebel: Mißverstehen und Sprachlosigkeit im “bürgerlichen Trauerspiel”, 142쪽.

168) Lessing: Werke, Bd. II, 202쪽.

169) Abel: Einleitung in die Seelenlehre, 292쪽(905조), 295쪽(915조); Abel: Eine Quellenedition zum Philosophieunterricht, 219쪽 이하 계속 비교.

170) Stephan: Frauenbild und Tugendbegriff im bürgerlichen Trauerspiel bei

Lessing und Schiller, 11쪽, Greis: Drama Liebe, 118쪽, Beyer: 앞의 책, 280쪽 이하 계속 비교; 견해를 달리하는 문헌으로는 Huyssen: Drama des Sturm und Drang, 122쪽.

171) Lessing: Werke, Bd. II, 40쪽.

172) Fambach(발행): 앞의 책, 30쪽 이하 비교.

173) La Roche: "Ich bin mehr Herz als Kopf", 272쪽.

174) Auerbach: Mimesis, 409쪽, Staiger: 앞의 책, 265쪽 비교.

175) Fambach(발행): 앞의 책, 27쪽.

176) Guthke: 앞의 책, 95쪽 이하 계속, von Wiese: 앞의 책, 199쪽.

177) Goethe: 앞의 책, Bd. IV, 327쪽.

178) Mann: Essays, 310쪽.

179) Koopmann, in: Wittkowski(발행): Verlorene Klassik, 290쪽 이하 계속, Malsch: Der betrogene Deus iratus in Schillers Drama 'Luise Millerin', 157쪽 이하 계속 비교.

180) Janz: 앞의 책, 219쪽; Michelsen: 앞의 책, 211쪽 이하 비교.

181) 이와 관련해서 Janz: 앞의 책, 220쪽.

182) Guthke: 앞의 책, 106쪽.

183) Saße: Die Ordnung der Gefühle, 276쪽 이하 계속.

184) Guthke: 앞의 책, 125쪽 비교.

185) 견해를 달리하는 문헌으로는 May: Schiller, 44쪽.

186) Michelsen: 앞의 책, 198쪽 이하 계속 비교.

187) Marquard: Schwierigkeiten mit der Geschichtsphilosophie, 68쪽 이하.

188) Kant: 앞의 책, Bd. XI, 43쪽.

189) Hegel: 앞의 책, Bd. III, 424쪽.

190) Knigge: Über den Umgang mit Menschen(1788), 352쪽 이하.

191) Sulzer: Allgemeine Theorie der Schönen Künste, Bd. I, 571쪽.

192) Košenina: 앞의 책, 24쪽.

193) Lessing: Werke, Bd. IV, 250쪽.

194) 같은 책, 598쪽.

195) Mercier-Wagner: Neuer Versuch über die Schauspielkunst, 328쪽 이하.

196) Lessing: 앞의 책, Bd. IV, 574쪽 이하 계속.

197) Kittler: Dichter, Mutter, Kind, 88쪽 비교.

198) Garve: Werke, Bd. I, 80쪽; Košenina: 앞의 책, 24쪽 비교.

199) Sulzer: Allgemeine Theorie der Schönen Künste, Bd. II, 587쪽 이하.

200) Pfeil: "Boni mores plus quam leges valent", 13쪽.

201) Martini: Die Poetik des Dramas im Sturm und Drang, 156쪽.

202) Sulzer: Vermischte philosophische Schriften, Bd. I, 152쪽 이하 계속.

203) von Wiese: Die Religion Friedrich Schillers, 409쪽 이하, Misch, in: Knobloch(발행): Schiller heute, 32쪽 이하 계속 비교.

204) Mercier-Wagner: 앞의 책, 81쪽.

205) Koselleck: 앞의 책, 82쪽 이하 계속, 견해를 달리하는 문헌으로는 Kraft: 앞의 책, 79쪽 이하.

206) Lessing: Werke, Bd. IV, 595쪽.

207) 같은 책, Bd. IV, 698쪽.

208) Lenz: Werke und Briefe. Bd. II, 668쪽 이하.

209) Buchwald: 앞의 책, 373쪽 비교.

210) Naumann: Charlotte von Kalb, 20쪽 이하 계속.

211) Kurscheidt: "Als 4. Fräuleins mir einen Lorbeerkranz schickten", 31쪽 이하 계속.

212) Streicher: 앞의 책, 225쪽.

213) 같은 책, 229쪽.

214) Rebmann: Kosmopolitische Wanderungen durch einen Teil Deutschlands. 51쪽.

215) Biedermann(발행): Deutschland im 18. Jahrhundert, 130쪽 이하 계속.

216) 같은 책, 133쪽.

217) Leisewitz: Julius von Tarent, 24쪽(2막 2장).

218) Ulrichs(발행): Charlotte von Schiller und ihre Freunde, Bd. I, 101쪽.

219) Jäckel(발행): Dresden zur Goethezeit, 12쪽.

220) Riesbeck: Briefe eines reisenden Franzosen über Deutschland an seinen Bruder zu Paris, 171쪽 이하.

221) Herder: 앞의 책, Bd. XXIII, 434쪽.

222) Wehler: 앞의 책, 22쪽.

223) Wittmann: Geschichte des deutschen Buchhandels, 157쪽 이하.

224) Biedermann(발행): 앞의 책, 139쪽.

225) Pfäfflin/Dambacher: Schiller, 87쪽.

226) Walzel(발행): Friedrich Schlegels Briefe an seinen Bruder August Wilhelm, 270쪽.

227) Marks: Der Menscheinfeind, in: Schillers Dramen, 111쪽 비교. 견해를 달리하는 문헌으로는 Buchwald: 앞의 책, 323쪽 비교.

228) Goethe: 앞의 책, Bd. I, 310쪽.

229) FA II, 1537쪽 이하 계속 비교.

230) Rousseau: Emil oder Über die Erziehung, 180쪽 이하.

231) Marks: 앞의 책, 113쪽.

232) Hamburger: Schillers Fragment 'Der Menschenfeind' und die Idee der Kalokagathie, 380쪽.

233) v. Wiese: 앞의 책, 280쪽, Marks: 앞의 책, 111쪽.

234) Goethe: 앞의 책, Bd. X, 312쪽.

235) Košenina: 앞의 책, 267쪽 이하; Hay: Darstellung des Menschenhasses in der deutschen Literartur des 18. und 19. Jahrhunderts, 141쪽 이하 계속.

236) Shaftesbury: Ein Brief über den Enthusiasmus, 46쪽.

237) Hamburger: 앞의 책, 373쪽 이하.

238) Hinderer: Beiträge Wielands zu Schillers ästhetischer Erziehung, 368쪽 이하 계속, Marks: 앞의 책, 118쪽.

239) Wieland: Supplemente IV, 170쪽.

240) Zimmermann: 앞의 책, Bd. I, 68쪽 이하 계속, 96쪽 이하 계속; Bd. III, 253쪽 이하 계속, 310쪽 이하 계속.

241) Marks: 앞의 책, 120쪽 비교.

242) Storz: 앞의 책, 166쪽 이하 계속.

243) Mann: Die Erzählungen, Bd. I, 209쪽 이하.

244) Borchmeyer: Tragödie und Öffentlichkeit, 83쪽 이하 계속 비교.

245) Becker-Cantarino: 'Die schwarze Legende', 164쪽 이하 계속 비교.

246) 같은 의견으로는 Müller, in: Brandt(발행): 앞의 책, 218쪽 이하 계속; Guthke: 앞의 책, 135쪽 이하. 견해를 달리하는 문헌으로는 Koopmann, in: Hinderer(발행): 앞의 책, 180쪽 이하 계속.

247) Wieland: Aufsätze zu Literatur und Politik, 103쪽 이하.

248) Fambach(발행): 앞의 책. 37쪽 이하. 이와 관련해서 Otto, in: Dahnke/Leistner

(발행): 앞의 책, 119쪽 이하.

249) Moritz: Werke, Bd. III, 484쪽 이하 계속.

250) Böckmann: Schillers 'Don Karlos', 407쪽 이하 계속 비교.

251) Schiller(발행): Thalia, Hft. 1, 1쪽 이하.

252) Braun(발행): 앞의 책, Bd. I, 2, 190쪽.

253) Knigge: 앞의 책, 347쪽.

254) Fröhlich, in: Koopmann(발행): 앞의 책, 77쪽,

255) Diderot-Lessing: Das Theater des Herrn Diderot, 325쪽 이하 계속.

256) Böckmann: Schillers 'Don Karlos', 380쪽 이하 계속, Pape: "Ein merkwürdiges Beispiel produktiver Kritik", 210쪽 이하 비교. 다른 의견으로 는 Koopmann, in: Hinderer(발행): 앞의 책, 183쪽 이하 계속, Kittler: 앞의 책, 94쪽 이하.

257) Kiesel: "Bei Hof, bei Höll", 24쪽 이하 계속, Schröder: Geschichtsdramen. Die 'deutsche Misere'—von Goethes Götz bis Heiner Müllers Germania, 70쪽 이하.

258) Kleist: Sämtliche Werke und Briefe, Bd. I, 99쪽(III, 1, 1340시행).

259) Rousseau: Schriften zur Kulturkritik, 12쪽.

260) Cersowsky: Von Shakespeares Hamlet die Seele, 414쪽.

261) Braun(발행): 앞의 책, Bd. I, 2, 183쪽 이하 계속.

262) von Wiese: Friedrich Schiller, 256쪽.

263) Novalis: Werke, Tagebücher, Briefe, Bd. II, 257쪽.

264) Montesquieu: 앞의 책, Bd. I, 24쪽 이하 계속(III항 3목), Bd. I, 244쪽 이하(XIV 항 5목), Bd. I, 163쪽 이하 계속(XI항 6목).

265) 같은 책, Bd. I, 24쪽(II항, 3목); Schings: Freiheit in der Geschichte, 68쪽 이 하 비교.

266) Mercier: Das Jahre 2440, 221쪽.

267) Abbt: Vom Verdienste, 304쪽 이하 계속; Schings: Die Brüder des Marquis Posa, 110쪽 이하 계속 비교.

268) Abbt: Vom Tod fürs Vaterland, 80쪽.

269) Beyer, in: Aurnhammer 외(발행): 앞의 책, 365쪽 이하 계속, Schings: Die Brüder des Marquis Posa, 112쪽 이하 계속.

270) Rousseau: Vom Gesellschaftsvertrag oder Grundsätze des Staatsrechts, 10쪽

이하(I항 4목).

271) Johnston, in: Koopmann(발행): 앞의 책, 45쪽 비교.

272) Fichte: Schriften zur Revolution, 20쪽.

273) Blunden: Nature and Politics in Schiller's 'Don Carlos', 242쪽 이하 비교.

274) Rousseau: Vom Gesellschaftsvertrag oder Grundsätze des Staatsrechts, 5쪽 (I항 1목).

275) 같은 책, 18쪽(1항 6목), Böckman, in: Wittkowski(발행): Frierich Schiller, 40쪽 비교.

276) Sulzer: Vermischte philosophische Schriften, Bd. I, 295쪽 이하.

277) Baumgarten: Metaphysica, III, 1, 511 조항.

278) Gracián: Handorakel und Kunst der Weltklugheit, 33쪽(62번), 134쪽(273번).

279) Thomasius: Christian Thomas eröffnet der studirenden Jugend zu Leipzig in einem Discours welcher Gestalt man denen in Frantzosen in gemeinem Leben und Wandel nachahmen solle?, 33쪽 이하.

280) Abel: Eine Quellenedition zum Philosophieunterricht an der Stuttgarter Karlsschule(1773-1782), 17쪽 이하 계속.

281) Buchwald: 앞의 책, 92쪽 비교.

282) Machiavelli: 앞의 책, 74쪽.

283) Wittkowski, in: Aurnhammer 외(발행): 앞의 책, 390쪽 이하, Kufner, in: Wittkowski(발행): Verantwortung und Utopie, 25쪽, Polheim: Von der Einheit des 'Don Karlos', 99쪽 비교.

284) Abel: Eine Quellenedition zum Philosophieunterricht and der Stuttgarter Karlsschule(1773-1782), 234쪽.

285) Abbt: Vom Verdienste, 99쪽.

286) 같은 책, 312쪽 이하.

287) Heine: Historische-kritische Gesamtausgabe der Werke, Bd. VIII/1, 153쪽.

288) 비슷한 주장을 펼치고 있는 문헌으로는 Sternberger: Macht und Herz oder der politische Held bei Schiller, 316쪽 이하; Manger, in: Maillard(발행): Friedrich Schiller: 'Don Karlos', 50쪽.

289) FA, III, 461쪽.

290) 이와 관련해서 Beaujean: Zweimal Prinzenerziehung, 229쪽 이하 비교.

291) Schings: Die Brüder des Maruis Posa, 10쪽(Max Braubach의 표현) 비교.

292) 같은 책, 101쪽 이하 계속.

293) Koselleck: 앞의 책, 64쪽.

294) 같은 책, 76쪽과 이하.

295) Wehler: 앞의 책, 324쪽 비교, 기본적으로는 van Dülmen: Der Geheimbund der Illuminaten, 39쪽 이하 계속.

296) Schings: Die Brüder des Maruis Posa, 19쪽.

297) 견해가 다른 문헌으로는 Wilson: Geheimräte gegen Geheimbünde, 49쪽 이하 계속, 68쪽 이하 계속.

298) Schings: Die Brüder des Maruis Posa, 34쪽 이하 계속, 90쪽 이하 계속.

299) 같은 책, 53쪽 이하 계속, 107쪽 이하, Wilson: 앞의 책, 163쪽 이하 계속.

300) 같은 책, 86쪽 이하 계속.

301) Wieland: Aufsätze zu Literatur und Politik, 121쪽.

302) 같은 책, 120쪽.

303) Träger(발행): Die Französische Revolution im Spiegel der deutschen Literatur, 941쪽.

304) Kommerell: Schiller als Psychologe, in: 같은 이: Geist und Buchstabe der Dichtung. 187쪽.

305) 견해를 달리하는 문헌으로는 Malsch, in: Wittkowski(발행): Verantwortung und Utopie, 218쪽 이하; Malsch: Robespierre ad portas, 69쪽 이하 계속, Bohnen: Politik im Drama, 29쪽 비교.

306) Werber: Technologien der Macht, 211쪽 이하 비교.

307) Kant: 앞의 책, Bd. XI, 245쪽.

308) Seidlin: Schillers "Don Carlos"-nach 200 Jahren, 490쪽; 견해를 달리하는 문헌으로는 Leibfried: Schiller, 215쪽.